Das Rußlandhaus

Das Buch

Der englische Verleger Bartholomew Scott Blair, genannt Barley, ist regelmäßig in Moskau, wo er jedes Jahr an der Buchmesse teilnimmt. In einer wodkaseligen Nacht lernt er einen gewissen »Goethe« kennen, einen Physiker aus der Rüstungsindustrie. Als Barley später in London ein Paket mit drei dicken Notizbüchern erhält, in denen sich neben Goethe-Aphorismen auch geheime Rüstungspläne befinden, sieht sich der Verleger hineingezogen in die Welt der Agenten und Spione. Plötzlich findet er sich selbst als Agent in der russischen Metropole wieder, mit dem Auftrag, Informationen über »Goethe« zu sammeln.

Das Rußlandhaus, verfilmt mit Sean Connery, gehört zu John le Carrés erfolgreichsten Romanen. In einem neu verfaßten Vorwort berichtet der Autor von seiner ersten Reise nach Moskau, als die Perestrojka die russische Gesellschaft veränderte.

Der Autor

John le Carré, am 19. Oktober 1931 in Poole, Dorset, geboren, war nach seinem Studium in Bern und Oxford in den sechziger Jahren in diplomatischen Diensten u. a. in Bonn und Hamburg tätig. Sein Roman *Der Spion, der aus der Kälte kam* machte ihn 1963 weltbekannt. Zahlreiche seiner Bestseller wurden erfolgreich verfilmt. Der Autor lebt mit seiner Frau in Cornwall.

In unserem Hause sind von John le Carré bereits erschienen:

Absolute Freunde • *Agent in eigener Sache* • *Dame, König, As, Spion* • *Ein blendender Spion* • *Ein guter Soldat* • *Ein Mord erster Klasse* • *Eine Art Held* • *Eine kleine Stadt in Deutschland* • *Der ewige Gärtner* • *Der heimliche Gefährte* • *Krieg im Spiegel* • *Die Libelle* • *Der Nachtmanager* • *Schatten von gestern* • *Der Spion, der aus der Kälte kam*

John le Carré

Das Rußlandhaus

Roman

Aus dem Englischen
von Werner Schmitz

List Taschenbuch

Besuchen Sie uns im Internet:
www.list-taschenbuch.de

Mix
Produktgruppe aus vorbildlich bewirtschafteten Wäldern und anderen kontrollierten Herkünften
FSC www.fsc.org Zert.-Nr. GFA-COC-1223
© 1996 Forest Stewardship Council

Dieses Taschenbuch wurde auf FSC-zertifiziertem Papier gedruckt. FSC (Forest Stewardship Council) ist eine nichtstaatliche, gemeinnützige Organisation, die sich für eine ökologische und sozialverantwortliche Nutzung der Wälder unserer Erde einsetzt.

Ungekürzte Ausgabe im List Taschenbuch
List ist ein Verlag der Ullstein Buchverlage GmbH, Berlin.
Oktober 2006

Titel der englischen Originalausgabe: *The Russia House*
(Hodder and Stoughton, London)
Deutsche Übersetzung von Werner Schmitz
mit freundlicher Genehmigung des Zsolnay Verlag, München/Wien

Übersetzung des Vorworts von Werner Schmitz

Umschlaggestaltung und Konzeption:
RME Roland Eschlbeck und Kornelia Bunkofer
Titelabbildung: getty images
Papier: Munken Print von Arctic Paper Munkedals AB, Schweden
Druck und Bindearbeiten: Clausen & Bosse, Leck
Printed in Germany
ISBN-13: 978-3-548-60720-7
ISBN-10: 3-548-60720-9

Für Bob Gottlieb,
einen großen Lektor
und schwer geprüften
Freund.

Ich glaube in der Tat, die Leute sehnen
sich so sehr nach Frieden, daß die
Regierungen eines Tages über ihren
eigenen Schatten springen und ihnen
den Frieden gewähren müssen.
DWIGHT D. EISENHOWER

Man muß schon denken wie ein Held,
um wie ein anständiger Mensch
handeln zu können.
MAY SARTON

Vorwort

Ich habe Rußland 1987 zum ersten Mal besucht, angelockt von Michail Gorbatschows historischer Ankündigung der Perestroika, oder des Umbaus des sowjetischen Reichs. Wenige wußten damals, ich jedenfalls nicht, daß er darüber hinaus das folgenschwerste und verheerendste Geheimdekret seiner Karriere erlassen hatte, das die Privatisierung des gesamten Besitzes der Kommunistischen Partei der Sowjetunion sanktionierte und so jenes wilde Gerangel um das Staatsvermögen ermöglichte, aus dem das postkommunistische Rußland als kriminalisierte Gesellschaft hervorgegangen ist.

Der Westen war 1987 noch unentschlossen, wie Gorbatschows Signale zu interpretieren seien. Oder zumindest schien es nicht verkehrt, dies vorzugeben. Die britische Premierministerin Margaret Thatcher war zwar gerade erst zu einem historischen Besuch in Moskau gewesen und hatte der ganzen Welt und Präsident Ronald Reagan versichert, Gorbatschow sei »ein Mann, mit dem man ins Geschäft kommen« könne, aber die CIA, blind wie so oft für das, was jeder Normalbürger längst deutlich erkannt hatte, warnte ihre Kundschaft immer noch, die Perestroika sei eine raffinierte Falle der Bolschewisten. Unterdessen entspann sich unter Amerikas westlichen Verbündeten ein zaghafter Wettstreit um die besten Startpositionen für das Rennen gen Osten; Deutschland, Frankreich und Großbritannien, die von unermeßlichen, noch ungenutzten Märkten träumten – zugleich aber fürchteten, sich die Finger zu verbrennen –, buhlten bereits um die Gunst des neuen Rußland und versuchten erste Verträge abzuschließen.

Ich selbst hatte den kalten Krieg genauso satt wie der Rest der wirklichen Welt und sehnte ungeduldig sein Ende herbei, überzeugt, daß es sich nicht mehr lange würde hinauszögern lassen. Wie um alles in der Welt wollte man, überlegte ich vor allem mit Blick auf die neuen Kommunikationstechniken, einen derart großen und von Gegensätzen zerrissenen Polizeistaat zusammenhalten? Wie wollte man, trotz der allgegenwärtigen Faxgeräte, eine geschlossene Gesellschaft als solche bewahren? Wie wollte man die gewaltige, traditionell desolate Staatsbürokratie beibehalten und gleichzeitig in einer globalen freien Marktwirtschaft erfolgreich sein? Und wie wollte man bei all dem auch noch auf Amerikas ständig wachsendem nuklearen Waffenarsenal glaubwürdig Paroli bieten? Ronald Reagans Säbelrasseln tat seine Wirkung. Die Debatte um den Krieg der Sterne, von der amerikanischen Regierung bewußt lautstark inszeniert, malte das Schreckgespenst einer weiteren Generation astronomisch teurer und sinnloser Waffensysteme an die Wand – genau wie heute. Wie lange also würde es sich die bedrängte Kommandowirtschaft der Sowjetunion noch leisten können, bei der strategischen Pokerpartie mitzumachen und Runde um Runde jeder Erhöhung des Einsatzes zu folgen?

Ich war nicht willkommen. Wladimir Karpow, der Oberbonze der vom KGB kontrollierten sowjetischen Schriftstellergewerkschaft, begrüßte mich am Flughafen Scheremetjewo mit einer Umarmung, und praktischerweise war auch ein Fotograf der *Iswestija* anwesend, was Karpow freilich als reinen Zufall hinzustellen versuchte. Im übrigen war mehr als deutlich, daß ich bei den entscheidenden Stellen noch immer ganz und gar nicht willkommen war. Es hatte der guten Dienste unseres britischen Botschafters bedurft, die sowjetischen Behörden zu bewegen, mir ein Visum zu gewähren. Meinen widerstrebenden Gastgebern zufolge hatte erst Raissa Gorbatschow persönlich eingreifen müssen, bevor die Sache über die Bühne gebracht war. Alle meine früheren Gesuche um ein Visum waren auf eisiges Schweigen gestoßen. Die sowjetische Presse – allen voran die *Literaturnaja Gazeta* – hatte mich ein Vierteljahrhundert lang immer wieder scharf kritisiert, weil ich »den Spion zu einem Helden des kalten Krieges erhoben« habe. Ich nahm an, daß die Autoren wohl eher die westlichen Spione als ihre eigenen meinten, da Gestalten wie Kim Philby längst mit eigens gewidmeten Briefmarken geehrt worden waren; man hatte Moskauer Straßen und sowjetische Tanker nach ihnen benannt und ihnen – häufig posthum – Orden verliehen, die sie offiziell als Helden bezeichneten, selbst wenn sie in einem Anfall staatlicher Paranoia erschossen oder von der eigenen Seite verraten worden waren.

Doch als ich meine sowjetischen Kritiker seinerzeit darauf hinwies – leider auf den fragwürdigen Seiten der Zeitschrift *Encounter*, die sich später als CIA-Organ entpuppte –, erntete ich nur noch mehr Beschimpfungen. Und das war um so eigenartiger, als in der Sowjetunion, soweit ich vor meinem gegenwärtigen Besuch hatte feststellen können, erst zwei meiner Romane erschienen waren: *Ein Mord erster Klasse*, in dem ein Mordfall an einer »bourgeoisen« britischen Privatschule geschildert wird, und *Eine kleine Stadt in Deutschland*, der ein Wiederaufleben des Nationalismus im »faschistischen« Deutschland prophezeit – so jedenfalls stand es in den gewichtigen Vorbemerkungen, die für den sowjetischen Leser die dialektische Bedeutung dieser Romane erläuterten. Die harsche Kritik in der *Literaturnaja Gazeta* galt jedoch ausschließlich dem *Spion der aus der Kälte kam*, den die sowjetische Zensur hartnäckig unter Verschluß gehalten hatte, weil ich darin – wie ein sowjetischer Rezensent es formulierte – den kalten Krieg zwar durchaus richtig dargestellt habe, jedoch zu den falschen Schlüssen gekommen sei. Wozu dann das Buch rezensieren?, hatte ich daraufhin im *Encounter* gefragt. Wozu ein Buch verreißen, wenn die Leute es ohnehin nicht lesen dürfen?

Und ich stellte diese Frage noch einmal, als ich mich in der Redaktion der *Literaturnaja Gazeta* zu meiner heimlichen Belustigung ausgerechnet einigen jener Autoren und Redakteure gegenüber sah, die mich in den sechziger und siebziger Jahren so geschmäht hatten. Ihre Antwort steigerte meine Verwirrung noch mehr. Ich solle nicht so naiv sein, erklärten sie mir wie einem unerfahrenen Kind. Die Angriffe seien ein Kompliment für mein Schreiben gewesen. Sie hätten mich aufgewertet als Gegenstand verschlüsselter Gespräche zwischen Mitgliedern der sowjetischen Intelligenzija, die allesamt, in welcher Sprache auch immer, »privilegierten Zugang« zu meinem Werk gehabt hätten.

Nun, vielleicht haben sie mich zum Narren gehalten.

Es ist eine seltsame Erfahrung, in einem Hotelzimmer zu wohnen, das jedesmal durchsucht wird, wenn man es verläßt. Daß mein Gepäck auf dem Flughafen »verloren« ging und ich zwei Tage warten mußte, bis es wieder auftauchte – nun, das hat mich nicht sonderlich schockiert. Ebensowenig überraschte es mich, daß man mich an der Paßkontrolle auf dem Flughafen eine Dreiviertelstunde lang warten ließ, weil ein grimmiger KGB-Grenzwächter, der ständig in ein Telefon murmelte, erst einmal ostentativ mein Visum und meinen Paß »auf Echtheit« prüfen mußte. *Warum sehen Sie älter aus als auf dem Foto in Ihrem Paß?*, fragt er mich durch einen Dolmetscher. *Weil ich eine unglückliche Liebschaft hinter mir habe*, antworte ich. Kein Lächeln. Kein Aufflackern in den braunen Augen, kein Zucken um den zugeknöpften Mund. Die elektrische Sperre öffnet sich. Ich darf hindurchgehen.

Auch daß ich auf der Straße beschattet und in Cafés und Bars beobachtet wurde, hat mich auch nicht gestört. Von Hamburg und Berlin, wo ich im Verlauf meiner Recherchen für *Die Libelle* mit Sympathisanten der Baader-Meinhoff-Bande gesprochen hatte, war mir das Phänomen der auffällig unauffälligen Überwachung vertraut. In Moskau schlossen sich mir prompt und stillschweigend zwei stoische, ziemlich korpulente Herren vom Zentralen Besetzungsbüro an, deren Aufgabe es war, nüchtern genug zu bleiben, um meine Bewegungen weitermelden zu können: Was ihnen offensichtlich Mühe machte, denn eines Abends, nachdem sie mich in Moskaus erstem »kooperativen« Restaurant, in dem ich mit einigen westlichen Journalisten ein feuchtfröhliches Mahl genoß, stundenlang beobachtet hatten, folgten sie anschließend nicht mir, sondern meinem Bruder Rupert, und wurden – wie in einem Slapstick-Film – ihres Fehlers erst gewahr, als sie vor seiner Tür ankamen.

Aber die ständigen Durchsuchungen meines Zimmers gingen mir auf die Nerven. Was vermutlich beabsichtigt war, so häufig und stümperhaft, wie sie ausgeführt wurden. Als erstes standen plötzlich und ohne Vorankündigung die »verlorenen« Koffer neben meinem Bett: Meine Anzüge waren zu einem Knäuel geballt, Hemden und Unterwäsche sahen aus wie Spenden für die Heilsarmee. Ich verteilte sie, so gut es ging – die Anzüge in den wackligen Kleiderschrank, die Hemden in die wacklige Kommode –, aber schon am selben Abend lagen sie demonstrativ wieder am alten Platz. Der Inhalt meiner Aktentasche und die Papiere auf dem Schreibtisch erwiesen sich als ebenso rastlos. Tag für Tag wechselten sie Lage und Reihenfolge und gerieten durcheinander. Sollte das eine Warnung sein? Ein schlechter Scherz meiner alten Widersacher? Ich weiß es bis heute nicht. Aber allmählich fügte ich mich in diese Dauerbelästigung und empfand sogar Dankbarkeit für diesen unbeabsichtigten Beitrag zu dem Roman, der damals in meinem Kopf Gestalt annahm. Genau so etwas fehlte mir für Barley Blair, meinen heimlichen Teilhaber und Helden, dessen Leben ich zu führen versuchte. Sie haben mich im Visier, dachte ich. Ebenso wie Barley. Ich lerne mit dem Gefühl zu leben, daß ich Tag und Nacht unter Beobachtung stehe, und allmählich werde ich ein wenig abhängig davon. Ich lerne, ein Bürger von Moskau zu sein.

Die Überwachung ließ niemals nach, hatte aber ein nettes Finale. Am Abend zwei Tage vor meiner Abreise aus Moskau trank ich Unmengen von Wodka mit dem prächtigen Arkady Vaksberg, einem für seine sorgfältigen Recherchen bekannten russischen Journalisten und Rechtsanwalt, dem es irgendwie gelungen war, sich die Rolle des geduldeten hauseigenen Kritikers der Korruption in der Sowjetunion anzueignen. Arkady war auf dem Sofa eingeschlafen, als ich in den frühen Morgenstunden sein Haus verließ – mein respektgebietender britischer Dolmetscher und Führer John Roberts war ausnahmsweise einmal nicht dabei; und draußen stellte ich fest, daß ich mich irgendwo am Stadtrand befand und nicht wußte, in welche Richtung ich zu gehen hatte. Ich stand auf einer breiten Allee und suchte vergebens nach dem Lichtschein des Stadtzentrums. In jenen Tagen leuchtete Moskau noch nicht. Nach links? Nach rechts? Geradeaus? Oder Arkady wecken und noch ein Glas trinken? Ich sann noch hin und her, als ich zu meiner Erleichterung meine treuen Beobachter erblickte; sie hockten Hintern an Hintern auf einer Bank und sahen so erschöpft aus, wie ich mich fühlte. Ich wankte unentschieden zu ihnen hin, sprach sie erst auf Englisch an, dann auf Deutsch, dann auf Französisch, denn ich spreche kein Wort Russisch. Aber alles umsonst. Ich versuchte es mit Zeichensprache. »Ich bin sehr betrunken«, erklärte ich – indem ich mir mit einem zittrigen Finger vorm Gesicht herumfuhr – »und Sie sind sehr müde« – ich formte meine Hände zum Kopfkissen und schloß die Augen – »also könnten wir doch zusammen zum Hotel Minsk zurückgehen?«

Und so zogen wir los, wir vier: ich selbst, meine Bewacher und mein stiller Gefährte Barley Blair, der noch übler dran war als ich. Auf den Eingangsstufen vor dem Minsk schüttelte ich meinen guten Hirten die Hand und wünschte ihnen Glück und ein langes Leben. Mein Angebot, noch auf einen Schluck mit auf mein Zimmer zu kommen, lehnten sie mit Bedauern ab. Vielleicht wußten sie, daß ihre Vorgesetzten unser Gespräch abhören würden, und fürchteten, man könnte sie beschuldigen, mit dem Feind zu trinken.

Bruchstücke, aber sehr lebensnah. Außerordentliche Zeiten, außerordentliche Menschen, außerordentliche Offenbarungen, und alle brandneu. Man hat, wie jeder Journalist weiß, nur zwei Versuche, kompetent über ein Land zu schreiben. Den ersten, wenn man, vom Mond her kommend, dort landet und jeder Eindruck einen mit der Wucht eines Schnellzugs trifft. Der zweite folgt dreißig Jahre später, wenn man – und das auch nur vielleicht – mit sehr viel Fleiß und sehr viel Glück das Land durch und durch kennengelernt hat. Gezwungen, mich mit dem ersten Versuch zufriedenzugeben, saß ich jeden Abend lange über meinem Notizbuch und zeichnete die kostbaren Erinnerungen auf, solange sie noch ofenfrisch waren: der Gestank des russischen Benzins, den man am dritten Tag nicht mehr bemerkt; die düstere Prozession anonymer grauer Gebäude – bist du ein Krankenhaus, ein Ministerium, ein Hotel? –; die feindselige Gefängnisatmosphäre in der Warteschlange morgens beim

Frühstück in der Hotelkantine; die verdreckten, rostigen Blechtafeln mit den Insignien des Kommunismus an jeder zweiten Straßenecke, die an die Madonnen erinnern, die in Italien von oben auf die Kreuzungen blicken.

Ich erinnere mich an die erste Konferenz mit meinen Gastgebern an einem langen, honigfarbenen Tisch im Haus der Schriftstellergewerkschaft, wo wir den Programmablauf meines Besuchs besprachen. Das waren bemerkenswerte Gesellen, diese sogenannten sowjetischen Schriftsteller. Sie wirkten auf mich wie alte, heruntergekommene Oberfeldwebel. Keiner war unter fünfzig, abgesehen von meinem designierten sowjetischen Führer, der sich zusammen mit meinem Dolmetscher um mich kümmern sollte. Die meisten waren über sechzig. Einer wurde mir als berühmter Dichter vorgestellt – hatte aber, wie ich später entdeckte, nur ein einziges schmales Bändchen mit Versen vorzuweisen, die zwanzig Jahre zuvor geschrieben worden waren, und das, hieß es hinter vorgehaltener Hand, von jemand ganz anderem, der längst das Zeitliche gesegnet hatte. *Wen wünschen Sie kennenzulernen?*, fragten meine Gastgeber am Konferenztisch. Ihr Lächeln war noch beunruhigender als ihre finsteren Mienen. *Welche Orte möchten Sie besuchen?* – als erwarteten sie von mir zu hören: »Eure führenden Raketenexperten« oder »Eure geheimen Forschungsstädte«. Jemand deutete spöttisch an, ich wolle mich vielleicht lieber mit Dissidenten treffen. *Nein, danke*, erwiderte ich, *weder eure Dissidenten, noch eure Ausreisewilligen, noch eure verbannten Schriftsteller und Maler. Am meisten bin ich an Ihnen selbst interessiert. Ich möchte erfahren, was Sie von den bevorstehenden Veränderungen in der Sowjetunion halten und wie Sie sich auf die Folgen der Perestroika einzustellen gedenken.* Aber eher hätten sie mich mit allen Dissidenten der Welt sprechen lassen, als sich mit mir darüber in eine Diskussion einzulassen.

Gott war 1987 noch ein Tabuthema. Aber in Sagorsk, der Hauptstadt der russisch-orthodoxen Kirche, habe ich alte Babuschkas auf den Knien liegen und die Glasdeckel von Schreinen küssen sehen, in denen Reliquien von Heiligen aufbewahrt werden. Im Büro eines Archimandriten, das so kahl und beklemmend war wie ein Krankenzimmer, lauschte ich einem verwickelten, von keiner Seite unterbrochenen Vortrag über die Frage, wie Gott seine Wunder mit Hilfe des Staates wirke.

Um den Schriftsteller Tschingis Aitmatow zu besuchen, flogen wir mit Aeroflot nach Frunze in Kirgisien. Aitmatow war eine Autorität in seinem Land, und daher mußten die anderen Passagiere für diesen Inlandsflug auf dem Rollfeld warten, bis die Besucher des großen Mannes als erste an Bord gestiegen waren.

Als Aitmatows Gäste wurden wir im Erholungsheim des Zentralkomitees von Frunze untergebracht, dessen Drahtzaun uniformierte KGB-Wächter mit Kalaschnikoffs und Hunden entlangpatrouillierten. *Um uns vor Dieben zu schützen*, wie der tartarische Leiter des Erholungsheims uns verlegen flüsternd mitteilte. *Die kommen aus den Bergen und stehlen das Vieh.*

Infolge von Gorbatschows Offensive, seine Untertanen vom Alkohol zu entwöhnen, war Wodka im Erholungsheim von Frunze verboten, aber für ein paar amerikanische Dollars besorgte uns der Leiter gleich eine ganze Kiste. Er bot uns auch andere schöne Dinge an und führte uns in ein mit Holz verkleidetes Kellerschwimmbad, wie man es in Schweden auch nicht besser antreffen kann. Es war so unsowjetisch wie nur irgend möglich. Jede Umkleidekabine war mit einem Tier bezeichnet. War man ein Elch, bekam man einen Bademantel, auf dessen Tasche ein Elch gestickt war, Pantoffeln mit einem Elch auf der Kappe und ein Elch-Handtuch. Es gab eine Sauna und einen Ruheraum, und in der Luft hing ganz schwach jene Geruchsmischung aus abgestandenem Tabakrauch und Desinfektionsmitteln, billigem Parfüm und Erbrochenem, die unaufdringlich von einer Party kündet, die man nur um wenige Stunden verpaßt hat.

Eines Morgens fuhr Aitmatow in einer Wagenkolonne mit hohen Parteifunktionären und irgendwelchen Handlangern vor. Ich hatte darum gebeten, mit Dorfbewohnern in den umliegenden Bergen sprechen zu dürfen. Nach zwei Stunden Fahrt legten wir am Straßenrand eine Pause ein, aßen geräucherten Pferdebauch und tranken schwarz gebrannten Wodka. Dann kamen wir an einen See und wurden zu einer Partie mit einem

Jagdboot der Marine eingeladen. Wir fuhren weiter und erreichten schließlich eine Pferderennbahn, die von unseren Gastgebern als Volkshippodrom bezeichnet wurde. In ihrer Mitte befand sich ein mit Gras bewachsenes Oval, und in der Mitte des Ovals stand ein rotgoldenes Zelt, vor dem ein paar Ponys weideten. Feierlich wurden wir zu dem Zelt geführt, hineingebeten und einer Familie kirgisischer Hirten in zeremonieller Tracht vorgestellt. Sie boten uns Tee an und forderten uns auf, ihre Teppiche zu bewundern. Das taten wir. *Das sind Ihre Dorfbewohner aus den umliegenden Bergen*, sagten unsere Gastgeber, und ich dankte ihnen für diesen soziologisch interessanten Einblick.

In Moskau sollte ich Kim Philby kennenlernen. Der Vorschlag kam von Gendrik Borowik, einem Journalisten, der mit Philby befreundet und, so ging das Gerücht, einer seiner Aufpasser war. Kim sei krank, erklärte er, als solle ich seine Besorgnis teilen, und habe nicht mehr lange zu leben. Und Kim sei ein Fan meiner Bücher, sagte er – eine Behauptung, die ich bezweifelte, ganz gleich, von wem der beiden sie stammte. Ob ich also Lust hätte, auf ein Glas Wein bei ihm vorbeizukommen und ihm guten Tag zu sagen? Es kam mir fast vor, als bäte mich Borowik um eine mildtätige Geste. Vielen Dank, antwortete ich, aber für den nächsten Abend sei ich auf einen Empfang in der britischen Botschaft eingeladen, und ich hielte es nicht für richtig, erst mit dem Vertreter der Queen zu dinieren und tags darauf mit jemandem, der sie verraten hatte. Borowik ereiferte sich, ich mich auch. Philby sei kein Verräter, sagte er, Philby sei ein tapferer Engländer und nur seinem Gewissen gefolgt. Schön, sagte ich, und daß ich hoffe, er denke das gleiche von den Russen, die für den Westen spioniert hätten. Wir beruhigten uns wieder und vereinbarten, auf dem Botschaftsempfang, zu dem auch er eingeladen war, weiter über die Angelegenheit zu sprechen. »Aber wir müssen uns vor den Mikrofonen hüten«, ermahnte ich ihn *sotto voce* und wies mit der traditionellen Moskauer Warngebärde auf den Kronleuchter. Zunächst stimmte er mir zu – und bewies dann eine gewisse Größe, indem er laut auflachte, als ihm bewußt wurde, daß ich von den Mikrofonen *seiner* Seite sprach, nicht von unseren.

In Leningrad, wie es damals noch hieß, lernte ich den größten aller Dissidenten kennen, den Physiker Andrej Sacharow – eine Begegnung, die wie alle wirklich guten Begegnungen in meinem Leben nicht auf dem Programm gestanden hatte, sondern sich rein zufällig als Gefälligkeit eines amerikanischen Verlegers ergab, der sich auch als Kämpfer für die Menschenrechte verstand. Sacharow saß mit seiner Frau Elena Bonner im Empfangsraum eines neueröffneten Restaurants, und während wir uns unterhielten, zogen endlose Scharen von Fotografen an uns vorbei und blendeten uns mit ihren Blitzlichtern. Anfangs nahm ich an, der Grund ihres Interesses sei Sacharows Berühmtheit – sein Nobelpreis, seine Rehabilitation durch Gorbatschow, seine acht Jahre im inneren Exil in Gorki. Aber wie so oft habe ich mich geirrt. Kein gewöhnlicher Russe hatte die leiseste Ahnung, wie Sacharow aussah. Als Verbannter war er keine Persönlichkeit des öffentlichen Lebens. Die Blitzlichter waren Teil der üblichen Belästigungen, die er über sich ergehen lassen mußte, wenn er mit Besuchern aus dem Westen sprach.

Am Ende unseres Gesprächs erkundigte sich Sacharow mit bescheidener Neugier nach den Atomspionen von Los Alamos – Klaus Fuchs, Alan Nunn May, Pontecorvo –, vor allem aber nach Klaus Fuchs, den er offenbar in Ostdeutschland kennengelernt hatte. Wie wurde Fuchs enttarnt?, fragte er höflich. Was hat Fuchs zu seinem Tun bewegt? Wie lange hat er es getan? – und so weiter. Ich erzählte ihm das Wenige, was ich wußte. Er hörte wortlos zu. Was dachte er wohl? Da ich es niemals erfahren werde, kann ich mir die Frage auch selbst beantworten. Er dachte, daß Klaus Fuchs sich in einer offenen Gesellschaft für den Weg des heimlichen Verrats entschieden habe; und daß er selbst, Sacharow, in einer geschlossenen Gesellschaft Folter und Gefängnis auf sich genommen habe, um offen seine Meinung zu sagen.

Ich war froh, daß ich mich geweigert hatte, Kim Philby die Hand zu geben.

John le Carré, im März 2001

1

An einer breiten Moskauer Straße, keine zweihundert Meter vom Leningrader Bahnhof entfernt, schleppte sich im Obergeschoß eines scheußlich protzigen Hotels aus der Stalin-Ära, dessen Stil von den Moskowitern Pest-Empire genannt wurde, die vom British Council erstmals veranstaltete Phonomesse für Englischunterricht und Verbreitung der britischen Kultur qualvoll ihrem Ende entgegen. Es war halb sechs, launisches Sommerwetter. Den ganzen Tag waren heftige Regenschauer niedergegangen, jetzt gleißte trügerisches Sonnenlicht in den Pfützen und ließ das Pflaster dampfen. Die jüngeren Passanten trugen Jeans und Turnschuhe, aber die älteren waren noch immer in ihre warmen Mäntel gehüllt.

Der vom Council angemietete Raum war nicht teuer, dem Anlaß aber auch nicht angemessen. Ich habe ihn gesehen. – Als ich vor nicht langer Zeit wegen eines ganz anderen Auftrags in Moskau war, bin ich auf Zehenspitzen die große leere Treppe emporgestiegen und habe, mit meinem Diplomatenpaß in der Tasche, in dem ewigen Dämmer des alten, eingemotteten Ballsaals gestanden. – Mit seinen plumpen braunen Säulen und vergoldeten Spiegeln eignete er sich eher für die letzten Stunden eines sinkenden Schiffs als für die Premiere eines großen Vorhabens. An der Decke drohten wütende Russen in Proletariermützen Lenin mit den Fäusten. Ihr Zorn kontrastierte wenig hilfreich mit den an den Wänden aufgestellten ramponierten grünen Regalen voller Tonkassetten, auf denen *Winnie the Pooh* und *Computerenglisch für Fortgeschrittene in drei Stunden* angeboten wurden. Die sackleinenen Hörkabinen, die man an Ort und Stelle beschafft hatte und denen viele der zugesagten Eigenschaften fehlten, verbreiteten die Trübseligkeit von Liegestühlen an einem verregneten Strand. Die Stände der Aussteller waren in den Schatten einer überhängenden Galerie gepfercht und wirkten so blasphemisch wie Wettbuden in einem Tempel.

Dennoch hatte so etwas wie eine Handelsmesse stattgefunden. Leute waren gekommen, wie Moskauer es eben tun, vorausgesetzt, sie verfügen über den Status und die Papiere, um die strengen Burschen in Lederjacken an der Eingangstür zufriedenzustellen. Aus Höflichkeit. Aus Neugier. Um mit Westlern zu sprechen. Weil die Messe nun einmal stattfand. Und nun kam an diesem fünften und letzten Abend die große abschließende Cocktailparty der Aussteller und geladenen Gäste allmählich in Schwung. Eine Handvoll aus der kleinen Kaste der sowjetischen Kultur-Bürokratie versammelte sich unter dem Kronleuchter, die Damen in Bienenkorbfrisuren und geblümten Kleidern, die für grazilere Gestalten entworfen waren, die Herren in schlank machenden französischen Anzügen, die Zugang zu den speziellen Kleidungsgeschäften signalisierten. Nur ihre britischen Gastgeber bewahrten in mutlosen Grautönen die Monotonie sozialistischer Einfachheit. Das Stimmengewirr schwoll an, eine Brigade Schürzen tragender Gouvernanten verteilte wellige Salamibrote und warmen Weißwein. Ein höherer britischer Diplomat, doch noch keineswegs der Botschafter, schüttelte die besseren Hände und sagte, er sei sehr erfreut.

Nur Niki Landau hielt sich den Festivitäten fern. Er beugte sich in seinem leeren Stand über den Tisch, zählte die letzten Bestellungen zusammen und prüfte Lieferscheine und Spesen; denn es war Landaus Grundsatz, sich erst dann dem Vergnügen zu widmen, wenn er seine Tagesgeschäfte abgewickelt hatte.

Und diese Sowjetfrau am Rand seines Blickfeldes – sie war nicht mehr als ein zaudernder blauer Fleck – übersah er mit Bedacht. Ärger, dachte er bei seiner Rechnerei. *Vermeiden.*

Die festliche Stimmung hatte sich Landau nicht mitgeteilt, so festlich ihm sonst auch oft zumute war. Zum einen hegte er seit jeher eine Abneigung gegen die britische Bürokratie, die seinen

Vater gezwungen hatte, nach Polen zurückzukehren. Auf die Briten selbst, erzählte er mir später, ließ er nichts kommen. Er war durch Adoption einer von ihnen geworden und verehrte sie mit der Halsstarrigkeit aller Bekehrten. Etwas ganz anderes war es freilich mit den Laffen vom Außenministerium. Und je stolzer die sich gaben, je höhnischer sie ihn angrinsten und die Augenbrauen hoben, desto mehr haßte er sie und dachte an seinen Vater. Zum andern wäre er, hätte er selbst darüber zu befinden gehabt, nie und nimmer zu dieser Phonomesse erschienen, sondern hätte sich in Brighton mit seiner hübschen neuen kleinen Freundin Lydia in einem hübschen kleinen Privathotel verkrochen, wie er es oft mit kleinen Freundinnen machte.

»Bis zur Moskauer Buchmesse im September sollten wir unser Pulver lieber trocken halten«, hatte Landau seinen Kunden in deren Hauptquartier an der westlichen Umgehungsstraße geraten. »Der Iwan liebt Bücher, Bernard, das wissen Sie, aber der Phonomarkt macht ihm angst, und er ist gar nicht darauf eingerichtet. Wenn wir mit der Buchmesse anfangen, können wir absahnen. Wenn wir mit der Phonomesse anfangen, sind wir so gut wie tot.«

Doch Landaus Kunden waren jung und reich und glaubten nicht an den Tod. »Niki, Junge«, sagte Bernard, trat hinter ihn und legte ihm seine Hand auf die Schulter, was Landau nicht mochte, »man muß doch heutzutage Flagge zeigen. Sind wir nicht Patrioten, Niki? So wie Sie. Gerade deshalb haben wir unseren Sitz im Ausland. Jetzt mit Glasnost ist die Sowjetunion der Mount Everest des Phonomarkts. Und Sie werden uns auf den Gipfel führen, Niki. Und wenn Sie's nicht tun, finden wir jemand anderen. Einen jüngeren, Niki, klar? Einen, der Schwung und Klasse hat.«

Schwung hatte Landau noch. Aber Klasse, wie er selbst als erster eingestand, Klasse fehlte ihm. Er war ein Sonderling, und mehr wollte er nicht sein. Ein dreister, verschrobener polnischer Kümmerling, und er war stolz darauf. Er war der alte Nik, der Frechdachs unter den im Osten reisenden Klinkenputzern, und imstande, wie er gerne prahlte, einem georgischen Kloster schmutzige Bilder oder einer rumänischen Billardkugel Haarwasser zu verkaufen. Er war Landau, der kleinwüchsige Schlafzimmerathlet, der, um seinem Slawenkörper das von ihm so bewunderte englische Maß zu geben, höhere Absätze trug und knallige Anzüge bevorzugte, die »Hier komme ich« pfiffen. Wenn der alte Nik seinen Stand aufbaute, versicherten seine reisenden Kollegen unseren geheimen Ermittlern, konnte man die Glocke an seinem polnischen Krämerkarren klingeln hören.

Und der kleine Landau lachte mit ihnen, beteiligte sich an ihren Späßen: »Leute, ich bin ein Pole, den man nicht so schnell umpolt«, pflegte er stolz zu verkünden, wenn er die nächste Runde bestellte. Auf diese Art brachte er sie dazu, mit ihm zu lachen. Und nicht über ihn. Und dann zog er zur Demonstration seiner Behauptung oft einen Kamm aus der Brusttasche und ging in die Hocke. Und mit Hilfe eines Bildes an der Wand oder irgendeiner anderen polierten Fläche strich er sein allzu schwarzes Haar zurück, zwang es mit beiden kleinen Händen in männliche Fassung, um eine neue Eroberung vorzubereiten. »Wer ist denn die Hübsche da drüben in der Ecke?« sagte er dann in seiner gottlosen Mischung aus Ghetto-Polnisch und East End Cockney. »Hallo, Schätzchen! Warum so traurig und allein heute abend?« Und in einem von fünf Fällen bekam er sie ins Bett, was für Landaus Geschmack eine annehmbare Erfolgsquote war, immer vorausgesetzt, man blieb hartnäckig am Ball.

An diesem Abend aber dachte Landau nicht daran, eine Frau in sein Bett zu bekommen oder die entsprechenden Fragen zu stellen. Er dachte, daß er sich wieder einmal eine ganze Woche für einen Hungerlohn abgeschuftet hatte: oder, wie er sich mir gegenüber anschaulicher äußerte – für einen Nuttenkuß. Und daß ihm in letzter Zeit jede Messe, sei es eine Buchmesse, eine Phonomesse oder sonst etwas dergleichen, genau übrigens wie jede Frau, ein wenig mehr abverlangte, als er sich eingestehen mochte. Und ihm etwas zu wenig dafür zurückgab. Und daß das Flugzeug morgen nach London gar nicht früh genug sein konnte. Und daß er, wenn diese Russin in Blau da nicht bald aufhörte, um ihn herumzuscharwenzeln, während er doch nur seine Bücher abschließen, sein Partylächeln aufsetzen und sich in die jubelnde Menge stürzen wollte, ihr höchstwahrscheinlich etwas in ihrer eigenen Sprache sagen würde, was sie beide ihr Leben lang zu bereuen hätten.

Daß sie Russin war, stand außer Frage. Nur eine Russin würde mit einer Schnäppchentasche aus Plastik am Arm herumlaufen, allzeit bereit für den Zufallskauf, den Triumph des Alltags, auch wenn sonst die meisten Schnäppchentaschen Netze waren. Nur eine Russin wäre so neugierig, daß sie einem beim Rechnen fast über die Schulter sah. Und nur jemand aus Rußland würde seine Störung mit einem solchen kapriziösen Grunzen einleiten; bei einem Mann erinnerte dieses Grunzen Landau immer an seinen Vater, wenn der seine Schuhe schnürte, bei einer Frau ans Bett, Harry.

»Entschuldigen Sie, Sir. Sind Sie der Herr von Abercrombie & Blair?« fragte sie.

»Nicht hier, meine Liebe«, sagte Landau, ohne den Kopf zu heben. Sie hatte englisch gesprochen, also hatte er ihr auf englisch geantwortet; so ging er immer vor.

»Mr. Barley?«

»Nicht Barley, meine Liebe. Landau.«

»Aber das ist Mr. Barleys Stand.«

»Das ist nicht Mr. Barleys Stand. Das ist mein Stand. Abercrombie & Blair ist nebenan.«

Noch immer ohne aufzusehen, wies Landau mit dem Bleistiftende nach links auf den leeren Stand hinter der Trennwand; dort hing eine grüngoldene Tafel mit dem Namen des alten Verlagshauses Abercrombie & Blair, Norfolk Street, Strand.

»Aber der Stand ist leer. Dort ist niemand«, widersprach die Frau. »Gestern war er auch schon nicht besetzt.«

»Stimmt. Nur weiter so«, erwiderte Landau in einem Ton, den jeder nur als abschließend deuten konnte. Ostentativ bückte er sich dann noch tiefer über sein Geschäftsbuch und wartete, daß der blaue Fleck sich entfernte. Was unhöflich von ihm war, das wußte er, und da sie blieb, kam er sich noch unhöflicher vor.

»Aber wo ist Scott Blair? Wo ist der Mann, der Barley genannt wird? Ich muß ihn sprechen. Es ist ganz dringend.«

Inzwischen haßte Landau die Frau aus tiefster Seele.

»*Mister* Scott Blair«, begann er, ruckte den Kopf hoch und starrte ihr voll ins Gesicht, »von seinen Vertrauten im allgemeinen eher Barley genannt, ist n.e., Madam. Soll heißen, nicht erschienen. Ja – seine Firma hat einen Stand gebucht. Und Mr. Scott Blair ist Vorsitzender, Präsident, Generalgouverneur und, soweit ich weiß, Diktator auf Lebenszeit bei dieser Firma. Aber seinen Stand hat er nicht bezogen –« Er sah ihr in die Augen und verlor allmählich die Fassung. »Hören Sie, meine Liebe, zufällig versuche ich hier meine Brötchen zu verdienen, ja? Und nicht die von Mr. Barley Scott Blair, so sehr ich ihn auch mag.«

Er unterbrach sich, da ritterliche Besorgnis an die Stelle seines flüchtigen Zornes trat. Die Frau zitterte. Nicht nur mit den Händen, die die braune Schnäppchentasche hielten, sondern auch am Hals, denn ihr braves blaues Kleid war mit einem Kragen aus alter Spitze herausgeputzt, und Landau konnte sehen, wie er auf ihrer Haut bebte, die noch weißer war als die Spitzen. Mund und Kinn aber wirkten entschlossen, und ihre Miene beeindruckte ihn.

»Bitte, Sir, haben Sie die Güte und helfen Sie mir«, sagte sie, als bliebe ihr keine andere Wahl.

Landau rühmte sich gern als Frauenkenner. Auch so eine seiner lästigen Prahlereien, jedoch nicht ganz ohne Grund. »Frauen sind mein Hobby, mein ständiges Studienobjekt und meine verzehrende Leidenschaft, Harry«, vertraute er mir an, und er sprach dabei mit der feierlichen Überzeugung eines Freimaurers beim Gelöbnis. Wie viele er gehabt habe, wisse er nicht mehr zu sagen, doch gehe ihre Zahl, wie er mit Freuden vermelde, in die Hunderte; und nicht eine von ihnen habe Anlaß, diese Erfahrung zu bereuen. »Ich spiele mit offenen Karten, wähle mit Bedacht, Harry«, beteuerte er mir, wobei er sich mit dem Zeigefinger an den Nasenflügel tippte. »Keine aufgeschnittenen Pulsadern, keine Ehedramen, keine bösen Worte hinterher.« Wie sehr dies der Wahrheit entsprach, war nie in Erfahrung zu bringen, auch von mir nicht; zweifellos aber kam ihm der Instinkt, der ihn bei seinen Liebschaften geleitet hatte, sehr zustatten, als er sich sein Urteil über die Frau bildete.

Sie war ernst. Sie war intelligent. Sie war entschlossen. Sie hatte Angst, auch wenn ihre dunklen Augen lustig blitzten. Und sie verfügte über jene seltene Eigenschaft, die Landau auf seine blumige Art gern als jene Art von Klasse bezeichnete, die allein die Natur verleihen kann. Anders gesagt, die Frau besaß Format und Kraft. Und da unsere Gedanken in kritischen Momenten nicht einer auf den anderen folgen, sondern eher in Wogen der Erfahrung und Intuition über uns hinwegrauschen, nahm er all dies auf einmal wahr und hatte sich bereits darauf eingelassen, als sie ihn wieder ansprach.

»Ein sowjetischer Freund von mir hat ein bedeutendes literarisches Werk geschrieben«, sagte sie, nachdem sie tief Luft geholt hatte. »Einen Roman. Einen großen Roman. Er ist für die ganze Menschheit von Bedeutung.«

Sie war steckengeblieben.

»Einen Roman«, soufflierte Landau. Und dann, für ihn selbst später unerklärlich: »Wie lautet denn der Titel, meine Liebe?«

Ihre Kraft, stellte er fest, hatte nichts mit Dreistigkeit oder Wahnsinn zu tun, sondern mit Überzeugung.

»Er handelt von Taten, die Worten vorangehen. Er ist gegen eine *stufenweise* Verwirklichung von Perestroika. Er fordert Taten und lehnt bloß kosmetische Veränderungen ab.«

»Schön«, sagte Landau beeindruckt.

Sie redete wie früher meine Mutter, Harry: mit erhobenem Kinn und dir direkt ins Gesicht.

»Trotz Glasnost und der angeblichen Liberalität der neuen Richtlinien kann der Roman meines Freundes in der Sowjetunion noch nicht erscheinen«, fuhr sie fort. »Mr. Scott Blair hat zugesagt, ihn diskret zu veröffentlichen.«

»Lady«, sagte Landau freundlich, sein Gesicht jetzt nah an ihrem, »wenn der Roman Ihres Freundes von dem großen Haus Abercrombie & Blair verlegt wird, dürfen Sie absoluter Geheimhaltung gewiß sein.«

Er sagte dies teils als Scherz, dem er nicht widerstehen konnte; teils aber auch, weil sein Instinkt ihm riet, dem Gespräch das Steife zu nehmen und es etwaigen Beobachtern weniger verdächtig erscheinen zu lassen. Ob sie den Scherz nun verstand oder nicht, die Frau lächelte zurück, ein rasches warmes Lächeln der Selbstermunterung, als hätte sie ihre Ängste besiegt.

»Nun, Mr. Landau, wenn Sie den Frieden lieben, nehmen Sie das Manuskript bitte mit nach England und geben es unverzüglich an Mr. Scott Blair weiter. Und nur an Mr. Scott Blair. Es ist ein Geschenk zu treuen Händen.«

Danach ging alles sehr schnell: Transaktion an einer Straßenecke, williger Händler und williger Kunde. Zunächst blickte Landau hinter sie, an ihrer Schulter vorbei. Er tat dies zu seinem und auch zu ihrem Schutz. Seiner Erfahrung nach hatten die Rußkis, wenn sie etwas im Schilde führten, immer noch mehr Leute in der Nähe. Doch dieser Teil des Versammlungsraums war leer, der Bereich mit den Ständen unter der Galerie war dunkel, und die Gesellschaft in der Mitte des Raums redete laut durcheinander. Die drei Kerle in Lederjacken an der Eingangstür sprachen schläfrig miteinander.

Nachdem er rundherum alles gecheckt hatte, las er den Namen der Frau auf dem Plastikschild an ihrem Revers, was er normalerweise schon früher getan hätte, aber ihre schwarzbraunen Augen hatten ihn abgelenkt. »Jekaterina Orlowa« stand da. Und darunter das Wort »Oktober« in englischer und russischer Schreibweise, das war der Name von einem der kleineren Moskauer Staatsverlage, die auf Übersetzungen sowjetischer Bücher für den Export spezialisiert waren, hauptsächlich in andere sozialistische Länder, was ihn, wie ich fürchte, zu einem ziemlichen Schattendasein verurteilte.

Als nächstes sagte er ihr, was zu tun sei, oder vielleicht sagte er dies auch schon, während er ihr Namensschild las. Landau war ein Straßenjunge, mit allen Wassern gewaschen. Die Frau mochte tapfer sein wie sechs Löwen, und so, wie sie aussah, war sie das wohl auch. Aber eine Verschwörerin war sie nicht. Deshalb nahm er sie, ohne zu zögern, unter seine Fittiche. Und dabei sprach er zu ihr wie zu jeder anderen Frau, die seines höchst wichtigen Rates bedurfte: etwa, wo sein Hotelzimmer zu finden war oder was sie ihrem Alten erzählen sollte, wenn sie nach Hause kam.

»Sie haben es doch bei sich, meine Liebe?« fragte er, schielte nach der Schnäppchentasche und lächelte wie ein Freund.

»Ja.«

»Da drin, oder?«

»Ja.«

»Dann geben Sie mir unauffällig die ganze Tasche«, sagte Landau und redete weiter, während sie das tat. »So ist's recht. Nun geben Sie mir einen freundschaftlichen russischen Kuß. Ganz formell. Schön. Sie haben mir einfach am letzten Abend der Messe ein offizielles Abschiedsgeschenk überreicht. Etwas, das die englisch-sowjetischen Beziehungen festigt und mir für den Rückflug Übergewicht einbringt, falls ich das Paket nicht am Flughafen in den Papierkorb werfe. Völlig normaler Vorgang. Ich dürfte heute bereits ein halbes Dutzend solcher Geschenke erhalten haben.«

Einiges davon sagte er, während er ihr den Rücken zuwandte und in die Hocke ging. Denn er hatte in die Tasche gegriffen, das in Packpapier gewickelte Paket bereits daraus hervorgezogen und ließ es jetzt geschickt in seine Aktentasche fallen, die ein Erzeugnis aus der Heimat war, sehr geräumig und mit vielen auseinanderklappenden Fächern.

»Wir sind doch verheiratet, Katja?«

Keine Antwort. Vielleicht hatte sie ihn nicht gehört. Oder sie war zu sehr damit beschäftigt, ihm zuzusehen.

»Ihr Mann hat also diesen Roman geschrieben?« sagte Landau, von ihrem Schweigen unbeeindruckt.

»Es ist gefährlich für Sie«, flüsterte sie. »Sie müssen an das glauben, was sie tun. Dann geht alles gut.«

Als hätte er diese Warnung völlig überhört, wählte Landau aus einem Stapel Muster, die er zum Verschenken für diesen Abend bereitgelegt hatte, einen Viererpack mit der eigens in Auftrag gegebenen *Sommernachtstraum*-Lesung der Royal Shakespeare Company, legte die Plastikbox demonstrativ auf den Tisch und signierte sie mit einem Filzstift: »Von Niki für Katja, Frieden«, und das Datum. Dann verstaute er die Schachtel feierlich in der Schnäppchentasche, klappte die Henkel zusammen und drückte ihr die Tasche in die Hand; Katja wurde nämlich ganz teilnahmslos, und er fürchtete, sie könnte zusammenbrechen oder aus ihrer Rolle fallen. Während er ihre Hand festhielt, die kalt, aber hübsch war, wie er mir erzählte, gab er ihr jetzt erst die Versicherung, um die es ihr zu gehen schien.

»Wir alle müssen ab und zu mal was riskieren, nicht wahr, meine Liebe?« sagte Landau leichthin. »Wollen wir der Party noch die Ehre geben?«

»Nein.«

»Vielleicht irgendwo schön essen gehen?«

»Das wäre nicht günstig.«

»Soll ich Sie zur Tür bringen?«

»Nicht nötig.«

»Ich denke, wir sollten lächeln, meine Liebe«, sagte er, noch immer in Englisch, als er sie durch den Saal begleitete, und schwatzte auf sie ein, wieder ganz der alte Verkäufer.

An der breiten Treppe schüttelte er ihr die Hand. »Sehen wir uns auf der Buchmesse? September. Und danke für die Warnung, ja? Werd's beherzigen. Aber die Hauptsache ist doch, wir haben ein gutes Geschäft gemacht. Das ist immer was Feines, stimmt's?«

Sie nahm seine Hand und schien daraus Mut zu schöpfen, denn sie lächelte wieder, benommen, aber dankbar und mit fast unwiderstehlicher Wärme.

»Mein Freund hat eine große Geste gemacht«, erklärte sie, während sie eine widerspenstige Locke zurückschob. »Bitte sehen Sie zu, daß Mr. Barley sich dessen bewußt ist.«

»Ich sag's ihm. Keine Sorge«, sagte Landau unbekümmert.

Er hätte gern noch ein Lächeln nur für sich allein gehabt, aber sie hatte jedes Interesse an ihm verloren. Sie wühlte in der Tasche nach ihrer Karte, die sie bis dahin, wie er bemerkt hatte, vergessen hatte. ORLOWA, Jekaterina Borisowna, stand darauf; auf der einen Seite in kyrillischer, auf der anderen in lateinischer Schrift, auch der Name Oktober wieder in beiden Schriftarten. Sie gab ihm die Karte und schritt dann steif die pompöse Treppe hinab, mit erhobenem Kopf und einer Hand auf dem breiten Marmorgeländer, in der anderen hielt sie die Schnäppchentasche. Die Burschen in Lederjacken verfolgten sie mit den Blicken bis hinunter ins Foyer. Während Landau die Karte zu dem halben Dutzend anderer, die er in den letzten zwei Stunden gesammelt hatte, in seine Brusttasche steckte, beobachtete er die Kerle dabei und zwinkerte ihnen zu. Und nach reiflicher Überlegung zwinkerten sie zurück, denn im Zeichen der neuen Offenheit durfte ein guter russischer Hüftschwung für das angesehen werden, was er war, selbst von einem Ausländer.

Für die verbleibenden fünfzig Minuten widmete sich Landau voll und ganz der Party. Sang und tanzte für eine verbiesterte schottische Bibliothekarin mit Perlenkette. Gab zwei blassen Zuhörern von der Staatlichen Copyright-Agentur VAAP eine politische Anekdote über Mrs. Thatcher zum besten, bis sie plötzlich in wildes Gelächter ausbrachen. Hofierte drei Damen vom Verlag Fortschritt und beschenkte sie nach drei raschen Abstechern zu seiner Aktentasche nacheinander mit einem Andenken an seinen Aufenthalt; denn Landau war der geborene Schenker und erinnerte sich an Namen und Versprechen, wie an so manches andere, so klar und deutlich, wie nur ein unbeschwerter Geist es kann. Aber die ganze Zeit über behielt er seine Aktentasche unauffällig im Blick und hatte sie, noch ehe die Gäste gingen und während er sich von ihnen verabschiedete, in der freien Hand. Und als er in dem Privatbus saß, der die Vertreter in ihr Hotel zurückbrachte, lag sie auf seinen Knien; Spikey Morgan stimmte wie üblich ein paar melodische Rugbysongs an, und Landau sang mit.

»Wir haben Damen unter uns, Leute«, mahnte Landau, stand auf und gebot Schweigen an den Stellen, die er für vulgär hielt. Doch auch während er den großen Dirigenten spielte, brachte er es fertig, die Aktentasche immer gut festzuhalten.

Am Hoteleingang lungerte die übliche Horde von Zuhältern, Drogenhändlern und Schwarztauschern herum und musterte zusammen mit ihren Aufpassern vom KGB die Ankömmlinge. Aber Landau fand ihr Verhalten nicht beunruhigend, weder besonders wachsam noch übertrieben unauffällig. Der verkrüppelte Veteran, der den Durchgang zu den Aufzügen bewachte, wollte wie gewöhnlich seinen Hotelpaß sehen, doch als ihn Landau, der ihm schon hundert Marlboros geschenkt hatte, anklagend auf russisch fragte, wieso er heute abend nicht ausgehe und mit seiner Freundin flirte, lachte er rasselnd auf und schlug ihm kumpelhaft auf die Schulter.

»Wenn die mir was anhängen wollen, sollten sie sich besser beeilen, sonst wird die Spur kalt, dachte ich, Harry«, erzählte er mir und betrachtete die Sache von der Gegenseite aus, nicht von seiner. »Wenn man einem was anhängen will, Harry, muß man schnell machen, solange das Beweisstück noch am Opfer klebt«, erklärte er, als hätte er sein Leben lang anderen Leuten was angehängt.

»Also dann, Nationalbar, neun Uhr«, sagte Spikey Morgan müde zu ihm, als sie sich im vierten Stock hinausgekämpft hatten.

»Vielleicht, vielleicht auch nicht, Spikey«, gab Landau zurück. »Ehrlich gesagt, ich bin nicht ganz in Form.«

»Na Gott sei Dank«, sagte Spikey gähnend und schlurfte unter den finsteren Blicken der Etagenwärterin in ihrer Pferdebox in seinen dunklen Korridor.

An seiner Zimmertür holte Landau tief Luft, bevor er den Schlüssel ins Schloß steckte. Jetzt müßten sie's machen, dachte er. Hier und jetzt wäre genau der richtige Zeitpunkt, mich mit dem Manuskript zu schnappen.

Doch als er eintrat, war das Zimmer leer und unberührt, und er kam sich idiotisch vor, daß er etwas anderes erwartet hatte. Bin noch am Leben, dachte er und stellte die Aktentasche aufs Bett.

Dann zog er die taschentuchgroßen Vorhänge so weit zu, wie es ging, das heißt bis etwa zur Hälfte, hängte das nutzlose »Nicht stören«-Schild an die Tür und schloß ab. Er leerte seine Anzugtaschen einschließlich der Tasche, in der er die ihm überreichten Visitenkarten aufbewahrte, legte Jackett und Krawatte ab, dann seine Metallarmbänder und schließlich sein Hemd. Von dem Zitronenwodka aus dem Kühlschrank goß er sich einen Fingerbreit ein und nippte daran. Landau war eigentlich kein Trinker, wie er mir erklärte, aber in Moskau trank er gern mal einen Zitronenwodka, um den Tag zu beschließen. Er nahm das Glas mit ins Badezimmer, stellte sich vor den Spiegel und untersuchte geschlagene zehn Minuten lang seine Haarwurzeln auf weiße Ansätze; anstößige Stellen retuschierte er mit Hilfe eines neuen Mittels, das wahre Wunder wirkte. Nachdem er diese Arbeit zu seiner Zufriedenheit beendet hatte, umwickelte er seinen Schädel kunstvoll mit einem Gummiturban, einer Art Badehaube, stieg unter die Dusche und sang gar nicht so schlecht dazu »I am the very model of a modern major-general«. Dann trocknete er sich seinem Muskeltonus zuliebe kräftig ab, schlüpfte in einen grellgeblümten Bademantel und marschierte, noch immer singend, ins Schlafzimmer zurück.

Teils machte er das alles, weil er es immer so machte und er die beruhigende Vertrautheit solcher Routinehandlungen nötig hatte; teils aber auch, weil er stolz darauf war, daß er ausnahmsweise einmal alle Vorsicht in den Wind geschlagen und sich die Sache nicht mit fünfundzwanzig vernünftigen Gründen ausgeredet hatte, was ohne weiteres hätte geschehen können.

Sie war eine Dame, sie hatte Angst, sie brauchte Hilfe, Harry. Wann hätte Niki Landau einer Dame je etwas abgeschlagen? Und wenn er sich in ihr irrte, nun, dann hatte sie ihn eben furchtbar zum Narren gehalten, und er könnte genausogut gleich seine Zahnbürste einpacken und sich am Eingang der Lubjanka zu einem fünfjährigen Studium der großartigen Graffiti melden. Weil es eher noch zwanzigmal idiotischer gewesen wäre, diese Frau ohne jeden Grund abzuweisen. Und mit diesen Worten, die er freilich nur dachte, da er stets mit versteckten Mikrofonen rechnete, zog Landau ihr Paket aus der Aktentasche und begann, mit einer gewissen Scheu die Kordel aufzuknoten, ohne sie zu zerschneiden, so wie es ihn seine heilig gehaltene Mutter gelehrt hatte, deren Foto auch jetzt getreu in seiner Brieftasche ruhte. Sie strahlen die gleiche Wärme aus, erkannte er erfreut, während er geduldig an dem Knoten nestelte. Das macht die slawische Haut. Die slawischen Augen, das Lächeln. Zwei hübsche Slawinnen. Mit dem einen Unterschied, daß Katja nicht nach Treblinka gekommen war.

Endlich gab der Knoten nach. Landau rollte die Schnur zusammen und legte sie aufs Bett. Ich muß es wissen, meine Liebe, erklärte er Jekaterina Orlowa, die vor seinem geistigen Auge stand. Ich bin kein Schnüffler, ich bin nicht neugierig, aber wenn ich was durch den Moskauer Zoll schmuggeln soll, kann es nur hilfreich sein, wenn ich weiß, was ich vorbeischmuggle.

Behutsam, um es nicht zu zerreißen, zog Landau mit beiden Händen das Packpapier auseinander. Er sah sich nicht als Helden, jedenfalls noch nicht. Was für eine Moskauer Schönheit gefährlich war, brauchte es nicht für ihn zu sein. Er hatte wahrlich eine harte Jugend hinter sich. Das Londoner East End war nicht gerade ein Kurort für einen zwölfjährigen polnischen Einwanderer, und Landau waren aufgeschlagene Lippen, gebrochene Nasen, zerschundene Knöchel und Hunger nicht erspart geblieben. Aber wenn man ihn jetzt oder irgendwann in den letzten dreißig Jahren gefragt hätte, was er sich unter einem Helden vorstellte, hätte er, ohne nachzudenken, geantwortet, ein Held sei derjenige, der als erster durch die Hintertür verschwände, wenn wieder mal nach Freiwilligen gerufen würde.

Eins aber wußte er, als er den Inhalt dieses Packpapiers anstarrte: Er stand unter Strom. Warum das so war, könnte er später klären, wenn es nichts Besseres zu tun gab. Aber wenn es an diesem Abend eine knifflige Aufgabe zu lösen galt, war Niki Landau genau der Richtige dafür. Denn wenn Niki unter Strom steht, Harry, ist er einfach unschlagbar, da kannst du jedes Mädchen fragen.

Als erstes sah er den Briefumschlag. Er registrierte die drei Notizbücher darunter und sah, daß Umschlag und Notizbücher von einem dieser dicken Gummibänder zusammengehalten wurden, wie er sie immer aufbewahrte, aber nie zu verwenden wußte. Doch was ihn stutzen ließ, war der Umschlag, der mit ihrer Handschrift versehen war – einer akkuraten Schönschreibschrift, die sein reines Bild von ihr bestätigte. Ein rechteckiger brauner Umschlag, der ziemlich unsauber zugeklebt war und die Aufschrift trug: »An Mr. Bartholomew Scott Blair persönlich, dringend.«

Landau zog den Umschlag aus dem Gummiband und hielt ihn gegen das Licht, aber er war undurchsichtig und ließ keine Schatten erkennen. Er untersuchte ihn zwischen Finger und Daumen. Ein Blatt dünnes Papier drin, höchstens zwei. *Mr. Scott Blair hat zugesagt, ihn diskret zu veröffentlichen,* erinnerte er sich. *Mr. Landau, wenn Sie den Frieden lieben ... geben Sie es unverzüglich an Mr. Scott Blair weiter. Und nur an Mr. Scott Blair, es ist ein Geschenk zu treuen Händen.* Mir vertraut sie auch, dachte er. Er drehte den Umschlag um. Die Rückseite war leer.

Und da man einem verschlossenen braunen Umschlag nicht sonderlich viel entnehmen konnte und da es nicht Landaus Art war, die Privatpost von Barley oder sonst irgendwem zu lesen, machte er seinen Aktenkoffer wieder auf, spähte in das Fach mit dem Schreibpapier und zog einen seiner normalen hellbraunen Briefumschläge hervor, auf dessen Verschlußlasche geschmackvoll die Worte gedruckt waren »Überreicht von Mr. Nicholas P. Landau«. Dann schob er den braunen Umschlag in den hellbraunen; diesen verschloß er, kritzelte den Namen

»Barley« darauf und steckte ihn in das Fach »Gesellschaftliches«, in dem er Kuriositäten aufbewahrte wie etwa Visitenkarten, die ihm von Fremden aufgedrängt worden waren, oder Notizen über alle möglichen Besorgungen, die er für irgendwelche Leute übernommen hatte – zum Beispiel für die Verlagsdame, die neue Minen für ihren Parker-Kugelschreiber brauchte, oder für den Beamten des Kultusministeriums, der ein Snoopy-T-Shirt für seinen Neffen haben wollte, oder für die Dame von Oktober, die einfach zufällig vorbeikam, als er gerade seinen Stand aufräumte.

Und Landau tat dies, weil sein angeborener Händlerinstinkt ihm sagte, daß er den Umschlag vor allem so weit wie möglich von den Notizbüchern entfernt aufbewahren mußte. Falls die Notizbücher heiß waren, sollten sie durch nichts mit dem Brief in Verbindung gebracht werden können. Und umgekehrt. Und das machte er richtig. Auch unsere vielseitigsten und erfahrensten Ausbilder, die wahrlich auf allen Meeren der Welt unseres Dienstes zu Hause sind, hätten es ihm keinen Deut anders gesagt.

Nun erst nahm er die drei Notizbücher und streifte das Gummiband ab; mit einem Ohr horchte er dabei ständig nach Schritten auf dem Flur. Drei schmuddelige russische Notizbücher, überlegte er, als er das oberste nahm und langsam umdrehte. In grob gemusterte Pappe gebunden, das Leinen am Rücken zerfranst. Zweihundertvierundzwanzig Seiten minderer Qualität, fein liniertes Quartformat, falls Landau sich richtig an die Zeiten erinnerte, als er noch mit Schreibwaren gehandelt hatte, sowjetischer Einzelhandelspreis etwa zwanzig Kopeken, in jeder guten Schreibwarenhandlung zu haben, immer vorausgesetzt, daß die Lieferung angekommen war und man am richtigen Tag in der richtigen Schlange stand.

Schließlich klappte er das Notizbuch auf und starrte die erste Seite an.

Die tickt nicht richtig, dachte er und kämpfte gegen seinen Ekel an.

Die ist in den Händen eines Spinners. Armes Mädchen.

Sinnloses Zeug, von einem Verrückten mit Kartographierstift und Tusche in halsbrecherischem Tempo schief und krumm hingekritzelt. Auf die Ränder, kreuz und quer. Noch mal diagonal über alles wie eine unleserliche Arzthandschrift. Übersät mit affigen Ausrufezeichen und Unterstreichungen. Einiges in Kyrillisch, einiges in Englisch. »Der Schöpfer schöpft Schöpfer«, las er auf englisch. »Sein. Nichtsein. Gegensein.« Gefolgt von einem albernen französischen Erguß über den Krieg der Torheit oder die Torheit des Krieges und einem Stacheldrahtverhau. Na vielen Dank, dachte er und blätterte die nächsten Seiten auf, die mit dem verrückten Zeug so dicht bedeckt waren, daß man kaum noch das Papier sah. »Nachdem wir den Willen des Volkes siebzig Jahre lang unterdrückt haben, können wir nicht erwarten, daß er sich plötzlich erhebt und uns rettet«, las er. Ein Zitat? Ein Nachtgedanke? Unmöglich, das festzustellen. Anspielungen auf Schriftsteller, russische, römische, europäische. Gerede von Nietzsche, Kafka und solchen, die er nicht kannte, geschweige denn gelesen hatte. Dann wieder über den Krieg, diesmal auf englisch: »Die Alten erklären ihn, die Jungen tragen ihn aus, aber heute tragen ihn auch die Säuglinge und Greise aus.« Auf der nächsten Seite war nichts als ein runder brauner Fleck. Er hob das Notizbuch an die Nase und schnüffelte. Alkohol, dachte er voller Verachtung. Stinkt wie eine ganze Brauerei. Kein Wunder, daß er mit Barley Blair befreundet ist. Dann eine Doppelseite mit einer Reihe hysterischer Ausrufe:

- UNSER GRÖSSTER FORTSCHRITT LIEGT AUF DEM FELD DER RÜCKSTÄNDIGKEIT!
- DIE SOWJETISCHE LÄHMUNG IST DIE FORTSCHRITTLICHSTE DER WELT!
- UNSERE RÜCKSTÄNDIGKEIT IST UNSER GRÖSSTES MILITÄRISCHES GEHEIMNIS!
- WENN WIR UNSERE ABSICHTEN UND SCHLAGKRAFT SELBST NICHT KENNEN, WIE KÖNNEN WIR DANN EURE KENNEN?
- DER WAHRE FEIND IST UNSERE EIGENE UNFÄHIGKEIT!

Und auf der nächsten Seite ein Gedicht, sorgfältig von weiß der Himmel woher abgeschrieben:

Er drahtet hin und drahtet her
Und läßt die Leute doch nicht wissen,

Ob die Spur der Schlange nun
Nach Süden oder rückwärts führt.

Landau rappelte sich hoch, trat wütend ans Fenster und sah auf einen finsteren Hof, in dem sich alte Abfälle stapelten.

»Ein verrückter Wortartist, Harry. Das war mein Eindruck. Irgend so ein langhaariges, drogensüchtiges, hemmungsloses Genie, und sie hat sich ihm an den Hals geworfen, wie sie's alle tun.«

Zum Glück für sie hatte er kein Moskauer Telefonbuch zur Hand, sonst hätte er sie angerufen und ihr den Kopf gewaschen.

Um seinen Zorn noch mehr anzuheizen, nahm er das zweite Buch, befeuchtete die Fingerspitze und blätterte es schnell und verächtlich Seite für Seite durch, wobei er schließlich auf die Zeichnungen stieß. Und da flackerte eine große Leere in ihm auf, wie wenn mitten in einem Film die weiße Leinwand aufblitzt, und er verfluchte sich, daß er ein impulsiver kleiner Slawe war und kein cooler besonnener Engländer. Dann setzte er sich wieder aufs Bett, aber vorsichtig, als ob jemand darauf schliefe, den er mit seiner vorschnellen Verdammung verletzt haben könnte.

Denn so sehr Landau verachtete, was man allzuoft als Literatur gelten ließ, so unbegrenzt konnte er sich an technischen Dingen erfreuen. Eine ordentliche Seite voller Mathematik konnte er tagelang genießen, auch wenn er überhaupt nicht begriff, was er da betrachtete. Und er erkannte auf den ersten Blick, genau wie zuvor bei Katja, daß er hier etwas Solides vor Augen hatte. Gewiß, keine abgezirkelten Zeichnungen. Flüchtige Skizzen, deshalb aber um so besser. Mit freier Hand, ohne Hilfsmittel von jemandem gezeichnet, der mit dem Bleistift denken konnte. Tangenten, Parabeln, Kegel. Und dazwischen Fachausdrücke, wie Architekten oder Ingenieure sie benutzen, Worte wie »Zielpunkt« und »Reichweite«, »Neigungswinkel« und »Schwerkraft« und »Flugbahn« – »einiges in Englisch, Harry, und einiges in Russisch«.

Obwohl Harry nicht mein richtiger Name ist.

Doch als er begann, diese gestochen schön geschriebenen Worte im zweiten Buch mit dem wuchernden Dschungel im ersten zu vergleichen, mußte er zu seinem Erstaunen gewisse unverkennbare Ähnlichkeiten feststellen. So daß er das Gefühl hatte, eine Art schizophrenes Tagebuch zu betrachten, Band 1 verfaßt von Dr. Jekyll, Band 2 von Mr. Hyde.

Er warf einen Blick in das dritte Notizbuch, das ebenso ordentlich und bedeutungsvoll war wie das zweite, nur daß es wie ein mathematisches Tagebuch angelegt war mit Daten und Zahlen und Formeln; dazwischen tauchte wiederholt das Wort »Fehler« auf, oft unterstrichen oder mit einem Ausrufezeichen versehen. Und auf einmal war Landau gefesselt, konnte er den Blick nicht abwenden von dem, was er da las. Denn plötzlich hatte die anheimelnde Unverständlichkeit der technischen Fachsprache des Verfassers aufgehört. Ebenso sein philosophisches Gefasel und die erstklassigen Zeichnungen mit Anmerkungen. Die Worte sprangen mit greller Klarheit vom Blatt.

»Die amerikanischen Strategen können ruhig schlafen. Ihre Alpträume können nicht Realität werden. Der sowjetische Ritter stirbt in seiner Rüstung. Er ist eine untergeordnete Macht wie Ihr Großbritannien. Er kann einen Krieg beginnen, aber nicht führen und gewinnen. Glauben Sie mir.«

Landau sah weg. Ein Gefühl von Respekt, gemischt mit einem starken Selbsterhaltungsinstinkt, sagte ihm, er habe die Grabesruhe nun lange genug gestört. Er legte die drei Notizbücher zusammen, nahm das Gummiband und ließ es wieder darüberschnappen. Das wär's, dachte er. Von jetzt ab kümmere ich mich um meine Angelegenheiten und erfülle meine Pflicht. Das heißt, das Manuskript in mein adoptiertes England zu bringen und unverzüglich an Mr. Bartholomew Scott Blair alias Barley weiterzugeben.

Barley Blair, dachte er verwundert, als er seinen Schrank öffnete und den großen Aluminium-Handkoffer herauswuchtete, in dem er seine Muster aufbewahrte. Tjaja. Wie oft haben wir uns gefragt, ob wir einen Spion an unserem Busen nährten, und jetzt wissen wir's.

Landau war vollkommen ruhig, wie er mir versicherte. Wieder einmal hatte der Engländer das Kommando über den Polen übernommen: »Wenn Barley das konnte, konnte ich es auch, Harry, hab ich mir gesagt.« Und mir sagte er das auch, als er mich für kurze Zeit zu seinem Beichtvater ernannte. So was tun die Leute schon mal mit mir. Sie nehmen den unverwirklichten Teil meiner selbst wahr und reden mit ihm, als wäre er wirklich.

Er hob den Koffer aufs Bett, ließ die Schlösser aufspringen und nahm zwei audiovisuelle Einheiten heraus, die er auf Anordnung der sowjetischen Behörden aus seiner Auslage entfernt hatte – eine bebilderte Geschichte des zwanzigsten Jahrhunderts mit gesprochenem Kommentar, der willkürlich als anti-sowjetisch eingestuft worden war, und ein Handbuch des menschlichen Körpers mit Übungsbildern und Trimm-dich-Kassette, das die Beamten, nachdem sie die gelenkige Göttin in der Gymnastikhose verlangend angestiert hatten, für pornographisch erklärten.

Die Geschichts-Einheit war auf Glanzpapier gedruckt, wie ein Bildband aufgemacht und enthielt etliche Fächer für Kassetten, Begleittexte, fortlaufende Vokabelkarten und Notizen. Nachdem Landau diese Fächer geleert hatte, versuchte er, die Notizbücher darin unterzubringen, doch sie paßten nicht. Er beschloß, zwei Fächer in eins umzuwandeln; holte eine Nagelschere aus seinem Kulturbeutel, machte sich mit ruhiger Hand an die Arbeit und löste behutsam die Stahlklammern aus dem Falz in der Mitte.

Barley Blair, dachte er wieder, als er die Spitze der Nagelschere hineinbohrte. Ich hätt's mir denken können, und wenn auch nur, weil du der einzige warst, der es eigentlich nicht sein konnte. Mr. Bartholomew Scott Blair, letzter Sproß von Abercrombie & Blair – Spion. Die erste Klammer hatte sich gelockert. Er zog sie vorsichtig heraus. Barley Blair, der nicht mal einem reichen Pferd Heu verkaufen konnte, wenn es darum ging, seine sterbende Mutter an ihrem Geburtstag zu retten, wie wir zu sagen pflegten: ein Spion. Er begann nun, die zweite Klammer umzubiegen. Der seinen Ruhm hauptsächlich darauf gründete, daß er vor zwei Jahren auf der Belgrader Buchmesse Spikey Morgan mit Wodka pur unter den Tisch getrunken und dann die Band so wunderbar auf dem Tenorsaxophon begleitet hatte, daß sogar die Polizei applaudierte. Ein Spion. Ein Gentleman-Spion. Na, hier ist ein Brief von deiner Lady, wie es im Kinderlied heißt.

Er nahm die Notizbücher und versuchte, sie in den entstandenen Raum einzupassen, aber der reichte immer noch nicht. Er würde ein drittes Fach hinzunehmen müssen.

Den Säufer spielen; Landau kam mit seinen Gedanken nicht von Barley los. Den Narren spielen und uns zum Narren halten. Den Rest deines Familienvermögens verpulvern, das Ende der alten Firma noch schneller herbeiführen. O ja. Nur daß du es irgendwie immer geschafft hast, dir von einem dieser smarten City-Banker gerade noch aus der Patsche helfen zu lassen, war's nicht so? Und wie paßt deine Schachspielerei dazu? *Das* hätte ein Hinweis sein können, wenn Landau nur Augen dafür gehabt hätte! Wie kann ein Mann, der sich um den Verstand gesoffen hat, jeden X-beliebigen im Schach schlagen, Harry – ohne Schmu –, es sei denn, er ist ein ausgebildeter Spion?

Die drei Fächer waren jetzt ein Fach, die Notizbücher paßten halbwegs hinein, darüber stand noch der Aufdruck »Notizen«.

»Notizen«, erklärte Landau in Gedanken dem wißbegierigen jungen Zollbeamten am Scheremetjewo-Flughafen. »Notizen, mein Sohn, dort steht's ja. In diesem Fach kann der Schüler seine Notizen unterbringen. Und die Notizen, die Sie da in der Hand halten, stammen von einem Teilnehmer an diesem Kurs. Ich habe sie zu *Demonstrationszwecken* mitgenommen, verstehen Sie? Und diese Zeichnungen, die beziehen sich auf –«

Auf sozioökonomische Strukturen, mein Sohn. Auf demographische Verschiebungen. Auf Bevölkerungsstatistiken, von denen ihr Rußkis doch nie genug bekommen könnt, oder? Hier schon mal reingesehen? Das ist ein Aerobic-Buch.

Womit Landau seine Haut unter Umständen retten könnte, was davon abhinge, wie clever der Junge wäre und wieviel sie bereits wußten und wie sie an diesem Tag mit ihren Frauen klargekommen waren.

Doch in der langen Nacht, die vor ihm lag, und bei der Razzia im Morgengrauen, wenn sie die Tür eintreten und mit gezückten Pistolen hereinplatzen und brüllen würden: »Also, Landau, her mit den Notizbüchern!« – in diesem glücklichen Augenblick würde ihm die Sache mit dem Geschichtswerk herzlich wenig nützen. »Notizbücher, Wachtmeister? Notizbücher? Ach, Sie meinen diesen Haufen Müll, den mir irgendeine russische Schönheit gestern abend aufgedrängt hat. Die werden Sie wohl noch im Papierkorb finden, Wachtmeister, falls das Mädchen ihn nicht ausnahmsweise geleert haben sollte.«

Auch für diesen Fall bereitete Landau sorgfältig alles vor. Er nahm die Notizbücher wieder aus dem Fach und arrangierte sie kunstvoll im Papierkorb, so, als hätte er sie in seiner spontanen Wut nach dem ersten flüchtigen Blick dort hineingeschleudert. Damit sie nicht so allein dort lägen, warf er auch noch sein übriggebliebenes Informationsmaterial und Prospekte dazu und schließlich ein paar nutzlose Abschiedsgeschenke, die er erhalten hatte: den schmalen Band eines weiteren russischen Dichters, einen Tintenlöscher mit Blechrücken. Als letzten Touch fügte er ein paar ungestopfte Socken bei, wie nur ein reicher Westler sie wegwirft.

Wieder einmal muß ich, wie wir alle später, Landaus ungeschulten Einfallsreichtum bewundern.

Landau ging in dieser Nacht nicht zum Spielen aus. Er ertrug die vertraute Gefangenschaft seines Moskauer Hotelzimmers. Vom Fenster aus sah er die lange Dämmerung zur Nacht werden und die trüben Lichter der Stadt widerstrebend aufstrahlen. Er machte sich Tee in seinem kleinen Reisekocher und aß ein paar Fruchtriegel aus seiner eisernen Ration. Er dachte dankbar an die vollkommenste seiner Eroberungen. Lächelte wehmütig über andere. Er wappnete sich gegen Schmerzen und Einsamkeit und rief sich zur Unterstützung seine harte Kindheit ins Gedächtnis. Er ging Brieftasche, Aktenkoffer und Anzugtaschen durch und nahm alles heraus, was für ihn von besonderem persönlichem Wert war und wofür er sich nicht an einem kahlen Tisch verantworten wollte – einen scharfen Brief, den eine kleine Freundin ihm vor Jahren geschickt hatte und der ihm auch heute noch Appetit machen konnte; die Mitgliedskarte eines gewissen Videoversandklubs, dem er angehörte. Zunächst wollte er »die Sachen wie im Film verbrennen«, doch hielt ihn der Anblick der Rauchmelder an der Decke davon ab, obwohl er jeden Betrag gewettet hätte, daß sie nicht funktionierten.

Also riß er alles in winzige Schnipsel, steckte diese in eine Papiertüte und ließ sie aus dem Fenster zu dem anderen Müll im

Hof fallen. Danach streckte er sich auf dem Bett aus und sah der Dunkelheit zu. Manchmal kam er sich mutig vor, dann wieder hatte er solche Angst, daß er die Fingernägel in die Handflächen grub, so sehr mußte er an sich halten. Einmal schaltete er den Fernseher an in der Hoffnung auf gutgebaute kleine Turnerinnen, die er gern anschaute. Aber statt dessen bekam er den Imperator selbst zu sehen, wie er seinen bestürzten Kindern zum zigsten Mal erklärte, daß die alte Ordnung keine Kleider habe. Und als Spikey Morgan, bestenfalls halb betrunken, von der Bar des National bei ihm anrief, hielt Landau ihn zur Gesellschaft am Apparat, bis der alte Spikey eingeschlafen war.

Nur einmal, als seine Stimmung auf dem Tiefpunkt war, kam es Landau in den Sinn, sich bei der Britischen Botschaft zu melden und sein Problem mit Hilfe der Diplomatenpost zu lösen. Seine vorübergehende Schwäche machte ihn wütend. »Diese Lakaien?« fragte er sich höhnisch. »Die meinen Vater nach Polen zurückgeschickt haben? Denen würde ich nicht mal eine Ansichtskarte vom Eiffelturm anvertrauen, Harry.«

Im übrigen war es nicht das, worum sie ihn gebeten hatte.

Am Morgen zog er sich zu seiner Hinrichtung an, den besten Anzug, und steckte sich das Foto seiner Mutter unters Hemd.

Und so sehe ich Niki Landau noch immer vor mir, wenn ich mir seine Akte anschaue oder ihn zu unserer halbjährlichen sogenannten Auffrischung in Empfang nehme, wo er dann gern noch einmal von seiner glorreichen Stunde erzählt, bevor er ein weiteres Mal seine Unterschrift unter die Erklärung zur Schweigepflicht setzt: Ich sehe ihn unbekümmert mit seinem Metallkoffer auf jene Moskauer Straße treten, ohne die geringste Ahnung, was er da bei sich trägt, aber fest entschlossen, seinen tapferen kleinen Hals dafür zu riskieren.

Wie er mich sieht, falls er je an mich denkt, wage ich mir gar nicht vorzustellen. Hannah, die ich geliebt, aber enttäuscht habe, würde keinerlei Zweifel darüber hegen. »Als einen dieser Engländer halt, die nach außen hin Hoffnung ausstrahlen, aber keine im Herzen haben«, würde sie sagen, zornrot im Gesicht. Denn ich fürchte, heute spricht sie alles aus, was ihr einfällt. Viel von ihrer alten Nachsicht ist dahin.

2

Ganz Whitehall war sich einig, daß keine Geschichte jemals wieder so beginnen dürfe. Unterrichtete Minister gerieten in Harnisch. Sie setzten einen furchtbar geheimen Untersuchungsausschuß ein, der ermitteln sollte, was da falsch gelaufen war: Zeugen sollten vernommen, Namen genannt, niemand verschont, Schwachstellen aufgezeigt, Lücken geschlossen, einer Wiederholung vorgebeugt, ich zum Vorsitzenden ernannt und ein Bericht entworfen werden. Ob und zu welchen Schlüssen unser Ausschuß kam, bleibt das höchste Geheimnis aller, besonders der Ausschußmitglieder. Denn wie wir alle wissen, besteht die Funktion solcher Ausschüsse darin, mit großem Ernst daherzureden, bis der Staub sich gelegt hat, und sich dann selbst wieder in Staub aufzulösen. Und genau das tat auch unser Ausschuß vorschriftsmäßig, wie die verstimmte Cheshire Cat in Alices Wunderland; wir hinterließen nichts als unser furchtbar geheimes Stirnrunzeln, einen bedeutungslosen Zwischenbericht und einen Haufen geheimer Anhänge dazu in den Archiven des Schatzministeriums.

Gleich am Anfang wurde, um mich der weniger rücksichtsvollen Ausdrucksweise von Ned und seinen Kollegen im Rußlandhaus zu bedienen, ein ganz gewaltiger Scheiß gebaut, als zwischen fünf und halb neun an einem warmen Sonntagabend ein gewisser Nicholas P. Landau, Handelsvertreter und Steuerzahler in guten Verhältnissen, polnischer Abstammung, aber unbescholten, am Eingang von nicht weniger als vier verschiedenen Ministerien in Whitehall vorsprach und um ein dringendes Gespräch mit einem Beamten der, wie er sich auszudrücken beliebte, britischen Geheimdienstbranche ersuchte, nur um ausgelacht, abgewimmelt und in einem Fall physisch mißhandelt zu werden. Ob die beiden Aushilfspförtner des Verteidigungsministeriums allerdings so weit gingen, Landau an Kragen und Hosenboden zu packen, wie er behauptete, und so vor die Tür schleppten, oder ob sie ihm, wie *sie* es formulierten, bloß auf die Straße zurückhalfen, ist eine Frage, in der wir keine Übereinstimmung erzielen konnten.

Aber wieso, fragte unser Ausschuß streng, fühlten sich die beiden Pförtner überhaupt verpflichtet, ihm diese Hilfe angedeihen zu lassen?

Mr. Landau verweigerte uns einen Blick in seine Aktentasche, Sir. Ja, er bot an, wir könnten die Tasche in Verwahrung nehmen, während er wartete, vorausgesetzt, er behielt so lange den Schlüssel, Sir. Aber das war gegen die Vorschrift. Und, ja, er schüttelte sie vor unseren Augen, klopfte sie ab, schaukelte sie hin und her, offenbar, um uns zu demonstrieren, daß nichts darin sei, wovor wir Angst zu haben brauchten. Aber auch das war gegen die Vorschrift. Und als wir versuchten, ihm besagte Aktentasche mit einem Minimum an Gewalt abzunehmen, widersetzte sich dieser *Gentleman* – wozu Landau während ihrer Aussage verspätet geworden war – unseren Bemühungen, Sir, und begann laut und ruhestörend mit ausländischem Akzent herumzubrüllen.

Aber was brüllte er denn? fragten wir, entsetzt von der Vorstellung, daß jemand an einem Sonntag in Whitehall herumbrüllte.

Nun, Sir, soweit wir ihn in seinem erregten Zustand verstehen konnten, schrie er, diese seine Aktentasche enthalte hochgeheime Papiere, Sir. Die ihm von einem Russen anvertraut worden seien, Sir, in Moskau.

War doch bloß ein wildgewordener kleiner Pole, Sir, hätten sie noch hinzufügen können. An einem warmen Kricket-Sonntag in London, Sir, und wir sahen im Hinterzimmer das Wiederholungsspiel der Pakistanis gegen Botham.

Selbst im Außenministerium, diesem eiskalten Herd der offiziellen britischen Gastfreundlichkeit, wo der verzweifelte Landau endlich und höchst widerstrebend vorstellig wurde, gelang es ihm nur mit Hilfe von flehentlichen Appellen und einigen waschechten Slawentränen, das exklusive Gehör des Ehrenwerten Palmer Wellow zu finden, Verfasser einer anspruchsvollen Liszt-Monographie.

Und ohne eine neue Taktik hätten Landau wohl auch die Slawentränen nichts geholfen. Denn diesmal stellte er die Aktentasche offen auf den Schalter, so daß der Pförtner, ein junger, aber skeptischer Mann, seinen Pomadenkopf an das kürzlich installierte Panzerglas recken, mißmutig einen trägen Blick hineinwerfen und sich selbst davon überzeugen konnte, daß sie keine Bomben, sondern lediglich ein Bündel schmutziger alter Notizbücher und einen braunen Umschlag enthielt.

»Kommen-Sie-Montag-um-zehn-vor-fünf-wieder«, sagte der Pförtner über den wunderbar neuen Lautsprecher, als riefe er eine walisische Bahnstation aus, und verschwand wieder im Dunkel seiner Loge.

Das Tor stand halb offen. Landau sah den jungen Mann an, sah an ihm vorbei und erblickte die große Säulenhalle, die man vor hundert Jahren gebaut hatte, um die aufsässigen Radschas einzuschüchtern. Und schon hatte er seine Tasche geschnappt und wetzte, sämtliche scheinbar undurchdringlichen, zur Abwehr genau solcher Attacken errichteten Verteidigungsanlagen überwindend, mit einem Affenzahn – »wie ein verflixter Springbock, Sir« – über den geheiligten Hof und die Treppe zu der gewaltigen Vorhalle hinauf. Und er hatte Glück. Palmer Wellow, was immer er sonst sein mochte, gehörte zur Beschwichtigungsabteilung des Außenministeriums. Und Palmer hatte an diesem Tag Dienst.

»Hallo, *hallo*«, brummte Palmer, als er die breite Treppe hinunterkam und Landaus zerzauste Gestalt zwischen zwei kräftigen Sicherheitsbeamten keuchen sah. »Sie sind ja ganz schön aufgelöst. Mein Name ist Wellow. Ich bin der Sekretär vom Dienst.« Er hielt die linke Faust an seiner Schulter, als ob er Hunde verabscheute. Aber seine rechte Hand war zur Begrüßung vorgestreckt.

»Ich will keinen Sekretär«, sagte Landau. »Sondern einen hohen Beamten oder gar nichts.«

»Ein Sekretär ist schon *ziemlich* hoch«, versicherte ihm Palmer bescheiden. »Sie lassen sich von dem Ausdruck irritieren.«

Es wurde zu Recht vermerkt – auch von unserem Ausschuß –, daß an Palmer Wellows Aufführung bis dahin nichts auszusetzen war. Er war drollig, aber effektvoll. Er machte keinen falschen Schritt mit seinen gewichsten Schuhen. Er führte Landau in ein Besucherzimmer und bat ihn sehr höflich, Platz zu nehmen. Er bestellte ihm auf den Schrecken eine Tasse Tee mit Zucker und bot ihm einen Keks an. Mit einem teuren Füllfederhalter, dem Geschenk eines Freundes, notierte er sich Landaus Namen und Adresse und die der Firmen, die seine Dienste in Anspruch nahmen. Des weiteren die Nummer von Landaus britischem Paß sowie Ort und Jahr seiner Geburt, Warschau 1930. Er erklärte mit entwaffnender Aufrichtigkeit, daß er mit Geheimdienstsachen nichts zu tun habe, nahm es aber auf sich, Landaus Material an »kompetente Leute« weiterzuleiten, die ihm zweifellos die verdiente Aufmerksamkeit zuteil werden lassen würden. Und da Landau wiederholt darauf bestand, improvisierte er auf einem blauen Bogen Konzeptpapier des Außenministeriums eine Quittung für ihn, unterzeichnete sie und ließ den Pförtner Zeit und Datum dazustempeln. Er sagte ihm, falls noch etwas zu besprechen wäre, würden sich die zuständigen Stellen sehr wahrscheinlich, wohl per Telefon, mit ihm in Verbindung setzen.

Jetzt erst reichte Landau sein schmuddeliges Päckchen über den Tisch und sah es mit anhaltendem Bedauern in Palmers träger Hand verschwinden.

»Aber warum geben Sie es nicht einfach Mr. Scott Blair?« fragte Palmer, nachdem er den Namen auf dem Umschlag studiert hatte.

»Herrgott, ich hab's ja versucht!« platzte Landau in erneuter Verzweiflung heraus. »Wie gesagt. Ich habe überall nach ihm telefoniert. Ich habe nach ihm rumtelefoniert, bis ich ganz blau im Gesicht war, das sag ich Ihnen. Er ist nicht zu Hause, er ist nicht in seiner Firma, er ist nicht in seinem Club, er ist nicht nirgendwo«, beteuerte Landau, dem in seiner Frustration die Grammatik durcheinandergeriet. »Ich hab's vom Flughafen aus versucht. Naja, an einem Samstag.«

»Aber heute ist Sonntag«, wandte Palmer mit nachsichtigem Lächeln ein.

»Also war gestern Samstag, oder? Ich versuch's bei seiner Firma. Bloß ein elektronischer Pfeifton. Ich seh ins Telefonbuch. In Hammersmith gibt's einen. Nicht komplett, aber immerhin einen Scott Blair. Meldet sich eine wütende Lady und sagt, ich soll mich zum Teufel scheren. Ich kenne einen Vertreter, Archie Parr, bereist für ihn Westengland. Ich frage Archie: ›Archie, um Himmels willen, wie komm ich schnell an Barley ran?‹ – ›Der ist getürmt, Niki. Wieder mal verduftet. Ist seit Wochen nicht mehr im Laden gesichtet worden.‹ Ich versuch's mit der Auskunft. London, die Home Counties. Kein Bartholomew verzeichnet. Wäre ja auch seltsam, wenn er wirklich ein –«

»Wenn er ein was?« sagte Palmer interessiert.

»Sehen Sie, er ist verschwunden, ja? Er ist auch früher schon mal verschwunden. Dafür könnte es doch Gründe geben. Gründe, von denen Sie nichts wissen, weil Sie dazu nicht befugt sind. Könnte sein, daß Menschenleben auf dem Spiel stehen. Und nicht nur seins. Es ist absolut dringend, hat sie mir gesagt. Und streng geheim. Nun machen Sie schon. Bitte.«

Am selben Abend – abgesehen von einer langweiligen Krise am Golf und einem elenden Fernsehskandal über Geld und Soldaten in Washington war es ziemlich still an der Weltfront – ging Palmer zu einer ganz netten Party am Montpellier Place, die von einer Gruppe ehemaliger Mitstudenten in Cambridge veranstaltet wurde – Junggesellen wie er selbst, aber recht lustig. Auch davon bekam unser Ausschuß zu hören.

»Kennt übrigens einer von euch einen gewissen Scott Blair?« fragte Wellow sie zu später Stunde, als Landau ihm, während er ein paar Takte Chopin auf dem Klavier spielte, zufällig wieder ins Gedächtnis kam. »Hatten wir damals nicht einen Scott Blair dabei?« fragte er noch einmal, da es ihm nicht gelungen war, den Lärm zu übertönen.

»War ein paar Jahre über uns. Am Trinity«, drang verschwommen eine Antwort durch den Raum. »Hat Geschichte studiert. Jazzfanatiker. Wollte sein Geld mit Saxophonspielen verdienen. Sein Alter war dagegen. Barley Blair. War schon morgens immer stockvoll.«

Palmer Wellow spielte einen donnernden Akkord, der die geschwätzige Gesellschaft verblüfft zum Schweigen brachte. »Ich sagte: Ist er ein subversiver Spion?« fragte er laut.

»Der Vater? Ist tot.«

»Der Sohn, du Trottel. Barley.«

Wie jemand, der hinter einem Vorhang hervortritt, tauchte sein Informant aus dem Gewühl junger und weniger junger Männer auf und stand dann mit einem Glas in der Hand vor ihm. Und Palmer erkannte ihn erfreut als einen lieben Kumpel vom Trinity vor ewigen Zeiten.

»Ich fürchte, ich weiß wirklich nicht, ob Barley ein subversiver Spion ist oder nicht«, sagte Palmers Kumpel mit seiner notorischen Heiserkeit, während das Stimmengewirr im Hintergrund zu seiner vorherigen Lautstärke anschwoll. »Auf jeden Fall ist er ein Versager, falls das die Voraussetzung sein sollte.«

Nun doch neugieriger geworden, begab Palmer sich wieder in sein geräumiges Zimmer im Foreign Office und zu Landaus Umschlag und Notizbüchern, die er dem Hausmeister zur Aufbewahrung gegeben hatte. Und genau von da an nahmen seine Handlungen, wie es in unserem Zwischenbericht heißt, einen wenig hilfreichen Verlauf. Oder, wie Ned und seine Kollegen im Rußlandhaus es drastischer ausdrückten, jetzt hätte man P. Wellow in jedem zivilisierten Land an den Daumen an einer hohen Stelle der Stadt aufgehängt und dort in aller Ruhe über seine Qualifikation nachdenken lassen.

Denn was machte Palmer? Zwei Nächte und anderthalb Tage lang amüsierte er sich mit den Notizbüchern. Weil er sie unterhaltsam fand. Den hellbraunen Umschlag – auf den Landau inzwischen »Streng vertraulich, zu Händen von Mr. B. Scott Blair oder einem hohen Sicherheitsbeamten« geschrieben hatte – ließ er verschlossen, da er wie Landau einer Schule angehörte, die es für unschicklich hielt, anderer Leute Post zu lesen. Auf alle Fälle war der Umschlag an beiden Seiten zugeklebt, und Palmer war nicht der Mann, der sich mit handfesten Hindernissen herumschlug. Das eine Notizbuch aber – mit seinen verrückten Aphorismen und Zitaten, dem umfassenden Abscheu vor Politikern und Militärs, den willkürlichen Verweisen auf

Puschkin, den reinen Renaissancemenschen, und Kleist, den reinen Selbstmörder – faszinierte ihn.

Dringend kam ihm die Sache kaum vor, Verantwortung spürte er überhaupt nicht. Er war Diplomat und kein Freund, wie man die Spione nannte. Und Freunde waren in Palmers Zoologie Leute ohne die geistige Pferdestärke für das, was Palmer war. Er machte auch gar keinen Hehl aus seinem Groll darüber, daß das orthodoxe Foreign Office, dem er angehörte, immer mehr einer bloßen Deckorganisation für die skandalösen Aktivitäten der Freunde glich. Denn Palmer war auch ein Mann von eindrucksvoller, wenn auch etwas arbiträrer Bildung. Er hatte Arabisch studiert und moderne Geschichte mit Eins abgeschlossen. In seiner Freizeit hatte er sich mit Russisch und Sanskrit beschäftigt. Nichts war ihm fremd, außer Mathematik und gesundem Menschenverstand, was erklärt, warum er die faden Seiten voller algebraischer Formeln, Gleichungen und Diagramme der beiden anderen Notizbücher, die im Gegensatz zu dem philosophischen Gefasel des Verfassers einen langweilig disziplinierten Eindruck machten, nur durchblätterte. Und was ebenfalls erklärt – obwohl der Ausschuß Schwierigkeiten hatte, eine solche Erklärung hinzunehmen –, warum Palmer sich über die Geschäftsordnung für Diensthabende Sekretäre in bezug auf Überläufer und kontaktsuchende Agenten, ob angeworbene oder freiwillige, einfach hinwegsetzte und auf eigene Faust handelte.

»Er stellt völlig pauschal die verrücktesten Zusammenhänge her, Tig«, erzählte er am Dienstag einem wesentlich ranghöheren Kollegen von der Forschungsabteilung, nachdem er endlich beschlossen hatte, von seiner Errungenschaft Mitteilung zu machen. »Sie müssen ihn einfach mal lesen.«

»Aber woher wissen wir, daß es ein Er ist, Palms?«

Palmer hatte das im Gespür, Tig. Schwingungen.

Palmers ranghöherer Kollege besah sich das erste Notizbuch, dann das zweite; dann setzte er sich und starrte das dritte an. Dann musterte er die Zeichnungen im zweiten. Und dann schaltete sich alarmiert sein professionelles Ich ein.

»An Ihrer Stelle, Palms, würde ich denen dieses Zeug so schnell wie möglich zugehen lassen«, sagte er. Aber dann entschied er sich, es ihnen selber zuzuleiten, und zwar wirklich schnell, nachdem er Ned über die grüne Leitung angerufen und gebeten hatte, sich bereit zu halten.

Woraufhin dann, zwei Tage zu spät, die Hölle losbrach. Um vier Uhr am Mittwochmorgen brannten im Obergeschoß von Neds Außenstation in Victoria, einem gedrungenen Ziegelbau mit Namen Rußlandhaus, noch immer hell die Lichter, als die erste betäubte Versammlung des späteren Bluebird-Teams ihrem Ende zuging. Fünf Stunden später, nachdem er zwei weitere Versammlungen im Hauptquartier des Geheimdienstes in einem prächtigen neuen Hochhausblock am Embankment durchgestanden hatte, saß Ned wieder an seinem Schreibtisch, und die Akten türmten sich in so atemberaubendem Tempo vor ihm auf, als ob die Sekretärinnen beschlossen hätten, eine Straßensperre daraus zu errichten.

»Gottes Ratschlüsse mögen ja dunkel sein«, soll Ned in einer Pause zwischen zwei Lieferungen zu seinem rothaarigen Assistenten Brock gesagt haben, »aber das ist noch gar nichts gegen sein Vorgehen bei der Auswahl seiner Joes.«

Joe nennen wir bei uns eine lebende Informationsquelle, und die wiederum ist schlicht ein Spion. Spielte Ned auf Landau an, als er von »Joes« sprach? Auf Katja? Auf den namenlosen Verfasser der Notizbücher? Oder waren seine Gedanken bereits auf die nebulösen Umrisse dieses großen britischen Gentleman-Spions fixiert, auf Mr. Bartholomew Scott Blair? Brock wußte es nicht und fragte auch nicht. Er stammte aus Glasgow, aber von litauischen Eltern, und abstrakte Begriffe waren ihm ein Greuel.

Ich selbst mußte noch eine weitere Woche warten, ehe Ned nach gehörigem Widerstreben entschied, daß es Zeit sei, den alten Palfrey hinzuzuziehen. Der alte Palfrey bin ich, solange ich denken kann. Bis zum heutigen Tag habe ich nicht begriffen, was aus meinen Vornamen geworden ist. »Wo steckt der alte Palfrey?« sagen sie. »Wo ist der sündige Syndikus? Holt mal den alten Rechtsverdreher her! Das drück mal lieber Palfrey aufs Auge!«

Ich bin schnell weichzuklopfen. Bei mir braucht man nicht lange rumzustottern. Horatio Benedict de Palfrey lautet mein Name, aber die ersten beiden können Sie gleich vergessen, und das »de« ist aus irgendeinem Grund noch nie jemandem aufgefallen. Beim Service bin ich Harry, und als gehorsamer Mensch bin ich Harry auch oft für mich selbst. Des Abends allein in meiner winzigen Junggesellenwohnung, bin ich durchaus nicht abgeneigt, mich Harry zu nennen, während ich mir mein Kotelett brate. Rechtsberater der Illegalen, das bin ich, und früher mal Juniorpartner der erloschenen Kanzlei Mackie, Mackie & de Palfrey, Rechtsanwälte und Notare, mit Sitz in Chancery Lane. Aber das ist zwanzig Jahre her. Seit zwanzig Jahren bin ich ihr ergebenster Geheimdiener, allzeit bereit, die Waagschalen eben jener blinden Göttin zu plündern, der zu huldigen mein junges Herz erzogen wurde.

Palfrey bedeutet übrigens Zelter, ist also weder Streitroß noch Jagdpferd, sondern ein für Damen geeignetes Reitpferd. Nun, es hat nur eine kleine Dame gegeben, die diesen Palfrey ein Stück weit geritten hat; aber die ritt ihn fast ins Grab, und ihr Name war Hannah, und Hannah war der Grund dafür, daß ich schleunigst in der geheimen Zitadelle Zuflucht suchte, wo für Leidenschaft kein Platz ist, wo die Mauern so dick sind, daß ich weder ihre hämmernden Fäuste hören kann noch ihre tränenerstickte Stimme, die mich anfleht, sie hineinzulassen und dem Skandal die Stirn zu bieten, der einen jungen Rechtsanwalt am Beginn einer ehrbaren Laufbahn in solchen Schrecken versetzt hatte.

Ich würde mich ohne Hoffnung im Herzen hoffnungsvoll geben, sagte sie. Eine klügere Frau hätte solche Bemerkungen vielleicht für sich behalten, schien es mir immer. Wahrheitsliebe kommt manchmal einer Maßlosigkeit gleich.

»Wieso gibst du dich denn mit einem hoffnungslosen Fall ab?« fiel ich ihr ins Wort. »Wieso versuchst du immer wieder, den Patienten wiederzubeleben, wenn er doch tot ist?«

Die Antwort lautete wohl: Weil sie eine Frau war. Weil sie an die Erlösung männlicher Seelen glaubte. Weil ich für meine Unzulänglichkeit nicht genug bezahlt hatte.

Inzwischen habe ich dafür bezahlt, glauben Sie mir.

Hannah ist der Grund dafür, daß ich bis heute über die geheimen Flure wandle, meine Feigheit Pflicht und meine Schwäche Aufopferung nenne.

Hannah ist der Grund dafür, daß ich spätnachts hier in meiner grauen Zelle von Büro hocke, an deren Tür das Wort RECHT steht, von Stapeln von Akten und Tonbändern und Filmen umgeben wie beim Fall Jarndyce gegen Jarndyce, nur ohne die rosa Kordel, und unsere offizielle Tünche für die Operation anrühre, die wir Bluebird getauft haben, und für ihren Hauptdarsteller Bartholomew, alias Barley, alias Scott Blair.

Und Hannah ist auch der Grund dafür, daß der alte Palfrey, sogar während er an seinem Rechenschaftsbericht herumkritzelt, ab und zu den Stift niederlegt, den Kopf hebt und vor sich hinträumt.

Genau achtundvierzig Stunden nachdem die Notizbücher auf Neds Schreibtisch gelandet waren, wurde Niki zur britischen Fahne zurückgerufen, falls er sie jemals ernstlich verlassen haben sollte. Seit seiner kläglichen Tour durch Whitehall war Landau vor Wut und Demütigung ganz krank gewesen. Er war nicht zur Arbeit gegangen, hatte sich nicht um seine kleine Wohnung in Golders Green gekümmert, die er normalerweise hegte und pflegte wie den Mittelpunkt seines Lebens. Nicht einmal Lydia vermochte seine Trübsal zu vertreiben. Ich selbst hatte beim Innenministerium in aller Eile die Genehmigung zum Anzapfen seiner Leitung eingeholt. Als sie bei ihm anrief, hörten wir, wie er sie abwimmelte. Und als sie aufgelöst vor seiner Haustür erschien, ließ er sie nur auf eine Tasse Tee hinein und schickte sie dann wieder fort, wie unsere Observierer berichteten.

»Ich weiß nicht, was ich falsch gemacht habe, aber jedenfalls tut es mir leid«, soll sie bei ihrem Weggang traurig bemerkt haben.

Sie war eben erst auf der Straße, als Ned anrief. Später fragte mich Landau pfiffig, ob dies wohl ein Zufall gewesen sei.

»Niki Landau?« fragte Ned mit einer Stimme, der man anhörte, daß er nicht mit sich spaßen ließ.

»Schon möglich«, sagte Landau und setzte sich gerade hin.

»Mein Name ist Ned. Ich denke, wir haben einen gemeinsamen Freund. Namen tun nichts zur Sache. Sie waren neulich so freundlich, einen Brief für ihn abzugeben. Unter wenig erquicklichen Umständen, fürchte ich. Und ein Päckchen.«

Die Stimme begeisterte Landau sofort. Kompetent und gebieterisch. Die Stimme eines guten Beamten und nicht die eines Zynikers, Harry.

»Hm, ja, stimmt«, sagte er, aber Ned redete bereits weiter.

»Wir brauchen uns jetzt am Telefon nicht in Einzelheiten zu ergehen, aber ich finde, wir beide sollten mal ausführlich miteinander plaudern, und außerdem möchten wir Ihnen die Hand schütteln. Und zwar bald. Wann paßt es Ihnen?«

»Wann immer Sie wollen«, sagte Landau. Und mußte sich zurückhalten, »Sir« hinzuzufügen.

»Ich finde immer, jetzt ist der richtige Zeitpunkt. Was meinen Sie dazu?«

»Ich meine, mir fällt ein Stein vom Herzen«, sagte Landau mit einem Grinsen in der Stimme.

»Ich werde Ihnen einen Wagen schicken. Wird gleich kommen, also bleiben Sie einfach, wo Sie sind, und warten Sie auf das Klingeln an Ihrer Tür. Es ist ein grüner Rover, mit einem B-Kennzeichen. Der Fahrer heißt Sam. Sollten Sie nicht sicher sein, lassen Sie sich seine Karte zeigen. Genügt Ihnen auch das nicht, rufen Sie die Nummer darauf an. Alles klar?«

»Unserem Freund geht's doch gut, oder?« Landau konnte die Frage einfach nicht zurückhalten, aber Ned hatte schon aufgelegt.

Zwei Minuten später klingelte es. Der Wagen hat unten um die Ecke gewartet, dachte Landau, als er wie im Traum die Treppe hinabschwebte. Genau. Ich bin in den Händen von Profis. Das Haus im schicken Stadtteil Belgravia war, wie die ganze Häuserzeile, erst kürzlich renoviert worden. Die frischgetünchte Fassade strahlte Landau im Licht der Abendsonne anheimelnd an. Ein erhabener Palast, Wohnstatt der geheimen Mächte, die unser Leben regieren.

Verein für internationale Zusammenarbeit stand auf dem polierten Messingschild neben den Säulen des Eingangs. Die Tür ging bereits auf, als Landau die Treppe hochstieg. Und als der uniformierte Portier sie hinter ihm schloß, sah Landau einen schlanken, aufrechten Mann von Anfang Vierzig durch die Sonnenstrahlen auf sich zukommen, zuerst die gepflegte Silhouette, dann das gesund und gut aussehende unbeirrbare Gesicht; dann der Händedruck: diskret, aber zuverlässig wie ein Marinesalut.

»Gut gemacht, Niki. Treten Sie ein.«

Gute Stimmen gehören nicht immer zu guten Gesichtern, aber bei Ned war es so. Als Landau ihm in das ovale Arbeitszimmer folgte, hatte er das Gefühl, über schlichtweg alles mit ihm reden zu können, und Ned würde doch auf seiner Seite bleiben. Ned hatte große Anlagen zum Verführer, und Landau nahm an ihm eine ganze Menge Eigenschaften wahr, die ihm auf der Stelle gefielen: den behutsamen Charme, das maßvoll gepflegte Äußere, die verhaltenen Führungsqualitäten und das »Treten Sie ein«. Landau witterte auch den Polyglotten in ihm, denn er war selbst einer. Er brauchte nur einen russischen Namen oder Ausdruck fallenzulassen, und schon griff Ned ihn lächelnd auf und revanchierte sich mit einer eigenen Redewendung. Er war einer von uns, Harry. Wenn man ein Geheimnis mit sich herumtrug, war er der Mann, dem man es erzählen konnte, nicht so wie diese Niete im Foreign Office.

Andererseits erkannte Landau erst, als er dann zu reden begann, wie nötig er es gehabt hatte, sich jemandem anzuvertrauen. Er machte den Mund auf, und schon war er weg. Von da an konnte er sich nur noch selbst verblüfft beim Reden zuhören, denn er sprach nicht allein von Katja und den Notizbüchern, und warum er sie entgegengenommen und wie er sie versteckt hatte, sondern auch von seinem ganzen bisherigen Leben, von seiner Unsicherheit wegen seiner slawischen Herkunft, von der Liebe, die er trotz allem für Rußland hegte, und von seinem Gefühl, als ob er irgendwo zwischen zwei Kulturen hinge. Nicht, daß Ned ihn dazu ermuntert oder etwa zu bremsen versucht hätte. Er war der geborene Zuhörer. Er rührte sich nur, wenn er sich auf kleinen Karten saubere Notizen machte; und wenn er ihn einmal unterbrach, dann nur, um irgendein ungewöhnliches Detail zu klären – zum Beispiel den Augenblick auf dem Flughafen Scheremetjewo, als Landau ohne jede Kontrolle durch die Abflughalle gewinkt wurde.

»Wurde mit Ihrer ganzen Gruppe so verfahren oder nur mit Ihnen?«

»Mit allen. Ein Nicken, und wir waren durch.«

»Sie fühlten sich nicht auf irgendeine Weise bevorzugt behandelt?«

»Wieso das?«

»Sie hatten nicht den Eindruck, daß man Sie vielleicht anders behandelte als die anderen Leute? Zum Beispiel besser?«

»Wir sind da durchmarschiert wie ein Haufen Schafe. Eine Herde«, verbesserte sich Landau. »Wir gaben unser Visum ab, und das war's.«

»Haben Sie bemerkt, ob andere Gruppen in demselben Tempo abgefertigt wurden?«

»Die Rußkis machten keinen sehr eifrigen Eindruck. Vielleicht war es der sommerliche Samstag. Vielleicht war es Glasnost. Ein paar wurden zur Kontrolle herausgeholt, die anderen durchgewinkt. Ehrlich gesagt, ich kam mir vor wie ein Idiot. Meine ganzen Vorsichtsmaßnahmen waren völlig überflüssig.«

»Sie waren keineswegs ein Idiot. Sie haben das wunderbar gemacht«, sagte Ned, ohne im geringsten gönnerhaft zu wirken, während er wieder etwas notierte. »Und im Flugzeug: Wissen Sie noch, wer da neben Ihnen saß?«

»Spikey Morgan.«

»Wer noch?«

»Niemand. Ich saß am Fenster.«

»Welche Sitznummer?«

Landau wußte sie auswendig. Es war die, die er nach Möglichkeit immer buchte.

»Haben Sie während des Fluges viel gesprochen?«

»Jede Menge, um genau zu sein.«

»Worüber?«

»Frauen hauptsächlich. Spikey ist in Notting Hill mit zwei Freiberuflerinnen zusammengezogen.«

Ned lachte freundlich. »Und haben Sie Spikey von den Notizbüchern erzählt? Erleichtert, wie Sie waren, Niki? Unter solchen Umständen wäre das etwas völlig Natürliches. Sich jemandem anzuvertrauen.«

»Nicht im Traum hätte ich daran gedacht, Ned. Bei keiner Menschenseele. Ich habe nichts gesagt und werde auch nie etwas sagen. Ihnen erzähle ich das nur, weil er verschwunden ist und Sie offiziell zuständig sind.«

»Und was ist mit Lydia?«

Dieser Angriff auf seine Würde brachte Landaus Bewunderung für Ned kurzzeitig ins Wanken; er vergaß sogar sein Befremden über Neds Vertrautheit mit seinen Verhältnissen. »Meine Ladies wissen wenig von mir, Ned. Vielleicht bilden sie sich ein, mehr zu wissen«, antwortete er. »Aber von meinen Geheimnissen wissen sie garantiert nichts, weil ich sie nicht einweihe.«

Ned notierte weiter. Die akkurate Bewegung des Stifts, aber auch die ihm unterstellte Indiskretion muß Landau dann irgendwie provoziert haben, es noch einmal zu riskieren; denn ihm war bereits aufgefallen, daß jedesmal, wenn er anfing, von Barley zu reden, Neds so wohltuend beruhigende Miene gleichsam zu erstarren schien.

»Mit Barley ist doch alles in Ordnung, oder? Er hatte nicht zufällig einen Unfall oder so was?«

Ned schien ihn nicht zu hören. Er nahm eine neue Karte und schrieb weiter.

»Barley hätte sich wohl an die Botschaft gewandt, nehme ich an?« sagte Landau. »Er als Profi. Barley. Seine Schachspielerei verrät ihn, falls Sie's wissen wollen. Meiner Meinung nach sollte er das lassen. Jedenfalls in der Öffentlichkeit.«

Jetzt, erst jetzt hob Ned den Kopf vom Papier. Und Landau sah einen steinernen Ausdruck auf seinem Gesicht, der ihn noch mehr erschreckte als das, was er sagte: »Wir pflegen Namen nicht einfach so zu erwähnen, Niki«, sagte Ned ganz ruhig. »Nicht einmal unter uns. Sie konnten das nicht wissen, haben also nichts falsch gemacht. Aber tun Sie's bitte nicht wieder.« Vielleicht, weil er sah, wie seine Worte auf Landau gewirkt hatten, stand er auf, schlenderte zu einem Beistelltisch aus Satinholz, schenkte aus einer Karaffe zwei Gläser Sherry ein und bot Landau eins an. »Übrigens, ja, es ist alles in Ordnung mit ihm«, sagte er.

So tranken sie einen stummen Toast auf Barley, dessen Name, wie Landau sich inzwischen zehnmal geschworen hatte, ihm nie mehr über die Lippen kommen sollte.

»Wir möchten nicht, daß Sie nächste Woche nach Danzig fahren«, sagte Ned. »Sie bekommen von uns ein ärztliches Attest und eine Entschädigung. Sie sind krank. Verdacht auf Magengeschwür. Und halten sich fürs erste von der Arbeit fern. Was dagegen?«

»Ich tue alles, was Sie sagen«, erklärte Landau.

Doch bevor er ging, unterschrieb er, von Ned gütig beobachtet, eine Erklärung zur Schweigepflicht. Juristisch betrachtet, ist dies ein witzloses Dokument, das lediglich den Unterzeichner und sonst niemanden beeindrucken kann. Aber so gesehen, macht die Verordnung ihren Erlassern wahrlich kaum Ehre.

Danach schaltete Ned die Mikrofone und versteckten Kameras aus, auf denen die zwölfte Etage bestanden hatte, da es sich zu einer so wichtigen Operation entwickelte.

Und bis dahin machte Ned alles allein; das war sein gutes Recht als Leiter des Rußlandhauses. Außenagenten sind vor allem Einzelgänger. Nicht mal den alten Palfrey ließ er kommen, um sich die Leviten lesen zu lassen. Noch nicht.

War Landau sich bis zu diesem Nachmittag vernachlässigt vorgekommen, so erstickte er nun schier an der Aufmerksamkeit, die ihm für den Rest der Woche zuteil wurde. Am frühen Dienstagmorgen bat Ned ihn am Telefon mit der ihm eigenen Höflichkeit, bei einer Adresse in Pimlico vorstellig zu werden. Es war ein Wohnblock aus den dreißiger Jahren, mit grüngestrichenen, gewölbten Stahlrahmenfenstern und einem Eingang, der zu einem Kino hätte gehören können. In Gegenwart von zwei Männern, die er nicht vorstellte, forderte Ned Landau wortkarg auf, seine Geschichte ein zweites Mal zu erzählen, und überließ ihn dann den Wölfen zum Fraß.

Als erstes sprach ein äußerst gereizter, undefinierbarer Mann mit babyrosa Wangen, babyhellen Augen und flachsfarbenem Jackett, das zu seinem zerzausten flachsfarbenen Haar paßte. Auch seine Stimme war undefinierbar. »Sie sagten doch: ein blaues Kleid? Mein Name ist Walter«, fügte er hinzu, als ob ihn diese Neuigkeit selbst verwirrte.

»In der Tat, Sir.«

»Sind Sie sicher?« flötete er und wiegte den Kopf; er hob die seidigen Brauen und sah Landau schief an.

»Absolut, Sir. Ein blaues Kleid mit einer braunen Schnäppchentasche. Die meisten Schnäppchentaschen sind Netze. Ihre war aus braunem Plastik. ›Niki‹, sagte ich zu mir, ›heute ist zwar nicht der richtige Tag, aber falls du später mal mit dieser Lady ins Heu gehen willst, was ja durchaus sein könnte, dann könntest du ihr doch aus London eine hübsche blaue Handtasche mitbringen, passend zu ihrem blauen Kleid.‹ Deswegen erinnere ich mich daran. Diese Verbindung habe ich nicht vergessen, Sir.«

Immer wieder, wenn ich mir die Bänder anhöre, finde ich kurios, daß Landau Walter mit »Sir« anredete, während er Ned nie anders als Ned nannte. Freilich war dies bei Landau keineswegs ein Zeichen für Respekt, sondern eher für eine gewisse Befangenheit, die Walter bei ihm auslöste. Denn Landau war schließlich ein Frauenheld, was man von Walter ganz und gar nicht behaupten konnte.

»Und die Haare *schwarz*, sagen Sie?« sang Walter, als ob schwarze Haare Leichtgläubigkeit forcierten.

»Schwarz, Sir. Seidig schwarz. Fast rabenschwarz. Ganz sicher.«

»Nicht etwa gefärbt?«

»Ich kenne den Unterschied, Sir«, sagte Landau und tippte sich an den Kopf; denn inzwischen war er soweit, daß er ihnen alles preisgeben wollte, selbst das Geheimnis seiner ewigen Jugend.

»Vorhin sagten Sie, sie sei aus Leningrad. Wie kamen Sie darauf?«

»Durch ihr Auftreten, Sir. Sie hatte Klasse, ich sah in ihr eine russische Römerin. So kam sie mir vor. Petersburg.«

»Armenisches haben Sie nicht bemerkt? Oder Georgisches? Oder zum Beispiel Jüdisches?«

Über letzteren Punkt dachte Landau nach, wies ihn dann aber zurück. »Ich bin selbst Jude. Ich will nicht behaupten, man müsse einer sein, um so was zu merken, aber bei mir hat eindeutig nichts geklingelt.«

Ein Schweigen, das man als betreten hätte bezeichnen können, schien ihn vom Weiterreden abzuhalten. »Offen gesagt, ich finde es übertrieben, darauf zu pochen, Jude zu sein. Wenn man unbedingt einer sein will, schön und gut. Aber wenn man das nicht braucht, sollte einen niemand dazu zwingen. Ich selbst bin zunächst einmal Brite, dann Pole, und alles andere kommt danach. Und wenn noch so viele Leute es lieber andersherum hätten. Das ist deren Problem.«

»Gut gesagt!« rief Walter energisch und schnipste kichernd mit den Fingern. »Ja, das bringt die Sache auf den Punkt. Und ihr Englisch war wirklich recht gut, sagen Sie?«

»Mehr als gut, Sir. Klassisch. Könnte uns allen ein Beispiel sein.«

»Wie eine Lehrerin, sagten Sie.«

»Das war mein Eindruck«, sagte Landau. »Lehrerin, Professorin. Ich spürte, sie war gebildet. Intelligent. Willensstark.«

»Könnte sie nicht etwa Dolmetscherin gewesen sein?«

»Gute Dolmetscher sind meiner Meinung nach zurückhaltend, Sir. Diese Lady drängte sich gewissermaßen vor.«

»Also ich muß sagen, das ist eine ziemlich gute Antwort«, sagte Walter und zupfte an seinen rosa Manschetten herum. »Und sie trug einen Ehering. Bravo.«

»Ganz bestimmt, Sir. Einen Verlobungsring und einen Ehering. Das ist das erste, worauf ich nach dem Üblichen achte; und in Rußland muß man, anders als in England, den Blick umstellen, weil dort die Mädchen ihre Eheringe an der rechten Hand tragen. Ledige Russinnen sind die reinsten Nervensägen, und Scheidungen gibt's von der Stange. Gebt mir einen netten soliden Ehemann und ein paar Kinderchen, zu denen ich jederzeit nach Hause gehen kann. Dann stehe ich zu Diensten.«

»Setzen wir da mal an. Sie meinen also, daß sie auch Kinder hatte, oder nicht?«

»Ich bin davon überzeugt, Sir.«

»Ach kommen Sie, das ist doch unmöglich«, sagte Walter gereizt und zog plötzlich den Mund nach unten. »Oder können Sie etwa hellsehen?«

»Die Hüften, Sir. Die Hüften und ihre Würde trotz ihrer Angst. Sie war keine Juno, sie war keine Nymphe. Sie war eine Mutter.«

»Größe?« keifte Walter in höchsten Tönen, während seine haarlosen Brauen wütend nach oben schnellten. »Können Sie uns ihre Größe angeben? Denken Sie an sich. Vergleichen Sie sich mit ihr. Sehen Sie nach oben oder unten?«

»Über dem Durchschnitt. Wie schon gesagt.«

»Also größer als Sie?«

»Ja.«

»Eins siebenundsechzig? Eins siebzig?«

»Eher letzteres«, sagte Landau mißmutig.

»Und noch mal ihr Alter? Sie waren da vorhin unsicher.«

»Wenn sie über fünfunddreißig ist, weiß sie's selber nicht. Prächtige Haut, gute Figur, eine schöne Frau in den besten Jahren, ganz besonders ihr Temperament, Sir«, erwiderte Landau mit schiefem Grinsen, denn so widerwärtig er Walter auch finden mochte, besaß er doch immer noch die Schwäche des Polen für Exzentriker.

»Es ist Sonntag. Nehmen Sie an, sie ist Engländerin. Würde sie zur Kirche gehen?«

»Mit Sicherheit hat sie über diese Frage gründlich nachgedacht«, sagte Landau zu seiner großen Überraschung, noch ehe er sich überhaupt auf eine Antwort besonnen hatte. »Sie könnte gesagt haben, es gibt *keinen* Gott. Sie könnte gesagt haben, es *gibt* einen Gott. Aber sie hätte die Frage nicht unentschieden gelassen, wie die meisten von uns es tun. Sie hätte sich damit befaßt, eine Entscheidung gefällt und danach gehandelt, wenn sie es für richtig gehalten hätte.«

Mit einemmal hatte sich Walters ganzes skurriles Gebaren in ein langes wulstiges Lächeln aufgelöst. »Sie *sind* aber gut«, erklärte er neidisch. »Sind Sie irgendwie wissenschaftlich ausgebildet?« fuhr er fort, und seine Stimme erhob sich wieder in die Wolken.

»Ein bißchen. Eigentlich nur für den Hausgebrauch. Was ich so mitbekomme.«

»Physik?«

»Bestenfalls mäßig, Sir. Ich habe mal Lehrbücher verkauft. Bin aber nicht sicher, ob ich die Prüfung schaffen würde, auch jetzt nicht. Aber ich will mal so sagen, sie haben mir geholfen, mich zu verbessern.«

»Was versteht man unter Telemetrie?«

»Nie davon gehört.«

»Weder in Englisch noch in Russisch?«

»In keiner Sprache, Sir, fürchte ich. Telemetrie ist an mir vorübergegangen.«

»SKR?«

»Wie bitte, Sir?«

»Streukreisradius. Meine Güte, er hat doch wahrlich genug darüber geschrieben in diesen komischen Notizbüchern, die Sie uns mitgebracht haben! Erzählen Sie mir nicht, SKR sei Ihnen nicht im Gedächtnis geblieben.«

»Ist mir nicht aufgefallen. Ich habe doch nur herumgeblättert. Mehr nicht. «

»Bis Sie an die Stelle mit dem sowjetischen Ritter kamen, der in seiner Rüstung stirbt. Wo Sie aufhörten zu blättern. Wieso?«

»Ich kam nicht dahin. Ich stieß zufällig darauf«

»Na schön, Sie stießen zufällig darauf. Und da bildeten Sie sich eine Meinung. Richtig? Darüber, was der Verfasser uns da erzählt. Wie sah diese Meinung aus?«

»Unfähigkeit, nehme ich an. Die taugen nichts, die Rußkis. Die sind zu dumm.«

»Zu dumm in welcher Beziehung?«

»Mit den Raketen. Sie machen Fehler.«

»Was für Fehler?«

»Alle möglichen. *Magnetische Fehler*. *Ziel*fehler, was immer das ist. Keine Ahnung. Das ist doch schließlich *Ihr* Job.«

Doch Landaus abweisende Grämlichkeit zeigte nur um so deutlicher, was für ein guter Zeuge er war. Denn wo er glänzen wollte und nicht konnte, beruhigte sie sein Versagen, wie Walter jetzt mit einer blasiert erleichterten Geste bestätigte.

»Nun, ich denke, er hat das phantastisch gemacht«, erklärte er, als wäre Landau vollkommen außer Hörweite, und fuchtelte wieder mit den Händen, diesmal in einer theatralisch abschließenden Geste.

»Er sagt uns, an was er sich erinnert. Er erfindet nichts hinzu, um seine Geschichte interessanter zu machen. So was tun Sie doch nicht, Niki?« fragte er besorgt und schlug die Beine auseinander, als kniffe es ihn im Schritt.

»Nein, Sir, da dürfen Sie beruhigt sein.«

»Ist das auch wahr? Ich meine, weil wir früher oder später dahinterkämen. Und damit würde alles, was Sie uns erzählt haben, seinen Glanz verlieren.«

»Nein, Sir. Es war so, wie ich gesagt habe. Nicht mehr, nicht weniger.«

»Davon bin ich überzeugt«, sagte Walter im Ton schlichten Vertrauens zu seinen Kollegen, als er sich wieder zurücklehnte. »Das Schwierigste in unserem Job oder jedem anderen Gewerbe ist, ›ich glaube‹ zu sagen. Niki ist eine natürliche Quelle; so einen kann man mit der Lupe suchen. Gäbe es mehr wie *ihn*, wären wir überflüssig.«

»Das ist Johnny«, spielte Ned den Adjutanten.

Johnny hatte welliges, ergrauendes Haar, ein breites Kinn und einen Aktenordner voller offiziell aussehender Telegramme. Mit seiner goldenen Uhrkette und dem maßgeschneiderten schwarzgrauen Anzug mochte er die Vorstellung einer ausländischen Bardame von einem Engländer verkörpern, gewiß aber nicht die Landaus.

»Niki, als erstes haben wir Ihnen zu danken, Kumpel«, sagte Johnny in trägem Ostküsten-Amerikanisch. Sein generöser Ton suggerierte: Wir sind die größten Nutznießer. Wir besitzen die Aktienmehrheit. Leider ist Johnny nun einmal so. Ein guter Beamter, aber unfähig, auf seiner amerikanischen Überlegenheit den Deckel zu lassen. Manchmal denke ich, das ist der große Unterschied zwischen amerikanischen Spionen und unseren eigenen. Amerikaner protzen mit ihrem Glück und äußern ihre Freude an Geld und Macht ganz unverhohlen. Es fehlt ihnen an jenem Instinkt der Verstellung, der uns armen Briten so natürlich ist.

Jedenfalls sträubten sich Landau augenblicklich die Nackenhaare.

»Was dagegen, wenn ich Ihnen ein paar Fragen stelle?« sagte Johnny.

»Wenn Ned einverstanden ist?« sagte Landau.

»Selbstverständlich«, sagte Ned.

»Wir sind jetzt also auf der Phonomesse. Es ist Nacht. Okay, Kumpel?«

»Naja, eher Abend, Johnny. «

»Sie begleiten diese Jekaterina Orlowa durch den Raum an den oberen Treppenabsatz. Wo die Wachen stehen. Sie verabschieden sich von ihr.«

»Sie hat sich bei mir eingehakt.«

»Sie hat sich bei Ihnen eingehakt, großartig. Vor den Wachen. Sie sehen sie die Treppe runtergehen. Sehen Sie sie auch auf die Straße treten, Kumpel?«

Ich hatte Johnny bis dahin noch nie das Wort »Kumpel« benutzen hören und nahm daher an, daß er Landau irgendwie ärgern wollte; so was lernen die CIA-Agenten bei ihren Hauspsychologen.

»Jawohl«, schnappte Landau.

»Wirklich auf die Straße? Denken Sie in aller Ruhe nach«, riet er mit der falschen Freundlichkeit des Advokaten.

»Auf die Straße und aus meinem Leben.«

Johnny wartete, bis er sicher war, daß jeder und vor allem Landau merkte, daß er wartete. »Niki, Kumpel, wir haben diesen oberen Treppenabsatz in den letzten vierundzwanzig Stunden überprüfen lassen. Von da oben ist die Straße überhaupt nicht zu sehen.«

Landaus Miene verfinsterte sich. Nicht vor Verlegenheit. Vor Wut. »Ich sah sie die Treppe runtergehen. Ich sah sie durchs Foyer in Richtung Straße gehen. Sie kam nicht zurück. Falls also nicht jemand in den letzten vierundzwanzig Stunden die Straße verrückt hat, was unter Stalin freilich jederzeit möglich gewesen wäre –«

»Bitte weiter«, sagte Ned.

»Ist ihr jemand nachgegangen?« fragte Johnny, um Landau noch ein bißchen mehr zu piesacken.

»Die Treppe runter oder auf die Straße?«

»Beides, Kumpel. Beides.«

»Nein, habe nichts gesehen. Schließlich habe ich sie nicht auf die Straße treten sehen, wie Sie mir soeben bewiesen haben. Aber wir könnten's doch gleich so machen: Sie antworten, und ich stelle die Fragen.«

Als Johnny sich lässig zurücklehnte, versuchte Ned zu vermitteln. »Niki, manches muß sehr sorgfältig überprüft werden. Es steht eine Menge auf dem Spiel, und Johnny folgt nur seinen Anweisungen.«

»Ich stehe auf dem Spiel«, sagte Landau. »Ich habe eine Aussage gemacht. Und es gefällt mir nicht, daß ein Amerikaner, der nicht mal Brite ist, daran herummeckert.«

Johnny hatte sich wieder seinem Aktenordner zugewandt. »Niki, würden Sie uns bitte die Sicherheitseinrichtungen für die Phonomesse beschreiben, soweit sie Ihnen aufgefallen sind?«

Landau holte krampfhaft Luft. »Also«, sagte er und fing noch einmal an: »Im Foyer hatten wir so zwei junge Polizisten rumhängen. Das sind die Leute, die Listen über alle Russen führen, die da ein- und ausgehen; ganz normale Sache. Dann diese Widerlinge oben im Flur. Männer in Zivil. Tagediebe werden sie genannt, *toptunys*«, fügte er für Johnny erklärend hinzu. »Nach ein paar Tagen kennt man diese Typen alle. Sie kaufen nichts, sie stehlen nichts aus den Auslagen und bitten nicht um Werbegeschenke, und einer von ihnen ist immer semmelblond, fragen Sie mich nicht, warum. Bei uns waren drei, die während der ganzen Woche nicht ausgetauscht wurden. Das waren die, die ihr auf der Treppe nachgesehen haben.«

»Ist das alles, Kumpel?«

»Soweit ich weiß, ja. Aber ich bin darauf gefaßt, daß Sie mir einen Irrtum nachweisen.«

»Sind Ihnen nicht auch zwei grauhaarige Damen unbestimmbaren Alters aufgefallen, die ebenfalls jeden Tag auf der Messe erschienen, die früh kamen und spät gingen und die ebenfalls nichts kauften, mit keinem der Standinhaber oder Aussteller Verhandlungen aufnahmen und auch sonst gar keinen legitimen Grund zum Besuch der Messe zu haben schienen?«

»Sie sprechen von Gert und Daisy, nehme ich an.«

»Wie bitte?«

»Zwei alte Schachteln vom Bibliotheksausschuß. Die kamen, um Bier zu trinken. Ihr Hauptvergnügen bestand darin, Prospekte von den Ständen zu reißen und Werbematerial zu schnorren. Gert und Daisy haben wir sie nach einer Rundfunksendung getauft, die während und nach dem Krieg recht populär war.«

»Sie sind nicht auf die Idee gekommen, daß diese Damen ebenfalls mit Observationsaufgaben betraut sein konnten?« Neds starke Hand war bereits ausgestreckt, um Landau zurückzuhalten, aber es war schon zu spät.

»Johnny«, kochte Landau über. »Wir reden von Moskau, ja? Moskau in Rußland, Kumpel. Wenn ich anfangen würde, darüber nachzudenken, wer da alles mit Observationsaufgaben betraut ist und wer nicht, käme ich weder morgens aus dem Bett noch abends hinein. Soweit ich weiß, sind da sogar die Vögel in den Bäumen verkabelt.«

Doch Johnny war schon wieder bei seinen Telegrammen. »Sie sagen, Jekaterina Borisowna Orlowa habe bemerkt, der Nachbarstand von Abercrombie & Blair sei tags zuvor nicht besetzt gewesen, richtig?«

»Ja, allerdings.«

»Aber *sie* haben Sie am Tag zuvor nicht gesehen? Ist das ebenfalls richtig?«

»Ja.«

»Sie sagen ferner, Sie hätten einen Blick für hübsche Frauen.«

»Richtig, vielen Dank, und möge er mir lange erhalten bleiben.«

»Meinen Sie nicht, sie hätte Ihnen dann auffallen müssen?«

»Ab und zu verpasse ich mal eine«, gestand Landau und lief schon wieder rot an. »Wenn ich mich abwende, wenn ich mich über einen Schreibtisch beuge oder auf der Toilette meine Notdurft verrichte, kann es vorkommen, daß meine Aufmerksamkeit für einen Augenblick nachläßt.«

Aber Johnnys Gelassenheit setzte sich jetzt durch.

»Sie haben Verwandte in Polen, nicht wahr, Mr. Landau?« Der »Kumpel« hatte offenbar ausgedient, denn beim Abhören des Bandes fiel mir auf, daß er ihn jetzt nicht mehr benutzte.

»Ja.«

»Eine ältere Schwester von Ihnen bekleidet einen hohen Posten in der polnischen Regierung?«

»Meine Schwester arbeitet für das polnische Gesundheitsministerium als Krankenhausinspektorin. Sie bekleidet keinen hohen Posten und ist bereits im Rentenalter.«

»Sind Sie jemals wissentliches Ziel von direkten oder indirekten Nötigungs- oder Erpressungsversuchen von Ostblockagenten oder im eigenen Auftrag handelnden Drittparteien gewesen?«

Landau wandte sich an Ned. »Was für ein Ziel? Die Frage ist mir zu hoch, fürchte ich.«

»Ob Sie dergleichen bemerkt haben«, sagte Ned mit warnendem Lächeln. »Bewußt mitbekommen.«

»Nein, habe ich nicht«, sagte Landau.

»Sind Sie auf Ihren Ostblockreisen mit Frauen dieser Länder intim gewesen?«

»Ich war mit einigen im Bett. Von intim kann keine Rede sein.« Mit hochgezogenen Schultern und den Händen vor seinen schaurigen Zähnen gab Walter wie ein ungezogener Schuljunge ein unterdrückt quiekendes Lachen von sich. Aber Johnny fragte unerschüttert weiter. »Mr. Landau, hatten Sie jemals zuvor Kontakt zu irgendwelchen Geheimdiensten irgendeines feindlichen oder befreundeten Landes?«

»Nein.«

»Haben Sie jemals irgendeinem Menschen von welchem Status oder Beruf auch immer – Zeitung, Detektei, Polizei, Militär – zu irgendeinem, womöglich ganz harmlosen Zweck Informationen verkauft?«

»Nein.«

»Und sind Sie weder jetzt noch jemals Mitglied einer kommunistischen Partei oder Friedensorganisation oder einer mit deren Zielen sympathisierenden Gruppe gewesen?«

»Ich bin britischer Staatsbürger«, gab Landau zurück und schob sein kleines Slawenkinn vor.

»Und Sie haben keine noch so unbestimmte, noch so nebulöse oder allgemeine Vorstellung von dem Material, mit dem Sie sich befaßt haben?«

»Ich habe mich nicht damit befaßt. Ich habe es weitergegeben.«

»Haben es aber dabei gelesen.«

»Was ich lesen konnte. Ein bißchen. Dann habe ich aufgegeben. Wie schon gesagt.«

»Warum?«

»Aus einem Gefühl des Anstands, wenn Sie's wissen wollen. Etwas, von dem Sie, wie ich langsam glaube, nicht geplagt werden.«

Weit davon entfernt, rot zu werden, griff Johnny geduldig in seinen Aktenordner. Er zog einen Umschlag hervor und aus dem Umschlag einen Packen postkartengroßer Fotos, die er wie Spielkarten auf den Tisch verteilte. Einige waren unscharf, alle waren grobkörnig. Bei einigen verstellten Gegenstände im Vordergrund die Sicht. Sie zeigten Frauen, die allein oder in Gruppen die Treppe eines kahlen Amtsgebäudes herunterkamen. Einige trugen Schnäppchentaschen, einige hatten den Kopf gesenkt und nichts in den Händen. Und Landau erinnerte sich, gehört zu haben, daß Moskauer Frauen, die in der Mittagspause kurz mal einkaufen gingen, alles, was sie brauchten, in ihre Jackentaschen stopften und ihre Handtaschen auf dem Schreibtisch liegen ließen, um so jedermann anzuzeigen, daß sie nur mal eben auf den Flur gegangen wären.

»Diese hier«, sagte Landau plötzlich und zeigte mit dem Zeigefinger auf sie.

Johnny ließ seinen nächsten Gerichtssaaltrick vom Stapel. Eigentlich war er viel zu intelligent für diesen ganzen Quatsch, doch das hielt ihn nicht davon ab. Er setzte eine enttäuschte und ungläubige Miene auf. Als hätte er Landau bei einer Lüge ertappt. Auf dem Videofilm ist es zu sehen, wie maßlos er seine Rolle übertrieb. »Wie können Sie so verdammt sicher sein, um Gottes willen? Sie haben sie doch *nie* im Mantel gesehen.«

Landau bleibt ungerührt. »Das ist die Frau. Katja«, sagte er fest. »Die würde ich überall erkennen. Katja. Sie hat die Haare hochgesteckt, aber das ist sie. Katja. Das ist auch ihre Tasche, aus Plastik.« Er starrt weiter auf das Foto. »Und ihr Ehering.« Für einen Augenblick scheint er zu vergessen, daß er nicht allein ist. »Ich würde dasselbe für sie morgen wieder tun«, sagt er. »*Und* übermorgen.«

Womit Johnnys feindselige Befragung des Zeugen zu einem befriedigenden Ende kam.

In den nächsten Tagen folgte ein rätselhaftes Interview auf das andere, stets an einem anderen Ort, stets, von Ned abgesehen, mit anderen Leuten, und Landau hatte immer mehr das Gefühl, daß die Sache einem Höhepunkt zustrebte. In einem Tonlabor hinter Portland Place wurden ihm Frauenstimmen vorgespielt, Russinnen, die Russisch sprachen, und Russinnen, die Englisch sprachen. Aber Katjas Stimme erkannte er nicht darunter. Ein anderer Tag war zu seiner Bestürzung dem Geld gewidmet. Nicht dem seiner Befrager, sondern seinem eigenen. Seine Kontoauszüge – wo zum Teufel hatten sie die her? Seine Steuererklärungen, Gehaltsabrechnungen, Ersparnisse, Hypothek und Lebensversicherungspolice, schlimmer als beim Finanzamt.

»Haben Sie Vertrauen zu uns, Niki«, sagte Ned – aber mit einem so aufrichtigen, beruhigenden Lächeln, daß Landau das Gefühl hatte, Ned müsse sich irgendwie für ihn eingesetzt haben, und alles würde sich bald zum Guten wenden.

Die werden mir einen Job anbieten, dachte er am Montag. Die werden mich wie Barley zu einem Spion machen.

Die versuchen, zwanzig Jahre nach seinem Tod die Sache mit meinem Vater in Ordnung zu bringen, dachte er am Dienstag.

Am Mittwoch morgen drückte dann der Fahrer Sam zum letztenmal auf Landaus Klingelknopf, und alles löste sich in Wohlgefallen auf.

»Wo geht's diesmal hin, Sam?« fragte Landau ihn fröhlich. »Ab in den Tower?«

»Sing-Sing«, sagte Sam, und sie amüsierten sich königlich.

Aber Sam brachte ihn weder zum Tower noch nach Sing-Sing, sondern zum Nebeneingang eines der Whitehall-Ministerien, die Landau nur elf Tage zuvor erfolglos zu stürmen versucht hatte. Der grauäugige Brock führte ihn eine Hintertreppe hinauf und verschwand. Landau betrat einen großen Raum mit Blick auf die Themse. Ihm gegenüber saßen an einem Tisch eine Reihe Männer. Links Walter mit korrekt gebundener Krawatte und geschniegeltem Haar. Rechts Ned. Beide sahen feierlich drein. Und zwischen ihnen saß, die Hände in Manschetten flach auf dem Tisch und abweisende Falten um den feinen Mund, ein jüngerer, elegant gekleideter Mann, den Landau zutreffend für einen Vorgesetzten der beiden anderen hielt und der, wie Landau sich später ausdrückte, aussah, als ob er aus einem anderen Film stammte. Er war aalglatt, verkniffen und herausgeputzt wie fürs Fernsehen. Sein Reichtum bestand nicht nur in Geld. Er war vierzig und machte Karriere, aber das Schlimmste an ihm war seine Unschuld. Er sah zu jung aus, um sich mit den Verbrechen der Erwachsenen zu befassen.

»Mein Name ist Clive«, sagte er mit verhaltener Stimme. »Treten Sie näher, Landau. Unser Problem ist, daß wir nicht wissen, was wir mit Ihnen machen sollen.«

Und nach Clive sah Niki Landau als allerletzten mich. Den alten Palfrey. Und Ned sah, daß er mich sah, und machte uns betont freundlich miteinander bekannt.

»Ach ja, Niki, das ist Harry«, sagte er nicht wahrheitsgemäß.

Bis dahin war noch niemand mit einer Berufsbezeichnung vorgestellt worden, aber bei mir machte Ned eine Ausnahme: »Harry ist unser Hausschiedsrichter, Niki. Er sorgt dafür, daß jedermann fair behandelt wird.«

»Angenehm«, sagte Landau.

Dies war mein erster bescheidener Auftritt in der Geschichte dieser Affäre: als juristischer Laufbursche, als Schlichter und Statist, als Abwiegler und schließlich als Chronist: mal Rosencrantz, mal Guildenstern, und nur gelegentlich Palfrey.

Und damit es Landau aber auch an gar nichts fehle, war auch noch Reg anwesend, ein großer, beruhigend wirkender Rotschopf. Reg führte Landau zu einem Armesünderstuhl in der Mitte des Zimmers und setzte sich dann neben ihn. Und Landau fand Reg auf der Stelle sympathisch; das war normal, denn Reg war von der Fürsorge; zu seinen Klienten gehörten Überläufer, aus dem Verkehr gezogene Außenagenten, aufgeflogene Agenten und andere Männer und Frauen, deren Beziehungen zu England ein wenig ins Wanken geraten könnten, wenn der alte Reg Wattle und sein trautes Weib Berenice ihnen nicht Händchen halten würden.

»Sie haben gute Arbeit geleistet, aber warum sie gut war, können wir Ihnen nicht sagen, denn das wäre zu unsicher«, fuhr Clive mit seiner nüchternen Stimme fort, als Landau es sich bequem gemacht hatte. »Schon das wenige, das Sie wissen, ist zuviel. Und wir können Sie nicht mit unseren Geheimnissen im Kopf durch Osteuropa ziehen lassen. Das ist zu gefährlich. Für Sie und alle Beteiligten. Während Sie uns also einerseits einen wertvollen Dienst erwiesen haben, sind Sie andererseits zu einem Risikofaktor geworden. Hätten wir jetzt Krieg, könnten wir Sie einsperren oder erschießen oder sonstwas. Haben wir aber nicht, jedenfalls nicht offiziell.«

Irgendwann auf seiner umsichtigen kleinen Reise an die Macht hatte Clive sich das Lächeln beigebracht. Freundlichen Leuten gegenüber war dies eine unfaire Waffe, ähnlich wie Schweigen am Telefon. Doch Clive kannte keine Unfairneß, da er auch das Gegenteil nicht kannte. Und Leidenschaft war für ihn eine Sache, die man benutzte, um andere Leute zu überreden.

»Immerhin könnten Sie mit dem Finger auf einige sehr wichtige Leute zeigen«, sprach er so ruhig weiter, daß alles still blieb, um ihn zu hören. »Ich weiß, Sie würden das nicht absichtlich tun, aber wenn man mit Handschellen an eine Heizung gefesselt ist, bleibt einem nicht mehr viel übrig. Früher oder später.«

Und als Clive glaubte, Landau nun genug Angst eingejagt zu haben, warf er mir einen Blick zu, nickte und beobachtete, wie ich die mitgebrachte pompöse lederne Aktenmappe öffnete und Landau das von mir vorbereitete umfangreiche Dokument aushändigte, dessen Inhalt darauf hinauslief, daß Landau für alle Zeiten auf jegliche Reisen hinter den Eisernen Vorhang zu verzichten habe, daß er das Land nur verlassen dürfe, wenn er Reg soundso viele Tage vorher davon in Kenntnis gesetzt und sich mit ihm über die Einzelheiten verständigt habe, und daß Reg, um etwaigen Mißgeschicken vorzubeugen, Landaus Paß in Verwahrung nehmen werde. Und daß er Reg oder jeden anderen, der ihm von den Behörden anstelle von Reg zugewiesen werde, unwiderruflich als seinen Lebensbegleiter zu akzeptieren habe, als Vertrauten, als weisen und diskreten Lenker aller seiner Angelegenheiten – einschließlich des heiklen Problems der steuerlichen Behandlung des beiliegenden Verrechnungsschecks über hunderttausend Pfund, ausgestellt auf die Fulhamer Filiale einer äußerst langweiligen Bank Großbritanniens.

Und daß er sich, zwecks regelmäßiger Furchteinflößung durch die Behörden, alle sechs Monate bei Harry, dem Rechtsberater des Service, zu einer Auffrischung seines Schweigegelöbnisses zu melden habe – bei dem alten Palfrey, dem ehemaligen Geliebten Hannahs, einem Mann, den das Leben so gebeugt hatte, daß man ihn unbesorgt damit betrauen durfte, anderen Menschen Halt zu gewähren. Und daß in Ergänzung, Entsprechung und Folge des Obengesagten alles, was irgendwie in Zusammenhang stand mit einer gewissen Russin und dem literarischen Manuskript ihres Freundes sowie mit dem Inhalt des besagten Manuskripts – so viel oder wenig er auch von dessen Bedeutung verstanden haben mochte – und mit der Rolle, die ein gewisser britischer Verleger dabei gespielt hatte, von diesem Augenblick an feierlich für null und nichtig, für tot und nie geschehen erklärt werde, von nun an bis in Ewigkeit, amen.

Das Ganze war in nur einem Exemplar vorhanden und würde in meinem Safe ruhen, bis es in den Reißwolf käme oder vor Alter zerfiele. Landau las es zweimal durch, und Reg las über seine Schulter mit. Dann versank Landau für eine Weile in Gedanken, ohne sonderlich darauf zu achten, wer ihm dabei zusah und wer da alles wollte, daß er unterschrieb und endlich aufhörte, ein Problem zu sein. Denn Landau wußte, in diesem Fall war er der Kunde und nicht der Händler.

Er sah sich am Fenster seines Moskauer Hotelzimmers stehen. Er dachte daran, wie sehr er sich gewünscht hatte, seine Wanderschuhe an den Nagel hängen zu können und ein weniger beschwerliches Leben zu führen. Und er amüsierte sich über die Vorstellung, daß sein Schöpfer ihn offenbar beim Wort genommen und den Lauf der Dinge entsprechend geleitet hatte, was ihm zu jedermanns Unbehagen ein leises Lachen entlockte.

»Na, ich hoffe, Johnny, der alte Yankee, bezahlt die Rechnung dafür, Harry«, sagte er.

Aber dieser Scherz erhielt nicht den verdienten Applaus, da er zufällig ins Schwarze traf. Also nahm Landau Regs Stift und unterschrieb; reichte mir die Urkunde und sah zu, wie ich meine eigene Unterschrift dazusetzte, Horatio B. de Palfrey, die nach zwanzig Jahren Übung dermaßen unleserlich ist, daß weder Landau noch sonst jemand, auch wenn ich Heinz Tomatensauce geschrieben hätte, den Unterschied erkannt haben würde; und dann legte ich die Urkunde in ihren ledernen Sarg zurück und drückte den Deckel zu. Hände wurden geschüttelt, gegenseitige Versicherungen ausgetauscht, und Clive murmelte »Wir danken Ihnen, Niki«, genau wie im Film, von dem Landau sich gelegentlich einredete, daß er darin mitwirkte.

Darauf schüttelten alle Landau noch einmal die Hand und sahen ihm nach, wie er wacker der untergehenden Sonne entgegenritt, oder genauer gesagt, wie er auf den doppelt so großen Reg einredend unbeschwert über den Flur davonschlenderte. Und dann warteten sie nervös darauf, daß die Überwachungsmaßnahmen anliefen, für die ich mit dem unfehlbaren Hinweis auf starkes Interesse seitens der Amerikaner bereits die Genehmigung eingeholt hatte.

Sie zapften sein Telefon im Büro und zu Hause an, lasen seine Post und befestigten eine elektronische Haftmine an der Hinterachse seines geliebten Triumph Coupé.

Sie beschatteten ihn in seiner Freizeit und veranlaßten eine Stenotypistin in seinem Büro, ihm während der letzten Wochen bis zum Ablauf der Kündigungsfrist als »verdächtigem Ausländer« auf die Finger zu sehen.

In den Bars, in denen er vorzugsweise auf Jagd ging, setzten sie potentielle Freundinnen auf ihn an. Aber alle diese plumpen und überflüssigen, eben von jenem starken Interesse seitens der Amerikaner diktierten Maßnahmen brachten nicht das geringste. Kein Hinweis auf Prahlereien oder Indiskretionen kam ihnen zu Ohren. Landau beklagte sich nicht, renommierte nicht, versuchte nicht an die Öffentlichkeit zu gehen. Er wurde tatsächlich zu einer der wenigen abgeschlossenen und rundum erfreulichen Kurzgeschichten der Branche.

Er war der perfekte Prolog: Er tauchte nie wieder auf.

Er machte nie den Versuch, mit Barley Scott Blair, dem großen britischen Spion, Kontakt aufzunehmen. Er verehrte ihn sein Leben lang. Selbst als er mit viel Pomp seinen Videoshop eröffnete und sich zu diesem Anlaß für sein Leben gern in der Gegenwart dieses tatsächlich geheimen britischen Helden gesonnt hätte, unternahm er nichts, um die Regeln zu seinen Gunsten auszulegen. Vielleicht war es für ihn Befriedigung genug zu wissen, daß auch er sich eines Nachts in Moskau, als die alte Heimat bei ihm anklopfte, seinem gelegentlichen Vorbild entsprechend verhalten hatte: wie ein englischer Gentleman. Vielleicht aber auch war der Pole in ihm zufrieden damit, daß er dem russischen Bären eine Nase gedreht hatte. Vielleicht aber war es auch die Erinnerung an Katja, was ihn nicht wanken ließ: die starke und tugendhafte Katja, die tapfere und schöne Katja, die noch in ihrer eigenen Angst daran gedacht hatte, ihn vor den ihm drohenden Gefahren zu warnen: »Sie müssen an das glauben, was Sie tun.«

Und Landau hatte daran geglaubt. Und Landau war, wie jeder von uns es sein sollte, stolz wie Oskar, daß er daran geglaubt hatte.

Auch sein Videoshop florierte. Wurde zu einer Sensation. Etwas üppig für den Geschmack einiger Leute, auch für den der Polizei von Golders Green, mit der ich ein paar freundliche Worte zu reden hatte. Für andere aber der reinste Balsam.

Und das Wichtigste: Wir konnten mit ihm zufrieden sein, weil er uns so sah, wie wir gern gesehen werden wollten: als allwissende, kompetente und heldenhafte Hüter der inneren Gesundheit unserer großen Nation. Eine Sichtweise, die Barley offenbar nie so ganz zu teilen vermochte – ebensowenig wie Hannah, sollte ich sagen, obwohl sie doch nur die Außenseite kannte, das, wohin sie mir nicht folgen durfte, den heiligen Ort, an dem es keine Kompromisse mehr gab, sondern nur noch, ihrer unerbittlichen Meinung nach, Verzweiflung.

»Sicher kein Allheilmittel, Palfrey«, hatte sie nur wenige Wochen zuvor gesagt, als ich aus irgendeinem Grund den Service rühmte. »Mir kommt er eher wie eine Krankheit vor.«

3

Es gibt, wie wir Altgedienten zu sagen pflegen, keine Geheimdienstoperation, die nicht gelegentlich zur Farce ausartet. Je größer die Operation, desto schallender das Gelächter, und es ist ein Faktum in der Geschichte des Secret Service, daß die wochenlange verdeckte Fahndung nach Bartholomew alias Barley Scott Blair genug Aufregung und Enttäuschungen produzierte, um ein ganzes Dutzend geheimer Netzwerke damit anzutreiben. Orthodoxe junge Neulinge wie Brock vom Rußlandhaus lernten auf diese Weise Barleys Leben hassen, noch ehe sie den Mann aufgespürt hatten, der es führte.

Nachdem sie fünf Tage lang hinter Barley hergeschnüffelt hatten, glaubten sie, alles über ihn zu wissen, bloß nicht, wo er war. Sie kannten seine freidenkerische Familie und seine kostspielige Erziehung, beides hatte ihm nichts genützt, und kannten die wenig erbaulichen Einzelheiten seiner Ehen, die alle gescheitert waren. Sie kannten das Café in Camden Town, wo er mit jedem zufällig hereinkommenden Arbeitsscheuen seine Schachpartien spielte. Dem als Scheidungsanwalt auftretenden Wicklow wurde Barley als echter Gentleman beschrieben, auch wenn die Schuld bei ihm liege. Unter den üblichen, ebenso billigen wie effektvollen Vorwänden hatten sie in Hove eine Schwester abgepaßt, die ihn verloren gab, in Hampstead Geschäftsleute, die ihm Briefe schrieben, in Grantham eine verheiratete Tochter, die ihn anhimmelte, und in der City einen bleichen schweigsamen Sohn, dessen Lippen so versiegelt waren, als hätte er ein Schweigegelöbnis abgelegt.

Sie hatten mit den Mitgliedern einer zusammengewürfelten Jazzband gesprochen, für die Barley gelegentlich Saxophon spielte, mit dem Sozialbeauftragten eines Krankenhauses, in dem er als Besucher registriert war, und mit dem Vikar einer Stadtkirche in Kent, in der er zu jedermanns Verblüffung Tenor sang. »Eine herrliche Stimme, wenn er mal auftaucht«, sagte der Vikar nachsichtig. Doch als sie, wiederum mit Unterstützung des alten Palfrey, sein Telefon anzapfen wollten, war gar nichts zum Anzapfen da, weil er seine Rechnung nicht bezahlt hatte.

Sogar in unseren eigenen Aufzeichnungen fanden sie eine Spur von ihm. Oder vielmehr die Amerikaner fanden sie für sie, was nicht gerade zu ihrer Begeisterung beitrug. Es sickerte nämlich durch, daß Barleys Name Anfang der sechziger Jahre, als jeder Engländer, der das Pech hatte, einen Doppelnamen zu führen, in Gefahr war, vom Secret Service rekrutiert zu werden, aufgrund irgendeines partiell befolgten bilateralen Sicherheitsabkommens zur Überprüfung nach New York durchgegeben worden war. Außer sich checkte Brock die Sache noch einmal im Zentralregister, wo man zunächst jegliche Kenntnis von Barleys Existenz bestritt, dann aber doch seine Karte aus einem Teil der weißen Kartei hervorzog, der noch auf Eingabe in den Computer wartete. Und durch diese weiße Karte fand Brock eine weiße Akte, die das Original des Überprüfungsbogens und Korrespondenz enthielt. Er stürzte in Neds Zimmer, als hätte er den Schlüssel zu allem gefunden. Alter: 22! Hobbies: Theater und Musik! Sport: nichts! Gründe, ihn in Betracht zu ziehen: ein Vetter namens Lionel bei der Leibgarde!

Nur die Abrechnung fehlte. Der Werbeoffizier hatte Barley ins Athenaeum zum Mittagessen eingeladen, danach ein »Erledigt« auf seine Akte gestempelt und sich sogar die Mühe gemacht, handschriftlich das Wort »endgültig« hinzuzufügen.

Dennoch wirkte sich diese kuriose, über zwanzig Jahre alte Episode indirekt auf ihre Einstellung zu ihm aus, genau wie die bizarren linksextremistischen Neigungen des alten Salisbury Blair, seines Vaters, über die sie sich eine Zeitlang den Kopf zerbrochen hatten. Derlei untergrub in ihren Augen Barleys Unabhängigkeit. Nicht in Neds Augen, denn Ned war aus härterem Holz. Aber in denen der anderen, Brock und der Jüngeren. Sie bekamen dadurch das Gefühl, irgendwie über Barley verfügen zu können, wenn auch nur als erfolglosen Anwärter auf ihre Geheimnisse.

Eine weitere Enttäuschung bereitete ihnen Barleys erbärmlicher Wagen, den die Polizei in Lexham Gardens vorschriftswidrig geparkt ausfindig machte; der rechte Kotflügel war eingedellt, die Konzession abgelaufen, und im Handschuhfach steckte neben einem Bündel Liebesbriefe in Barleys Handschrift eine halbe Flasche Scotch. Die Anwohner hatten sich schon seit Wochen über den Wagen beschwert.

»Abschleppen, entfernen, anzeigen oder einstampfen?« fragte der zuvorkommende Verkehrspolizist Ned am Telefon.

»Einfach vergessen«, erwiderte Ned lustlos. Trotzdem hasteten er und Brock in der vergeblichen Hoffnung auf einen Hinweis los. Wie sich herausstellte, waren die Liebesbriefe an eine Dame in Lexham Gardens gerichtet, ihm aber von ihr zurückgegeben worden. Sie sei, wie sie ihnen mit tragischer Miene versicherte, der letzte Mensch auf der Welt, der eine Ahnung habe, wo Barley sich zur Zeit befinde.

Erst am folgenden Donnerstag entdeckte Ned bei seiner geduldigen Überprüfung von Barleys monatlichen Kontoauszügen unter den Sollposten einen vierteljährlichen Dauerauftrag zugunsten einer Lissaboner Immobiliengesellschaft: hundert und ein paar Pfund an eine Real Sowieso Limitada. Er starrte ungläubig darauf. Starrte lange. Dann sagte er ein unflätiges Wort, obwohl er sonst nie fluchte. Dann rief er schleunigst bei der Reiseabteilung an und ließ die alten Passagierlisten von Gatwick und Heathrow überprüfen. Als die Reiseabteilung zurückrief, fluchte Ned noch einmal. Jetzt hatten sie's. Tagelang Telefonate, Gespräche und Türenknallen, Übertreten der Vorschriften in alle Richtungen, Beobachtungsprotokolle, Telegramme an befreundete, mit ihnen zusammenarbeitende Dienste in der Hälfte der Hauptstädte der Welt; die Demütigung ihrer vielgepriesenen Archivabteilung vor den Amerikanern. Doch niemand, mit dem sie gesprochen hatten, und keine ihrer

Nachforschungen hatte sie zu der einen entscheidenden, unerläßlichen, idiotischen Tatsache geführt, die allein sie zu wissen brauchten: daß Barley Blair vor zehn Jahren, nachdem er von einer entfernten Tante ein paar herrenlose Tausender geerbt hatte, sich einen bescheidenen pied-à-terre in Lissabon gekauft hatte, wo er sich regelmäßig von den Belastungen seiner vielseitigen Seele zu erholen pflegte. Es hätte Cornwall sein können, es hätte die Provence oder Timbuktu sein können. Aber zufällig war er auf Lissabon verfallen, in der Nähe des Wassers, gleich neben einem wilden Parkgelände und für etliche empfindliche Leute viel zu nahe am Fischmarkt.

Nach dieser Entdeckung senkte sich eine kampfbereite Ruhe über das Rußlandhaus, und Brocks knochiges Gesicht war vor Wut ganz fahl geworden.

»Wen haben wir denn in Lissabon?« fragte Ned ihn, plötzlich wieder mild wie eine Sommerbrise.

Dann rief er den alten Palfrey alias Harry an und versetzte ihn in ständige Einsatzbereitschaft, was, wie Hannah es ausgedrückt hätte, eine recht hübsche Beschreibung für meinen Zustand war.

Als Merridew hereinkam, saß Barley an der Bar. Von seinem Hocker aus hielt er dem ausgewanderten stockbetrunkenen Engländer Graves eine Predigt über die Natur des Menschen. Arthur Winslow Graves, Artilleriemajor, später als V-Mann zu Barley in die weiße Liste aufgenommen – sein einziger Anspruch auf geschichtlichen Ruhm, nur daß er nie davon erfahren hat. Barley wandte der Tür seinen langen gekrümmten Rücken zu; die Tür ging auf den Hof, und Merridew, ein fetter Dreißigjähriger, konnte sich erst einmal ordentlich verschnaufen, bevor er zum Schlag ausholte. Den halben Tag lang war er hinter Barley hergelaufen, und seine Wut hatte sich mit jedem Fehlschlag gesteigert:

Vor Barleys Wohnung, keine fünf Minuten Fußweg von hier, wo eine Engländerin mit vulgärem Akzent ihm durch den Briefkastenschlitz mitgeteilt hatte, er könne sie mal kreuzweise.

In der British Library, wo er von der Bibliothekarin erfahren hatte, daß Barley dort den Nachmittag mit Schmökern verbracht hatte; womit sie wohl andeuten wollte – auch wenn sie dies, direkt darauf angesprochen, prompt bestritt –, daß er stark alkoholisiert gewesen sei.

Und in einer scheußlichen Tudor-Kneipe in Estoril, wo Barley mit Freunden unter Plastikmusketen eine flüssige Abendmahlzeit eingenommen hatte und gerade eine halbe Stunde vorher lärmend abgezogen war.

Das Hotel – es selbst nennt sich lieber eine bescheidene *pensao* – war ein ehemaliges Kloster, so wie Engländer es schätzen. Um dorthin zu gelangen, mußte Merridew eine von Wein überrankte gepflasterte Treppe emporsteigen, und als er oben einen ersten vorsichtigen Blick riskiert hatte, mußte er schnell wieder runterlaufen, um Brock zu sagen, er solle loslaufen, »und ich meine wirklich laufen«, und vom Café an der Ecke aus Ned anrufen. Und dann mußte er noch einmal hochsteigen, weshalb er nun so außer Puste war und sich mehr als gewöhnlich ausgenutzt vorkam. Der Geruch von kühlem Sandstein und frisch gemahlenem Kaffee mischte sich mit dem der Nachtgewächse. Merridew war dafür nicht zugänglich. Er roch nichts. Nur das Wimmern ferner Straßenbahnen und das Hupen von Schiffen untermalte Barleys Monolog. Merridew nahm nichts davon wahr.

»Blinde Kinder können nicht *kauen*, Gravey, mein lieber reizender Alter«, erklärte Barley geduldig, während er dem Major die Spitze seines dürren Zeigefingers in den Nabel bohrte und seinen Ellbogen neben eine unbeendete Schachpartie auf der Bar stützte. »Wissenschaftliche Tatsache, Gravey. Blinden Kindern muß man das Beißen beibringen. Komm mal her. Mach die Augen zu.«

Zärtlich nahm Barley den Kopf des Majors in beide Hände und zog ihn zu sich her, zog die widerstandslosen Kiefer auseinander und schob ein paar Cashewnüsse hinein. »Gut gemacht. Und jetzt auf Kommando: mampf, mampf. Paß auf deine Zunge auf. Mampf. Noch mal.«

Merridew nahm dies als Stichwort; er hißte sein plumpvertrauliches Lächeln und wagte einen Schritt in die Bar, wo ihn neben dem Eingang zwei lebensgroße geschnitzte Mulattinnen in Galakleidung überraschten. Haarfarbe kastanienbraun,

Augenfarbe grün, memorierte er, während er Barleys äußere Merkmale wie bei einem Pferd überprüfte. Größe eins dreiundachtzig, glatt rasiert, Aussprache gut, schlanke Figur, Kleidung idiosynkratisch. Von wegen idiosynkratisch, dachte der rundliche Merridew, der noch immer außer Atem war, und musterte Barleys Safarijacke aus Leinen, seine grauen Flanellhosen und Sandalen. Was erwarten diese Idioten in London denn, was er an einem warmen Abend in Lissabon tragen soll? Nerz?

»Ach, verzeihen Sie«, sagte Merridew liebenswürdig. »Ich *suche* nämlich jemand. Vielleicht können Sie mir helfen?«

»Was beweist, mein lieber alter Armleuchter«, redete Barley weiter, nachdem er den Major behutsam wieder in eine senkrechte Stellung gebracht hatte, »daß es ungeachtet der Tatsache, daß der große Juju uns aus Fleisch geschaffen hat, nicht recht ist, Menschen zu essen.«

»Also, bitte verzeihen Sie, aber ich glaube fast, Sie sind Mr. Bartholomew Scott Blair«, sagte Merridew. »Ja? Stimmt's?«

Um ein militärisches Desaster zu verhindern, hielt Barley den Major am Revers fest und drehte sich auf seinem Hocker vorsichtig halb herum, während er Merridew in Augenschein nahm, von den Schuhen aufwärts bis zu seinem Lächeln.

»Mein Name ist Merridew, von der Botschaft. Allerdings bin ich der stellvertretende Handelsattaché. Es tut mir schrecklich leid. Wir haben über unsere Leitung ein ziemlich dringendes Telegramm für Sie erhalten. Wir dachten, Sie sollten gleich mal mitkommen und es sich ansehen. Hätten Sie was dagegen?«

Dann erlaubte sich Merridew eine törichte Geste, wie sie für pausbackige Beamte typisch ist. Er stieß einen Arm vor, wölbte die Hand und fuhr damit geschäftig über seinen Kopf, als wollte er sich vergewissern, daß sein Haar und seine Tarnung noch am rechten Ort saßen. Und diese ausholende, von einem dicken Mann in einem niedrigen Raum vollführte Gebärde schien in Barley Ängste zu wecken, die sonst vielleicht weitergeschlummert hätten, denn er wurde beunruhigend nüchtern.

»Soll das heißen, daß jemand gestorben ist, alter Junge?« fragte er mit einem so verkrampften Lächeln, als sei er auf den übelsten Scherz gefaßt.

»Sehen Sie doch bitte nicht gleich so schwarz, Sir. Es ist eine geschäftliche, keine konsularische Angelegenheit. Warum sonst ist es über unsere Leitung gekommen?« Er versuchte sich an einem besänftigenden Lächeln.

Aber Barley gab nicht nach. Keinen Zoll. Er sah noch immer in den Abgrund, wohin auch immer Merridew blicken mochte. »Also worum zum Teufel geht's denn nun eigentlich?«

»Weiß nicht«, gab Merridew verängstigt zurück. »Ein dringendes Telegramm. Nehmen Sie es doch nicht so persönlich. Diplomatenfunkspruch.«

»Wer macht es so dringend?«

»Niemand. Ich kann Ihnen den Inhalt doch nicht vor allen Leuten mitteilen. Es ist vertraulich. Nur für Sie bestimmt.«

Sie haben seine Brille vergessen, dachte Merridew, während er Barleys Blick standhielt. Rund. Gestell schwarz. Zu klein für seine Augen. Läßt sie auf die Nasenspitze rutschen, wenn er einen böse ansieht. Nimmt einen damit ins Visier.

»Wüßte von keinen anständigen Schulden, die nicht bis Montag warten können«, erklärte Barley und wandte sich wieder dem Major zu. »Machen Sie es sich bequem, Mr. Merridew. Nehmen Sie einen Drink mit dem Pöbel zu sich.« Merridew mochte alles andere als schlank oder großgewachsen sein. Aber er hatte Grips, er war schlau, und wie viele dicke Männer verfügte er über unvermutete Resourcen an Entrüstung, die er notfalls wie Schleusen öffnen konnte.

»Hören Sie, Scott Blair, Ihre Angelegenheiten gehen mich nichts an, zum Glück. Ich bin kein Gerichtsvollzieher, ich bin kein gewöhnlicher Botenjunge. Ich bin Diplomat, und ich genieße ein gewisses Ansehen. Ich latsche jetzt schon den halben Tag hinter Ihnen her, draußen warten ein Wagen und ein Mitarbeiter auf mich, und ich habe gewisse Rechte auf ein Privatleben. So leid es mir tut.«

Ihr Zwiegespräch hätte sich wohl noch endlos fortgesetzt, wäre der Major nicht unerwartet unter die Lebenden zurückgekehrt. Er ruckte die Schultern nach hinten, schlug seine Fäuste an die Hosennähte und verzog sein Kinn zu einer respektvollen Grimasse. »Königliche Vorladung, Barley«, bellte er. »Die Botschaft ist unser Buck House hier. Einladung ist ein Befehl. Dürfen Ihre Majestät nicht beleidigen.«

»Er ist nicht Ihre Majestät«, widersprach Barley geduldig. »Er hat keine Krone auf.«

Merridew überlegte, ob er Brock rufen sollte. Er versuchte ein gewinnendes Lächeln, doch Barley hatte seine Aufmerksamkeit dem Erker zugewandt, in dem vor einem leeren Kamin eine Vase mit vertrockneten Blumen stand. Er rief: »Okay? Alles fertig?«, als gälte dies einer Frau, mit der er eine Party besuchen wollte und die ihn ewig warten ließ. Doch Barleys verhärmter Blick blieb weiter auf die welken Blumen gerichtet. Er schien sein ganzes Leben in ihnen zu sehen, jede falsche Abzweigung und jeden falschen Schritt von dort nach hier. Und dann, als Merridew gerade die Hoffnung aufgeben wollte, begann Barley seinen Plunder in die Taschen seiner Safarijacke zu stopfen; ein Ritual, als breche er zu einer Jagd auf: seine verknautschte Brieftasche voller nicht eingelöster Schecks und ungültiger Kreditkarten; seinen Paß, schimmlig von Schweiß und zu vielen Reisen; Notizbuch und Stift, die er stets griffbereit hatte, um sich Perlen alkoholischer Weisheiten zu notieren, um darüber nachdenken zu können, wenn er nüchtern war. Und als er damit fertig war, warf er einen großen Geldschein auf den Tisch, wie jemand, der für lange Zeit kein Geld mehr brauchen würde.

»Bringen Sie den Major in sein Taxi, Manuel. Das heißt, helfen Sie ihm die Stufen runter und auf den Rücksitz, und zahlen Sie den Fahrer im voraus. Das Wechselgeld können Sie behalten. Mach's gut, Gravey. War lustig mit dir.«

Tau fiel. Zwischen den feuchten Sternen lag ein zunehmender Mond auf dem Rücken. Sie stiegen die Treppe hinunter, Merridew ging voran und mahnte Barley, auf die Stufen zu achten. Der Hafen wimmelte von Lichtern. Eine schwarze Limousine mit CD-Schild wartete am Bordstein. Daneben lauerte Brock nervös in der Dunkelheit. Weiter hinten stand ein zweiter Wagen, ohne Kennzeichen.

»Also, das ist Eddie«, stellte Merridew vor. »Eddie, ich fürchte, es hat etwas länger gedauert. Sie haben doch telefonieren können?«

»Klar«, sagte Brock.

»Zu Hause gibt's doch hoffentlich keine Aufregung, Eddie? Die Kleinen alle im Bettchen und so weiter? Das Frauchen empfängt Sie nicht mit dem Nudelholz?«

»Alles in Ordnung«, knurrte Brock, und es hörte sich an wie: Halt's Maul.

Barley saß auf dem Vordersitz, den Kopf an die Nackenstütze gelehnt, die Augen geschlossen. Merridew fuhr. Brock saß ganz ruhig im Fond. Der zweite Wagen setzte sich langsam in Bewegung, wie gute Verfolger es tun.

»Ist das Ihre übliche Fahrtroute zur Botschaft?« fragte Barley aus seinem scheinbaren Dämmerschlaf.

»Je nun, der Diensthabende hat das Telegramm mit zu sich nach Hause genommen, verstehen Sie?« erklärte Merridew großzügig, als antworte er auf eine besonders vernünftige Frage. »Ich fürchte, kommendes Wochenende werden wir die Botschaft gegen die Iren vernageln müssen. Tja.« Er schaltete das Radio ein. Eine Frau schluchzte kehlig ein triefendes Klagelied. »Fado«, erklärte er. »Ich schwärme für Fado. Ich glaube, nur deswegen bin ich überhaupt hier. Bestimmt sogar. In meinem Versetzungsantrag habe ich Fado als Grund angegeben.« Er begann mit der freien Hand zu dirigieren. »Fado«, erklärte er.

»Sind Sie die Leute, die hinter meiner Tochter hergeschnüffelt und ihr einen Haufen dumme Fragen gestellt haben?« fragte Barley.

»Tut mir leid, wir haben nur mit Handelssachen zu tun«, sagte Merridew und dirigierte aus Leibeskräften weiter. Doch innerlich war er über Barleys Mangel an Unschuld inzwischen ernstlich beunruhigt. Eher die als ich, dachte er, als er Barleys unbeherrschten Blick auf seiner rechten Wange spürte. Wenn es das ist, womit sich die Zentrale heutzutage rumzuschlagen hat, dann bewahre mich Gott vor einer Versetzung in die Heimat.

Sie hatten das Stadthaus von einem ehemaligen Mitglied des Service gemietet, einem britischen Bankier, der in Sintra ein zweites Haus besaß. Den Handel hatte der alte Palfrey für sie eingefädelt. Sie wollten kein offizielles Gebäude, nichts, was man ihnen hinterher zur Last legen könnte. Doch Alter und Lage des Hauses waren auf ihre Weise beredt genug. Eine schmiedeeiserne Kutschenlaterne beleuchtete den gewölbten Eingang. Die Granitplatten davor hatte man zertrümmert, damit die Pferde nicht ausglitten. Merridew läutete die Glocke. Brock hatte für alle Fälle dicht aufgeschlossen.

»Hallo. Treten Sie ein«, sagte Ned freundlich, als er die riesige verschnörkelte Tür aufmachte.

»Also ich geh dann, ja?« sagte Merridew. »Herrlich. Umwerfend.« Und weiteres Störfeuer quasselnd, hastete er zu seinem Wagen zurück, ehe ihm jemand widersprechen konnte. In diesem Moment fuhr der zweite Wagen vorbei wie ein guter Freund, der in gefährlicher Nacht einen anderen Freund vor seiner Haustür abgeliefert hat.

Während Brock sie von der Seite beobachtete, taxierten Ned und Barley einander mit einem langen Blick, wie nur Engländer von der gleichen Größe und Klasse und Kopfform es können. Und obwohl Ned dem Äußeren nach geradezu das Inbild ruhiger britischer Selbstbeherrschung und Ausgeglichenheit war und somit in mancher Hinsicht das genaue Gegenteil von Barley – und obwohl Barley schlaksig und knochig war und ein Gesicht hatte, das auch in Ruhestellung entschlossen schien, jenseits der eindeutigen Tatsachen weiterzuforschen – besaßen beide doch immer noch genug Gemeinsamkeiten, um sich gegenseitig anzuerkennen. Durch eine geschlossene Tür drang das Murmeln von Männerstimmen, doch Ned tat, als hätte er nichts gehört. Er führte Barley durch den Flur zu einem Bibliothekszimmer und sagte: »Hier hinein«, während Brock in der Vorhalle blieb.

»Wie betrunken sind Sie?« fragte Ned mit gedämpfter Stimme und reichte Barley ein Glas Eiswasser.

»Überhaupt nicht«, sagte Barley. »Wer hat mich entführt? Was geht hier vor?«

»Mein Name ist Ned. Ich will mal sagen, was Sache ist. Es gibt kein Telegramm, keine Krise in Ihren Angelegenheiten, die über das Übliche hinausgeht. Niemand ist entführt worden. Ich bin vom britischen Nachrichtendienst. Genau wie die Leute, die nebenan auf Sie warten. Sie haben sich einmal bei uns beworben. Jetzt können wir Ihre Hilfe gebrauchen.«

Es herrschte Stille, Ned wartete auf Barleys Antwort. Ned war genauso alt wie Barley. Fünfundzwanzig Jahre lang hatte er sich in der einen oder anderen Maske irgendwelchen Leuten, an die er herankommen mußte, als britischer Geheimagent offenbart. Dies aber war das erste Mal, daß einer seiner Kunden weder sprach, zwinkerte, lächelte, zurückwich noch sonst das geringste Erstaunen merken ließ.

»Ich weiß gar nichts«, sagte Barley.

»Vielleicht wollen wir ja, daß Sie etwas herausfinden.«

»Finden Sie es selbst heraus.«

»Geht nicht. Nicht ohne Sie. Deswegen sind wir ja hier.«

Während er weiter sein Wasser trank, schlenderte Barley zu den Bücherregalen hinüber, legte den Kopf schief und schielte über die runden Brillengläser nach den Titeln.

»Erst seid ihr Handelsattachés, dann Spione«, sagte er. »Warum reden Sie nicht mal mit dem Botschafter?«

»Dieser Trottel. War mit ihm in Cambridge.« Er zog ein gebundenes Buch heraus und warf einen Blick auf das Frontispiz. »Dreck«, sagte er mit deutlicher Verachtung. »Kauft ihr wohl meterweise. Wem gehört dieses Haus?«

»Der Botschafter wird es Ihnen bestätigen. Wenn Sie ihn fragen, ob er am Donnerstag Golf spielt, wird er Ihnen sagen, nicht vor fünf Uhr.«

»Ich spiele nicht Golf«, sagte Barley und nahm einen anderen Band heraus. »Ich spiele überhaupt nicht. Habe mich von allen Spielen zurückgezogen.«

»Ausgenommen Schach«, erinnerte ihn Ned und hielt ihm das aufgeschlagene Telefonbuch hin. Barley zuckte die Schultern und wählte die Nummer. Als er den Botschafter hörte, grinste er ordinär, wenn auch ziemlich perplex. »Spreche ich mit Tubby? Hier ist Barley Blair. Wie wär's mit einer Runde Golf am Donnerstag, der Leber zuliebe?«

Eine ätzende Stimme sagte, vor fünf sei nichts zu machen.

»Fünf ist doch prächtig«, gab Barley zurück. »Dann spielen wir eben im Dunkeln – das Arschloch hat aufgelegt«, beschwerte er sich und schüttelte den Hörer. Dann sah er Neds Hand auf der Gabel.

»Das Ganze ist kein Scherz, fürchte ich«, sagte Ned. »Sondern wirklich sehr ernst.«

Wieder in seine Überlegungen vertieft, legte Barley langsam den Hörer auf. »Die Grenze zwischen wirklich sehr ernst und wirklich sehr komisch ist wirklich sehr durchlässig«, bemerkte er.

»Dann überschreiten wir sie jetzt einmal, ja?« sagte Ned.

Das Reden hinter der Tür hatte aufgehört. Barley drückte auf die Klinke und ging hinein. Ned hinterher. Brock blieb im Flur, um die Tür zu bewachen. Wir hatten über die Sprechanlage alles mitgehört.

Wenn Barley schon neugierig war, was ihn dort drinnen erwartete, so waren wir es erst recht. Es ist eine seltsame Sache, im Leben eines Mannes herumzuwühlen, den man noch nie gesehen hat. Langsam kam er herein. Er machte ein paar Schritte ins Zimmer und blieb stehen; seine langen Arme schlenkerten um ihn herum, als Ned auf halbem Weg zum Tisch die ausschließlich aus Männern bestehende Runde vorstellte.

»Das ist Clive, das ist Walter, und da drüben sitzt Bob. Das ist Harry. Meine Herren, darf ich Sie mit Barley bekannt machen?«

Barley nickte kaum, als er die Namen hörte. Er schien lieber seinen Augen zu trauen als dem, was ihm gesagt wurde.

Interessiert betrachtete er das prunkvolle Mobiliar und den Wald ordinärer Zimmerpflanzen. Und ein Orangenbäumchen. Er berührte eine Frucht, streichelte ein Blatt und roch geschmäcklerisch an Daumen und Finger, als wolle er sich vergewissern, daß sie echt waren. Er schien von einer passiven Wut erfüllt, die ihn hinderte, nach dem Grund seines Hierseins zu fragen. Wut darüber, geweckt zu werden, dachte ich. Ausgewählt und beim Namen genannt zu werden – genau das, wovor ich laut Hannah immer am meisten Angst hatte.

Ich erinnere mich auch, daß er mir elegant vorkam. Weiß Gott nicht wegen seiner schäbigen Kleidung. Sondern wegen seiner Gebärden, seiner verblichenen Ritterlichkeit. Seiner natürlichen Höflichkeit, auch wenn er sich dagegen wehrte.

»Für Nachnamen reicht's bei Ihnen wohl zufällig nicht?« fragte Barley, als er mit der Besichtigung des Zimmers fertig war.

»Ich fürchte, nein«, sagte Clive.

»Weil vorige Woche ein Mr. Rigby meine Tochter Anthea besucht hat. Gab sich als Steuerinspektor aus. Quasselte was von Richtigstellung einer falschen Steuerschätzung. War das einer von Ihren Clowns?«

»So wie Sie ihn schildern, vermutlich ja«, sagte Clive mit der Arroganz des Mannes, der zum Lügen keine Lust hat.

Barley musterte Clive, der eins jener englischen Gesichter hatte, die so aussahen, als hätte man ihn noch als jugendlichen König einbalsamiert; seine strengen klugen Augen, hinter denen sich nichts befand; die Asche unter seiner Haut. Dann wandte er sich Walter zu, einem ebenso rundlichen wie zarten, amüsierten und ziselierten Falstaff der wohlhabenderen Gesellschaft. Und von Walter wanderte sein Blick zu Bob, in dem er sofort den Aristokraten erkannte: sein höheres Alter, sein onkelhaftes Behagen, seine braune, nicht etwa blaue oder graue Kleidung. Bob saß lässig da, mit ausgestreckten Beinen, einen Arm besitzergreifend um einen Stuhl gelegt. Aus seiner linken Brusttasche lugte eine goldrandige Lesebrille. Die Sohlen seiner rissigen mahagonifarbenen Schuhe sahen aus wie Bügeleisen.

»Barley, ich bin das schwarze Schaf dieser Familie«, erklärte Bob mit der behaglich schleppenden Aussprache des Bostoners. »Ich schätze, ich bin auch der älteste, und ich will hier nicht unter einer falschen Flagge sitzen. Ich bin achtundfünfzig Jahre alt, Gott steh mir bei, ich arbeite für die Central Intelligence Agency, die, wie Sie wahrscheinlich wissen, ihren Sitz in Langley im Bundesstaat Virginia hat. Selbstverständlich habe ich einen Nachnamen, aber ich möchte Sie nicht beleidigen, wenn ich Ihnen einen nenne, da es sicher nicht der richtige sein würde.« Er hob gemächlich eine leberfleckige Hand zum Gruß. »Bin stolz darauf, Sie kennenzulernen, Barley. Amüsieren wir uns. Tun wir was Gutes.«

Barley wandte sich wieder an Ned. »Ist ja wirklich prima«, sagte er, wenn auch ohne erkennbare Feindseligkeit. »Also, wohin soll's gehen? Nicaragua? Chile? Salvador? Iran? Wenn Sie einen Führer der Dritten Welt ermordet haben wollen: Ich bin Ihr Mann. «

»Keine Randale«, belehrte ihn Clive, obwohl Barley nicht im geringsten randaliert hatte. »Wir sind genauso schlimm wie Bobs Verein, und wir machen die gleichen Sachen. Außerdem haben wir aber im Gegensatz zu ihnen ein Gesetz zur amtlichen Schweigepflicht, und wir gehen davon aus, daß Sie es unterschreiben.«

Worauf Clive in meine Richtung nickte und Barley veranlaßte, von meiner Existenz richtig, wenn auch verspätet, Notiz zu nehmen. Ich versuche, bei solchen Anlässen immer ein wenig abseits zu sitzen, und so war es auch an diesem Abend. Vermutlich kann ich den Rechtsanwalt in mir doch nicht ganz abschütteln. Barley sah mich an, und die tierhafte Direktheit seines Blicks brachte mich vorübergehend aus der Fassung, irgendwie paßte das nicht zu dem unordentlichen Bild, das wir von ihm hatten. Und nachdem er mich mit seinen Blicken abgetastet und ich weiß nicht was gesehen hatte, unterzog er das Zimmer einer noch eingehenderen Betrachtung.

Es war feudal eingerichtet, und vielleicht hielt er Clive für den Besitzer. Jedenfalls wäre es nach Clives Geschmack gewesen, denn Clive war allenfalls Mittelklasse, soll heißen, ihm war nicht bewußt, daß es auch einen besseren Geschmack geben konnte. Das Zimmer hatte geschnitzte thronähnliche Sessel, mit Chintz bezogene Sofas, an den Wänden elektrische Kerzen. Der Konferenztisch, an dem Platz für eine komplette Waffenstillstandszeremonie gewesen wäre, stand in einem erhöhten Erker umringt von wuchernden Gummibäumen in Ali-Baba-Töpfen.

»Warum sind Sie nicht nach Moskau gefahren?« fragte Clive, ohne länger abzuwarten, daß Barley sich hinsetzte. »Sie wurden erwartet. Sie haben einen Stand gemietet, Flug und Hotel gebucht. Aber Sie sind nicht dort aufgetaucht und haben auch nicht bezahlt. Statt dessen sind Sie mit einer Frau nach Lissabon gefahren. Warum?«

»Hätten Sie's lieber gehabt, wenn ich mit einem Mann gekommen wäre?« fragte Barley. »Was geht das Sie oder den CIA an, ob ich mit einer Frau oder einer Moschusente hierherfahre?«

Er rückte einen Stuhl vom Tisch und setzte sich, eher aus Protest denn aus Gehorsam.

Clive nickte mir zu, und ich zog meine Routinenummer ab. Ich stand auf, schritt um den albernen Tisch herum und legte das Formular der Schweigepflichtverordnung vor ihn hin. Dann zog ich einen gewichtigen Federhalter aus meiner Westentasche und bot ihn ihm mit Leichenbittermiene an. Doch sein Blick war auf eine Stelle außerhalb des Raumes gerichtet; etwas, das mir an diesem Abend und in den folgenden Monaten noch öfter an ihm auffiel: seine Art, an den Anwesenden vorbei in irgendeinen unruhigen Privatbereich zu sehen; in lärmendes Reden auszubrechen, um Gespenster zu vertreiben, die niemand außer ihm sah; ohne Grund mit den Fingern zu schnipsen, als wolle er sagen: »Das wäre also erledigt«, obwohl niemand wissentlich einen Vorschlag zu irgend etwas gemacht hatte.

»Werden Sie das unterschreiben?« sagte Clive.

»Was machen Sie, wenn ich's nicht tue?« fragte Barley.

»Nichts. Denn hiermit erkläre ich Ihnen feierlich und vor Zeugen, daß dieses Treffen und alles, was zwischen uns vorfällt, der Geheimhaltung unterliegt. Harry ist Anwalt.«

»Das stimmt leider«, sagte ich.

Barley schob das nicht unterschriebene Formular von sich weg über den Tisch. »Und ich erkläre Ihnen, daß ich, wenn es mich überkommt, die Sache an die große Glocke hängen werde«, sagte er ebenso ruhig.

Ich nahm meinen gewichtigen Federhalter und setzte mich wieder auf meinen Stuhl.

»Sie scheinen ja auch in London ein rechtes Chaos hinterlassen zu haben«, bemerkte Clive, während er das Forrnular in seine Mappe zurücklegte. »Schulden allenthalben. Und keiner weiß, wo Sie sind. Ein Kometenschweif weinender Mätressen. Versuchen Sie, sich zu ruinieren, oder was?«

»Ich habe ein Programm mit Liebesromanen geerbt«, sagte Barley.

»Was soll das denn heißen?« fragte Clive, ohne sich über seine Unwissenheit zu schämen. »Da benutzen wir wohl ein smartes Wort für schmutzige Bücher, oder?«

»Mein Großvater hatte ein Monopol für Dienstmädchenromane. Damals hatte man noch Dienstmädchen. Mein Vater nannte sie ›Romane für die Massen‹ und führte die Tradition fort.«

Nur Bob fühlte sich bemüßigt, Trost zu spenden. »Verdammt noch mal, Barley«, rief er, »was haben Sie denn gegen Liebesromane? Besser als manches von dem Bockmist, der auf den Markt kommt. Meine Frau liest so was haufenweise. Hat ihr noch *nie* geschadet.«

»Warum ändern Sie Ihr Programm nicht, wenn Ihnen die Bücher, die Sie verlegen, nicht gefallen?« fragte Clive, der nie etwas anderes als Geheimdienstakten und rechtslastige Zeitungen las.

»Ich habe einen Beirat«, erwiderte Barley lustlos, als rede er mit einem quengelnden Kind. »Ich habe einen Vorstand. Meine Familie besitzt Aktienanteile. Ich habe Tanten. Die bleiben lieber auf dem sicheren alten Weg. Ratgeber. Liebesromane. Aktuelles. Vögel des Britischen Empire.« Ein Seitenblick auf Bob. Innenansicht des CIA.«

»Warum sind Sie nicht auf der Moskauer Phonomesse erschienen?« wiederholte Clive.

»Die Tanten haben das Spiel abgeblasen.«

»Würden Sie das bitte erklären?«

»Ich hatte vor, Tonkassetten ins Programm aufzunehmen. Die Familie kam dahinter und erhob Einspruch. Damit war die Sache gestorben.«

»Also sind Sie weggelaufen«, sagte Clive. »Machen Sie das immer so, wenn Ihnen jemand in die Quere kommt? Vielleicht klären Sie uns mal auf, was dieser Brief zu bedeuten hat«, schlug er vor und schob ihn, ohne Barley anzusehen, über den Tisch zu Ned.

Nicht das Original. Das war in Langley, wo es mit den unanfechtbaren Mitteln der Technik nach allem möglichen, von Fingerabdrücken bis zur Legionärskrankheit, untersucht wurde. Sondern ein Faksimile, das nach Neds ausführlichen Anweisungen einschließlich des verschlossenen Umschlags mit der Aufschrift »An Mr. Bartholomew Scott Blair persönlich, dringend« in Katjas Handschrift angefertigt, dann mit einem Papiermesser aufgeschlitzt worden war, damit man auch sah, daß der Brief unterwegs geöffnet worden war. Clive reichte Ned das Faksimile. Ned reichte es Barley. Walter kratzte sich mit der Pfote den Skalp, und Bob sah großmütig drein wie der nette Bursche, der das Geld gespendet hatte. Barley warf kurz einen Blick in meine Richtung, als hätte er sich zu meinem Klienten ernannt. Was soll ich damit? fragte sein Blick. Soll ich's lesen oder ihnen hinschmeißen? Ich blieb hoffentlich gelassen. Ich hatte keine Klienten mehr. Ich hatte den Service.

»Lesen Sie langsam«, mahnte Clive.

»Lassen Sie sich soviel Zeit, wie Sie nur wollen, Barley«, sagte Bob.

Wie oft hatten wir alle in den letzten Wochen diesen Brief gelesen? fragte ich mich, während ich zusah, wie Barley den Umschlag von vorn und hinten untersuchte, ihn von sich weghielt, sich darüberbeugte, die Brille mit den runden Gläsern auf die Stirn geschoben. Wie viele Meinungen dazu hatten sie wohl angehört und wieder verworfen? Der Brief sei im Zug geschrieben worden, hatten sechs Experten in Langley verkündet. Im Bett, sagten drei andere in London. Im Fond eines Autos. In Eile, im Spaß, in Liebe, in Angst und Schrecken. Von einer Frau, von einem Mann, hatten sie gesagt. Der Verfasser sei Linkshänder, Rechtshänder. Sei jemand, der seiner Herkunft nach kyrillisch schreibe, lateinisch, beides, weder noch.

Um die Komödie abzurunden, hatten sie sogar den alten Palfrey um Rat gefragt. »Nach unseren Copyright-Gesetzen ist der Empfänger des Briefs dessen Eigentümer, während der Verfasser das Copyright besitzt«, hatte ich sie belehrt. »Ich kann mir nicht vorstellen, daß jemand Sie in Rußland vor Gericht bringt.« Aber ich konnte nicht erkennen, ob meine Ansicht sie beunruhigte oder erleichterte.

»Erkennen Sie die Handschrift, ja oder nein?« fragte Clive Barley.

Barley bohrte seine langen Finger in den Umschlag und zog schließlich den Brief heraus, allerdings geringschätzig, als rechne er immer noch halb damit, es handle sich um eine Rechnung. Hielt dann inne. Nahm seine komische runde Brille ab und legte sie auf den Tisch. Wandte sich mitsamt seinem Stuhl von allen Anwesenden ab. Und begann mit gerunzelter Stirn zu lesen. Er beendete die erste Seite, sah dann am Ende des Briefs nach der

Unterschrift. Er machte sich an die zweite Seite und las den Rest des Briefs ganz durch. Dann las er das Ganze noch einmal, von »Mein geliebter Barley« bis »Deine Dich liebende K.«. Worauf er den Brief eifersüchtig mit beiden Händen in seinen Schoß preßte und den Rumpf darüberbeugte, so daß sein Gesicht den anderen absichtlich oder zufällig verborgen blieb, seine Stirnlocke wie ein Haken herabhing und er sein stilles Gebet für sich behielt.

»Die ist meschugge«, sagte er in das Dunkel unter sich. »Unzurechnungsfähig, total plemplem. Sie war ja gar nicht da.«

Niemand fragte: Wer ist *sie*? Oder: Was heißt *da*? Sogar Clive wußte, was ein gutes Schweigen wert war.

»K. steht für Katja, und das steht für Jekaterina, nehme ich an«, flötete Walter nach einigem Warten. »Der Vatersname ist Borisowna.« Er trug eine schiefsitzende gelbe Fliege mit orangebraunem Muster.

»Kenne keine K., kenne keine Katja, kenne keine Jekaterina«, sagte Barley. »Borisowna dito. Nie eine gebumst, nie mit einer geflirtet, nie einer einen Heiratsantrag gemacht, nie eine geheiratet. Nie eine kennengelernt, soweit ich mich erinnere. Doch.«

Sie warteten, ich wartete, und wir hätten die ganze Nacht gewartet, und kein Stuhl hätte geknarrt und niemand sich geräuspert, solange Barley sein Gedächtnis nach einer Katja durchstöberte.

»Eine alte Kuh bei Aurora«, fing Barley an. »Wollte mir ein paar Kunstdrucke von russischen Malern andrehen. Habe nicht angebissen. Die Tanten wären an die Decke gegangen.«

»Aurora?« fragte Clive, unsicher, ob das eine Stadt war oder eine staatliche Agentur.

»Ein Verlag. «

»Erinnern Sie sich an ihren Nachnamen?«

Barley schüttelte den Kopf, sein Gesicht war immer noch nicht zu sehen. »Bart«, sagte er. »Die bärtige Katja. Der Lack ist ab. «

Bobs volle Stimme klang wie in Stereo und vermochte allein schon durch ihre Reichweite den Lauf der Dinge zu ändern. »Wollen Sie den Brief vorlesen, Barley?« rief er mit der Gemütlichkeit eines altgedienten Agenten. »Vielleicht hilft das Ihrem Gedächtnis auf die Sprünge. Versuchen Sie's mal, Barley?«

Barley, Barley: alles seine Freunde, außer Clive, der ihn meines Wissens immer nur mit Blair angeredet hat.

»Ja, tun Sie das, ja. Lesen Sie vor«, machte Clive die Anregung zum Befehl, und Barley schien dies zu meiner Überraschung für eine gute Idee zu halten. Er richtete sich mit einer einzigen gleitenden Bewegung des Rückens auf und drehte den Oberkörper so, daß der Brief und sein Gesicht im Licht waren. Stirnrunzelnd wie vorhin begann er vorzulesen, die Verblüffung in seiner Stimme hörte sich an wie einstudiert.

»*Mein geliebter Barley.*« Er hielt den Brief schräg und begann noch einmal. »*Mein geliebter Barley, erinnerst Du Dich an das Versprechen, das Du mir eines Nachts in Peredelkino gabst, als wir auf der Veranda der Datscha unserer Freunde lagen und uns gegenseitig die Gedichte eines großen russischen Mystikers rezitierten, der England so liebte? Du hast mir geschworen, daß Du die Menschheit immer über einzelne Nationen stellen würdest und daß Du, wenn der Tag käme, wie ein anständiger Mensch handeln würdest.*

Er hatte wieder aufgehört.

»Trifft nichts davon zu?« fragte Clive.

»Sag ich doch. Hab die Hexe nie im Leben gesehen!«

Barley widersprach mit einem Nachdruck, der ihm zuvor gefehlt hatte. Er schob etwas von sich weg, das ihn bedrohte. »*Und daher bitte ich Dich jetzt, Dein Versprechen einzulösen, uenn auch nicht so, wie wir es uns in jener Nacht, als wir ein Liebespaar wurden, vorgestellt haben mögen.* Völlig verrückt«, murmelte er. »Die blöde Kuh hat alles durcheinandergebracht. *Ich bitte Dich, zeige dieses Buch Engländern, die so denken wie wir. Veröffentliche es für mich, gebrauche die Argumente, die Du mit so viel Leidenschaft vorgetragen hast. Zeige es Euren Wissenschaftlern und Künstlern und Intellektuellen, und sage ihnen, es sei der erste Stein einer gewaltigen Lawine, und den nächsten müßten sie nun selbst werfen. Sage ihnen, die neue Offenheit verhilft uns dazu, gemeinsam die Zerstörung aufzuhalten und das Monstrum, das wir erschaffen haben, kastrieren zu können. Frage sie, was für die Menschheit gefährlicher ist:*

sich zu ducken wie ein Sklave oder Widerstand zu leisten wie ein Mann? Handle wie ein anständiger Mensch, Barley. Ich liebe Herzens England und Dich. Deine Dich liebende K. Wer zum Teufel ist sie? Die spinnt doch. Alle beide.«

Der Brief blieb auf dem Tisch, als Barley leise fluchend und mit der rechten Faust in die Luft hämmernd in den dunklen Teil des Zimmers schritt. »Was zum Teufel will diese Frau?« schimpfte er. »Sie hat zwei völlig verschiedene Geschichten zu einer einzigen zusammengebastelt. Wo ist übrigens das Buch?« Er hatte sich an uns erinnert und sah uns wieder an.

»Das Buch ist in Sicherheit«, sagte Clive mit einem Seitenblick auf mich.

»Wo ist es, bitte? Es gehört mir.«

»Wir hatten eigentlich gedacht, es gehöre ihrem Freund«, sagte Clive.

»Ich habe den Auftrag dafür bekommen. Sie wissen ja, was er geschrieben hat. Ich bin sein Verleger. Es gehört mir. Sie haben kein Recht darauf.«

Er war mit beiden Füßen genau da gelandet, wo wir ihn nicht haben wollten. Aber Clive versuchte ihn gleich wieder abzulenken.

»Er?«, wiederholte Clive. »Sie meinen, Katja ist ein Mann? Warum sagen Sie *er*? Also wirklich, Sie verwirren uns. Sie scheinen ein verwirrender Mensch zu sein.«

Ich hatte den Ausbruch schon früher erwartet. Ich hatte bereits gespürt, daß Barleys Einlenken lediglich einen Waffenstillstand, aber nicht den Sieg unsererseits bedeutete und daß Clive ihn mit jeder Gängelung der Revolte näher brachte. Als daher Barley an den Tisch geschlendert kam, sich darüberbeugte und mit einer hilflosen Geste, die einen durchaus gefügigen Eindruck machte, schlapp die Hände mit der Innenseite nach außen hob, erwartete ich nicht unbedingt, daß er Clive mit einer netten vernünftigen Antwort beglücken würde. Doch nicht einmal ich war auf das Ausmaß der Detonation gefaßt gewesen.

»Sie haben kein verdammtes Recht!« brüllte Barley Clive ins Gesicht und knallte die Handflächen mit solcher Wucht auf den Tisch, daß meine Akten vor mir auf- und abhüpften. Brock kam vom Flur hereingestürzt. Ned mußte ihn wieder wegschicken. »Das Manuskript gehört *mir.* Ist mir von *meinem* Autor geschickt worden. Damit *ich* es prüfe, wann *ich* es will. Sie haben kein Recht, es zu stehlen, zu lesen, zu behalten. Also geben Sie mir das Buch, und fahren Sie auf Ihre schmutzige Insel zurück.« Er fuchtelte mit einem Arm in Bobs Richtung. »Und nehmen Sie Ihren Bostoner Brahmanen mit. «

»*Unsere* Insel«, erinnerte ihn Clive. »Das Buch, wie Sie es nennen, ist überhaupt kein Buch, und weder Sie noch wir haben irgendein Recht darauf«, fuhr er kalt und wenig wahrheitsgemäß fort. »Ihre saubere Verlegermoral interessiert mich nicht. Interessiert keinen hier. Wir wissen nur, daß das fragliche Manuskript militärische Geheimnisse der Sowjetunion enthält, die, vorausgesetzt sie sind echt, für die Verteidigung des Westens lebenswichtig sind. Und zu dieser Hemisphäre gehören auch Sie – dankbar, will ich hoffen. Was würden Sie an unserer Stelle damit machen? Es ignorieren? Ins Meer werfen? Oder zu ermitteln versuchen, wieso es ausgerechnet an einen heruntergekommenen britischen Verleger adressiert wurde?«

»Er will, daß es veröffentlicht wird! Von mir! Nicht in Ihren Tresoren verschwindet!«

»Wahrscheinlich«, sagte Clive mit einem weiteren Seitenblick auf mich.

»Das Manuskript wurde offiziell beschlagnahmt und als *top secret* eingestuft«, sagte ich. »Es unterliegt den gleichen Einschränkungen wie dieses Treffen. Oder sogar noch strengeren.« Mein alter Jura-Tutor hätte sich im Grabe umgedreht – und nicht zum erstenmal, fürchte ich. Aber es ist immer wieder erstaunlich, was ein Anwalt erreichen kann, wenn sonst niemand die Gesetze kennt.

Eine Minute und vierzehn Sekunden dauerte das nun folgende Schweigen auf dem Tonband. Ned nahm die Zeit mit seiner Stopuhr, als er wieder im Rußlandhaus war. Er hatte darauf gewartet, es sogar genossen, und doch beschlich ihn dabei die Angst, es könnte sich um einen jener fatalen Defekte handeln, die bei Tonbandgeräten stets im entscheidenden Augenblick einzutreten scheinen. Bei genauerem Hinhören aber vernahm er das ferne Rumpeln eines Wagens und Fetzen eines fragmentarischen Mädchenlachens vom Fenster her, denn inzwischen hatte Barley die Vorhänge aufgerissen und starrte auf den Platz unten. Eine Minute und vierzehn Sekunden lang also sahen wir den Umriß von Barleys Rücken merkwürdig scharf vor der Lissaboner Nacht. Dann kommt ein ganz fürchterlicher Krach, als wenn mehrere Fensterscheiben auf einmal eingeschlagen würden, gefolgt von einem Sturzbach, und man könnte glatt meinen, Barley hätte seinen lange verschobenen Ausbruch inszeniert und dabei die portugiesischen Wandverzierungen und verschnörkelten Blumenvasen mit sich in die Tiefe gerissen. Tatsächlich aber kam der ganze Lärm bloß daher, daß Barley den Tisch mit den Getränken entdeckt, drei Eiswürfel in ein Kristallglas wirft und ein ordentliches Quantum Scotch darübergießt – alles nur wenige Zentimeter von einem Mikrofon entfernt, das Brock in seinem typischen Übereifer in einem der reichverzierten Fächer versteckt hatte.

4

Er hatte, so weit von uns entfernt wie möglich, in seinem Teil des Zimmers ein Basislager aufgeschlagen. Er saß seitlich zu uns auf einem geraden Schulstuhl über sein Whiskyglas gebeugt; er hielt es mit beiden Händen fest und starrte hinein wie ein großer Denker, oder wenigstens wie ein einsamer. Er sprach nicht zu uns, sondern zu sich selbst, hämisch und nachdrücklich, und rührte sich nur, wenn er an seinem Glas nippte oder zur Bekräftigung irgendeines privaten und meist ungereimten Details seiner Schilderung mit dem Kopf ruckte. Er sprach mit jener Mischung aus Pedanterie und Ungläubigkeit, mit der Leute ein verhängnisvolles Ereignis, einen Todesfall, einen Verkehrsunfall, zu rekonstruieren versuchen: Also ich war *da*, und Sie waren *da*, und der andere kam von *da*.

»Es war auf der letzten Moskauer Buchmesse. Sonntag. Nicht der Sonntag davor, sondern der Sonntag danach«, sagte er.

»September«, half ihm Ned, worauf Barley den Kopf herumdrehte und »Danke« murmelte, als sei er wirklich froh, daß man ihn anspornte. Dann rümpfte er die Nase, fummelte nervös an seiner Brille herum und begann von neuem. »Wir waren fertig«, sagte er. »Die meisten Aussteller hatten am Freitag Schluß gemacht. Nur ein paar von uns hingen noch herum. Wer noch Verträge abzuschließen hatte oder einfach keinen Grund hatte, schnell zurückzukehren.«

Er hatte etwas Bezwingendes und die Bühne für sich allein. Es war schwer, ihn nicht ein wenig sympathisch zu finden, einsam, wie er dort saß. Es war schwer, nicht zu denken: »Dorthin gehe ich, mit Gottes Gnade.« Und dies um so mehr, als niemand von uns wußte, wohin er ging.

»Am Samstagabend hatten wir uns betrunken, und am Sonntag fuhren wir alle in Jumbos Wagen nach Peredelkino raus.« Wieder einmal schien ihm einzufallen, daß er Zuhörer hatte. »Peredelkino ist das sowjetische Schriftstellerdorf«, erklärte er, als ob wir das nicht gewußt hätten. »Solange sie sich benehmen, bekommen sie dort eine Datscha. Macht alles der Schriftstellerverband, aber nur für Mitglieder – wer eine Datscha bekommt, wer am besten im Gefängnis schreibt, wer überhaupt nicht schreibt.«

»Wer ist Jumbo?« fragte Ned – ein seltener Zwischenruf.

»Jumbo Oliphant. Peter Oliphant. Vorsitzender von Lupus Books. Schottischer Geheimfaschist. Freimaurer vom Schwarzen Gürtel. Glaubt, eine besondere Wellenlänge für die Sowjets zu haben. Goldene Karte.« Ihm fiel Bob ein, und er neigte ihm den Kopf zu. »Nicht American Express, fürchte ich. Eine goldene Karte für die Moskauer Buchmesse, verliehen von den russischen Organisatoren, weil er doch so ein toller Bursche ist. Auto frei, Dolmetscher frei, Hotel frei, Kaviar frei. Jumbo wurde mit einer goldenen Karte im Mund geboren.«

Um zu zeigen, daß der Scherz gut angekommen war, grinste Bob ein wenig zu breit. Doch Barley hatte längst erkannt, daß er ein großes Herz besaß. Barley, kam mir der Gedanke, war ein Mensch, dem gute Naturen nicht verborgen blieben, so wie er seine eigene Umgänglichkeit nicht verbergen konnte.

»Jedenfalls sind wir losgefahren«, versank Barley wieder in seine Träumerei. »Oliphant von Lupus, Emery von Bodley Head. Und ein Mädchen von Penguin, Name ist mir entfallen. Halt nein: Magda. Wie konnte ich nur eine Magda vergessen? Und Blair von A & B.«

Fuhren wie die Krösusse in Jumbos alberner Limousine, sagte Barley, der seine kurzen Sätze wie alte Kleider aus der Truhe seiner Erinnerung zerrte. Normales Auto für Jumbo nicht gut genug, mußte so ein verdammter großer Chaika sein, mit Vorhängen im Schlafzimmer, keine Bremsen, Fahrer ein Gorilla, Mundgeruch. Hatten vor, Pasternaks Datscha zu besichtigen, die einem Gerücht zufolge zu einem Museum erklärt werden sollte, obwohl ein anderes Gerücht besagte, daß die Schweine sie abreißen wollten. Vielleicht auch sein Grab.

Jumbo Oliphant wußte anfangs nicht mal, wer Pasternak war, aber Magda brummte was von »Schiwago«, und Jumbo hatte den Film gesehen, sagte Barley. Eilig hatten sie es nicht im geringsten, wollten bloß ein bißchen spazierengehen und Landluft schnuppern. Aber Jumbos Fahrer benutzte die für offizielle Straßenschrecks in Chaikas reservierte Fahrbahn, so daß sie die Strecke in zehn Sekunden statt der üblichen sechzig Minuten schafften; sie parkten in einer Pfütze und schleppten sich, noch zitternd vor Dankbarkeit für die Fahrt, zum Friedhof hoch.

»Friedhof auf einem Hügel, alles voller Bäume. Fahrer bleibt im Wagen. Regnet. Nicht stark, aber er hat Angst um seine Schuhe. « Er unterbrach sich, mit den Gedanken anscheinend bei der Freveltat des Fahrers. »Verrückter Affe«, murmelte er.

Aber ich hatte das Gefühl, Barley haderte nicht mit dem Fahrer, sondern mit sich selbst. Ich glaubte, in Barleys Worten einen ganzen Chor von Selbstanklagen zu hören, und fragte mich, ob die anderen das auch so hörten. Er hatte Leute in sich, die ihn wirklich zum Wahnsinn trieben.

Die Sache war die, erklärte Barley: Wie der Zufall es wollte, hatten sie einen Tag erwischt, an dem die befreiten Massen in hellen Scharen rausgefahren waren. Wann immer er früher dort gewesen sei, sagte er, sei dort kein Mensch gewesen. Bloß die eingezäunten Gräber und die schaurigen Bäume. Doch an diesem Septembersonntag mit dem ungewohnten Duft von Freiheit in der Luft drängten sich etwa zweihundert Fans aller Schattierungen um das Grab, und als sie gingen, waren es noch mehr geworden. Das Grab war knietief mit Blumen bedeckt, sagte Barley. Und ständig regneten mehr darauf. Die Leute reichten Sträuße über ihre Köpfe weiter, die dann ebenfalls auf den Haufen geworfen wurden.

Dann begannen die Lesungen. Ein kleiner Bursche las Gedichte. Ein großes Mädchen las Prosa. Dann flog ein schäbiges kleines Flugzeug so tief über sie hinweg, daß man nichts mehr verstehen konnte. Kam wieder zurückgeflogen. Und dann noch einmal.

»Brumm, brumm!« schrie Barley und wedelte dazu mit seinen langen Ärmeln in der Luft herum. »Huh, huh«, näselte er angewidert.

Aber das Flugzeug konnte die Begeisterung der Menge ebensowenig dämpfen wie der Regen. Jemand begann zu singen, die anderen sangen den Refrain mit, und es wurde herzzerreißend. Endlich zischte das Flugzeug ab, vermutlich, weil ihm der Sprit ausging. Aber so kam es einem nicht vor, sagte Barley. Kein bißchen. Sondern so, als ob der Gesang das miese Schwein vom Himmel geschossen hätte.

Der Gesang wurde kraftvoller und inniger und mystischer. Barley konnte drei Wörter Russisch, die anderen kein einziges, sagte er. Was sie nicht abhielt mitzusingen. Was weder Magda abhielt, sich die Augen aus dem Kopf zu heulen. Noch Jumbo Oliphant, als sie über den Hang zurückgingen, mit einem Kloß im Hals bei Gott zu schwören, er werde jedes Wort, das Pasternak geschrieben habe, veröffentlichen, nicht bloß den Film, auch das andere Zeug, bei Gott, und er werde das Ganze aus seiner höchsteigenen Tasche finanzieren, sobald er wieder in seinem Damaszener Schloß im Hafenviertel sei.

»Solche Anfälle von Enthusiasmus hat Jumbo öfter«, erklärte Barley mit entwaffnendem Grinsen und wandte sich wieder seinem Publikum zu, vor allem aber Ned. »Manchmal halten die minutenlang an.« Dann schwieg er, runzelte wieder die Stirn, nahm die merkwürdige Brille ab, die ihm eher lästig als eine Hilfe zu sein schien, und starrte uns alle der Reihe nach an, als wolle er sich seine Situation ins Gedächtnis rufen.

Sie gingen noch den Hang hinunter, sagte er, und verdrückten ein paar Tränen, als plötzlich derselbe kleine Russe, der seine Zigarette wie eine Kerze neben seinem Gesicht hielt, auf sie zustürzte und auf englisch fragte, ob sie Amerikaner seien.

Wieder einmal kam Clive uns zuvor. Bedächtig wie ein Schütze hob er den Kopf. Gedehnt, aber schneidend fragte er: »Derselbe? Welcher selbe kleine Russe? Bis jetzt kam noch keiner vor.«

Unangenehm an Clives Anwesenheit erinnert, legte Barley sein Gesicht in angewiderte Falten. »Der Vorleser Herrgottnochmal«, sagte er. »Der Typ, der am Grab Pasternaks Gedichte vorgelesen hatte. Fragte, ob wir Amerikaner seien. Und ich sagte, Gott sei Dank nein, Engländer.«

Und mir fiel auf, wie wohl auch den anderen, daß nicht Oliphant, Emery oder Magda, sondern Barley selbst zum Sprecher ihrer Gruppe geworden war.

Barley war in die direkte Rede übergegangen. Er besaß das Gehör eines Papageis. Sprach mit russischem Akzent für den kleinen Burschen und für Oliphant mit schottischem Schnarren. Diese Imitationen kamen aus ihm heraus, als ob er sich dessen selbst nicht bewußt wäre.

»Sie sind Schriftsteller?« fragte der kleine Bursche aus Barleys Mund.

»Leider nein. Nur Verleger«, sagte Barley mit seiner eigenen Stimme.

»Englische Verleger?«

»Wir sind zur Moskauer Buchmesse hier. Ich betreibe einen Eckladen namens Abercrombie & Blair, und dies hier ist der Vorsitzende von Lupus Books persönlich. Steinreicher Kerl. Wird eines Tages noch Ritter. Goldene Karte und Wappen. Stimmt's, Jumbo?«

Oliphant beteuerte, daß Barley allzusehr übertreibe. Aber der Kleine wollte noch mehr wissen.

»Darf ich dann fragen, was Sie an Pasternaks Grab getan haben?« fragte er.

»Zufälliger Besuch«, mischte sich wieder Oliphant ein. »Absoluter Zufall. Wir haben eine Menschenmenge gesehen, wir sind raufgegangen, um zu sehen, was da los war. Reiner Zufall. Gehen wir.«

Doch Barley hatte nicht die Absicht zu gehen. Oliphants Benehmen ärgerte ihn, sagte er, und er wollte es nicht hinnehmen, daß ein fetter schottischer Millionär einen unterernährten russischen Fremden einfach so abfertigte.

»Wir tun hier, was alle anderen auch tun«, erwiderte Barley. »Wir zollen einem großen Schriftsteller unseren Respekt. Ihre Vorlesung hat uns auch gefallen. Sehr bewegend. Großartig. Klasse.«

»Sie verehren Boris Pasternak?« fragte der Kleine. Und wieder der große Bürgerrechtsaktivist Oliphant, dargeboten mit schroffer Stimme und verzerrtem Mund: »Wir äußern uns nicht zu Boris Pasternak oder anderen sowjetischen Schriftstellern«, sagte er. »Wir sind als Gäste hier. Ausschließlich als Gäste. Wir nehmen zu innersowjetischen Angelegenheiten nicht Stellung.«

»Wir finden ihn wunderbar«, sagte Barley. »Weltklasse. Ein Star.« – »Aber warum?« fragte der Kleine herausfordernd.

Barley ließ sich nicht lange bitten. Es machte nichts, daß er von Pasternaks lauthals beschworener Genialität nicht so ganz überzeugt war, sagte er. Es machte nichts, daß er die Lobsprüche auf Pasternak tatsächlich sogar für reichlich übertrieben hielt. Das war seine Meinung als Verleger, hier aber herrschte Krieg.

»Wir achten sein Talent und seine Kunst«, antwortete Barley. »Wir achten seine Menschlichkeit. Wir achten seine Familie und seine Kultur. Und zehntens oder was auch immer achten wir seine Fähigkeit, zu den Herzen der russischen Menschen zu sprechen, und das, obwohl ein Haufen Bürokraten, höchstwahrscheinlich dieselben miesen Typen, die uns dieses Flugzeug geschickt haben, ihm verdammt übel mitgespielt haben.«

»Können Sie was von ihm zitieren?« fragte der Kleine. Sein Gedächtnis sei nun einmal so, erklärte uns Barley verlegen. »Ich sagte ihm die erste Strophe von *Nobelpreis* auf. Hielt ich nach diesem Flugzeug für angemessen.«

»Sprechen Sie es uns bitte einmal vor?« bat Clive, als müsse aber auch alles überprüft werden.

Barley nuschelte etwas, und mir kam der Gedanke, daß er in Wirklichkeit ein sehr schüchterner Mensch sein könnte.

»Ich bin verloren, wie ein wildes Tier in der Treibjagd.
Irgendwo sind Menschen, Freiheit, Licht,
aber hinter mir ist der Lärm der Treiber,
für mich gibt es keinen Ausweg.«

Der Kleine sah finster auf das glimmende Ende seiner Zigarette, während er sich das anhörte, sagte Barley, und einen Augenblick lang habe er sich nun doch gefragt, ob sie, wie Oliphant befürchtete, auf eine Provokation hereingefallen waren.

»Wenn Sie Pasternak so sehr verehren, warum kommen Sie dann nicht mit und lernen ein paar Freunde von mir kennen?« schlug der Kleine vor. »Wir sind Schriftsteller hier. Wir haben eine Datscha. Es wäre uns eine Ehre, mit berühmten britischen Verlegern zu sprechen.«

Oliphant brauchte nur die erste Hälfte dieser Rede zu hören, um einen schweren Koller zu kriegen, sagte Barley. Jumbo wußte ganz genau, was es hieß, von unbekannten Russen Einladungen anzunehmen. Da war er Experte. Er wußte, wie sie einen umgarnten, mit Drogen vollpumpten, mit schändlichen Fotos kompromittierten und schließlich zwangen, seine Direktorposten und die Hoffnungen auf den Ritterstand aufzugeben. Außerdem befand er sich mitten in einem ehrgeizigen gemeinsamen Verlagsprojekt mit der VAAP, und da hätte es ihm gerade noch gefehlt, in Gesellschaft von unerwünschten Elementen angetroffen zu werden. All das brummte Oliphant Barley mit einem theatralischen Flüstern zu, so daß der Kleine schon taub sein mußte, um es nicht zu hören.

»Und überhaupt«, schloß Oliphant triumphierend, »regnet es. Was fangen wir mit dem Wagen an?«

Oliphant sah auf seine Uhr. Magda sah zu Boden. Und dieser Emery sah Magda an und dachte, an einem Sonntagnachmittag in Moskau könnte es Schlimmeres zu tun geben. Doch Barley sah sich, wie er erzählte, den Fremden noch einmal an und beschloß, daß ihm der Anblick zusagte. Er hatte keine Absichten auf das Mädchen oder den Ritterstand. Für ihn war es bereits ausgemacht, daß er sich lieber mit einem Haufen russischer Nutten im Adamskostüm als voll angezogen auf dem Arm von Jumbo Oliphant fotografieren lassen wollte. So dirigierte er sie alle in Jumbos Wagen und zog mit dem Unbekannten los.

»Neschdanow«, erklärte Barley, seinen Redefluß unterbrechend, plötzlich in den schweigenden Raum. »Mir ist der Name des Burschen eingefallen. Neschdanow. Dramatiker. Leitete eins dieser Studiotheater, konnte seine eigenen Stücke nicht aufführen.«

Walter beendete mit seiner hohen Stimme die eingetretene Pause. »Mein Lieber, Vitali Neschdanow ist neuerdings ein *Held*. In genau fünf Wochen wird Moskau die Uraufführung von drei seiner Einakter erleben, und allseits werden die exotischsten Hoffnungen damit verbunden. Er taugt natürlich überhaupt nichts, aber so was dürfen wir ja nicht sagen, weil er Dissident ist. Oder war.«

Zum erstenmal, seit ich Barley kennengelernt hatte, sah ich, daß er ein richtig glückliches Gesicht machte, und sofort hatte ich das Gefühl, hier zeige sich der wahre Mensch, den die Wolken bis dahin verborgen hatten. »Ach, das freut mich aber wirklich«, sagte er mit der schlichten Freude eines Menschen, der sich über den Erfolg eines anderen freuen kann.

»Toll. Das wird Vitali guttun. Danke, daß Sie mir das gesagt haben«, sagte er und wirkte um Jahre jünger.

Dann verfinsterte sich seine Miene wieder, und er begann in kleinen Schlucken seinen Whisky zu trinken. »Tja, da waren wir nun«, murmelte er undeutlich. »je mehr, desto besser. Darf ich Ihnen meinen Vetter vorstellen. Nehmen Sie doch ein Wurstbrötchen.« Aber sein Blick kam mir, wie seine Worte, auf einmal entrückt vor, als stelle er sich bereits auf eine schwere Probe ein.

Ich sah am Tisch entlang. Bob lächelte. Bob würde noch auf dem Totenbett lächeln, freilich mit der Aufrichtigkeit eines alten Agenten. Clive im Profil, sein Gesicht scharf wie eine Axt und auch etwa so tiefsinnig. Der immer unruhige Walter. Hatte den klugen Kopf zurückgeworfen, grinste süßlich die verzierte Decke an, zwirbelte ein Haarbüschel um seinen schwammigen Zeigefinger, rutschte schwitzend hin und her. Und Ned, der Leiter – der kompetente, einfallsreiche Ned – Ned, der Linguist und Krieger, der Macher und Planer – saß da, wie er von Anfang an dagesessen hatte, einsatzbereit, auf den Befehl zum Vormarsch wartend. Zu viel Loyalität, dachte ich, während ich ihn beobachtete, ist für manche Leute ein Fluch, denn eines Tages würde es nichts mehr für sie zu dienen geben.

Großes, weitläufiges Haus, erzählte Barley in dem Telegrammesisch, zu dem er Zuflucht genommen hatte. Schindeln von Anfang des Jahrhunderts, Veranden mit Ziergittern, überwucherter Garten, Birkenwald. Vermodernde Bänke, Holzkohlenfeuer, Geruch wie auf einem verregneten Kricketplatz, Efeu. Etwa dreißig Leute, hauptsächlich Männer, sitzen und stehen im Garten rum, kochen, trinken, ignorieren das schlechte Wetter, genau wie die Engländer.

Am Straßenrand parken schäbige alte Autos, genau wie in England, bevor Thatchers Maden sich in den Speck gesetzt haben. Nette Gesichter, gewandte Stimmen, erlesene Wortwahl. Neschdanow führt Barley auf den Schauplatz. Niemand beachtet sie.

»Die Gastgeberin war Dichterin«, sagte Barley. »Tamara Soundso. Aufgedonnerte Dame, weiße Haare, charmant. Ihr Mann Herausgeber einer wissenschaftlichen Zeitschrift. Neschdanow sein Schwager. Die waren alle miteinander verschwägert. Die Lit-Szene da drüben kann was bewirken. Wer eine Stimme hat und sie benutzen kann, hat auch ein Publikum.«

In seinem willkürlichen Gedächtnis zerlegte Barley das Geschehen nun in drei Teile. Mittagessen, das gegen halb drei begann, als der Regen aufhörte. Abend, der unmittelbar auf das Mittagessen folgte. Und das, was er »Das Übrige« nannte, also die Zeit, in der geschah, was immer auch geschah, und die, soweit wir das je ergründen konnten, in die verschwommenen Stunden zwischen zwei und vier Uhr fiel, als Barley, mit seinen Worten zu reden, schmerzlos zwischen dem Nirwana und einem heillosen Kater schwebte.

Bis das Mittagessen kam, sei er von einer Gruppe zur anderen geschlendert, sagte Barley – zunächst mit Neschdanow, dann allein, habe er mit jedem, der dazu aufgelegt war, einen Plausch gehalten.

»Plausch?« wiederholte Clive argwöhnisch, als hätte er von einem neuen Laster erfahren.

Bob verdolmetschte es eifrig. »Ein Gespräch, Clive«, erklärte er auf seine freundliche Art. »Ein Gespräch und ein Drink. Nichts Böses.«

Aber dann wurde zum Lunch gebeten, sagte Barley, und sie setzten sich an einen auf Böcken stehenden Tisch, Barley am einen und Neschdanow am anderen Ende, dazwischen Flaschen mit georgischem Weißwein, und alle diskutierten in ihrem besten Englisch, ob Wahrheit auch Wahrheit sei, wenn sie der großen proletarischen sogenannten Revolution genehm sei, und ob wir zu den geistigen Werten unserer Vorväter zurückkehren sollten und ob die Perestroika sich in irgendeiner Weise positiv auf das Leben des Normalbürgers auswirke und wie man, wenn man es wirklich wissen wollte, am besten herausfand, wo es in der Sowjetunion haperte: indem man nämlich versuchte, einen Kühlschrank von Nowosibirsk nach Leningrad zu schicken.

Zu meiner insgeheimen Verärgerung unterbrach ihn Clive schon wieder. Nebensächlichkeiten langweilten ihn, er wollte Namen hören. Barley schlug sich mit der Handfläche an die Stirn, seine Feindseligkeit Clive gegenüber war vergessen. Namen, Clive, ach Gott. Einer war Professor an der Moskauer Staatsuni, aber seinen Namen habe ich nicht mitbekommen, verstehen Sie? Ein anderer hatte mit der Beschaffung von Chemikalien zu tun, das war Neschdanows Halbbruder, wurde der Apotheker genannt. Dann jemand von der sowjetischen Akademie der Wissenschaften, Gregor, aber seinen Familiennamen, von seiner Einstellung ganz zu schweigen, habe ich nicht mitbekommen.

»Irgendwelche Frauen am Tisch?« fragte Ned.

»Zwei, aber keine Katja«, sagte Barley, und ebenso wie ich war Ned sichtlich beeindruckt von seiner raschen Auffassungsgabe.

»Aber da war doch *noch* jemand?« suggerierte Ned.

Barley lehnte sich langsam zurück und trank. Dann klemmte er sich das Glas zwischen die Knie, beugte sich wieder mit der Nase darüber und sog seine Weisheit ein.

»Sicher, sicher, sicher, da war noch jemand«, gab er zu. »So ist das doch immer, oder?« ergänzte er rätselhaft. »Nicht Katja. jemand anderes.«

Seine Stimme hatte sich verändert. Von was zu was blieb mir unklar. Klang abgehackter. Mit einer Spur von Reue und Bedauern. Ich wartete, ebenso die anderen. Vermutlich spürten wir da schon, daß irgend etwas Ungewöhnliches am Horizont auftauchte.

»Schmaler Typ mit Bart«, fuhr Barley fort und starrte in das Dämmerlicht, als erkenne er ihn jetzt endlich. »Groß. Dunkler Anzug, schwarze Krawatte. Eingefallenes Gesicht. Daher wohl der Bart. Ärmel zu kurz, schwarze Haare. Betrunken.«

»Hatte er einen Namen?« fragte Ned.

Barley starrte noch immer in das Halbdunkel, während er beschrieb, was keiner von uns sehen konnte.

»Goethe«, sagte er schließlich. »Wie der Dichter. Sie nannten ihn Goethe. Darf ich Ihnen unseren berühmten Dichter Goethe vorstellen. Konnte genausogut fünfzig wie achtzehn sein. Schmal wie ein Junge. Und rote Flecken auf den Wangen. Bart.«

Wie Ned später bemerkte, als er seiner Mannschaft das Band vorspielte, war dies, operationsmäßig gesprochen, der Augenblick, in dem Bluebird seine Flügel ausbreitete. Am Tisch ist weder ehrfürchtiges Schweigen noch tiefes Durchatmen zu hören. Vielmehr suchte sich Barley diesen Augenblick für einen Niesanfall aus; übrigens war es der erste von vielen, die wir noch bei ihm erlebten. Nach einer Reihe von Einzelstößen steigerte sich der Anfall zu einer wahren Salve. Dann ebbte er langsam ab, und Barley schlug sich, zwischen den einzelnen Zuckungen fluchend, mit dem Taschentuch ins Gesicht.

»Verdammter Heuschnupfen«, erklärte er entschuldigend.

»Ich war großartig«, begann Barley aufs neue. »Da gab's gar kein Vertun.«

Er hatte sein Glas neu gefüllt, diesmal mit Wasser. Er nippte daran mit langsamen rhythmischen Bewegungen, wie einer dieser trinkenden Plastikvögel, die vor der Ausbreitung des Fernsehens in jeder trüben englischen Bar zwischen den Miniflaschen auf und nieder wippten.

»Ich war Mr. Wonderful persönlich. Bühnen- und Leinwandstar. Der höfliche, bestechende Mann aus dem Westen. Deswegen fahr ich doch dorthin, oder? Weil die Sowjets als einzige blöd genug sind, sich meinen Scheiß anzuhören.« Wieder näherte sich seine Stirnlocke dem Glas. »So geht das da. Sie wollen im Grünen spazierengehen, und am Ende diskutieren Sie mit einem Haufen besoffener Dichter über Freiheit contra Verantwortung. Sie pinkeln in irgendeinem schmierigen öffentlichen Klo, und der Mann neben Ihnen beugt sich rüber und fragt Sie, ob es ein Leben nach dem Tode gäbe. Weil Sie aus dem Westen sind. Da müssen Sie's ja wissen. Und Sie sagen's denen. Und die behalten es. Da geht nichts verloren.«

Er schien gefährlich nah daran zu sein, das Reden ganz einzustellen.

»Warum erzählen Sie uns nicht einfach, was passiert ist, und überlassen die Schuldzuweisungen uns?« schlug Clive vor, was ja wohl heißen sollte, daß er ihm kein eigenes Urteil zutraute.

»Ich habe geglänzt. Das ist passiert. Ein flinker Schwätzer hatte seinen großen Tag. Vergessen Sie's.«

Aber Vergessen war das letzte, was einer von uns vorhatte, wie Bobs fröhliches Lächeln zeigte. »Barley, ich finde, Sie sind zu streng mit sich selbst. Niemand sollte sich Vorwürfe machen, bloß weil er unterhaltsam ist, meine Güte. Hört sich doch an, als hätten Sie nur für Stimmung sorgen wollen.«

»Worüber haben Sie gesprochen?« fragte Clive, unbeeindruckt von Bobs Gutmütigkeit.

Barley zuckte die Schultern. »Wie man zwischen Lunch und Tee das russische Reich wiederaufbauen könnte. Frieden, Fortschritt und Glasnost flaschenweise. Sofortige Abrüstung ohne Hintertüren.«

»Verbreiten Sie sich öfter über solche Themen?«

»Wenn ich in Rußland bin, allerdings«, gab Barley zurück, wieder einmal, aber nicht lang, durch Clives Tonfall provoziert.

»Dürfen wir wissen, was Sie gesagt haben?«

Aber Barley erzählte seine Geschichte nicht Clive. Sondern sich selbst und dem Zimmer und allen Anwesenden, seinen Mitpassagieren; Punkt für Punkt hakte er seine Torheiten ab. »Abrüstung sei keine militärische oder Angelegenheit der Politik, sagte ich. Sondern eine des menschlichen Willens. Wir hätten zu entscheiden, ob wir uns auf Frieden oder Krieg vorbereiten wollten. Denn wir würden genau das bekommen, worauf wir vorbereitet wären.« Er brach ab. »Der Quatsch war einfach so dahergeredet«, erklärte er, wieder nur an Ned gewandt. »Aufgewärmte Argumente, die ich dort gelesen hatte.«

Als glaubte er, sich genauer erklären zu müssen, begann er noch einmal. »Zufälligerweise war ich in dieser Woche Experte. Ich hatte gedacht, die Firma könnte schnell mal ein Buch an Land ziehen. Irgend so ein Schlauberger wollte mich auf der Buchmesse überreden, die englischen Rechte für ein Buch über Glasnost und die Krise des Friedens einzukaufen. Aufsätze von alten und neuen Falken, Neubewertungen der strategischen Lage. Könnte denn wirklich Frieden ausbrechen? Sie hatten ein paar alte amerikanische Haudegen aus den sechziger Jahren unter Vertrag und zeigten, daß viele von ihnen sich seit dem Ausscheiden aus dem Amt um hundertachtzig Grad gedreht hatten.«

Ich fragte mich, warum er sich rechtfertigte. Worauf bereitete er uns vor? Warum glaubte er, den Schock im voraus dämpfen zu müssen? Bob, der trotz seiner Offenheit alles andere als ein Narr war, muß sich dieselbe Frage gestellt haben.

»Hört sich doch recht vernünftig an, Barley. *Ich* finde, mit so einem Buch ließe sich Geld machen. Könnte mir glatt selbst eins zulegen«, fügte er mit anzüglichem Kichern hinzu.

»Sie hatten sich also diese Sprüche angehört«, sagte Clive mit spitzem Unterton. »Und haben sie dann wiedergegeben. Wollen Sie darauf hinaus? Es ist gewiß nicht einfach, seine alkoholisierten Gedankengänge zu rekonstruieren, aber wir wären Ihnen dankbar, wenn Sie Ihr Möglichstes tun würden.«

Was, falls überhaupt, hat Clive eigentlich gelernt, fragte ich mich. Und wo? Wer hat ihn geboren, ihn gezeugt? Wo nahm der Service solche dumpfen Vorstadtmenschen bloß her, deren Eigenschaften – oder fehlenden Eigenschaften – ihm so zupaß kamen?

Auch angesichts dieser erneuten Attacke blieb Barley entgegenkommend. »Ich sagte, ich würde an Gorbatschow glauben«, erklärte er ruhig und nahm einen Schluck Wasser. »Sie vielleicht nicht, aber ich. Ich sagte, der Westen habe die Aufgabe, zu seiner anderen Hälfte zu finden, und der Osten müsse die Bedeutung der eigenen Hälfte erkennen. Ich sagte, wenn die Amerikaner sich genausoviel um die Abrüstung gekümmert hätten wie darum, irgendeinen Trottel auf den Mond oder rosa Streifen in die Zahnpasta zu bringen, hätten wir die Abrüstung schon lange. Ich sagte, die große Sünde des Westens sei die Überzeugung, wir könnten durch Steigerung des Rüstungswettlaufs das Sowjetsystem in den Ruin treiben, weil wir auf diese Weise mit dem Schicksal der Menschheit spielten. Ich sagte, der Westen habe mit seiner Säbelrasselei den sowjetischen Führem die Rechtfertigung dafür geliefert, ihre Tore verschlossen zu halten und ihren Staat zur Festung auszubauen.«

Walter brach in ein wieherndes Gelächter aus und hielt eine haarlose Hand vor seine Zahnlücken. »O mein Gott. *Wir* sind also schuld an den russischen Mißständen! Welch *erstaunlicher* Tiefsinn! Sie glauben nicht rein zufällig, die könnten zum Beispiel auch selbst daran schuld sein? Sich selbst in ihrem Verfolgungswahn abgeschottet haben? Nein, glaubt er nicht. Das sehe ich.«

Ungerührt setzte Barley seine Geständnisse fort: »Jemand fragte mich, ob ich nicht glaube, daß die Atomwaffen vierzig Jahre lang den Frieden aufrechterhalten hätten? Ich sagte, das sei jesuitischer Unsinn. Da könne man genausogut behaupten, das Schießpulver habe den Frieden von Waterloo bis Sarajewo aufrechterhalten. Was ist denn überhaupt Frieden? sagte ich. Die Bombe hat weder Korea noch Vietnam verhindert. Sie hat niemand von der Berlin-Blockade abgehalten oder die Tschechoslowakei zu kassieren oder die Berliner Mauer zu bauen oder in Afghanistan einzumarschieren. Wenn das Frieden ist, sollten wir's mal ohne die Bombe versuchen. Ich sagte, wir brauchten keine Experimente im Weltraum, sondern Experimente mit den Menschen. Die Supermächte sollten gemeinsam die Welt überwachen. Ich war richtig gut drauf «

»Und haben Sie diesen Quatsch etwa *geglaubt?*« fragte Clive.

Barley schien sich nicht im klaren darüber zu sein. Er machte einen betretenen Eindruck, als ob er sich plötzlich als Einfaltspinsel sähe.

»Dann sprachen wir über Jazz«, sagte er. »Bix Beiderbecke, Louis Armstrong, Lester Young. Ich spielte ein bißchen.«

»Sie meinen, da hatte jemand ein *Saxophon?*«, rief Bob voll spontaner Belustigung. »Was denn noch alles? Baßtrommeln? Eine Zehn-Mann-Kapelle? Barley, das nehme ich Ihnen nicht ab!«

Ich dachte schon, Barley würde gehen. Er richtete sich auf und kam auf die Füße. Er sah zur Tür und ging bedauernd darauf zu, so daß Ned alarmiert aufsprang, weil er fürchtete, Brock würde als erster bei ihm sein. Doch Barley war auf halbem Weg an einem flachen geschnitzten Tisch stehengeblieben. Er bückte sich, klopfte mit den Fingerspitzen leise auf den Rand, pah-pah-pah-paah, pah-pah-pah-paah, und begann zu dieser simulierten Begleitung von Becken, Besen und Trommeln näselnd zu singen.

Bob applaudierte bereits, Walter auch. Ich ebenfalls, und Ned lachte. Nur Clive fand das nicht unterhaltsam. Barley nahm einen ernüchternden Zug aus seinem Glas und setzte sich wieder.

»Dann fragten sie mich, was man denn tun könne«, sagte er, als hätte er seinen Stuhl nie verlassen.

»Wer fragte?« unterbrach Clive mit diesem aufreizend skeptischen Unterton.

»Einer von den Leuten am Tisch. Was spielt das für eine Rolle?« – »Nehmen wir an, daß alles eine Rolle spielt«, sagte Clive.

Barley sprach wieder mit seiner Russenstimme, gehemmt und zudringlich. »›Na schön, Barley. Angenommen, Sie hätten mit all dem recht. Wer soll dann diese Experimente mit dem Menschen durchführen?‹ Ihr, sagte ich. Sie waren ziemlich baff. Warum wir? Ich sagte, weil die Sowjets es leichter hätten als der Westen, wenn es um radikale Veränderungen ginge. Sie hätten nur wenige Leute an der Spitze, und die Intellektuellen hätten traditionell großen Einfluß. In einer westlichen Demokratie sei es viel schwerer, sich in der Masse bemerkbar zu machen. Das Paradoxon gefiel ihnen. Und mir auch.«

Nicht einmal dieser Frontalangriff auf die hehren demokratischen Werte konnte Bob aus seiner leutseligen Nachsichtigkeit aufscheuchen. »Na, Barley, das ist zwar ziemlich pauschal, aber ich möchte meinen, so ganz unrecht haben Sie nicht.«

»Aber haben Sie auch gesagt, was man *tun* sollte?« beharrte Clive.

»Ich sagte, man könne sich nur in Utopien flüchten. Ich sagte, was vor zwanzig Jahren wie ein Hirngespinst ausgesehen hätte, sei heute unsere einzige Hoffnung, ob wir von Abrüstung, Ökologie oder dem nackten Überleben der Menschheit sprächen. Gorbatschow habe das begriffen, der Westen sei nicht dazu bereit. Ich sagte, die westlichen Intellektuellen müßten ihre Stimme wiederfinden. Ich sagte, der Westen sollte das Beispiel geben, anstatt ihm nachzulaufen. Jedermann habe die Pflicht, die Lawine loszutreten.«

»Also einseitige Abrüstung«, sagte Clive und verkrampfte seine Hände zu einem Knoten. »Aldermaston, wir kommen. Tjaja.« Nur daß sein »Ja« eher wie ein »Nein« klang.

Aber Bob war beeindruckt. »Und diese ganze Beredtsamkeit nur, weil Sie ein bißchen über das Thema gelesen hatten?« sagte er. »Barley, das finde ich ungewöhnlich. Also, wenn ich so viel behalten könnte, wäre ich stolz auf mich.«

Vielleicht *zu* ungewöhnlich, wollte er wohl andeuten, doch Barley bekam davon offensichtlich nichts mit.

»Und was tat dieser Goethe, während Sie uns vor unseren niedersten Instinkten retteten?« fragte Clive.

»Nichts. Die anderen diskutierten mit, Goethe nicht.«

»Aber er hörte zu? Mit großen Augen, stelle ich mir vor.«

»Wir waren inzwischen dabei, die Welt neu aufzuteilen. Ein neues Jalta. Alle sprachen auf einmal. Bis auf Goethe. Er aß nicht, er sprach nicht. Ich bombardierte ihn förmlich mit Ideen, bloß weil er nicht mitmachte. Er wurde nur immer blasser und trank noch mehr. Da habe ich ihn abgeschrieben.«

Und Goethe sprach kein Wort, erzählte Barley im gleichen Ton verwirrter Selbstvorwürfe weiter. Den ganzen Nachmittag kein Sterbenswörtchen, sagte Barley. Goethe hörte zu, starrte in irgendeine unsichtbare Kristallkugel. Manchmal lachte er, auch wenn es nicht den geringsten Anlaß dazu gab. Oder er stand auf und ging ziemlich gerade zum Getränketisch, um sich, während alle anderen Wein tranken, den nächsten Wodka zu holen; dann kam er mit einem Wasserglas voll von dem Zeug zurück und leerte es mit wenigen Schlucken, sobald jemand einen passenden Toast ausbrachte. Aber Goethe selbst brachte keinen einzigen Toast aus, sagte Barley: Er war einer von diesen Leuten, die durch ihr Schweigen einen moralischen Einfluß ausüben, sagte er, so daß man sich am Ende fragt, ob sie an einer geheimen Krankheit sterben oder sich nur in ihrer großartigen Leistung sonnen.

Als Neschdanow die Gesellschaft ins Haus führte, wo man sich Count Basie in Stereo anhören wollte, trottete Goethe gehorsam mit. Erst spät in der Nacht, als Barley schon gar nicht mehr an ihn dachte, hörte er Goethe endlich reden.

Wieder einmal erlaubte sich Ned eine seiner seltenen Zwischenfragen. »Wie verhielten sich die anderen ihm gegenüber?«

»Sie respektierten ihn. Er war ihr Maskottchen. ›Mal schaun, was Goethe denkt.‹ Dann hob er sein Glas und trank ihnen zu, und wir lachten; nur er nicht.«

»Auch die Frauen?«

»Alle. Sie ordneten sich ihm unter. Machten ihm gewissermaßen Platz. Da kommt er, der große Goethe.«

»Und niemand hat Ihnen erzählt, wo er wohnte oder arbeitete?«

»Es hieß, er sei auf Urlaub von irgendwo, wo Trinken nicht erlaubt sei. Also ein Trink-Urlaub. Ständig trank man auf diesen Trink-Urlaub. Er war der Bruder von irgendwem. Von Tamara, weiß nicht. Vielleicht auch ein Vetter. Hab's nicht mitbekommen. «

»Glauben Sie, daß sie ihn beschützt haben?« fragte Clive.

Barleys Pausen sind einzigartig, dachte ich. Er ist nur schwach mit der Gegenwart verbunden. Sein Geist geht aus dem Zimmer, und man wartet wie auf glühenden Kohlen, ob er wieder zurückkommt.

»Ja«, sagte Barley plötzlich, als sei er selbst über seine Antwort verblüfft. »Ja, ja, sie haben ihn geschützt. Genau. Die waren sein Fanclub, natürlich.«

»Geschützt wovor?«

Wieder eine Pause.

»Vielleicht davor, sich erklären zu müssen. Damals habe ich das nicht so gesehen. Aber jetzt. Ja, tatsächlich.«

»Und wieso hätte er sich erklären sollen? Können Sie einen Grund dafür angeben, ohne einen zu erfinden?« fragte Clive, offensichtlich entschlossen, Barleys Wut nicht versiegen zu lassen.

Aber Barley ging nicht hoch. »Ich erfinde nichts«, sagte er, und keiner von uns dürfte das Gegenteil angenommen haben. Er war mal wieder weg. »Er war ein Spitzenmann. Das konnte man spüren«, sagte er, wieder zurückkehrend.

»Was verstehen Sie darunter?«

»Das beredte Schweigen. Bei hundertfünfzig Stundenkilometern hört man bloß das Ticken des Gehirns.«

»Aber niemand hat Ihnen gesagt: ›Er ist ein Genie‹ oder so was Ähnliches?«

»Niemand. Das war gar nicht nötig.«

Barley sah zu Ned hinüber, und der nickte. Außenagent bis in die Fingerspitzen, wenn auch notwendigerweise einer mit festem Standort, hatte Ned eine Art, genau dann vor einem aufzutauchen, wenn man noch glaubte, er versuche einen einzuholen.

Bob hatte eine weitere Frage. »Hat Sie irgend jemand beiseite genommen und Ihnen erklärt, *warum* Goethe Probleme mit dem Trinken hatte, Barley?«

Barley lachte ungezwungen auf. Was er sich gelegentlich herausnahm, war ein wenig beängstigend. »In Rußland braucht man doch keinen *Grund* zum Trinken, Herrgottnochmal! Nennen Sie mir einen einzigen Russen, der was taugt und der die Probleme seines Landes nüchtern ertragen kann!«

Wieder verfiel er in Schweigen und schnitt Grimassen ins Dunkel. Mit verkniffenen Augen brummte er irgendeinen Fluch über sich selbst, wie ich annahm. Riß sich dann zusammen. »Gegen Mitternacht erwachte ich und bekam einen Schreck«, lachte er. »›Gott, wo bin ich?‹ In einem Liegestuhl auf einer Veranda, mit einer verdammten Decke zugedeckt! Dachte erst, ich sei in den Staaten. Eine von diesen New-England-Veranden mit Moskitonetzen drumrum, dahinter der Garten. Konnte mir gar nicht vorstellen, wie ich nach einem erfreulichen Lunch in Peredelkino so schnell nach Amerika gekommen sein könnte. Dann fiel mir ein, daß sie nicht mehr mit mir geredet hatten und ich mich gelangweilt hatte. War nicht persönlich gemeint. Sie waren betrunken und hatten es satt, in einer fremden Sprache betrunken zu sein. Also hatte ich mich mit einer Flasche Scotch auf die Veranda verzogen. Um mich vor dem Tau zu schützen, hatte mir jemand eine Decke übergeworfen. Der Mond muß mich geweckt haben, dachte ich. Dicker Vollmond. Blutunterlaufen. Dann hörte ich, daß dieser Kerl mit mir sprach. Sehr düster. Makelloses Englisch. Gott, dachte ich: zu dieser Stunde noch neue Gäste. ›Manche Dinge sind notwendige Übel, Mr. Barley. Manche Dinge sind eher übel als notwendig‹, sagt er. Zitiert, was ich beim Lunch gesagt habe. Ein Stück aus meinem weltbewegenden Vortrag über den Frieden. Wen ich dabei zitiert habe, weiß ich nicht. Dann seh ich mich genauer um und erkenne endlich diesen drei Meter großen Bartgeier über mir, Flasche Wodka in der Hand, die Haare flattern ihm im Wind ums Gesicht. Als nächstes hockt er sich neben mich, steckt seine Ohren zwischen die Knie und schüttet sein Glas voll. ›Hallo, Goethe‹, sage ich. ›Sind Sie noch immer nicht tot? Schön, Sie hier zu sehen.‹«

Was immer ihn befreit hatte, warf ihn jetzt ins Gefängnis zurück, denn sein Gesicht verfinsterte sich wieder.

»Dann gibt er mir noch eine von meinen Lunchperlen zurück. ›Alle Opfer sind gleich. Keins ist gleicher als die anderen.‹

Ich lache. Aber nicht sehr. Mir ist das peinlich, vermute ich. Unangenehm. Komme mir wie ausspioniert vor. Sitzt dieser Kerl den ganzen Lunch über betrunken rum, ißt nichts, sagt kein Wort. Und zehn Stunden später zitiert er mich plötzlich wie ein Tonbandgerät. Unangenehm.

›Wer sind Sie, Goethe?‹ sage ich. ›Wovon leben Sie, wenn Sie nicht gerade trinken oder zuhören?‹

›Ich bin moralischer Außenseiter‹, sagt er. ›Ich handele mit geschändeten Theorien.‹

›Freut mich immer, einen Schriftsteller kennenzulernen‹, sage ich. ›Was für Zeug produzieren Sie denn so?‹

›Alles mögliche‹, sagt er, ›Geschichte, Komödien, Lügen, Liebesromane.‹ Und dann ergeht er sich über irgendeinen dämlichen Schrieb von ihm, wo ein Stück Butter in der Sonne schmilzt, weil es keinen gleichbleibenden Standpunkt hat. Nur, er redete nicht wie ein Schriftsteller. Viel zu bescheiden. Er lachte über sich selbst, und wenn ich nicht irre, lachte er auch über mich. Nicht, daß er dazu nicht jedes Recht gehabt hätte, aber komischer wurde die Sache dadurch bestimmt nicht.«

Und wieder warteten wir und beobachteten Barleys Silhouette. War die Anspannung in uns oder in ihm? Er nahm einen Schluck aus einem Glas. Er drehte den Kopf und murmelte etwas wie »weiß nicht« oder »Scheiße«; weder sein Publikum noch die Mikrofone bekamen das richtig mit. Wir hörten seinen Stuhl knacken wie Holz im Kamin. Auf dem Band hört es sich an wie ein bewaffneter Überfall.

»Dann sagt er zu mir: ›Also, Mr. Barley. Sie sind Verleger. Wollen Sie mich nicht fragen, wo ich meine Ideen herbekomme?‹ Und ich dachte, nach so was fragen Verleger eigentlich nicht, Alter, aber was soll's? ›Okay, Goethe‹, sage ich. ›Wo bekommen Sie Ihre Ideen her?‹

›Mr. Barley. Meine Ideen stammen – *erstens*‹ – er fängt an aufzuzählen.« Auch Barley hatte seine langen Finger gespreizt und zählte an ihnen ab, mit kaum merklichem russischem Tonfall. Und wieder verblüffte mich die Feinheit seines musikalischen Gedächtnisses; er schien die Worte nicht so sehr zu wiederholen, als vielmehr aus irgendeiner verwunschenen Echokammer zu befreien, wo niemals etwas, was er gehört hatte, verlorenging.

»›Meine Ideen stammen – *erstens* von den Papiertischdecken der Berliner Cafés in den dreißiger Jahren.‹ Dann genehmigt er sich einen Schluck Wodka und gleichzeitig einen tiefen rasselnden Zug Nachtluft. Er knarrt. Kennen Sie das? Wenn bei diesen Typen die Lunge blubbert? ›Zweitens‹, sagt er, ›aus den Veröffentlichungen meiner begabteren Konkurrenten. Drittens aus den obszönen Phantasien von Generälen und Politikern aller Nationen. Viertens aus dem befreiten Wissen gefangengehaltener Nazi-Wissenschaftler. Fünftens von dem großen Sowjetvolk, dessen demokratische Wünsche durch Beratung auf allen Ebenen allesamt nach oben gefiltert und dann in die Newa gekippt werden. Und sechstens ganz gelegentlich aus dem Kopf eines berühmten westlichen Intellektuellen, der mir zufällig über den Weg läuft.‹ Womit er offenbar mich meint, denn seine Augen hängen an mir, um festzustellen, wie ich das aufnehme. Er glotzt und glotzt wie ein altkluges Kind. Will mir Signale von lebenswichtiger Bedeutung zufunken. Aber auf einmal wird er ganz mißtrauisch. Typisch Russe. ›Sie haben da ja beim Lunch eine ziemliche Show abgezogen‹, sagt er. ›Wie haben Sie Neschdanow überredet, Sie einzuladen?‹ Ganz höhnisch. Soll heißen, ich glaube dir nicht.

›Ich habe ihn nicht überredet‹, sage ich. ›Es war seine Idee. Was versuchen Sie mir da anzuhängen?‹

›Ideen sind kein Eigentum‹, sagt er. ›Sie haben ihm das eingeredet. Sie sind ein schlauer Bursche. Sehr gerissen, würde ich sagen. Gratuliere.‹

Anstatt mich weiter zu verhöhnen, packt er mich plötzlich an den Schultern wie ein Ertrinkender. Ich weiß nicht, ob ihm schlecht ist oder er das Gleichgewicht verloren hat. Habe das scheußliche Gefühl, er könnte sich erbrechen. Ich will ihm helfen, weiß aber nicht, wie. Er ist verteufelt heiß, er schwitzt. Sein Schweiß tropft auf mich runter. Die Haare sind ganz naß. Diese wilden kindlichen Augen. Ich mach ihm den Kragen auf, denke ich. Dann höre ich seine Stimme, die mir direkt ins Ohr pustet, Lippen und heißer Atem, alles auf einmal. Zuerst verstehe ich nichts, er ist zu nah. Ich weiche zurück, aber er folgt mir.

›Ich glaube jedes Wort, das Sie gesagt haben‹, flüstert er. ›Sie haben mir aus der Seele gesprochen. Geloben Sie mir, daß Sie kein britischer Spion sind, dann gelobe ich Ihnen auch etwas.‹ Wortwörtlich«, sagte Barley, als sei ihm diese Rede peinlich. »Er erinnerte sich an jedes Wort, das ich gesagt hatte. Und ich erinnere mich an jedes seiner Worte.«

Es war nicht das erste Mal, daß Barley vom Gedächtnis wie von einer Krankheit gesprochen hatte, und vielleicht deswegen mußte ich, wie so oft, auch jetzt an Hannah denken.

»Armer Palfrey«, hatte sie mich in einer ihrer grausamen Anwandlungen aufgezogen, während sie ihren nackten Körper im Spiegel musterte, an ihrem Wodka mit Soda nippte und sich fertigmachte, um zu ihrem Mann zurückzugehen. »Wie willst du mit deinem Gedächtnis ein Mädchen wie mich jemals vergessen?«

Ob Barley auf jeden so wirkte? fragte ich mich – bei jedem unbewußt den wunden Punkt berührte und die geheimsten Gedanken zum Vorschein kommen ließ? Vielleicht hatte er auch auf die gleiche Weise auf Goethe gewirkt.

Die folgende Passage wurde nie paraphrasiert, nie zusammengefaßt, nie »übersetzt«. Den Eingeweihten wurde entweder das unbearbeitete Band vorgespielt oder das vollständige Transkript zu lesen gegeben. Für die Uneingeweihten existierte die Stelle gar nicht. Sie war die Keimzelle von allem, was folgte, und wurde mit bewußter Verschleierung der »Lissaboner Weg« genannt. Als die Alchemisten und Theologen und Endverbraucher auf beiden Seiten des Atlantik an die Reihe kamen, war es diese Stelle, die sie auswählten und durch ihre Zauberkästen laufen ließen, um die längst feststehenden Überzeugungen zu rechtfertigen, die ihre trickreichen Lager kennzeichneten.

»›Kein Spion, mein lieber Goethe. Weder jetzt noch früher, noch jemals. In Ihrem Land mag das üblich sein, in meinem nicht. Wie ist es mit Schach? Spielen Sie gern Schach? Reden wir davon.‹

Scheint nicht zu hören. ›Und Sie sind kein Amerikaner? Sie spionieren für niemand, auch nicht für uns?‹

›Hören Sie, Goethe‹, sage ich. ›Das macht mich langsam nervös, ehrlich gesagt. Ich bin kein Spion. Ich bin ich. Wenn Sie mit mir nicht über Schach sprechen wollen, sollten Sie's bei einer anderen Adresse versuchen, okay?‹ Ich dachte, das würde ihn zum Schweigen bringen, aber nichts da. Mit Schach kenne er sich aus, sagte er. Beim Schach hat der eine Spieler eine Strategie, und wenn der andere nicht dahinterkommt oder seine Aufmerksamkeit nachläßt, gewinnt man. Beim Schach sind Theorie und Realität eins. Aber im Leben kann man in gewissen Fällen vor einer Situation stehen, in der ein Spieler sich über den anderen derart groteske Dinge einbildet, daß er sich am Ende den Feind, den er braucht, erfindet. Ob ich das auch so sehe? Ganz genauso, Goethe. Dann geht es plötzlich nicht mehr um Schach, und er erzählt von sich, wie Russen es tun, wenn sie betrunken sind. Wozu er auf der Welt ist, nur für meine Ohren bestimmt. Sagt, er sei mit zwei Seelen geboren, genau wie Faust, deshalb nennen sie ihn auch Goethe. Sagt, seine Mutter sei Malerin gewesen, aber sie habe das gemalt, was sie sah, so treu nach der Natur, daß sie weder ausstellen noch Material kaufen durfte. Denn alles, was wir sehen, ist Staatsgeheimnis. Auch wenn es nur eine Illusion ist, ist es ein Staatsgeheimnis. Selbst wenn es jetzt nicht und niemals funktioniert, ist es ein Staatsgeheimnis. Und wenn es von hinten bis vorn erlogen ist, dann ist es das größte Staatsgeheimnis überhaupt. Sagt, sein Vater habe zwölf Jahre im Lager verbracht und sei an einem Übermaß geistiger Fähigkeiten gestorben. Sagt, sein Vater sei ein Märtyrer und das sei eben das Problem. Opfer sind schon schlimm genug, aber Märtyrer sind das Allerletzte. Ob ich das auch so sehe?

Allerdings. Weiß nicht, warum, aber ich bin ein höflicher Mensch, und wenn mich einer am Kopf gepackt hält und mir erzählt, sein Vater sei nach zwölf Jahren Knast gestorben, fange ich keinen Streit mit ihm an, auch wenn ich besoffen bin.

Ich frage ihn nach seinem richtigen Namen. Sagt, er hätte keinen. Sein Vater habe ihn mitgenommen. Sagt, in jeder anständigen Gesellschaft erschieße man die Unwissenden, nur in Rußland sei es umgekehrt; also hätten sie seinen Vater erschossen, weil er sich nicht wie seine Mutter geweigert habe, an gebrochenem Herzen zu sterben. Sagt, ich solle ihm das feierlich versprechen. Sagt, er liebe die Engländer. Die Engländer sind die moralischen Führer Europas, die heimlichen Lenker, die Einiger des großen europäischen Ideals. Sagt, die Engländer kennten die Beziehung zwischen Worten und Taten, während in Rußland niemand mehr an Taten glaube und daher Worte als Ersatz herhalten müßten, und zwar auf der ganzen Linie: als Ersatz für die Wahrheit, die niemand hören will, weil sie doch nichts dran ändern können oder sie ihren Job verlieren, wenn sie was dran ändern, oder sie vielleicht einfach nicht wissen, *wie* sie was dran ändern können. Sagt, die Russen hätten das Pech, daß sie europäisch sein wollen, doch sei ihnen vom Schicksal bestimmt, amerikanisch zu werden, und die Amerikaner hätten die Welt mit materialistischer Logik vergiftet. Wenn mein Nachbar ein Auto hat, muß ich zwei Autos haben. Wenn mein Nachbar ein Gewehr hat, muß ich zwei Gewehre haben. Wenn mein Nachbar eine Bombe hat, muß ich eine größere Bombe haben, am besten gleich mehrere, ganz egal, ob sie ihre Ziele überhaupt erreichen können. Ich brauche mir also nur das Gewehr meines Nachbarn vorzustellen und zu verdoppeln, und schon habe ich die Rechtfertigung für alles, was ich produzieren will. Ob ich das auch so sähe?«

Es ist ein Wunder, daß hier niemand unterbrach, nicht einmal Walter. Aber er hielt wie alle anderen den Mund. Man hört nicht einmal das Knarren eines Stuhles, ehe Barley weiterredet.

»›Vollkommen, Goethe. Ich sehe das ganz und gar so wie Sie.‹ Alles besser, als gefragt zu werden, ob ich ein britischer Spion sei. Fängt an, von Piturin zu reden, dem großen Dichter und Mystiker des neunzehnten Jahrhunderts.«

»Pecherin«, sagt eine schrille Stimme. Walter ist endlich der Kragen geplatzt.

»Richtig. Pecherin«, stimmt Barley zu. »Wladimir Pecherin. Pecherin wollte sich für die Menschheit aufopfern, mit seiner Mutter zu seinen Füßen den Kreuzestod sterben. Ob ich von ihm gehört hätte? Nein. Pecherin ging nach Irland, wurde Mönch, sagt er. Aber Goethe kann das nicht, weil er kein Visum bekommt und Gott ohnehin nicht mag. Pecherin mochte Gott und hatte etwas gegen die Wissenschaft, es sei denn, sie berücksichtigte die Seele des Menschen.

Ich frage ihn, wie alt er ist. Goethe, nicht Pecherin. Inzwischen sieht er aus wie ein Siebenjähriger, der auf die Hundert zugeht. Sagt, er sei dem Tod näher als dem Leben. Sagt, er sei fünfzig, aber gerade erst geboren.«

Walter schaltet sich ein, aber leise, wie jemand in der Kirche, nicht mit seinem üblichen Quieken. »Wieso haben Sie ihn nach seinem *Alter* gefragt? Wo es doch so viel anderes zu fragen gab? Was spielt es denn in diesem Augenblick für eine Rolle, wieviel Zähne er hat?«

»Er wirkt beunruhigend. Keine einzige Falte, außer wenn er einen böse ansieht.«

»Und er sagte Wissenschaft. Nicht Physik. Wissenschaft?«

»Wissenschaft. Dann fängt er an, Pecherin zu zitieren. Übersetzt ihn mir. Erst Russisch, dann Englisch. ›*Wie süß, sein Heimatland zu hassen und seinem Untergang begierig entgegenzusehen ... und in seinem Untergang die Morgenröte umfassender Erneuerung zu erkennen.*‹ Vielleicht nicht ganz wörtlich, aber darauf lief es jedenfalls hinaus. Pecherin habe begriffen, daß man sein Land lieben und gleichzeitig sein politisches System hassen könne, sagt er. Pecherin war völlig vernarrt in England, genau wie Goethe. England als die Heimat von Gerechtigkeit, Wahrheit und Freiheit. Pecherin zeigte, daß an Verrat nichts Illoyales war, vorausgesetzt, man verriet, was man haßte, und kämpfte für das, was man liebte. Also angenommen, Pecherin hätte große Geheimnisse über die russische Seele gekannt. Was hätte er getan? Ganz klar. Er hätte sie den Engländern verraten.

Ich finde, allmählich könnte er mir von der Pelle rücken. Ich gerate in Panik. Er kommt mir noch näher. Sein Gesicht vor meinem. Schnauft und knirscht wie eine Dampflok. Herzzerreißend aus seiner Brust. Diese riesigen braunen Augen. ›Was haben Sie getrunken?‹ fragte ich. ›Kortison?‹

›Wissen Sie, was Sie beim Lunch auch noch gesagt haben?‹ fragt er.

›Nichts‹, sage ich. ›War gar nicht da. Das waren zwei andere Typen, und die haben mich zuerst angehauen.‹ Wieder hört er mir nicht zu.

›Sie sagten: Heutzutage muß man schon denken wie ein Held, nur um wie ein anständiger Mensch zu handeln.‹

›Stammt nicht von mir‹, sagte ich. ›Nichts von alledem. Habe das bloß aufgeschnappt. Ist nicht von mir. Und jetzt vergessen Sie mal alles, was ich gesagt habe, und gehen zu Ihren Leuten zurück.‹ Hört nicht zu. Packt mich am Arm. Mädchenhände, aber eisenharter Griff. ›Versprechen Sie mir, daß Sie, wenn ich jemals den Mut finde, wie ein Held zu denken, wie ein anständiger Mensch handeln werden.‹

›Hören Sie.« sage ich. ›Lassen Sie das, holen wir uns lieber was zu essen. Drinnen gibt's Suppe. Ich riech's. Mögen Sie Suppe? Suppe?‹

Soweit ich erkennen kann, weint er nicht, aber sein Gesicht ist klitschnaß. Als wäre seine weiße Haut ganz von Angstschweiß bedeckt. Klammert sich an mein Handgelenk, als ob ich sein Priester wäre. ›Versprechen Sie mir das‹, sagt er. ›Aber was soll ich denn versprechen, um Gottes willen?‹

›Versprechen Sie, wie ein Gentleman zu handeln.‹

›Ich bin kein Gentleman. Ich bin Verleger.‹

Da lachte er. Zum erstenmal. Gewaltiges Gelächter mit unheimlichen Schnalzlauten. ›Sie können sich gar nicht vorstellen, wieviel Vertrauen mir Ihre Ablehnung einflößt‹, sagt er.

Jetzt stehe ich auf. Ganz lässig, um ihn nicht zu beunruhigen. Während er mich immer noch festhält.

›Ich begehe jeden Tag die Sünde der Wissenschaft‹, sagt er. ›Ich mache Pflugscharen zu Schwertern. Ich führe unsere Herren in die Irre. Und Ihre. Ich verewige eine Lüge. Ich morde Tag für Tag das Menschliche in mir. Hören Sie mich an!‹

›Muß jetzt gehen, Goethe, alter Knabe. Die netten Empfangsdamen in meinem Hotel können vor Sorge um mich kein Auge zumachen. Lassen Sie mich bitte los, Sie brechen mir den Arm.‹

Umarmt mich. Zieht mich an sich. Komme mir richtig fett vor, so dünn ist er. Nasser Bart, nasse Haare, glühend heiß.

›Versprechen Sie's‹, sagt er.

Quetschte es aus mir heraus. Leidenschaft. So was hatte ich noch nie gesehen. ›Versprechen Sie's! Versprechen Sie's!‹

›Also gut‹, sage ich. ›Wenn Sie es jemals schaffen, ein Held zu sein, werde ich ein anständiger Mensch sein. Abgemacht. Okay? Jetzt lassen Sie mich, seien Sie so gut.‹

›Versprechen Sie's‹, sagt er.

›Ich verspreche es‹, sage ich und schiebe ihn von mir weg.«

Walter brüllt los. Unsere vorsorglichen Ermahnungen halfen nichts, und Neds und Clives und meine wütenden Blicke brachten ihn nicht zum Schweigen. »Aber haben Sie ihm geglaubt, Barley? Wollte er Sie nicht reinlegen? Sie sind doch sonst so ein Schlauberger. Was hatten Sie für ein Gefühl dabei?«

Schweigen. Und mehr Schweigen. Dann endlich: »Er war betrunken. Zweimal in meinem Leben bin ich vielleicht so betrunken gewesen wie er. Oder sagen wir dreimal. Er hatte das Zeug den ganzen Tag lang in sich reingeschüttet und trank es noch immer wie Wasser. Aber jetzt war er gerade mal ziemlich klar im Kopf. Ich glaubte ihm. Er ist nicht der Typ, dem man nicht glaubt.«

Noch einmal Walter, wütend.

»Aber *was* haben Sie geglaubt? Was dachten Sie, wovon er redet? Was dachten Sie, *macht* er eigentlich? Das ganze Gefasel von wegen Ziele nicht erreichen, seine und Ihre Herren belügen, Schach, das nicht Schach ist, sondern etwas anderes? Sie können doch zwei und zwei zusammenzählen? Warum sind Sie nicht zu uns gekommen? Ich weiß, warum! Sie haben den Kopf in den Sand gesteckt. ›Weiß nichts, weil ich nichts wissen *will*.‹ Das haben Sie gedacht!«

Und als nächstes hört man auf dem Band, wie Barley, während er im Zimmer herumstapft, sich wieder verflucht: »Verdammt, verdammt, verdammt«, flüstert er. Immer wieder. Bis Clives Stimme dazwischenfährt. Sollte Clive jemals die Aufgabe zufallen, die Zerstörung des Universums anzuordnen, wird er es in eben diesem Tonfall tun, stelle ich mir vor.

»Es tut mir leid, aber ich fürchte, wir werden ernstlich Ihre Hilfe brauchen«, sagt er.

Paradoxerweise tat es Clive *wirklich* leid, wie ich glaube. Er war ein Mann der Technik, ein Vorstadt-Agentokrat der modernen Schule, dem bei lebenden Informationsquellen nicht wohl war. Für ihn waren nur Fakten richtige Informationen, und er verachtete jeden, der sich nicht von ihnen leiten ließ. Falls ihm – abgesehen von seinem eigenen Fortkommen und seinem silbernen Mercedes, den er schon beim kleinsten Kratzer nicht aus seiner Garage holte – im Leben überhaupt etwas wichtig war, dann waren es Hardware und einflußreiche Amerikaner, in dieser Reihenfolge. Um Clive zu begeistern, hätte Bluebird ein geknackter Code sein müssen, ein Satellit oder ein Vermittlungsausschuß. Dann hätte Barley nie geboren werden müssen.

Wohingegen Ned ganz anders war, und eben deshalb auch risikofreudiger. Von Temperament und Ausbildung her war er Agentenführer und Respektsperson. Lebende Informationsquellen waren sein Element und, falls er dieses Wort kannte, seine Leidenschaft. Er verabscheute die internen Machtkämpfe der Geheimdienstpolitik und überließ dergleichen mit Vergnügen Clive, so wie er die Analyse Walter überließ. In diesem Sinne war er eindeutig schlicht strukturiert, so wie Leute, die mit Menschen zu tun haben, es sein müssen; während Clive, für den der Mensch ein einziger unerfreulicher Sumpf war, den Ruf eines Modernisten genoß.

5

Wir waren jetzt dort, wo Ned und Barley begonnen hatten: in der Bibliothek. Brock hatte Leinwand und Projektor aufgebaut. Hatte Stühle in Hufeisenform aufgestellt, wobei er jedem von uns einen bestimmten Stuhl zudachte, denn wie andere Gewaltmenschen hatte Brock einen übertriebenen Hang zu knechtischen Arbeiten. Er hatte die Befragung über die Sprechanlage mitgehört, und trotz seiner dunklen Ahnungen in bezug auf Barley glomm ein erregtes Leuchten in seinen blassen baltischen Augen. Barley hing tief in Gedanken auf einem der vorderen Sitze zwischen Bob und Clive: ein privilegierter, wenn auch nervöser Gast bei einer privaten Diaschau. Ich beobachtete die Silhouette seines Kopfs, als Brock den Projektor einschaltete: zunächst nachdenklich nach unten gesenkt, dann, als das erste Dia auf die Leinwand fiel, aufmerksam emporgerichtet. Neben mir saß Ned. Kein Wort, und doch spürte ich die beherrschte Intensität seiner Erregung. Zwanzig Männergesichter flackerten durch unser Blickfeld, hauptsächlich sowjetische Wissenschaftler, die nach einer ersten hastigen Suche in den Archiven von London und Langley als mögliche Kenner der mit Bluebird zusammenhängenden Informationen genannt worden waren. Einige tauchten mehr als einmal auf, zuerst mit Bart, dann mit wegretuschiertem Bart. Von anderen wurden zwanzig Jahre alte Aufnahmen gezeigt, weil die Archive mehr nicht hergegeben hatten.

»Ist nicht dabei«, erklärte Barley nach beendigter Parade und schlug sich plötzlich mit der Hand an den Kopf, als ob ihn etwas gestochen hätte.

Bob konnte das einfach nicht glauben. Seine Ungläubigkeit war nicht minder charmant als seine Leichtgläubigkeit:

»Nicht mal ein Vielleicht oder Möglich, Barley? Für jemand, der schon was intus hatte, machen Sie einen reichlich selbstsicheren Eindruck. Mann, *ich* habe schon Partys erlebt, da wußte ich meinen eigenen Namen nicht mehr.«

»Fehlanzeige, mein Freund«, sagte Barley und kehrte zu seinen Gedanken zurück.

Nun war Katja an der Reihe, obwohl Barley das nicht wissen konnte. Bob machte sich behutsam an sie heran, ein Profi aus Langley, der uns seine Beinarbeit vorführte.

»Barley, das hier sind ein paar Jungs und Mädchen aus der Moskauer Verlagsszene«, sagte er übertrieben beiläufig, als Brock die ersten Bilder einschob. »Leute, die Ihnen in Rußland begegnet sein könnten, auf Empfängen, Buchmessen, Rundreisen. Wenn Sie jemand erkennen, schreien Sie.«

»Na so was, Leonora!« rief Barley fröhlich in Bobs Gerede hinein. Eine prächtig stramme Frau mit einem Hintern wie ein Fußballplatz marschierte auf der Leinwand über ein Stück Asphalt. »Leni ist eine große Nummer beim SK.«

»SK?« echote Clive, als habe er eine Geheimgesellschaft aufgestöbert.

»Sojuzkniga. SK bestellt und vertreibt ausländische Bücher in der ganzen Sowjetunion. Ob die Bücher dort auch ankommen, steht auf einem anderen Blatt. Leni ist zum Schreien.«

»Wie heißt sie weiter?«

»Zinowjewa.«

Korrekt, sagte Bobs Lächeln den Eingeweihten.

Sie zeigten ihm andere, und er benannte diejenigen, von denen sie wußten, daß er sie kannte; doch bei dem Foto von Katja, das sie auch Landau gezeigt hatten – Katja im Mantel, mit aufgestecktem Haar, wie sie mit ihrer Schnäppchentasche die Treppe herunterkommt –, murmelte Barley: »Weiter«, wie bei allen anderen, die er nicht kannte.

Aber Bob war wunderbar aufgeregt. Sein »Bitte, anhalten« klang so unglücklich, daß selbst ein Säugling auf die

Idee gekommen wäre, dieses Bild sei von unerkannter Bedeutung.

Brock hielt den Projektor an und wir den Atem.

»Barley, die kleine Lady auf dem Bild hier mit dem dunklen Haar und den großen Augen arbeitet beim Moskauer Verlag Oktober. Spricht gutes, klassisches Englisch wie Sie und Goethe. Unseres Wissens ist sie *redaktor*, vergibt und genehmigt englische Übersetzungen russischer Werke. Klingelt da was bei Ihnen?«

»Leider nein«, sagte Barley.

Worauf Clive ihn mir überließ. Mit einem Kopfnicken. Schnapp ihn dir, Palfrey. Dein Zeuge. Jag ihm Angst ein.

Wenn ich jemanden zu belehren habe, schalte ich auf meine Spezialstimme um. Sie soll einen ähnlichen Schrecken einflößen wie das Ehegelöbnis, und ich hasse diese Stimme, weil Hannah sie gehaßt hat. Trüge man in meinem Beruf falsche weiße Kittel, wäre dies der Augenblick, in dem ich die heimtückische Spritze verabreichen würde. An diesem Abend aber verlegte ich mich, sobald ich mit ihm allein war, auf einen eher fürsorglichen Tonfall, wurde zu einem anderen und vielleicht verjüngten Palfrey, zu dem, der den Sieg davontragen könnte, wie Hannah immer wieder zu beteuern pflegte. Ich redete Barley nicht wie irgendeinen unerfahrenen Neuling an, sondern wie einen Freund, den ich warnen wollte.

So sieht das Ding aus, sagte ich, indem ich mich so unjuristisch wie möglich auszudrücken bemühte. Das hier ist die Schlinge, die wir Ihnen um den Hals legen. Sehen Sie sich vor. Denken Sie nach.

Andere Leute nötige ich, sich hinzusetzen. Barley ließ ich freien Lauf, denn ich hatte gemerkt, daß er ruhiger war, wenn er auf und ab gehen und zappeln und seine Arme ausgiebig nach hinten ausstrecken konnte. Einfühlungsvermögen ist ein Fluch, auch wenn es nicht lange anhält, und alle schlechten Gesetze Englands können mich nicht davor schützen.

Und während er mir vorübergehend sympathisch wurde, fielen mir einige Dinge an ihm auf, die ich in der größeren Gesellschaft nicht bemerkt hatte. Wie sein Körper sich von mir wegbog, als wehre er sich gegen eine tief verwurzelte Neigung, sich dem Erstbesten, der nach ihm fragte, anzuvertrauen. Wie seine Arme trotz aller Bemühungen um Selbstdisziplin widerspenstig blieben, und zwar vor allem an den Ellbogen, die wie Fahnenflüchtige jeder Uniform, in die sie gezwungen wurden, entfliehen zu wollen schienen.

Und ich bemerkte meine Enttäuschung darüber, daß ich ihn noch immer nicht so richtig aus der Nähe beobachten konnte, sondern ständig versuchte, andere Ansichten von ihm in den vergoldeten Spiegeln zu erhaschen, wenn er daran vorbeiging. Bis auf den heutigen Tag sehe ich ihn nur wie aus weiter Ferne vor mir.

Und ich bemerkte die Nachdenklichkeit, mit der er meiner Predigt folgte oder auch nicht, den einen oder anderen Punkt aufschnappte und sich dann von mir wegdrehte, um ihn zu verdauen, so daß ich plötzlich auf einen starken breiten Rücken sah, der sich nicht mit der unversöhnlichen Vorderseite versöhnen ließ.

Und wie seinen Augen, wenn er sich mir wieder zuwandte, jegliche Unterwürfigkeit fehlte, die mich bei anderen Hörern meiner weisen Worte oft so krank gemacht hatte. Er war nicht eingeschüchtert. Er war nicht einmal bewegt. Und dennoch beunruhigten mich seine Augen, genau wie zuvor, als sie mich zum erstenmal taxiert hatten. Sie waren zu ehrlich, zu offen, zu wehrlos. Keine seiner kreisenden Bewegungen konnte sie schützen. Ich hatte das Gefühl, als könnte ich oder jeder andere einfach in sie eindringen und ihn in Beschlag nehmen, und dieses Gefühl erschreckte mich wie eine Drohung. Es machte mir angst um meine eigene Sicherheit.

Ich dachte an seine Akte. So viele Bauchlandungen, so viele scheinbar selbstzerstörerische Handlungen, so wenig Besonnenheit. Seine grauenhaften Leistungen auf der Schule. Seine Bemühungen, sich beim Boxen ein paar Lorbeeren zu verdienen, die ihn schließlich mit einem gebrochenen Kiefer ins Schulsanatorium brachten. Sein Verweis von der Schule, weil er bei einer Abendmahlsfeier betrunken die Epistel gelesen hatte: »Ich war noch vom Abend zuvor betrunken, Sir. Es war keine Absicht.« Prügelstrafe und Schulausschluß.

Wie günstig wäre es für ihn und für mich, dachte ich, wenn ich ihm irgendein größeres Vergehen, das ihn nicht losließ, hätte vorhalten können, irgendeine feige Handlung oder Unterlassung. Aber Ned hatte mir sein gesamtes Leben vorgeführt, einschließlich sämtlicher geheimer Nebenschauplätze, Krankengeschichte, Geld, Weiber, Ehefrauen, Kinder. Und alles war bloß Kleinkram. Kein großer Knall, kein großes Vergehen. Überhaupt nichts Großes – und eben dies mochte seine Persönlichkeit erklären. War er nur mangels eines größeren Ozeans immer wieder an den kleineren Klippen des Lebens gescheitert; hatte er seinen Schöpfer herausgefordert, ihm irgend etwas Größeres in den Weg zu legen oder aber ihn in Ruhe zu lassen? Wäre er, mit Größerem konfrontiert, ebenso unbesonnen gewesen?

Und dann sind plötzlich, ehe ich mir dessen richtig bewußt bin, unsere Rollen vertauscht. Er steht über mir, sieht auf mich herab. Das Team wartet noch immer in der Bibliothek, ich höre, wie die Männer unruhig werden. Die Erklärung liegt vor mir auf dem Tisch. Doch er studiert nicht das Formular, sondern mich.

»Also, was wollen Sie noch wissen?« frage ich angesichts seiner Größe zu ihm hinauf. »Noch irgendwelche Fragen, bevor Sie unterschreiben?« Zu meinem Schutz verwende ich nun doch meine Spezialstimme.

Zunächst ist er verblüfft, dann amüsiert. »Wieso? Haben Sie denn noch mehr Antworten, die Sie loswerden möchten?«

»Es ist eine unfaire Sache«, ermahne ich ihn streng. »Ihnen wurde ein großes Geheimnis aufgedrängt. Sie haben nicht danach gefragt, aber nun können Sie es nicht aus Ihrem Gedächtnis streichen. Ihr Wissen reicht aus, um einen Mann und wahrscheinlich auch eine Frau an den Galgen zu bringen. Damit sind Ihnen Pflichten auferlegt, denen Sie sich nicht entziehen können.«

Und Gott steh mir bei, ich denke wieder an Hannah. Als wäre die Wunde noch ganz frisch, hat er die schmerzlichen Gedanken an sie in mir aufgewühlt.

Er zuckt die Schultern, entledigt sich der Last. »Ich weiß nicht, was ich weiß«, sagt er.

Es klopft laut an die Tür.

»Die Sache ist die, daß die Ihnen womöglich noch mehr erzählen wollen«, sagte ich wieder mit milderer Stimme, um ihn meine Sorge um ihn erkennen zu lassen. »Was Sie bis jetzt schon wissen, könnte erst der Anfang sein von dem, was man von Ihnen herauszufinden verlangen wird.«

Er unterschreibt. Ohne zu lesen. Er ist ein Alptraum von einem Klienten. Er könnte sich mit seiner Unterschrift um sein Leben bringen, ohne es zu merken, und es wäre ihm egal. Sie klopfen, aber ich muß noch meinen Namen als Zeuge dazusetzen.

»Danke«, sagt er.

»Wofür?«

Ich stecke meinen Federhalter ein. Jetzt haben wir ihn, denke ich in eiskaltem Triumph, als Clive und die anderen hereinmarschieren.

Doch meine andere Hälfte schämt sich und ist auf unerklärliche Weise beunruhigt. Es kommt mir vor, als hätte ich im eigenen Lager Feuer gelegt, und es ist nicht abzusehen, wie es sich ausbreiten oder wer es löschen wird.

Das einzig Gute an dem nun Folgenden war, daß es rasch vorbeiging. Bob tat mir leid. Er war kein verschlagener Mensch und erst recht kein Fanatiker. Er war durchschaubar, aber das ist, auch in der Welt der Geheimen, noch lange kein Verbrechen. Vom Wesen her glich er eher Ned als Clive, und seine Methoden hatten mehr vom Service als vom CIA. Früher gab es in Langley viele von Bobs Sorte, und das waren nicht die schlechtesten Zeiten.

»Barley, haben Sie irgendeine Vorstellung von der Bedeutung des Materials, das die von Ihnen Goethe genannte Quelle bisher geliefert hat? Von seinem, sagen wir, allgemeinen Inhalt?« fragte Bob umständlich und setzte sein breites Lächeln auf.

Ich erinnerte mich, daß Johnny genau dieselbe Art von Frage Landau gegenüber ausgespielt hatte. Und sich die Finger verbrannt hatte.

»Wie sollte ich?« erwiderte Barley. »Ich habe das Zeug nicht zu Gesicht bekommen. Sie lassen mich ja nicht.«

»Sind Sie ganz sicher, daß Goethe Ihnen keinerlei Hinweis im voraus gegeben hat? Nichts davon geflüstert hat, von Autor zu Verleger, was er eines Tages, wenn Sie beide Ihre Versprechen hielten, liefern *könnte*? Über das hinaus, was Sie aus Peredelkino bereits berichtet haben – das weitschweifige Gerede von Waffen und unechten Feinden?«

»Ich habe Ihnen alles gesagt, woran ich mich erinnere«, sagte Barley, verwirrt den Kopf schüttelnd.

Ebenfalls wie Johnny vor ihm, warf Bob einen Blick auf seine Instruktionen, die er unter dem Tisch hielt. Doch diesmal mit echtem Unbehagen. »Barley, hatten Sie bei Ihren sechs Aufenthalten in der Sowjetunion während der letzten sieben Jahre irgendwelche, wenn auch noch so flüchtigen Kontakte zu Friedenskämpfern, Dissidenten oder anderen nichtoffiziellen Gruppen dieser Art?«

»Ist das ein Verbrechen?«

Clive schaltete sich ein. »Beantworten Sie bitte die Frage.«

Erstaunlicherweise lenkte Barley ein. Manchmal war Clive einfach zu klein, um ihn zu reizen. »Man lernt alle möglichen Leute kennen, Bob. Jazzfans, Buchmenschen, Intellektuelle, Journalisten, Künstler – die Frage ist unmöglich zu beantworten. Tut mir leid. «

»Dann formuliere ich es ein wenig anders und frage, ob Sie zu Hause in England mit irgendwelchen Leuten von Friedensinitiativen bekannt sind?«

»Keine Ahnung.«

»Barley, würden Sie bitte zur Kenntnis nehmen, daß zwei Mitglieder einer gewissen Bluesgruppe, bei der Sie zwischen 1977 und 1980 gespielt haben, an der Kampagne für Nukleare Abrüstung und anderen Friedensinitiativen teilgenommen haben?«

Barley schien verblüfft, aber auch ein wenig begeistert. »Tatsächlich? Wie sollen die denn heißen?«

»Wären Sie überrascht, wenn ich Ihnen die Namen Maxi Burns und Bert Wunderley nennen würde?«

Zum Vergnügen aller – bis auf Clive – brach Barley in fröhliches Gelächter aus. »O mein Gott! Machen Sie die Friedensschublade zu, Bob. Maxi war ein Roter mit Haut und Haaren.

Der hätte das Parlamentsgebäude in die Luft gesprengt, wenn er eine Bombe gehabt hätte. Und Bert hätte ihm dabei die Hand gehalten.«

»Die beiden waren demnach homosexuell?« fragte Bob mit schlauem Grinsen.

»Schwul wie Oskar«, stimmte Barley bereitwillig zu.

Worauf Bob offensichtlich erleichtert sein Papier zusammenfaltete und Clive mit einem Blick bedeutete, daß er fertig sei. Ned machte Barley den Vorschlag, ein bißchen an die Luft zu gehen. Walter bewegte sich einladend zur Tür und machte sie auf. Ned muß das so gewollt haben, sonst hätte Walter dergleichen nie gewagt. Barley zögerte einen Augenblick, nahm dann eine Flasche Scotch und ein Glas und ließ beides in den Seitentaschen seiner Safarijacke verschwinden – eine Geste, die uns vermutlich schockieren sollte. So ausgerüstet, schlenderte er hinter ihnen her und ließ uns drei wortlos allein.

»Waren das Russell Sheritons Fragen, die Sie da auf ihn abgeschossen haben?« fragte ich Bob so liebenswürdig wie möglich.

»Russell ist viel zu intelligent für diesen ganzen verdammten Kram«, gab Bob mit offenbarem Abscheu zurück. »Russell hat einen weiten Weg hinter sich.«

Die Machtkämpfe von Langley waren schon für die daran Beteiligten undurchschaubar, und erst recht – so sehr wir auch das Gegenteil heuchelten – für unsere Barone von der zwölften Etage. Aber in all dem Gebrodel und Gerangel war Sheriton häufig als derjenige genannt worden, der sich wahrscheinlich am Ende nach oben boxen würde.

»Wer hat sie denn dann autorisiert?« bohrte ich weiter nach seinen Fragen herum. »Von wem stammen sie, Bob?«

»Vielleicht von Russell.«

»Eben sagten Sie, Russell sei dazu zu intelligent!«

»Vielleicht muß er seine Bojaren bei der Stange halten«, sagte Bob unbehaglich, zündete seine Pfeife an und schwenkte das Streichholz aus.

Wir setzten uns und warteten auf Ned.

Der Schattenbaum steht in einem öffentlichen Garten nahe beim Ufer. Ich habe darunter gestanden und darunter gesessen und es über dem Hafen dämmern gesehen, während der Tau Tränenspuren auf meinem grauen Regenmantel hinterließ. Ich habe, ohne ein Wort zu verstehen, einem alten Mystiker mit einem frommen Gesicht zugehört, der dort, an eben dieser Stelle, aber bei Tageslicht, seine Schüler zu empfangen pflegt. Sie kommen aus allen Altersgruppen und nennen ihn den Professor. Die Bank ist um den Stamm gebaut und von eisernen Armlehnen in Sitze unterteilt. Barley saß zwischen Ned und Walter. Barley zufolge hatten sie zuerst in einer verschlafenen Seemannskneipe gesprochen, dann auf einer Bergspitze, obwohl Ned sich aus irgendeinem Grund nicht an die Bergspitze erinnern will. Jetzt waren sie zu ihrem letzten Gesprächsort ins Tal zurückgekehrt. Brock saß wachsam im Mietwagen und beobachtete sie über den Rasen. Von den Lagerhäusern auf der anderen Seite der Straße quietschten Kräne, rumpelten Lastwagen, schrien Fischer. Es war fünf Uhr morgens, aber der Hafen erwacht schon um drei. Die ersten Wolken der Dämmerung bildeten sich und rissen auf wie am ersten Schöpfungstag.

»Suchen Sie sich einen anderen«, sagte Barley. Er hatte das schon mehrmals auf ähnliche Weise ausgedrückt. »Ich bin nicht Ihr Mann.«

»Wir haben Sie nicht gesucht«, sagte Ned. »Das hat Goethe getan. Wenn wir wüßten, wie wir ohne Sie an ihn herankommen könnten, würden wir es auf der Stelle tun. Er hat Sie angepeilt. Hat womöglich zehn Jahre lang auf einen wie Sie gewartet.«

»Er ist auf mich verfallen, weil ich kein Spion war«, sagte Barley. »Weil ich meine verdammte Arie gesungen habe.«

»Und Sie werden auch jetzt kein Spion sein«, sagte Ned. »Sondern Verleger. Seiner. Sie werden lediglich mit Ihrem Autor zusammenarbeiten, aber gleichzeitig auch mit uns. Was ist daran so schlimm?«

»Sie sind schlagfertig, Sie sind gewitzt«, sagte Walter. »Kein Wunder, daß Sie trinken. Seit zwanzig Jahren sind Sie unterfordert. Jetzt haben Sie die Chance zu glänzen. Sie sind ein Glückspilz.«

»Ich habe in Peredelkino geglänzt. Jedesmal, wenn ich glänze, gehen die Lichter aus.«

»Sie könnten sogar zu Geld kommen«, sagte Ned. »Drei Wochen Vorbereitung in London, während Sie auf Ihr Visum warten, eine vergnügliche Woche in Moskau, und Sie haben für immer ausgesorgt.«

Das Wort »Training« hatte Ned mit der ihm eigenen Klugheit vermieden.

Dann wieder Walter; er ließ Zuckerbrot und Peitsche sehen, beides ziemlich gewagt, aber Ned ließ ihn reden:

»Ach, lassen Sie das Geld, über so was ist Barley doch erhaben! Es geht darum, *einmal* etwas für Ihr Land zu tun, und viele Leute bekommen dazu nie die Chance. Sie träumen davon, sie bewerben sich darum, aber die Chance wird ihnen nie gewährt. Und hinterher, wenn Sie Ihren Teil geleistet haben, können Sie sich zurücklehnen und die Vorteile Ihrer britischen Staatsangehörigkeit in dem Bewußtsein genießen, daß Sie sie verdient haben, selbst wenn Sie darauf spucken, was Ihr gutes Recht ist, etwas, das wie alles andere auch erkämpft werden muß.«

Und Ned hatte ihn richtig eingeschätzt: Barley fiel Walter lachend ins Wort und sagte, er solle »einen Punkt machen« oder etwas dergleichen.

»Sie tun damit auch etwas für Ihren Autor, wenn Sie mal darüber nachdenken«, warf Ned auf seine ungezwungene Art ein. »Sie werden seinen Hals aus der Schlinge ziehen, Wenn er schon Staatsgeheimnisse weitergeben will, können Sie ihn wenigstens an die zuständigen Leute vermitteln. Sie haben doch in Harrow studiert?« fügte er hinzu, als sei ihm das gerade wieder eingefallen. »Habe ich nicht irgendwo gelesen, daß Sie in Harrow waren?«

»Ich bin dort nur zur Schule gegangen«, sagte Barley, und Walter stieß sein johlendes Lachen aus, in das Barley aus Höflichkeit einstimmte.

»Warum haben Sie sich damals bei uns beworben? Wissen Sie noch, was Sie dazu veranlaßt hat?« fragte Ned. »Vielleicht so eine Art Pflichtgefühl?«

»Ich wollte nicht in die Firma meines Vaters. Mein Tutor riet mir, ich solle Vorschullehrer werden. Mein Vetter Lionel meinte, ich solle Agent werden. Sie haben mich abgelehnt.«

»Tja, ich fürchte, ein zweites Mal können wir Ihnen diesen Gefallen nicht tun«, sagte Ned.

Wie alte Gefährten blickten die drei Männer schweigend über das Wasser. Eine Reihe Kriegsschiffe hatte am Hafeneingang Stellung bezogen, man sah die Lichterketten ihrer Takelage.

»Wissen Sie, ich habe immer davon geträumt, es käme mal einer«, bemerkte Walter plötzlich, aufs Meer blickend. »Im Grunde glaube ich an Gott, da bin ich ziemlich sicher. Oder ich bin ein verkrachter Marxist. Ich habe immer geglaubt, früher oder später würde ihre Geschichte einen hervorbringen. Was wissen Sie von Wissenschaften? Nichts. Woher auch? Ihre Generation: das ist die letzte, die nur humanistisch gebildet ist. Wenn ich Sie frage, was man unter einer Verbrennungsrate versteht, werden Sie wahrscheinlich denken, ich rede vom Kuchenbacken.«

»Wahrscheinlich«, stimmte Barley zu und lachte schon wieder, ohne es zu wollen.

»SKR? Kein Begriff?«

»Ich fürchte, ich habe was gegen Abkürzungen.«

»Also Streukreisradius. Wie steht's damit?«

»Bin Analphabet«, schnappte Barley auf einmal gereizt.

»Rekalibrieren? Wen oder was rekalibriere ich und womit?«

Barley machte sich nicht die Mühe zu antworten.

»Na, also gut. Was ist der *Big Motherfucker,* in eingeweihten Kreisen als BMF bekannt? Das wird Ihr englisches Ohr doch nicht beleidigen? So hübsche angelsächsische Worte?«

Barley zuckte die Schultern.

»BMF war die sowjetische Superrakete SS9«, sagte Walter. »Wurde in den finsteren Jahren des kalten Kriegs anläßlich einer Mai-Parade vorgeführt. Hatte atemberaubende Abmessungen und wurde später für einen berühmten *Fußabdruck* verantwortlich gemacht. Ist Ihnen auch kein Begriff? Fußabdruck? Macht nichts, das kommt noch. Der Fußabdruck bestand in diesem Fall aus drei riesigen Löchern in der russischen Einöde, die wie das Muster der *minute-man*-Silogruppe mit ihrer Kommandozentrale aussah. Der Streit ging darum, ob die von drei unabhängig steuerbaren Gefechtsköpfen stammten und ob die

Sowjets folglich mit einem Schuß drei amerikanische Raketensilos auf einmal treffen konnten. Wer nicht an diese Möglichkeit glauben wollte, nannte die Fußabdrücke einen Schwindel. Und wer daran glaubte, setzte noch einen drauf und sagte, mit den Gefechtsköpfen sollten nicht Silos, sondern Städte zerstört werden. Die, die daran glaubten, setzten sich durch und bekamen grünes Licht für das ABM-Programm. Auch als ihre Theorie drei Jahre später in Zweifel gezogen wurde, drückten sie sie durch. Sie können mir wohl nicht mehr folgen?«

»Schon von Anfang an nicht«, sagte Barley.

»Aber er lernt schnell, zweifellos«, versicherte Walter zufrieden, der über Barley hinweg Ned ansprach. »Verleger können sich doch so halbwegs in alles reindenken.«

»Was ist so schlimm daran, es *herauszufinden*?« klagte Ned im Tonfall eines guten Menschen, den freche Redensarten aus der Fassung gebracht haben. »Das will mir nicht in den Kopf. Wir verlangen ja nicht von Ihnen, irgendwelche scheußlichen Raketen zu bauen oder auf den Knopf zu drücken. Wir bitten Sie, uns dabei zu helfen, unser Wissen über den Feind zu erweitern. Wenn Sie was gegen Atomwaffen haben, um so besser. Und wenn der Feind sich als Freund herausstellt – was wäre daran so schlimm?«

»Ich dachte, der kalte Krieg wäre vorbei«, sagte Barley.

Worauf Ned in scheinbar echter Bestürzung »Ach du lieber Gott« murmelte.

Aber Walter gab sich nicht so zurückhaltend. Er spielte den Empörten, und vielleicht war er das wirklich. Er konnte jederzeit alles mögliche sein und häufig mehreres auf einmal. »Billiges Polittheater und geheuchelte Freundschaften!« schnaubte er. »Da stecken wir mitten in der größten ideologischen Auseinandersetzung der Geschichte, und Sie erzählen mir, die wäre beigelegt, weil ein paar Staatsmänner es mal für angemessen halten, in der Öffentlichkeit Händchen zu halten und ein paar veraltete Spielzeuge zu verschrotten. Das Reich des Bösen ist in die Knie gezwungen, o ja! Seine Wirtschaft ist katastrophal, seine Ideologie ist bankrott, und sein Hinterhof explodiert ihm ins Gesicht. Aber erzählen Sie mir nicht, das wäre ein Grund für uns, die Gewehre runterzunehmen; denn ich glaube Ihnen kein Wort.

Es ist Grund genug, die Russen fünfundzwanzig Stunden am Tag auf Teufel komm raus auszuspionieren und ihnen jedesmal, wenn sie vom Boden hochkommen wollen, eins in die Eier zu treten. Gott weiß, wofür die sich nicht in zehn Jahren halten werden.«

»Ich nehme an, Ihnen ist klar, daß die Amerikaner sich auf Goethe stürzen werden, wenn Sie ihn im Stich lassen?« sagte Ned zu seiner Information. »Bob wird ihn sich nicht entgehen lassen, wieso sollte er? Lassen Sie sich nicht von seinen Yale-Manieren täuschen. Wie wollen Sie denn *dann* mit sich leben?«

»Ich will überhaupt nicht mit mir leben«, sagte Barley. »Einen schlimmeren Partner kann ich mir gar nicht vorstellen.«

Eine schieferfarbene Wolke schob sich über den roten Sonnenstreifen und zersplitterte.

»Es geht letztlich um folgendes«, sagte Ned. »Es ist ordinär und unenglisch, aber ich sage es trotzdem. Wollen Sie bei der Verteidigung Ihres Landes eine passive oder eine aktive Rolle spielen?«

Während Barley noch nach einer Antwort suchte, kam Walter ihm zu Hilfe, und zwar mit einer Entschiedenheit, die keinen Widerspruch duldete. »Sie leben in einer freien Gesellschaft. Sie haben gar keine Wahl«, sagte er.

Mit dem heraufkommenden Tageslicht schwoll auch der Lärm im Hafen an. Barley stand langsam auf und rieb sich den Rücken. Er schien dort, gleich über dem Hosenbund, einen ständigen Schmerz zu spüren. Vielleicht hielt er sich deswegen so krumm.

»Jede anständige Kirche hätte solche Scheißkerle wie Sie längst auf dem Scheiterhaufen verbrannt«, bemerkte er mürrisch. Er wandte sich zu Ned, sah durch seine zu kleinen Brillengläser auf ihn hinab. »Ich bin der Falsche«, warnte er ihn. »Und Sie sind ein Narr, wenn Sie mich benutzen.«

»Wir alle sind die Falschen«, sagte Ned. »Und wir geben uns mit den falschen Sachen ab.«

Barley ging über das Gras, schlug sich auf die Taschen, ob die Schlüssel noch da wären. Er bog in eine Seitengasse und verschwand aus ihrem Blickfeld, während Brock ihm leise nachging. Das Haus war ein Keil: zur Straße hin schmal, nach hinten breit.

Barley schloß die Eingangstür auf und hinter sich wieder zu. Er drückte auf den Zeitschalter und begann, gleichmäßig die Treppe hochzusteigen, denn er hatte einen weiten Weg vor sich.

Sie war eine gute Frau, an ihr hat es bestimmt nicht gelegen. Sie alle waren gute Frauen. Frauen, die eine Aufgabe an ihm zu erfüllen hatten, so wie Hannah einst an mir – ihn zu retten, ihn auf die richtige Bahn zu bringen, seine ach so vielen Talente auf ein bestimmtes Ziel zu richten, ihm bei dem Neuanfang zu helfen, der ihn von seinen früheren Neuanfängen befreien sollte. Und Barley hatte sie ermuntert, wie er sie alle ermuntert hatte. Er hatte neben ihnen am Krankenbett gestanden, als ob er nicht selbst der Patient, sondern ein Mitglied des Ärzteteams gewesen wäre. »Also, wie können wir dem armen alten Knacker helfen, wieder auf die Beine zu kommen?«

Nur mit dem Unterschied, daß er genausowenig wie ich an die Therapie geglaubt hatte.

Sie lag mit dem Gesicht nach unten, erschöpft, schien zu schlafen. Sie hatte die Wohnung saubergemacht. So wie Gefangene ihre Zellen reinigen und Hinterbliebene Gräber pflegen, hatte sie die Oberfläche einer Welt, die sie nicht ändern konnte, blank geputzt. Andere Leute mochten Barley sagen, er sei zu hart gegen sich selbst. Von Frauen bekam er das oft zu hören. Daß er sich nicht für beide Hälften einer jeden Beziehung, die über ihm zusammenbrach, verantwortlich machen dürfte. Barley sah das anders. Er kannte den Abstand zwischen sich und allen anderen. Was die eigene Unheilbarkeit betraf, so war er damals ein noch unerreichter Experte.

Er berührte ihre Schulter, aber sie regte sich nicht; da wußte er, daß sie wach war.

»Ich mußte zur Botschaft«, sagte er. »In London schreit man nach meinem Blut. Ich muß zurück und mich stellen, sonst nimmt man mir den Paß ab.«

Er angelte einen Koffer unterm Bett hervor und begann die Hemden hineinzulegen, die sie für ihn gebügelt hatte.

»Du hast gesagt, diesmal würdest du nicht zurückgehen«, erinnerte sie ihn. »Du hättest deine Zeit in England abgedient, hast du gesagt. Du hättest alles abgesessen.«

»Sie haben die erste Maschine für mich gebucht. Da kann ich nichts machen. In ein paar Minuten werde ich von einem Wagen abgeholt.« Er ging ins Badezimmer, um Zahnbürste und Rasierzeug zu holen. »Die haben sämtliche Geschütze gegen mich aufgefahren«, rief er. »Mir bleibt nichts anderes übrig.«

»Und ich gehe zu meinem Mann zurück«, sagte sie.

»Bitte bleib. Benutz die Wohnung. Und alles andere. Es dauert nur ein paar Wochen. Dann hab ich's hinter mir.«

»Wenn du bloß nicht soviel geredet hättest, ging's uns jetzt gut. Einfach eine Affäre, mehr wollte ich ja nicht. Du solltest mal deine Briefe lesen. Und dich reden hören.«

Barley sah sie nicht an. Er bückte sich über seinen Koffer.

»Mach das bloß nicht mit einer anderen«, sagte sie.

Dann war es mit ihrer Ruhe vorbei. Sie begann zu schluchzen und schluchzte noch, als er ging; und sie schluchzte noch immer, als ich am nächsten Morgen irgendein Märchen erzählte, ihr ein Formular unter die Nase hielt und sie fragte, wieviel er ihr erzählt habe. Nichts. Sie plauderte die ganze Geschichte aus, verteidigte ihn aber bis aufs Blut. Hannah hätte es genauso gemacht. Macht es noch immer – ein Übermaß an Loyalität bis auf den heutigen Tag, obwohl ihre Illusionen zerstört sind.

Ned und seinen Leuten vom Rußlandhaus blieben nur drei Wochen, um Barley in Form zu bringen. Drei Wochenenden und fünfzehn Tage, die erst um fünf Uhr begannen, wenn Barley sich aus seinem Büro verdrückte.

Aber Ned brachte die Sache zustande, wie nur er es konnte. Notfalls hätte Ned die Ausbilder nächtelang und sich selbst Tag und Nacht auf Trab gehalten. Und Barley, von Natur aus wankelmütig, drehte und wendete sich mit jedem Luftzug, bis er endlich zur Ruhe kam und, als der Tag seiner Abreise nahte, ein gleichermaßen gelassenes und ernstes Gesicht machen konnte. Oft schien er sich das ganze Ethos unseres Gewerbes ohne Widerstreben anzueignen. War denn nicht, stellte er Walter gegenüber fest, der Schein die einzig wahre Art des Seins? O mein *Gott*, ja! rief Walter entzückt – und nicht nur in unserem Gewerbe! Und war denn nicht die ganze Identität des Menschen bloß eine Tarnung, fuhr Barley beharrlich fort, und nicht die einzige Welt, in der es sich zu leben lohne, die Welt der Geheimen? Walter versicherte, daß es so war, und gab ihm den Rat, sich dort auf Dauer einzurichten, bevor die Preise steigen würden.

Barley hatte Walter vom ersten Augenblick an gemocht, das heißt seine Zerbrechlichkeit und, so sehe ich das heute, seine Vergänglichkeit. Er schien von Anfang an zu wissen, daß er an der Hand eines Mannes ging, der auf dem Weg zur Schlachtbank war. Manchmal aber auch wurde Barleys Miene so leer wie ein offenes Grab. Er wäre nicht Barley gewesen, wenn er nicht Schwankungen unterworfen gewesen wäre.

Am meisten gefiel ihm die familiäre Atmosphäre, die Ned mit seinem Instinkt für den nicht fest verankerten Joe gewissenhaft aufrechterhielt – das Geplauder beim Essen, das Gefühl, der Star der Familie zu sein, das er ihm vermittelte, die Schachpartien mit dem alten Palfrey, den Ned listig vor Barleys Wagen spannte, um den beunruhigend kurzen Einfluß Walters auszugleichen.

»Sie können jederzeit vorbeikommen«, sagte mir Ned mit einem freundlichen Schulterklopfen.

So wurde ich für Barley der alte Harry.

Alter Harry, spiel eine Partie Schach mit uns, verdammt! Alter Harry, warum bleibst du nicht zum Abendessen? Wo hast du dein verdammtes Glas gelassen, alter Harry?

Bob wurde selten von Ned eingeladen, Clive überhaupt nicht. Das Ganze war Neds Sache, Barley war Neds Joe. Und er kannte Barleys wunde Punkte ganz genau.

Als Unterschlupf hatte Ned ein hübsches edwardianisches Cottage in Knightsbridge ausgewählt, einer Gegend von London, zu der Barley keinerlei Verbindung hatte. Clive stöhnte über die Kosten, aber da die von den Amerikanern getragen wurden, war seine Empfindlichkeit ganz unangebracht. Das Haus lag in einer Sackgasse, kaum fünf Minuten zu Fuß von Harrods entfernt, und wurde von mir im Namen der Liga für ethisches Forschen und Handeln angemietet, eines karitativen Vereins, den ich vor Jahren für irgendwelche künftigen Fälle hatte eintragen lassen. Eine liebenswerte Haushälterin namens Miss Coad, Mitarbeiterin des Service, war dort im Einsatz und wurde von mir vorschriftsmäßig auf die Operation Bluebird vereidigt. Das Kinderzimmer im Obergeschoß war zu einem bescheidenen Vortragssaal umgebaut und wie die übrigen schmuck möblierten Räume mit Mikrofonen ausgestattet.

»Hier werden Sie bis auf weiteres Urlaub von Zuhause machen«, sagte Ned zu Barley, während er ihn herumführte. »Dies ist Ihr Schlafzimmer, wenn Sie eins brauchen, und hier ist Ihr Schlüssel. Telefonieren können Sie nach Belieben, aber leider hören wir mit; Privatgespräche sollten Sie also lieber von der Zelle gegenüber führen.«

Sicherheitshalber hatte ich auch für die Telefonzelle eine Abhörgenehmigung eingeholt. Starkes Interesse der Amerikaner.

Da Barley und ich keine Langschläfer waren, spielten wir Schach, wenn die anderen sich hingelegt hatten. Er war ein impulsiver und oft brillanter Gegner, aber ich verfüge über ein kalkulatorisches Talent, das ihm zeitlebens abging, und konnte mich besser auf seine Schwächen einstellen als er sich auf meine. Schließlich hatte ich seine Akte gelesen. Aber ich kann mich noch an Partien erinnern, in denen er eine ganze Kombination mit einem Blick erfaßte und mich mit drei oder vier Zügen und einem vergnügten Aufschrei zur Aufgabe zwang.

»Hab ich dich, Harry! Sag, daß du traurig bist! Laß den Kopf hängen!«

Aber wenn wir dann wieder neu aufbauten, spürte ich schon, wie ihn die Geduld verließ. Dann ging er mit den Händen fuchtelnd auf und ab und ließ mal wieder seine Gedanken schweifen.

»Verheiratet, Harry?«

»Nicht so, daß man's merkt«, antwortete ich.

»Was soll das heißen, verdammt?«

»Meine Frau lebt auf dem Land. Ich in der Stadt.«

»Schon lange?«

»Ewig lange«, sagte ich gleichgültig und wünschte schon, daß ich ihm eine andere Antwort gegeben hätte.

»Liebst du sie?«

»Also, mein Lieber!« Aber er starrte mich an, wollte es unbedingt wissen. »Aus der Ferne, nehme ich an. Ja«, fügte ich unwirsch hinzu.

»Sie liebt dich auch?«

»Ich glaube schon. Ist einige Zeit her, daß ich sie gefragt habe.«

»Kinderchen?«

»Ein Junge. Schon über dreißig.«

»Siehst du ihn manchmal?«

»Eine Karte zu Weihnachten. Beerdigungen und Hochzeiten. Auf unsere Weise sind wir schon ganz gute Freunde.«

»Was macht er?«

»Hat mit Jura geliebäugelt. Jetzt macht er Geld.«

»Ist er glücklich?«

Ich war wütend, was heutzutage selten bei mir vorkommt. Was gingen ihn Definitionen von Glück und Liebe an? Er war ein Joe. Ich hatte das Recht, mich an ihn heranzumachen, nicht umgekehrt. Aber noch seltener kam es vor, daß ich meine Wut auch sehen ließ. Doch muß es diesmal der Fall gewesen sein, denn ich sah, wie er mir einen besorgten Blick zuwarf, als ob er sich fragte, ob er zufällig an irgendeine Familientragödie gerührt hätte. Dann wurde er rot und wandte sich ab, suchte nach irgend etwas, das uns ablenken und aus der Verlegenheit helfen konnte.

»Ich möchte mal so sagen, Sir, er wehrt sich nicht dagegen«, wurde Ned von einem Mr. Candyman, Spezialist für ultramoderne Körpermikrofone, aufgeklärt. »Als Naturtalent würde ich ihn nicht bezeichnen, aber zuhören kann er, und erinnern, meine Güte, kann er sich auch.«

»Er ist ein Gentleman, Mr. Ned, und das gefällt mir«, sagte eine Aufpasserin, die damit betraut war, Barley die Grundlagen des Gewerbes beizubringen. »Er hat Verstand, und er hat Sinn für Humor, und das ist schon die halbe Miete, wie ich zu sagen pflege.«

Später gestand sie, sie habe seine Annäherungsversuche zwar gemäß den Vorschriften des Service zurückgewiesen, doch habe er sie erfolgreich in das Werk Scott Fitzgeralds eingeführt.

»Das ist doch alles Hokuspokus«, erklärte Barley heiser am Ende einer ermüdenden Sitzung über die Geheimschrifttechniken. Aber Spaß machte es ihm trotzdem ganz offensichtlich.

Und als der Tag der Abrechnung näher rückte, wurde seine Unterwürfigkeit vollkommen. Selbst als ich ihm eine trübe

Tasse namens Christopher, den Rechnungsprüfer des Service, vorstellte, der fünf Tage lang ergriffen die Bücher von Abercrombie & Blair inspiziert hatte, ließ Barley nichts von der Widerspenstigkeit erkennen, die ich erwartet hatte.

»Aber Chris, Mann, im Verlagsgeschäft ist doch nun wirklich jede Sau pleite!« beteuerte er, während er im Takt seines Gesumms in dem schönen Salon auf und ab ging; er machte so lange Schritte, daß er in die Knie ging und sein Whiskyglas weit von sich strecken mußte. »Bonzen wie Jumbo fressen die Blätter, und wir nagen an der Rinde.« Eine deutsche Stimme: »Sie haben Ihre Methoden, wir haben unsere.«

Aber was ging Ned und mich jede Sau an? Oder Chris? Uns war nur die Operation wichtig, und uns plagte der Alptraum, daß Barley mittendrin Bankrott machen könnte.

»Aber ich *will* keinen Scheißlektor!« schrie Barley und wedelte mit seiner geduldigen Brille herum. »Einen Scheißlektor kann ich nicht *bezahlen*. Meine Tanten in Ely platzen aus sämtlichen *Miedern*, wenn ich so einen Scheißlektor einstelle!«

Aber die Tanten hatte ich bereits geschmiert. Es war mir gelungen, Lady Pandora Weir-Scott, wegen ihres anglikanischen Glaubens Barley eher als die Heilige Kuh bekannt, während eines Lunchs bei Rules auf unsere Seite zu ziehen. Ich trat als ein hohes Tier vom Außenministerium auf und erklärte ihr im größten Vertrauen, der Verlag Abercrombie & Blair solle zur Förderung der englisch-russischen Kulturbeziehungen unter der Hand einen Zuschuß der Rockefeller-Stiftung erhalten. Aber kein Wort nach außen, sonst wäre das Geld weg und würde einem anderen verdienstvollen Verlag zugeschoben.

»Na, verdienstvoller als *ich* kann überhaupt *niemand* sein«, beteuerte Lady Pandora und spreizte die Ellbogen, um die letzten Stückchen aus ihrem Hummer zu puhlen. »Versuchen Sie mal, mit dreißigtausend im Jahr Ammerford zu halten.«

Boshaft fragte ich sie, ob ich problemlos an ihren Neffen herantreten könnte.

»Bloß nicht. Den überlassen Sie mir. Der kann Geld nicht von Dreck unterscheiden und ist ein ganz miserabler Lügner.«

Das Bedürfnis, Barley mit einem Aufpasser zu versehen, schien plötzlich dringender. »Sie haben eine Anzeige deswegen aufgegeben«, erklärte Ned und hielt Barley eine Kleinanzeige aus einer neueren Ausgabe einer Kulturzeitschrift unter die Nase. *Alteingesessener britischer Verlag sucht qualifizierten Russischlektor. Aufstiegsmöglichkeit zum Cheflektor. Alter 25–45. Belletristik und Sachbuch. Lebenslauf.*

Und am nächsten Nachmittag erschien Leonard Carl Wicklow zu einem Einstellungsgespräch in den mit vielen Hypotheken belasteten Räumlichkeiten des Hauses Abercrombie & Blair, Norfolk Street, Strand.

»Hier wartet ein Engel auf Sie, Mr. Barley«, quarrte Mrs. Dunbars gingetränkte Stimme aus der altertümlichen Sprechanlage. »Soll ich ihn bitten hereinzufliegen?«

Ein Engel mit Fahrradklammern, ein gewebter Beutel hing ihm schräg über der Brust. Eine hohe, völlig faltenfreie Engelsstirn, blonde Engelslocken. Blaue Engelsaugen, die nichts Böses kannten. Dazu eine Engelsnase, die so merkwürdig schief stand, daß man sie, wenn man ihm zum erstenmal begegnete, unwillkürlich geraderücken wollte. Reden Sie mit ihm wie mit jedem anderen, hatte Ned Barley angewiesen. Leonard Carl Wicklow, geboren 1964 in Brighton, Honors Degree, Schule für Slawische und Osteuropäische Studien, Universität London.

»Ach ja, Sie. Wunderbar. Nehmen Sie Platz«, grummelte Barley. »Was wollen Sie bloß im Verlagsgeschäft? Mieses Gewerbe.« Er hatte mit einer seiner streitbareren Autorinnen geluncht und kaute noch immer an dieser Erfahrung.

»Ja, wissen Sie, ich habe davon schon seit Jahren geträumt, wirklich, Sir«, sagte Wicklow und lächelte mit engelhafter Begeisterung.

»Wenn Sie tatsächlich bei uns anfangen, hat sich's bald aus*geträumt*«, wies Barley ihn empört zurecht. »Hier wird *gearbeitet.* Hier wird *geschuftet.* Von mir aus auch *gewirkt.* Aber *geträumt* wird hier nicht, solange *ich* das Ruder in der Hand habe.«

»Weiß nicht, ob der Mistkerl ein Flegel oder ein Schmeichler ist«, knurrte er Ned an, als wir drei später in Knightsbridge zu unserem abendlichen Treff mit Walter die enge Treppe hochsprangen.

»Beides, und zwar gar nicht übel«, sagte Ned.

Und Walters Seminare, jedesmal ein voller Erfolg, hielten Barley weiter in Bann. Barley mochte Leute mit schwachem Lebenswillen gern, und Walter schien ja jedesmal vom Rand der Welt zu stürzen, wenn er sich von seinem Stuhl erhob. Sie sprachen über das Handwerk, sie sprachen über nukleare Theologie, sie sprachen über die Gruselstory von der sowjetischen Wissenschaft, die unausweichlich von Bluebird abgelöst würde, wer auch immer er sein mochte. Walter war zu sehr Pädagoge, um sich genauer über sein Thema auszulassen, und Barley war zu interessiert, um nachzufragen.

»*Kontrolle?*« schrie Walter der Superfalke ihn entrüstet an. »Können Sie wirklich nicht *Kontrolle* von *Abrüstung* unterscheiden, Sie Armleuchter? Was höre ich da: Die Weltkrise entschärfen? Den Quatsch haben Sie wohl aus dem *Guardian*? Unsere Führer *schwärmen* für Krisen. Unsere Führer *schwelgen* in Krisen. Unsere Führer verbringen ihr ganzes Leben damit, den Globus nach Krisen abzusuchen, um ihre nachlassende Libido wiederzubeleben!«

Und Barley reagierte nicht etwa beleidigt, sondern reckte sich auf seinem Stuhl nach vorn, stöhnte und klatschte und hechelte nach mehr. Forderte Walter heraus, sprang auf, stapfte durchs Zimmer und schrie: »*Aber* – weiter, verdammt – *aber*!« Er hatte Erinnerungsvermögen, er hatte Talent, wie Walter vorausgesagt hatte. Und seine wissenschaftliche Jungfräulichkeit unterlag bereits beim ersten Angriff – nämlich Walters Einführungsvortrag über das Gleichgewicht des Schreckens, den er zu einer Bestandsaufnahme sämtlicher Torheiten der Menschheit hatte auswachsen lassen.

»Es gibt keinen Ausweg«, stellte er befriedigt fest, »und noch so viele Wunschträume werden auch keinen herbeizaubern. Der Geist wird nie in seine Flasche zurückkehren, die Konfrontation geht in Ewigkeit weiter, mit jeder Generation wird die Umklammerung fester, werden die Spielzeuge ausgeklügelter, und für beide Seiten gibt es kein Genug an Sicherheit. Weder für die Hauptakteure noch für die widerlichen kleinen Newcomer, die Jahr für Jahr mit ihren selbstgebastelten Bomben im Koffer dem Klub beitreten. Unser Glaube daran erlahmt, weil wir Menschen sind. Wir mögen uns in dem Glauben wiegen, daß die Bedrohung nachgelassen hat. Aber das wird sie nie. Nie, nie, nie.«

»Wer soll uns also retten, Walt?« fragte Barley. »Sie und Nedsky?«

»Die Eitelkeit, wenn überhaupt etwas, aber auch das bezweifle ich«, gab Walter zurück. »Kein Führer will als der Arsch in die Geschichte eingehen, der sein Land an einem Nachmittag ausradiert hat. Und Schiß, könnte ich mir denken. Die meisten unserer tapferen Politiker haben Gott sei Dank eine narzißtische Abneigung gegen den Selbstmord.«

»Sonst keine Hoffnung?«

»Nicht, wenn der Mensch auf sich allein gestellt ist«, sagte Walter zufrieden; er hatte mehr als einmal ernstlich erwogen, in den Dienst der Kirche zu treten und den Service aufzugeben.

»Also was will Goethe denn eigentlich?« fragte Barley ein andermal leicht gereizt.

»Oh, bestimmt will er die Welt retten. *Das* würden wir doch alle gern.«

»Aber wie denn? Was hat er vor?«

»Genau das sollen Sie herausfinden.«

»Was hat er uns denn bis jetzt gesagt? Wieso darf ich das nicht wissen?«

»Seien Sie doch nicht so kindisch, mein Lieber«, rief Walter pikiert, aber Ned schaltete sich rasch ein.

»Sie wissen alles, was Sie wissen müssen«, sagte er mit beruhigender Autorität. »Sie sind der Kurier. Dafür sind Sie ausgerüstet, dafür hat er Sie ausgesucht. Er hat uns mitgeteilt, daß auf sowjetischer Seite vieles nicht funktioniert. Er hat ein Bild vom Versagen auf allen Ebenen entworfen – Ungenauigkeit, Unfähigkeit, Mißwirtschaft; obendrein spricht er von gefälschten Testresultaten, die nach Moskau übermittelt würden. Das mag stimmen, das mag er erfunden haben. Vielleicht hat es auch jemand für ihn erfunden. Jedenfalls hört sich das reichlich verführerisch an.«

»Halten *wir* es denn für wahr?« fragte Barley verstockt.

»Das dürfen Sie nicht wissen.«

»Wieso?«

»Weil jeder bei einem Verhör redet. Es gibt keine Helden mehr. Sie reden, ich rede, Walter redet, Goethe redet, sie reden. Wenn wir Ihnen also sagen, was wir über sie wissen, setzen wir unsere Möglichkeit, sie auszuspionieren, aufs Spiel. Ob wir ein bestimmtes Geheimnis von ihnen kennen? Lautet die Antwort ›Nein‹, dann wissen sie, daß uns die Software, das Gerät, die Formel oder die supergeheime Bodenstation fehlt, um es herauszufinden. Lautet die Antwort aber ›Ja‹, werden sie ein Ausweichmanöver machen, um sicherzustellen, daß wir sie mit dieser Methode nicht weiter beobachten und abhören können.«

Barley und ich spielten Schach.

»Glaubst du denn, die Ehe funktioniert nur aus der Ferne?« fragte er mich und setzte damit unser früheres Gespräch fort, als ob wir es nie abgebrochen hätten.

»Bei der Liebe bin ich mir ganz sicher«, erwiderte ich, schüttelte mich übertrieben und lenkte das Thema rasch in weniger intime Bahnen.

Für seinen letzten Abend bereitete Miss Coad eine Lachsforelle zu und polierte eigens das Silberbesteck. Bob wurde herbeordert und brachte einen ausgezeichneten Malt Whisky und zwei Flaschen Sancerre mit. Doch konnte unsere Feierei nichts an Barleys in sich gekehrter Stimmung ändern, bis Walters feurige letzte Predigt ihn doch aus seiner Lethargie befreite.

»Die Frage lautet: *Warum?*«, tremolierte Walter plötzlich los; seine wacklige Stimme schallte noch durch den Raum, während er aus meinem Glas Sancerre trank. »Das ist es, was wir wissen wollen. Nicht das Was. Sondern das Motiv. *Warum?* Wenn wir dem Motiv trauen, trauen wir auch dem Mann. Dann trauen wir seinem Material. Am Anfang war nicht das Wort, nicht die Tat, nicht die alberne Schlange. Am Anfang war das *Warum*. Warum hat sie den Apfel gepflückt? Aus Langeweile? Aus Neugier? Wurde sie dafür bezahlt? Hat Adam sie dazu angestiftet? Wenn nicht er, wer dann? Jedes Mädchen versteckt sich hinter dem Teufel. Den wollen wir mal aus dem Spiel lassen. Wurde sie von jemand vorgeschoben? Es reicht nicht zu sagen: ›Weil der Apfel eben da ist.‹ Das mag für den Mount Everest reichen. Vielleicht sogar für das Paradies. Aber nicht für

Goethe und nicht für uns und ganz *bestimmt* nicht für unsere tapferen amerikanischen Verbündeten, stimmt's, Bobby?«

Und als wir alle in Gelächter ausbrachen, kniff er die Augen zu und hob die Stimme noch mehr.

»Oder nehmen wir die hinreißende Katja! Warum hat Goethe gerade *sie* ausgesucht? Warum setzt er *ihr* Leben aufs Spiel? Und warum läßt sie das mit sich machen? Wir wissen es nicht. Aber wir müssen es wissen. Wir müssen alles wissen, was über sie zu erfahren ist, weil in unserem Gewerbe die Kuriere die Botschaft sind. Wenn Goethe echt ist, hängt das Leben des Mädchens an einem Faden. Das steht fest. Wenn aber nicht, was ist dann mit ihr? Hat sie das Zeug selbst erfunden? Hat sie wirklich Kontakt zu ihm? Hat sie zu jemand anderem Kontakt, und wenn ja: mit wem?« Er zeigte mit einem kraftlosen Zeigefinger auf Barleys Gesicht. »Und dann *Sie*, Sir. Hält Goethe Sie für einen Spion oder nicht? Haben andere Leute ihm erzählt, Sie seien ein Spion? Spielen Sie Hamster. Bewahren Sie jedes Körnchen, das Sie kriegen können. Gott sei mit Ihnen und allen, die sich an Sie heranmachen.«

Ich füllte diskret ein neues Glas, Und wir tranken. Und ich erinnere mich, wie wir in der tiefen Stille ganz deutlich von Westminster das Geläute Big Bens hörten, das über den Fluß herantrieb.

Erst am nächsten Morgen, nur wenige Stunden vor Barleys Abreise, gewährten wir ihm einen begrenzten Einblick in die Dokumente, nach denen er in Lissabon so energisch verlangt hatte – Goethes Notizbücher, in Langley unter drakonischen Sicherheitsvorkehrungen faksimiliert, nachgestaltet bis hin zu den dicken russischen Papprücken und den auf die Umschläge gedruckten Zeichnungen von fröhlichen sowjetischen Schulkindern.

Schweigend nahm Barley sie mit beiden Händen in Empfang, und unter unseren Blicken verwandelte er sich in den reinen Verleger. Er schlug das erste Notizbuch auf, inspizierte den Bundsteg, wog es in der Hand und klappte es hinten auf, schien zu berechnen, wie lange er für die Lektüre brauchen würde. Er griff nach dem zweiten, öffnete es aufs Geratewohl, und beim Anblick der enggeschriebenen Zeilen zog er ein Gesicht, das sein Mißfallen darüber ausdrückte, daß der Text ohne Zeilenabstand und mit der Hand geschrieben war.

Dann begutachtete er alle drei Notizbücher auf einmal, sprang hin und her zwischen Illustration und Text, Text und literarischem Erguß, wobei er den Kopf schräg und steif nach hinten hielt, als sei er entschlossen, sich mit seinem Urteil zurückzuhalten.

Aber als er dann die Augen hob, bemerkte ich, daß sie ins Leere blickten, als sehe er zu einem nur ihm sichtbaren Berg in der Ferne.

Eine von Ned und Brock nach Barleys Abreise in dessen Hampsteader Wohnung durchgeführte Routineuntersuchung ergab keine greifbaren Hinweise auf seinen Geisteszustand. Auf seinem chaotischen Schreibtisch wurde ein altes Notizbuch gefunden, das er offenbar des öfteren benutzte. Die letzten Eintragungen sahen ziemlich frisch aus; die vermutlich interessanteste war ein Vers, den er dem Spätwerk von Stevie Smith entnommen hatte.

»Die dunkle Nacht schreckt mich nicht so sehr
Wie die Freunde, die ich nicht kenne.«

Gewissenhaft vermerkte Ned dies in der Akte, wollte aber nichts daraus schließen. Zeigt mir den Joe, dem es vor seinem ersten Einsatz nicht mulmig wurde.

Und Brock fand im Papierkorb eine alte Rechnung mit einem Zitat auf der Rückseite, das, wie er schließlich herausfand, von Roethke stammte, womit er aus unerfindlichen Gründen aber erst Wochen später herausrückte.

»Im Gehen erfahre ich, wohin ich gehen soll.«

6

Katja wachte jäh auf und wußte, wie sie sich später einredete, im gleichen Augenblick: Heute ist es soweit. Sie war eine emanzipierte Sowjetfrau, aber ihr Aberglaube war nicht totzukriegen.

»Es war so vorherbestimmt«, sagte sie sich hinterher.

Hinter den fadenscheinigen Vorhängen erschien bleich die Sonne über den betonierten Paradeplätzen ihrer Vorstadt im Norden Moskaus. Rings um sie her ragten die rosa getünchten Wohnblocks wie zerlumpte Riesen in den leeren Himmel.

Es ist Montag, dachte sie. Ich liege in meinem Bett. Immerhin bin ich nicht mehr auf der Straße. Sie dachte an ihren Traum.

Nach dem Aufwachen blieb sie noch ein wenig liegen, durchstreifte ihre geheime Welt, versuchte ihre düsteren Gedanken abzuschütteln. Und als dies nicht gelang, sprang sie aus dem Bett und wand sich impulsiv, wie sie fast alles tat, und mit geübtem Schwung zwischen den hängenden Kleidern und der zu Bruch gehenden Badezimmereinrichtung durch und stieg unter die Dusche.

Sie war, wie Landau bemerkt hatte, eine schöne Frau. Großgewachsen, füllig, aber nicht plump, schöne schlanke Taille und kräftige Beine. Üppiges schwarzes Haar; eine wilde Mähne, wenn sie nicht in der Stimmung war, es zu bändigen. Ein schelmisches, aber intelligentes Gesicht, das alles um sie her zu beleben schien. Ob nun bekleidet oder nackt, jede ihrer Gesten war voller Anmut.

Nach dem Duschen drehte sie die Hähne so fest zu, wie es ging, und gab ihnen dann mit dem Holzhammer einen letzten Schlag, der besagte: »Nehmt dies!« Summend nahm sie den kleinen Spiegel und ging zum Anziehen ins Schlafzimmer zurück. Wieder diese Straße: Wo war das? Leningrad oder Moskau? Die Dusche hatte ihren Traum nicht weggespült. Ihr Schlafzimmer war sehr klein, der kleinste der drei Räume ihrer winzigen Wohnung, eine Nische mit Schrank und Bett. Aber Katja war diese Beschränkungen gewohnt, und die raschen Bewegungen, mit denen sie ihr Haar ausbürstete, zusammendrehte und fürs Büro hochsteckte, waren von einer sinnlichen, wenn auch zufälligen Eleganz. Tatsächlich hätte die Wohnung noch viel kleiner sein können, wenn Katja nicht aufgrund ihrer Arbeit Anspruch auf zusätzliche zwanzig Quadratmeter gehabt hätte. Weitere neun gingen auf Onkel Matwejs Konto, der Rest auf das der Zwillinge und ihrer eigenen Findigkeit. Sie konnte sich über ihre Wohnung nicht beklagen.

Vielleicht war die Straße in Kiew, dachte sie; dort war sie erst kürzlich gewesen. Nein. Die Straßen von Kiew sind breit, aber meine war schmal.

Während sie sich anzog, erwachte allmählich der Block, und dankbar registrierte Katja die Rituale der normalen Welt. Als erstes rasselte bei den Goglidzes nebenan der Wecker: sechs Uhr dreißig; gleich darauf jaulte ihr verrückter Barsoi, der nach draußen wollte. Die armen Goglidzes, dachte sie, ich muß ihnen ein Geschenk besorgen. Im vorigen Monat hatte Natascha ihre Mutter verloren, und am Freitag war Otars Vater mit einem Gehirntumor ins Krankenhaus gebracht worden. Ich werde ihnen Honig mitbringen, dachte sie – und merkte im selben Augenblick, wie sie ironisch einem ehemaligen Geliebten zulächelte, einem querulantischen Maler, der entgegen allen naturgegebenen Wahrscheinlichkeiten weiterhin einen Schwarm illegaler Bienen auf einem Dach hinter dem Arbat hielt. Er habe sie schändlich behandelt, versicherten ihre Freunde. Aber bei sich selbst verteidigte Katja ihn immer. Schließlich war er Künstler, vielleicht ein Genie. Er war ein schöner Liebhaber, und zwischen seinen Wutanfällen brachte er sie zum Lachen. Sie hatte ihn vor allem deshalb geliebt, weil es ihm gelungen war, das Unmögliche zu erreichen.

Nach den Goglidzes kam das Quengeln der kleinen Tochter der Volchows, die gerade ihre ersten Zähne bekam, und kurz darauf dröhnte modernste amerikanische Rockmusik aus ihrer neuen japanischen Stereoanlage durch die Dielenbretter. Wie können die sich nur so was leisten, staunte Katja und versetzte sich schnell in diese Familie – wo Elisabeth dauernd schwanger ist und Sascha bloß hundertsechzig im Monat verdient? Nach den Volchows kamen die grämlichen Karpows; für die gab es nur Radio Moskau. Vor einer Woche war der Balkon der Karpows abgestürzt und hatte einen Polizisten und einen Hund erschlagen. Die Witzbolde im Block hatten für den Hund eine Sammlung veranstalten wollen.

Sie wurde zu Katja der Ernährerin der Familie. Montags bestand immer die Chance, an frische Hühner und Gemüse zu kommen, die übers Wochenende privat vom Land in die Stadt gebracht wurden. Ihre Freundin Tanja hatte einen Vetter, der als inoffizieller Händler für die Kleinbauern arbeitete. Tanja anrufen.

Bei diesem Gedanken fielen ihr auch die Konzertkarten ein. Sie hatte sich entschlossen. Sobald sie im Büro wäre, würde sie die zwei Karten für die Philharmonie abholen, die der Lektor Barzin ihr als Wiedergutmachung für seine betrunkenen Annäherungsversuche auf der Maifeier versprochen hatte. Sie hatte von seinen Annäherungsversuchen gar nichts mitbekommen, aber Barzin quälte sich ständig mit irgend etwas herum, und wie käme sie dazu, sich seinen Schuldgefühlen in den Weg zu stellen – zumal, wenn sie sich in Konzertkarten auszahlten?

In der Mittagspause nach dem Einkaufen würde sie wie verabredet die Karten bei dem Pförtner Morozow gegen vierundzwanzig Stück Importseife in dekorativer Verpackung eintauschen. Für die feine Seife bekäme sie den Ballen grünkarierten reinen Wollstoffs, den der Leiter des Bekleidungsgeschäfts in seinem Lagerraum für sie zurückhielt. Warum er das tat, wollte Katja gar nicht wissen. Am Nachmittag, nach dem Empfang für die Ungarn, würde sie den Stoff an Olga Stanislowski weitergeben, die ihr daraus, als Gegenleistung für noch auszuhandelnde Gefälligkeiten, auf ihrer ostdeutschen Nähmaschine, die sie neulich gegen ihre alte Singer getauscht hatte, rechtzeitig zum

Geburtstag der Zwillinge zwei Cowboyhemden nähen wollte. Und womöglich bliebe noch genug Stoff übrig, daß für die beiden auch noch eine Privatuntersuchung beim Zahnarzt heraussprang.

Also nichts mit dem Konzert. Erledigt.

Das Telefon, ein kostbarer roter Apparat aus Polen, stand im Wohnzimmer, wo ihr Onkel Matwej schlief. Volodja hatte es aus seiner Fabrik geschmuggelt und bei seinem endgültigen Abgang freundlicherweise nicht mitgenommen. Sie schlich an dem schlafenden Matwej vorbei – gewährte ihm unterwegs auch einen zärtlichen Blick, denn Matwej war der Lieblingsbruder ihres Vaters gewesen –, trug das Telefon mit dem langen Kabel über den Flur, setzte sich auf ihr Bett und begann zu wählen, noch ehe sie überhaupt entschieden hatte, wen sie als erstes anrufen wollte.

Zwanzig Minuten lang tauschte sie am Telefon mit diversen Freundinnen Klatschgeschichten aus, hauptsächlich darüber, wo man was bekommen könnte, aber auch über Intimeres. Zweimal, nachdem sie das Telefon schon weggestellt hatte, klingelte es wieder. Gestern abend war der neue tschechische Filmregisseur bei Zoya gewesen. Alexandra meinte, er sei hinreißend, und heute werde sie ihr Leben selbst in die Hand nehmen und ihn anrufen, nur: unter welchem Vorwand? Katja zerbrach sich den Kopf und rückte dann mit einem Vorschlag heraus. Drei bis vor kurzem geächtete avantgardistische Bildhauer hätten bei der Eisenbahnergewerkschaft eine Ausstellung mit ihren Werken laufen. Sie könnte ihn doch einfach einladen, sie dorthin zu begleiten. Alexandra war entzückt. Katja hatte doch immer die besten Ideen.

Rindfleisch könne man jeden Donnerstagabend schwarz von der Rampe eines Kühlwagens an der Straße nach Scheremetjewo kaufen, erzählte Ljuba; frag nach einem Tartaren namens Jan, aber laß ihn nicht zu nah an dich heran! Kubanische Ananas gebe es in einem Laden hinter der Kropotkinstraße, berichtete Olga; frag nach Dimitri, und zahl das Doppelte von dem, was sie verlangen.

Als sie auflegte, stellte Katja fest, daß sie dauernd an das amerikanische Buch über Abrüstung denken mußte, das Nasajan ihr geliehen hatte: blau mit lateinischen Buchstaben. Nasajan war der neue Sachbuchlektor bei Oktober. Niemand konnte ihn leiden, niemand begriff, wie er an den Job gekommen war. Doch man wußte, daß er den Schlüssel für das einzige Kopiergerät verwahrte und somit zur eher undurchsichtigen Klasse der Bürokraten zu zählen war. Ihre Bücherregale standen im Flur, vollgestopft vom Boden bis zur Decke. Sie suchte verzweifelt. Das Buch war ein trojanisches Pferd. Sie wollte es aus dem Haus haben, und Nasajan gleich dazu.

»Soll es denn jemand übersetzen?« hatte sie ihn streng gefragt, während er in ihrem Büro herumtapste, nach ihren Briefen linste und ihren Stapel ungelesener Manuskripte durchstöberte. »Wollen Sie deshalb, daß ich es lese?«

»Ich dachte, es könnte Sie vielleicht interessieren«, hatte er geantwortet. »Sie sind Mutter. Eine Liberale, was auch immer das heißen mag. Bei Tschernobyl und den Flüssen und den Armeniern sind Sie hochgegangen. Wenn Sie es nicht ausleihen wollen, lassen Sie's.«

Sie fand das verflixte Buch zwischen Hugh Walpole und Thomas Hardy geklemmt, wickelte es in eine Zeitung, stopfte es in ihre Schnäppchentasche und hängte dann die Tasche an die Klinke der Eingangstür, da ihr Gedächtnis sie in letzter Zeit ebensooft verfolgte wie im Stich ließ.

Die Klinke, die wir zusammen auf dem Flohmarkt gekauft haben! dachte sie in einer Anwandlung von Mitleid. Volodja, mein lieber armer unerträglicher Mann, kannst nur noch deine historische Nostalgie hätscheln, in einer Gemeinschaftswohnung mit fünf übelriechenden Strohwitwern wie du selbst!

Nach beendeter Telefoniererei goß sie hastig ihre Blumen und weckte dann die Zwillinge. Sie schliefen diagonal in einem Bett. Über ihnen stehend, sah Katja ehrfürchtig auf sie herab, brachte einen Augenblick lang nicht den Mut auf, sie zu berühren. Dann lächelte sie, damit die beiden sie beim Aufwachen auch wirklich lächeln sahen.

Danach widmete sie sich eine Stunde lang nur ihnen, so wie sie es sich jeden Tag vornahm. Sie kochte ihnen *kascha*, schälte Orangen für sie und sang alberne Lieder mit ihnen, zum Schluß den »Enthusiastenmarsch«, ihren absoluten Lieblingssong, den sie, das Kinn auf der Brust, unisono vor sich hinbrummten wie Helden der Revolution – ohne zu wissen, obwohl Katja es wußte und sich immer wieder darüber amüsierte, daß sie damit auch die Melodie eines Nazi-Marschs sangen. Während sie ihren Tee tranken, packte sie ihnen das Mittagessen ein, Weißbrot für Sergej, Schwarzbrot für Anna, dazwischen für jeden eine Frikadelle. Und danach knöpfte sie Sergejs Kragen an und zupfte Annas rotes Halstuch zurecht und küßte die beiden, bevor sie ihnen die Haare bürstete, denn ihr Schulleiter war ein Pan-Slawist, der ständig predigte, ein gepflegtes Äußeres sei ein Akt der Ehrerbietung gegenüber dem Staat.

Und als sie mit all dem fertig war, ging sie in die Hocke und nahm beide Zwillinge in die Arme, wie sie es in den letzten vier Wochen jeden Montag getan hatte.

»Also was macht ihr, wenn Mama abends einmal nicht nach Hause kommt, wenn sie noch zu einer Konferenz muß oder einen Kranken besucht?« fragte sie fröhlich.

»Papa anrufen und ihm sagen, er soll so lange zu uns kommen«, sagte Sergej und wand sich los.

»Und ich kümmere mich um Onkel Matwej«, sagte Anna.

»Und wenn Papa auch nicht da ist, was tut ihr dann?«

Sie begannen zu kichern; Sergej, weil diese Vorstellung ihn beunruhigte, und Anna, weil die Aussicht auf eine Katastrophe sie erschaudern ließ.

»Zu Tante Olga gehen!« rief Anna. »Tante Olgas Spielzeugkanarienvogel aufziehen! Daß er singt!«

»Und Tante Olgas Telefonnummer? Könnt ihr die auch singen?«

Zu dritt sangen sie die Nummer, schüttelten sich vor Lachen. Die Zwillinge lachten noch immer, als sie vor ihr den stinkenden Treppenschacht hinunterpolterten, der den jugendlichen als Liebesnest, den Alkoholikern als Kneipe und anscheinend jedem außer ihnen als Toilette diente. Sie traten ins Sonnenlicht und marschierten, Katja in der Mitte, Hand in Hand durch den Park zur Schule.

»Und was ist heute der reale Zweck deines Lebens, Genosse?« verlangte Katja mit gespielter Barschheit von Sergej zu wissen, während sie ihm noch einmal den Kragen zurechtrückte.

»Dem Volk und der Partei mit all meiner Kraft zu dienen.«

»Und?«

»Mir von Vitali Rogow nicht das Essen klauen zu lassen!«

Die Zwillinge lachten noch, als sie die steinernen Stufen hochsprangen; Katja winkte ihnen nach, bis sie verschwunden waren.

In der Metro erschien ihr alles überdeutlich und wie in weiter Ferne. Sie bemerkte, wie bedrückt die Passagiere waren, als ob sie nicht eine von ihnen wäre, daß alle Moskauer Zeitungen zu lesen schienen, ein Anblick, der noch vor einem Jahr, als Zeitungen bestenfalls als Klopapier und zum Verstopfen von Ritzen geeignet waren, ganz undenkbar gewesen wäre. An anderen Tagen hätte Katja vielleicht auch eine gelesen; oder wenn nicht, dann ein Buch oder irgendein Manuskript. Aber heute führte sie, so sehr sie ihren Traum auch abzuschütteln suchte, zu viele Leben auf einmal. Sie kochte Fischsuppe für ihren Vater, um ihn wegen irgendeiner ihrer Eigenmächtigkeiten zu besänftigen. Sie ließ bei der ältlichen Tatjana Sergejewna eine Klavierstunde über sich ergehen und wurde für ihre Gedankenlosigkeit getadelt. Sie rannte auf die Straße, unfähig aufzuwachen. Oder die Straße rannte hinter ihr her. Vermutlich deshalb hätte sie beinahe vergessen umzusteigen.

Als sie zu ihrer Arbeitsstelle kam, einem halbherzig modernen Bau aus rissigem Holz und schwitzendem Beton – so sah eher ein öffentliches Schwimmbad aus, dachte sie immer, als ein Staatsverlag –, überraschte sie der Anblick von Arbeitern, die in der Eingangshalle hämmerten und sägten, und eine Sekunde lang gab sie sich der widerwärtigen Vorstellung hin, man baue hier ein Gerüst für ihre öffentliche Hinrichtung.

»Das ist unsere *Zuteilung*«, keuchte der alte Morozow, der immer verstohlen ein paar Worte mit ihr wechseln mußte. »Vor sechs Jahren ist uns das Geld zugeteilt worden. Und jetzt hat sich irgendein Bürokrat herabgelassen, die Anweisung zu unterschreiben.«

Der Aufzug war wie üblich in Reparatur. Aufzüge und Kirchen, dachte sie, sind in Rußland ständig in Reparatur. Eilig, ohne zu wissen, weshalb, stieg sie die Treppe empor und rief jedem, der es nötig hatte, einen Guten Morgen zu. Als sie später über ihre Eile nachdachte, kam ihr der Gedanke, das Klingeln ihres Telefons könnte sie unbewußt vorangetrieben haben, denn als sie ihr Zimmer betrat, schrie es dort auf ihrem Schreibtisch um Erlösung.

Außer Atem packte sie den Hörer und sagte »*Da*«, sprach aber offenbar zu früh, denn als erstes hörte sie eine Männerstimme auf englisch nach Madame Orlowa fragen.

»Hier spricht Madame Orlowa«, sagte sie, ebenfalls auf englisch.

»Madame Jekaterina Orlowa?«

»Wer spricht dort, bitte?« fragte sie lächelnd. »Vielleicht Lord Peter Wimsey? Oder wer?«

Einer meiner albernen Freunde erlaubt sich einen Scherz. Womöglich Ljubas Mann, der mal wieder auf eine Verabredung hofft. Dann wurde ihr Mund trocken.

»Ach ja, ich fürchte, Sie kennen mich nicht. Mein Name ist Scott Blair. Barley Scott Blair vom Verlagshaus Abercrombie & Blair, London. Bin hier auf einer Geschäftsreise. Ich glaube, Niki Landau ist ein gemeinsamer Freund von uns. Niki hat sehr darauf gedrängt, daß ich Sie anrufen soll. Wie geht es Ihnen?«

»Wie geht es Ihnen?« hörte Katja sich sagen und spürte, wie eine heiße Welle in ihr hochstieg und es ihr mitten im Magen, unmittelbar unter dem Brustkorb, weh zu tun begann. Im gleichen Augenblick kam Nasajan hereingeschlendert, die Hände in den Taschen, unrasiert, was er für Zeichen von intellektueller Tiefe hielt. Als er sie sprechen sah, zog er die Schultern hoch und schnitt ihr mit seinem häßlichen Gesicht eine vorwurfsvolle Grimasse: Er wollte, daß sie auflegte.

»*Bonjour*, Katja Borisowna«, sagte er sarkastisch.

Aber die Stimme im Telefon sprach bereits weiter, drängte sich ihr auf. Eine kräftige Stimme, der Sprecher mußte ein großer Mann sein. Eine selbstbewußte Stimme, also wohl einer von diesen arroganten Engländern, die teure Anzüge tragen, keine Kultur besitzen und beim Gehen die Hände auf dem Rücken halten.

»Hören Sie, ich sage Ihnen, warum ich anrufe«, sagte er. »Niki hat Ihnen anscheinend versprochen, ein paar alte Ausgaben von Jane Austen mit den Originalzeichnungen für Sie aufzutreiben; ist das richtig?« Er gab ihr keine Zeit zum Antworten. »Ich habe jedenfalls ein paar mitgebracht – sind übrigens ganz hübsch – und möchte nun wissen, ob ich sie Ihnen an irgendeinem uns beiden genehmen Ort überreichen darf?«

Nasajan war es leid, ein finsteres Gesicht zu schneiden, und begann, gewohnheitsgemäß in ihren Posteingängen herumzustöbern.

»Sehr freundlich von Ihnen«, sagte sie so gelangweilt wie möglich in die Sprechmuschel. Sie hatte ihr Gesicht verschlossen, eine leblose Amtsmiene aufgesetzt. Für Nasajan. Sie hatte auch ihre Gedanken verschlossen. Für sich selbst.

»Niki hat mir auch circa eine Tonne Jacksons Tee für Sie mitgegeben«, fuhr die Stimme fort.

»Eine *Tonne*?« sagte Katja. »Wovon reden Sie?«

»Ich wußte ja gar nicht, daß Jacksons noch im Geschäft sind, ehrlich gesagt. Hatten mal einen wunderbaren Laden am Piccadilly, ein paar Häuser neben Hatchards. Jedenfalls habe ich hier drei verschiedene Sorten von ihrem Tee vor mir stehen –«

Er war weg.

Man hat ihn verhaftet, dachte sie. Er hat nie angerufen. Das ist noch mein Traum. Gott im Himmel, was mache ich jetzt?

»– Assam, Darjeeling und Orange Pekoe. Was mag denn bloß ein Pekoe sein? Für mich hört sich das eher nach einem exotischen Vogel an.«

»Ich weiß nicht. Es dürfte sich wohl um eine Pflanze handeln.«

»Damit werden Sie recht haben. Die Frage ist jedenfalls: Wie kann ich Ihnen das alles geben? Kann ich es Ihnen irgendwo vorbeibringen? Oder können Sie im Hotel vorbeikommen, zu einem kleinen Drink und feierlicher Übergabe?«

Allmählich lernte sie seine Weitschweifigkeit schätzen. Er gab ihr Zeit, sich zu fangen. Sie fuhr sich mit den Fingern durch die Haare und stellte zu ihrer Überraschung fest, daß sie richtig saßen.

»Sie haben mir noch nicht gesagt, in welchem Hotel Sie wohnen«, wandte sie ernst ein.

Mißbilligend drehte sich Nasajans Kopf ruckartig zu ihr herum.

»Stimmt, das habe ich nicht. Wie töricht von mir. Ich wohne im Odessa, kennen Sie das? Gleich in der Nähe vom alten Badehaus? Gefällt mir sehr. Frage jedesmal danach, bekomme es aber nicht immer. Tagsüber bin ich mit Terminen zugepflastert – wie bei solchen Kurzbesuchen üblich –, aber die Abende sind noch verhältnismäßig frei, falls Ihnen das entgegenkommt. Ich meine, wie wär's mit heute abend – man soll den Augenblick nutzen –, wär's Ihnen heut abend recht?«

Nasajan zündete eine seiner gräßlichen Zigaretten an, obwohl das ganze Haus wußte, daß ihr Rauchen zuwider war. Als die Zigarette brannte, hob er sie in die Luft und saugte mit seinen Frauenlippen daran. Sie schnitt ihm eine Grimasse, aber er beachtete sie nicht.

»Das kommt mir sehr gelegen«, sagte Katja möglichst militärisch. »Ich muß heute abend zu einem offiziellen Empfang in Ihren Bezirk. Für eine wichtige Delegation aus Ungarn«, fügte sie hinzu, ohne genau zu wissen, wen sie damit beeindrucken wollte. »Darauf freuen wir uns schon seit vielen Wochen.«

»Großartig. Ausgezeichnet. Schlagen Sie eine Uhrzeit vor. Sechs? Acht? Was paßt Ihnen am besten?«

»Der Empfang beginnt um sechs. Ich könnte vielleicht gegen acht Uhr fünfzehn kommen.«

»Vielleicht gegen acht Uhr fünfzehn, gut. Meinen Namen haben Sie doch verstanden? Scott Blair. Scott wie der Antarktisforscher, Blair wie Bär mit l. Ich bin groß und zerlumpt, etwa zweihundert Jahre alt und trage eine Brille, durch die ich nicht sehen kann. Und Niki hat mir erzählt, Sie seien die russische Antwort auf die Venus von Milo, also werde ich Sie wohl auf jeden Fall erkennen.«

»Das ist ja albern!« rief sie und lachte, ohne es zu wollen.

»Ich werde im Foyer auf Sie warten; aber warum gebe ich Ihnen nicht für alle Fälle die Durchwahlnummer von meinem Zimmer? Haben Sie was zum Schreiben?«

Als sie auflegte, brachen sich die widersprüchlichen Empfindungen, die sich in ihr aufgestaut hatten, Bahn, und sie wandte sich mit blitzenden Augen zu Nasajan um.

»Grigori Tigranowitsch. Ungeachtet Ihrer Stellung hier haben Sie nicht das Recht, ständig in meinem Zimmer aufzutauchen, meine Korrespondenz zu kontrollieren und meine Telefonate mitzuhören. Hier ist Ihr Buch. Wenn Sie mir etwas zu sagen haben, tun Sie es später.«

Darauf schnappte sie sich ein dickes Übersetzungsmanuskript über die Leistungen der kubanischen Landwirtschaftskooperativen und begann, mit kalten Fingern die Seiten durchzublättern, als ob sie sie zählen wollte. Eine volle Stunde verging, bis sie Nasajan anrief.

»Verzeihen Sie meinen Wutausbruch«, sagte sie. »Am Wochenende ist ein guter Freund von mir gestorben. Ich war nicht ganz bei mir.«

Um die Mittagszeit hatte sie ihre Pläne geändert. Morozow konnte auf seine Karten warten, der Ladenbesitzer auf seine feine Seife, Olga Stanislawski auf ihren Stoff. Sie ging los, nahm einen Bus, kein Taxi. Dann ging sie wieder, durchquerte einen Hof nach dem anderen, bis sie in einer Gasse das schäbige Blockhaus fand, nach dem sie suchte. »So erreichst du mich, wenn du mich brauchst«, hatte er gesagt. »Der Hausmeister ist ein Freund von mir. Er wird nicht einmal wissen, wer das Zeichen gegeben hat.«

Du mußt an das glauben, was du tust, redete sie sich selbst zu.

Das tue ich. Ohne jede Einschränkung.

Sie hielt die Kunstpostkarte in der Hand, ein Rembrandt aus der Leningrader Eremitage. »Ich grüße euch alle«, lautete ihre Botschaft, unterzeichnet mit »Alina« und einem Herzen.

Sie hatte die Straße gefunden. Sie stand mitten darin. Es war die Straße aus ihrem Alptraum. Sie drückte auf die Klingel, dreimal, und schob die Karte unter die Tür.

Ein vollkommener Moskauer Morgen, hell und verlockend, eine Luft wie im Hochgebirge, ein Tag, an dem man alle Sünden vergeben konnte. Nachdem er das Telefongespräch hinter sich hatte, verließ Barley sein Hotel, blieb auf dem warmen Gehsteig stehen, lockerte Handgelenke und Schultern und ließ den Kopf um den Kragen kreisen, während er sich gedanklich auf seine Umgebung einstellte und seine Angstgefühle von den widerstreitenden Gerüchen und Stimmen der Stadt überfluten ließ.

Der Gestank von russischem Benzin, Tabak, billigem Parfüm und Flußwasser – hallo! Noch zwei Tage, dann werde ich euch nicht mehr riechen. Die gelegentlichen Kavallerieattacken der Pendlerwagen – hallo! Die qualmspeienden braunen Lastwagen, die ihnen donnernd durch die Schlaglöcher folgten. Die unheimliche Leere dazwischen. Die Limousinen mit ihren geschwärzten Fenstern; die namenlosen Gebäude, die vor der Zeit verfielen – seid ihr Bürohäuser, Kasernen, Schulen? Die teiggesichtigen Jungen, die wartend in Hauseingängen rauchten. Die Chauffeure, die wartend in ihren geparkten Wagen Zeitung lasen. Die stumme Gruppe ernster Männer in Hüten, die wartend eine verschlossene Tür anstarrten.

Warum hat mich das immer angezogen? fragte er sich und dachte, wie er es sich seit kurzem angewöhnt hatte, in der Vergangenheitsform über sein Leben nach. Warum bin ich immer wieder hierher zurückgekommen? Er fühlte sich erhoben und heiter, da war nichts zu machen. An Angst war er nicht gewöhnt.

Wegen ihrer überschwenglichen Art, beschloß er schließlich. Weil sie auf ihre schlichte Art besser zurechtkommen als wir. Wegen ihrer Liebe zur Anarchie und ihrer Angst vor dem Chaos, und wegen der Spannung, die sich daraus ergibt. Weil Gott immer einen Vorwand gefunden hat, dieses Land zu meiden.

Wegen ihrer umfassenden Unwissenheit und des Scharfsinns, der dahinter hervorbricht. Wegen ihres Sinns für Humor, der ebenso gut und besser ist als unserer.

Weil sie das letzte große Neuland in einer allzu sehr erforschten Welt sind. Weil sie sich so sehr bemühen, so zu sein wie wir, und so weit hinten damit anfangen.

Wegen des großen Herzens, das in diesem großen Trümmerhaufen schlägt. Denn dieser Trümmerhaufen bin ich selbst.

Ich komme vielleicht gegen acht Uhr fünfzehn, hatte sie gesagt. Was hatte er in ihrer Stimme gehört? Achtsamkeit? Auf wen achtete sie? Sich selbst? Ihn? Mich? In unserem Gewerbe sind die Kuriere die Botschaft.

Sieh nach draußen, sagte sich Barley. Nur draußen kann man existieren.

Eine Gruppe Teenager, Mädchen in Baumwollkleidern und Jungen in Jeansjacken, trabte zielstrebig aus der Metro zu Arbeit oder Unterricht; plötzlich war Lachen auf ihren mürrischen Gesichtern. Sie hatten den Ausländer entdeckt und musterten ihn mit kühlen Blicken – seine runde Eulenbrille, seine abgetragenen Maßschuhe, seinen alten imperialistischen Anzug. In Moskau, wenn auch sonst nirgendwo, hielt Barley Blair sich an die bürgerliche Kleiderordnung.

Er ließ sich vom Strom mittragen, es war ihm gleich, wohin er ging. Im Gegensatz zu seiner entschlossen zufriedenen Stimmung machten die ersten Schlangen vor den Lebensmittelläden einen rastlosen und unbehaglichen Eindruck. Die Kriegsveteranen, die sich mit ordengeschmückter Brust klimpernd in der Sonne durchs Gedränge schoben, und die Helden der Arbeit in ihren trostlosen Anzügen machten alle den Eindruck, als seien sie, wohin auch immer sie wollten, zu spät gekommen. Selbst ihre Trägheit wirkte wie Protest. In dem neuen Klima galt schon Nichtstun als Akt des Widerstands. Denn wenn wir nichts tun, ändern wir auch nichts. Und wenn wir nichts ändern, behalten wir das, was wir kennen, und wenn es nur die Gitter unseres Gefängnisses sind.

Ich komme vielleicht gegen acht Uhr fünfzehn.

An dem breiten Fluß angelangt, begann Barley wieder zu schlendern. Am anderen Ufer erhoben sich die Märchenkuppeln des Kreml in einen wolkenlosen Himmel. Ein Jerusalem, dem die Zunge herausgeschnitten ist, dachte er. So viele Türme und kaum eine Glocke. So viele Kirchen und kaum ein Gebet.

Als er dicht neben sich eine Stimme hörte, fuhr er zu heftig herum und sah ein altes Paar im Sonntagsstaat, das ihn nach dem Weg fragte. Doch Barley mit dem perfekten Gedächtnis konnte nur wenige Worte Russisch. Es war eine Musik, der er oft gelauscht hatte, ohne daß er den Mut aufgebracht hätte, in ihre Geheimnisse einzudringen.

Er lachte und zog ein entschuldigendes Gesicht. »Ich kann's nicht, alter Junge. Ich bin eine imperialistische Hyäne. Engländer!«

Der alte Mann ergriff freundlich sein Handgelenk.

In allen ausländischen Städten, in denen er je gewesen war, hatten Fremde ihn in Sprachen, die er nicht verstand, nach

Wegen gefragt, die er nicht kannte. Aber nur in Moskau segneten sie ihn für seine Unwissenheit.

Er ging denselben Weg zurück, verweilte vor ungepflegten Schaufenstern, als prüfe er, was sie anzubieten hatten. Bemalte Holzpuppen. Für wen? Staubige Obstkonserven oder war das Fisch? Ramponierte Pakete, die an roten Schnüren hingen: Inhalt rätselhaft, vielleicht Pekoe. Gläser mit eingelegten medizinischen Präparaten, die von Zehn-Watt-Birnen beleuchtet wurden. Er näherte sich wieder seinem Hotel. Eine Bäuerin mit Säuferaugen hielt ihm einen Strauß welker Tulpen in Zeitungspapier entgegen.

»Äußerst freundlich von Ihnen«, rief er, wühlte in seinen Taschen und fand in all dem Plunder einen Rubelschein.

Vor dem Eingang des Hotels parkte ein grüner Lada mit eingedrücktem Kühler. An der Windschutzscheibe eine handgeschriebene Karte mit der Aufschrift VAAP. Der Fahrer beugte sich über die Kühlerhaube und schraubte die Scheibenwischer ab, damit sie nicht gestohlen wurden.

»Scott Blair?« fragte ihn Barley. »Warten Sie auf *mich*?« Der Fahrer schenkte ihm nicht die geringste Beachtung, sondern setzte seine Arbeit fort. »Blair?« sagte Barley. »Scott?«

»Sind die für mich?« fragte Wicklow, der hinter ihm auftauchte. »Gute Arbeit«, fügte er leise hinzu. »Eins a.«

Wicklow wird auf Sie aufpassen, hatte Ned gesagt. Wicklow, wenn überhaupt einer, wird merken, ob Sie verfolgt werden. Wicklow und wer noch? fragte sich Barley. Am Abend zuvor war Wicklow, sobald sie sich im Hotel eingetragen hatten, bis nach Mitternacht verschwunden, und erst als Barley ins Bett ging, hatte er ihn von seinem Fenster aus unten auf der Straße mit zwei jungen Männern in Jeans reden sehen.

Sie stiegen in den Wagen. Die Tulpen warf Barley hinter sich auf die Ablage. Wicklow saß auf dem Vordersitz und plauderte in seinem perfekten Russisch munter mit dem Fahrer, der in grölendes Gelächter ausbrach.

»Darf ich auch lachen?« fragte Barley.

Wicklow begann schon zu erzählen. »Ich habe ihn gefragt, ob er gern die Queen fahren würde, wenn sie zum Staatsbesuch nach hier käme. Es gibt hier nämlich ein Sprichwort:

Wenn du stiehlst, stiehl eine Million, wenn du vögelst, vögel eine Königin.«

Barley kurbelte sein Fenster herunter und klopfte auf dem Rahmen eine Melodie. Das Leben war bis vielleicht-gegen-acht-Uhr-fünfzehn ein Kinderspiel.

»Barley! Willkommen in der Barbarei, mein Lieber. Um Gottes willen, geben Sie mir nicht die Hand über der Schwelle, wir haben doch schon Ärger genug! Sie sehen eindeutig gesund aus«, klagte Alik Zapadni beunruhigt, als sie endlich Zeit hatten, einander zu betrachten. »Darf ich fragen, warum Sie keinen Kater haben? Etwa verliebt, Barley? Wieder mal geschieden? Was haben Sie angestellt, das Sie mir jetzt beichten wollen?«

Zapadnis verhärmtes Gesicht musterte ihn mit verzweifeltem Scharfsinn, die Schatten der Gefangenschaft lagen unauslöschlich auf seinen eingefallenen Wangen. Als Barley ihn kennengelernt hatte, war Zapadni ein in Ungnade gefallener fragwürdiger Übersetzer, der unter falschen Namen arbeitete. Jetzt war er ein fragwürdiger Held der Umgestaltung, der den schwarzen Anzug und weißen Kragen eines größeren Mannes trug.

»Ich habe die *Stimme* gehört, Alik«, erklärte Barley in einer plötzlichen Anwandlung seiner alten Zuneigung, während er ihm ein Paket mit alten Ausgaben der *Times* hinschob, die in Packpapier eingewickelt waren. »Jeden Abend um zehn mit einem guten Buch ins Bett. Darf ich Ihnen Len Wicklow vorstellen? Unser Rußland-Spezialist. Weiß mehr über euch als ihr selbst, was, Leonard Carl?«

»Na Gott sei Dank, wenigstens *einer*!« beteuerte Zapadni, der das Geschenk mit Bedacht nicht zur Kenntnis nahm. »Wir sind unserer selbst ja überhaupt nicht mehr sicher, jetzt, wo unser großes russisches Geheimnis in aller Öffentlichkeit herumgezeigt wird. Wieviel wissen Sie denn über unseren neuen Boß, Mr. Wicklow? Haben Sie zum Beispiel davon gehört, wie er die Umerziehung der Sowjetunion ganz allein in die Hand genommen hat? Oja. Er hatte eine reizende Vision: hundert Millionen ungebildete sowjetische Arbeiter, die darauf brennen, sich in ihrer Freizeit weiterzubilden. Er wollte ihnen ein Riesensortiment von Büchern verkaufen, mit denen sie sich

Griechisch, Trigonometrie und die Grundlagen der Haushaltsführung selbst beibringen sollten. Wir mußten ihm erklären, daß der sowjetische Mann-auf-der-Straße sich für beschränkt hält und in seiner Freizeit betrunken ist. Wissen Sie, was wir ihm statt dessen abgekauft haben, um ihn bei Laune zu halten? Ein Buch über Golf! Sie können sich nicht vorstellen, wie viele unserer ehrenwerten Bürger von eurem kapitalistischen Golfsport fasziniert sind.« Und dann hastig ein freilich immer noch riskanter Scherz – »Nicht daß wir *hier* irgendwelche Kapitalisten hätten. O mein Gott, nein.«

Zehn Mann hoch saßen sie an einem gelben Tisch unter einem Leninbild, einer Einlegearbeit aus Holz. Zapadni war der Sprecher, die anderen hörten rauchend zu. Soweit Barley wußte, war keiner von ihnen befugt, einen Vertrag zu unterzeichnen oder ein Geschäft abzuschließen.

»Nun, Barley, was soll bitte dieser komplette Unsinn, den Sie da auftischen: daß Sie hergekommen wären, um sowjetische Bücher einzukaufen?« eröffnete Zapadni den höflichen Meinungsaustausch, hob seine runden Brauen und legte Sherlock-Holmes-mäßig die Fingerspitzen aneinander. »Ihr Briten kauft doch *nie* unsere Bücher. Sondern dreht uns nur eure an. Im übrigen sind Sie pleite, jedenfalls hören wir das von unseren Freunden in London. A & B lebt von Gottes frischer Luft und Scotch Whisky, sagen sie. Ich persönlich halte das für einen ausgezeichneten Speiseplan. Aber was führt Sie her? Ich glaube, Sie brauchten nur einen Vorwand, um uns wieder mal zu besuchen.«

Die Zeit verging. Der gelbe Tisch schwebte in den Sonnenstrahlen. Darüber schwebte eine Dunstglocke aus Zigarettenrauch. Vor Barleys innerem Auge erschienen Schwarzweißfotos von Katja. Jedes Mädchen versteckt sich hinter dem Teufel. Sie tranken Tee aus hübschen Leningrader Tassen. Zapadni äußerte seinen üblichen Vorbehalt gegen jeglichen Versuch, direkt mit sowjetischen Verlegern Geschäfte zu machen; insbesondere sprach er dabei Wicklow an: Der ewige Krieg zwischen VAAP und dem Rest der Welt war offenbar voll im Gange. Zwei blasse Männer kamen herein, hörten zu und gingen wieder. Wicklow sammelte Punkte, als er seine blauen Gauloises herumgehen ließ.

»Wir haben eine Kapitalspritze erhalten, Alik«, hörte sich Barley wie aus weiter Ferne erklären. »Die Zeiten haben sich geändert. Rußland ist heute *der* Schlager. Ich brauche den Jungs mit dem Geld nur zu erzählen, ich würde ein Rußland-Programm aufziehen, und schon rennen sie mir nach, so schnell ihre kurzen dicken Beine sie tragen können.«

»Aber, Barley, diese Jungs, wie Sie sie nennen, können sehr schnell zu *Männern* werden«, mahnte Zapadni, der Welterfahrene, und erneut brach williges Gelächter aus. »Besonders, wenn sie ihr Geld zurückhaben wollen, würde ich sagen.«

»Es ist so, wie ich es in meinem Telex beschrieben habe, Alik. Vielleicht hatten Sie noch nicht die Zeit, es zu lesen«, ließ Barley ein wenig die Muskeln spielen. »Wenn alles nach Plan verläuft, wird A & B noch in diesem Jahr eine brandneue Reihe starten, die ausschließlich russischen Themen gewidmet sein soll. Belletristik, Sachbücher, Lyrik, Jugendbücher, Naturwissenschaften. Wir haben bereits eine neue Reihe mit Populärmedizin, alles Taschenbücher. Die Themen weiten sich aus, und das Ansehen der Autoren wächst auch. Wir möchten Beiträge von richtigen sowjetischen Ärzten und Wissenschaftlern haben. Die Schafzucht in der Äußeren Mongolei und die Fischzucht im Polarkreis interessiert uns nicht, aber wenn Sie vernünftige Themen vorzuschlagen haben – wir sind hier, um zuzuhören und zu kaufen. Auf der nächsten Moskauer Buchmesse werden wir unser Programm vorstellen, und wenn nichts dazwischenkommt, werden wir im kommenden Frühjahr die ersten sechs Titel herausbringen.«

»Haben Sie denn neuerdings, ich bitte um Verzeihung, eine Verkaufsorganisation, Barley, oder wollen Sie sich wie bisher auf göttliches Eingreifen verlassen?« fragte Zapadni auf seine theatralisch taktvolle Art.

Barley widerstand der Versuchung, Zapadni zurechtzuweisen, und kämpfte sich weiter. »Wir verhandeln mit mehreren großen Verlagen über ein Vertriebsabkommen und werden das Ergebnis demnächst bekanntgeben. Belletristik ausgenommen. Dafür wollen wir unser eigenes erweitertes Team einspannen«, sagte er, obwohl er sich beim besten Willen nicht mehr erinnern konnte, warum und ob überhaupt sie sich auf diesen bizarren Plan geeinigt hatten.

»Belletristik ist und bleibt das Flaggschiff von A & B, Sir«, erklärte Wicklow eifrig, um Barley aus der Verlegenheit zu helfen.

»Belletristik sollte für *jeden* Verlag das Flaggschiff sein«, stellte Zapadni klar. »Ich halte den Roman für die größte aller Marathonstrecken. Natürlich ist das nur meine persönliche Meinung. Er ist die höchste Form der Kunst. Steht über der Lyrik, der Kurzgeschichte. Aber zitieren Sie mich bitte nicht.«

»Nun, das gilt, wenn ich so sagen darf, für uns literarische Supermächte, Sir«, sagte Wicklow kriecherisch.

Höchst befriedigt wandte Zapadni sich an Barley. »Für den Bereich Belletristik würden wir Ihnen in diesem besonderen Fall gern unseren eigenen Übersetzer zur Verfügung stellen und zusätzliche fünf Prozent Honorar für die Übersetzung verlangen«, sagte er.

»Kein Problem«, sagte Barley leutselig und wie im Schlaf. »Solche Beträge verbucht A & B seit neuestem als Trinkgelder.«

Aber zu seiner Verblüffung fiel ihm jetzt Wicklow forsch ins Wort: »Verzeihen Sie Sir, aber das bedeutet doppeltes Honorar. Da können wir nicht mitmachen, denke ich. Sie müssen Mr. Zapadni falsch verstanden haben.«

»Er hat recht«, sagte Barley und setzte sich auf. »Wie zum Teufel sollen wir uns zusätzliche fünf Prozent leisten können?«

Wie ein Zauberer, der den nächsten Hasen aus dem Zylinder zieht, fischte Barley nun eine Mappe aus seiner Aktentasche und verteilte ein halbes Dutzend Hochglanzprospekte auf den sonnigen Tisch. »Unsere Zusammenarbeit mit Amerika wird auf Seite 2 beschrieben«, erläuterte er. »Unser Partner bei dem Projekt ist Potomac Boston; A & B erwirbt alle englischsprachigen Rechte für die betreffenden sowjetischen Werke und verkauft die nordamerikanischen an Potomac. Über deren Schwestergesellschaft in Toronto kommt auch noch Kanada dazu. Stimmt's, Wicklow?«

»Ja, Sir.«

Wie zum Teufel hat Wicklow diesen ganzen Kram nur so schnell lernen können? dachte Barley.

Zapadni war noch in den Prospekt vertieft, blätterte eine steife, makellose Seite nach der anderen um. »Haben *Sie* diesen Scheiß gedruckt, Barley?« erkundigte er sich höflich.

»Nein, Potomac«, sagte Barley.

»Aber Boston liegt doch so weit vom Potomac entfernt«, ließ Zapadni für die wenigen, die ihm folgen konnten, seine Kenntnisse der amerikanischen Geographie aufblitzen. »Falls man ihn nicht kürzlich umgeleitet hat, fließt er durch Washington. Ich frage mich, was die beiden miteinander verbinden mag, die Stadt Boston und diesen Fluß? Sprechen wir von einer *alten* Gesellschaft, Barley, oder von einer *neuen*?«

»Neu auf diesem Gebiet. Alt im Geschäft. Kaufleute, früher in Washington, jetzt in Boston ansässig. Risikokapital. Diversifikation. Filmproduktion, Parkhäuser, Spielautomaten, Callgirls und Kokain. Das Übliche halt. Das Verlagsgeschäft betreiben sie nur so nebenher.«

Doch als die anderen lachten, war es ihm, als habe Ned durch ihn gesprochen. »Gratuliere, Barley. Bob hat einen reichen Bostoner aufgetrieben, der Sie als Partner einsteigen lassen will. Sie brauchen nichts zu tun, als sein Geld auszugeben.«

Und Bob mit seinen Bügeleisenschuhen und dem Tweedjakkett lächelte das Lächeln des Käufers.

Elf Uhr dreißig. Noch acht Stunden und fünfundvierzig Minuten bis vielleicht-gegen-acht-Uhr-fünfzehn.

»Der Fahrer will wissen, was er zu erwarten hat, wenn er die Queen trifft«, schrie Wicklow begeistert über die Rückenlehne seines Sitzes. »Er ist richtig heiß darauf. Ist sie bestechlich? Läßt sie Leute wegen kleiner Beleidigungen hinrichten? Wie lebt es sich in einem Land, das von zwei bissigen Frauen regiert wird?«

»Sagen Sie ihm, es ist sehr anstrengend, aber wir sind dem gewachsen«, meinte Barley und gähnte gewaltig.

Und nachdem er sich mit einem Schluck aus seinem Flachmann erfrischt hatte, lehnte er sich in die Polster zurück und erwachte erst wieder, als er Wicklow durch einen Gefängniskorridor folgte. Nur daß er nicht die Schreie der Eingekerkerten, sondern das Pfeifen eines Teekessels und das Klacken eines Abakus durch die Finsternis hallen hörte. Gleich darauf stehen Wicklow und Barley im Büro einer britischen Eisenbahngesellschaft, Baujahr 1935. Von Fliegenkot starrende Glühbirnen und defekte Ventilatoren hängen von den gußeisernen Sparren.

Amazonen in Kopftüchern thronen vor ofengroßen antiquierten kyrillischen Schreibmaschinen. Hauptbücher quetschen sich in staubigen Regalen. Schuhkartons voller lederfarbener Aktendeckel stapeln sich von den Dielen bis an die Fensterbretter.

»Barley! Mensch! Willkommen, entfesselter Prometheus! Man hat mir erzählt, Sie hätten endlich Geld bekommen. Wer hat es Ihnen gegeben?« brüllt ein Mann mittleren Alters in Fidel-Castro-Kampfanzug und springt ihnen durch das Chaos entgegen. »Wir schließen direkt ab, okay? Zum Teufel mit diesen Arschlöchern von der VAAP!«

»Juri, schön Sie zu sehen! Das hier ist Len Wicklow, unser Russisch sprechender Lektor.«

»Sind Sie Spion?«

»Nur in meiner Freizeit, Sir.«

»Herrlich! Netter Kerl! Erinnert mich an meinen jüngeren Bruder.«

Sie sind in der Madison Avenue. Jalousien, Wandkarten und Sessel. Juri ist ein fetter, überschwenglicher Jude. Barley hat ihm eine Flasche Black Label und seiner Frau eine Strumpfhose mitgebracht. Juri schleudert den Flaschenverschluß weg und besteht darauf, den Tee mit einem Schuß Whisky zu impfen. Sie dringen in den russischen Äther ein. Sprechen von Bulgakow, Platonow, Achmatowa. Wird Solschenizyn erlaubt? Brodsky? Sprechen von einer lumpigen Liste zeitgenössischer britischer Schriftsteller, die willkürlich offiziellen Beifall erhalten haben und daher in Rußland bekannt sind. Von einigen hat Barley nie etwas gehört, andere verabscheut er. Lachsalven, Trinksprüche, Neuigkeiten von englischen Freunden, Tod den Arschlöchern von der VAAP. Rußland ändere sich stündlich, ob Barley schon gehört habe? Ob er letzten Donnerstag den Artikel in der *Moscow News* gelesen habe, über die neofaschistischen Irren in Pamjat mit ihrem extremen Nationalismus und Antisemitismus, die überhaupt gegen alles sind, nur gegen sich selbst nicht? Und was er von dem Artikel in *Ogonjok* über Sigmund Freud halte? Und von *Novi Mirs* Einstellung zu Nabokov? Lektoren, Grafiker, Übersetzer geistern wie üblich in erstaunlichen Mengen herum, aber keine einzige Katja. Alle sind betrunken, sogar die, die keinen Alkohol wollten. Ein großer Schriftsteller namens Mischa wird vorgestellt und so gesetzt, daß sein Publikum ihn sehen kann.

»Mischa ist noch nicht im Gefängnis gewesen«, entschuldigt ihn Juri unter dröhnendem Gelächter. »Aber wenn er Glück hat, stecken sie ihn vielleicht noch rein, ehe es zu spät ist, damit er im Westen veröffentlicht werden kann!«

Sie sprechen über die neuesten Meisterwerke der sowjetischen Literatur. Juri hat lediglich acht aus seiner Liste ausgewählt – jedes einzelne ein sicherer Bestseller, Barley. Verlegen Sie sie, und Sie werden für mich ein Schweizer Bankkonto eröffnen können. Wilde Suche nach Plastiktragetaschen, ehe Wicklow die Durchschläge von acht nicht publizierbaren Manuskripten in Empfang nimmt, denn dies ist eine Welt, in der Fotokopierer und elektrische Schreibmaschinen noch immer als verbotene Instrumente der Agitation gelten.

Sie sprechen über Theater und Afghanistan. Bald treffen wir uns alle in London! ruft Juri wie ein durchgedrehter Spieler, der alles auf eine Karte setzt. »Ich schicke Ihnen meinen Sohn, okay? Schicken Sie mir Ihren; Hören Sie, wir tauschen Geiseln aus, dann wirft keiner von uns Bomben auf den anderen!«

Alle sind still, wenn Barley redet, und bleiben auch bei Mischa dem großen Schriftsteller still. Wicklow übersetzt, während Juri und drei andere gegen Wicklows Übersetzung protestieren. Mischa protestiert gegen den Protest. Von nun an geht's bergab.

Jemand will wissen, warum Großbritannien noch immer von der faschistischen Konservativen Partei regiert wird. Warum schmeißt das Proletariat die Schweine nicht raus? Barley erklärt wenig originell, die Demokratie sei das schlechteste aller Systeme, abgesehen von den anderen. Niemand lacht. Vielleicht kennen sie das schon, vielleicht gefällt es ihnen nicht. Als der Whisky zu Ende geht, wird es Zeit zu gehen, solange noch das Lächeln auf ihren Gesichtern erstirbt. Wie können die Engländer die Menschenrechte predigen, wirft jemand mürrisch ein, wo sie doch selbst die Iren und die Schotten zu ihren Sklaven machen? Warum unterstützen Sie die abscheuliche Regierung in Südafrika? keift eine neunzigjährige Blondine in einem Ballkleid. Das tue ich nicht, sagte Barley. Wahrhaftig nicht.

»Hören Sie«, sagt Juri an der Tür. »Halten Sie sich von diesem Mistkerl Zapadni fern, okay? Ich sage nicht, daß er vom KGB ist. Ich sage nur, er hatte ein paar verdammt gute Freunde nötig, um wieder Fuß fassen zu können. Sie sind ein netter Bursche. Verstehen Sie, was ich meine?«

Sie haben sich schon mehrmals umarmt.

»Juri«, sagt Barley. »Meine alte Mutter hat mich zu dem Glauben erzogen, daß ihr alle vom KGB seid.«

»Ich auch?«

»Sie vor allem. Sie wären der Schlimmste, hat sie gesagt.«

»Ich mag Sie. Hören Sie? Schicken Sie mir Ihren Sohn. Wie heißt er?«

Halb zwei, mit einer Stunde Verspätung unternehmen sie den nächsten Schritt auf dem beschwerlichen Weg nach Vielleicht-gegen-acht-Uhr-fünfzehn.

Dunkles Holz, ausgezeichnetes Essen, respektvolle Dienstboten, die Atmosphäre einer feudalen Jagdhütte. Sie sitzen an dem langen Tisch unterm Balkon des Hauses vom Schriftstellerverband, Alik Zapadni hat wieder den Vorsitz. Einige vielversprechende junge Schriftsteller von sechzig Jahren schlendern herbei, hören zu und schlendern wieder weg, nehmen ihre großen Gedanken mit sich. Zapadni erklärt, welche von ihnen kürzlich aus dem Gefängnis entlassen wurden und welche er am liebsten bald dort sehen würde. Literaturbürokraten ziehen Stühle heran und probieren ihr Englisch aus. Wicklow dolmetscht, Barley brilliert, belebt von Fruchtsaft und den Nachwirkungen des Black Label. Die Welt wird sich zum Besseren wandeln, versichert Barley Zapadni, als sei er in Sachen Welt ein Fachmann.

Unbesonnen zitiert er Sinowjew. »Wann wird das alles enden? Wann werden die Leute aufhören, vor dem Grab Schlange zu stehen?« – eine Anspielung auf das Lenin-Mausoleum.

Diesmal ist der Applaus nicht gerade ohrenbetäubend.

Um zwei Uhr bringt der Ober den neuen Trinkvorschriften entsprechend und gerade rechtzeitig eine Karaffe Wein, und Zapadni zieht Barley zu Ehren eine Flasche Pfefferwodka aus seiner wurmstichigen Aktentasche.

»Hat Juri Ihnen gesagt, ich sei beim KGB?« fragt er weinerlich.

»Aber nein«, sagt Barley entschieden.

»Bitte glauben Sie nicht, Sie wären der einzige. Das erzählt er allen Westlern. Manchmal macht mir Juri wirklich ein bißchen Sorgen. Er ist ein netter Kerl, aber jeder weiß, er ist ein miserabler Verleger; also wie kommt ein Jude wie er in eine solche Stellung? Sein kleiner Sohn wurde vorige Woche in Sagorsk getauft. Wie erklären Sie sich das?«

»Das ist nicht mein Problem, Alik. Leben und leben lassen. Finito.« Und beiseite: »Wickers, bringen Sie mich hier raus, ich werde nüchtern.«

Um sechs, nach zwei weiteren enorm beredten Treffen und nachdem er es wunderbarerweise fertiggebracht hat, ein halbes Dutzend Einladungen für den Abend auszuschlagen, ist Barley wieder in seinem Hotelzimmer und kämpft mit der Dusche, um sich auszunüchtern, während Wicklow ihm wegen der Mikrofone munteres Verlegergeschwätz durch die Tür zubrüllt. Denn Wicklow hat von Ned Anweisung, bis zum letzten Augenblick bei Barley zu bleiben, für den Fall, daß der Lampenfieber bekommt oder seinen Text vergißt.

7

Das Hotel Odessa war in jenem dritten Jahr der großen sowjetischen Umgestaltung nicht gerade das Juwel der wilden Moskauer Touristenbranche, war aber auch nicht das übelste Quartier. Es war baufällig, es war heruntergekommen, es schenkte seine Gunst nicht jedem. Eher an den Rubel gebunden als an den Dollar, gab es dort weder die Annehmlichkeit einer Devisenbar noch erschöpfte Reisegruppen aus Minnesota, die unter Tränen um ihr verschwundenes Gepäck flehten. Die Messinglampen und Mohren und der Speisesaal mit seiner Galerie erinnerten in der trüben Beleuchtung eher an die schlechte alte Vergangenheit seines Untergangs als an den sozialistischen Phönix, der sich aus seiner Asche erhob. Und wenn man aus dem ruckelnden Lift trat und den finsteren Blicken der Etagenwärterin trotzte, die inmitten von schwarz angelaufenen Zimmerschlüsseln und bemoosten Telefonen in ihrem Verschlag kauerte, befiel einen leicht das Gefühl, man sei in die scheußlichsten Anstalten seiner Jugend zurückversetzt.

Aber die Umgestaltung war ja auch keine optische Angelegenheit. Sondern noch mitten im akustischen Stadium.

Dennoch besaß das Odessa in jenen Tagen und mit etwas Glück vielleicht auch heute noch Atmosphäre – nur muß man ein Auge dafür haben. Hinter dem schneidenden Blick der guten Empfangsdamen verbirgt sich ein freundliches Herz; es kommt vor, daß die Portiers einen zum Lift durchwinken, ohne sich zum fünftenmal an einem Tag den Hotelpaß vorzeigen zu lassen. Der Chef des Restaurants geleitet den Gast bei entsprechender Aufmunterung liebenswürdig in seine Nische und freut sich über ein dankbares Gesicht. Und jeden Abend zwischen sechs und neun wird das Foyer zur Bühne eines improvisierten Aufmarschs der hundert Nationen des Imperiums. Schick gekleidete Verwaltungsbeamte aus Taschkent, flachsblonde Lehrer aus Estland, feurig dreinblickende Parteifunktionäre aus Turkmenistan und Georgien, Fabrikleiter aus Kiew, Schiffsingenieure aus Archangelsk – ganz zu schweigen von Kubanern, Afghanen, Polen, Rumänen und Scharen schäbig arroganter Ostdeutscher – strömen aus ihren Flughafenbussen und kommen von der sonnigen Straße in das drückende Dunkel des Foyers, um sich vor Rom zu verbeugen und Schritt für Schritt ihr Gepäck dem Tribun entgegenzutragen.

Und Barley, selbst ein widerstrebender Abgesandter, wenn auch aus einem anderen Reich, mischte sich an jenem Abend unter sie.

Kaum saß er, da klopfte ihm eine alte Dame auf die Schulter und verlangte seinen Sitz. Dann stand er in einer Nische beim Aufzug herum, bis er in Gefahr geriet, von einem Wall aus Pappkoffern und braunen Paketen eingemauert zu werden. Schließlich stellte er sich in den Schutz einer zentralen Säule und blieb dort, entschuldigte sich nach allen Seiten, beobachtete das gelegentliche Schwingen der Glastür, trat jedem aus dem Weg und dann wieder hinein und schwang dabei die ganze Zeit Jane Austens *Emma* vor der Brust und in der anderen Hand eine knallrote Tragetasche vom Flughafen Heathrow.

Es war gut, daß Katja ihn endlich erlöste.

An ihrem Treffen war nichts Heimliches, an ihrem Verhalten nichts Verschwörerisches. Beide erkannten einander im selben Augenblick, während Katja noch durch die Tür geschoben wurde. Barley riß einen Arm hoch und winkte mit Jane Austen.

»Hallo, ich bin's. Blair. Na prima!« schrie er.

Katja tauchte unter und siegreich wieder auf. Hatte sie ihn gehört? Jedenfalls lächelte sie und hob in stummer Übertreibung den Blick zum Himmel, um ihr Zuspätkommen zu entschuldigen. Als sie eine schwarze Locke zurückschob, sah Barley die von Landau erwähnten Ehe- und Verlobungsringe.

»Sie hätten mal sehen sollen, wie ich mich bemüht habe, da wegzukommen«, signalisierte sie über die Köpfe hinweg. Oder: »Konnte um keinen Preis ein Taxi auftreiben.«

»Aber das macht doch nichts«, signalisierte Barley zurück.

Dann nahm sie ihn nicht mehr zur Kenntnis, sondern wühlte verdrossen in ihrer Handtasche nach ihrer Kennkarte, um sie dem Knaben in Zivil vorzuzeigen, dessen angenehmer Auftrag an diesem Abend war, alle attraktiven Damen anzusprechen, die das Hotel betraten. Aus der roten Karte, die sie zum Vorschein brachte, schloß Barley auf den Schriftstellerverband.

Dann wurde auch Barley abgelenkt, als er in seinem passablen, wenn auch klumpigen Französisch einem großen Palestinenser klarzumachen versuchte, daß er leider *kein* Mitglied der Friedensgruppe sei, mein Lieber, nein, auch *nicht* der Hoteldirektor, falls es den überhaupt gebe, was er bezweifle.

Wicklow, der diese Ereignisse von halber Treppe aus verfolgt hatte, berichtete später, eine bessere Inszenierung eines offenen Treffens habe er noch nie gesehen.

Als Schauspieler waren Barley und Katja für zwei verschiedene Stücke gekleidet: Katja in ihrem blauen Kleid und dem alten Spitzenkragen, der Landaus Phantasie so stark beschäftigt hatte, für das große Drama; und Barley – im Nadelstreifenanzug seines Vaters, der ihm an den Ärmeln zu kurz war, und reichlich abgewetzten Wildlederstiefeln von Ducker's in Oxford, die allenfalls ein Antiquitätensammler noch prächtig gefunden hätte – für eine billige englische Komödie.

Sie waren beide voneinander überrascht. Immerhin waren sie noch Fremde und enger mit den Mächten verbunden, die sie zusammengeführt hatten, als miteinander. Barley verwarf den Impuls, ihr einen formellen Wangenkuß zu geben, und sah ihr nur verwirrt in die Augen, die nicht nur sehr dunkel und zugleich voller Licht waren, sondern auch mit dichten Fransen verhangen, so daß er sich unwillkürlich fragte, ob sie nicht mit einem zweiten Satz Wimpern ausgestattet sei.

Und da Barley seinerseits jenen undefinierbar dämlichen Gesichtsausdruck zeigte, der gewisse Engländer in Gegenwart schöner Frauen überkommt, hatte Katja den Verdacht, er sei tatsächlich so überheblich, wie er am Telefon auf sie gewirkt hatte.

Unterdessen standen sie so nahe zusammen, daß sie die Wärme des anderen spürten und Barley ihr Make-up riechen konnte. Das babylonische Sprachengewirr um sie herum ging unvermindert weiter.

»Sie sind Mr. Barley, nehme ich an«, erklärte sie ihm atemlos und legte eine Hand auf seinen Unterarm, denn sie hatte eine Art, die Leute anzufassen, als wolle sie sich ihrer Echtheit vergewissern.

»Allerdings, genau der, hallo, gut gemacht, und Sie sind Katja Orlowa, Nikis Freundin. Wunderbar, daß Sie es einrichten konnten. Meisterhaftes Timing. Wie geht's Ihnen?«

Fotos lügen nicht, aber die Wahrheit sagen sie einem auch nicht, dachte Barley, während er zusah, wie ihre Brust sich beim Atmen hob und senkte. Sie können nicht das Strahlende einer Frau erfassen, die aussieht, als sei sie eben Zeugin eines Wunders geworden, und du seist der erste, dem sie es erzählen möchte.

Das unruhige Gedränge im Foyer brachte ihn wieder zur Besinnung. Es war unvorstellbar, daß sich zwei Menschen, und seien sie noch so zielstrebig zusammengekommen, inmitten dieses Tumults für längere Zeit aufhalten und Höflichkeiten austauschen konnten.

»Wissen Sie was«, fing er an, als sei ihm ganz spontan eine geniale Idee gekommen. »Warum kaufe ich Ihnen nicht ein Rosinenbrötchen? Niki wollte unbedingt, daß ich mich eingehend um Sie kümmere. Sie haben sich auf dieser Messe kennengelernt, erzählte er mir. Was für ein Mensch. Ein Herz aus Gold«, sprach er fröhlich weiter, als er sie in Richtung Treppe und eines Schildes, auf dem ›Buffet‹ stand, führte. »Das Salz der Erde. Natürlich kann er einem auch auf den Wecker gehen, aber wer kann das nicht?«

»Oh, Mr. Landau ist ein *sehr* freundlicher Mensch«, sagte sie genau wie Barley einem unbekannten Publikum zuliebe, aber es klang dennoch sehr überzeugend.

»Und zuverlässig«, rief Barley zustimmend, als sie auf dem Absatz der ersten Etage angelangt waren. Jetzt war auch Barley aus irgendeinem Grund außer Atem. »Niki tut einem jeden Gefallen. Auf seine Weise, das ist wahr. Aber er tut's und behält seine Gedanken für sich. Ich finde, an so was erkennt man immer einen guten Freund, oder?«

»Ich würde sagen, ohne Diskretion kann es keine Freundschaft geben«, erwiderte sie, als zitierte sie aus einem Eheratgeber. »Wahre Freundschaft muß sich auf gegenseitiges Vertrauen gründen.«

Und während Barley solchen Tiefsinn voller Wärme aufnahm, fiel ihm die Ähnlichkeit ihres Tonfalls mit dem Goethes auf.

In einem von Vorhängen abgetrennten Raum befand sich eine zehn Meter lange Essenstheke, auf der ein einziges Tablett mit Zuckerkeksen stand. Dahinter hielten drei stämmige Damen in weißen Uniformen und transparenten Plastikhelmen zankend Wache vor einem Regimentssamowar.

»Ist auch auf seine Art ein guter Bücherkenner, der alte Niki«, bemerkte Barley, um das Thema zu erweitern, während sie sich vor der Seilabsperrung aufstellten. *»Bîte intellectuelle*, wie die Franzosen sagen. Tee, bitte, meine Damen. Erstaunlich.«

Die Damen ließen sich bei ihrer Keiferei nicht stören. Katja starrte sie mit leerem Gesichtsausdruck an. Plötzlich zog sie zu Barleys Verblüffung ihren roten Paß hervor und knurrte – anders konnte man das nicht nennen –, worauf eine von ihnen sich gerade lange genug von ihren Mitstreiterinnen löste, um zwei Tassen aus einem Regal zu reißen und brutal auf zwei Untertassen zu knallen, als ob sie eine alte Büchse durchladen würde. Noch immer wütend, füllte sie einen riesigen Kessel. Und nachdem sie mit weiteren Zorngebärden eine modische Streichholzschachtel zutage gefördert hatte, stellte sie den Gasherd an, knallte den Kessel auf die Flamme und wandte sich wieder ihren Genossinnen zu.

»Möchten Sie einen Keks?« fragte Barley. *»Foie gras?«*

»Danke. Ich habe bereits auf dem Empfang Kuchen gegessen.«

»O mein Gott! Guten Kuchen?«

»Sehr interessant war er nicht.«

»Aber die Ungarn waren nett?«

»Die Reden waren ohne Bedeutung. Ich würde sagen, sie waren banal. Ich gebe unserer sowjetischen Seite die Schuld daran. Wir sind Ausländern gegenüber nicht gelassen genug, selbst wenn sie aus sozialistischen Staaten kommen.«

Beiden ging vorübergehend der Text aus. Barley dachte an ein Mädchen, das er auf der Universität gekannt hatte, eine Generalstochter mit einer Haut wie Rosenblüten, die nur für den Tierschutz lebte, bis sie schließlich überhastet einen Reitknecht der örtlichen Jagdgesellschaft ehelichte. Katja starrte finster auf die andere Seite des Raums, wo in strenger Linie ein Dutzend Stehtische aufgestellt war. An einem davon stand Leonard Wicklow und lachte mit einem jungen Mann seines Alters über einen Witz. An einem anderen trank ein ältlicher Rittmeister in Reitstiefeln Limonade mit einem Jeansmädchen und breitete seine Arme aus, als beschreibe er seinen verlorenen Grundbesitz.

»Weiß gar nicht, warum ich Sie nicht zum Abendessen eingeladen habe«, sagte Barley, als er ihrem Blick begegnete und wieder das Gefühl hatte, direkt in ihren Augen zu versinken. »Vermutlich will man einfach nicht zu aufdringlich sein. Solange man sich das jedenfalls nicht erlauben kann.«

»Es hätte mir ohnehin nicht gepaßt«, erwiderte sie stirnrunzelnd.

Der Kessel begann zu blubbern, aber die kriegsgestählten Buffetdamen würdigten ihn keines Blickes.

»Am Telefon tut man sich doch immer sehr schwer, finden Sie nicht?« plauderte Barley leichthin. »Da redet man zu so einer Art Plastikblume, anstatt zu einem menschlichen Gesicht, meine ich. Ich persönlich hasse diese scheußlichen Dinger, und Sie?«

»Ob ich *was* hasse, bitte?«

»Das Telefon. Aus der Ferne sprechen.« Der Kessel spuckte nun auf das Gas. »Man macht sich die dümmsten Vorstellungen von Leuten, wenn man sie nicht sehen kann.«

Los, sagte er zu sich. *Jetzt.*

»Genau dasselbe habe ich neulich zu einem befreundeten Verleger gesagt«, plauderte er munter weiter. »Wir sprachen über einen neuen Roman, den mir jemand geschickt hatte. Ich hatte ihm das Buch streng vertraulich gezeigt, und es hat ihn schlichtweg umgehauen. Sagte, es sei das beste, was er seit Jahren gesehen habe. Das reinste Dynamit.« Ihre Augen waren furchterregend offen auf die seinen gerichtet. »Aber es ist doch sehr seltsam, überhaupt kein Bild von dem Verfasser zu haben«, fuhr er leichthin fort. »Weiß nicht mal, wie der Bursche heißt. Ganz zu schweigen davon, wo er seine Informationen hernimmt, sein Handwerk gelernt hat und so weiter. Wissen Sie, was ich meine? Als ob man ein Stück Musik hört und nicht genau weiß, ob es Brahms oder Cole Porter ist.«

Sie runzelte die Stirn. Sie hatte die Lippen eingekniffen und schien sie von innen anzufeuchten. »Ich halte solche persönlichen Fragen an einen Künstler für unangebracht. Manche Schriftsteller können nur im Verborgenen arbeiten. Talent ist Talent. Das braucht keine Erklärungen.«

»Nun, ich habe eigentlich nicht von Erklärungen gesprochen, verstehen Sie, sondern von Authentizität«, erläuterte Barley. Flaum konturierte ihre Wangenknochen, doch im Gegensatz zu ihren Haaren war er goldblond. »Ich meine, Sie kennen sich doch im Verlagsgeschäft aus. Wenn jemand zum Beispiel einen Roman über die nordburmesischen Bergstämme geschrieben hat, ist doch wohl die Frage erlaubt, ob er schon jemals südlich von Minsk gewesen ist. Besonders, wenn es sich wie hier um einen wirklich bedeutenden Roman handelt. Ein potentieller Welt-Bestseller, wie mein Kumpel meint. In einem solchen Fall darf man ja wohl darauf bestehen, daß der Verfasser aufsteht und seine Qualifikation nachweist.«

Noch frecher als die anderen, goß die älteste der Frauen kochendes Wasser in den Samowar. Eine zweite schloß die Regimentskasse auf. Die dritte schaufelte Teerationen auf eine Handwaage. Barley durchsuchte seine Taschen und fand einen Drei-Rubel-Schein. Bei seinem Anblick ließ die Frau an der Geldkassette einen verzweifelten Redeschwall vom Stapel.

»Ich nehme an, sie kann nicht wechseln«, sagte Barley einfältig. »Aber wer kann das schon?«

Dann sah er, daß Katja dreißig Kopeken auf die Theke gelegt hatte und zwei ganz kleine Grübchen hatte, wenn sie lächelte. Er nahm Bücher und Tasche. Sie trug ein Tablett mit den Teetassen. Doch als sie an ihren Tisch kamen, sagte sie herausfordernd zu ihm:

»Wenn ein Autor zu beweisen verpflichtet ist, daß er die Wahrheit sagt, dann gilt das auch für seinen Verleger.«

»Ja, ich bin für Ehrlichkeit auf allen Seiten. Je mehr Leute ihre Karten auf den Tisch legen, desto besser für uns *alle*.«

»Ich bin informiert, daß der Verfasser von einem russischen Dichter inspiriert wurde.«

»Pecherin«, gab Barley zurück. »Habe nachgeschlagen. 1807 in Dymerka, Provinz Kiew, geboren.«

Ihre Lippen waren am Rand der Tasse, sie hatte den Blick gesenkt. Und obwohl er eine Menge anderer Dinge im Kopf hatte, fiel Barley auf, daß ihr rechtes Ohr, das zwischen den Haaren hervorsah, im Licht der Abendsonne vom Fenster durchscheinend geworden war.

»Der Verfasser wurde auch von gewissen Ansichten eines Engländers über den Weltfrieden inspiriert«, sagte sie mit großem Ernst.

»Glauben Sie, er würde diesen Engländer gern wiedersehen?«

»Das ließe sich feststellen. Bekannt ist davon nichts.«

»Nun, der Engländer würde *ihn* gern wiedersehen«, sagte Barley. »Die beiden haben sich ungeheuer viel zu sagen. Wo wohnen Sie?«

»Zusammen mit meinen Kindern.«

»Wo sind Ihre Kinder?«

Eine Pause, in der Barley wieder das unangenehme Gefühl hatte, gegen irgendwelche ihm unbekannte Moralgesetze verstoßen zu haben.

»Wir wohnen in der Nähe der Metrostation Aeroport. Einen Flughafen gibt es da nicht mehr. Nur noch Wohnhäuser. Wie lange bleiben Sie in Moskau, bitte, Mr. Barley?«

»Eine Woche. Hat Ihre Wohnung eine Adresse?«

»Das wäre ungünstig. Sie wohnen die ganze Zeit hier im Hotel Odessa?«

»Solange man mich nicht rausschmeißt. Was macht Ihr Mann?«

»Das ist unwichtig.«

»Arbeitet er im Verlagsgeschäft?«

»Nein.«

»Ist er Schriftsteller?«

»Nein.«

»Ja, was ist er dann? Komponist? Grenzwächter? Koch? Wie finanziert er den Lebensstil, den Sie gewohnt sind?«

Wieder einmal brachte er sie zum Lachen, was ihr genauso zu gefallen schien wie ihm. »Er war Direktor eines Holzkonzerns«, sagte sie.

»Und wovon ist er jetzt Direktor?«

»Seine Fabrik produziert Fertigteile für Häuser in ländlichen Gebieten. Wir sind geschieden, wie alle in Moskau.«

»Und die Kinder? Sind es Jungen? Mädchen? Wie alt?«

Und da war es mit dem Lachen aus. Einen Herzschlag lang glaubte er, sie würde ihn einfach stehenlassen. Sie hob den Kopf hoch, ihr Gesicht wurde verschlossen, wütendes Feuer loderte aus ihren Augen. »Ich habe einen Jungen und ein Mädchen. Sie sind Zwillinge, acht Jahre alt. Das tut nichts zur Sache.«

»Sie sprechen wunderbar Englisch. Besser als ich. Es ist wie Quellwasser.«

»Danke sehr, ich habe eine natürliche Begabung für Fremdsprachen.«

»Das ist aber nicht alles. Es ist überirdisch. Es ist, als ob Englisch bei Jane Austen stehengeblieben wäre. Wo haben Sie das gelernt?«

»In Leningrad. Ich bin dort zur Schule gegangen. Englisch ist meine Leidenschaft.«

»Wo haben Sie studiert?«

»Ebenfalls in Leningrad.«

»Wann sind Sie nach Moskau gekommen?«

»Als ich geheiratet habe.«

»Wie haben Sie ihn kennengelernt?«

»Mein Mann und ich kannten uns schon seit unserer Kindheit. In der Schulzeit nahmen wir gemeinsam an Sommerlagern teil.«

»Haben Sie da auch Fische gefangen?«

»Und Kaninchen«, sagte sie; ihr Lächeln kam zurück und erhellte den ganzen Raum. »Volodja stammt aus Sibirien. Er kann im Schnee schlafen, ein Kaninchen häuten und im Eis Fische angeln. Als ich ihn heiratete, hatte ich mich aus der Welt des Geistes zurückgezogen. Ein Kaninchen zu häuten, war für mich das Wichtigste, was ein Mann können mußte.«

»*Eigentlich* habe ich mich gefragt, wie Sie den Autor kennenlernten«, erklärte Barley.

Er sah, daß sie mit ihrer Unentschlossenheit rang, und bemerkte, wie freimütig ihre Augen das Hin und Her ihrer Gefühle widerspiegelten, wie sie ihm entgegenkam, sich dann wieder zurückzog. Bis er sie völlig verlor; sie bückte sich unter den Tisch, schob ihr volles Haar zurück und hob ihre Handtasche auf. »Bitte danken Sie Mr. Landau für die Bücher und den Tee«, sagte sie. »Wenn er das nächstemal nach Moskau kommt, werde ich mich auch noch selbst bedanken.«

»Bleiben Sie. Bitte. Ich brauche Ihren Rat.« Er senkte die Stimme, und plötzlich klang sie sehr ernst. »Ich brauche Ihre Anweisungen, was ich mit dem verrückten Manuskript machen soll. Ich kann keinen Alleingang machen. Wer hat es geschrieben? Wer ist Goethe?«

»Ich muß leider zu meinen Kindern zurück.«

»Kümmert sich denn niemand um sie?«

»Doch, natürlich.«

»Rufen Sie an. Sagen Sie, es wird später. Sagen Sie, Sie hätten einen faszinierenden Mann kennengelernt, der die ganze Nacht hindurch mit Ihnen über Literatur reden möchte. Wir kennen uns doch kaum. Ich brauche Zeit. Ich habe massenhaft Fragen an Sie.«

Sie nahm die Jane-Austen-Bände und startete in Richtung Ausgang. Und Barley stolperte wie ein aufdringlicher Vertreter neben ihr her.

»Bitte«, sagte er. »Hören Sie. Ich bin ein popliger englischer Verleger und habe mit einer schönen Russin ungefähr zehntausend äußerst wichtige Dinge zu besprechen. Ich beiße nicht, ich lüge nicht. Gehen Sie mit mir essen.«

»Das ist ungünstig.«

»Ist es an einem anderen Abend günstig? Was soll ich machen? Räucherstäbchen abbrennen? Eine Kerze in mein Fenster stellen? Ihretwegen bin ich hierhergekommen. Helfen Sie mir, Ihnen zu helfen.«

Sein Flehen hatte sie verwirrt.

»Kann ich Ihre private Telefonnummer haben?« drängte er.

»Das geht nicht«, murmelte sie.

Sie stiegen die breite Treppe hinunter. Barley sah über das Meer von Köpfen hin und entdeckte Wicklow und seinen Freund darunter. Er packte Katja am Arm, nicht sehr fest, aber doch so, daß sie stehenbleiben mußte.

»Wann?« sagte er.

Er hielt noch immer ihren Arm am Bizeps, gleich über der Innenseite des Ellbogens, wo der Arm am festesten und vollsten war.

»Vielleicht rufe ich Sie später am Abend noch an«, gab sie endlich nach.

»Nicht vielleicht.«

»Ich rufe Sie an.«

Er blieb auf der Treppe zurück und sah, wie sie sich dem Rand der Menge näherte und dann Luft zu holen schien, bevor sie die Arme ausbreitete und sich zur Tür durchkämpfte. Er schwitzte. Ein feuchtes Tuch hing auf seinem Rücken und über den Schultern. Er brauchte einen Drink. Aber vor allem wollte er das Mikrofon loswerden. Er wollte es in winzige Stücke zerschmettern und darauf herumtrampeln und per Einschreiben an Ned persönlich zurückschicken.

Wicklow mit seiner krummen Nase sprang ihm auf der Treppe entgegen und begann mit diebischem Grinsen irgendeinen Quatsch von einer sowjetischen Bernard-Shaw-Biographie zu erzählen.

Sie ging schnell, sah sich nach einem Taxi um, brauchte aber Bewegung. Wolken waren aufgezogen, keine Sterne zu sehen, nur die breiten Straßen und das Leuchten der Bogenlampen auf der Petrowka. Sie brauchte Abstand von ihm und von sich selbst. Panik, die nicht Angst, sondern heftiger Abneigung entsprang, drohte sie kopflos zu machen. Die Zwillinge hätte er nicht erwähnen dürfen. Er hatte nicht das Recht, die Papierwände zwischen ihrem und seinem Leben einzureißen. Er durfte sie nicht mit bürokratischen Fragen bedrängen. Sie hatte ihm vertraut: Warum vertraute er nicht ihr?

Sie bog um eine Ecke, ging weiter. Ein typischer Imperialist: falsch, aufdringlich, mißtrauisch. Ein Taxi fuhr vorbei, ohne sie zu beachten. Ein zweites bremste gerade so lange ab, daß sie ihr Ziel rufen konnte, und raste dann weiter, um sich nach einem rentableren Geschäft umzusehen – Beförderung von Huren und Möbelstücken, Transport von Gemüse, Fleisch und Wodka für den Schwarzmarkt, Belieferung der Touristenfallen. Es begann in großen, wohlgezielten Tropfen zu regnen.

Sein so unangebrachter Humor. Seine so unverschämt bohrenden Fragen. Mit dem treffe ich mich nicht noch einmal. Sie sollte die Metro nehmen, fürchtete aber die Einengung. Attraktiv ist er natürlich, wie so viele Engländer. Diese anmutige Schwerfälligkeit. Er war geistreich und sicher auch einfühlsam. Sie hatte nicht erwartet, daß er sich so nahe heranwagen würde. Oder vielleicht war sie ihm auch zu sehr entgegengekommen.

Sie ging weiter, wurde langsam ruhig, sah sich nach einem Taxi um. Es regnete stärker. Sie zog einen Knirps aus der Tasche und spannte ihn auf. Ostdeutsches Erzeugnis, Geschenk eines zeitweiligen Liebhabers, auf den sie nicht stolz gewesen war. An einer Kreuzung wollte sie gerade auf die Straße treten, als neben ihr ein Junge in einem blauen Lada anhielt. Gewinkt hatte sie ihm nicht.

»Wie gehen die Geschäfte, Schwester?«

War das ein Taxi, ein Freibeuter? Sie stieg ein und nannte ihr Ziel. Der Junge begann zu schimpfen. Der Regen trommelte auf das Wagendach.

»Es ist dringend«, sagte sie und gab ihm zwei Drei-Rubel-Scheine. »Es ist dringend«, wiederholte sie, sah auf ihre Uhr und fragte sich dabei, ob Leute, die es eilig hatten, ins Krankenhaus zu kommen, tatsächlich auf die Uhr schauten.

Der Junge schien sich ihre Eile zu Herzen genommen zu haben. Er fuhr und redete mit halsbrecherischem Tempo, durch sein offenes Fenster fegte der Regen herein. Seine kranke Mutter in Nowgorod, erzählte er, sei beim Apfelpflücken auf der Leiter ohnmächtig geworden und mit beiden Beinen in Gips wieder aufgewacht. Über die Windschutzscheibe rauschten wahre Sturzbäche. Er hatte nicht angehalten, um die Scheibenwischer anzubringen.

»Wie geht es ihr jetzt?« fragte Katja und band sich ein Tuch um die Haare. Eine Frau, die es eilig hat, ins Krankenhaus zu kommen, plaudert nicht über die Nöte anderer, dachte sie.

Der Wagen hielt. Sie sah das Tor. Der Himmel hatte sich wieder beruhigt, die Nacht war lau und duftete. Sie fragte sich, ob es überhaupt geregnet hatte.

»Hier«, sagte der Junge und hielt ihr die Drei-Rubel-Scheine hin. »Nächstes Mal, okay? Wie heißen Sie? Interesse an frischem Obst, Kaffee, Wodka?«

»Behalten Sie's«, fauchte sie und schob ihm das Geld wieder hin.

Das Tor stand offen, führte zu einer Art Büroblock, in dem noch ein paar trübe Lichter brannten. Eine steinerne Treppe, halb begraben in Schlamm und Müll, stieg zu einem erhöhten Gehweg auf, der eine Auffahrt überbrückte. Katja blickte hinunter und sah geparkte Krankenwagen mit träge rotierendem Blaulicht, eine Gruppe von rauchenden Fahrern und Krankenpflegern. Ihnen zu Füßen lag auf einer Bahre eine Frau, das zerschlagene Gesicht krampfhaft zur Seite gedreht, als wolle sie einem zweiten Schlag ausweichen.

Er hat sich für mich interessiert, dachte sie, als ihre Gedanken kurz zu Barley zurückwanderten.

Sie eilte auf den vor ihr aufragenden grauen Block zu. Eine Klinik, entworfen von Dante und erbaut von Franz Kafka, erinnerte sie sich. Das Personal stiehlt Medikamente und verkauft sie auf dem schwarzen Markt; die Ärzte arbeiten alle noch nebenher, um ihre Familien zu ernähren, erinnerte sie sich. Dort sammelt sich der Pöbel und der Abschaum unseres Reichs, die glücklosen Proletarier, die nicht über den Einfluß und die Beziehungen der Auserwählten verfügten. Die Stimme in ihrem Kopf sprach im Rhythmus ihrer Schritte, während sie zuversichtlich durch die Doppeltür trat. Eine Frau fuhr sie an, und anstatt ihre Karte vorzuzeigen, gab Katja ihr einen Rubel. In der Vorhalle hallte es wie in einem Schwimmbad. Hinter einem Marmorschalter standen Frauen, die sich nur für einander interessierten. Ein alter Mann in blauer Uniform saß dösend auf einem Stuhl, seine offenen Augen starrten auf einen kaputten Fernseher. Sie schritt an ihm vorbei und trat in einen Korridor voller Krankenbetten. Vermutlich rausgeschoben, um für jemand Wichtigeren Platz zu schaffen. Eine erschöpfte Schwesternschülerin, assistiert von einer Krankenschwester in offenem Kittel und Jeans, gab einer alten Frau eine Bluttransfusion. Niemand stöhnte, niemand klagte. Niemand fragte, warum sie auf einem Korridor sterben mußten. Auf einem Leuchtschild waren die ersten Buchstaben des Wortes »Unfallstation« zu sehen. Dorthin wandte sie sich. Tu so, als ob das Haus dir gehört, hatte er ihr beim erstenmal geraten. Und es funktionierte. Auch heute.

Der Warteraum war ein ehemaliger Vortragssaal und beleuchtet wie eine Nachtstation. Auf dem Podium saß eine Oberschwester mit verklärtem Gesicht vor einer Schlange von Bittstellern, die so lang war wie eine Armee auf dem Rückzug. Im Zwielicht des Hörsaals brummten und flüsterten die Elenden dieser Erde und trösteten ihre Kinder. Auf Bänken lagen Männer mit kaum verbundenen Wunden. Betrunkene wälzten sich fluchend herum. Es stank nach Antiseptika, Wein und geronnenem Blut.

Zehn Minuten warten. Doch wieder ertappte sie sich dabei, daß ihre Gedanken bei Barley waren. Sein offener, freimütiger Blick, seine hoffnungslose Entschlossenheit. Warum wollte ich ihm nicht meine private Telefonnummer geben? Seine Hand auf ihrem Arm, als ob sie schon immer dort gelegen hätte. »Ihretwegen bin ich hierhergekommen.« In der Nähe der hinteren, mit der Aufschrift »Toiletten« bezeichneten Tür setzte sie sich auf eine ramponierte Bank und starrte vor sich hin. Du kannst dort sterben, und kein Mensch wird nach deinem Namen fragen, hatte er gesagt. Dort ist die Tür, dort ist die Nische für die Garderobe, sagte sie auf. Und dort sind die Toiletten. Das Telefon ist in der Garderobe, wird aber nie benutzt, weil niemand weiß, daß es dort ist. Über die Amtsleitung ist das Krankenhaus nicht zu erreichen, aber diese Leitung wurde eigens für einen Oberbonzen von Arzt verlegt, der mit seinen Privatpatienten und seiner Mätresse in Verbindung bleiben wollte, aber dann hat er sich versetzen lassen. Irgendein Idiot hat es außer Sicht hinter einer Säule installiert. Und seitdem ist es da.

Wie erfährst du von solchen Sachen? hatte sie ihn gefragt. Dieser Eingang, dieser Flügel, dieses Telefon, setz dich und warte. Wie erfährst du so was?

Beim Laufen, hatte er geantwortet, und sie hatte sich vorgestellt, wie er durch die Straßen von Moskau schritt, schlaflos, ohne zu essen, ohne sie. Ich bin der Ewige Nichtjude, hatte er zu ihr gesagt. Ich laufe, um mich mit meinen Gedanken zu unterhalten; ich trinke, um mich vor ihnen zu verstecken. Wenn ich laufe, gehst du neben mir her. Ich kann dein Gesicht an meiner Schulter sehen.

Er wird laufen, bis er stolpert, dachte sie. Und ich werde ihm folgen.

Auf der Bank neben ihr hatte eine Bäuerin in safrangelbem Kopftuch auf ukrainisch zu beten begonnen. Sie hielt eine kleine Ikone in den Händen und neigte den Kopf darüber, von Mal zu Mal tiefer, bis ihre glatte Stirn an den Blechrahmen stieß. Ihre Augen wurden glänzend, und als sie sich schlossen, sah Katja zwischen den Lidern Tränen hervorquellen. Nur allzubald werde ich aussehen wie du, dachte sie.

Sie erinnerte sich an seine Erzählung vom Besuch einer Leichenhalle in Sibirien, einer Fabrik für die Toten in einer der Geisterstädte, in denen er beschäftigt war. Die Leichen, männliche und weibliche durcheinander, gelangten über eine Rutsche auf eine Art Karussell, wo sie von den alten Frauen der Nacht abgespritzt, etikettiert und ihres Goldes beraubt wurden. Der Tod ist ein Geheimnis wie jedes andere auch, hatte er zu ihr gesagt; ein Geheimnis ist etwas, das immer nur einem Menschen enthüllt wird.

Warum versuchst du ständig, mich auf den Sinn des Todes vorzubereiten? hatte sie angewidert von ihm wissen wollen. Weil du mich zu leben gelehrt hast, hatte er geantwortet.

Dieses Telefon ist das sicherste in ganz Rußland, hatte er gesagt. Nicht einmal unsere Wahnsinnigen in den Sicherheitsorganen kämen auf die Idee, ein unbenutztes Telefon in einer Unfallklinik anzuzapfen.

Sie dachte an ihre letzte Begegnung in Moskau, mitten im tiefsten Winter. In irgendeinem Provinzbahnhof, einem namenlosen Ort im Nirgendwo, war er auf einen langsamen Zug gesprungen. Eine Fahrkarte hatte er nicht gekauft, er reiste schwarz, nachdem er wie jeder andere dem Schaffner zehn Rubel in die Hand geschoben hatte. Unsere edlen *zuständigen Organe* sind heutzutage so bürgerlich, daß sie es in Gesellschaft von Arbeitern nicht mehr aushalten können, hatte er gesagt. Sie malte sich aus, wie er in seinem dicken Unterzeug wie ein Obdachloser auf der obersten, fürs Gepäck bestimmten Pritsche lag, im Halbdunkel dem Husten der Raucher und dem Brummeln der Trinker lauschte, im Gestank der Menschheit und der tropfenden Heizung erstickte und dabei die entsetzlichen Dinge, von denen er wußte und niemals sprach, vor seinem inneren Auge sah. Was muß das für eine Hölle sein, fragte sie sich, wenn man von seinen eigenen Schöpfungen so gepeinigt wird? Wenn man weiß, daß das absolut Beste, was man in seinem Beruf machen kann, das absolut Schlechteste für die Menschheit ist?

Sie sah sich, wie sie auf seine Ankunft wartete; zusammen mit Tausenden anderer, vom Warten zerquälter Menschen hatte sie unter den trüben Neonlampen des Kazanski-Bahnhofs im Freien die Nacht verbracht. Gerüchte liefen um: Der Zug hat Verspätung, fällt aus, ist entgleist. Heftiger Schneefall auf der Strecke nach Moskau. Der Zug kommt, ist gar nicht abgefahren, die vielen Lügen hätte ich mir sparen können. Das Bahnhofspersonal hatte Formaldehyd in die Toiletten geschüttet, die ganze Halle stank danach. Sie trug Volodjas Pelzmütze, weil die ihr Gesicht besser verbarg. Ein Mohairschal verhüllte ihr Kinn, ein Schafsfellmantel den Rest. Solch eine Sehnsucht nach jemandem hatte sie noch nie verspürt. In ihrem Pelz herrschte Hitze und Hunger zugleich.

Als er aus dem Zug stieg und durch den Schneematsch auf sie zukam, wurde sie steif und verlegen wie ein kleiner Junge. Als sie neben ihm in der überfüllten Metro stand, schrie sie in der Stille fast auf, so dicht drängte er sich an sie. Sie hatte sich Alexandras Wohnung geliehen. Alexandra war mit ihrem Mann in die Ukraine gefahren. Sie schloß die Eingangstür auf und ließ ihn vorgehen. Manchmal schien er gar nicht zu wissen, wo er war, oder es kümmerte ihn, auch nach all ihren Vorbereitungen, nicht. Manchmal hatte sie Angst, ihn zu berühren, er war zu zerbrechlich. Heute aber nicht. Heute rannte sie auf ihn zu, packte ihn mit ihrer ganzen Kraft, schloß ihn kunstlos und rauh in ihre Arme, bestrafte ihn für ihre Monate und Nächte ungestillten Verlangens.

Aber er? Umarmte sie wie früher ihr Vater mit steifen Schultern, vermied es, mit dem Körper an sie heranzukommen. Und als sie sich von ihm losriß, wußte sie, die Zeiten waren vorbei, da er seine Qual in ihrem Körper begraben konnte.

Du bist meine einzige Religion, flüsterte er und küßte sie mit geschlossenen Lippen auf die Stirn. Hör mich an, Katja, ich will dir erzählen, was ich beschlossen habe.

Die Bäuerin kniete auf dem Boden, drückte ihre Ikone liebevoll an Brust und Lippen. Um auf den Gang zu kommen, mußte Katja über sie hinwegsteigen. Ein blasser junger Mann in Lederjacke hatte sich ans Ende der Bank gesetzt. Ein Arm steckte in seinem Hemd, also nahm sie an, er habe sich das Handgelenk gebrochen. Sein Kopf war nach vorne gesunken, und als sie sich an ihm vorbeidrückte, bemerkte sie, daß auch seine Nase gebrochen war, allerdings schon wieder verheilt.

Die Nische lag im Dunkeln. Nutzlos baumelte eine kaputte Glühbirne herunter. Eine wuchtige Holztheke versperrte den Zugang zur Garderobe. Sie versuchte, die Klappe zu heben, aber die war zu schwer, also kroch sie unten durch. Dann stand sie zwischen leeren Mantelständern und Bügeln und vergessenen Hüten. Die Säule hatte einen Durchmesser von einem Meter. Auf einem handgemalten Schild stand KEIN WECHSELGELD, sie las es im Licht einer auf- und zugehenden Tür. Das Telefon war noch an seinem Platz auf der anderen Seite, doch als sie sich davorstellte, konnte sie es kaum erkennen.

Sie starrte es an, wollte es mit ihrem Blick zum Läuten bringen. Ihre Panik war verschwunden. Ihre Stärke wieder da. Wo bist du? fragte sie sich. In einem deiner Postämter, einem deiner verschwommenen Flecke auf der Landkarte? In Kasachstan? An der mittleren Wolga? Im Ural? Sie wußte, überall dort kam er hin. In den alten Zeiten hatte sie schon an seiner Gesichtsfarbe erkennen können, wenn er im Freien gearbeitet hatte. Bei anderen Gelegenheiten sah er aus, als wäre er monatelang unter der Erde gewesen. Wo bist du mit deiner entsetzlichen Schuld? fragte sie. Wo bist du mit deinem furchterregenden Entschluß?

An einem finsteren Ort wie diesem? Im Telegrafenamt einer Kleinstadt, das rund um die Uhr geöffnet ist? Sie stellte sich vor, er sei verhaftet, so wie sie manchmal von ihm träumte, bleich und gefesselt in einer Hütte, auf ein Holzgestell gebunden; er bäumte sich kaum noch auf, während sie ihn weiter schlugen. Das Telefon klingelte. Sie hob ab und hörte eine klanglose Stimme.

»Hier spricht Pjotr«, sagte er; diesen Decknamen gebrauchten sie zu ihrer beider Schutz – wenn ich ihnen in die Hände gerate und sie mich zwingen, dich anzurufen, werde ich ihnen einen falschen Namen nennen, damit du unerkannt bleibst.

»Und hier spricht Alina«, antwortete sie und staunte, daß sie überhaupt ein Wort herausbrachte.

Danach war ihr alles egal. Er lebt. Er ist nicht verhaftet worden. Er wird nicht geschlagen. Sie haben ihn nicht auf ein Holzgestell gebunden. Sie fühlte sich träge und gelangweilt. Er lebte, er sprach mit ihr. Tatsachen, keine Gefühle, seine Stimme anfangs noch fern und nur halb vertraut. Hin und her, nichts als Tatsachen. Tu dies. Er sagte dies. Ich sagte das. Sag ihm, ich danke ihm, daß er nach Moskau gekommen ist. Sag ihm, er benimmt sich wie ein anständiger Mensch. Mir geht es gut. Und dir?

Zu schwach, um weiterzureden, legte sie auf. Sie ging in den Vortragssaal zurück und setzte sich zu den anderen auf eine Bank; sie rang um Atem und wußte, keiner würde sie beachten.

Der Junge mit der Lederjacke lehnte noch immer auf der Bank. Wieder fiel ihr seine krumme Nase auf, perfekt, aber irgendwie unecht. Dann dachte sie an Barley, und sie war dankbar, daß es ihn gab.

Er lag in Hemdsärmeln auf seinem Bett. Sein Schlafzimmer war ein stickiger, von dem ehemals stattlichen Schlafgemach abgetrennter Verschlag, wo wie in jedem russischen Hotel der Wasserchor erklang: das Schniefen der Hähne, das Tröpfeln des Spülkastens im winzigen Badezimmer, das Gurgeln der riesigen schwarzen Heizung, das Stöhnen des Kühlschranks, wenn er den nächsten Anfall von Schüttelfrost bekam. Barley schlürfte Whisky aus einem Zahnputzbecher und tat, als ob er im unnützen Licht der Nachttischlampe lesen würde. Das Telefon stand neben seinem Ellbogen, und daneben lag sein Notizbuch für Mitteilungen und Geistesblitze. Telefone können lauschen, auch wenn der Hörer aufgelegt ist, hatte Ned ihn gewarnt. Dieses hier nicht, nein, dachte Barley. Das ist tot wie ein Gerippe, bis sie es klingeln läßt. Er las den wunderbaren Márquez, aber der Druck wirkte wie ein einziger Drahtverhau auf ihn, so daß er ständig stolperte und zurückmußte.

Auf der Straße fuhr ein Auto vorbei, dann kam ein Fußgänger. Danach war der Regen an der Reihe, der wie schlaffer Schrot an die Fensterscheiben prasselte. Ohne Geschrei oder Lachen oder Wutgebrüll hatte Moskau sie wieder in die Weite entlassen.

Er dachte an ihre Augen. Was haben die in mir gesehen? Einen alten Knochen, befand er. Bekleidet mit dem Anzug meines Vaters. Einen miesen Schauspieler, der sich hinter seiner Rolle versteckte, ein Nichts hinter der Schminke. Sie suchte bei mir Überzeugung und fand statt dessen den moralischen Bankrott meiner englischen Klasse und Gegenwart. Sie suchte nach Hoffnung für die Zukunft und fand die Reste einer abgeschlossenen Geschichte. Sie suchte nach Anschluß und sah ein Schild mit der Aufschrift »reserviert« an mir. So sah sie mich nur einmal an und lief weg.

Reserviert für wen? Für welche große Zeit oder Leidenschaft habe ich mich reserviert?

Er versuchte sich ihren Körper vorzustellen. Aber wer braucht mit einem solchen Gesicht noch einen Körper?

Er trank. Sie hat Mut. Sie hat Schwierigkeiten. Er trank wieder. Katja, wenn es das ist, bin ich für dich reserviert.

Wenn.

Er fragte sich, was man sonst noch von ihr wissen mußte.

Nichts als die Wahrheit. Früher einmal, in längst vergessenen Zeiten, waren Schönheit und Intelligenz für ihn das gleiche gewesen, aber Katja war so offensichtlich intelligent, daß er diese zwei Eigenschaften bei ihr unmöglich verwechseln konnte. In anderen Zeiten, Gott steh ihm bei, waren Schönheit und Tugend für ihn das gleiche gewesen. Doch an Katja hatte er eine derart schillernde Tugend wahrgenommen, daß er, wenn sie jetzt den Kopf zur Tür hereingesteckt und ihm gesagt hätte, sie habe soeben ihre Kinder ermordet, auf der Stelle ein halbes Dutzend Gründe zu finden gewußt hätte, warum man ihr daraus keinen Strick drehen konnte.

Wenn.

Er nahm einen weiteren Schluck Scotch und erschrak, als er plötzlich an Andy denken mußte.

Andy Macready, Trompeter, der mit abgeschnittenem Kopf in einem Krankenhaus lag. Schilddrüse, erklärte seine Frau vage. Als man ihm die Diagnose mitgeteilt hatte, wollte Andy von einer Operation nichts wissen. Lieber würde er einmal weit hinausschwimmen und nicht mehr umkehren, sagte er, also betranken sie sich und planten die Reise nach Capri: ein letztes großes Mahl, eine Gallone Rotwein und das letzte Bad im verdreckten Mittelmeer. Aber als ihm die Sache mit der Schilddrüse so richtig aufging, wollte Andy lieber leben als sterben, so daß er sich nun doch für die Operation entschied. Und man trennte ihm bis auf die Halswirbel den Kopf vom Körper und hielt ihn mit Schläuchen am Leben. Andy lebte also noch, aber es gab nichts, wofür er leben und woran er sterben konnte, und er verfluchte sich, daß er nicht rechtzeitig losgeschwommen war, und suchte nach irgend etwas Sinnvollem, das ihm der Tod nicht nehmen konnte.

Ruf Andys Frau an, dachte er. Frag sie, wie alt ihr Mann ist. Er starrte auf seine Uhr und rechnete aus, wieviel Uhr es in der realen oder irrealen Welt von Mrs. Macready war. Seine Hand bewegte sich zum Telefon, nahm aber den Hörer nicht ab, falls es doch noch klingeln sollte.

Er dachte an seine Tochter Anthea. Die gute alte Ant.

Er dachte an seinen Sohn Hal in der City. Tut mir leid, daß ich dir das vermasselt habe, Hal, aber du hast ja noch ein bißchen Zeit, es wieder geradezubiegen.

Er dachte an seine Wohnung in Lissabon und an die Frau, wie herzzerreißend sie geweint hatte, und schaudernd fragte er sich, was aus ihr geworden sein mochte. Er dachte an seine anderen Frauen, aber seine Schuldgefühle waren nicht so stark wie sonst, und auch darüber dachte er nach. Dann dachte er wieder an Katja und stellte fest, daß er die ganze Zeit nur an sie gedacht hatte.

Es klopfte an die Tür. Sie ist gekommen. Zu mir. Sie trägt einen schlichten Morgenmantel und nichts darunter. Barley, flüstert sie, Darling. Wirst du mich hinterher immer noch lieben?

So etwas tut sie nicht. Eine Frau wie sie ist ein einmaliger Glücksfall. Sie gehört nicht in die Reihe der vertrauten, abgegriffenen Modelle.

Es war sein Schutzengel Wicklow, der seinen Schützling kontrollierte.

»Kommen Sie rein, Wickers. Lust auf ein Schlückchen?«

Wicklow zog die Augenbrauen hoch und fragte, ob sie angerufen habe. Auf seiner Lederjacke glänzten Regentropfen. Barley schüttelte den Kopf. Wicklow goß sich ein Glas Mineralwasser ein.

»Ich habe einige der Bücher durchgesehen, die man uns heute angepriesen hat, Sir«, sagte er in dem überspannten Ton, den sie nun beide wegen der Mikrofone anschlugen. »Soll ich Sie über den neuesten Stand bei den Sachbüchern in Kenntnis setzen?«

»Ja, Wickers, setzen Sie mich in Kenntnis«, sagte Barley gastfreundlich und streckte sich wieder auf seinem Bett aus, während Wicklow den Stuhl nahm.

»Eigentlich geht es nur um *eins* ihrer Angebote, wovon ich Ihnen berichten möchte, Sir. Und zwar das Fitneß-Handbuch über Diät und Gymnastik. Ich denke, dies könnten wir für unsere sensationelle Koproduktion in Betracht ziehen. Ich habe überlegt, ob wir nicht einen ihrer Spitzenillustratoren verpflichten und damit die typisch russische Wirkung noch erhöhen sollten.«

»Erhöhen Sie. Der Himmel ist die Grenze.«

»Zunächst muß ich freilich Juri fragen.«

»Fragen Sie ihn.«

Pause. Das Ganze noch mal von vorn, dachte Barley.

»Ach übrigens, Sir. Sie haben mich gefragt, warum so viele Russen das Wort ›günstig‹ verwenden.«

»Hm, ja, allerdings«, sagte Barley, der nichts dergleichen gefragt hatte.

»Sie denken dabei an das Wort *udobno*. Das bedeutet zwar ›günstig‹, aber auch ›gehörig‹, was manchmal ein wenig verwirrend sein muß. Ich meine, es ist schon ein Unterschied, ob etwas ungünstig oder ungehörig ist.«

»Allerdings«, stimmte Barley nach langem Nachdenken zu und nippte an seinem Scotch.

Dann mußte er eingenickt sein, denn als nächstes saß er mit dem Hörer am Ohr kerzengerade auf dem Bett, und Wicklow stand über ihm. Man war hier in Rußland, also nannte sie ihren Namen nicht.

»Kommen Sie vorbei«, sagte er.

»Entschuldigen Sie, daß ich so spät noch anrufe. Habe ich Sie gestört?«

»Selbstverständlich. Die ganze Zeit. Das war eine tolle Tasse Tee. Hätte ruhig noch was länger dauern dürfen. Wo sind Sie?«

»Sie haben mich doch für morgen abend zum Essen eingeladen?«

Er griff nach seinem Notizbuch. Wicklow hielt es ihm hin.

»Lunch, Tee, Abendessen, was Sie wollen«, sagte er. »Wohin soll ich die gläserne Kutsche schicken?« Er kritzelte eine Adresse auf. »Sagen Sie mir auch Ihre private Telefonnummer, falls ich mich verirre, oder Sie.« Auch die nannte sie ihm, zwar zögernd, weil sie einen Grundsatz aufgab, aber sie nannte sie dennoch. Wicklow sah zu, wie er die Nummer notierte, und ging dann leise aus dem Zimmer, während sie noch weitersprachen.

Rätselhaft, dachte Barley und beruhigte sich, nachdem er aufgelegt hatte, mit einem weiteren langen Zug Scotch. Bei einer schönen, intelligenten, tugendhaften Frau kann man einfach nicht wissen, woran man ist. Sehnt sie sich nun nach mir, oder bin ich für sie bloß ein Gesicht in der Menge?

Und plötzlich packte ihn die Moskau-Angst mit voller Wucht. Nachdem er den ganzen Tag dagegen angekämpft hatte, sprang sie ihn jetzt an, als er am wenigsten darauf gefaßt war. Donnernd brachen die unterdrückten Schrecken der Stadt über ihn herein, und dann vernahm er Walters flötende Stimme.

»Hat sie wirklich Kontakt zu ihm? Hat sie das Zeug selbst erfunden? Hat sie mit jemand anderem Kontakt, und wenn ja: mit wem?«

8

Im Konferenzraum im Keller des Rußlandhauses herrschte eine angespannte Atmosphäre wie bei einem permanenten Fliegerangriff. Ned saß an seinem Kommandopult vor einer Batterie von Telefonen. Ab und zu blinkte eins auf, und er sprach knapp und einsilbig hinein. Zwei Assistentinnen verteilten leise die Telegramme und nahmen die ausgehende Post mit. Zwei beleuchtete Postuhren, eine mit Londoner Zeit, eine mit Moskauer Zeit, glommen an der hinteren Wand wie Zwillingsmonde. Mitternacht in Moskau. Neun Uhr in London. Ned sah kaum auf, als mir sein Oberhausmeister die Tür aufschloß.

Früher hatte ich mich nicht freimachen können. Den Vormittag hatte ich in der Rechtsabteilung des Finanzministeriums verbracht, den Nachmittag mit den Anwälten von Cheltenham. Beim Abendessen mußte ich für eine Delegation schwedischer Agentokraten den Gastgeber spielen, bevor sie in das obligatorische Musical geschickt wurden.

Walter und Bob waren über einen Stadtplan von Moskau gebeugt. Brock sprach am Haustelefon mit dem Chiffrierraum. Ned war in etwas vertieft, das wie eine lange Inventurliste aussah. Er winkte mich auf einen Stuhl und schob mir einen Packen eingegangener Meldungen zu, gekritzelte Nachrichten von der Front.

0954 Barley hat Katja bei Oktober angerufen. Haben sich für 2015 heute abend im Odessa verabredet. Weiteres folgt.

1320 Irreguläre sind Katja in die Soundso-Straße Nr. 14 gefolgt. Gab dort in einem anscheinend unbewohnten Haus einen Brief ab. Fotos folgen frühstmöglich per Kurier. Weiteres folgt.

2018 Katja im Hotel Odessa eingetroffen. Barley und Katja sprechen in der Kantine. Wicklow und ein Irregulärer observieren. Weiteres folgt.

2105 Katja verläßt Odessa. Zusammenfassung des Gesprächs folgt. Bänder frühstmöglich per Kurier. Weiteres folgt.

2200 Zwischenbericht. Katja hat versprochen, Barley heute nacht anzurufen. Weiteres folgt.

2250 Katja in das Soundso-Krankenhaus gefolgt. Wicklow und ein Irregulärer beobachten. Weiteres folgt.

2325 Katja erhält Anruf an außer Gebrauch befindlichem Kliniktelefon. Spricht drei Minuten zwanzig Sekunden. Weiteres folgt.

Aber jetzt folgte plötzlich nichts mehr.

Spionage ist auf die Spitze getriebene Normalität. Spionieren ist Warten.

»Ist Clive heute abend auf Empfang?« fragte Ned, als hätte meine Anwesenheit ihn an etwas erinnert.

Ich antwortete, Clive sei den ganzen Abend in seiner Suite. Er habe den ganzen Tag über in der amerikanischen Botschaft festgesessen und mir gesagt, er beabsichtige, auf dem Posten zu sein. Ich hatte einen Wagen, also fuhren wir zusammen ins Hauptquartier.

»Kennen Sie dieses verdammte Dokument?« fragte mich Ned und klopfte auf die Mappe auf seinem Schoß.

»Was für ein verdammtes Dokument?«

»Die Bluebird-Verteilerliste. Bluebird-Leser und ihre Satrapen.«

Ich hielt mich vorsichtig zurück. Neds schlechte Laune auf dem Höhepunkt einer Operation war legendär. An Clives Bürotür leuchtete grünes Licht, das besagte: Komm rein, wenn du dich traust. Auf dem Messingschild stand »Deputierter«, in einer Schrift, die die Königliche Münzanstalt glatt in den Schatten stellte.

»Was zum Teufel ist aus dem Informationsbedürfnis geworden, Clive?« fragte ihn Ned, als wir vor ihm standen, und schwenkte die Verteilerliste. »Kaum bekommt Langley von uns mal einen Schwung hochempfindlichen, anonymen Materials, werden über Nacht gleich mehr Köche draufgehetzt, als Brei vorhanden ist. Wo sind wir denn hier? In Hollywood? Unser Joe läuft da rum. Und wir haben da drüben einen Überläufer, den wir nicht kennen.«

Clive rannte auf dem goldfarbenen Teppich hin und her. Er hatte, wenn er mit Ned stritt, die Angewohnheit, den ganzen Körper mit einem Mal wie eine Spielkarte herumzuwerfen. Auch jetzt tat er dies.

»Sie meinen also, die Bluebird-Leserliste ist zu lang?« fragte er im Tonfall eines verhörenden Beamten.

»Ja, und Sie sollten das auch. Desgleichen Russell Sheriton. Was zum Teufel ist das Pentagon Scientific Liaison Board? Und was macht das White House Academic Advisory Team, wenn es zu Hause ist?«

»Ihnen wäre es also lieber, daß ich Bluebird nur auf höchster Ebene behandeln lasse, nur von Ihrem Inter Agency Committee? Nur von der obersten Leitung, ohne Mitarbeiter, ohne Berater? Ist es das, was Sie von mir verlangen?«

»Wenn Sie glauben, Sie könnten die Zahnpasta in die Tube zurückdrücken: ja.«

Clive tat so, als dächte er vorurteilslos nach. Aber ich wußte genausogut wie Ned, daß Clive niemals vorurteilslos über etwas nachdachte. Er überlegte, wer für eine Sache war und wer dagegen. Dann überlegte er, wer der bessere Verbündete war.

»Erstens ist kein einziger der von mir aufgeführten hochgestellten Herren in der Lage, ohne fachmännische Beratung mit dem Bluebird-Material etwas anzufangen«, begann Clive mit seiner blutleeren Stimme. »Entweder lassen wir sie in ihrer Unwissenheit schmoren, oder wir nehmen ihren Anhang und etwaige Folgen in Kauf. Das gleiche gilt für ihr Defense Intelligence Team und für die Auswerter bei Marine, Heer, Luftwaffe und im Weißen Haus.«

»Sagt das jetzt Russell Sheriton, oder sagen Sie das?« wollte Ned wissen.

»Wir können ihnen doch nicht vorschreiben, auf die Einberufung ihrer wissenschaftlichen Gremien zu verzichten, wenn wir ihnen im selben Atemzug derart kompliziertes Material anbieten!« beharrte Clive und umging elegant Neds Frage. »Wenn Bluebird echt ist, werden sie jede Hilfe brauchen, die sie kriegen können.«

»*Wenn*«, brauste Ned auf. »*Wenn* er echt ist. Mein Gott, Clive, Sie sind ja noch schlimmer als die. Auf dieser Liste stehen zweihundertvierzig Leute, und jeder einzelne von denen hat eine Frau, eine Geliebte und fünfzehn beste Freunde.«

»Und *zweitens*«, fuhr Clive fort, als wir das Erstens längst vergessen hatten, »dürfen wir über diese Informationen ohnehin nicht verfügen. Sondern nur Langley.« Ehe Ned überhaupt etwas sagen konnte, hatte er sich rasch mir zugewandt. »Palfrey. Bestätigen Sie. Sind wir nach unserem Kooperationsvertrag mit den Amerikanern nicht verpflichtet, sämtliches strategische Material zunächst von Langley auswerten zu lassen?«

»In strategischen Angelegenheiten sind wir vollkommen von Langley abhängig«, räumte ich ein. »Sie teilen uns mit, was wir ihrer Meinung nach wissen dürfen. Im Gegenzug sind wir verpflichtet, ihnen alles mitzuteilen, was wir herausfinden. Das ist zwar meist nicht viel, aber so lautet die Abmachung.«

Clive hörte aufmerksam zu und nickte. Seine Kälte war ungewohnt grimmig, und ich fragte mich, warum. Ich hätte auf ein schlechtes Gewissen getippt, aber dazu hätte er erst mal ein Gewissen haben müssen. Was hatte er den ganzen Tag in der Botschaft gemacht? Was hatte er wem zu welchem Zweck mitgeteilt?

»In diesem Service herrscht allgemein das Mißverständnis«, fuhr Clive fort, nun direkt an Ned gewandt, »wir und die Amerikaner säßen im selben Boot. Das stimmt nicht. Vor allem, wenn es um die Strategie geht. Wir haben nicht einen Verteidigungsanalytiker im Land, der seinem amerikanischen Kollegen in bezug auf Strategie das Wasser reichen könnte. Auf strategischem Gebiet sind wir wie ein winziges unwissendes Ruderboot, und sie sind die *Queen Elizabeth*. Es steht uns nicht zu, ihnen zu sagen, wie sie ihr Schiff zu steuern haben.«

Wir staunten noch über die Vehemenz seiner Erklärung, als Clives rotes Telefon zu klingeln begann und er sich gierig darauf stürzte, denn er liebte es, vor seinen Untergebenen am roten

Telefon zu sprechen. Er hatte Pech. Es war Brock, der Ned sprechen wollte.

Katja habe soeben Barley im Odessa angerufen und sich für morgen abend mit ihm verabredet, sagte Brock. Station Moskau brauche umgehend Neds Zustimmung zum Einsatzplan für dieses Treffen. Ned brach sofort auf.

»Was hecken Sie mit den Amerikanern aus?« fragte ich Clive, aber er gab sich nicht mit mir ab.

Den ganzen nächsten Tag verbrachte ich mit meinen Schweden. Im Rußlandhaus ging es auch kaum aufregender zu. Spionieren ist Warten. Gegen vier verzog ich mich auf mein Zimmer und rief Hannah an. Manchmal tue ich das. Gegen vier ist sie aus dem Krebsforschungsinstitut zurück, wo sie halbtags arbeitet, und ihr Mann kommt nicht vor sieben nach Hause. Sie erzählte mir, wie ihr Tag verlaufen war. Ich hörte kaum zu. Sondern erzählte ihr irgend etwas von meinem Sohn Alan, der in Birmingham Probleme mit einer Krankenschwester hatte, einem durchaus netten Mädchen, aber überhaupt nicht sein Stil.

»Ich ruf dich vielleicht mal an«, sagte sie.

Das sagte sie zwar manchmal, aber sie rief nie an.

Barley ging an Katjas Seite, er hörte ihre Schritte wie ein kürzeres Echo seiner eigenen. Die zerbröckelnden Wohnhäuser von Dickens' Moskau lagen in schales Zwielicht getaucht. Der erste Hof war dämmerig, der zweite finster. Aus dem Müll starrten sie Katzen an. Zwei langhaarige Jungen, vielleicht Studenten, spielten Tennis über ein Netz aus Pappkartons. Ein dritter lehnte an der Mauer. Vor ihnen war eine Tür, beschmiert mit Graffiti und einem roten Halbmond. »Achten Sie auf die roten Zeichen«, hatte Wicklow ihm eingeschärft. Sie war blaß, und er fragte sich, ob auch er blaß sei, aber etwas anderes wäre das reinste Wunder gewesen. Manche Männer werden niemals Helden sein, manche Helden werden niemals Männer sein, dachte er und dankte Joseph Conrad inbrünstig für diese Worte. Und Barley Blair wird weder das eine noch das andere sein. Er packte die Klinke und zerrte daran. Katja hielt Abstand. Sie trug ein Kopftuch und einen Regenmantel. Die Klinke ließ sich drehen, aber die Tür gab nicht nach. Er drückte mit beiden Händen dagegen, dann noch fester. Die Tennisspieler brüllten ihm auf russisch etwas zu. Sofort ließ er ab, spürte Feuer im Rücken.

»Die sagen, Sie möchten bitte dagegentreten«, sagte Katja, und zu seiner Verblüffung sah er sie lächeln.

»Wenn Sie jetzt lächeln können«, sagte er, »wie sehen Sie dann aus, wenn Sie glücklich sind?«

Aber das mußte er nur zu sich gesagt haben, denn sie gab keine Antwort. Er trat gegen die Tür, und sie gab nach, schrill knirschte darunter der Schotter. Die Jungen lachten und wandten sich wieder ihrem Spiel zu. Er trat in die Schwärze, und sie folgte ihm. Er drückte auf einen Schalter, aber es ging kein Licht an. Die Tür knallte hinter ihnen zu, und als er nach der Klinke tastete, konnte er sie nicht finden. Sie standen in tiefer Dunkelheit, es stank nach Katze und Zwiebeln und Bratfett, Fetzen von Musik und Streit aus dem Leben fremder Menschen waren zu hören. Er riß ein Streichholz an. Drei Stufen erschienen, dann ein halbes Fahrrad, dann der Eingang zu einem verdreckten Lift. Dann verbrannte er sich die Finger. Gehen Sie in die vierte Etage, hatte Wicklow gesagt. Achten Sie auf die roten Zeichen. Wie zum Teufel soll ich im Finstern auf rote Zeichen achten? Gott antwortete ihm mit einem bleichen Licht aus der ersten Etage.

»Bitte, wo sind wir hier?« fragte sie höflich.

»Bei einem Freund von mir«, sagte er. »Einem Maler.«

Er zog die Aufzugstür zurück, dann das Gitter. Er sagte »Bitte«, aber sie war schon an ihm vorbei, stand im Lift und sah nach oben, zur Auffahrt bereit.

»Er ist für ein paar Tage verreist. Aber da können wir wenigstens reden«, sagte er.

Wieder fielen ihm ihre Wimpern auf, die Feuchtigkeit in ihren Augen. Er wollte sie trösten, aber dafür war sie nicht traurig genug.

»Er ist Maler«, wiederholte er, als ob man damit einen Freund legitimieren konnte.

»Offiziell?«

»Nein. Ich glaube nicht. Keine Ahnung.«

Warum hatte Wicklow ihm nicht gesagt, was für eine Art von Maler dieser verdammte Kerl sein sollte?

Er wollte gerade auf den Knopf drücken, als ein kleines Mädchen mit Hornbrille und einem Plastikbär im Arm zu ihnen hineinhüpfte. Sie rief einen Gruß, und Katjas Gesicht leuchtete auf, als sie den Gruß erwiderte. Der Lift ruckelte nach oben, die Knöpfe sprangen auf jeder Etage wie Spielzeugpistolen heraus. Auf der dritten sagte das Mädchen höflich auf Wiedersehen, und Barley und Katja taten unisono desgleichen. Auf der vierten hielt der Lift mit einem harten Ruck an, als wäre er gegen die Decke gestoßen, und vielleicht war er das ja auch. Er schob sie an Land und sprang ihr nach. Vor ihnen gähnte ein Flur, in dem es nach Baby stank, vermutlich nach mehreren Babys. Am Ende des Flurs wies sie ein roter Pfeil auf einer ansonsten kahlen Wand nach links. Sie kamen zu einer schmalen nach oben führenden Holztreppe. Auf der untersten Stufe kauerte wie ein Gnom Wicklow und las mit Hilfe einer Monteurslampe in einem dicken Buch. Als sie an ihm vorbeistiegen, hob er nicht den Kopf, aber Barley bemerkte, daß Katja ihn dennoch anstarrte.

»Was ist los? Ein Gespenst gesehen?« fragte er sie.

Konnte sie ihn hören? Konnte er sich selbst hören? Hatte er gesprochen? Sie befanden sich auf einem langgestreckten Speicher. Zwischen den Dachziegeln sah der Himmel hinein, die Sparren waren voller Fledermausdreck. Über die Deckenträger war ein Pfad aus Gerüstbrettern gelegt. Barley nahm ihre Hand. Ihre Handfläche war breit und kräftig und trocken, und diese Nacktheit an seiner eigenen Hand zu spüren war für ihn ebensoviel, als hätte sie ihm ihren ganzen Körper geschenkt.

Behutsam ging er voran, er roch Terpentin und Leinöl und hörte jäh etwas im Wind klappern. Er zwängte sich zwischen zwei eisernen Wasserspeichern hindurch und sah an einem Balken eine lebensgroße Papiermöwe hängen, die sich an ihrer Schnur drehte. Er zog Katja hinter sich her. Dahinter hing an einer Duschstange ein gestreifter Vorhang. Keine Möwe, kein Treffen, hatte Wicklow gesagt. Keine Möwe bedeutet Abgang. Mein Grabspruch, dachte Barley: »Keine Möwe, da ist er abgetreten.« Er fegte den Vorhang beiseite, trat in ein Atelier, und zog sie wieder hinter sich her. In der Mitte eine Staffelei, daneben eine gepolsterte Kiste für die Modelle, darauf ein betagter Chesterfield-Mantel. Die Einrichtung ist alt, hatte Wicklow gesagt. Das bin ich auch, Wickers, das bin ich auch. In die Dachschräge war ein selbstgebautes Fenster gefügt. Auf dem Rahmen ein roter Fleck. Russen haben kein Vertrauen zu Wänden, hatte Wicklow erklärt; im Freien wird sie unbeschwerter reden.

Das Dachfenster klappte auf, sehr zur Bestürzung einer Schar Tauben und Spatzen. Er bedeutete Katja mit einem Nicken, voranzuklettern, und bemerkte die fließende Bewegung, mit der ihr langer Körper sich vorbeugte. Er kraxelte hinter ihr her, stieß sich das Rückgrat und sagte »verdammt«, genau wie er es vorausgesehen hatte. Sie standen zwischen zwei Giebeln in einer bleiernen Rinne, die gerade breit genug für ihre Füße war. Aus Straßen, die sie nicht sehen konnten, stieg das Rauschen des Verkehrs zu ihnen hoch. Sie stand ihm dicht gegenüber. Wollen wir nicht hier oben leben? dachte er. Deine Augen, der Himmel und ich. Er rieb sich den Rücken, kniff die Augen vor Schmerz zusammen.

»Sind Sie verletzt?«

»Nur das Rückgrat gebrochen.«

»Wer ist der Mann auf der Treppe?« fragte sie.

»Mein Mitarbeiter. Lektor. Paßt auf, während wir reden.«

»Er war gestern abend im Krankenhaus.«

»Was für ein Krankenhaus?«

»Nachdem ich Sie gestern abend getroffen hatte, mußte ich ein gewisses Krankenhaus aufsuchen.«

»Sind Sie krank? Warum sind Sie ins Krankenhaus gegangen?« fragte Barley; er rieb sich nicht mehr den Rücken.

»Das ist unwichtig. Er war da. Er schien den Arm gebrochen zu haben.«

»Er kann nicht dagewesen sein«, sagte Barley, ohne sich selbst zu glauben. »Er war den ganzen Abend bei mir, nachdem Sie gegangen sind. Wir haben über russische Bücher gesprochen.«

Er sah den Argwohn langsam aus ihren Augen verschwinden. »Ich bin müde. Sie müssen mich entschuldigen.«

»Ich werde Ihnen sagen, was ich mir ausgedacht habe, dann können Sie mir sagen, daß Sie nichts davon halten. Wir reden, dann gehe ich mit Ihnen essen. Damit werden die Volkswächter ohnehin rechnen, falls sie unser Telefongespräch gestern abend abgehört haben. Das Atelier gehört einem Freund von mir, Maler, Jazzfreak wie ich. Seinen Namen habe ich Ihnen nicht genannt, weil ich ihn vergessen und vielleicht nie gekannt habe. Ich dachte, wir könnten ihm was zu trinken vorbeibringen und uns seine Bilder ansehen, aber er war nicht da. Dann sind wir essen gegangen und haben über Literatur und den Weltfrieden gesprochen. Trotz meines Rufs bin ich Ihnen nicht auf die Pelle gerückt. Die Ehrfurcht vor Ihrer Schönheit hat mich zurückgehalten. Wie finden Sie das?«

»Es ist günstig.«

Er ging in die Hocke, zog eine halbe Flasche Scotch hervor und schraubte den Deckel ab. »Trinken Sie so was?«

»Nein.«

»Ich auch nicht.« Er hoffte, sie würde sich neben ihm niederlassen, aber sie blieb stehen. Er goß einen winzigen Schluck in den Deckel und stellte die Flasche neben sich.

»Wie heißt er?« fragte er. »Der Verfasser. Goethe. Wer ist das?«

»Das ist unwichtig.«

»Bei welcher Einheit ist er? Firma? Postfach? Ministerium? Laboratorium? Wo arbeitet er? Wir haben keine Zeit zu verschwenden.«

»Ich weiß es nicht.«

»Wo ist er stationiert? Das wollen Sie mir sicher auch nicht sagen?«

»An vielen Orten. Es hängt davon ab, wo er gerade arbeitet.«

»Wie haben Sie ihn kennengelernt?«

»Ich weiß nicht. Ich weiß nicht, was ich Ihnen sagen darf.«

»Was hat er Ihnen gesagt, was Sie mir erzählen sollen?«

Sie zögerte, als fühle sie sich ertappt. Sie runzelte die Stirn. »Alles, was nötig ist. Ich solle Ihnen vertrauen. Er war großzügig. Das liegt in seiner Natur.«

»Was hält Sie dann noch ab?« Schweigen. »Was glauben Sie, wozu ich hier bin?« Schweigen. »Meinen Sie, es macht mir Spaß, in Moskau Räuber und Gendarm zu spielen?«

»Ich weiß nicht.«

»Warum haben Sie mir das Buch geschickt, wenn Sie mir nicht vertrauen?«

»Ich habe es für *ihn* geschickt. Ich habe Sie nicht ausgewählt. Sondern er«, erwiderte sie verdrossen.

»Wo ist er jetzt? Im Krankenhaus? Wie sprechen Sie mit ihm?« Er sah zu ihr hoch, wartete auf eine Antwort. »Warum fangen Sie nicht einfach an zu reden und sehen dann weiter?« schlug er vor. »Wer er ist, wer Sie sind. Wovon er lebt.«

»Ich weiß es nicht.«

»Wer war um drei Uhr morgens zur Zeit des Verbrechens im Holzschuppen?« Wieder Schweigen. »Sagen Sie mir, warum Sie mich da reingezogen haben. Sie haben damit angefangen. Nicht ich. Katja? Ich bin's. Ich bin Barley Blair. Ich reiße Witze, ich imitiere Vogelstimmen, ich trinke. Ich bin ein Freund.«

Ihm gefiel das ernste Schweigen, mit dem sie ihn anstarrte. Ihm gefiel, wie sie ihm mit den Augen zuhörte und wie ihre Kameradschaft jedesmal aufzuleben schien, wenn sie etwas sagte.

»Es gab kein Verbrechen«, sagte sie. »Er ist mein Freund. Sein Name und seine Beschäftigung sind unwichtig.«

Barley nahm einen Schluck und dachte darüber nach. »So was tun Sie also häufig für Ihre Freunde? Schmuggeln deren verbotene Manuskripte für sie in den Westen?« Sie *denkt* auch mit den Augen, dachte er. »Hat er Ihnen zufällig erzählt, worum es in seinem Manuskript geht?«

»Natürlich. Ohne meine Zustimmung würde er mich nie in Gefahr bringen.«

Er bemerkte die Wachsamkeit in ihrer Stimme und ärgerte sich darüber. »Was hat er Ihnen über den Inhalt erzählt?« fragte er.

»Das Manuskript beschreibt die langjährige Beteiligung meines Landes an der Entwicklung unmenschlicher Waffen zur Massenvernichtung. Es zeichnet ein Bild von Korruption und Inkompetenz in allen Bereichen der Verteidigungsindustrie. Und von krimineller Mißwirtschaft und moralischem Fehlverhalten.«

»Das ist ja allerhand. Sind Ihnen darüber hinaus noch irgendwelche Einzelheiten bekannt?«

»In militärischen Angelegenheiten kenne ich mich nicht aus.«

»Also ist er Soldat.«

»Nein.«

»Was ist er dann?«

Schweigen.

»Aber Sie finden das richtig? Dieses Zeug dem Westen zuzuspielen?«

»Er spielt es weder dem Westen noch einem anderen Block zu. Er verehrt die Briten, aber das ist unwichtig. Seine Geste wird unter den Wissenschaftlern aller Nationen für wahre Aufrichtigkeit sorgen. Wird helfen, den Rüstungswettlauf anzuhalten.« Noch immer mußte sie sich überwinden. Sie redete tonlos, als ob sie einen auswendig gelernten Text aufsagen würde. »Er glaubt, es ist höchste Zeit. Wir müssen den Mißbrauch der Wissenschaft und die dafür verantwortlichen politischen Systeme ausschalten. Wenn er über Philosophie redet, spricht er Englisch«, fügte sie hinzu.

Und du hörst zu, dachte er. Mit deinen Augen. Auf englisch. Während du dich fragst, ob du mir vertrauen kannst.

»Ist er Wissenschaftler?« fragte er.

»Ja. Er ist Wissenschaftler.«

»Die kann ich allesamt nicht ausstehen. Welches Fachgebiet?«

»Ich weiß es nicht.«

»Seine Informationen kommen aus allen möglichen Ecken. Meßfehler, Zielpunkte, Kommando und Kontrolle, Raketentriebwerke. Ist er nur *ein* Mann? Von wem hat er das Material? Woher weiß er das alles?«

»Ich weiß es nicht. Er ist *ein* Mann. Ganz sicher. So viele Freunde habe ich nicht. Er ist keine Gruppe. Vielleicht überwacht er auch die Arbeit von anderen. Ich weiß es nicht.«

»Ist er ein hohes Tier? Ein großer Boß? Arbeitet er hier in Moskau? In der Parteizentrale? Oder was?«

Sie schüttelte bei jeder Frage den Kopf. »Er arbeitet nicht in Moskau. Das übrige habe ich ihn nicht gefragt, und er erzählt mir nichts davon.«

»Hat er mit Tests zu tun?«

»Ich weiß es nicht. Er reist viel herum. Durch die ganze Sowjetunion. Manchmal war er in sonnigen Gegenden, manchmal in sehr kalten, manchmal beides. Ich weiß nicht.«

»Hat er je von seiner Einheit gesprochen?«

»Nein.«

»Postfächer? Die Namen seiner Chefs? Den Namen eines Kollegen oder Untergebenen?«

»Er hat kein Interesse, mir so etwas zu erzählen.«

Und er glaubte ihr. Solange er mit ihr zusammen war, würde er auch glauben, daß Norden Süden war und Babys auf Jakarandabäumen wuchsen.

Sie beobachtete ihn, wartete auf seine nächste Frage.

»Ist ihm klar, was für Konsequenzen die Veröffentlichung dieses Materials hat?« fragte er. »Für ihn selbst, meine ich? Weiß er, worauf er sich da einläßt?«

»Er sagt, es gebe Zeiten, da müßten wir zunächst handeln und dürften über die Konsequenzen erst nachdenken, wenn sie sich einstellten.« Sie schien zu erwarten, daß er etwas sagte, aber er lernte, sich zu bremsen. »Wenn wir *ein* Ziel deutlich vor uns sehen, dürfen wir einen Schritt nach vorne machen. Wenn wir an alle Ziele auf einmal denken, kommen wir keinen Schritt voran.«

»Wie ist das mit Ihnen? Hat er denn an die Konsequenzen für *Sie* gedacht, falls irgend etwas davon mal rauskommt?«

»Er nimmt es hin.«

»Und Sie?«

»Natürlich auch. Es war auch mein Entschluß. Warum würde ich ihn sonst unterstützen?«

»Und die Kinder?« fragte er.

»Es ist ja für sie und ihre Generation«, sagte sie mit einer Entschlossenheit, die an Wut grenzte.

»Und was ist mit den Konsequenzen für Mütterchen Rußland?«

»Die Vernichtung Rußlands scheint uns weniger schlimm als die Vernichtung der ganzen Menschheit. Die schwerste Last ist die Vergangenheit. Nicht nur für Rußland, sondern für alle Nationen. Wir betrachten uns als die Henker der Vergangenheit. Wenn wir unsere Vergangenheit nicht hinrichten können, sagt er, wie sollen wir dann unsere Zukunft aufbauen? Wir werden die neue Welt erst dann errichten, wenn wir die Denkweisen der alten abgeschafft haben. Um die Wahrheit zu verkünden, müssen wir aber auch bereit sein, Apostel der Verneinung zu werden. Er zitiert Turgenjew. Ein Nihilist ist ein Mensch, für den überhaupt nichts selbstverständlich ist, so geachtet dieses Prinzip auch sein mag.«

»Und Sie?«

»Ich bin kein Nihilist. Ich bin Humanist. Wenn es uns gegeben ist, an der Zukunft mitzuwirken, müssen wir es tun.«

Er suchte in ihrer Stimme nach einem Anflug von Zweifel. Er fand nichts. Sie klang absolut sicher.

»Seit wie lange redet er schon so? Schon immer? Oder erst in letzter Zeit?«

»Er war schon immer ein Idealist. Das liegt in seiner Natur. Er war schon immer, in konstruktivem Sinn, außerordentlich kritisch. Es gab eine Zeit, da vermochte er sich einzureden, die Waffen der Vernichtung seien so schrecklich, daß sie zur Abschaffung aller Kriege führen würden. Er glaubte, sie würden im Denken der militärischen Apparate eine Änderung herbeiführen. Er war von dem Paradoxon überzeugt, daß in den größten Waffen auch die größte Kraft zum Frieden enthalten sei. In dieser Beziehung war er ein begeisterter Anhänger gewisser amerikanischer Strategien.«

Langsam kam sie auf ihn zu. Er spürte, wie sich in ihr das Bedürfnis dazu regte. Sie erwachte und näherte sich ihm. Nach allzu langer Not und Einsamkeit legte sie unter dem Himmel Moskaus ihr Mißtrauen ab.

»Und was hat seine Meinungsänderung bewirkt?«

»Er hat viele Jahre lang die Unfähigkeit und Arroganz unserer militärischen und bürokratischen Organisationen erlebt. Er hat gesehen, wie sehr dies an den Füßen des Fortschritts zieht. So hat er sich ausgedrückt. Perestroika und die Aussicht auf Weltfrieden beflügeln ihn. Aber er ist kein Utopist, er ist kein passiver Mensch. Er weiß, von allein ändert sich nichts. Er weiß, daß unser Volk irregeführt ist und keine kollektive Macht besitzt. Die neue Revolution muß von oben verordnet werden.

Von den Intellektuellen. Von den Künstlern. Von den Verwaltungsbeamten. Von den Wissenschaftlern. Er möchte gemäß den Ermahnungen unserer Führung seinen eigenen bleibenden Beitrag dazu leisten. Er zitiert ein russisches Sprichwort: ›Wenn das Eis dünn ist, muß man schnell gehen.‹ Er sagt, wir haben schon zu lange in einer Ära gelebt, die wir nicht mehr brauchen. Fortschritt ist nur möglich, wenn diese Ära zu Ende ist.«

»Und dem stimmen Sie zu?«

»Ja, und Sie auch!« Wärme. Feuer in ihren Augen. Ein zu perfektes Englisch, wie im Kloster gelernt, aus erlaubten Klassikern der Vergangenheit. »Er sagt, er habe Sie Ihr eigenes Land in ganz ähnlicher Weise kritisieren hören!«

»Denkt er eigentlich auch mal an was Triviales?« fragte Barley. »Ich meine, geht er gern ins Kino? Was für einen Wagen fährt er?«

Sie hatte sich von ihm abgewandt, und er sah das Profil ihres Gesichts vor dem leeren Himmel. Er nahm einen weiteren Schluck Scotch.

»Sie sagten, er könnte Physiker sein«, erinnerte er sie.

»Er hat eine Ausbildung als Physiker. Und in Teilbereichen des Ingenieurwesens, glaube ich. Auf seinem Arbeitsgebiet werden die Unterschiede wohl nicht so genau genommen.«

»Wo wurde er ausgebildet?«

»Schon in der Schule betrachtete man ihn als Wunderkind. Mit vierzehn gewann er eine Mathematik-Olympiade. Die Leningrader Zeitungen berichteten über seinen Erfolg. Er besuchte das Litmo, danach absolvierte er ein Anschlußstudium an der Universität. Er ist außerordentlich begabt.«

»Auf der Schule konnte ich solche Leute nicht leiden«, sagte Barley, doch zu seiner Beunruhigung sah sie ihn böse an.

»Aber Goethe konnten Sie leiden. Sie haben ihn inspiriert. Seinen Freund Scott Blair zitiert er oft. ›Wenn es noch Hoffnung geben soll, müssen wir alle unsere Länder verraten.‹ Haben Sie das wirklich gesagt?«

»Was ist Litmo?« fragte Barley.

»Litmo ist das Leningrader Institut für Mechanische und Optische Wissenschaften. Von der Universität wurde er nach Nowosibirsk geschickt, um in der Wissenschaftlerstadt Akademgorodok weiterzustudieren. Dort wurde er Kandidat der Naturwissenschaften, Doktor der Naturwissenschaften. Alles, was man werden konnte.«

Er wollte alles aus ihr herausquetschen, aber er fürchtete, sie zu bedrängen, und ließ sie daher jetzt von sich selbst reden. »Wie sind Sie denn nun mit ihm zusammengekommen?«

»Als ich noch ein Kind war.«

»Wie alt war das Kind?«

Erneut spürte er, wie ihre Zurückhaltung wiederkehrte und wie sie dann nachgab, als hätte sie sich daran zu erinnern, daß sie in sicherer Gesellschaft war – oder in so unsicherer Gesellschaft, daß es kaum noch etwas ausmachte, sich weiter zu kompromittieren.

»Ich war sechzehn und ein großes Genie«, sagte sie mit ernstem Lächeln.

»Wie alt war das Wunderkind?«

»Dreißig.«

»In welchem Jahr befinden wir uns?«

»Neunzehnhundertachtundsechzig. Er war noch immer ein Idealist für den Frieden. Er sagte, sie würden niemals die Panzer einsetzen. ›Die Tschechen sind unsere Freunde‹, sagte er. ›Wie die Serben und die Bulgaren. Wenn es um Warschau ginge, würden sie die Panzer womöglich einsetzen. Aber gegen unsere Tschechen? Nie, niemals.‹«

Sie hatte ihm vollständig den Rücken zugewandt. Sie war zu viele Frauen auf einmal. Mit dem Rücken zu ihm sprach sie zum Himmel, und doch zog sie ihn in ihr Leben hinein und ernannte ihn zu ihrem Vertrauten.

Es war August in Leningrad, erzählte sie, sie war sechzehn und bereitete sich auf ihre Abschlußprüfung in Französisch und Deutsch vor. Sie war Musterschülerin und Friedensträumerin und Revolutionärin der romantischsten Art. Sie stand an der Schwelle des Erwachsenseins und hielt sich selbst für eine reife Frau. All dies trug sie ironisch vor. Sie hatte Erich Fromm und Ortega y Gasset und Kafka gelesen und *Dr. Strangelove* gesehen. Sacharows Gedanken fand sie richtig, aber sein Vorgehen falsch. Sie sorgte sich um die russischen Juden, teilte aber die Ansicht ihres Vaters, daß sie sich ihre Schwierigkeiten selbst zugezogen hätten. Ihr Vater war Universitätsprofessor für Altphilologie, und die Schule, auf die sie ging, war den Söhnen und Töchtern der Leningrader Elite vorbehalten. Es war August 1968, aber Katja und ihre Freunde vermochten noch immer politische Hoffnungen zu hegen. Barley versuchte sich zu erinnern, ob er jemals politische Hoffnungen gehegt hatte, und kam zu dem Ergebnis, daß dies unwahrscheinlich war. Sie sprach, als würde sie nie mehr aufhören wollen. Er wünschte, er könnte noch einmal, wie vorhin auf der Treppe, ihre Hand halten. Er wünschte, er könnte irgendeinen Teil von ihr halten, am liebsten aber ihr Gesicht, und sie küssen, anstatt die Geschichte ihrer Liebe zu hören.

»Wir glaubten, Ost und West würden näher zusammenrücken«, sagte sie. »Als die amerikanischen Studenten gegen Vietnam demonstrierten, waren wir stolz auf sie und betrachteten sie als unsere Genossen. Als in Paris die Studenten revoltierten, sehnten wir uns danach, neben ihnen auf den Barrikaden zu stehen und ihre hübschen französischen Kleider tragen zu können.«

Sie wandte sich um und lächelte ihn wieder über die Schulter an. Zu ihrer Linken war über die Sterne ein gekrümmter Mond gestiegen, und Barley erinnerte sich vage aus der Literatur, daß dies Unheil verkündete. Auf einem Dach auf der anderen Straßenseite hatte sich ein Schwarm Möwen niedergelassen. Ich werde dich nie mehr verlassen, dachte er.

»In unserem Hof war ein Mann, der neun Jahre lang verschwunden war«, sagte sie. »Eines Morgens war er wieder da und tat so, als sei er nie weggewesen. Mein Vater lud ihn zum Essen ein und spielte ihm den ganzen Abend Musik vor. Ich hatte nie bewußt jemand kennengelernt, der gerade der Verfolgung entronnen war, und hoffte daher natürlich, er würde Greuelgeschichten aus dem Lager erzählen. Aber er hatte nichts anderes im Sinn als Schostakowitsch zu hören. Damals verstand ich noch nicht, daß manche Leiden sich nicht beschreiben lassen. Aus der Tschechoslowakei hörten wir von außerordentlichen Reformen. Wir glaubten, die Sowjetunion würde diese Reformen bald übernehmen und wir bekämen eine harte Währung und freie Reisemöglichkeiten.«

»Und Ihre Mutter?«

»Die war schon tot.«

»Woran ist sie gestorben?«

»Tuberkulose. Sie war bereits krank, als ich geboren wurde. Am zwanzigsten August wurde im Klub der Wissenschaftler ein Godard-Film gezeigt, geschlossene Veranstaltung.« Ihre Stimme war streng gegen sich selbst geworden. »Die Einladungen galten für zwei Personen. Nachdem mein Vater sich über den moralischen Inhalt des Films erkundigt hatte, zögerte er, mich mitzunehmen, aber ich bestand darauf. Schließlich erklärte er, ich dürfe ihn begleiten, um mein Französisch zu verbessern. Kennen Sie den Klub der Wissenschaftler in Leningrad?«

»Kann ich nicht behaupten«, sagte er und lehnte sich zurück.

»Haben Sie *À bout de souffle* gesehen?«

»Habe die Hauptrolle gespielt«, sagte er, und während sie auflachte, nippte er an seinem Scotch.

»Dann werden Sie noch wissen, daß es ein sehr spannender Film war. Ja?«

»Ja.«

»Es war der mitreißendste Film, den ich je gesehen hatte. Alle waren zutiefst beeindruckt davon, aber für mich war es wie ein Donnerschlag. Der Klub der Wissenschaftler liegt am Ufer der Newa. Er ist voller alter Pracht, mit Marmortreppen und sehr niedrigen Sofas, auf denen man in einem engen Rock kaum sitzen kann.« Er sah jetzt ihren Körper von der Seite, den Kopf von vorn. »Es gibt da einen schönen Wintergarten und einen Raum wie eine Moschee, mit schweren Vorhängen und kostbaren Teppichen. Mein Vater liebte mich sehr, war aber streng, weil er sich Sorgen um mich machte. Nach dem Ende des Films begaben wir uns in einen holzgetäfelten Speisesaal. Schön war das. Wir saßen an langen Tischen, und dort lernte ich Jakow kennen. Mein Vater stellte uns einander vor. ›Dies ist ein neues Genie aus der Welt der Physik‹, sagte er. Mein Vater hatte den Fehler, zu jungen Männern manchmal sarkastisch zu sein. Auch Jakow war schön. Ich hatte schon mal von ihm gehört, aber niemand hatte mir gesagt, wie verletzlich er war, eher wie ein Künstler als wie ein Wissenschaftler. Ich fragte ihn, was er machte, und er antwortete, er sei nach Leningrad zurückgekehrt, um seine Unschuld wiederzuerlangen. Ich lachte und brachte eine für ein sechzehnjähriges Mädchen beeindruckende Erwiderung zustande. Ich sagte, ich fände es seltsam, daß ausgerechnet ein Wissenschaftler sich um Unschuld bemühe. Er erklärte, daß er sich in Akademgorodok auf gewissen Gebieten allzusehr hervorgetan habe und daher den Militärs allzusehr aufgefallen sei. Der Unterschied zwischen friedlicher und militärischer Forschung scheint, was die Physik betrifft, oftmals sehr klein zu sein. Nun biete man ihm alles mögliche an – Privilegien, Geld für seine Forschungen –, aber noch weigere er sich, da er seine Kräfte für friedliche Zwecke aufheben wolle. Das habe gewisse Leute verärgert, da sie normalerweise die Elite unserer Wissenschaftler einfach rekrutieren und keine Weigerung erwarten. Und daher sei er an seine alte Universität zurückgekehrt, um seine Unschuld wiederzuerlangen. Anfangs habe er vorgehabt, theoretische Physik zu studieren, und nach einflußreichen Leuten gesucht, die ihn unterstützen sollten, aber die weigerten sich wegen seiner Einstellung. Er habe keine Genehmigung erhalten, in Leningrad zu wohnen. Er redete sehr offen, wie unsere Wissenschaftler es dürfen. Und er war ganz begeistert von Gorodok. Er sprach von den Ausländern, die damals dort durchkamen, von den brillanten jungen Amerikanern aus Stanford und vom Massachusetts Institute of Technology, auch von den Engländern. Er beschrieb die Maler, die in Moskau verboten waren, aber in Gorodok ausstellen durften. Die Seminare, die Intensität des Lebens, die Freiheit des Meinungsaustauschs und – da war ich überzeugt – der Liebe. ›Wo sonst als in Rußland würden eigens für die Wissenschaftler Richter und Rostropowitsch musizieren, Okudschawa singen und Vosnessenski seine Gedichte vortragen! Das ist die Welt, die wir Wissenschaftler den anderen einrichten müssen!‹ Er scherzte, und ich lachte wie eine reife Frau. Er war damals sehr geistreich, aber auch verletzlich, genau wie heute. Ein Teil von ihm weigert sich, erwachsen zu werden. Das ist der Künstler in ihm, aber auch der Perfektionist. Schon damals war er ein freimütiger Kritiker der Unfähigkeit unserer Führung. Er sagte, im Supermarkt von Gorodok gebe es so viele Eier und Wurst, daß die Leute aus Nowosibirsk busweise nach dort zum Einkaufen kamen und die Regale schon um zehn Uhr morgens leergeräumt hatten. Warum könnten nicht anstelle der Menschen die Eier diese Reise machen? Das wäre doch viel besser! Der Müll werde nicht abgeholt, sagte er, und ständig gebe es Stromausfälle. Manchmal liege der Müll knietief auf den Straßen. Und das nennen sie ein Paradies der Wissenschaft! Ich machte eine weitere altkluge Bemerkung. ›Das ist das Dumme am Paradies‹, sagte ich. ›Dort ist niemand, der den Müll abholt.‹ Das fanden alle sehr komisch. Ich war ein voller Erfolg. Er schilderte die alte Garde und ihre Versuche, gegen die Ideen der neuen Menschen anzugehen, und wie sie kopfschüttelnd weggingen, wie Bauern, die zum erstenmal einen Traktor gesehen haben. Was soll's, sagte er. Der Fortschritt wird siegen. Er sagte, der Panzerzug der Revolution, den Stalin habe entgleisen lassen, sei endlich wieder in Bewegung und die nächste Haltestelle sei der Mars. Hier unterbrach ihn mein Vater mit einer seiner zynischen Bemerkungen. Er fand, Jakow rede zu laut. ›Aber, Jakow Jefremowitsch‹, sagte er, ›war Mars nicht der Gott des Krieges?‹ Und gleich wurde Jakow nachdenklich. Ich hatte mir nicht vorgestellt, daß ein Mensch sich so schnell verändern konnte, eben noch unverfroren, und auf einmal so einsam und bekümmert. Ich gab meinem Vater die Schuld daran. Ich war wütend auf ihn. Jakow versuchte sich zu erholen, aber mein Vater hatte ihn in Verzweiflung gestürzt. Hat Jakow mit Ihnen über seinen Vater gesprochen?«

Sie saß ihm jetzt gegenüber, lehnte auf der anderen Seite der Rinne an den Dachziegeln, die langen Beine ausgestreckt, das Kleid fest um ihren Körper gezogen. Hinter ihr wurde der Himmel immer dunkler, Mond und Sterne immer heller. »Er hat mir erzählt, sein Vater sei an einer Überdosis Intelligenz gestorben«, antwortete Barley.

»Er nahm an einem Lageraufstand teil. Er war verzweifelt. Jakow erfuhr jahrelang nichts vom Tod seines Vaters. Eines Tages kam ein alter Mann zu Jakow ins Haus und sagte, er habe seinen Vater erschossen. Er sei Wächter in dem Lager gewesen und habe den Befehl bekommen, an der Hinrichtung der Rebellen teilzunehmen. Man habe sie in der Nähe der Endstation Workuta dutzendweise mit Maschinengewehren niedergemäht.

Der Wächter weinte. Jakow war damals erst vierzehn, aber er verzieh dem Mann und gab ihm Wodka.«

Ich kann es nicht, dachte Barley. Das ist mir alles ein paar Nummern zu groß.

»In welchem Jahr wurde sein Vater erschossen?« fragte er. Sei ein Hamster. Das ist so ziemlich das einzige, wofür du dich eignest.

»Im Frühjahr 1952, glaube ich. Während Jakow in Schweigen verharrte, begannen alle anderen am Tisch leidenschaftlich über die Tschechoslowakei zu diskutieren«, fuhr sie in ihrem perfekten antiquierten Englisch fort. »Die einen sagten, die herrschende Clique werde die Panzer einsetzen. Mein Vater war davon überzeugt. Andere sagten, sie hätten auch das Recht dazu. Mein Vater sagte, sie würden es tun, ob sie das Recht dazu hätten oder nicht. Die roten Zaren würden tun, was ihnen gefällt, sagte er, genau wie früher die weißen Zaren. Das System würde siegen, weil es immer siege, und das System sei unser Fluch. So dachte mein Vater und später auch Jakow. Aber damals war Jakow noch entschlossen, an die Revolution zu glauben. Er wünschte, daß der Tod seines Vaters nicht umsonst war. Er hörte meinem Vater aufmerksam zu, aber dann wurde er aggressiv. ›Niemals werden sie die Panzer einsetzen!‹ sagte er. ›Die Revolution wird weitergehen!‹ Er schlug mit der Faust auf den Tisch. Haben Sie seine Hände gesehen? Wie die eines Pianisten, so weiß und so schmal? Er hatte getrunken. Mein Vater ebenfalls, und jetzt wurde auch er wütend. Er wollte mit seinem Pessimismus in Ruhe gelassen werden. Als distinguierter Philologe ließ er sich nicht gern von einem jungen Wissenschaftler widersprechen, den er für einen Emporkömmling hielt. Vielleicht war mein Vater auch eifersüchtig, denn während sie stritten, habe ich mich restlos in Jakow verliebt.«

Barley nippte wieder an seinem Scotch.

»Sie finden das nicht schockierend?« fragte sie ungehalten, begann aber gleichzeitig, wieder zu lächeln. »Ein Mädchen von sechzehn und ein erfahrener Mann von dreißig?«

Barley kam sich nicht sehr schlagfertig vor, aber sie schien seine Bestätigung nötig zu haben. »Ich bin sprachlos, aber im großen ganzen würde ich sagen, die beiden haben großes Glück gehabt«, sagte er.

»Am Ende des Empfanges bat ich meinen Vater um drei Rubel, um noch im Café Sever mit meinen Gefährtinnen Eis essen zu gehen. Mehrere Töchter von Akademikern, darunter Schulkameradinnen von mir, waren auf dem Empfang. Wir taten uns also zusammen, und ich lud Jakow ein mitzukommen. Auf dem Weg fragte ich ihn, wo er wohne, und er sagte: in der Straße des Professor Popow. Er fragte mich: ›Wer war Popow?‹ Ich lachte. Popow kennt doch jeder, sagte ich. Popow war der große russische Erfinder des Radios, dem noch vor Marconi die Übertragung eines Signals gelungen ist, erklärte ich ihm. Jakow war nicht so überzeugt. ›Vielleicht hat es Popow nie gegeben‹, erwiderte er. ›Vielleicht wurde er von der Partei erfunden, um unsere russische Manie zu befriedigen, alles zuerst erfunden zu haben.‹ Daraus ersah ich, daß ihn seine Zweifel, was man wegen der Tschechoslowakei unternehmen werde, noch immer quälten.«

Obwohl er nur Bahnhof verstand, nickte Barley verständnisvoll.

»Ich fragte ihn, ob er in einer Gemeinschaftswohnung lebe oder allein. Er sagte, er teile ein Zimmer mit einem alten Bekannten vom Litmo, der in einem speziellen Nachtlabor arbeite, so daß sie sich nur selten sehen würden. Ich sagte: ›Dann zeig mir, wo du wohnst. Ich möchte wissen, ob du es gemütlich hast.‹ Er war mein erster Liebhaber«, sagte sie schlicht. »Wie ich erwartet hatte, war er äußerst einfühlsam, aber auch leidenschaftlich.«

»Bravo«, sagte Barley so leise, daß sie es womöglich nicht hörte.

»Ich blieb drei Stunden bei ihm und fuhr dann mit der letzten Metro nach Hause. Mein Vater wartete noch auf mich, und ich sprach mit ihm wie eine Fremde, die zu Besuch in sein Haus kam. Ich fand keinen Schlaf. Am nächsten Tag hörte ich im BBC die englischen Nachrichten. Die Panzer waren in Prag eingerückt. Mein Vater, der es doch vorausgesagt hatte, war verzweifelt. Aber was ging mich mein Vater an. Anstatt zur Schule ging ich wieder zu Jakow, um nach ihm zu sehen. Sein Zimmergenosse sagte mir, ich würde ihn im Saigon treffen; das war der inoffizielle Name einer Cafeteria am Newski Prospekt, eines Lokals für Dichter, Drogenhändler und Spekulanten und nicht für Professorentöchter. Er trank Kaffee, war aber betrunken. Er hatte Wodka getrunken, seitdem er die Nachricht gehört hatte. ›Dein Vater hat recht‹, sagte er. ›Das System wird immer gewinnen. Wir reden von Freiheit, aber wir sind Unterdrücker.‹ Drei Monate später war er wieder in Nowosibirsk. Er ging dorthin zurück, obwohl er über sich verbittert war. ›Man hat nur die Wahl, an Anonymität oder an Kompromissen zu sterben‹, sagte er. ›Und da dies eine Wahl zwischen Tod und Tod ist, dürfen wir uns ruhig für die angenehmere Möglichkeit entscheiden.‹«

»Und was empfanden Sie dabei?« fragte Barley.

»Ich habe mich für ihn geschämt. Ich sagte ihm, er sei mein Ideal und er habe mich enttäuscht. Ich kannte die Bücher Stendhals und sprach ihn daher wie eine große französische Romanheldin an. Dennoch glaubte ich, daß er einen unmoralischen Entschluß gefaßt hatte. Er hatte etwas verkündet und dann das Gegenteil davon getan. Dies, so sagte ich ihm, täten in der Sowjetunion zu viele Leute. Ich sagte ihm, ich würde erst dann wieder mit ihm reden, wenn er seine unmoralische Entscheidung rückgängig gemacht hätte. Ich erinnerte ihn an E. M. Forster, den wir beide bewunderten. Ich sagte ihm, er müsse mit sich eins sein. Seine Gedanken und Taten müßten übereinstimmen. Natürlich gab ich bald nach, und wir nahmen unsere Beziehung für eine Weile wieder auf, aber romantisch war sie da nicht mehr, und als er dann seine neue Arbeit angetreten hatte, schrieben wir uns noch, aber ohne Wärme. Ich schämte mich für ihn. Vielleicht auch für mich selbst.«

»Und dann haben Sie Volodja geheiratet«, sagte Barley.

»Ganz recht.«

»Und Jakow hatten Sie noch immer nebenher?« deutete er an, als sei es das Normalste von der Welt.

Sie errötete und warf ihm gleichzeitig einen bösen Blick zu. »Es stimmt, eine Zeitlang hielten Jakow und ich eine heimliche Beziehung aufrecht. Nicht oft, aber manchmal. Er sagte, wir wären ein unvollendeter Roman. Jeder von uns verlasse sich darauf, daß der andere sein Schicksal vollende. Damit hatte er recht, aber die Macht seines Einflusses auf mich oder meines auf ihn hatte ich nicht erkannt. Ich dachte, wenn wir uns häufiger träfen, könnten wir vielleicht voneinander loskommen. Als ich merkte, daß dem nicht so war, traf ich mich nicht mehr mit ihm. Ich liebte ihn, wollte ihn aber nicht mehr sehen. Außerdem war ich von Volodja schwanger.«

»Wann sind Sie wieder mit Jakow zusammengetroffen?«

»Nach der letzten Moskauer Buchmesse. Sie waren sein Katalysator. Er hatte Urlaub gemacht und sehr viel getrunken. Er hatte viele interne Papiere geschrieben und etliche offizielle Beschwerden eingereicht. Nichts davon hatte das System auf irgendeine Weise beeindruckt, aber immerhin dürfte es ihm gelungen sein, die Obrigkeit zu verärgern. Und Sie hatten ihm aus der Seele gesprochen. In einem entscheidenden Augenblick seines Lebens hatten Sie seine Gedanken in Worte gefaßt und dabei Worte und Taten miteinander verknüpft, was Jakow ganz und gar nicht leichtfällt. Am nächsten Tag rief er mich unter einem Vorwand im Büro an. Er hatte sich die Wohnung eines Freundes geliehen. Meine Verbindung mit Volodja ging da schon auseinander, obwohl wir noch immer zusammenlebten, da Volodja noch auf eine Wohnung wartete. Als wir in dem Zimmer von Jakows Freund saßen, sprach er sehr viel von Ihnen. Sie hätten ihm alles klargemacht. So drückte er sich mir gegenüber aus. ›Der Engländer hat mich auf die Lösung gebracht. Von jetzt an gibt es nur noch Taten, nur noch Opfer‹, sagte er. ›Worte sind der Fluch unserer russischen Gesellschaft. Sie sind ein Ersatz für Taten.‹ Jakow wußte, daß ich Kontakt zu westlichen Verlegern hatte, und bat mich daher, die Listen unserer ausländischen Besucher nach Ihrem Namen durchzusehen. Und sofort begann er an einem Manuskript zu arbeiten. Ich sollte es Ihnen geben. Er trank schrecklich viel. Ich hatte Angst um ihn. ›Wie kannst du schreiben, wenn du betrunken bist?‹ Er erwiderte, er trinke, um zu überleben.«

Barley nahm einen weiteren Schluck Whisky. »Haben Sie Volodja von Jakow erzählt?«

»Nein.«

»Ist Volodja dahintergekommen?«

»Nein.«

»Weiß überhaupt jemand davon?«

Anscheinend hatte sie sich dieselbe Frage auch schon gestellt, denn ihre Antwort kam sehr prompt.

»Jakow erzählt seinen Freunden nichts. Das weiß ich. Und wenn ich einmal eine Wohnung leihe, sage ich nur, es gehe um eine Privatangelegenheit. Wir haben Heimlichkeiten in Rußland, und es gibt Einsamkeit, aber wir haben kein Wort für Privatleben.«

»Und Ihre Freundinnen? Nie eine Andeutung gemacht?«

»Wir sind keine Engel. Wenn ich sie um gewisse Gefälligkeiten bitte, stellen sie gewisse Vermutungen an. Manchmal tue auch ich ihnen einen Gefallen. Das ist alles.«

»Und niemand hat Jakow bei der Abfassung des Manuskripts geholfen?«

»Niemand.«

»Keiner von seinen Trinkgenossen?«

»Keiner.«

»Woher wissen Sie das so genau?«

»Weil ich weiß, daß er in seinen Gedanken vollkommen allein ist.«

»Sind Sie glücklich mit ihm?«

»Bitte?«

»Mögen Sie ihn – und lieben Sie ihn? Bringt er Sie zum Lachen?«

»Ich halte Jakow für einen großartigen und verletzlichen Mann, der ohne mich nicht leben kann. Ein Perfektionist ist wie ein Kind. Und hat auch keinen Sinn fürs Praktische. Ich glaube, ohne mich würde er verrückt werden.«

»Meinen Sie, er ist schon verrückt?«

»Jakow würde sagen: Wer von den zweien ist geistig gesund? Der, der die Vernichtung der Menschheit plant, oder der, der etwas unternimmt, dies zu verhindern?«

»Und was ist mit dem, der beides tut?«

Sie antwortete nicht. Er provozierte sie, und sie wußte es. Er war eifersüchtig und wollte ihren Glauben vom Rand her aufbrechen.

»Ist er verheiratet?« fragte er.

Ein wütender Schatten huschte über ihr Gesicht. »Ich glaube nicht, daß er verheiratet ist, aber das ist unwichtig.«

»Hat er Kinder?«

»Diese Fragen sind lächerlich.«

»Die ganze Situation ist ziemlich lächerlich.«

»Er sagt, die Menschen sind die einzigen Lebewesen, die ihre Kinder zur Schlachtbank führen. Er ist entschlossen, niemand ans Messer zu liefern.« Außer dich, dachte Barley. Aber es gelang ihm, das nicht zu sagen.

»Sie haben also seine Karriere mit Interesse verfolgt«, behauptete er grob, um wieder auf Goethes Zugriffsmöglichkeiten zurückzukommen.

»Aus der Ferne und nicht in allen Einzelheiten.«

»Und die ganze Zeit über wußten Sie nicht, woran er arbeitete? Das wollen Sie doch damit sagen?«

»Was ich wußte, hatte ich ausschließlich aus unseren Gesprächen über moralische Probleme gefolgert. ›Wie viele Menschen dürfen wir vernichten, um die Menschheit zu retten? Wie können wir von einem Kampf für den Frieden reden, wenn wir nichts anderes als furchtbare Kriege planen? Wie können wir von genau bestimmten Zielen sprechen, wenn wir sie nicht genau treffen können?‹ Wenn wir solche Fragen erörtern, ist mir natürlich bewußt, daß er damit zu tun hat. Wenn er mir erzählt, die größte Gefahr für die Menschheit sei nicht die Realität der sowjetischen Macht, sondern die Illusion, die man sich davon mache, dann stelle ich ihm keine Fragen. Ich ermutige ihn. Ich dränge ihn, konsequent zu sein und, falls nötig, tapfer. Aber ich stelle ihm keine Fragen.«

»Rogow? Hat er mal einen Rogow erwähnt? Professor Arkadi Rogow?«

»Ich habe es Ihnen doch schon gesagt. Er spricht mit mir nicht über seine Kollegen.«

»Wer sagt denn, daß Rogow sein Kollege ist?«

»Ihre Fragen schienen mir das nahezulegen«, gab sie hitzig zurück, und dennoch glaubte er ihr auch dies.

»Wie treten Sie mit ihm in Verbindung?« fragte er, und seine Stimme klang wieder freundlicher.

»Das ist unwichtig. Wenn ein gewisser Freund von ihm eine gewisse Nachricht erhält, informiert er Jakow, und Jakow ruft mich an.«

»Weiß dieser gewisse Freund, von wem die gewisse Nachricht stammt?«

»Wozu sollte er? Er weiß, es ist eine Frau. Das ist alles.«

»Hat Jakow Angst?«

»Da er soviel von Mut redet, nehme ich an, daß er Angst hat. Er zitiert Nietzsche. ›Die höchste Tugend ist es, keine Angst zu haben.‹ Er zitiert Pasternak. ›Die Wurzel des Schönen –‹«

»Und Sie?«

Sie wandte den Blick von ihm ab. In den Fenstern der Häuser gegenüber gingen anheimelnde Lichter an.

»Ich muß nicht an meine Kinder denken, sondern an *alle* Kinder«, sagte sie, und er sah zwei verlorene Tränen auf ihren Wangen liegen. Er nahm einen weiteren Schluck Whisky und summte ein paar Takte von Basie. Als er wieder hinsah, waren die Tränen weg.

»Er spricht von der großen Lüge«, sagte sie, als sei ihr das gerade wieder eingefallen.

»Was für eine große Lüge?«

»Alles ist Teil einer einzigen großen Lüge, bis hin zum kleinsten Ersatzteil der unwichtigsten Waffe. Sogar die nach Moskau übermittelten Ergebnisse unterliegen der großen Lüge.«

»Ergebnisse? Was für Ergebnisse? Ergebnisse von was?«

»Ich weiß es nicht.«

»Von Tests?«

Sie schien vergessen zu haben, daß sie nichts wußte. »Ich glaube von Tests. Ich glaube, er will damit sagen, daß die Ergebnisse absichtlich verfälscht werden, um die Befehle der Generale und das offizielle Produktionssoll der Bürokraten zu erfüllen. Kann sein, daß er selbst die Ergebnisse verfälscht. Er ist sehr kompliziert. Manchmal spricht er davon, daß er sich seiner vielen Privilegien schämt.«

Die Einkaufsliste, hatte Walter das genannt. Mit abgestumpftem Pflichtgefühl hakte Barley die letzten Punkte ab. »Hat er spezielle Projekte erwähnt?«

»Nein.«

»Hat er davon gesprochen, daß er mit Kommandosystemen zu tun hat? Wie der Feldkommandant kontrolliert wird?«

»Nein.«

»Hat er Ihnen mal erzählt, welche Vorkehrungen gegen einen irrtümlichen Abschuß getroffen sind?«

»Nein.«

»Hat er mal angedeutet, daß er mit Datenverarbeitung zu tun haben könnte?«

Sie war es leid. »Nein.«

»Wird er ab und zu mal befördert? Orden? Große Partys, wenn er die Treppe rauffällt?«

»Von Beförderung spricht er nicht, nur, daß alles korrupt ist. Ich habe Ihnen doch bereits gesagt, daß er seine Kritik am System womöglich zu laut geäußert hat. Ich weiß es nicht.«

Sie hatte sich von ihm zurückgezogen. Ihr Gesicht war hinter dem Vorhang ihrer Haare nicht mehr zu sehen.

»Am besten fragen Sie ihn alles weitere selbst«, sagte sie, und ihre Stimme klang, als mache sie sich zum Abschied bereit. »Er möchte sich am Freitag mit Ihnen in Leningrad treffen. Er nimmt dort in einem der militärischen Forschungsinstitute an einer wichtigen Konferenz teil.«

Zuerst schwankte der Himmel, dann spürte Barley die abendliche Kühle. Sie hatte sich wie eine eisige Wolke um ihn gelegt, obwohl der Himmel klar und dunkel war und der zunehmende Mond ein wärmendes Licht verströmte, als er endlich wieder stillstand.

»Er hat drei Orte und drei Zeiten vorgeschlagen«, fuhr sie tonlos fort. »Sie möchten bitte an jedem dieser Treffpunkte warten, bis es ihm gelingt, sich freizumachen. Er wird kommen, wenn er kann. Ich soll Sie grüßen und Ihnen danken. Er hat Sie sehr gern.«

Sie diktierte drei Adressen und beobachtete, wie er sie unter Verwendung eines Kodes, wofür er sich entschuldigte, in sein Tagebuch eintrug. Dann bekam er einen Niesanfall, und sie sah wartend zu, wie er ächzend seinen Schöpfer verfluchte.

Sie speisten wie ein erschöpftes Liebespaar in einem Keller mit einem alten grauen Hund und einem Zigeuner, der zur Gitarre

Bluesstücke sang. Wem dieser Laden gehörte und wer ihm aus welchem Grund das Dasein erlaubte, das waren Rätsel, um deren Lösung sich Barley nie gekümmert hatte. Er wußte nur, daß er hier schon einmal, in einer früheren Inkarnation während irgendeiner vergessenen Buchmesse, betrunken mit einer Gruppe verrückter polnischer Verleger gelandet war und auf irgend jemandes Saxophon »Bless This House« gespielt hatte.

Sie unterhielten sich steif, und die Kluft zwischen ihnen wurde dabei immer tiefer, bis Barley mit seiner ganzen Bedeutungslosigkeit darin zu versinken glaubte. Er starrte Katja an und spürte, daß er ihr nichts zu bieten hatte, was sie nicht schon zehnfach besaß. Normalerweise hätte er ihr eine leidenschaftliche Liebeserklärung gemacht. Bei einer neuen Beziehung hatte er immer das Bedürfnis, die Spannung zu lockern, und um es zu stillen, hätte er jetzt mit irgend etwas Absolutem herausrücken müssen. Aber in Katjas Gegenwart vermochte er nichts zu finden, was er ihrer Absolutheit entgegensetzen konnte. Er sah sein Leben als eine Reihe von sinnlosen Wiederauferstehungen, von Fehlschlägen, die einander ablösten. Entsetzt dachte er, daß er einer Gesellschaft angehörte, die ausschließlich im Materialismus befangen war und ihren großen Themen fast keine Aufmerksamkeit widmete. Aber davon konnte er ihr nichts erzählen. Damit würde er das Bild zerstören, das sie sich von ihm gemacht hatte; und ein anderes hatte er ihr nicht zu bieten.

Sie sprachen über Bücher, und er spürte, wie sie ihm entglitt. Ihr Gesicht nahm einen zerstreuten Ausdruck an, ihre Stimme war nur noch sachlich. Er bemühte sich um sie, er tanzte und sang, aber sie war nicht mehr einzuholen. Sie gab dieselben banalen Erklärungen ab, die er schon den ganzen Tag gehört hatte, während er auf das Treffen mit ihr wartete. In einer Minute, dachte er, werde ich ihr von Potomac Boston erzählen und ihr erklären, daß der Fluß und die Stadt nichts miteinander zu tun haben. Und bei Gott, er machte genau das.

Erst als um elf Uhr der Inhaber die Lichter ausmachte und Barley sie durch die unbelebten Straßen zur Metro brachte, kam ihm gegen jede vernünftige Einschätzung der Lage der Gedanke, daß er einen Eindruck auf sie gemacht haben könnte, der sich auf bescheidene Weise mit dem Eindruck vergleichen ließ, den sie auf ihn gemacht hatte. Sie hatte seinen Arm genommen. Ihre langen Finger lagen auf der Innenseite seines Unterarms, und sie machte große Schritte, um neben ihm zu bleiben. Der helle Schlund der Aufzugsschächte stand offen, um sie zu verschlucken. Die Kronleuchter über ihnen blinkten wie umgedrehte Weihnachtsbäume, als er sie russisch-formell umarmte: linke Wange, rechte Wange, linke Wange und Gute Nacht.

»Mr. Blair, Sir! Hab ich Sie doch richtig erkannt! Was für ein Zufall! Steigen Sie ein, wir fahren Sie nach Hause!«

Barley stieg ein, und Wicklow zauberte sich geschmeidig wie ein Akrobat auf den Rücksitz und machte sich daran, Barleys Kreuz von dem Recorder zu befreien.

Vor dem Odessa setzten sie ihn ab. Sie hatten noch zu arbeiten. Die Vorhalle glich einem Flughafen-Terminal in dichtem Nebel. Im Halbdunkel schlummerten auf sämtlichen Sofas und Sesseln inoffizielle Gäste, die den gängigen Satz bezahlt hatten. Barley spähte gutmütig in die Runde, rümpfte die Nase. Einige trugen Overalls. Andere waren formeller gekleidet.

»Sprit gefällig?« rief er ziemlich laut. Keine Reaktion. »Jemand vielleicht Lust auf ein Glas *Whisky*?« fragte er und fingerte seine noch zu zwei Dritteln volle Flasche aus der Schmugglertasche seines Regenmantels. Er nahm, um es ihnen vorzumachen, einen langen Schluck und ließ dann die Flasche rundgehen. Und so fand ihn dann Wicklow zwei Stunden später – im Foyer, im trauten Kreis dankbarer Nachtschwärmer, einen letzten Schluck vor dem Schlafengehen genießend.

9

»Wer zum Henker sind Clives neue Amerikaner?« raunte ich Ned zu, als wir uns im Konferenzraum wie frühe Kirchgänger um Brocks Tonbandgerät versammelten.

Die Londoner Uhr stand auf sechs. Victoria Street hatte mit ihrem morgendlichen Grollen noch nicht begonnen. Das Quieksen beim Rückspulen klang wie Starengezwitscher. Vor einer halben Stunde war das Band per Kurier eingetroffen, nachdem es zunächst mit der Post nach Helsinki und dann mit einem Sonderflugzeug nach Northolt gebracht worden war. Wäre Ned den technologischen Verführern gefolgt, hätten wir uns dieses ganze kostspielige Verfahren sparen können, denn die Zauberer aus Langley schworen auf ein neues Gerät, mit dem sich gesprochenes Wort risikolos übertragen ließ. Aber Ned war Ned, und er zog seine eigenen erprobten Methoden vor.

Er saß an seinem Pult und setzte seine Unterschrift auf ein Dokument, das er mit einer Hand verdeckt hielt. Er faltete das Papier zusammen, steckte es in einen Umschlag, klebte ihn zu und überreichte ihn der großen Emma, einer seiner Assistentinnen. Mit einer Antwort rechnete ich inzwischen schon nicht mehr, so daß mich sein jäher Ausbruch erschreckte.

»Verdammte Einmischer«, knurrte er.

»Aus Langley?«

»Weiß der Himmel. Sicherheitsabteilung.«

»Wessen?« beharrte ich.

Zu wütend, um zu antworten, schüttelte er den Kopf.

Ärgerte ihn das Dokument, das er soeben unterschrieben hatte, oder die Anwesenheit der amerikanischen Eindringlinge? Es waren zwei. Johnny von ihrem Londoner Posten begleitete sie. Sie trugen Navy-Blazer und kurzes Haar und waren von einer mormonenhaften Reinlichkeit, die ich ein wenig abstoßend fand. Clive stand zwischen ihnen, aber Bob hatte sich demonstrativ ans andere Ende des Raums neben Walter gesetzt, der einen erbärmlichen Eindruck machte – was an der Uhrzeit lag, wie ich zunächst vermutete. Selbst Johnny schien sich in ihrer Gegenwart unbehaglich zu fühlen, und mir ging es auch nicht anders. Diese dumpfen, unvertrauten Gesichter hatten bei unserer Operation, zumal in einem so entscheidenden Augenblick, nichts zu suchen. Sie glichen Trauergästen, die bereits vor einem erwarteten Todesfall zusammengekommen waren. Aber wessen? Ich sah wieder Walter an, und meine Befürchtungen verstärkten sich. Dann sah ich wieder die neuen Amerikaner an, so schlank, so adrett, so charakterlos. Sicherheitsabteilung, hatte Ned gesagt. Aber warum? Und warum jetzt? Warum sahen sie jeden an, nur Walter nicht? Warum sah Walter jeden an, nur sie nicht? Und warum saß Bob so weit von ihnen weg, und warum starrte Johnny bloß dauernd seine Hände an? Ich war froh, als meine Gedanken unterbrochen wurden.

Wir hörten das Poltern von Schritten auf Holzstufen. Brock hatte den Recorder angestellt. Wir hörten etwas klappern und dann Barleys Fluch, als er sich mit dem Rücken am Fensterrahmen stieß. Dann wieder das Scharren von Füßen, als sie auf das Dach kletterten.

Wie bei einer Séance, dachte ich, als ihre ersten Worte zu uns drangen. Barley und Katja sprechen aus dem Jenseits zu uns. Die reglosen Fremden mit ihren Henkermienen waren vergessen.

Ned hatte als einziger von uns einen Kopfhörer. Das war schon ein Unterschied, wie ich später feststellte, als ich ihn einmal aufsetzte. Man hört das Trippeln der Moskauer Tauben auf dem Giebel und die hastigen Atemzüge in Katjas Stimme. Man hört das Herzklopfen unseres Joe über die Körpermikrofone.

Brock ließ die ganze Dachszene laufen, dann befahl Ned eine Unterbrechung. Nur unsere neuen Amerikaner schienen ungerührt. Ihre braunen Blicke streiften jeden von uns, blieben aber nirgends hängen. Walter war rot geworden.

Brock spielte die Abendessensszene vor, und noch immer rührte sich niemand: kein Seufzer, kein Knarren, kein Beifall, nicht einmal dann, als er das Band anhielt und zurückspulte.

Ned nahm seinen Kopfhörer ab.

»Jakow Jefremowitsch, Nachname unbekannt, Physiker, neunzehnachtundsechzig dreißig Jahre alt, geboren demnach neunzehnachtunddreißig«, stellte er fest, nahm einen Nachforschungsantrag von dem Stapel vor sich und kritzelte etwas darauf. »Walter, was haben Sie zu bieten?«

Walter mußte sich noch sammeln. Er wirkte zerstreut, und seine Stimme hatte nichts von ihrer üblichen Leichtsinnigkeit. »Jefrem, sowjetischer Wissenschaftler, vollständiger Name unbekannt, Vater von Jakow Jefremowitsch s. o., im Frühjahr zweiundfünfzig nach einem Aufstand in Workuta erschossen«, erklärte er, ohne auf seinen Block zu sehen. »Allzu viele Wissenschaftler namens Jefrem, die wegen einer Überdosis Intelligenz hingerichtet wurden, dürfte es selbst zu Zeiten des guten Stalin nicht gegeben haben«, fügte er reichlich pathetisch hinzu.

Es war absurd, aber ich glaubte, Tränen in seinen Augen zu sehen. Vielleicht ist wirklich jemand gestorben, dachte ich, als ich wieder nach unseren beiden Mormonen sah.

»Johnny?« sagte Ned, während er schrieb.

»Ned, ich denke, wir versuchen es mit Boris, vollständiger Name unbekannt, Witwer, Ende der sechziger Professor für Altphilologie an der Universität Leningrad, eine Tochter Jekaterina«, sagte Johnny noch immer zu seinen Händen.

Ned nahm ein anderes Nachforschungsformular, füllte es aus und warf es in die Postablage, als wäre es Geld, das er gern verschleuderte.

»Palfrey. Ein Spiel gefällig?«

»Würden Sie mich bitte für die Leningrader Zeitungen einteilen, Ned?« sagte ich so lässig, wie es mir unter dem braunen Glotzen von Clives Amerikanern möglich war. »Ich brauche Läufer, Starter und Gewinner der Mathematik-Olympiade von 1952«, sagte ich unter Lachen. »Und sicherheitshalber vielleicht auch noch die von 51 und 53. Und sollten wir nicht auch seine akademischen Auszeichnungen mit dazunehmen? ›Er wurde Kandidat der Naturwissenschaften, Doktor der Naturwissenschaften. Alles, was man werden konnte‹, hat sie gesagt. Können wir das bitte haben? Danke sehr.«

Als alle Gebote eingegangen waren, sah Ned sich wütend nach Emma um, die die Nachforschungsbögen ins Archiv bringen sollte. Aber das reichte Walter nicht. Plötzlich war er entschlossen, sich nicht unterkriegen zu lassen. Er sprang auf, fuchtelte mit seinen kleinen Händen und stapfte mit seinen ganzen eins zweiundfünfzig erregt zu Ned an den Schreibtisch.

»Ich werde die *ganze* Schnüffelei selbst besorgen«, verkündete er allzu großspurig und raffte das rosa Bündel an seine Brust.

»Dieser Krieg ist *viel* zu wichtig, als daß wir ihn den blaugetönten Archivgenerälen überlassen dürften, so unwiderstehlich sie auch sein mögen.«

Und ich erinnere mich, daß mir auffiel, wie unsere Mormonen ihn auf dem ganzen Weg zur Tür beobachteten und dann einander ansahen, während wir seine fröhlichen kleinen Absätze über den Korridor klacken hörten. Und ich glaube nicht, aus späterer Erkenntnis zu sprechen, wenn ich Ihnen sage, daß mir um Walter heidenangst wurde, ohne auch nur im geringsten zu wissen, warum.

»Ein bißchen Landluft«, sagte Ned mir eine Stunde später am Haustelefon, als ich gerade wieder an meinem Schreibtisch in der Zentrale Platz genommen hatte. »Sagen Sie Clive, daß ich Sie brauche.«

»Dann sollten Sie wohl besser gehen«, sagte Clive, der noch immer mit seinen Mormonen hinter verschlossenen Türen saß.

Wir hatten uns einen schnellen Ford aus dem Wagenpark genommen. Ned fuhr und wischte meine wenigen Versuche, ein Gespräch anzufangen, beiseite; statt dessen gab er mir die Akte zu lesen. Wir kamen nach Berkshire, aber noch immer sagte er nichts. Und als Brock ihn über das Autotelefon anrief, um ihm irgendeine erbetene Bestätigung durchzugeben, knurrte er bloß: »Dann sagen Sie's ihm«, und versank wieder in seine Grübeleien.

Wir waren vierzig Meilen von London weg, auf dem übelsten Planeten, den der Mensch je entdeckt hatte. Wir befanden uns in den Slums der modernen Wissenschaft, wo das Gras stets schön gemäht ist. Die alten Torpfosten wurden von verwitterten Sandsteinlöwen bewacht. Ein höflicher Mann in brauner Sportjacke öffnete die Tür auf Neds Seite. Sein Kollege stocherte mit einem Detektor unter dem Fahrgestell herum. Höflich klopften sie uns beide ab.

»Aktentasche dabei, Gentlemen?«

»Ja«, sagte Ned.

»Würden Sie sie bitte öffnen, Sir?«

»Nein.«

»Dann dürfen wir sie in den Kasten tun, Gentlemen? Wir haben doch keine unbelichteten Filme drin, nehme ich an, Sir?«

»Bitte«, sagte ich. »Tun Sie sie in den Kasten.«

Wir sahen zu, wie sie die Aktentasche in eine Art grünen Kohlenkasten senkten und dann wieder herausholten.

»Danke«, sagte ich und nahm sie wieder an mich.

»War mir ein Vergnügen, Sir. Durchaus gern geschehen.«

Auf dem blauen Lieferwagen stand BITTE FOLGEN. Hinter dem vergitterten Rückfenster stand ein deutscher Schäferhund und sah uns böse an. Das Tor wurde elektronisch geöffnet, und dahinter lagen kurzgeschorene Hügel wie mit Gras überwachsene Massengräber. Olivgrün wellte sich das Land in Richtung Sonnenuntergang. Eine pilzförmige Wolke hätte hier vollkommen natürlich gewirkt. Wir kamen in eine Parklandschaft. Ein Bussardpaar kreiste am wolkenlosen Himmel. Hohe Drahtzäune umgaben die geheuten Wiesen. Rauchlose Backsteinhäuser lagen in kunstvoll angelegten Senken. Eine Hinweistafel riet dringend zu Schutzkleidung in den Zonen D und K. Ein Totenkopf sagte: »Sie wurden gewarnt.« Der Wagen vor uns bewegte sich im Leichenzugtempo. Wir holperten um eine Kurve und sahen leere Tennisplätze und Aluminiumtürme. Neben uns zogen sich bunte Rohrleitungen her, die zu einer Ansammlung grüner Schuppen führten. Auf einem Hügel in ihrer Mitte stand der letzte Zeuge des pränuklearen Zeitalters: ein Berkshire-Haus aus Ziegeln und Stein, auf dessen Tür, mit Schablone geschrieben, »Verwaltung« stand. Ein beleibter Mann kam uns über den unregelmäßig gepflasterten Weg entgegengetrippelt. Er trug einen britisch-grünen Derbyblazer und eine Krawatte mit kleinen goldenen Squashschlägern, in seinem Ärmel steckte ein Taschentuch.

»Sie sind von der Firma. Gut gemacht. Ich bin O'Mara. Wer von Ihnen ist wer? Ich habe ihm gesagt, er soll im Labor Däumchen drehen, bis wir nach ihm pfeifen.«

»Gut«, sagte Ned.

O'Mara hatte graublondes Haar und eine gleichgültige, vom Alkohol verwüstete Exerzierstimme. Sein Hals war aufgedunsen, an seinen Athletenfingern mahagonifarbene Nikotinflecken. »O'Mara hält die oberschlauen Wissenschaftler auf Kurs«, hatte Ned mir bei einem unserer seltenen Gespräche während der Fahrt erzählt. »Er gehört halb zu uns, halb zur Sicherheit, alles Scheiße.«

Der Salon machte den Eindruck, als würde er von napoleonischen Kriegsgefangenen gewartet. Sogar die Ziegelsteine des Kamins waren poliert, und die verputzten Fugen dazwischen strahlten in hübschem Weiß. Wir saßen in Sesseln mit Rosenmuster und tranken Gintonic mit sehr viel Eis. An den glänzend schwarzen Balken blinkten Pferdegeschirre.

»Komme gerade aus den Staaten«, erklärte O'Mara, als müsse er erklären, warum wir uns in letzter Zeit nicht gesehen hatten. Er hob sein Glas und streckte ihm den Mund entgegen; sie trafen sich in der Mitte. »Sie fahren häufig rüber?«

»Gelegentlich«, sagte Ned.

»Ab und zu«, sagte ich. »Wenn uns die Pflicht ruft.«

»Wir schicken ziemlich viele unserer Leute als Leihgabe rüber. Oklahoma. Nevada. Utah. Den meisten gefällt es dort ganz gut. Ein paar drehen durch und wollen nach Hause zurück.« Er trank und schluckte bedächtig. »Hab ihre Waffenschmiede in Livermore besucht, draußen in Kalifornien. Nicht übel, das. Hübsches Gästehaus. Geld wie Heu. Haben uns gebeten, an einem Seminar über den Tod teilzunehmen. Verdammt makaber, wenn man drüber nachdenkt, aber die albernen Psychiater glaubten wohl, das würde uns allen mal guttun, und der Wein war ausgezeichnet. Wenn man an Plänen arbeitet, große Teile der Menschheit den Flammen zu übergeben, soll man vermutlich auch wissen, wie das funktioniert.« Er trank wieder, hatte unendlich viel Zeit. Zu dieser Zeit war es auf dem Hügel sehr still. »Erstaunlich, wie viele Leute noch kaum über das Thema nachgedacht hatten. Besonders die jungen. Die älteren waren ein bißchen empfindlicher. Sie konnten sich noch an das Zeitalter der Unschuld erinnern, falls es das je gegeben hat. Wenn man sofort stirbt, ist man ein klarer Todesfall, und wenn man langsam stirbt, ein unklarer. Hatte ich nie so gesehen. Nehme an, das gibt dem Vorteil, daß man im Zentrum der Dinge steht, einen neuen Sinn. Trotzdem, wir haben jetzt die vierte Generation. Dämpft die Gewissensbisse. Spielen Sie Golf?«

»Nein«, sagte Ned.

»Leider nein«, sagte ich. »Ich hatte zwar mal Unterricht, aber das hat auch nicht viel geholfen.«

»Herrliche Plätze, aber wir mußten uns diese blöden Noddy-Wägelchen nehmen. In den Dingern möcht ich hier nicht mal tot gesehen werden.« Wieder trank er, das gleiche langsame Ritual. »Wintle ist ein Eigenbrötler«, erklärte er, nachdem er geschluckt hatte. »Eigenbrötler sind sie alle, aber Wintle backt noch mehr seine eigenen Brötchen als die meisten anderen. Er war Sozialist, er war Jesusfan. Jetzt macht er auf Meditation und Tai Chi. Gott sei Dank verheiratet. Gymnasium, spricht aber nicht schlecht. Hat noch drei Jahre.«

»Wieviel haben Sie ihm erzählt?« fragte Ned.

»Die denken immer, sie stünden unter Verdacht. Ich habe ihm gesagt, daß das nicht stimmt, und ich habe ihm gesagt, er solle seinen dummen Mund halten, wenn alles vorbei ist.«

»Und glauben Sie, er hält sich dran?« fragte ich.

O'Mara schüttelte den Kopf. »Das können die gar nicht, die meisten von denen, und wenn wir sie noch so hart anfassen.«

Es klopfte an die Tür, und Wintle trat ein, ein ewiger Student von siebenundfünfzig. Er war groß, aber krumm, und hatte einen graugelockten Kopf, der schräg nach vorne ragte, und die Ausstrahlung eines heruntergekommenen Genies. Er trug einen ärmellosen Fair-Isle-Pullover, Schlotterhose und Mokassins. Er saß mit zusammengedrückten Knien da und hielt sein Sherryglas von sich weg wie eine Retorte, deren Inhalt er nicht traute.

Ned war jetzt ganz Profi. Hatte seine Wut beiseite geschoben. »Wir beschäftigen uns mit dem Aufspüren von russischen Wissenschaftlern«, sagte er mit gut gelungener Gleichgültigkeit. »Verfolgen das Auf und Ab ihrer Verteidigungsstärke. Nicht sonderlich sexy, fürchte ich.«

»Sie sind also vom Nachrichtendienst«, sagte Wintle. »Das dachte ich mir schon, auch wenn ich nichts gesagt habe.«

Mir schien, er war ein sehr einsamer Mann.

»Woher die sind, geht Sie einen Scheißdreck an«, bedeutete O'Mara ihm mit vollendeter Freundlichkeit. »Es sind Engländer, die eine Aufgabe zu erfüllen haben, genau wie Sie.«

Ned fischte zwei betippte Bögen aus einer Mappe und reichte sie Wintle, der sein Glas abstellte, um sie zu nehmen. Er ließ die Hände hängen, Knöchel nach unten und Finger gekrümmt, wie jemand, der um Freilassung bettelt.

»Wir versuchen, soviel wie möglich aus unserem teilweise vernachlässigten alten Material herauszuholen«, sagte Ned und verfiel in einen Jargon, den er sonst zu vermeiden suchte. »Das da ist das Protokoll Ihrer Einsatzbesprechung nach der Rückkehr von Ihrem Besuch in Akademgorodok im August 1963. Erinnern Sie sich an einen Major Vauxhall? Es ist nicht gerade ein literarisches Meisterwerk, aber Sie erwähnen da zwei oder drei sowjetische Wissenschaftler, über die wir gern mehr erfahren würden, falls sie noch existieren und Sie sich an sie erinnern können.«

Wintle setzte eine extrem häßliche Stahlbrille auf, als müsse er sich vor einem Gasangriff schützen.

»So wie ich mich an diese Einsatzbesprechung erinnere, hat *Major* Vauxhall mir sein *Ehrenwort* gegeben, daß alles, was ich sage, völlig freiwillig und vertraulich sei«, belehrte er Ned abgehackt. »Es überrascht mich daher *sehr, daß* mein Name *und* meine Aussage noch volle fünfundzwanzig Jahre danach in ministeriellen Archiven offen herumliegen.«

»Immerhin auch eine Art von Unsterblichkeit, Kamerad, also seien Sie still und genießen Sie's«, empfahl ihm O'Mara. Ich intervenierte wie jemand, der bei einem Familienkrach zwischen die Streithähne geht. Ob Wintle nicht einfach mal den ziemlich kargen Bericht des Interviewers ein wenig näher illustrieren wolle, schlug ich vor. Vielleicht könne er den einen oder anderen der sowjetischen Wissenschaftler, deren Namen auf der letzten Seite aufgeführt seien, etwas plastischer schildern und, wenn er schon mal dabei sei, auch etwas von der Cambridge-Mannschaft erzählen? Ob es ihm etwas ausmache, ein paar Fragen zu beantworten, die womöglich von entscheidender Bedeutung seien?

»›Mannschaft‹ ist ein Wort, das ich in diesem Zusammenhang *nicht* verwenden würde, danke«, gab Wintle zurück und stürzte sich nun auf dieses Wort wie eine knochige Bestie. »Jedenfalls nicht auf britischer Seite. *Mannschaft*, da denkt man an gemeinsames Streben. Wir waren eine Cambridge-*Gruppe*, das ja. Eine *Mannschaft*: nein. Einigen ging es um die Reise, anderen um Selbstverherrlichung. Insbesondere beziehe ich mich auf Professor Callow, der eine *höchst* übertriebene Meinung von seiner Arbeit über Beschleuniger hatte, die inzwischen widerlegt ist.« Sein Birmingham-Akzent kam jetzt voll durch. »Eine allerdings sehr kleine Minderheit hatte ideologische Motive. Diese Leute glaubten zufällig an eine Wissenschaft ohne Grenzen. An den freien Austausch des Wissens zum gemeinsamen Nutzen für die Menschheit.«

»Wichser«, klärte O'Mara uns hilfreich auf.

»Wir waren zusammen mit Franzosen, jede Menge Amerikanern, Schweden, Holländern und sogar ein paar Deutschen«, fuhr Wintle fort, ohne O'Maras Seitenhieb zu beachten. »Alle waren voller Hoffnung, meiner Meinung nach, und die Russen geradezu überschwenglich. Wer die Sache schleifen ließ, das waren die Briten. Genau wie heute noch.«

O'Mara stöhnte und nahm zur Stärkung einen Schluck Gin. Aber Neds freundliches, wenn auch ein wenig zerknautschtes Lächeln ermutigte Wintle weiterzureden.

»Es war auf dem Höhepunkt der Ära Chruschtschow, wie Sie zweifellos noch wissen werden. Auf der einen Seite Kennedy, auf der anderen Chruschtschow. Manche sahen schon das goldene Zeitalter heraufdämmern. Die Leute sprachen damals von Chruschtschow ziemlich genau so wie heute von Gorbatschow, finde ich. Obwohl ich sagen muß, meiner Meinung nach war unser Enthusiasmus *damals* viel echter und spontaner als der sogenannte Enthusiasmus *heute.*«

O'Mara gähnte und fixierte mich beunruhigend scharf über seinen Tränensäcken.

»*Wir* haben ihnen alles erzählt, was *wir* wußten. *Sie* taten das gleiche«, sagte Wintle, und seine Stimme wurde langsam fester. »*Wir* trugen *unsere* Referate vor. *Sie* trugen *ihre* vor. Callow machte überhaupt keinen Eindruck, das muß ich schon sagen. *Ihn* durchschauten die im Handumdrehn. Aber wir hatten Panson, der mit einem Vortrag über Kybernetik die Stellung hielt, und wir hatten mich. *Mein* bescheidener Vortrag war ein ziemlicher Erfolg, auch wenn ich selbst das sage. Einen solchen Applaus habe ich, ehrlich gesagt, seither nicht mehr gehört. Es würde mich nicht überraschen, wenn die da drüben *heute* noch davon reden würden. Die Barrikaden gingen so schnell runter, daß man sie im Vortragssaal *buchstäblich* einstürzen hörte. ›Fluß, nicht Abgrenzung.‹ Das war unsere Parole. ›Fluß‹ war allerdings nicht ganz das richtige Wort, wenn man sah, wieviel Wodka auf den abendlichen Partys getrunken wurde. *Und* die Mädchen da. *Und* wenn man den Unterhaltungen zuhörte. Natürlich hat der KGB mitgehört. Das wußten wir *genau.* Vor der Abreise gab's aufmunternde Worte, auch wenn einige was dagegen hatten. Ich nicht, ich bin Patriot. Aber es gab schlichtweg nichts, was einer von denen tun konnte, weder *ihr* KGB noch *unserer.*« Offensichtlich war er nun bei einem Lieblingsthema angekommen, denn er richtete sich auf, um eine vorbereitete Rede zu halten. »Ich möchte hier hinzufügen, daß *ihr* KGB meiner Meinung nach ganz falsch eingeschätzt wird. Ich weiß aus *guter* Quelle, daß der sowjetische KGB sehr *häufig* einige der tolerantesten Elemente der sowjetischen Intelligenz in Schutz genommen hat.«

»Himmel – jetzt sagen Sie bloß nicht, unserer hätte das nicht«, stöhnte O'Mara.

»Des weiteren zweifle ich nicht im geringsten daran, daß die sowjetische Führung mit vollem *Recht* erklärt hat, daß die Sowjetunion bei jeglichem Austausch wissenschaftlicher Erkenntnisse mit dem Westen mehr zu *gewinnen* als zu *verlieren* habe.« Wintles schiefer Kopf zuckte von einem von uns zum anderen wie ein Eisenbahnsignal, seine nach oben gedrehte Hand lag verzweifelt auf seinem Oberschenkel. »Und Kultur hatten die auch. Bei *denen* gibt es diese Trennung von Kunst und Wissenschaft nicht. Sie träumten wie in der Renaissance vom vollkommenen Menschen, träumen noch heute davon. Ich habe mit Kultur nicht viel zu schaffen. Dazu fehlt mir die Zeit. Aber sie war für jeden da, der das *Interesse* hatte. Und durchaus nicht teuer, wie ich gehört habe. Bei manchen Veranstaltungen war der Eintritt frei.«

Wintle mußte sich die Nase putzen. Und um sich die Nase zu putzen, mußte Wintle erst einmal sein Taschentuch auf dem Knie ausbreiten und es dann mit den Fingerspitzen zum Einsatz knüllen. Diese natürliche Unterbrechung machte Ned sich zunutze.

»Nun denn, könnten wir uns nicht mal ein paar der sowjetischen Wissenschaftler ansehen, deren Namen Sie Major Vauxhall freundlicherweise genannt haben?« fragte er und nahm das Papierbündel in Empfang, das ich ihm hinhielt.

Der entscheidende Augenblick war gekommen. Ich vermutete, von uns vieren im Zimmer war sich nur Wintle nicht darüber im klaren, denn O'Mara hatte seine vergilbten Augen auf Ned gerichtet und musterte ihn mit dyspeptischer Durchtriebenheit.

Ned spielte nun seine Karten aus, wie ich es auch getan hätte. Er hatte sie sich grün angestrichen. Zwei waren bekanntermaßen tot, ein dritter in Ungnade gefallen. Er testete Wintles Gedächtnis, ließ ihn für den eigentlichen Auftritt warmlaufen. »Sergej?« sagte Wintle. »Meine Güte, ja, Sergej! Aber wie hieß er noch mal weiter? Popow? Popowitsch? Nein, Protopopow! Sergej Protopopow, Ingenieur, Spezialgebiet Treibstoffe!«

Ned redete geduldig auf ihn ein, drei Namen, ein vierter half seinem Gedächtnis auf die Sprünge: »Nun denken Sie noch einmal kurz nach, bevor Sie wieder nein sagen. Wirklich nicht? Okay. Versuchen wir's mit Saweljew.«

»Wie bitte?«

Ich merkte, daß Wintles Gedächtnis die typischen Probleme des Engländers mit russischen Nachnamen hatte. Es hielt sich lieber an Vornamen, die anglisiert werden konnten.

»Saweljew«, wiederholte Ned. Wieder sah ich, wie O'Mara ihn musterte. Ned warf einen Blick auf den Bericht in seiner Hand, vielleicht eine Spur zu unbekümmert. »Ja. Saweljew.« Er buchstabierte. »›Jung, idealistisch, gesprächig, bezeichnete sich als Menschenrechtler. Arbeitet über Partikel, aufgewachsen in Leningrad.‹ Laut Major Vauxhall waren dies vor undenklichen Zeiten Ihre Worte. Kann ich da noch etwas hinzufügen? Sie sind zufällig nicht mit ihm in Kontakt geblieben? Saweljew?«

Wintle lächelte verwundert. »So hieß der also? Saweljew? Donnerwetter. Da haben Sie's. Ich hatte es vergessen. Für mich ist und bleibt er Jakow.«

»Schön. Jakow Saweljew. Erinnern Sie sich an seinen Vatersnamen?«

Wintle schüttelte noch immer lächelnd den Kopf.

»Haben Sie Ihrer ursprünglichen Beschreibung noch etwas hinzuzufügen?«

Wir mußten warten. Wintle hatte eine andere Vorstellung von Zeit als wir. Und von Humor auch, wenn man sein Grinsen sah.

»Jakow war ein sehr sensibler Bursche. Traute sich nicht, seine Fragen vor dem Plenum zu stellen. Hielt sich im Hintergrund und zupfte einen am Ärmel, wenn es vorbei war. ›Entschuldigen Sie, Sir, aber was halten Sie von soundso.‹ Wirklich gute Fragen. Auf seine Weise auch ein sehr musischer Mensch, hieß es. Bei Dichterlesungen soll er eine ziemlich gute Figur gemacht haben. Und bei Kunstveranstaltungen.«

Wintles Stimme verlor sich, und ich fürchtete, er würde zu phantasieren anfangen, was Leute häufig machen, wenn ihnen die Fakten ausgehen, sie aber das Wort behalten wollen. Doch zu meiner Erleichterung kramte er nur im Schatz seiner Erinnerungen – oder eher, er melkte sie mit seinen nach oben gerichteten Fingern aus dem Äther.

»Jakow ging dauernd zwischen den Gruppen hin und her«, sagte er mit demselben aufreizend überlegenen Lächeln. »Stellte sich an den Rand einer Diskussion, ganz ernst. Hockte auf einer Stuhlkante. Mit seinem Vater war irgendwas Mysteriöses passiert, was, weiß ich nicht. Angeblich war er ebenfalls Wissenschaftler, wurde aber hingerichtet. Naja, das ist wohl vielen

Wissenschaftlern dort passiert. Die haben die umgebracht wie die Fliegen, hab davon gelesen. Und wenn nicht umgebracht, dann ins Gefängnis gesteckt. Tupolew, Petliakow, Korolew – einige ihrer größten Stars der Flugzeugtechnologie haben ihre besten Sachen im Gefängnis entworfen. Ramzin hat im Gefängnis einen neuen Kessel für Wärmekraftmaschinen erfunden. Ihre erste Raketenforschungsgruppe ist im Gefängnis gegründet worden. Unter der Leitung von Korolew.«

»Verdammt gut gemacht, Alter«, sagte O'Mara gelangweilt.

»Hat mir einen Stein gegeben«, fuhr Wintle fort.

Und ich sah, wie seine Hand, die wieder umgedreht auf seinem Knie lag, sich öffnete und das imaginäre Geschenk umschloß.

»Einen *Stein*?« sagte Ned. »Hat Jakow Ihnen gegeben? Doch keinen Diamanten? Nein, Sie reden von einer geologischen Gesteinsprobe.«

»Als wir Westler aus Akadem abreisten«, begann Wintle, als ob er sich und uns mitten in eine ganz andere Geschichte stürzen wollte, »haben wir ihnen *buchstäblich* unser letztes Hemd dagelassen. Wenn Sie unsere Gruppe an diesem Tag gesehen hätten, Sie hätten es nicht *glauben* können. Unsere russischen Gastgeber weinten sich die *Augen* aus dem Kopf, umarmten und küßten uns, die Busse waren mit Blumen geschmückt, sogar Callow zerdrückte eine Träne, falls Sie das glauben können. Und wir Westler packten alles aus, was wir hatten: Bücher, Papier, Federhalter, Uhren, Rasierapparate, Zahnpasta, sogar unsere *Zahnbürsten*. Wer Schallplatten mithatte, verschenkte auch die. Überzählige Unterwäsche, Krawatten, Schuhe, Hemden, Socken; alles, bis auf das Minimum, das wir anstandshalber für unseren Rückflug brauchten. Wir hatten uns nicht dazu *verabredet*. Wir hatten nicht einmal darüber *gesprochen*. Es geschah *spontan*. Manche taten sogar noch mehr. Besonders die Amerikaner, die sind ja impulsiv. Ich habe gehört, daß einer von ihnen einer Frau, die unbedingt rauswollte, eine Zweckehe angeboten hat. So was hab ich nicht gemacht. Nein. Ich bin Patriot.«

»Aber Sie haben Jakow einige Ihrer Sachen gegeben«, vermutete Ned, während er so tat, als schreibe er gewissenhaft mit.

»Ja, ich fing damit an. Wenn man seine Schätze verteilt, ist das etwa so, als ob man im Park die Vögel füttert. Man sucht sich *den* aus, der nicht genug mitbekommt, und versucht, ihn aufzupäppeln. Außerdem war mir der junge Jakow sympathisch, ich konnte mir nicht helfen, er war so gefühlvoll.« Die Hand war um die leere Form erstarrt, die Fingerspitzen strebten aufeinander zu. Mit der anderen Hand war er sich an die Stirn gefahren und hatte ein Stückchen Fleisch zu fassen bekommen.

»›Hier bitte, Jakow‹, sagte ich. ›Sagen Sie nur, wenn Sie was brauchen. Sie sind wahrhaftig viel zu schüchtern.‹ Ich hatte damals einen elektrischen Rasierapparat. Plus Batterien und Trafo, alles in einem hübschen Reiseetui. Aber irgendwie schien ihm nicht wohl dabei zu sein. Er legte es beiseite, so etwa, und latschte weiter hin und her. Dann merkte ich, daß er mir etwas geben wollte. Und zwar diesen Stein, in Zeitungspapier gewickelt. Geschenkpapier hatten die natürlich nicht. ›Ein Stück von meiner Heimat‹, sagt er. ›Als Dank für Ihren Vortrag‹, sagt er. Ich solle stets das Gute an seiner Heimat lieben, so schlecht sie manchmal auch von außen wirken möge. Sprach ein schönes Englisch, o ja, besser als die Hälfte von *uns*. Ich war ein bißchen verlegen, wenn Sie's genau wissen wollen. Ich habe diesen alten Stein viele Jahre lang aufbewahrt. Dann hat meine Frau ihn bei einem Frühjahrsputz weggeworfen. Manchmal dachte ich daran, ihm zu schreiben, hab's aber nie getan. Er war auf seine Weise ganz schön arrogant. Na ja, das waren viele von denen. Und wir, möchte ich meinen, waren es auf *unsere* Weise auch. Wir alle glaubten, die Wissenschaft könne die Welt beherrschen. Na, das tut sie jetzt ja wohl, wenn auch bestimmt nicht so, wie es gemeint war.«

»Hat er Ihnen geschrieben?« fragte Ned.

Wintle dachte lange darüber nach. »Das kann man nicht wissen, oder? Man weiß ja nie, was auf dem Postweg alles aufgehalten wird. Oder von wem.«

Ich reichte Ned das Bündel Fotografien aus der Aktentasche. Ned reichte sie unter O'Maras Blicken an Wintle weiter. Wintle blätterte sie durch und schrie plötzlich auf.

»Das ist er! Jakow! Der Mann, der mir den Stein gegeben hat.« Er stieß das Bild Ned wieder hin. »Sehen Sie selbst! Sehen

Sie sich diese Augen an! Und *dann* erzählen Sie mir, daß er kein Träumer ist!«

Ein Ausschnitt aus der Leningrader Abendzeitung vom 5. Januar 1954 und von der Fotografischen Abteilung rekonstruiert: Jakow Jefremowitsch Saweljew als jugendliches Genie.

Weitere Namen fielen, und Ned ging mit Wintle jeden einzelnen mühsam durch, legte falsche Spuren und verwischte seine eigenen, bis er davon überzeugt war, daß Saweljew zumindest für Wintle nicht mehr bedeutete als die anderen.

»Schlau von Ihnen, Ihren Trumpf unter den anderen Karten zu verstecken«, bemerkte O'Mara, als er uns, Glas in der Hand, über die Einfahrt zum Wagen begleitete. »Als ich das letztemal von Saweljew hörte, leitete er ihr Testgebiet im finstersten Kasachstan, tüftelte an Methoden, wie sich ihre Telemetrie lesen ließ, ohne daß alle anderen ihnen über die Schultern mitlesen konnten. Was hat er jetzt vor? Den Laden verkaufen?«

Meine Arbeit macht mir ohnehin selten Spaß, aber unser Treffen und das Haus hatten mich regelrecht krank gemacht, von O'Mara ganz zu schweigen. Es kommt auch selten vor, daß ich jemanden beim Arm packe, dabei zurückschrecke und meinen Griff lösen muß.

»Ich nehme doch an, Sie haben die Erklärung zur amtlichen Schweigepflicht unterschrieben?« fragte ich ihn ziemlich ruhig.

»Hab das verdammte Ding doch praktisch entworfen«, gab O'Mara äußerst erstaunt zurück.

»Dann werden Sie wissen, daß alles, was Sie von Amts wegen erfahren, und jegliche Spekulationen, die sich darauf gründen, für immer Eigentum der Krone sind.« Eine weitere Rechtsverdrehung, aber was soll's. Ich gab ihn frei. »Wenn der Job hier Ihnen gefällt und Sie auf Beförderung hoffen und wenn Sie sich an Ihrer Pension erfreuen wollen, dann rate ich Ihnen, dieses Treffen und alle Namen, die damit zusammenhängen, sofort und für immer zu vergessen. Recht herzlichen Dank für den Gin. Auf Wiedersehen.«

Bluebirds Identifizierung war bestätigt und bereits kodiert ins Rußlandhaus durchgegeben worden; Ned blieb auf der Rückfahrt verschlossen. Doch als wir in die Victoria Street kamen, wollte er mich plötzlich nicht gehen lassen. »Sie bleiben hier«, ordnete er an und ließ mir auf der Kellertreppe den Vortritt.

Im Konferenzraum schien auf den ersten Blick reinste Freudenstimmung zu herrschen. Den Mittelpunkt bildete Walter, der wie ein Künstler vor einer weißen Tafel stand, die so groß war wie er selbst, und die Details von Saweljews Leben mit bunten Stiften anmalte. Selbst in Schlapphut und Kittel hätte er keinen verwegeneren Eindruck machen können. Erst beim zweiten Blick fiel mir meine unheimliche Ahnung vom Morgen wieder ein.

Um ihn herum – genaugenommen hinter ihm, denn die Tafel lehnte zwischen den Uhren an der Wand – standen Brock und Bob, unser Dechiffreur Jack, Neds Mädchen Emma und eine ranghöhere Angestellte namens Pat, eine der Hauptstützen des Sowjet-Archivs. Sie tranken Champagner, und alle lächelten sie auf ihre Weise, obwohl Bobs Lächeln eher der Grimasse unterdrückter Schmerzen glich.

»Ein einsamer Kämpfer«, deklamierte Walter ekstatisch. Er hielt kurz inne, als er uns hörte, wandte aber nicht den Kopf. »Ein fünfzigjähriger Erfolgsmensch, der an den Stäben seines Midlife-Käfigs rüttelt, der sich seiner Sterblichkeit und seines vergeudeten Lebens bewußt wird. Na, geht es uns nicht allen so?«

Er trat zurück. Sprang dann wieder vor und trug ein Datum ein. Nahm dann einen Schluck Champagner. Irgendwie kam er mir makaber und gruselig vor, wie eine geschminkte Leiche.

»Verbringt sein ganzes Erwachsenenleben mitten in ihrem Geheimzentrum«, fuhr er fröhlich fort. »Hält aber den Mund. Trifft seine Entscheidungen allein, ganz für sich im dunkeln, gerechter Gott. Wendet sich von der Geschichte ab, selbst wenn es ihn, was wahrscheinlich ist, das Leben kostet.« Ein weiteres Datum und das Wort OLYMPIADE. »Er ist ein günstiger Jahrgang. Ein bißchen jünger, und man hätte ihm eine Gehirnwäsche verpaßt. Ein bißchen älter, und er hätte sich nach einem Ruheposten für abgehalfterte Tattergreise umsehen müssen.«

Er trank, noch immer mit dem Rücken zu uns. Ich sah Bob nach einer Erklärung an, aber der blickte angestrengt auf den Boden. Ich sah Ned an. Seine Augen lagen auf Walter, aber sein

Gesicht war ausdruckslos. Ich sah wieder Walter an und merkte, wie trotzig und keuchend er atmete.

»Er ist meine Erfindung, hundertprozentig«, erklärte Walter, der das Entsetzen um ihn herum offenbar nicht wahrnahm. »Ich habe ihn seit Jahren vorausgesagt.« Er schrieb die Worte VATER HINGERICHTET. »Selbst nachdem sie ihn rekrutiert hatten, mühte sich das arme Lämmchen so *sehr*, brav zu sein. Er war kein Kriecher. Er empfand keinen Groll. Er hatte seine Zweifel, aber er war, wie alle Wissenschaftler, ein guter Soldat. Bis er eines Tages – ploing! – aufwacht und feststellt, daß das alles Mist ist und er sein Talent für einen Haufen unfähiger Gangster vergeudet und zusätzlich noch die Welt an den Rand des Ruins gebracht hat.« Schweiß lief ihm über die Schläfen, während er mit grimmigen Strichen schrieb: ARBEIT UNTER ROGOW IM TESTGELÄNDE 109 KASACHSTAN. »Er weiß es nicht, aber er hat sich der großen russischen Revolution des männlichen Klimakteriums der achtziger Jahre angeschlossen. Er hat all die Lügen mitbekommen, außerdem Stalin und den Chruschtschowschen Hoffnungsschimmer und die lange Finsternis Breschnews. Aber einen letzten Schuß hat er noch frei, eine letzte klimakterische Chance, der Welt seinen Stempel aufzudrücken. Und dazu schallt ihm das moderne Wortgeklingel in den Ohren: Revolution von oben, Offenheit, Frieden, Veränderung, Mut, Umgestaltung. Man fordert ihn ja schier auf zur Revolte!«

Kurzatmig oder nicht, er schrieb jetzt noch schneller: TELEMETRIE, GENAUIGKEIT. »Wo werden sie landen?« Keuchend stellte er diese rhetorische Frage. »Wie genau werden wie viele wann welche Ziele treffen? Wie dehnt und erwärmt sich die Außenhaut? Was ist mit der Gravitation? Entscheidende Fragen, und Bluebird kennt die Antworten. Er kennt sie, weil er die Aufgabe hat, die Geschosse während des Flugs zum Reden zu bringen – ohne daß die Amerikaner mithören können; das ist sein Spezialgebiet. Denn er hat Enkodierungssysteme entwickelt, die den amerikanischen Super-Horchposten in der Türkei und auf dem chinesischen Festland ein Schnippchen schlagen. Er kennt ganz genau alle Antworten, ehe Bruder Rogow sie für seine Herrn und Meister in Moskau zusammenbastelt. Und das ist Bluebird zufolge Rogows Spezialität. ›Professor Vitali Rogow ist ein Arschkriecher‹, erzählt er uns in Notizbuch zwei. Ein gerechtes Urteil. Genau das ist Vitali Rogow. Ein zuverlässiger, völlig abgesicherter, rückgratloser Arschkriecher, der seine Normen erfüllt und dafür Orden und Privilegien kassiert. An wen erinnert er uns? An niemanden. Gewiß nicht an unseren lieben Clive. Also Bluebird platzt der Kragen. Er gesteht Katja seine Gewissensqualen, und Katja sagt: ›Jammer nicht rum, sondern tu was.‹ Und schau an: Er tut's. Er berichtet uns von jeder verdammten Einzelheit, die er nur kriegen kann. Die Kronjuwelen mit allem Drum und Dran. Enkodierungen dekodiert. Telemetrie im Klartext. Rückblick auf Kodewechsel, damit wir auch das überprüfen können.

Die unverfälschte, nackte Wahrheit, ehe sie für den Moskauer Gebrauch umgemodelt wird. Schön, er ist ein Spinner. Aber welcher gute Mann ist das nicht?« Er nahm einen letzten Schluck aus seinem Glas, und ich sah, daß sein Gesicht vor Schmerz, Verlegenheit und Entrüstung knallrot war. »Das Leben ist ein Trauerspiel«, verkündete er und schob mir das Glas in die Hand.

Und dann schlich er an uns vorbei zur Treppe, und wir hörten die Stahltüren nacheinander aufgehen und hinter ihm zuschlagen, bis er auf der Straße war.

»Walter wurde zu einer Belastung«, erklärte mir Clive am nächsten Morgen barsch, als ich ihn darauf ansprach. »Für uns war er vielleicht nur ein Exzentriker. Aber für andere –«

So dicht war er noch nie daran gewesen, die Existenz von Sex zuzugeben. Und prompt zensierte er sich selber. »Ich habe ihn der Ausbildungsabteilung überstellt«, fuhr er gleich wieder frostig fort. »Auf der anderen Seite hat man zu sehr die Stirn über ihn gerunzelt.«

Er wollte sagen: auf der anderen Seite des Atlantiks.

Walter, der wunderbare Walter, war also verschwunden, und ich behielt recht: Wir sahen die Mormonen nie wieder, und Clive erwähnte sie mit keinem Wort mehr. Hatte Langley sie lediglich als Boten geschickt, oder hatten sie ein Urteil gefällt und Bestrafung verlangt? Kamen sie überhaupt aus Langley, oder gehörten sie einer der zahlreichen Organisationen an, die als Abkürzungen auf der Bluebird-Verteilerliste standen und über die Ned sich bei Clive so heftig beschwert hatte? Oder waren es zwei Exemplare der Gattung, die Ned am allerwenigsten ausstehen konnte – gefügige Psychiater?

Wie dem auch sei, ihre Wirkung war im ganzen Rußland-Haus zu spüren, und Walters Fehlen gähnte uns an wie ein von den Geschützen unseres besten Alliierten verursachter Granattrichter. Bob spürte das, und es war ihm peinlich. Sogar dem abgebrühten Johnny war nicht wohl in seiner Haut.

»Sie werden bei der Operation jetzt enger mitwirken müssen«, sagte Ned zu mir.

Ein elender Trost für Walters Verschwinden.

»Du bist mal wieder nervös«, sagte Hannah, als wir nebeneinander hergingen.

Es war Mittag. Sie arbeitete in der Nähe des Regent's Park. An warmen Tagen aßen wir manchmal ein Sandwich zusammen. Manchmal gingen wir sogar ein bißchen in den Zoo. Manchmal ging sie auch nicht mehr in ihr Krebsforschungsinstitut zurück, und wir landeten im Bett.

Ich fragte nach ihrem Mann Derek. Er war eins der wenigen Themen, die wir gemeinsam hatten. Ob Derek mal wieder die Beherrschung verloren habe? Ob er sie verprügelt habe? Früher, als wir noch ein richtiges Liebespaar waren, stellte ich mir manchmal vor, Derek hielte uns zusammen. Aber heute wollte sie nicht über Derek sprechen. Sie wollte wissen, warum ich so nervös sei.

»Die haben einen Mann gefeuert, den ich ziemlich gemocht habe«, sagte ich. »Na ja, nicht gefeuert, sondern auf den Müllhaufen geworfen.«

»Was hat er falsch gemacht?«

»Überhaupt nichts. Man hat lediglich beschlossen, ihn in einem anderen Licht zu betrachten.«

»Wieso?«

»Weil es ihnen so paßte. Sie waren ihm gegenüber nicht länger nachsichtig, um gewissen Ansprüchen gerecht zu werden.«

Sie dachte darüber nach. »Du meinst, sie haben sich der Konvention gebeugt«, sagte sie andeutungsweise. Genau wie du, sollte das bedeuten. Wie wir.

Warum treffe ich mich immer wieder mit ihr, fragte ich mich. Rückkehr an den Schauplatz des Verbrechens? Um zum tausendstenmal ihre Absolution zu suchen? Oder gehe ich zu ihr, wie man zu seinen alten Schulen geht, weil ich begreifen will, was aus unserer Jugend geworden ist?

Ein Trost immerhin: Hannah ist noch immer eine schöne Frau. Grau werden und in die Breite gehen, das kommt erst noch. Wenn ich ihr Gesicht im Gegenlicht erblicke und ihr tapferes, verletztes Lächeln, dann sieht sie für mich aus wie vor zwanzig Jahren, und ich sage mir, daß ich sie schließlich nicht zerstört habe. »Es geht ihr gut. Sieh sie dir an. Sie lächelt, sie ist unbeschädigt. Nicht du stößt sie herum, sondern Derek.«

Aber sicher bin ich mir nie. Nicht im geringsten.

Der Union Jack, der den Diktator Stalin so wütend gemacht hatte, wenn er ihn von den Zinnen des Kreml aus beobachtete, hing deprimiert an seinem Mast im Vorhof der Britischen Botschaft. Der cremefarbene Palast dahinter glich einem alten Hochzeitskuchen, der darauf wartete, angeschnitten zu werden, und der Fluß lag fügsam unter dem morgendlichen Platzregen, der ihm den öligen Rücken prügelte. An dem eisernen Tor studierten zwei russische Polizisten Barleys Paß, und der Regen ließ die Tinte verlaufen. Während der jüngere seinen Namen herausschrieb, verglich der ältere zweifelnd Barleys zerfurchte Züge mit dem Foto. Barley trug einen durchnäßten braunen Macintosh. Die Haare klebten ihm am Kopf. Er wirkte ein wenig kleiner als gewöhnlich.

»Also *wirklich*, was für ein Tag!« rief das gepflegte Mädchen in einem karierten Faltenrock, das in der Vorhalle wartete. »Hallo, ich bin Felicity. Sie *sind* doch der, für den ich Sie halte? Ein ganz schön nasser Scott Blair? Der Wirtschaftsrat *erwartet* Sie.«

»Ich dachte, die Wirtschaftsleute säßen in dem anderen Gebäude.«

»Ah, die Handelsabteilung. Das ist was *ganz* anderes.«

Barley folgte ihren schwingenden Hüften die ehrwürdige Treppe hinauf. Wie jedesmal, wenn er eine britische Botschaft betrat, kam er sich wie an einen anderen Ort versetzt vor, aber heute war dieses Gefühl noch stärker als sonst. Das unmelodische Pfeifen kam von seinem Zeitungsjungen in Hampstead. Das Schnaufen und Klappern des Bohnergeräts war der Co-op Milchwagen. Es war acht Uhr morgens, und das offizielle Britannien war offiziell noch nicht aufgewacht. Der Wirtschaftsrat war ein stämmiger Schotte mit silbernem Haar. Sein Name war Craig.

»Mr. Blair, Sir! Guten Tag! Nehmen Sie Platz! Möchten Sie Tee oder Kaffee? Schmeckt beides gleich, fürchte ich, aber wir arbeiten daran. Allmählich werden wir es schaffen.«

Er packte Barleys Macintosh und spießte ihn auf einen arbeitsministeriellen Mantelständer. Über dem Schreibtisch zeigte ein gerahmtes Foto die Queen im Reitkostüm. Neben ihr machte ein Plakat darauf aufmerksam, daß dieser Raum nicht abhörsicher war. Felicity brachte Tee und Garibaldi-Kekse. Craig sprach energisch, als könne er es nicht erwarten, seine Neuigkeiten loszuwerden. Sein rotes Gesicht glänzte von der Rasur.

»Ah, und ich höre, die Banditen von der VAAP haben Sie auf eine ganz *phantastische* Rundreise geschickt? Ist da denn überhaupt was bei rausgekommen? Kommen Sie voran, oder tischt man Ihnen bloß das übliche Moskauer Geschwafel auf? Sie wissen, *Geschäftigkeit* wird hier bloß vorgetäuscht. Selten, aber wirklich selten kommt es mal zu einem richtigen Abschluß. Profitstreben oder so was wie Eifer ist denen unbekannt. Nichts als Schulterklopfen und gegenseitige Speichelleckerei. Eine unmögliche Kombination aus unheilbarer Trägheit im Dienste unverwirklichbarer Visionen, sage ich immer. Neulich hat der Botschafter genau diesen meinen Satz in einer Depesche verwendet. Keine Belobigung erhalten, keine verlangt. Wie wollen die nur jemals, frage ich Sie, eine Wirtschaft in den Griff bekommen, die auf Faulheit, Klüngel und versteckte Arbeitslosigkeit aufgebaut ist? Antwort: niemals! Wann werden die sich jemals davon freimachen? Was wird passieren, wenn sie das tun? Antwort: Das weiß Gott allein. Ich betrachte die hiesige Bücherwelt als einen Mikrokosmos ihres ganzen Dilemmas, können Sie mir folgen?«

So quasselte er weiter, bis er anzunehmen schien, daß Barley und die Mikrofone genug gefüttert worden waren. »Nun, ich habe unsere kleine Morgenunterhaltung hier wirklich sehr genossen. Sie haben mir viel Stoff zum Nachdenken gegeben, das sage ich Ihnen ganz offen. In unserem Geschäft besteht immer die große Gefahr, von der Quelle abgeschnitten zu werden. Gestatten Sie mir, Sie nun ein wenig herumzuführen? Die Mitarbeiter unserer Konsulatskanzlei würden es mir nie verzeihen, wenn ich es nicht täte.«

Er nickte befehlend und ging ihm durch einen Korridor zu einer Eisentür voran, aus der ein tückisches Guckloch sah. Die Tür ging vor ihnen auf und schloß sich wieder, als Barley eingetreten war.

Craig ist unser Verbindungsmann, hatte Ned gesagt. Er ist unausstehlich, aber er wird Sie zu Ihrem Führer bringen.

Zunächst glaubte Barley, er befinde sich in einer abgedunkelten Zelle, dann wurde die Zelle zu einer Sauna, denn das einzige Licht kam von unten aus einer Ecke, und es roch nach Harz. Dann stellte er fest, daß die Sauna aufgehängt war, denn er spürte ein Schaukeln unter den Füßen.

Er setzte sich behutsam auf einen Hocker und machte hinter einem Tisch zwei Gestalten aus. Über der ersten hing ein welliges Poster, das einen Beefeater bei der Verteidigung der London Bridge zeigte. Über der zweiten Person schmachtete Lake Windermere unter einer Abendsonne der Britischen Eisenbahnen.

»Bravo, Barley«, rief unter dem Beefeater eine kernige englische Stimme, die der von Ned recht ähnlich war. »Mein Name ist Paddy, Kurzform von Patrick, und dieser Gentleman heißt Cy. Er ist Amerikaner.«

»Hi, Barley«, sagte Cy.

»Wir sind hier bloß die Botenjungen«, erklärte Paddy. »Naturgemäß sind wir in unseren Möglichkeiten ziemlich beschränkt. Unsere Hauptaufgabe ist es, für Camels und warme Mahlzeiten zu sorgen. Ned läßt Sie besonders herzlich grüßen. Desgleichen Clive. Wenn die nicht so verdorben wären, wären sie rübergekommen und hätten mit uns zusammen an ihren Nägeln gekaut. Berufsrisiko. Erwischt uns alle, fürchte ich.«

Während er sprach, konnte man ihn in dem trüben Licht allmählich deutlicher sehen. Er wirkte ungepflegt, aber wendig und hatte die kantigen Brauen und entrückten Augen eines Forschers. Cy war ein eleganter Stadtmensch und ein Dutzend Jahre jünger. Ihre vier Hände lagen auf einem Stadtplan von Leningrad. Paddys Hemdsärmel waren zerfranst. Die von Cy waren bügelfrei.

»Ich muß Sie übrigens fragen, ob Sie weitermachen wollen«, sagte Paddy, als sei ihm damit ein besonders guter Scherz gelungen. »Wenn Sie aussteigen wollen, dann ist das Ihr gutes Recht, und niemand würde es Ihnen krummnehmen. Wollen Sie aussteigen? Was sagen Sie?«

»Zapadni wird mich umbringen«, murmelte Barley.

»Wieso das?«

»Ich bin sein Gast. Er bezahlt meine Rechnung, arrangiert mein Programm.« Er griff sich mit der Hand an den Kopf und rieb seine Stirn, als wolle er die Verbindung mit seinem Gehirn wiederherstellen. »Was soll ich ihm sagen? Ich kann doch nicht einfach abhauen, bye-bye, ich fahr jetzt nach Leningrad. Der müßte mich ja für verrückt halten.«

»Aber Sie sagen *Leningrad*, nicht London?« beharrte Paddy recht freundlich.

»Dafür habe ich kein Visum. Nur für Moskau. Für Leningrad nicht.«

»Aber mal angenommen.«

Wieder eine längere Pause.

»Ich muß mit ihm reden«, sagte Barley, als ob das eine Erklärung wäre.

»Mit Zapadni?«

»Goethe. Muß mit ihm reden.«

Barley fuhr sich mit einer für ihn typischen Geste mit der Rückseite seines rechten Handgelenks über den Mund und warf einen Blick darauf, als ob er Blut zu sehen erwartete. »Ich werde ihn nicht belügen«, brummte er.

»Niemand verlangt, daß Sie ihn belügen. Ned will keine Betrügereien, sondern Partnerschaft.«

»Das gilt auch für uns«, sagte Cy.

»Ich werde ihm nichts vormachen. Entweder rede ich offen mit ihm oder überhaupt nicht.«

»Etwas anderes würde Ned auch gar nicht wünschen«, sagte Paddy. »Wir wollen ihn mit allem ausstatten, was er braucht.«

»Wir auch«, sagte Cy.

»Potomac Boston, Inc., Ihr neuer amerikanischer Geschäftspartner, Barley«, erklärte Paddy mit frischer Stimme und sah flüchtig auf ein Papier, das vor ihm lag. »Leiter dieses neuen Verlagsprojekts ist ein Mr. Henziger, ist das richtig?«

»J. P.«, sagte Barley.

»Schon mal mit ihm zusammengetroffen?«

Barley schüttelte den Kopf und verzog das Gesicht. »Nur ein Name auf dem Vertrag«, sagte er.

»Näher sind Sie noch nicht mit ihm zusammengekommen?«

»Wir haben ein paarmal miteinander telefoniert. Ned meinte, man sollte uns über die transatlantische Leitung hören. Zur Tarnung.«

»Aber ansonsten ist er für Sie ein unbeschriebenes Blatt?« bohrte Paddy weiter, wie er es immer tat, wenn er klare Antworten erzwingen wollte, auch wenn er dadurch als Pedant erschien. »Sie haben keinerlei feste Vorstellung von ihm?«

»Für mich ist er ein Name mit Geld und Büros in Boston und eine Stimme am Telefon. Das ist alles.«

»Und J. P. Henziger ist bei Ihren Gesprächen mit dritten Parteien hier – etwa mit Zapadni – nicht als so eine Art Horrorfigur bezeichnet worden? Sie haben ihm keinen falschen Bart oder ein Holzbein oder ein wüstes Sexleben angehängt? Nichts, was man berücksichtigen müßte, wenn man ihn sozusagen leibhaftig auftreten lassen wollte?«

Barley dachte über die Frage nach, aber sie schien ihm zu entgleiten.

»Nein?« fragte Paddy.

»Nein«, sagte Barley und schüttelte noch einmal unwissend den Kopf.

»Es könnte sich also folgende Situation ergeben haben«, sagte Paddy. »Mr. J. P. Henziger von Potomac Boston, jung, dynamisch, anspruchsvoll, befindet sich zur Zeit zusammen mit seiner Frau auf Urlaub in Europa. Hauptsaison. Gegenwärtig sind sie, sagen wir, im Marski Hotel in Helsinki. Kennen Sie das Marski?«

»Habe dort mal einen Drink zu mir genommen«, sagte Barley, als wäre ihm das peinlich.

»Und auf ihre typisch impulsive amerikanische Art haben die Henzigers es sich in den Kopf gesetzt, eine Blitzreise nach Leningrad zu unternehmen. Jetzt sind Sie dran, Cy.«

Cy spannte ein Lächeln auf und gehorchte. Er hatte ein schlaues Gesicht, wenn es lebendig wurde, und eine intelligente, wenn auch bissige Art zu reden.

»Die Henzigers machen eine Drei-Tage-Tour mit Reiseleitung, Barley. Visa an der finnischen Grenze, Reiseleiter, Bus, der ganze Zirkus. Es sind unkomplizierte, unaufdringliche Leute. Sie kommen zum erstenmal nach Rußland. Zu Hause in Boston macht Glasnost Schlagzeilen. Er hat Geld in Sie investiert. Da er weiß, daß Sie auf seine Kosten in Moskau sind, verlangt er von Ihnen, alles fallenzulassen, nach Leningrad zu eilen, ihm die Koffer zu tragen und von Ihren Fortschritten zu berichten. So was ist ganz normal, typisch für einen jungen Geldsack. Sehen Sie da ein Problem? Irgendwas, das Ihnen nicht paßt?«

Barleys Gedanken klärten sich und damit auch seine Vorstellungskraft.

»Nein. Das geht. Wenn *Sie* können, kann ich das so machen.«

»Als erstes ruft J.P. heute morgen westeuropäischer Zeit vom Marski aus Ihr Londoner Büro an und gerät an Ihren Anrufbeantworter«, fuhr Cy fort. »Mit Maschinen redet J.P. nicht. In genau einer Stunde schickt er Ihnen via Zapadni von der VAAP ein Telex, Kopie geht an Craig hier bei der Britischen Botschaft in Moskau; er verlangt ein Treffen mit Ihnen am nächsten Freitag im Hotel Evropeiskaja, alias Hotel Europa, Leningrad, wo er mit seiner Reisegruppe wohnt. Zapadni wird sich winden und vielleicht ein Geheul anstimmen. Aber da Sie J.P.'s Geld ausgeben, gehen wir davon aus, daß Zapadni sich wohl oder übel den Marktkräften beugen wird. Alles klar?«

»Ja«, sagte Barley.

Paddy setzte die Geschichte fort. »Wenn er einen Funken Verstand hat, wird er Ihnen bei der Änderung Ihres Visums helfen. Sollte er einschnappen, kann Wicklow es schnell zu OVIR bringen, dort ändern lassen und gleich wieder mitnehmen. Unserer Ansicht nach sollten Sie die Sache bei Zapadni nicht hochspielen. Also nicht vor Zapadni kriechen oder Rechtfertigungen hervorkramen. Sondern eine Tugend daraus machen. Sagen Sie ihm, so sei halt das Leben in dieser schnellebigen Zeit.«

»J. P. Henziger gehört zur Familie«, sagt Cy. »Er ist ein guter Offizier. Seine Frau ebenfalls.«

Abrupt hörte er auf.

Wie ein Schiedsrichter, der ein Foul erkannt hat, hatte Barley einen Arm ausgestreckt und zielte damit auf Paddys Brust.

»Moment mal, Sie beide! Immer mit der Ruhe! Sekunde! Was können die beiden denn nützen, so gut sie auch sein mögen, wenn sie den ganzen Tag in einem dämlichen Reisebus durch Leningrad kutschiert werden?«

Paddy brauchte nur einen Augenblick, um sich von dieser unerwarteten Attacke zu erholen. »Sagen Sie's ihm, Cy«, sagte er.

»Barley, bei ihrer Ankunft im Hotel Europa am Donnerstagabend wird Mrs. Henziger einen bösen Anfall von Leningrader Bauchschmerzen bekommen. J. P. wird keine Lust zum Sightseeing haben, während seine liebe Lady mit Dünnpfiff darniederliegt. Er wird sich mit ihr im Hotel verkriechen. Kein Problem.«

Paddy stellte Lampe und Netzteil neben den Leningrader Stadtplan. Katjas drei Treffpunkte waren rot eingekreist.

Barley rief sie erst spät am Nachmittag an; er schätzte, sie würde jetzt gerade ihre Büroklammern wegschließen. Er hatte ein Nickerchen gemacht und danach ein paar Gläser Scotch getrunken, um richtig wach zu werden. Doch als er zu reden anfing, stellte er fest, daß seine Stimme zu hoch klang, und er mußte sie senken.

»Ah. Hallo! Sie sind also gut nach Hause gekommen«, sagte er, und seine Stimme kam ihm ganz fremd vor. »Der Zug hat sich nicht in einen Kürbis oder so was verwandelt?«

»Danke, das war kein Problem.«

»Prima. Na, das wollte ich eigentlich nur wissen. Ja. Und Ihnen für den wunderbaren Abend danken. Mhmh. Und fürs erste auf Wiedersehen sagen.«

»Danke gleichfalls. Es hat sich gelohnt.«

»Hatte gehofft, wir könnten uns vielleicht noch einmal treffen. Leider muß ich jetzt aber nach Leningrad. Mußte meine Pläne ändern, weil sich irgend so eine dumme Geschäftssache ergeben hat.«

Ein langes Schweigen. »Dann müssen Sie sich setzen«, sagte sie.

Barley fragte sich, wer von ihnen jetzt verrückt geworden war. »Wieso?«

»Das ist bei uns so Brauch; wenn wir uns auf eine lange Reise vorbereiten, setzen wir uns erst einmal hin. Sitzen Sie jetzt?«

Er konnte das Glück in ihrer Stimme hören und wurde darüber selbst glücklich.

»Ich liege. Geht das auch?«

»Davon habe ich nichts gehört. Sie sollten auf Ihrem Gepäck oder einer Bank sitzen, ein bißchen seufzen und sich dann bekreuzigen. Aber ich denke, im Liegen wirkt es genauso.«

»Stimmt.«

»Werden Sie aus Leningrad nach Moskau zurückkommen?«

»Auf dieser Reise wohl nicht. Ich denke, wir werden gleich wieder zur Schule zurückfliegen.«

»Schule?«

»England. Blöder Ausdruck von mir.«

»Was bedeutet er?«

»Pflichten. Unreife. Unwissenheit. Die üblichen englischen Laster.«

»Haben Sie viele Pflichten?«

»Kofferweise. Aber ich lerne, damit klarzukommen. Gestern habe ich tatsächlich nein gesagt und jeden in Erstaunen versetzt.«

»Warum müssen Sie nein sagen? Warum sagen Sie nicht ja? Vielleicht würde sie das noch mehr in Erstaunen versetzen.«

»Nun ja, das war ja das Dumme gestern abend, nicht? Ich kam gar nicht dazu, von mir selbst zu reden. Wir sprachen von Ihnen, von den großen Dichtern aller Zeiten, von Gorbatschow, vom Verlagsgeschäft. Aber das Hauptthema haben wir ausgelassen. Mich. Ich werde eigens noch einmal wiederkommen müssen, um Sie damit zu langweilen.«

»Ich bin sicher, es wird mich nicht langweilen.«

»Kann ich Ihnen irgend etwas mitbringen?«

»Bitte?«

»Wenn ich das nächste Mal komme. Irgendwelche besonderen Wünsche? Eine elektrische Zahnbürste? Papierlockenwickler? Noch mehr von Jane Austen?«

Eine herrliche, lange Pause.

»Ich wünsche Ihnen eine gute Reise, Barley«, sagte sie.

Das letzte Mittagessen mit Zapadni war ein Leichenschmaus ohne Leiche. Insgesamt vierzehn Männer, die einzigen Gäste in dem riesigen Restaurant im Obergeschoß eines noch nicht fertigen neuen Hotels. Kellner brachten Essen und verschwanden in fernen Randzonen. Zapadni mußte Kundschafter losschicken, um sie aufzuspüren. Es gab nichts zu trinken und herzlich wenig Unterhaltung; nur Barley und Zapadni brachten untereinander ein Gespräch zustande. Im Hintergrund liefen Musikkonserven aus den fünfziger Jahren. Und es wurde viel gehämmert.

»Aber wir haben eine große Party für Sie organisiert, Barley«, protestierte Zapadni. »Wassili bringt sein Schlagzeug mit, Victor wird Ihnen sein Saxophon leihen, ein Freund von mir, der selber Schnaps brennt, hat uns sechs Flaschen versprochen, ein paar verrückte Maler und Schriftsteller kommen. Alles, was man für einen so richtig verrufenen Abend braucht, und Sie haben das Wochenende, um sich zu erholen. Sagen Sie Ihrem amerikanischen Schweinehund von Potomac, er solle zum Teufel gehen. So ernst gefallen Sie uns nicht.«

»Unsere Geldsäcke sind eure Bürokraten, Alik. Wir ignorieren sie auf eigene Gefahr. Genau wie Sie.«

Zapadnis Lächeln war weder warm noch versöhnlich. »Wir hatten sogar gedacht, Sie hätten Ihr Herz ein wenig an eine unserer berühmten Moskauer Schönheiten verloren. Kann denn die entzückende Katja Sie nicht zum Bleiben bewegen?«

»Wer ist Katja?« hörte sich Barley antworten, während er sich noch darüber wunderte, daß die Decke nicht eingestürzt war.

Um den Tisch erhob sich lebhaft belustigtes Gemurmel.

»Wir sind hier in Moskau, Barley«, erinnerte ihn Zapadni sehr zufrieden mit sich selbst. »Hier geschieht nichts, ohne daß nicht etwas geschieht. Es gibt wenige Intellektuelle, wir sind alle pleite, und Telefonate im Stadtbereich kosten nichts. Sie können nicht mit Katja Orlowa in einem intimen und ziemlich verrückten Restaurant zu Abend essen, ohne daß nicht mindestens fünfzehn von uns am nächsten Morgen davon erfahren.«

»Das war rein geschäftlich«, sagte Barley.

»Warum haben Sie dann nicht Mr. Wicklow mitgenommen?«

»Der ist doch viel zu jung«, sagte Barley und erzielte damit einen weiteren Ausbruch russischer Heiterkeit.

Der Schlafwagenzug nach Leningrad verläßt Moskau normalerweise wenige Minuten vor Mitternacht, damit Rußlands zahllose Bürokraten noch einen zweiten Spesentag für die Fahrt herausschlagen können. Das Abteil hatte vier Betten, und Wicklow und Barley lagen in den beiden unteren, bis eine schwergewichtige blonde Dame darauf bestand, daß Barley seinen Platz mit ihr tauschte. Das vierte Bett war von einem ruhigen, offenbar wohlhabenden Mann besetzt, der ein elegantes Englisch sprach und irgendeinen privaten Kummer mit sich herumzutragen schien. Zunächst trug er einen dunklen Anwaltsanzug, dann einen wild gestreiften Pyjama, der einem Clown zur Zierde gereicht hätte, jedoch nichts an seiner gedrückten Stimmung änderte. Zu weiterer Unruhe kam es, als die blonde Dame sich weigerte, auch nur ihren Hut abzulegen, solange die drei Männer sich nicht auf den Flur zurückgezogen hätten. Die Harmonie war wiederhergestellt, als sie, nun in einem rosa Trainingsanzug mit Bommeln an den Schultern, die Männer wieder hereinrief und zum Dank für deren Ritterlichkeit mit selbstgemachtem Gebäck verköstigte. Und als Barley seinen Whisky hervorholte, war sie so beeindruckt, daß sie ihnen auch noch ihre Wurst anbot und mehr als einmal darauf bestand, auf die Gesundheit von Mrs. Thatcher zu trinken.

»Woher kommen Sie?« fragte der traurige Mann Barley über den Gang hinweg, als sie sich für die Nacht hingelegt hatten.
»London«, sagte Barley.

»London in England. Nicht vom Mond, nicht von den Sternen, sondern aus London in England«, bekräftigte der traurige

Mann und schien im Gegensatz zu Barley bald eingeschlafen zu sein. Aber als sie ein paar Stunden später in einen Bahnhof einliefen, nahm er das Gespräch wieder auf. »Wissen Sie, wo wir jetzt sind?« fragte er, ohne erst groß festzustellen, ob Barley überhaupt wach sei.

»Nicht daß ich wüßte.«

»Wenn Anna Karenina heute nacht mit uns reisen und klaren Kopf behalten würde, dann würde sie hier den Versager Wronski verlassen.«

»Wunderbar«, sagte Barley ziemlich perplex. Sein Whisky war alle, aber der traurige Mann hatte georgischen Brandy.

»Es war früher ein Sumpf, und ist noch heute ein Sumpf«, sagte der traurige Mann. »Wenn Sie die russische Krankheit studieren wollen, müssen Sie im russischen Sumpf leben.« Er sprach von Leningrad.

10

Unter dem tiefhängenden wattigen Himmel wirkte der Prunk der importierten Paläste trostlos. In den Parks wurde sommerliche Musik gespielt, aber der Sommer hing hinter den Wolken und ließ auf den venezianischen Wasserstraßen kalkig nordische Nebelfetzen wallen. Während Barley spazierenging, hatte er wie immer in Leningrad das Gefühl, durch ganz andere Städte zu gehen, mal Prag, mal Wien, mal ein Stück Paris oder eine Ecke am Regent's Park. Keine andere Stadt, die er kannte, verbarg ihre Schande hinter so vielen reizenden Fassaden oder warf mit ihrem Lächeln so schreckliche Fragen auf. Wer betete in diesen verschlossenen, unwirklichen Kirchen? Und zu wessen Gott? Wie viele Leichen hatten diese anmutigen Kanäle verstopft oder waren erfroren ins Meer geschwemmt worden? Wo sonst auf der Welt hatte so viel Barbarei sich derart schöne Denkmäler gesetzt? Selbst die Leute auf der Straße, die so langsam sprachen, so wohlanständig und zurückhaltend waren, schienen durch die monströse Heuchelei dieser Schönheiten miteinander verbunden. Und Barley, der wie jeder andere Tourist herumschlenderte und gaffte – und wie jeder andere Spion die Minuten zählte –, Barley empfand sich als Teil dieses Doppelspiels.

Er hatte einem amerikanischen Geldsack, der gar keiner war, die Hand gegeben und sein Bedauern über die Erkrankung seiner Frau ausgesprochen, die gar nicht krank und vermutlich auch nicht seine Frau war.

Er hatte einem Untergebenen, der nicht sein Untergebener war, Weisung erteilt, ihm bei einem Notfall, den es nicht gab, Beistand zu leisten.

Er war auf dem Weg zu einem Treffen mit einem Schriftsteller, der kein Schriftsteller war, sondern ein Mann, der den Märtyrer spielen wollte, und das in einer Stadt, wo man an jeder Ecke den Märtyrer spielen konnte, ob man sich nun darum bemühte oder nicht.

Er war wie betäubt vor Angst und lief den vierten Tag in Folge mit einem Kater herum.

Er war endlich ein Bürger von Leningrad.

Auf dem Newski Prospekt merkte er plötzlich, daß er die Cafeteria suchte, die inoffiziell Saigon genannt wurde, ein Lokal für Dichter, Drogenhändler und Spekulanten, aber nicht für Professorentöchter. »Dein Vater hat recht«, hörte er sie sagen. »Das System wird immer gewinnen.«

Er hatte einen von Paddy zur Verfügung gestellten Stadtplan dabei – deutsch, mit mehrsprachigem Text. Cy hatte ihm eine Ausgabe von *Schuld und Sühne* mitgegeben, ein zerfleddertes Penguin-Paperback in einer Übersetzung, die ihn zur Verzweiflung brachte. Er hatte beides in eine Plastiktüte gepackt. Wicklow hatte darauf bestanden. Nicht irgendeine Tüte, sondern diese Tüte, die mit ihrer Werbung für eine scheußliche amerikanische Zigarettenmarke noch aus fünfhundert Metern auffiel. Und sein augenblicklicher Auftrag lautete, Raskolnikow auf seinem schicksalhaften Gang zum Mord an der alten Dame zu folgen, weshalb er nach einem Hof Ausschau hielt, der vom Gribojedew-Kanal abzweigen sollte. Zugang durch ein eisernes Tor, ein mächtiger Baum spendete Schatten. Gemächlich spazierte er hinein, spähte in sein Paperback, dann wachsam nach den rußigen Fenstern, als erwarte er, das Blut der Pfandleiherin von den vergilbenden Rahmen triefen zu sehen. Nur gelegentlich erlaubte er seinem Blick, in jene unscharfe mittlere Entfernung zu schweifen, den die englische Oberschicht für sich gepachtet hat und der so belanglose Objekte wie Vorbeigehende enthält oder Leute, die nicht einmal vorbeigehen, sondern gar nichts tun; oder das Tor, das zur Plechanowa-Straße ging und das laut Paddy nur sehr Ortskundige kannten, zum Beispiel Wissenschaftler, die in ihrer Jugend am Litmo um die Ecke studiert hatten, jedoch, soweit Barley das aus seiner beiläufigen Suche nach den Zugängen schließen konnte, offenbar nicht an diesen Ort zurückkehrten.

Er war außer Atem. Im unteren Teil seines Brustkastens blähte sich etwas wie eine mit Ekel gefüllte Blase. Er trat an das Tor und öffnete es. Er durchschritt eine Eingangshalle. Er stieg über die kurze Treppe auf die Straße. Er sah nach links und rechts und tat wieder einmal so, als vergleiche er seine Entdeckungen, während Wicklows verfluchte Mikrofonausrüstung ihm in den Rücken schnitt. Er machte kehrt, schlenderte durch den Hof an dem mächtigen Baum vorbei zurück, bis er wieder am Kanal angelangt war. Dort setzte er sich auf eine Bank und entfaltete den Stadtplan. Zehn Minuten, hatte Paddy gesagt und ihm für sein unzuverlässiges Erbstück eine zerkratzte Sportuhr gegeben. Fünf vorher, fünf nachher, dann Abgang.

»Haben Sie sich verlaufen?« fragte ein blasser Mann, der für einen Schnüffler zu alt aussah. Er trug eine italienische Rennfahrerbrille und Nike-Turnschuhe. Sein russisches Englisch hatte einen amerikanischen Akzent.

»Ich verlaufe mich grundsätzlich, Alter, danke«, sagte Barley höflich. »Das macht mir Spaß.«

»Wollen Sie mir etwas verkaufen? Zigaretten? Scotch? Füllfederhalter? Oder Medikamente, Devisen oder so was Ähnliches tauschen?«

»Danke, aber mir geht's so schon gut genug«, erwiderte Barley und war erleichtert, sich mit normaler Stimme sprechen zu hören. »Wenn Sie mir noch ein bißchen aus der Sonne gehen würden, ginge es mir sogar noch besser.«

»Wollen Sie eine internationale Gruppe von Leuten kennenlernen, einschließlich Mädchen? Ich kann Ihnen das wahre Rußland zeigen, das sonst niemand zu sehen bekommt.«

»Um ganz ehrlich zu sein, Alter, ich glaube, Sie würden das wahre Rußland nicht einmal dann erkennen, wenn es aufstünde und Ihnen in die Eier beißen würde«, sagte Barley und wandte sich wieder seinem Stadtplan zu. Der Mann zog ab.

Freitags machen auch die großen Wissenschaftler nichts anderes als alle anderen Leute, hatte Paddy gesagt. Sie beschließen die Woche mit einem Besäufnis. Sie haben drei Tage lang stillsitzen müssen, sie haben sich ihre Leistungen vorgeführt und Forschungsergebnisse ausgetauscht. Ihre Leningrader Gastgeber werden ihnen ein üppiges Mittagessen spendieren, aber so zeitig Schluß machen, daß sie noch einkaufen können, ehe sie zu ihren Postfachadressen zurückkehren. Hier wird Ihr Freund zum erstenmal die Chance haben, sich von der Gruppe wegzuschleichen, falls er das vorhat.

Mein Freund. *Mein* Raskolnikow-Freund. Nicht *sein* Freund. Meiner. Falls was schiefgeht.

Ein Rendezvous fehlgeschlagen, blieben noch zwei.

Barley stand auf, rieb sich den Rücken und setzte seinen literarischen Rundgang durch Leningrad fort; er hatte massenhaft Zeit. Wieder auf dem Newski Prospekt, betrachtete er die sonnengebräunten Gesichter der Einkaufenden, und plötzlich fühlte er sich eins mit diesen Leuten und betete, sie möchten ihn in ihre Reihen aufnehmen: »Ich bin einer von euch! Ich bin genauso durcheinander wie ihr! Nehmt mich auf! Versteckt mich! Ignoriert mich!« Er beruhigte sich. Sieh dich um. Mach ein blödes Gesicht. Sei ein Gaffer.

Hinter ihm stand die Kasan-Kathedrale. Vor ihm ragte das Haus der Bücher auf, wo Barley als guter Verleger nun verweilte, einen Blick in die Schaufenster warf und an dem gedrungenen Turm mit seiner scheußlichen Kugel emporsah. Aber er blieb nicht lange, damit ihn am Ende nicht noch jemand aus den Lektoratsbüros oben erkannte. Er bog in die Scheljabowa-Straße und näherte sich einem der großen Leningrader Kaufhäuser; die Auslagen zeigten englische Mode aus der Zeit des Krieges und in dieser Jahreszeit unbrauchbare Pelzmützen. Er stellte sich auffällig an den Haupteingang, hakte die Plastiktasche an einen Mittelfinger und entfaltete zur Tarnung seinen Stadtplan.

Hier nicht, dachte er. Um Himmels willen, nicht hier. Bitte an einem halbwegs ruhigen Ort, Goethe. Nicht hier.

»Wenn er sich für den Laden entscheidet, will er das Treffen in aller Öffentlichkeit abhalten«, hatte Paddy gesagt. »Er wird die Arme ausbreiten und rufen: Scott Blair, sind Sie es wirklich?«

In den nächsten zehn Minuten dachte Barley an gar nichts. Er starrte auf den Stadtplan, hob den Kopf und starrte die Gebäude an. Er starrte die Mädchen an, und an diesem Leningrader Sommertag starrten die Mädchen zurück. Aber ihre Aufmerksamkeit beruhigte ihn nicht, und er beugte sich wieder über seine Karte. Schweißperlen liefen ihm wie Murmeln über die Rippen. Er malte sich aus, daß die Mikrofone einen Kurzschluß bekämen. Er räusperte sich zweimal, da er fürchtete, ihm könnte die Stimme versagen. Doch als er versuchte, seine Lippen zu befeuchten, stellte er fest, daß ihm die Zunge eingetrocknet war.

Die zehn Minuten waren um, aber er hängte noch zwei dran, denn die war er sich selbst, Katja und Goethe schuldig. Er legte die Karte zusammen, faltete sie nicht an den richtigen Stellen, aber das hatte er ohnehin noch nie gekonnt. Er stopfte sie in die grelle Plastiktüte. Dann schob er sich wieder ins Gedränge und entdeckte, daß er doch noch wie jeder andere gehen konnte, ohne zu taumeln oder Hals über Kopf auf das Pflaster zu stürzen.

Er schlenderte zum Newski zurück und zur Anichkow-Brücke, suchte den Trolleybus Nr. 7 nach Smolny, wo er zum dritten- und letztenmal vor den versammelten Spionen Leningrads zu erscheinen hatte.

Zwei Jungen in Jeans standen vor ihm in der Schlange. Hinter ihm drei Babuschkas. Der Trolleybus kam, und die Jungen sprangen rein. Barley ihnen nach. Die zwei Jungen unterhielten sich lautstark. Ein alter Mann stand auf, um eine der Babuschkas sitzen zu lassen. Ganz schön voll hier drin, dachte Barley, wieder einmal geneigt, denen zu vertrauen, die er betrog; bleiben wir doch den ganzen Tag zusammen und amüsieren uns. Ein kleiner Junge sah ihm stirnrunzelnd ins Gesicht und fragte ihn etwas. Einer Eingebung folgend, schob Barley seinen Ärmel hoch und zeigte ihm Paddys stählerne Armbanduhr. Der Junge besah sie genau und zischte wütend. Der Bus hielt rappelnd an.

Er hat gekniffen, dachte Barley erleichtert, als er den Park betrat. Die Sonne brach aus den Wolken. Er ist ein Feigling, und wer kann ihm das verdenken?

Aber inzwischen hatte er ihn entdeckt. Goethe, genau wie angekündigt. Goethe, der große Liebhaber und Denker; auf der dritten Bank links, wenn Sie auf den Kiesweg kommen. Ein Nihilist, für den es keinerlei Prinzipien gibt.

Goethe. Zeitunglesend. Nüchtern und halb so groß wie ursprünglich; gewiß, er trug einen schwarzen Anzug, sah aber aus wie sein kleinerer älterer Bruder. Beim Anblick solch absoluter Gewöhnlichkeit wurde Barley das Herz schwer und pochte dann laut. Der Schatten des großen Dichters war verschwunden. Altersfalten zerfurchten das einst glatte Gesicht. Dieser buchhalterhafte bärtige Russe, der da auf einer Parkbank die Mittagsluft genoß, hatte seine ganze Lebendigkeit verloren.

Aber dennoch Goethe; inmitten einer Gruppe einander befehdender russischer Heiligtümer: keinen Pistolenschuß entfernt von den mächtigen Statuen von Marx, Engels und Lenin, die ihn von seltsam getrennt stehenden Sockeln mit finsteren Bronzeblicken anstarrten; keinen Musketenschuß entfernt von dem heiligen Raum siebenundsechzig jenes Internats für die höheren Töchter Petersburgs, in dem Lenin sein revolutionäres Hauptquartier aufgeschlagen hatte; keinen Trauermarsch entfernt von Rastrellis blauer Barockkathedrale, mit deren Bau sich eine Kaiserin die Jahre ihres Niedergangs versüßte; einen Katzensprung entfernt von der Leningrader Parteizentrale mit ihren übergroßen Polizisten, die voller Groll auf die befreiten Massen blickten.

Smola heißt Teer, erinnerte sich Barley dumpf in diesem gedehnten Augenblick monströser Normalität. In Smolny hatte Peter der Große den Teer für die erste russische Kriegsflotte gelagert.

Die Leute in Goethes Nähe waren genauso normal wie er selbst. Der Tag mochte trübe begonnen haben, aber die herausgekommene Sonne hatte Wunder gewirkt; die braven Bürger entblätterten sich, als seien sie alle vom selben Drang beseelt. Jungen mit nacktem Oberkörper, Mädchen wie weggeworfene Blumen und unförmige Frauen in Satinbüstenhaltern lagen zu

Goethes Füßen, hörten Radio, mampften Butterbrote und sprachen über irgendwelche Dinge, über die sie in rascher Folge Grimassen schnitten, ins Grübeln gerieten und lachten.

An der Bank führte ein Nebenweg vorbei. Dort postierte sich Barley und studierte die »Informationen« auf der Rückseite des gefalteten Stadtplans. Draußen im Einsatz, hatte Ned während einer Sitzung gesagt, die der makabren Etikette des Gewerbes gewidmet war, ist die Quelle der Star, und der Star entscheidet, ob das Treffen zustande kommt oder nicht.

Fünfzig Meter trennten Barley von seinem Star, aber der Weg verband sie wie eine gerade Linie. Ging er zu schnell oder zu langsam? Einmal lief er fast auf das vor ihm gehende Paar auf, dann wieder wurde er von hinten beiseite geschoben. Wenn er Sie ignoriert, hatte Paddy gesagt, warten Sie fünf Minuten und nähern sich ihm dann noch einmal. Über seine Karte hinwegschielend, sah Barley, wie Goethe den Kopf hob, als habe dieser sein Kommen gewittert. Er sah die Blässe von Goethes Wangen und die lichtlosen Höhlen seiner Augen, dann den hellen Fleck der Zeitung, als er sie wie eine Picknickdecke zusammenfaltete. Er entdeckte etwas Steifes und nicht ganz Harmonisches in Goethes Bewegungen, so daß seine rasenden Gedanken ihn mit einem allzu akkurat agierenden Schweizer Uhrenmännchen verglichen: Jetzt hebe ich mein bleiches Antlitz, jetzt schlage ich mit meiner weißen Flagge zwölf, jetzt stehe ich auf und ziehe ab. Goethe schob die gefaltete Zeitung in die Tasche und warf einen pädagogischen Blick auf seine Armbanduhr. Dann schloß er sich – noch immer mechanisch, als sei er von jemand anderem konstruiert worden – dem Heer der Fußgänger an und ging mit großen wippenden Schritten auf den Fluß zu.

Jetzt war Barleys Tempo festgelegt, von Goethe vorgegeben. Sein Opfer folgte dem Weg zu einer Reihe geparkter Autos. Barley sah und dachte wieder klar; er ging hinter ihm her, kam zu den Autos und sah ihn vor der schnellfließenden Newa stehen, das Jackett vom Flußwind gebläht. Ein Vergnügungsdampfer zog vorüber, aber die Passagiere machten nicht gerade einen vergnügten Eindruck. Dann tuckerte, rotscheckig von Mennige, ein Kohlenkahn vorbei, und der schmierige Rauch aus dem Schornstein sah schön aus im tanzenden Licht des Stroms.

Goethe lehnte über der Balustrade und spähte in den Fluß, als berechne er seine Geschwindigkeit. Barley ging schlurfend auf ihn zu, während er sich mit wachsendem Eifer an seiner Karte orientierte. Selbst als er in dem makellosen Englisch, das ihn auf der Veranda in Peredelkino geweckt hatte, angesprochen wurde, ließ er keine unmittelbare Reaktion erkennen.

»Sir? Entschuldigen Sie, Sir. Ich glaube, wir kennen uns.«

Aber Barley weigerte sich noch, ihn anzuhören. Die Stimme war zu nervös, zu zaghaft. Er blickte weiterhin stirnrunzelnd auf seine »Informationen«. Wird auch so ein Schnüffler sein, sagte er sich. Noch einer von diesen Pillenhändlern oder Zuhältern.

»Sir?« wiederholte Goethe, als sei er selbst jetzt unsicher.

Erst jetzt, der Hartnäckigkeit des Fremden nachgebend, hob Barley unwillig seinen Kopf.

»Sind Sie nicht Mr. Scott Blair, Sir, der bekannte englische Verleger?«

Worauf Barley sich endlich herabließ, den Mann zu erkennen, der ihn da ansprach; zunächst noch zweifelnd, dann mit ungekünstelter, wenn auch gedämpfter Freude streckte er seine Hand aus.

»Da soll mich doch«, sagte er ruhig. »Mein Gott. Der große Goethe, genauso lebendig wie ich. Wir haben uns auf dieser skandalösen literarischen Party kennengelernt. Waren die beiden einzigen Nüchternen da. Wie geht es Ihnen?«

»Danke, *sehr* gut«, sagte Goethe, und seine angespannte Stimme klang langsam beherzter. Aber seine Hand war glitschig von Schweiß, als Barley sie schüttelte. »Ich wüßte nicht, wie es mir zur Zeit noch bessergehen könnte. Willkommen in Leningrad, Mr. Barley. Wie schade, daß ich heute nachmittag verabredet bin. Haben Sie Zeit für einen kleinen Spaziergang? Können wir Ideen austauschen?« Seine Stimme senkte sich kaum. »In Bewegung zu bleiben ist das Sicherste«, erklärte er. Er hatte Barleys Arm genommen und schob ihn rasch am Ufer entlang. Sein Drängen hatte Barley um jeden taktischen Gedanken gebracht. Er sah die hüpfende Gestalt neben sich, die Blässe der eingefallenen Wangen und die Spuren, die Angst, Schmerz oder Kummer darin eingegraben hatten. Er sah, wie Goethe jeden

Entgegenkommenden mit nervösem Blick anflackerte. Und er hatte nur noch den Instinkt, ihn zu beschützen: Goethe selbst und auch Katja.

»Wenn wir eine halbe Stunde gehen könnten, würden wir das Schlachtschiff *Aurora* sehen, von dem der Startschuß zur Revolution abgefeuert wurde. Aber die nächste Revolution wird mit ein paar sanften Takten von Bach beginnen. Die Zeit ist reif. Finden Sie nicht?«

»Und ohne Dirigent«, sagte Barley grinsend.

»Oder vielleicht mit ein bißchen Jazz, den Sie so schön spielen. Ja, ja! Ich hab's! Sie werden unsere Revolution ausrufen, indem Sie was von Lester Young auf dem Saxophon spielen. Sie haben den neuen Roman von Rybakow gelesen? Zwanzig Jahre lang unterdrückt und deshalb ein großes russisches Meisterwerk? Ich halte es für eine Vergewaltigung der Zeit.«

»Es ist noch nicht auf englisch erschienen.«

»Haben Sie mein Manuskript gelesen?« Die dünne Hand spannte sich fester um seinen Arm. Die gepreßte Stimme hatte sich zu einem Murmeln gesenkt.

»Was mir davon begreiflich war: ja.«

»Was halten Sie davon?«

»Es ist mutig.«

»Und was noch?«

»Es ist sensationell. Was mir davon verständlich war. Großartig.«

»Wir haben einander in jener Nacht erkannt. Wie durch Zauberei. Sie kennen unser russisches Sprichwort: ›Ein Fischer erkennt einen anderen aus der Ferne?‹ Wir sind Fischer. Wir werden Tausende mit unserer Wahrheit speisen.«

»Vielleicht auch das«, sagte Barley zweifelnd und spürte, wie der hagere Kopf zu ihm herumfuhr. »Ich muß mit Ihnen ein wenig darüber reden, Goethe. Es gibt da ein paar Probleme.«

»Deswegen sind Sie ja hier. Ich auch. Ich danke Ihnen, daß Sie nach Leningrad gekommen sind. Wann werden Sie es herausbringen? Es sollte bald geschehen. Die Schriftsteller hier warten drei, fünf Jahre auf ihre Veröffentlichung, auch wenn Sie nicht Rybakow heißen. Ich kann das nicht. Rußland hat keine Zeit mehr. Und ich auch nicht.«

Ein Schleppzug fuhr vorbei, in seinem Kielwasser tanzte frech ein zweisitziges Ruderboot. Am Geländer umarmte sich ein Liebespaar. Und im Schatten der Kathedrale stand eine junge Frau und schaukelte einen Kinderwagen, während sie in der anderen Hand ein Buch hielt und las.

»Als ich auf der Moskauer Phonomesse nicht auftauchte, gab Katja Ihr Manuskript einem Kollegen von mir«, sagte Barley vorsichtig.

»Ich weiß. Sie mußte es riskieren.«

»Was Sie nicht wissen, ist, daß der Kollege mich nicht finden konnte, als er nach England zurückkam. Also übergab er es den Behörden. Verschwiegenen Leuten. Experten.«

Goethe fuhr alarmiert zu Barley herum, und seine gespannten Züge nahmen einen bestürzten Ausdruck an. »Ich kann Experten nicht *leiden*«, sagte er. »Sie sind unsere Kerkermeister. Mehr als alles andere auf der Welt verachte ich Experten.«

»Sind Sie nicht selbst einer?«

»Eben deshalb darf ich das sagen! Experten sind Süchtige. Sie lösen nichts! Sie dienen jedem System, das sich ihrer bedient. Sie erhalten es aufrecht. Wenn wir gefoltert werden, dann von Experten. Wenn wir gehängt werden, dann von Experten. Haben Sie nicht gelesen, was ich geschrieben habe? Wenn die Welt zerstört wird, dann nicht von Wahnsinnigen, sondern vom gesunden Verstand der Experten und der überheblichen Ignoranz der Bürokraten. Sie haben mich verraten.«

»Niemand hat Sie verraten«, sagte Barley wütend. »Das Manuskript ist vom Weg abgekommen, das ist alles. Unsere Bürokraten sind nicht eure Bürokraten. Sie haben es gelesen, sie sind begeistert, aber sie müssen mehr über Sie wissen. Sie können die Botschaft nur glauben, wenn sie an die Quelle glauben können.«

»Aber wollen die es denn veröffentlichen?«

»Zunächst einmal müssen sie sich vergewissern, daß Sie kein Falschspieler sind, und das können sie am besten, wenn sie mit Ihnen reden.«

Goethe schritt zu schnell aus, zerrte Barley mit sich. Er starrte vor sich hin. Schweiß rann ihm über die Schläfen.

»Mein Gebiet ist die Kunst, Goethe«, sagte Barley zu seinem abgewandten Gesicht. »Meine physikalischen Kenntnisse enden bei *Beowulf*, Mädchen und warmem Bier. Das ist mir alles zu hoch. Katja auch. Wenn Sie diesen Weg gehen wollen, dann gehen Sie ihn mit den Experten, und lassen Sie uns aus dem Spiel. Um Ihnen das zu sagen, bin ich gekommen.«

Sie kreuzten einen Weg und überquerten das nächste Rasenstück. Ein Gruppe Schulkinder stob auseinander, um sie durchzulassen.

»Sie sind gekommen, um mir zu sagen, daß Sie mich nicht verlegen wollen?«

»Wie *kann* ich Sie verlegen?« gab Barley zurück, seinerseits von Goethes Verzweiflung beflügelt. »Selbst wenn wir das Zeug in Form bringen könnten – was wäre dann mit Katja? Sie war Ihr Kurier, erinnern Sie sich? Sie hat sowjetische Verteidigungsgeheimnisse an eine ausländische Macht weitergegeben. Damit haben Sie die Lacher hier bestimmt nicht auf Ihrer Seite. Am selben Tag, an dem die ersten Exemplare ausgeliefert werden, ist Katja so gut wie tot, falls die Ihnen mal auf die Schliche kommen sollten. Was erwarten Sie eigentlich von einem Verleger? Daß ich in London sitze und Sie beide hier von dort aus zum Abschuß freigegebe?«

Goethe keuchte, aber sein Blick war nicht mehr suchend auf die Menge, sondern auf Barley gerichtet.

»Hören Sie mich an«, flehte Barley. »Nur mal ganz kurz. Ich verstehe Sie ja. Ich glaube wirklich, Sie zu verstehen. Ihr Talent wurde für gemeine Zwecke mißbraucht. Sie kennen jede faule Stelle des Systems, und Sie wollen Ihre Seele reinwaschen. Aber Sie sind weder Jesus noch Pecherin. Sie sind ein Statist. Wenn Sie sich umbringen wollen, ist das Ihre Sache. Aber Sie werden auch *sie* umbringen. Und wenn es Sie nicht kümmert, wen Sie umbringen, warum sollte es Sie dann kümmern, wen Sie retten?«

Sie gingen auf einen Picknickplatz zu, eine Gruppe von Stühlen und Tischen aus Holzblöcken. Sie setzten sich nebeneinander, und Barley breitete seinen Stadtplan aus. Dann beugten sie sich darüber, als ob sie ihn gemeinsam studierten.

Goethe wägte noch immer Barleys Worte ab, versuchte, sie mit seinen Zielen in Einklang zu bringen.

»Es gibt nur das *Jetzt*«, murmelte er schließlich. »Es gibt nichts anderes als das *Jetzt*. In der Vergangenheit haben wir um der Zukunft willen alles falsch gemacht. Jetzt müssen wir um der Gegenwart willen alles richtig machen. Zeit verlieren bedeutet alles verlieren. Unsere russische Geschichte hat uns noch nie eine zweite Chance gegeben. Wenn wir über einen Abgrund springen, gibt sie uns keinen zweiten Versuch. Und wenn wir scheitern, gibt sie uns, was wir verdienen: den nächsten Stalin, den nächsten Breschnew, die nächste Säuberungswelle, die nächste schrecklich monotone Eiszeit. Wenn der gegenwärtige Schwung anhält, werde ich an der Spitze gestanden haben. Wenn er aufhört oder rückläufig ist, werde ich in der Statistik unserer postrevolutionären Geschichte verschwinden.«

»Katja auch«, sagte Barley.

Goethe konnte seinen Finger nicht stillhalten, ließ ihn über den Stadtplan wandern. Er sah sich vorsichtig um und fuhr dann fort. »Wir sind hier in Leningrad, Barley, der Wiege unserer großen Revolution. Hier triumphiert niemand ohne Opfer. Sie haben gesagt, wir müßten mit der Menschheit experimentieren. Warum schockiert es Sie so, wenn ich Ihre Worte in die Tat umsetze?«

»Sie haben mich damals falsch verstanden. Ich bin nicht der Mann, für den Sie mich gehalten haben. Ich bin ein typischer Schwätzer. Als Sie mich kennenlernten, wehte der Wind zufällig mal in die richtige Richtung.«

Mit beängstigender Beherrschung öffnete Goethe seine Hände und spreizte sie mit den Handflächen nach unten über die Karte. »Sie brauchen mich wahrlich nicht daran zu erinnern, daß ein Mensch nicht mit seinem Geschwätz identisch ist«, sagte er. »Unsere neuen Menschen reden von Offenheit, Abrüstung, Frieden. Also sollen sie ihre Offenheit auch haben. Und ihre Abrüstung. Und ihren Frieden. Nehmen wir sie beim Wort und geben ihnen, worum sie bitten. Und sorgen wir dafür, daß sie die Uhr diesmal nicht zurückdrehen können.« Er war aufgestanden, konnte die Beengung durch den Tisch nicht mehr ertragen.

Barley stellte sich neben ihn. »Goethe, um Himmels willen. Immer mit der Ruhe.«

»Zum Teufel mit der Ruhe! Die Ruhe bringt uns um!« Er begann wieder auszuschreiten. »Wenn wir unsere Geheimnisse wie Diebe von Hand zu Hand weitergeben, können wir den Fluch der Geheimniskrämerei nicht brechen! Mein Leben war eine einzige Lüge! Und Sie verlangen, ich soll das geheimhalten! Was hat die Lüge am Leben erhalten? Geheimniskrämerei. Was hat unsere große Vision Stück für Stück zerschlagen? Geheimniskrämerei. Womit läßt man sein eigenes Volk im Ungewissen über den Wahnsinn seiner Kriegspläne? Mit Geheimniskrämerei. Zeigen Sie meine Arbeit Ihren Spionen, wenn Sie das tun müssen. Aber verlegen Sie mich auch. Sie haben es mir versprochen, und ich glaube Ihrem Versprechen auch weiterhin. Ich habe Ihnen ein Notizbuch mit weiteren Kapiteln in Ihre Tüte gesteckt. Darin werden zweifellos viele der Fragen beantwortet, die mir diese Idioten stellen wollen.«

Während sie gingen, wehte der Wind vom Fluß her über Barleys erhitztes Gesicht. Er betrachtete Goethes glänzende Züge und glaubte, darin Spuren der verletzten Unschuld zu erkennen, die die Ursache seiner Entrüstung zu sein schien.

»Auf dem Buchumschlag sollen nur Buchstaben zu sehen sein«, erklärte er. »Keine Zeichnung, bitte, kein reißerisches Design. Haben Sie gehört?«

»Wir haben noch nicht einmal einen Titel«, wandte Barley ein.

»Sie werden mich bitte mit meinem Namen als Verfasser nennen. Keine Ausflüchte, keine Pseudonyme. Mit einem Pseudonym schafft man nur das nächste Geheimnis.«

»Ich *kenne* Ihren Namen ja gar nicht.«

»Die werden ihn schon kennen. Nach dem, was Katja Ihnen erzählt hat, und mit den neuen Kapiteln werden die da keine Probleme haben. Rechnen Sie bitte korrekt ab. Überweisen Sie das Geld alle sechs Monate für eine gute Sache. Niemand soll sagen, ich hätte es getan, um *mich* zu bereichern.«

Jenseits der nahenden Bäume wetteiferten Fetzen von Militärmusik mit dem Rattern unsichtbarer Straßenbahnen.

»Goethe«, sagte Barley.

»Was ist los? Haben Sie Angst?«

»Kommen Sie nach England. Man wird Sie rausschmuggeln. Die sind auf Draht. Dann können Sie der Welt alles erzählen, was Sie wollen. Wir mieten die Albert Hall für Sie. Bringen Sie ins Fernsehen, ins Radio – alles. Und wenn es vorbei ist, bekommen Sie Geld und einen Paß und können Ihr Leben glücklich und zufrieden in Australien beschließen.«

Sie waren wieder stehengeblieben. Hatte Goethe ihm zugehört? Hatte er verstanden? Noch immer regte sich nichts hinter seinem starren Blick. Seine Augen waren auf Barley geheftet, als sei er ein ferner Fleck an einem weiten Horizont. »Ich bin kein Überläufer, Barley. Ich bin Russe, und meine Zukunft ist hier, auch wenn sie nur kurz sein sollte. Werden Sie mich verlegen oder nicht? Ich muß es wissen.«

Um Zeit zu gewinnen, wühlte Barley in seiner Jackentasche und zog Cys zerlesenes Paperback heraus. »Das soll ich Ihnen geben«, sagte er. »Zur Erinnerung an unsere Begegnung. Die Fragen an Sie sind in den Text eingebunden, außerdem eine Adresse in Finnland, an die Sie schreiben können, und eine Moskauer Telefonnummer mit Instruktionen, was Sie sagen sollen, wenn Sie dort anrufen. Falls Sie mit ihnen direkt zusammenarbeiten – die können Sie mit allen möglichen Spielzeugen ausstatten, die die Kommunikation einfacher machen.« Er legte das Buch in Goethes offene Hand, und dort blieb es liegen. »Werden Sie mich verlegen? Ja oder nein?«

»Wie können die Sie erreichen? Sie müssen das wissen.«

»Sagen Sie ihnen, ich sei über meinen Verleger zu erreichen.«

»Nehmen Sie Katja aus der Gleichung. Halten Sie sich an die Spione, und lassen Sie die Frau aus dem Spiel.«

Goethes starrer Blick hatte sich auf Barleys Anzug gesenkt und blieb dort liegen, als ob der Anblick ihn verwirrte. Sein trauriges Lächeln glich einem letzten Ferientag.

»Sie tragen heute Grau, Barley. Mein Vater wurde von grauen Männern ins Gefängnis geschickt. Erschossen wurde er von einem Mann in grauer Uniform. Und es waren die grauen Männer, die meinen schönen Beruf zerstört haben. Seien Sie vorsichtig, sonst werden sie auch Ihren zerstören. Werden Sie mich verlegen, oder muß ich meine Suche nach einem anständigen Menschen von vorne beginnen?«

Eine Zeitlang konnte Barley nicht antworten. Seine Ausweichmechanismen waren erschöpft.

»Falls ich das Material in die Hand bekomme und irgendwie ein Buch daraus machen kann, werde ich Ihr Verleger«, antwortete er dann.

»Ich habe Sie gefragt: ja oder nein?«

Versprechen Sie ihm alles Denkbare, hatte Paddy gesagt: Aber was war denkbar? »Also schön«, sagte er. »Ja.«

Goethe gab Barley das Paperback zurück, und der steckte es ganz benommen wieder in die Tasche. Sie umarmten sich, und Barley roch Schweiß und kalten Tabakrauch und empfand die gleiche verzweifelte Heftigkeit wie bei ihrem Abschied in Peredelkino. Ebenso abrupt, wie Goethe ihn an sich gerissen hatte, gab er ihn jetzt wieder frei und ging nervös um sich blickend in Richtung Trolleybushaltestelle. Barley sah ihm nach und bemerkte, daß auch das alte Paar aus dem Straßencafé im Schatten der dunkelblauen Bäume seinen Abgang beobachtete.

Barley nieste, begann dann ernstlich zu niesen. Und dann nieste er richtig. Das Gesicht im Taschentuch, ging er in den Park zurück, und er schüttelte sich und nieste und schüttelte sich dann wieder.

»Ja, *Scott!*« rief J.P. Henziger mit der übertriebenen Begeisterung eines beschäftigten Mannes, den man hatte warten lassen, als er die Tür des größten Zimmers im Hotel Europa aufriß. »An solchen Tagen erkennt man seine Freunde. Bitte treten Sie ein. Was hat Sie aufgehalten? Sagen Sie Maisie guten Tag.«

Er war Mitte Vierzig, muskulös und bestimmend, aber er hatte ein so häßlich-freundliches Gesicht, daß Barley ihn unter normalen Umständen sofort sympathisch gefunden hätte. An einem Handgelenk trug er ein Elefantenhaar, am anderen ein goldenes Gliederarmband. Die Achseln seines Jeanshemds waren von schweißigen Halbmonden geschwärzt. Hinter ihm tauchte Wicklow auf und schloß rasch die Tür.

Die Mitte des Raums wurde von zwei Einzelbetten mit olivgrünen Tagesdecken beherrscht. In einem davon schmachtete

Mrs. Henziger, eine fünfunddreißigjährige Schmusekatze mit zur Zeit ungeschminktem Gesicht, ihr ausgekämmtes offenes Haar tragisch über die sommersprossigen Schultern gebreitet. Neben ihr stand unruhig ein Mann in schwarzem Anzug und leberfarbener Brille. Auf dem Bett ein aufgeklappter Arztkoffer. Henziger improvisierte weiter für die Mikrofone.

»Scott, darf ich Ihnen Dr. Pete Bernstorf vom Leningrader US-Generalkonsulat vorstellen? Ein guter Arzt. Wir sind ihm sehr zu Dank verpflichtet. Maisie wird bald wieder gesund. Auch Mr. Wicklow haben wir zu danken. Leonard hat das Hotel, die Reiseleitung und die Apotheke auf Trab gebracht. Und was haben Sie heute getrieben?«

»Ich hab mich totgelacht«, schnauzte Barley, und einen Augenblick lang drohte das Drehbuch zu platzen.

Barley schmiß die Plastiktüte und das zurückgewiesene Paperback aus seiner Jackentasche aufs Bett. Mit zitternden Händen zog er das Jackett aus, riß den Mikrofongurt aus seinem Hemd und feuerte ihn hinter Tüte und Buch her. Er griff hinter sich in seinen Hosenbund, zerrte sich, Wicklows Hilfeangebot abwehrend, das graue Aufnahmegerät aus dem Kreuz und warf es ebenfalls aufs Bett, so daß Maisie unterdrückt »Scheiße« murmelte und ihre Beine schnell zur Seite zog. Er stapfte zum Waschbecken und leerte seinen Whiskyflachmann in einen Zahnputzbecher, wobei er einen Arm an die Brust preßte, als hätte er einen Schuß abbekommen. Dann trank er und trank weiter, ohne die perfekte Routine, die sich um ihn in Gang setzte, zu beachten.

Henziger, trotz seines Umfangs behende wie eine Katze, schnappte die Tüte, nahm das Notizbuch heraus und schob es Bernstorf zu, der es zwischen Ampullen und Instrumenten wie ein Zauberer in seinem Arztkoffer verschwinden ließ. Henziger reichte ihm das Paperback, und es verschwand ebenfalls. Wicklow raffte Recorder und Gurt zusammen. Auch dies wanderte beides in den Koffer, den Bernstorf zuschnappen ließ, während er seiner Patientin zum Abschied Instruktionen erteilte: in den nächsten achtundvierzig Stunden, Mrs. Henziger, keine feste Nahrung, nur Tee; wenn es unbedingt sein muß, ein Stück Graubrot; die Antibiotika auf jeden Fall zu Ende nehmen, auch wenn es Ihnen schon bessergeht. Er war noch nicht ganz fertig, als Henziger ihn unterbrach.

»Doktor, falls Sie mal nach Boston kommen und irgend etwas nötig haben, und ich meine *irgend* etwas – hier ist meine Karte, und ich verspreche Ihnen und …«

Barley stand, den Zahnputzbecher in der Hand, noch immer vor dem Waschbecken und sah finster in den Spiegel, als der Koffer des guten Samariters seinen Weg zur Tür antrat.

Von allen Abenden, die Barley in Rußland und, wenn er darüber nachdachte, überhaupt irgendwo auf der Welt verbracht hatte, war dies der schlimmste.

Henziger hatte etwas von einem genossenschaftlichen Restaurant gehört, das kürzlich in Leningrad eröffnet worden war; genossenschaftlich war das neue Kodewort für privat. Wicklow hatte es aufgespürt und berichtet, es sei voll besetzt, aber so was forderte Henziger erst recht heraus. Mehrere energische Telefonate und noch energischere Trinkgelder – und schon deckte man ihnen einen Extratisch, keinen Meter entfernt von der schlechtesten und lärmendsten Zigeuneroper, die Barley je zu hören gehofft hatte. Und da saßen sie nun und feierten Mrs. Henzigers wundersame Genesung. Das Jaulen der Sänger wurde durch elektrische Megaphone verstärkt. Die Stücke folgten gnadenlos aufeinander.

Und rings um sie herum saß das Rußland, das der in Barley schlummernde Puritaner immer gehaßt, aber noch nie gesehen hatte: die recht gut erkennbaren Zaren des Kapitalismus, die industriellen Parvenüs und schamlosen Konsumenten, die Parteibonzen und Schieber mit ihren Frauen, die nach westlichen Parfüms und russischem Deo stanken, und die an den reichsten Tischen katzbuckelnden Kellner. Die schaurigen Stimmen der Sänger wurden immer lauter, die Musik ebenfalls, um sie zu übertönen, die Sänger steigerten sich noch mehr, und Henziger übertönte sie alle.

»Scott, ich möchte, daß Sie etwas wissen«, brüllte er Barley an und beugte sich aufgeregt über den Tisch. »Dieses kleine Land ist in Bewegung geraten. Ich rieche Hoffnung, ich rieche Veränderung, ich rieche Geschäfte. Und wir von Potomac kaufen uns ein Stück davon. Ich bin stolz.« Aber das Orchester hatte ihn überstimmt. »Stolz«, wiederholten seine Lippen tonlos zu einer Million Zigeunerdezibel.

Dummerweise war Henziger wirklich ein netter Bursche und Maisie eine famose Frau, was alles noch schlimmer machte. Die Qual nahm kein Ende, und Barley geriet allmählich in den gesegneten Zustand der Taubheit. Mitten in dieser Kakophonie fand er in sich selbst eine Zuflucht. Sein verborgenes Ich starrte aus engen Schießscharten in die helle Leningrader Nacht. Wohin bist du gegangen, Goethe? fragte er. Wer nimmt ihre Stelle ein, wenn sie nicht da ist? Wer stopft deine Socken und kocht dir deine fade Suppe, während du sie an den Haaren auf deinem edlen altruistischen Weg zur Selbstzerstörung mitschleifst?

Irgendwie mußten sie, ohne daß er etwas davon mitbekommen hatte, ins Hotel zurückgekehrt sein, denn als er aufwachte, fand er sich auf Wicklows Arm gestützt unter den betreten im Foyer herumtaumelnden finnischen Alkoholikern wieder.

»Tolle Party«, erzählte er jedem, der es hören wollte. »Glänzendes Orchester. Danke, daß Sie nach Leningrad gekommen sind.«

Doch als Wicklow ihn geduldig zum Bett raufschleppte, blickte sich Barleys nüchterner Teil über die Schulter und die breite Treppe hinab. Und im Dunkel neben dem Eingang sah er Katja sitzen, die Beine übereinandergeschlagen und die Schnäppchentasche auf dem Schoß. Sie trug eine enge schwarze Jacke. Unter ihrem Kinn war ein weißer Seidenschal zusammengeknotet, und ihr Gesicht mit jenem eigentümlich gespannten Lächeln war genau auf ihn gerichtet, traurig und hoffnungsvoll, zur Liebe bereit.

Doch als sein Blick klarer wurde, sah er, wie sie dem Portier eine freche Bemerkung zuflüsterte, und erkannte, daß es bloß eine Leningrader Nutte auf der Suche nach einem Freier war.

Und am nächsten Tag kehrte unser Held unter den Fanfaren der dezentesten britischen Trompeten nach Hause zurück.

Ned wollte keinen großen Bahnhof, keine Amerikaner und erst recht keinen Clive, aber zu einer netten Geste war er entschlossen; also fuhren wir nach Gatwick und ließen uns, nachdem wir Brock mit einem Schild »Potomac« an der Ankunftssperre postiert hatten, in einem Empfangsraum nieder, der unangenehmerweise von Service und Außenministerium gemeinsam benutzt wurde; ständig gab es Streit, wer den Gin weggetrunken hatte.

Wir warteten, das Flugzeug hatte Verspätung. Clive rief vom Grosvenor Square aus an und fragte: »Ist er schon da, Palfrey?«, als rechnete er halb damit, daß er in Rußland bleiben würde.

Nach einer halben Stunde rief Clive wieder an, und diesmal ging Ned an den Apparat. Kaum hatte er den Hörer aufgeknallt, als die Tür aufging und Wicklow hereinglitt; er grinste wie ein Chorknabe, gleichzeitig gelang es ihm aber, warnend zu gucken.

Sekunden nach ihm trat Barley ein; er sah aus wie seine eigenen Observationsfotos, nur daß er jetzt ganz weiß im Gesicht war. »Die Arschlöcher haben gejubelt!« kläffte er, noch ehe Brock die Tür zugemacht hatte. »Dieser kleinkarierte Kapitän mit seinem Surrey-Dialekt! Ich bring das Schwein um!«

Während Barley weitertobte, erklärte Wicklow umsichtig den Grund für dessen Entrüstung.

Ihr Flug aus Leningrad war von einer Delegation junger britischer Kaufleute gechartert, die Barley willkürlich als Yuppies der übelsten Sorte bezeichnet hatte, eine Klassifikation, die offenbar zutraf. Einige kamen schon betrunken an Bord, der Rest bemühte sich, sie bald einzuholen. Sie waren erst wenige Minuten in der Luft, als der Kapitän, der nach Barleys Ansicht für den Vorfall verantwortlich war, verkündete, das Flugzeug habe den sowjetischen Luftraum verlassen. Lauter Jubel brach los, und die Stewardessen eilten den Gang auf und ab und schenkten Champagner aus. Dann stimmte der ganze Verein »Rule, Britannia!« an.

»Ich fliege nur noch mit Aeroflot«, geiferte Barley unsere Versammlung an. »Ich werde an die Fluggesellschaft schreiben. Ich werde –«

»Sie werden nichts dergleichen unternehmen«, unterbrach Ned ihn freundlich. »Sie werden das Krachschlagen uns überlassen. Verschieben Sie Ihren Anfall auf später.«

Während er dies sagte, schüttelte er Barley so lange die Hand, bis dieser endlich lächelte.

»Wo ist Walt?« fragte er und sah sich um.

»Er ist leider mit einem Auftrag unterwegs«, sagte Ned, aber Barley hatte das Interesse bereits verloren. Als er trank, zitterte seine Hand heftig, und er weinte ein bißchen; wie Ned mir versicherte, war dies normal für Joes, die von einem Einsatz zurückkamen.

11

Der Ablauf der nächsten drei Tage wurde hinterher wie das Wrack eines abgestürzten Flugzeugs eingehend auf technische Fehler untersucht, aber es ließen sich kaum welche finden.

Nach seinem Wutausbruch am Flughafen kam Barley in die heitere Phase; während der Fahrt im Wagen lächelte er ständig in sich hinein, grüßte vertraute Zeichen in der Landschaft mit der für ihn typischen scheuen Zuneigung. Außerdem hatte er einen Niesanfall.

Als wir das Haus in Knightsbridge erreicht hatten, wo Barley auf Neds Drängen die Nacht verbringen sollte, ehe er in seine Wohnung zurückkehrte, lud er sein Gepäck im Eingang ab, schlang die Arme um Miss Coad, erklärte ihr seine unsterbliche Liebe und schenkte ihr einen prächtigen Luchspelzhut, von dem weder Wicklow noch sonst jemand sich später erklären konnte, wann er ihn gekauft hatte.

Hier nun verzog ich mich. Clive hatte mich wegen einer, wie er es nannte, »entscheidenden Diskussion« in die zwölfte Etage beordert, dabei wollte er mich in Wirklichkeit nur aushorchen. War Scott Blair nervös? War er größenwahnsinnig? Wie war er, Palfrey? Johnny war auch da und hörte zu, sagte aber kaum etwas. Bob sei zu Konsultationen nach Langley gerufen worden, erzählte er. Ich sagte ihnen, was ich gesehen hatte, nicht weniger und bestimmt nicht mehr. Barleys Tränen beunruhigten beide.

»Sie meinen, er sagte, er ginge *zurück*?« fragte Clive.

Am Abend aß Ned mit Barley allein. Das war noch nicht die Einsatzbesprechung. Sondern zur Abkühlung gedacht. Die Mitschnitte zeigen Barley in hektischer Stimmung, seine Stimme eine Tonlage höher als gewöhnlich. Als ich mich zum Kaffee zu ihnen gesellte, sprach er gerade über Goethe, allerdings mit gekünstelter Objektivität.

Goethe sei alt geworden, habe seinen Schwung verloren. Goethe sei wirklich am Ende.

Goethe scheine das Trinken aufgegeben zu haben. Er berausche sich jetzt auf andere Weise. »Du hättest mal sehen sollen, Harry, wie seine Hände über diesem Stadtplan zitterten.«

Du hättest mal deine sehen sollen, als du am Flughafen Champagner trankst, dachte ich.

Katja erwähnte er an diesem Abend nur einmal, und zwar ebenfalls bewußt zurückhaltend. Ich glaube, er wollte uns unbedingt klar machen, daß er keinerlei Gefühle hegte, die wir nicht unter Kontrolle hatten. Man konnte das nicht einmal als Hinterhältigkeit bezeichnen. Dazu war er, mit Ausnahme dessen, was wir ihm beigebracht hatten, gar nicht fähig. Er hatte einfach Angst davor, wo er mit seinen Gefühlen hingeraten könnte, wenn sie sich von uns lösten.

Katja habe mehr Angst um ihre Kinder als um sich selbst, sagte er wieder mit gesuchter Gleichgültigkeit. Vermutlich seien die meisten Mütter so. Andererseits stünden ihre Kinder für die Welt, die sie retten wolle. In gewissem Sinne sei ihr Handeln so was wie eine absolute Form von Mutterliebe. Ob Nedsky ihm da zustimme?

Ned stimmte zu. Gibt nichts Schlimmeres, als mit seinen eigenen Kindern zu experimentieren, Barley, sagte er.

Aber eine wunderbare Frau, beteuerte Barley jetzt gönnerhaft. Ein bißchen zu versessen für seinen derzeitigen Geschmack, aber wer etwas für Frauen mit der Charakterstärke einer Jeanne d'Arc übrig habe, für den sei Katja gerade richtig. Und schön sei sie. Zweifellos. Ein bißchen zu chaotisch, um klassisch zu sein, falls wir ihm folgen könnten, aber unbestreitbar bemerkenswert.

Wir konnten ihm nicht sagen, daß wir die ganze letzte Woche Fotos von ihr bewundert hatten, ihm also aufs Wort glaubten.

Um elf machte Barley schlapp; er klagte über den Zeitunterschied, und wir standen unten im Flur und sahen zu, wie er sich zum Bett nach oben schleppte.

»Das Zeug war aber doch gut?« fragte er, ans Geländer geklammert, und grinste durch seine kleinen runden Brillengläser auf uns herab. »Das neue Notizbuch, das er uns gegeben hat. Sie haben es sich ja angesehen.«

»Unsere Eierköpfe schlagen sich bereits die Nacht damit um die Ohren«, erwiderte Ned. Daß sie sich wie Katz und Hund darum balgten, konnte er ihm ja kaum sagen.

»Experten sind Süchtige«, sagte Barley und grinste erneut.

Aber er blieb schwankend auf dem Treppenabsatz stehen, suchte offenbar nach einem angemessenen Schlußwort.

»Jemand sollte sich mal ein bißchen um diese Körpermikrofone kümmern, Nedsky. Haben mir den ganzen Rücken wundgescheuert. Der nächste, den Sie rüberschicken, sollte ein dickeres Fell haben. Übrigens, wo ist denn Onkel Bob?«

»Er läßt Sie grüßen«, sagte Ned. »Das Geschäft geht zur Zeit lebhaft. Er hofft, sich bald wieder mit Ihnen befassen zu können.«

»Ist er mit Walt zusammen auf der Pirsch?«

»Selbst wenn ich es wüßte, würde ich es Ihnen nicht sagen«, erklärte Ned, und wir lachten alle.

Ich erinnere mich, daß mich meine Frau Margaret an diesem Abend wegen einer besonders belanglosen Sache angerufen hatte; es ging um einen Strafzettel, den sie in Basingstoke bekommen hatte – ihrer Ansicht nach zu Unrecht.

»Es war *meine* Parklücke, ich hatte schon den Blinker gesetzt, als irgend so ein blöder Mickerling mit seinem brandneuen Jaguar, einem weißen, mit ölig schwarzem Haar –«

Törichterweise lachte ich und bemerkte, Jaguare mit ölig schwarzem Haar hätten an Parkuhren keinen besonderen Vorrang. Humor war nicht gerade Margarets Stärke. Am nächsten Morgen, also Sonntag, verlangte Clive schon wieder nach mir; zunächst, um mich über den Abend zuvor auszuquetschen, dann, um mich mit Johnny »Tacheles reden« zu hören – über so esoterische Themen wie etwa die Frage, ob es juristisch zulässig sei, Barley als Angestellten unseres Dienstes zu bezeichnen, und, falls ja, ob er dadurch, daß er sich von uns hat anwerben lassen, auf gewisse Rechte verzichtet habe – zum Beispiel auf sein Recht, im Falle eines Streits mit uns rechtliche Schritte zu ergreifen. Ich gab mich zu ihrer Verärgerung sibyllinisch, aber im wesentlichen lautete meine Antwort: Ja. Ja, er habe auf solche Rechte verzichtet. Oder genauer gesagt: Ja, wir könnten ihm weismachen, er habe das getan, auch wenn die Rechtslage nicht eindeutig sei.

Johnny hatte, falls ich das nicht schon erwähnt habe, in Harvard Jura studiert, so daß Langley uns ausnahmsweise einmal nicht einen Chor von Rechtsberatern zu schicken brauchte.

Am Nachmittag fuhren wir bei Sonnenschein mit einem unruhigen Barley nach Maidenhead und machten auf dem Treidelpfad an der Themse einen Spaziergang. Bei unserer Rückkehr konnte man Barleys Befragung wohl als abgeschlossen betrachten: Denn da unsere Analytiker keine weiteren Fragen für uns parat hatten und seine Einsätze mit technischen Hilfsmitteln festgehalten worden waren, blieben im Grunde nur noch sehr wenige Punkte mit ihm zu klären.

Spürte Barley unsere Besorgnis? Wir gaben uns so heiter, wie wir konnten, und doch schien es mir möglich, daß er die Atmosphäre drohenden Stillstands irgendwie mitbekam. Vielleicht befand er sich aber auch in einem solchen Wechselbad der Gefühle, daß er uns in seine Verwirrung mit einbezog.

Als wir am Sonntagabend gemeinsam in Knightsbridge speisten, war Barley so milde gestimmt und gelassen, daß Ned – genau wie ich – der Meinung war, man könne ihn gefahrlos nach Hampstead zurückkehren lassen.

Seine Wohnung befand sich in einem viktorianischen Häuserblock in einer Nebenstraße der East Heath Road; unmittelbar darunter – die rechtmäßigen Mieter waren vorübergehend umgesiedelt worden – war zur permanenten Überwachung ein junges Paar vom Service stationiert. Gegen elf berichtete unser Pärchen, Barley sei allein in seiner Wohnung und laufe hin und her. Sie konnten ihn hören, aber nicht sehen. Ned hatte Videoüberwachung abgelehnt. Er rede viel mit sich selbst, sagten sie, und als er seine Post geöffnet habe, seien Flüche und Stöhnen aus den Abhörgeräten gekommen.

Ned war unbesorgt. Er hatte Barleys Post bereits gelesen und wußte, daß sie nur die üblichen Schreckensmeldungen enthielt.

Gegen ein Uhr morgens rief Barley seine Tochter Anthea in Grantham an.

»Was ist ein Ster?«

»Ein Nonnenhaus ohne Klo. Wie war's in Moskau?«

»Wohin kommt man, wenn man den Atlantik mit der *Titanic* überquert?«

»Etwa bis zur Mitte. Wie war's in Moskau?«

»Was kommt dabei raus, wenn man ein Schaf mit einem Molch kreuzt?«

»Ich fragte, wie es in Moskau war.«

»Ein Wollüstling. Was macht dein langweiliger Gatte?«

»Versucht zu schlafen. Was ist aus der Wuchtbrumme geworden, die du nach Lissabon mitgenommen hast?«

»Ins Wasser gefallen.«

»Ich dachte, die wäre was Festes.«

»Sie schon. Ich aber nicht.«

Danach rief Barley zwei Frauen an; zuerst eine frühere Ehefrau, die er noch besuchen durfte, dann eine, die noch nicht auf unserer Liste stand. Beide konnten ihm so kurzfristig nicht zu Gefallen sein, nicht zuletzt deshalb, weil sie mit ihren Männern im Bett lagen.

Um ein Uhr vierzig berichtete das Pärchen, in Barleys Schlafzimmer seien die Lichter ausgegangen. Ned legte sich dankbar aufs Ohr, aber ich in meiner kleinen Wohnung konnte einfach keinen Schlaf finden. Durch meinen Kopf spukten Erinnerungen an Hannah, in die sich Bilder von Barley im Knightsbridge-Haus mischten. Ich dachte an die gekünstelte Beiläufigkeit, mit der er von Katja und ihren Kindern gesprochen hatte, und verglich dies damit, wie oft ich selbst meine Liebe zu Hannah verleugnet hatte, damals, als diese Beziehung für mich gefährlich wurde. *Hannah sieht ein bißchen niedergeschlagen aus,* wurde mir tagtäglich von irgendwelchen Einfaltspinseln vorgehalten. *Hat ihr Mann sie auf dem Kieker, oder was?* Und ich lächelte. *Ich nehme an, er verprügelt sie ab und zu mal ganz gern*, sagte ich dann mit genau derselben überlegenen Gleichgültigkeit, die ich bei Barley gehört hatte, während das Krebsgeschwür meiner verborgenen Leidenschaft mir das Herz zerfraß.

Am nächsten Morgen ging Barley wieder zur Arbeit in sein Büro, aber es war verabredet, daß er auf dem Heimweg in Knightsbridge vorbeikommen sollte, falls noch irgendwelche Fragen zu klären waren. So lose, wie es sich anhört, war diese Verabredung keineswegs, denn inzwischen war Ned in einen heftigen Schußwechsel mit der zwölften Etage geraten, und es war damit zu rechnen, daß er bis zum Abend entweder nachgegeben haben oder aber daß der Kampf mit den Oberbonzen aufs schärfste entbrannt sein würde.

Aber da war Barley längst verschwunden.

Brocks Observanten zufolge verließ Barley mit einem Saxophonkasten unterm Arm sein Büro in der Norfolk Street um vier Uhr dreiundvierzig, ein wenig früher als erwartet. Wicklow, der in einem Hinterzimmer von Abercrombie & Blair seinen Bericht über die Moskaureise tippte, bekam von Barleys Weggehen nichts mit. Aber zwei von Brocks Jeanstypen folgten ihm über den Strand nach Westen und dann weiter, als er die Richtung änderte, nach Soho hinein, wo er in einer Spelunke verschwand, in der Verleger und Vertreter nachmittags einen zu kippen pflegten. Nach zwanzig Minuten tauchte er wieder auf; er trug noch immer sein Saxophon und machte einen vollkommen nüchternen Eindruck. Er winkte ein Taxi herbei, und einer der Jungs stand nahe genug, um zu hören, daß Barley die Adresse des sicheren Hauses angab. Derselbe Junge funkte Brock an, der wiederum Ned in Knightsbridge anrief und ihm sagte, er solle sich bereit halten: »Unser Gast ist unterwegs.« Ich hatte zu der Zeit an anderen Fronten zu tun.

Bis dahin war niemandem ein Vorwurf zu machen, wenn man davon absieht, daß keiner der Jungs daran gedacht hatte, die Nummer des Taxis zu notieren; ein Versäumnis, das sie später teuer zu stehen kam. Es war *rush hour.* Eine Fahrt vom Strand nach Knightsbridge konnte Ewigkeiten dauern. Erst um sieben Uhr dreißig gab Ned das Warten auf und kehrte beunruhigt, aber nicht alarmiert ins Rußlandhaus zurück.

Um neun Uhr, als niemand eine vernünftige Erklärung hatte, löste Ned widerstrebend Hausalarm aus, von dem die Amerikaner definitionsgemäß ausgeschlossen waren. Ned war so gelassen wie bei jedem Einsatz. Er mochte sich unbewußt gegen eine solche Krise gewappnet haben, denn Brock bemerkte später, daß Ned in eine vorbereitete Routine verfallen sei. Clive informierte er nicht; wenn er dem in der gegenwärtig vergifteten Atmosphäre etwas gesagt hätte, hätte er auch gleich ein Alarmtelegramm nach Langley schicken können, wie er mir später erklärte.

Als erstes fuhr Ned nach Bloomsbury, wo der Service in einer Kellerflucht unter dem Russell Square einen Horchposten hatte. Ned benutzte einen Wagen aus dem Fuhrpark und mußte mit einem Affenzahn gefahren sein. Lauscherin vom Dienst war Mary, eine freßsüchtige, vierzigjährige alte Jungfer mit rosigem Gesicht. Ihre einzige Liebe schienen unerreichbare Stimmen zu sein. Ned gab ihr eine Liste mit den Kontaktpersonen Barleys, die der ausgeschiedene Walter aus abgehörten Telefonaten und Observationsberichten zusammengestellt hatte. Ob Mary die wohl umgehend anzapfen könne? Jetzt gleich?

Mary konnte das keineswegs. »Die großzügige Auslegung von Vorschriften ist *eine* Sache, Ned. Eine ganz andere ist es, illegal ein Dutzend Leitungen anzuzapfen; ja *sehen* Sie das denn nicht?«

Ned hätte einwenden können, daß die zusätzlichen Anschlüsse durch die bereits existierende Genehmigung des Innenministeriums abgedeckt würden, aber die Mühe machte er sich nicht. Sein Anruf ereilte mich in Pimlico, als ich gerade die Flasche Burgunder entkorkte, mit der ich mich nach einem schmutzigen Tag zu trösten gedachte. Es war eine ziemlich scheußliche kleine Wohnung, und ich hatte das Fenster geöffnet, um den Bratengestank hinauszubekommen. Ich weiß noch, daß ich das Fenster schloß, während wir redeten. Theoretisch werden Abhörgenehmigungen vom Staatssekretär des Inneren oder in seiner Abwesenheit vom Minister selbst unterzeichnet. Dieses Verfahren läßt sich aber umgehen, denn auch der Rechtsberater ist dazu bevollmächtigt, jedoch nur in Notfällen, worüber binnen vierundzwanzig Stunden schriftlich Rechenschaft abzulegen ist. Ich krakelte also meine Verfügung, unterschrieb sie, stellte das Gas ab – der Rosenkohl kochte nämlich noch –, bestieg ein Taxi, und zwanzig Minuten später händigte ich Mary die Vollmacht aus. Innerhalb einer Stunde waren die Telefone von Barleys zwölf Kontaktpersonen unter Kontrolle.

Was dachte ich, als ich all dies tat? Dachte ich, Barley habe sich umgebracht? Nein, bestimmt nicht. Er sorgte sich um die Lebenden. Sie ihrem Schicksal zu überlassen war das letzte, was er im Sinn hatte.

Aber ich erwog die Möglichkeit, daß er die Seiten gewechselt haben könnte, und in meinen schlimmsten Phantasien sah ich Barley, wie er laut klatschte, als der Aeroflot-Pilot ansagte, sein Flugzeug sei nun wieder über sowjetischem Hoheitsgebiet.

Unterdessen hatte Brock auf Befehl von Ned die Polizei dazu gebracht, per Notruf nach dem Londoner Taxifahrer zu fahnden, der um fünf Uhr dreißig an der Ecke Old Compton Street einen großen Mann mit Saxophon aufgenommen hatte, die Zielangabe Knightsbridge war unterwegs vermutlich geändert worden. Ja, ein Tenorsaxophon – ein Baritonsaxophon sei doppelt so groß. Um zehn hatten sie den Mann. Das Taxi war Richtung Knightsbridge losgefahren, doch am Trafalgar Square hatte Barley tatsächlich seine Meinung geändert und darum gebeten, in die Harley Street gefahren zu werden. Der Fahrpreis belief sich auf drei Pfund. Barley gab dem Fahrer einen Fünfer und sagte, das Wechselgeld könne er behalten. Ein kleines Wunder an Schnelldenkerei, gestützt auf die Aufzeichnungen des kaltgestellten Walters – und Ned hatte die Verbindung hergestellt: Andrew George Macready, alias Andy, ehemaliger Jazztrompeter und registrierte Kontaktperson Barleys, war vor drei Wochen in das Hospiz der Barmherzigen Schwestern in der Harley Street aufgenommen worden, vergleiche den mit Bleistift gekritzelten abgefangenen Brief von Mrs. Macready nach Hampstead, laufende Nummer 47A, und Walters lapidaren Kommentar auf dem Protokoll: *Macready ist in Sachen Sterblichkeit Barleys Guru.* Ich weiß noch, wie ich mich in Neds Wagen mit beiden Händen am Haltegriff festklammerte. Im Hospiz sagte man uns dann, Macready erhielte Beruhigungsmittel. Barley habe eine Stunde bei ihm gesessen und ein paar

Worte mit ihm wechseln können. Die Nachtschwester, die gerade ihren Dienst angetreten hatte, habe Barley eine Tasse Tee gebracht, ohne Milch und Zucker. Barley habe aus einer kleinen Flasche Whisky hinzugeschüttet und der Schwester einen Schluck angeboten, was sie aber abgelehnt habe. Er hatte sie gefragt, ob er »dem guten Andy ein paar seiner Lieblingsstücke vorspielen« dürfe. Er spielte leise, genau die zehn Minuten lang, die sie ihm zugestanden hatte. Mehrere Nonnen hatten sich auf dem Flur versammelt, um ihm zuzuhören, und eine von ihnen identifizierte das Stück als Basies *Blue and Sentimental.* Er hinterließ seine Telefonnummer und in der Messingspendenschale am Ausgang einen Scheck über hundert Pfund, »für den Croupier«. Die Schwester hatte ihm gesagt, er könne jederzeit wiederkommen.

»Sie sind doch nicht von der Polizei?« fragte sie mich unglücklich, als wir zur Tür gingen.

»Großer Gott, nein. Wie kommen Sie darauf?«

Sie schüttelte den Kopf und wollte nicht antworten, aber ich glaubte zu wissen, was sie in ihm gesehen hatte. Einen Mann auf der Flucht, einen, der sich vor seinen Taten versteckte.

Während wir zum Rußlandhaus zurückrasten, gab Ned per Autotelefon Brock den Auftrag, sämtliche Clubs, Konzertsäle und Pubs im Londoner Stadtbereich aufzulisten, in denen heute abend Jazz gespielt wurde. Er solle so viele Beobachter auf diese Veranstaltungen verteilen, wie er auftreiben könne. Für alle Fälle gab ich meinen Anwaltssenf dazu. Unter gar keinen Umständen dürfe Brock oder irgendein anderer Barley festhalten oder ihn angreifen. Auf welche anderen Rechte auch immer Barley verzichtet habe, auf sein Recht, sich zu verteidigen, habe er jedenfalls nicht verzichtet, und er war ein kräftiger Mann.

Wir richteten uns gerade auf eine lange Warterei ein, als Oberlauscherin Mary anrief, diesmal die Freundlichkeit in Person. »Ned, ich denke, Sie sollten mal hier vorbeikommen, und zwar ein bißchen schnell. Ein paar Ihrer Küken sind geschlüpft.«

Wir rasen zum Russell Square zurück, Ned geht mit neunzig Sachen und kreischenden Reifen in die Kurven.

Mary empfing uns in ihrem Kellerloch mit dem schwärmerischen Lächeln, das sie nur in Augenblicken der Katastrophe zeigte. Neben ihr stand in grünem Overall eine Favoritin von ihr namens Pepsi. Auf dem Pult drehte sich ein Tonband.

»Wer zum Teufel will mich zu *dieser* Stunde noch sprechen?« fragte eine Stentorstimme, und ich erkannte sofort Barleys furchtbare Tante Pandora, die Heilige Kuh, mit der ich mal geluncht hatte. Pause, in der Münzen in den Apparat gesteckt wurden. Gefolgt von Barleys höflicher Stimme.

»Ich fürchte sehr, mir reicht's, Pan. Ich nehme meinen Abschied von der Firma.«

»Red keinen Quatsch«, versetzte Tante Pandora. »Da ist doch wieder so eine dumme Gans im Spiel.«

»Nein, wirklich, Pan. Diesmal meine ich es ernst. Das mußte ich dir sagen.«

»Du meinst es *immer* ernst. Deswegen glaubt dir ja auch keiner, wenn du den Leichtfertigen spielst.«

»Morgen früh werde ich mit Guy sprechen.« Guy Solomons, Anwalt der Familie, auf der Liste von Barleys Kontaktpersonen. »Wicklow, der Neue, kann die Sache übernehmen. Er ist ein zäher kleiner Wicht und lernt sehr schnell.«

»Haben Sie die Telefonzelle ermittelt?« fragte Ned Mary, als Barley auflegte.

»Zeit zu kurz«, sagte Mary stolz.

Vom Band hörten wir wieder ein Telefon klingeln. Noch einmal Barley. »Reggie? Ich spiel heut abend. Machst du mit?« Mary gab uns einen Zettel, auf den sie geschrieben hatte: *Canon Reginald Cowan, Schlagzeuger und Kirchenangestellter.*

»Geht nicht«, sagte Reggie. »Scheiß Konfirmandenunterricht.«

»Laß sausen«, sagte Barley.

»Geht nicht. Die Rotznasen sind schon hier bei mir.«

»Wir brauchen dich, Reggie. Andy stirbt.«

»Das tun wir alle. Die ganze Zeit, verdammt.«

Als das Band zu Ende war, rief Brock live aus dem Rußland-Haus an und verlangte dringend nach Ned. Seine Beobachter hatten berichtet, Barley sei vor einer Stunde bei seinem Trinkclub in Soho vorbeigegangen, habe fünf Whisky getrunken und sei dann weiter zu »Noah's Arch« am King's Cross.

»Noah's *Arch*? Sie meinen Arche.«

»Arch. Bogen. Ein Bogen unter der Eisenbahn. Noah ist ein Zweimetermann aus Westindien. Barley spielt jetzt mit der Band.«

»Allein?«

»Bis jetzt.«

»Was ist das für ein Laden?«

»Freß- und Sauflokal. Sechzig Tische, Bühne, Backsteinmauern, Nutten, das Übliche.«

Brock hielt alle hübschen Mädchen für Nutten.

»Wie voll?« fragte Ned.

»Zwei Drittel, aufsteigende Tendenz.«

»Was spielt er?«

»*Lover Man,* Duke Ellington.«

»Wie viele Ausgänge?«

»Einer.«

»Stellen Sie eine Gruppe von drei Männern zusammen und plazieren Sie die an einem Tisch in der Nähe der Tür. Wenn er geht, deckt ihn von allen Seiten, aber faßt ihn nicht an. Rufen Sie den Fahrdienst an und sagen Sie, ich wünschte, daß Ben Lugg sofort mit seinem Taxi zu »Noah's Arch« führe und dort mit Besetztzeichen wartete. Er weiß, was er zu tun hat.« Lugg war der hauseigene Taxifahrer des Service. »Gibt es in dem Klub ein öffentliches Telefon?«

»Zwei.«

»Lassen Sie die besetzen, bis ich dort eintreffe. Hat er Sie gesehen?«

»Nein.«

»Das soll auch so bleiben. Was ist auf der anderen Straßenseite?«

»Ein Waschsalon.«

»Geöffnet?«

»Nein.«

»Warten Sie davor auf mich.« Er drehte sich zu Mary herum, die noch immer lächelte. »In ›Noah's Arch‹ am King's Cross gibt es zwei Telefone«, erklärte er ihr ganz langsam. »Die lassen Sie sperren, *jetzt.* Sollte die Geschäftsleitung einen eigenen Anschluß haben, lassen Sie auch den sperren. *Jetzt.* Es ist mir egal, wie knapp Sie mit Technikern sind; sperren Sie die Anschlüsse *jetzt*. Und sperren Sie auch die Telefonzellen, falls es da welche gibt. *Jetzt.*«

Wir ließen den Dienstwagen stehen und nahmen ein Taxi. Brock wartete wie befohlen im Eingang des Waschsalons. Ben Lugg parkte an der Bordsteinkante. Die Abendkarte kostete 5,95. Ned führte mich ohne einen Seitenblick an dem Beobachtertisch vorbei und schob sich nach vorn.

Niemand tanzte. Die Frontmänner der Band machten Pause. Barley stand in der Mitte der Bühne vor einem goldenen Stuhl und spielte zur sachten Begleitung von Kontrabaß und Drums. Der Backsteinbogen über ihm wirkte wie ein Schalltrichter. Er trug noch immer seinen Verlegeranzug und schien vergessen zu haben, das Jackett auszuziehen. Kreisende bunte Lichter glitten über ihn hinweg und ließen gelegentlich sein schweißtriefendes Gesicht erkennen. Seine Miene war gelassen und entrückt. Er zog die Töne in die Länge, und ich wußte, er spielte ein Requiem für Andy und alle anderen, mit denen seine gequälten Gedanken sich beschäftigten. Zwei Mädchen saßen auf den Stühlen der Band und starrten ihn unverwandt an. Eine Reihe Biergläser wartete auf ihn. Neben ihm stand, die Arme vor der Brust verschränkt, der riesenhafte Noah und hielt lauschend den Kopf gesenkt. Das Stück endete. Bedächtig und zärtlich, als ob er einem Freund eine Wunde verbände, reinigte Barley sein Saxophon und legte es in den Kasten. Noah ließ keinen Beifall zu, aber das ganze Publikum schnipste mit den Fingern, und einige verlangten nach »Zugabe«, aber Barley achtete nicht darauf. Er kippte ein paar Bier, winkte in die Runde und schob sich behutsam durch die Menge zur Tür. Wir gingen ihm nach, und als wir auf die Straße traten, fuhr Ben Lugg mit leuchtendem Freizeichen vor.

»›Mo's‹«, verlangte Barley und ließ sich auf den Rücksitz fallen. Er schraubte den Deckel einer neuen Flasche Whisky ab, die er irgendwo aufgetrieben hatte. »Hallo, Harry. Wie liebt es sich aus der Ferne?«

»Danke, prima. Kann ich nur empfehlen.«

»Wo ist denn ›Mo's‹?« fragte Ned, als er sich neben ihn setzte und ich mich auf den Klappsitz pflanzte.

»Tufnell Park. Unter dem ›Falmouth Arms‹.«

»Guter Sound?« fragte Ned.

»Der beste.«

Aber nicht Barleys aufgesetzte Fröhlichkeit beunruhigte mich, sondern seine Entrücktheit, sein vollkommen leerer Blick, die Art, wie er sich in der Festung seiner englischen Höflichkeit verschanzt hielt.

Mo, eine Blondine um die fünfzig, küßte Barley erst mal ausgiebig ab, bevor sie uns an ihrem Tisch Platz nehmen ließ. Barley spielte einen Blues, und Mo wollte anscheinend, daß er die Nacht über dablieb, aber Barley konnte es nirgendwo lange aushalten, also ging es weiter nach Islington in eine Musik-Pizzeria, wo er ebenfalls ein Solo spielte; diesmal kam Ben Lugg auf eine Tasse Tee mit hinein und hörte ihm zu. Ben war früher einmal Boxer gewesen und sprach auch jetzt noch gern über Boxkämpfe. Von Islington aus fuhren wir über den Fluß zum »Elephant«, wo eine schwarze Band in einer Busgarage Soul spielte. Es war vier Uhr fünfzehn, doch Barley machte noch immer keine Anstalten, schlafen zu gehen; lieber saß er bei der Band und trank Kakao mit Schuß aus großen Porzellanhumpen. Als wir ihn endlich zu Bens Taxi bugsierten, tauchten wie aus dem Nichts die beiden Mädchen aus »Noah's« wieder auf und setzten sich neben ihn auf den Rücksitz.

»Also, ihr zwei Hübschen«, sagte Ben, während Ned und ich auf dem Bürgersteig warteten. »Zieht Leine.«

»Bleibt, wo ihr seid«, riet ihnen Barley.

»Das Taxi gehört euch nicht, Mädels. Sondern dem Typ da« – Ben zeigte auf Ned – »also verpißt euch, seid brav.«

Barley schlug mit der Faust nach Bens Kopf, der mit einem schwarzen Homburg geschmückt war. Ben blockte den Schlag ab, als wische er eine Spinnwebe beiseite, und zog mit der gleichen Bewegung Barley vorsichtig aus dem Taxi und übergab ihn Ned, der ihn ebenso vorsichtig in den Polizeigriff nahm.

Ohne den Homburg abzulegen, verschwand Ben im hinteren Teil des Taxis und tauchte mit einem Mädchen an jeder Hand wieder auf.

»Sollten wir nicht mal alle ein bißchen frische Luft schnappen?« schlug Ned vor, während Ben jedem der beiden Mädchen einen Zehner gab, damit sie endlich verduften.

»Gute Idee«, sagte Barley.

Also überquerten wir in langsamer Prozession den Fluß; Brocks Beobachter bildeten die Nachhut, und Ben Luggs Taxi schlich hinter uns her. Über dem Hafenviertel erhob sich eine schmutzig braune Dämmerung.

»Tut mir leid«, sagte Barley nach einer Weile. »War doch nichts Schlimmes, oder, Nedsky?«

»Nicht daß ich wüßte«, sagte Ned.

»Geben Sie acht«, riet Barley. »Ihr Land braucht Achter. Stimmt's, Nedsky? Hatte einfach Lust, ein bißchen Musik zu machen«, erklärte er mir. »Bist du musikalisch, Harry? Ein Kumpel von mir spielte seiner Freundin oft was am Telefon vor. Wohlgemerkt, nur Klavier, nicht Saxophon, aber er sagte, das hätte es gebracht. Du könntest es mal bei deiner Dame probieren.«

»Morgen fahren wir nach Amerika«, sagte Ned.

Barley hielt dies für eine beiläufige Bemerkung. »Wie schön für Sie. Schöne Jahreszeit. Da sieht das Land am besten aus, würde ich sagen.«

»Für Sie ist es aber auch schön«, sagte Ned. »Wir hatten vor, Sie mitzunehmen.«

»Zwanglos, oder?« fragte Barley. »Oder soll ich sicherheitshalber eine Smokingjacke einpacken?«

12

Bei Einbruch der Dämmerung trafen wir mit einem kleinen Flugzeug auf der Insel ein. Das kleine Flugzeug gehörte einem großen amerikanischen Unternehmen. Wem die Insel gehörte, wurde nicht gesagt. Sie war schmal und bewaldet, ihr mittlerer Teil senkte sich ins Meer, die Enden stiegen zu kegelförmigen Spitzbergen auf, so daß mir das Ganze aus der Luft wie ein im Atlantik versinkendes Beduinenzelt vorkam. Die Länge der Insel schätzte ich auf zwei Meilen. Am einen Ende sahen wir die New-England-Villa mit ihren Anlagen, am anderen die winzige weiße Anlegestelle; warum die Villa als Sommerhaus bezeichnet wurde, erfuhr ich später: weil im Winter niemand dort hinkam. Das Haus war um die Jahrhundertwende von einem reichen Bostoner gebaut worden, Stadtflucht gab es auch damals schon. Wir spürten das Schütteln der Tragflächen und rochen durch die klappernden Fenster der Kanzel das Meerwasser. Die Lichtreflexe der Sonne flackerten über die Wellen wie Scheinwerfer bei einer abendlichen Musikparade, Kormorane schwebten im Wind. Auf dem Festland im Westen sahen wir einen Leuchtturm. Nach meiner Uhr waren wir achtundfünfzig Minuten lang der Küste von Maine gefolgt. Zu beiden Seiten wuchsen die Bäume empor, der Himmel verschwand, und plötzlich holperten wir schaukelnd über eine breite Grasbahn, an deren Ende uns Randy und seine Jungs mit einem Jeep erwarteten. Randy sah so gesund aus, wie nur ein privilegierter Amerikaner aussehen kann. Er trug eine Windjacke und

Krawatte. Es kam mir vor, als würde ich seine Mutter kennen.

»Gentlemen, ich bin hier Ihr Gastgeber, solange Sie zu bleiben belieben. Willkommen auf unserer Insel.« Barley schüttelte er zuerst die Hand. Die mußten ihm Fotos gezeigt haben. »Mr. Brown, Sir, es ist mir eine Ehre. Ned? Harry?«

»Außerst freundlich von Ihnen«, sagte Barley.

Wir kurvten den Hang hinab, die Bäume standen schwarzblau vor dem Meer. Die Jungs folgten in einem zweiten Wagen.

»Sie fliegen mit British Airways, Gentlemen? Mrs. Thatcher hat sie wirklich gut im Griff, diese Gesellschaft!« sagte Randy.

»Wird Zeit, daß sie mit dem Schiff untergeht«, sagte Barley. Randy lachte, als hätte er das Lachen auf dem Lehrgang gelernt. Brown war Barleys Arbeitsname für diese Reise. Sogar in seinem Paß, den Ned hatte, hieß er Brown.

Wir rumpelten über einen Damm zum Pförtnerhaus. Das Tor ging auf und schloß sich hinter uns. Wir waren auf unserer Landspitze. Oben stand die Villa, die von im Gebüsch versteckten Bogenlampen angeleuchtet wurde. Rasen und windzerzaustes Strauchwerk fiel von dort nach allen Seiten hin ab. Wacklig staksten die Pfähle eines verfallenen Piers ins Meer. Randy stellte den Jeep ab, nahm Barleys Gepäck und führte uns über einen beleuchteten Weg zwischen Hortensien zu einem Bootshaus. Auf dem Flug nach Boston hatte Barley gedöst, getrunken und über den Film gestöhnt. In dem kleinen Flugzeug hatte er stirnrunzelnd auf die Landschaft von New England herabgesehen, als ob ihn ihre Schönheit verwirrte. Aber nachdem wir einmal gelandet waren, schien er wieder ganz in seinem Element zu sein.

»Mr. Brown, Sir, ich habe Anordnung, Sie in der Hochzeitssuite unterzubringen«, sagte Randy.

»Kann mir nichts Schöneres vorstellen, alter Junge«, sagte Barley höflich.

»*Sagt* man das bei Ihnen, Mr. Brown: *alter Junge*?«

Randy führte uns durch einen mit Steinplatten ausgelegten Flur zu einer Kapitänskajüte. Einrichtung auf rustikal stilisiert. In einer Ecke ein auf alt gemachtes Messingbett, am Fenster ein entsprechender Rosenholzsekretär. An den Wänden dubioses

Schiffszubehör. In der typisch amerikanischen Kochnische entdeckte Barley den Kühlschrank, zog ihn auf und spähte hoffnungsvoll hinein.

»Mr. Brown hat abends gern eine Flasche Scotch auf dem Zimmer, Randy. Er wäre dankbar, wenn Sie so was in Ihrem Spind hätten.«

Das Sommerhaus glich einem Museum goldener Kindheitstage. Auf der Veranda lehnten honigfarbene Krocketschläger an einem staubigen Ziegenkarren, der mit am Strand aufgelesenen Hummerbojen beladen war. Es roch nach Bienenwachs und Leder. In der Halle hingen Porträts von jungen Männern und Frauen in großen Hüten neben primitiven Darstellungen von Walfängern. Wir folgten Randy eine breite gebohnerte Treppe hinauf, Barley zockelte hinter uns her. Bogenfenster auf jedem Absatz gaben einen von farbigem Glas umrahmten Blick aufs Meer frei. Wir traten in einen Flur mit blauen Schlafzimmern. Das größte war für Clive reserviert. Von unseren Veranden aus konnten wir über den Garten bis zum Bootshaus und über das Meer bis hin zum Festland sehen. Die Dämmerung wurde zu Dunkelheit.

In einem Speisezimmer mit weißen Deckenbalken bediente uns eine Vestalin aus Langley mit Maine-Hummer und Weißwein, ohne uns auch nur einmal dabei anzusehen.

Beim Essen erläuterte Randy die Hausordnung. »Bitte keinen Umgang mit der Belegschaft, Gentlemen, nur guten Morgen und hallo. Alles, was den Leuten gesagt werden soll, lassen Sie am besten durch mich ausrichten. Die Wachen dienen Ihrer Sicherheit, Gentlemen, aber wir möchten Sie bitten, sich nur innerhalb der Grenzen unseres Anwesens aufzuhalten. Bitte. Ich danke Ihnen.«

Nach dem Essen und den Reden ging Randy mit Ned in den Senderaum, und ich brachte Barley ins Bootshaus zurück. Es stürmte wütend über den Garten, und beim Durchschreiten der Lichtkegel meinte ich, Barley unbekümmert lächeln zu sehen. Am Weg standen Jungs mit Sprechfunkgeräten.

»Eine Partie Schach?« fragte ich, als wir an seine Tür kamen.

Ich hätte sein Gesicht gern deutlicher gesehen, aber ich konnte es ebensowenig wie seine Stimmung ausmachen. Er klopfte mir auf den Arm und wünschte eine gute Nacht. Seine Tür ging auf und wieder zu, aber vorher sah ich noch kurz die gespenstische Gestalt eines Wachtpostens, der keine zwei Meter von uns im Dunkeln stand.

»Ein kluger Anwalt, ein guter Offizier«, sagte Russell Sheriton am nächsten Morgen ehrfürchtig murmelnd zu mir und packte meine Hand mit seinen kräftigen weichen Handflächen; dabei wußte er, daß ich weder das eine noch das andere war. »Einer von den ganz Großen. Wie geht es Ihnen, Harry?«

Er hatte sich seit seiner Londoner Dienstreise kaum verändert: die Ringe unter seinen Augen ein wenig hündischer, ein wenig trauriger, der blaue Anzug ein oder zwei Nummern größer, der Wanst im weißen Hemd noch derselbe. Und dasselbe Leichenbestatter-Aftershave wie vor sechs Jahren salbte den jüngsten Leiter der sowjetischen Abteilung des CIA.

Eine Gruppe seiner jungen Männer stand in respektvoller Entfernung von ihm; wie gestrandete Passagiere auf einem Flughafen hielten sie sich an ihren Reisetaschen fest. Links und rechts von ihm hatten Clive und Bob wie Komplizen Stellung bezogen. Bob wirkte um zehn Jahre gealtert. Ein demütiges Lächeln hatte seine europäische Selbstsicherheit abgelöst. Er begrüßte uns zu überschwenglich, als hätte man ihn ermahnt, sich von uns fernzuhalten.

Die Insel-Konferenz, wie sie dann euphemistisch genannt wurde, nahm ihren Lauf.

Die Stimmung während der nächsten Tage hatte etwas unterschwellig Heiteres, wie zwischen guten Menschen, die sich gemeinsam einer Aufgabe widmen, und wenn ich an den Rest denke, gerate ich in Gefahr, dies zu vergessen.

Es fällt mir sehr schwer, dies verständlich zu machen, aber ich muß es versuchen, das bin ich Barley schuldig. Denn er hat sich nie mit unseren Gastgebern angelegt – hat ihnen für das, was ihm dort oder später widerfahren ist, nie einen Vorwurf gemacht. Er mochte pauschal über Amerikaner schimpfen, aber sobald er einzelne von ihnen kennengelernt hatte, waren sie alle für ihn anständige Burschen. Mit jedem einzelnen dieser Männer hätte er jederzeit gern in der Dorfkneipe einen Drink gekippt, falls wir eine Kneipe gehabt hätten. Und natürlich ließ Barley sich von jedem Argument, das ihm vorgetragen wurde, überzeugen, so wie ihn auch stets der Fleiß anderer Leute ungeheuer beeindruckte.

Und was waren die fleißig! Wenn Zahlen, Geld und Aktivität allein Informationen produzieren könnten, hätte der CIA sie haufenweise gewonnen – nur daß kein Mensch das alles hätte verarbeiten können.

Und wie inbrünstig sie sich nach Liebe sehnten! – ein Bedürfnis, das sie Barley sofort sympathisch machte. Selbst wenn sie ihn in die Zange nahmen, wollten sie geliebt werden. Auch von Barley! Genau wie sie bis zum heutigen Tag geliebt werden wollen für all ihre arrangierten Putsche, destabilisierenden Aktionen und wilden Vorstöße gegen den »Feind da draußen«. Doch genau diese rätselhafte Offenbarung guter Herzen sorgte für den unterschwelligen Horror dieser Woche.

Vor Jahren sprach ich einmal mit einem Mann, der geschlagen worden war, einem englischen Söldner, der uns in Afrika einige Dienste geleistet hatte und jetzt ausgezahlt werden mußte. Doch in Erinnerung war ihm nicht so sehr die Peitsche, sondern vor allem der Orangensaft geblieben, den man ihm hinterher gab. Er erinnert sich, wie man ihm in seine Hütte zurückhalf, er erinnert sich, wie man ihn mit dem Gesicht nach unten aufs Stroh legte. Aber am besten erinnert er sich an das Glas frischen Orangensafts, das ein Wärter vor seinen Kopf stellte; wie der sich dann neben ihn hockte und geduldig wartete, bis er stark genug war, ein wenig davon zu trinken. Dabei war es derselbe Wärter, der ihn geprügelt hatte.

Auch wir hatten unsere Gläser mit Orangensaft. Und anständige Wärter, auch wenn sie sich hinter Kopfhörern und einer aufgesetzten Feindseligkeit verbargen, die aber angesichts von Barleys Wärme rasch dahinschmolz. Schon einen Tag nach unserer Ankunft schlichen die Wachtposten, mit denen wir keinen Umgang haben sollten, in jeder freien Minute in Barleys Bootshaus, um eine Cola oder einen Scotch von ihm zu ergattern, ehe sie sich wieder auf ihre Posten zurückstahlen. Sie spürten, mit ihm konnte man das machen. Und als Amerikaner faszinierte sie seine Berühmtheit.

Zum Beispiel Edgar, ein alter Kämpe von den Marines, der ihm beim Schach einen ordentlichen Kampf für sein Geld lieferte. Wie ich später erfuhr, entlockte Barley ihm gegen alle nur denkbaren Regeln unseres Gewerbes Namen und Adresse, damit sie, »wenn das alles vorbei ist«, Fernpartien spielen könnten.

Und nicht nur die Wärter. Auch Sheritons junge Männer und sogar Sheriton selbst zeigten eine Mäßigung, die wie ein konstantes Drängen der Vernunft gegen die hysterischen Stimmungsumschwünge derer war, die von Sheriton pauschal als manische Egoisten abgestempelt wurden.

Aber ich vermute, eben dies ist die Tragödie großer Nationen. So viel Talent, das auf nützliche Verwendung brennt, so viel Güte, die sich nach Entfaltung sehnt. Und darin so erbärmlich wenig unterstützt, daß wir manchmal kaum glauben konnten, es tatsächlich mit Amerika zu tun zu haben.

Aber das hatten wir. Die Peitsche war echt.

Die Befragungen fanden im Billardzimmer statt. Der Holzboden war dunkelrot gestrichen, zum Tanzen, und der Billardtisch durch einen Stuhlkreis ersetzt. Doch an der Wand standen noch ein elfenbeinerner Punktezähler und eine Reihe Queue-Halter mit Initialen, und in der Mitte, wo Barley sitzen sollte, warf die Hängelampe ihren länglichen Schein. Ned holte ihn aus dem Bootshaus ab.

»Mr. Brown, Sir, ich bin stolz, Ihnen die Hand geben zu dürfen; im übrigen habe ich soeben beschlossen, daß mein Name für die Dauer unserer Bekanntschaft Haggarty ist«, erklärte Sheriton. »Ich brauchte Sie nur einmal anzusehen, und schon kam ich mir wie ein Ire vor. Fragen Sie mich nicht, warum.« Er führte Barley mit flottem Schritt durch den Raum. »Vor allem möchte ich Sie erst mal beglückwünschen. Sie haben alle wichtigen Tugenden: Gedächtnis, Beobachtungsgabe, britischen Schneid und ein Saxophon.«

All das in hypnotisierend fließender Rede, während Barley verlegen grinste und sich auf dem Ehrenplatz niederließ.

Ned freilich saß bereits steif, die Arme vor der Brust verschränkt, und Clive, obwohl er zum Kreis gehörte, hatte es geschafft, sich dünnzumachen. Er saß unter Sheritons jungen Männern und hatte seinen Stuhl so weit zurückgeschoben, daß sie ihn verdeckten.

Sheriton blieb vor Barley stehen und redete auf ihn hinunter, obwohl seine Worte eindeutig an jemand anderen gerichtet waren. »Clive, würden Sie mir gestatten, Mr. Brown mit ein paar unverschämten Fragen zu bombardieren? Ned, würden Sie Mr. Brown bitte erklären, daß er sich in den Vereinigten Staaten von Amerika befindet und daß er keine unserer Fragen beantworten muß, sein Schweigen aber als klares Eingeständnis seiner Schuld gelten wird?«

»Mr. Brown kann auf sich selbst aufpassen«, sagte Barley. Er grinste noch immer, glaubte noch immer nicht so ganz an den Ernst der Lage.

»Kann er das? Sehr gut, Mr. Brown! Denn genau das erwarten wir von Ihnen in den nächsten Tagen!«

Sheriton ging an das Sideboard, goß sich einen Kaffee ein und kam damit zurück. Er schlug den ruhigeren Ton praktischer Vernunft an. »Mr. Brown, wir kaufen einen Picasso, okay? Alle in diesem Zimmer hier kaufen denselben Picasso. Blau, Seignant, gute Arbeit, Scheiß drauf. Es gibt nur etwa drei Leute auf der Welt, die etwas davon verstehen. Dabei geht es im Grunde doch nur um eins: Hat Picasso das Bild gemalt, oder hat J. P. Shmuck Jr. aus South Bend, Indiana, oder aus Omsk, Rußland, es in seiner Kartoffelscheune zusammengekleistert? Eins dürfen Sie nämlich nicht vergessen«, er klopfte sich auf die weiche Brust, in der anderen Hand hielt er die Kaffeetasse, »kein Weiterverkauf. Wir sind hier nicht in London. Sondern in Washington. Und für Washington haben Informationen nützlich zu sein, und das heißt, man muß sie benutzen und nicht bloß mit sokratischem Abstand betrachten können.« Er senkte ehrfürchtig mitfühlend die Stimme. »Und Sie sind der Mann, der uns die Information verkauft, Mr. Brown. Ob Ihnen das gefällt oder nicht, an Sie persönlich müssen wir uns halten, bis wir die Quelle, den Mann, den Sie Goethe nennen, überredet haben, seine Einstellung zu ändern und direkt mit uns zu arbeiten. Falls uns das je gelingt. Zweifelhaft. Sehr, sehr zweifelhaft.«

Sheriton wandte sich um und trat an den Rand des Kreises. »Sie sind der Dreh- und Angelpunkt, Mr. Brown. Sie sind *der Mann*. Hundert Prozent. Aber wieviel davon ist echt? Ein bißchen? Etwas? Oder alles? Haben Sie das Drehbuch geschrieben, sind Sie Darsteller, Produzent oder Regisseur? Oder bloß der Statist, für den Sie sich ausgeben, der unbeteiligte Zuschauer, den wir alle noch nicht kennen?«

Sheriton seufzte, als sei das ein wenig zuviel für einen so zart besaiteten Mann wie ihn. »Mr. Brown, haben Sie zur Zeit eine feste Freundin, oder vögeln Sie sich durch die Backliste?«

Ned war halb aufgesprungen, aber da hatte Barley schon geantwortet. Doch selbst jetzt war seine Stimme weder aggressiv noch feindselig. Er sprach, als ob er uns die gute Stimmung nicht verderben wollte.

»Tja nun, wie sieht's denn bei Ihnen aus, Schatzi? Steht Ihnen Mrs. Haggarty zu Diensten, oder sind wir in die Gewohnheiten unserer Jugend zurückgefallen?«

Sheriton focht das nicht an.

»Mr. Brown, wir kaufen *Ihren* Picasso, nicht meinen. Washington mag es nicht, wenn seine wichtigsten Leute sich in den Bars für Singles herumtreiben. Wir müssen das ganz offen und ehrlich behandeln. Ohne englische Zurückhaltung, ohne Flachserei der alten Schule. Auf diesen Mist sind wir früher mal reingefallen und wir werden es nie, *nie* wieder tun.«

Dies, dachte ich, galt Bob, der mal wieder seine Hände anstarrte.

»Mr. Brown treibt sich nicht in Bars für Singles herum«, unterbrach Ned scharf. »Und es ist nicht sein Material. Sondern Goethes. Ich wüßte wirklich nicht, was sein Privatleben damit zu tun hat.«

Behalten Sie Ihre Gedanken für sich, hatte Clive mir gesagt. Jetzt wiederholte er für Ned diese Botschaft mit den Augen. »Also, Ned, ich bitte Sie, *wirklich*!« protestierte Sheriton. »In Washington sieht es heutzutage doch so aus, daß man verheiratet und wiedergeboren sein muß, um nur in einen Scheißbus einsteigen zu dürfen. Wieso fahren Sie alle fünf

Minuten nach Rußland, Mr. Brown? Kaufen Sie dort Immobilien?«

Barley grinste, jedoch nicht mehr so freundlich. Langsam regte Sheriton ihn auf, und genau das war Sheritons Absicht. »Genaugenommen habe ich diese Rolle geerbt, alter Junge. Meinem Vater war die Sowjetunion immer lieber als die Vereinigten Staaten, und er ließ nichts unversucht, russische Bücher zu verlegen. Er war Fabier. Praktisch ein Anhänger des New Deal. Als Amerikaner wäre er auf die schwarze Liste gekommen.«

»Man hätte ihm was angehängt, ihn aufgehängt und unsterblich gemacht. Ich habe seine Akte gelesen. Schauderhaft. Erzählen Sie uns mehr von ihm, Mr. Brown. Was hat er Ihnen hinterlassen, was haben Sie geerbt?«

»Was zum Teufel soll das?« fragte Ned.

Zu Recht. Die Sache mit Barleys exzentrischem Vater war schon längst von der zwölften Etage besprochen und als nebensächlich abgetan worden. Vom CIA offenbar aber nicht. Oder nicht mehr.

»Und in den dreißiger Jahren, wie Sie dann ja zweifellos auch wissen«, fuhr Barley ruhiger fort, »gründete er einen Russischen Buchklub. Der lief nicht lange, aber er hat es versucht. Und im Krieg verlegte er, wenn er Papier auftreiben konnte, prosowjetische Propaganda, in der hauptsächlich Stalin verherrlicht wurde.«

»Und nach dem Krieg, was machte er dann? Half ihnen am Wochenende beim Bau der Berliner Mauer?«

»Er hatte Hoffnungen, dann gab er sie auf«, antwortete Barley nach einigem Überlegen. Sein nachdenkliches Ich hatte wieder die Oberhand gewonnen. »Er hätte den Russen das meiste verzeihen können, aber nicht den Terror, nicht die Lager und nicht die Deportationen. Hat ihm das Herz gebrochen.«

»Hätte es ihm auch das Herz gebrochen, wenn die Sowjets weniger rabiat vorgegangen wären?«

»Vermutlich nicht. Ich glaube, dann wäre er als glücklicher Mann gestorben.«

Sheriton wischte sich die Handflächen an seinem Taschentuch ab und trug wie ein übergewichtiger Oliver Twist seine

Kaffeetasse an den Getränketisch zurück, wo er die Thermoskanne aufschraubte und gramvoll hineinspähte, bevor er seine Tasse wieder auffüllte.

»Eicheln«, klagte er. »Die sammeln Eicheln, pressen sie aus und machen Kaffee daraus. So läuft das bei denen.« Neben Bob war ein Stuhl frei. Sheriton ließ sich darauf sinken und seufzte. »Mr. Brown, darf ich Ihnen das mal ein bißchen verdeutlichen? Das Leben ist zu eng geworden, als daß man jedes bescheidene Mitglied der menschlichen Familie nach seinen Verdiensten beurteilen könnte, okay? Also gibt es über jeden, der irgend etwas ist, eine Akte. Das hier ist Ihre. Ihr Vater sympathisierte mit den Kommunisten, später war er ernüchtert. In den acht Jahren seit seinem Tod haben Sie nicht weniger als sechsmal die Sowjetunion besucht. Sie haben den Sowjets genau vier beschissene Bücher aus Ihrem Programm verkauft und genau drei von ihnen verlegt. Zwei schrecklich moderne Romane, die überhaupt nicht gelaufen sind, und eine Schwarte über Akupunktur, von der achtzehn Exemplare abgesetzt wurden. Sie stehen kurz vor dem Bankrott, aber nach unseren Berechnungen haben diese Reisen Sie zwölftausend Pfund gekostet und Ihnen neunzehnhundert eingebracht. Sie sind geschieden, ungebunden und haben eine britische Public School besucht. Sie trinken, als müßten Sie ganz allein die Wüste bewässern, und von Ihren Jazzfreunden gibt es Akten bei uns – dagegen sieht Benedict Arnold wie Shirley Temple aus. Aus Washingtoner Sicht sind Sie ein wüster Bursche. Aus hiesiger Sicht sind Sie sehr nett, aber wie soll ich das dem nächsten Kongreß-Unterausschuß klarmachen? Da sitzen strenggläubige Prinzipienreiter, die es sich in den Kopf gesetzt haben, Goethes Material an den Pranger zu stellen, weil es die Festung Amerika in Gefahr bringt!«

»Inwiefern?« fragte Barley.

Ich glaube, seine Ruhe überraschte uns alle. Sheriton bestimmt. Bis dahin hatte er Barley über die Schulter angesehen und bei der Erläuterung seines Dilemmas so etwas wie Mitleid geheuchelt. Jetzt richtete er sich auf und sah Barley wachsam und zweifelnd voll ins Gesicht.

»Wie bitte, Mr. Brown?«

»Wieso macht Goethes Material denen angst? Wenn die Russen nicht geradeaus schießen können, sollte die Festung Amerika doch Freudensprünge machen.«

»Oh das tun wir, Mr. Brown, das tun wir. Wir sind aus dem Häuschen. Was soll's auch, daß die gesamte amerikanische Militärmacht in dem Glauben aufgebaut wurde, die sowjetischen Kanonen seien verteufelt treffsicher. Was soll's auch, daß die richtige Einschätzung der sowjetischen Treffgenauigkeit in diesem Spiel *alles* bedeutet. Daß man sich damit an den Feind heranschleichen kann, während er auf dem Golfplatz ist, überraschend seine Interkontinentalraketen trifft, ohne daß er entsprechend reagieren könnte. Während man das ohne Treffgenauigkeit besser nicht versuchen sollte, weil der Feind sich dann nämlich einfach umdreht und Ihre zwanzig Lieblingsstädte angreift. Was soll's auch, daß der Steuerzahler zig Milliarden Dollar und die Politiker ganze Schrotthalden von Reden in den geliebten Alptraum von einem sowjetischen Erstschlag und das amerikanische Fenster der Angreifbarkeit investiert haben. Was soll's, daß sogar noch heute die Vorstellung von der sowjetischen Überlegenheit das wichtigste Argument für Star Wars ist, außerdem das amüsanteste strategische Spiel bei Washingtoner Cocktailparties?« Zu meiner Überraschung änderte Sheriton abrupt den Tonfall und sprach mit dem Akzent eines Hinterwäldlers aus dem tiefen Süden weiter. »Wird Zeit, daß wir diese Säcke in die Luft jagen, bevor sie auf dieselbe Idee kommen, Mr. Brown. Unser kleiner Planet ist einfach nicht groß genug für zwei Supermächte, Mr. Brown. Welche ist *Ihnen* lieber, Mr. Brown, wenn es hart auf hart kommt?«

Er wartete, während sein Hamstergesicht wieder über die vielen Ungerechtigkeiten des Lebens nachzudenken begann. »Und ich *glaube* Goethe«, fuhr er mit aufgeschreckter Stimme fort. »Es ist bekannt, daß ich Goethe noch am selben Tag, als er plötzlich auftauchte, für mich reserviert habe. Komplett. Und jetzt ist die Zeit reif für die Quelle Goethe, für die ich mich engagiert habe. Wissen Sie, was das für mich bedeutet? Daß ich auch dem Mr. Brown hier zu glauben habe und daß Mr. Brown ganz offen zu mir sein muß, sonst bin ich geliefert.« Ehrfürchtig legte er eine Tatze auf seine linke Brust. »Ich glaube Mr.

Brown, ich glaube Goethe, ich glaube an das Material. Und ich scheiß mir vor Angst in die Hose.« Manche Leute ändern ihre Meinung, dachte ich. Manche Leute besinnen sich neu. Aber nur ein Russell Sheriton stellt sich hin und verkündet, er habe an der Straße nach Damaskus das Licht gesehen. Ned starrte ihn ungläubig an. Clive zog es vor, die Queue-Halter zu bewundem. Aber Sheriton schmollte weiter seinen Kaffee an und dachte über sein Pech nach. Einer seiner jungen Männer inspizierte, das Kinn in die Hand gestützt, die Spitze seines Harvard-Schuhs. Ein anderer spähte durchs Fenster aufs Meer, als ob dort eher die Wahrheit zu finden wäre.

Aber niemand sah Barley an, niemand schien den Mut zu haben. Still saß er da, wirkte jung. Wir hatten ihm ja einiges erzählt, aber so was nicht. Am allerwenigsten hatten wir ihm erzählt, daß nach dem Auftauchen des Bluebird-Materials die militärisch-industriellen Fraktionen einander an die Gurgel gefahren waren und einige der miesesten Lobbies von Washington sich vor Entrüstung wie wahnsinnig gebärdet hatten. Zum erstenmal ergriff der alte Palfrey das Wort. Und während ich sprach, hatte ich das Gefühl, in einem absurden Theaterstück aufzutreten. Es war, als ob uns die reale Welt unter den Füßen wegrutschte.

»Haggarty will folgendes von Ihnen wissen«, sagte ich. »Wollen Sie sich freiwillig einer Befragung durch die Amerikaner unterziehen, damit die sich ein für allemal ein Bild von der Quelle machen können? Sie können nein sagen. Das ist Ihre Entscheidung. Ist das richtig, Clive?«

Clive nahm mir diese Erklärung übel, stimmte mir aber widerstrebend zu, bevor er wieder unter den Horizont wegtauchte.

Die Gesichter im Kreis hatten sich Barley zugewandt wie Blumen der Sonne. »Was sagen Sie dazu?« fragte ich ihn.

Eine Zeitlang sagte er nichts. Er streckte sich, fuhr sich mit dem Handrücken über den Mund, er sah etwas verlegen aus. Er zuckte die Achseln. Er sah zu Ned hin, aber der reagierte nicht, so daß er wieder mich mit einem ziemlich törichten Blick ansah. Was dachte er, wenn er überhaupt etwas dachte? Daß ein Nein ihn auf jeden Fall von Goethe trennen würde? Von Katja? Hatte er überhaupt so weit gedacht? Bis heute weiß ich es nicht. Er grinste, offensichtlich verlegen.

»Was meinen *Sie*, Harry? Wer A sagt, muß auch B sagen? Was sagt mein Sprachrohr?«

»Es geht mehr darum, was der Mandant sagt«, antwortete ich unverbindlich und lächelte ihn an.

»Wir werden es nicht herausfinden, wenn wir es nicht versuchen, oder?«

»Das glaube ich auch«, sagte ich.

Und deutlicher hat er wohl nie gesagt: »Ich werde es tun.«

»In Yale gibt es alle möglichen Geheimbünde, Harry«, erklärte mir Bob. »Mann, alles ist von denen durchsetzt. Von *Scull and Bones* oder *Scroll and Key* haben Sie vielleicht schon gehört, aber die sind bloß die Spitze des Eisbergs. Jedenfalls legen diese Gesellschaften Wert auf Teamgeist. In Harvard dagegen – tja, in Harvard ist es genau umgekehrt, da setzt man mehr auf die geistigen Fähigkeiten des einzelnen. Wenn der CIA also in diesen Gewässern nach Rekruten angelt, dann sucht er sich die Teamspieler in Yale und die ehrgeizigen Einzelgänger in Harvard. Ich möchte nicht so weit gehen und behaupten, jeder Harvard-Mann sei eine Primadonna oder jeder Yale-Mann ein blinder Gefolgsmann. Aber im großen ganzen ist es so. Sind Sie ein Yale-Mann, Mr. Quinn?«

»West Point«, sagte Quinn.

Es war Abend, die erste Delegation war soeben eingeflogen. Wir saßen in demselben Zimmer mit demselben roten Boden unter derselben Billardlampe und warteten auf Barley. Quinn hatte den Vorsitz, flankiert von Todd und Larry. Todd und Larry waren Quinns Leute. Sie waren gut gewachsen und hübsch und für einen Mann meines Alters grotesk jugendlich. »Quinn kommt von ziemlich weit oben«, hatte Sheriton uns gesagt. »Quinn redet mit dem Verteidigungsministerium, er redet mit den Unternehmen, er redet mit Gott.«

»Aber für wen arbeitet er?« hatte Ned gefragt.

Sheriton schien diese Frage aufrichtig zu verwirren. Er lächelte, als verziehe er einem Ausländer einen Sprachschnitzer.

»Nun ja, Ned, ich denke, für uns alle«, sagte er.

Quinn war eins fünfundachtzig, hatte breite Schultern und große Ohren. Er trug seinen Anzug wie eine Rüstung. Keine Orden, keine Rangabzeichen. Man erkannte seinen Rang an dem sturen Kiefer, an den umschatteten leeren Augen und an dem Lächeln aus einem erzürnten Gefühl von Unterlegenheit, das ihn in Gegenwart von Zivilisten übermannte.

Zuerst kam Ned herein, dann Barley. Niemand stand auf. Sheriton übernahm von seinem absichtlich bescheidenen Platz in der Mitte der amerikanischen Reihe schüchtern die Vorstellung.

Quinn hat was gegen Schwätzer, hatte er uns gewarnt. Sagen Sie Ihrem Mann, er soll bloß nicht den Schlaumeier spielen. Sheriton folgte seinem eigenen Rat.

Es war richtig, daß Larry die Befragung eröffnete, denn er war ein kontaktfreudiger Mensch. Todd war jungfräulich verschlossen, aber Larry trug einen übergroßen Ehering und einen grellen Schlips, und er lachte für zwei.

»Mr. Brown, Sir, wir müssen das Ganze aus der Sicht Ihrer Gegner durchdenken«, erklärte er mit ausgefeilter Unaufrichtigkeit. »Es gibt in unserem Geschäft unbestätigte Informationen und bestätigte Informationen. Uns liegt daran, Ihre Informationen zu verifizieren. Das ist unser Job, dafür werden wir bezahlt. Nehmen Sie bitte eine Andeutung von Mißtrauen nicht persönlich, Mr. Brown. Analyse ist eine Wissenschaft für sich. Wir müssen uns an ihre Regeln halten.«

»Wir müssen annehmen, das Ganze sei eine raffiniert eingefädelte Sache«, platzte Todd provozierend heraus. »*Rauch.*«

Belustigung, bis Barley von Larry lachend aufgeklärt wurde, daß das nichts mit Zigaretten zu tun hätte: »Rauch« sei der Fachausdruck für Betrug.

»Mr. Brown, Sir, bitte, von wem kam damals im Herbst vor zwei Jahren der Vorschlag, nach Peredelkino rauszufahren?« fragte Larry.

»Von mir wahrscheinlich.«

»Sind Sie da sicher, Sir?«

»Wir waren betrunken, als wir das beschlossen, aber ich bin ziemlich sicher, daß der Vorschlag dazu von mir kam.«

»Sie trinken wohl ziemlich viel, Mr. Brown?« sagte Larry.

Quinns riesige Hände hatten sich um einen Bleistift geschlossen, als ob sie ihn erwürgen wollten.

»Eine ganze Menge.«

»Schon mal Gedächtnislücken nach dem Trinken gehabt, Sir?«

»Manchmal.«

»Und manchmal nicht. Immerhin haben wir die Wiedergabe eines langen Gesprächs zwischen Ihnen und Goethe, als Sie beide vollkommen betrunken waren. Sind Sie vor diesem Tag auch schon mal in Peredelkino gewesen, Sir?«

»Ja.«

»Oft?«

»Zwei- oder dreimal. Vielleicht auch viermal.«

»Haben Sie Freunde da draußen besucht?«

»Ja, Freunde besucht«, sagte Barley.

»Sowjetische Freunde?«

»Natürlich.«

Larry machte eine lange Pause, in der die sowjetischen Freunde wie ein Geständnis im Raum standen.

»Wollen Sie uns bitte diese Freunde nennen, Sir? Namen?«

Barley nannte die Freunde. Einen Schriftsteller. Eine Dichterin. Einen Literaturfunktionär. Effektvoll langsam den Bleistift bewegend, schrieb Larry die Namen auf. Er lächelte beim Schreiben, während Quinns überschattete Augen starr und finster in gerader Linie über den Tisch auf Barley gerichtet waren.

»Mr. Brown, ist Ihnen am Tag Ihres Ausflugs«, begann Larry wieder, »an diesem Tag Eins, wie wir ihn nennen können, ist Ihnen da nicht in den Sinn gekommen, mal bei einigen Ihrer Bekannten vorbeizuschauen, Sir, mal zu sehen, wer da ist, guten Tag zu sagen?« fragte er.

Barley schien sich unschlüssig, ob ihm das in den Sinn gekommen war oder nicht. Er zuckte die Schultern und fuhr sich seiner Gewohnheit nach mit dem Handrücken über den Mund, der Prototyp des unaufrichtigen Zeugen.

»Nehme an, ich wollte denen Jumbo nicht aufhalsen. Außerdem waren wir zu viele. Kam mir wirklich nicht in den Sinn.«

»Gewiß«, sagte Larry.

Drei Ausreden, registrierte ich unglücklich. Drei, wo schon eine gereicht hätte. Ich sah Ned an und wußte, er dachte das gleiche. Sheriton mühte sich, gar nichts zu denken. Bob bemühte sich, Sheritons Mann zu sein. Todd murmelte Quinn etwas ins Ohr.

»Es war also auch *Ihre* Idee, Pasternaks Gruft zu besuchen, Mr. Brown, Sir?« fragte Larry, als sei dies eine Idee, auf die man besonders stolz sein könnte.

»Grab«, korrigierte Barley ihn gereizt. »Ja, allerdings. Glaube kaum, daß die anderen überhaupt davon wußten, bis ich es Ihnen sagte.«

»Und Pasternaks Datscha auch, glaube ich.« Larry sah in seinen Aufzeichnungen nach. »›Falls die Schweine die nicht abgerissen hätten.‹« Das Wort *Schweine* sprach er besonders niederträchtig aus.

»Stimmt, seine Datscha auch.«

»Aber Sie haben Pasternaks Datscha nicht besucht, habe ich recht? Sie haben nicht einmal festgestellt, ob es die Datscha überhaupt noch gab. Pasternaks Datscha wurde komplett von der Tagesordnung gestrichen.«

»Es regnete«, sagte Barley.

»Aber Sie hatten doch ein Auto. Und einen Fahrer, Mr. Brown. Auch wenn er Mundgeruch hatte.«

Larry lächelte wieder und öffnete den Mund gerade so weit, daß er sich mit der Zungenspitze über die Oberlippe fahren konnte. Dann machte er ihn wieder zu und überließ uns für einige Augenblicke unseren unangenehmen Gedanken.

»*Sie* haben also die Party zusammengetrommelt, Mr. Brown, und *Sie* haben die Ausflugsziele festgelegt«, resümierte Larry, und in seiner Stimme klang ein sonderbares Bedauern mit. »Sie hatten die Zügel in der Hand, Sie führten die Gruppe den Hügel rauf zu der Gruft. Zu dem Grab, verzeihen Sie. Sie persönlich, und niemand anders, wurden von Mr. Neschdanow angesprochen, als Sie alle wieder den Berg hinabkamen. Er fragte Sie, ob Sie Amerikaner seien. Sie sagten: *›Gott sei Dank, nein, Engländer.‹*«

Kein Gelächter, selbst Larry lächelte nicht einmal. Quinn sah aus, als versuche er krampfhaft, sich eine Bauchverletzung nicht anmerken zu lassen.

»Und Sie, Mr. Brown, waren auch ganz zufällig in der Lage, den Dichter zu zitieren, während einer Diskussion über sein Werk für die anderen das Wort zu ergreifen und sich fast wie durch *Zauberei* von Ihren Begleitern abzusetzen und dann auf einmal bei diesem Essen neben dem Mann zu sitzen, den wir Goethe nennen. ›Darf ich Ihnen unseren berühmten Dichter Goethe vorstellen.‹ Mr. Brown, über jene Magda von Penguin Books liegt uns ein Bericht aus London vor. Soweit wir wissen, wurde er von einer nichtamerikanischen Drittpartei unter unauffälligen und unverdächtigen gesellschaftlichen Umständen angefertigt. Magda hatte den Eindruck, daß Sie das Gespräch mit Neschdanow unbedingt alleine führen wollten. Können Sie das bitte erklären?«

Barley war wieder einmal verschwunden. Nicht aus dem Zimmer, aber aus meinem Verständnis. Er hatte das Mißtrauen den Träumern überlassen und sich in seine eigene Wirklichkeit zurückgezogen. Es war nicht Barley, sondern Ned, der sich angesichts dieses Eingeständnisses übler Tricks von seiten des CIA nicht mehr beherrschen konnte und den ersehnten Ausbruch hatte.

»Also, die wird Ihrem Informanten doch nicht erzählen wollen, daß sie scharf darauf gewesen sei, ihren Freund für einen Nachmittag ins Bett zu bekommen, oder?«

Aber auch hier hätte diese eine Erwiderung vielleicht ausgereicht, wenn Barley nicht noch selbst eine draufgesetzt hätte. »Vielleicht *habe* ich die anderen weggeschickt«, räumte er ein, und seine Stimme klang entrückt, doch freundlich. »Nach einer Woche Buchmesse hat jeder vernünftige Mensch für den Rest seines Lebens genug von Verlegern.«

Larry verzog zweifelnd den Mund zu einem schiefen Lächeln. »Ach nee«, sagte er und schüttelte den hübschen Kopf, bevor er seinen Zeugen an Todd weitergab.

Aber vorher ergriff Quinn noch das Wort. Er sprach nicht zu Barley, nicht zu Sheriton, nicht einmal zu Clive. Eigentlich zu niemandem. Aber auf alle Fälle sprach er. Sein verkniffener kleiner Mund wand sich wie ein Aal am Haken.

»Wurde dieser Mann getestet?«

»Sir, wir haben Probleme mit dem Protokoll«, erklärte Larry mit einem Seitenblick auf mich.

Ich verstand wirklich nicht, worum es ging. Larry mußte es mir erklären.

»Früher hieß das mal Lügendetektor, Sir. Ein Polygraph. Bei uns Tester genannt. Ich glaube, so was benutzt ihr da drüben nicht.«

»In bestimmten Fällen schon«, sagte Clive neben mir aufgeschlossen, noch ehe ich antworten konnte. »Wenn Sie darauf bestehen, beugen wir uns und wenden ihn an. Kommt langsam in Mode.«

Erst jetzt übernahm der unruhige, introvertierte Todd die Befragung. Todd war nicht weitschweifig; nach dem ersten Eindruck war er gar nichts. Aber Anwälte wie Todd waren mir nicht unbekannt: Männer, die aus ihrem fehlenden Charme einen Kreuzzug machen und ihre verbale Unbeholfenheit als Knüppel zu verwenden lernen.

»Beschreiben Sie Ihr Verhältnis zu Niki Landau, Mr. Brown.«

»Ich habe keins«, sagte Barley. »Wir wurden bis zum jüngsten Tag für Fremde erklärt. Ich mußte unterschreiben, daß ich nie mehr mit ihm spreche. Fragen Sie Harry.«

»Vor dieser Regelung, bitte?«

»Ab und zu mal zusammen einen gehoben.«

»Wie bitte?«

»Einen gehoben. Getrunken. Scotch. Er ist ein netter Kerl.«

»Aber er kam doch bestimmt aus einer ganz anderen Gesellschaftsschicht? Ich vermute, er hat nicht in Harrow und Cambridge studiert?«

»Ja und?«

»Haben Sie etwas gegen die britische Gesellschaftsstruktur, Mr. Brown?«

»War für mich immer eine der bedauerlichsten Tatsachen der modernen Welt, alter Junge.«

»›Er ist ein netter Kerl.‹ Heißt das, Sie mögen ihn?«

»Er ist ein aufreizender kleiner Pinscher, aber ich mochte ihn, ja. Noch immer.«

»Sie haben nie Geschäfte mit ihm abgeschlossen? Irgendwelcher Art?«

»Er arbeitete für andere Verlage. Ich war mein eigener Chef. Was für Geschäfte hätten wir da machen sollen?«

»Haben Sie ihm mal was *abgekauft*?«

»Wieso sollte ich?«

»Ich möchte bitte gern wissen, worüber Sie und Niki Landau konferiert haben, wenn Sie, häufig in kommunistischen Hauptstädten, miteinander allein waren.«

»Er prahlte mit seinen Eroberungen. Er mochte gute Musik. Klassik.«

»Hat er mal mit Ihnen über seine *Schwester* gesprochen? Seine *Schwester*, die noch in Polen ist?«

»Nein.«

»Hat er Ihnen gegenüber mal seinen Groll über die angeblich schlechte Behandlung seines Vaters durch die britischen Behörden geäußert?«

»Nein.«

»Wann bitte hatten Sie Ihr letztes intimes Gespräch mit Niki Landau?«

Endlich ließ Barley doch eine gewisse Verärgerung erkennen. »Wie Sie das sagen, könnte man uns für ein schwules Pärchen halten«, beklagte er sich.

Quinns Miene blieb ausdruckslos. Vielleicht hatte er diesen Schluß auch schon gezogen.

»Ich fragte: *wann*, Mr. Brown«, erklärte Todd in einem Ton, der andeutete, daß ihm die Geduld ausging.

»Frankfurt vermutlich. Voriges Jahr. Ein paar Gläser im Hessischen Hof.«

»Sie meinen die Frankfurter Buchmesse?«

»Nach Frankfurt fährt man nicht zum Spaß, alter Junge.«

»Seither kein Wort mit Landau gewechselt?«

»Nicht daß ich wüßte.«

»Auch nicht auf der Londoner Buchmesse in diesem Frühjahr?«

Barley schien sich den Kopf zu zerbrechen. »Ach ja. Stella. Sie haben recht.«

»Verzeihung?«

»Niki hatte ein Mädchen entdeckt, das damals für mich arbeitete. Stella. Beschloß, etwas für sie übrig zu haben. Im Grunde hatte er für jeden etwas übrig. So 'ne Art Wiesel. Wollte, daß ich sie miteinander bekannt machte.«

»Und, haben Sie das getan?«

»Hab's versucht.«

»Kann man sagen, Sie haben für ihn den Kuppler gespielt?«

»Kann man, alter Junge.«

»Was kam dabei raus?«

»Ich lud sie zu einem Drink im Roebuck um die Ecke ein, sechs Uhr. Niki kam, sie nicht.«

»Also waren Sie da allein mit Landau? Solo für zwei?«

»Genau. Solo für zwei.«

»Worüber haben Sie gesprochen?«

»Über Stella, nehme ich an. Das Wetter. Alles mögliche.«

»Mr. Brown, haben Sie irgendwelche engeren Kontakte mit früheren oder ehemaligen Sowjetbürgern in Großbritannien?«

»Ab und zu mit dem Kulturattaché. Wenn er sich zu einer Antwort herabläßt, was nicht oft vorkommt. Wenn mal ein sowjetischer Schriftsteller rüberkommt und die Botschaft ihm zu Ehren ein Gelage gibt, geh ich meistens hin.«

»Soweit wir wissen, pflegen Sie in einem gewissen Café in dem Londoner Stadtteil Camden Town Schach zu spielen.«

»Ach ja?«

»Ist dieses Café nicht ein Treffpunkt russischer Exilanten, Mr. Brown?«

Barley hob die Stimme, blieb aber ansonsten ruhig. »Gut, ich kenne Leo. Schwacher Spieler, nimmt am liebsten die Weißen. Ich kenne Josef. Greift alles an, was sich bewegt. Aber ich gehe nicht mit denen ins Bett und tausche auch keine Geheimnisse mit ihnen aus.«

»Sie haben wirklich ein sehr selektives Gedächtnis, Mr. Brown. Ich denke nur mal an die außerordentlich detaillierten Berichte, die Sie über andere Episoden und Personen abgeben.«

Noch immer brauste Barley nicht auf, was seine Antwort nur um so verheerender machte. Einen Augenblick lang schien es sogar so, als wolle er überhaupt nichts darauf erwidern; als halte ihn die Nachsicht, die er jetzt so verinnerlicht hatte, davon ab.

»Ich erinnere mich an das, was für mich wichtig ist, alter Junge. Wenn Ihre Phantasie noch schmutziger ist als meine, dann ist das, verdammt noch mal, Ihre Sache.«

Todd wurde rot. Und immer röter. Larry grinste von einem Ohr zum andern. Quinn schaute finster drein wie ein Wachhund. Clive hatte nichts gehört.

Aber Ned strahlte vor Vergnügen, und selbst Russell Sheriton, der so tat, als ob er schliefe, schien sich bei aller Frustration an etwas Schönes zu erinnern.

Als ich am selben Abend einen Spaziergang am Strand machte, traf ich außer Sichtweite der Villa Barley und zwei seiner Wächter; sie schleuderten flache Steine übers Wasser, um sie möglichst oft aufhüpfen zu lassen.

»Gewonnen! Gewonnen!« schrie er, lehnte sich zurück und warf die Arme in den Himmel.

»Die Mullahs wittern Ketzerei«, klärte uns Sheriton beim Dinner großzügig über den neuesten Stand der Dinge auf. Barley hatte Kopfschmerzen vorgeschützt und gebeten, man solle ihm ein Omelett ins Bootshaus bringen. »Die meisten dieser Typen haben ihre Karriere im Sicherheitsbereich gemacht. Das heißt durch Erhöhung der Militärausgaben und Entwicklung irgendwelcher neuer Systeme, die der Rüstungsindustrie für die nächsten fünfzig Jahre Frieden und Wohlstand bringen, auch wenn sie noch so verrückt sind. Mag sein, daß diese Leute nicht mit den Herstellern ins Bett gehen, aber essen gehen sie mit denen todsicher. Und Bluebird erzählt ihnen eine ganz schlimme Geschichte.«

»Und wenn sie wahr ist?« fragte ich.

Sheriton nahm sich traurig noch ein Stück Pecan-Torte. »Wahr? Die Sowjets am Ende? Sie senken die Ausgaben an allen Ecken und Enden, und die Trottel in Moskau kennen nicht mal die Hälfte der schlechten Nachrichten, weil die Trottel von der Forschung sie verarschen, um sich goldene Uhren und Kaviar gratis zu verdienen? *Das* halten Sie für die Wahrheit?« Er stopfte sich den Mund voll, aber die Form seines Gesichts veränderte sich nicht. »Sie glauben nicht, daß da gewisse unangenehme *Vergleiche* angestellt werden?« Er goß sich Kaffee ein. »Wissen Sie, was für unsere demokratisch gewählten Neandertaler das Schlimmste ist? Das Allerschimmste? Das sind die Folgerungen, die man über *uns* daraus zieht. Scheitern auf sowjetischer Seite bedeutet Scheitern auf *unserer* Seite. Die Mullahs hassen das. Und die Hersteller auch.« Er schüttelte mißbilligend den Kopf. »Erfahren zu müssen, daß die Sowjets aus

Scheiße keinen festen Brennstoff machen können, daß ihre Raketentriebwerke saugen statt blasen? Daß ihre Frühwarnsysteme sich öfter irren als unsere? Daß ihre schweren Geschütze nicht mal aus dem Bunker kommen? Daß unsere geheimdienstlichen Lagebeurteilungen grotesk übertrieben sind? So was bringt die Mullahs furchtbar in Rage.« Er dachte über den Wankelmut der Mullahs nach. »Wie soll man den Leuten den Rüstungswettlauf verkaufen, wenn das einzige Arschloch, gegen das man um die Wette läuft, man selber ist? Die Informationen von Bluebird sind lebensbedrohlich. Zig hochbezahlte Spitzenkandidaten geraten durch Bluebird ernstlich in Gefahr, daß ihnen die Felle wegschwimmen. Sie wollen die Wahrheit hören, das ist sie.« – »Wozu sich dann aus dem Fenster lehnen?« wandte ich ein. »Wozu sich damit beschäftigen, wenn die Sache unpopulär ist?«

Und plötzlich wußte ich nicht mehr, wohin mit mir.

Es kommt nicht oft vor, daß der alte Palfrey ein Gespräch unterbricht, daß sich alle Köpfe verblüfft zu ihm herumdrehen. Und diesmal war das auch bestimmt nicht meine Absicht gewesen. Doch Ned und Bob und Clive starrten mich an, als hätte ich den Verstand verloren, und Sheritons junge Männer – wenn ich nicht irre, waren zwei von ihnen anwesend – legten unabhängig voneinander ihre Gabeln hin und begannen, sich unabhängig voneinander die Finger an ihren Servietten abzuwischen.

Nur Sheriton schien nichts gehört zu haben. Er war zu dem Schluß gekommen, daß ihm etwas Käse nicht schaden könnte. Er hatte den Teewagen zu sich herangezogen und betrachtete verdrießlich das Angebot. Aber keiner von uns bildete sich ein, daß er nur an Käse dachte, und für mich war klar, daß er Zeit gewinnen wollte und überlegte, ob und wie er mir darauf antworten sollte.

»Harry«, begann er vorsichtig, sprach aber nicht mich, sondern ein Stück dänischen Schimmelkäse an. »Harry, ich schwöre bei Gott, Sie haben einen Mann vor sich, der sich für Frieden und brüderliche Liebe einsetzt. Damit will ich sagen, daß mein oberstes Trachten darauf abzielt, den Scharfmachern im Pentagon die ganze Scheiße aus dem Kopf zu prügeln, daß sie dem

Präsidenten der Vereinigten Staaten nie mehr erzählen, zwanzig Karnickel seien soviel wie ein Tiger oder jeder blöde Sardinenfischer drei Meilen vor der Küste sei ein verkleidetes Atom-U-Boot der Sowjets. Ich habe auch die Nase voll von dem Quatsch, kleine Löcher in den Boden zu graben und den Atomkrieg zu überleben. Ich bin Glasnostiker, Harry. Ich habe einiges bei mir entdeckt. Ich bin ein geborener Glasnostiker, meine Eltern sind seit jeher alte Glasnostiker gewesen. Glasnostizismus ist für mich ein Lebensstil. Meine Kinder sollen leben können. Sie dürfen mich gerne zitieren.«

»Ich wußte gar nicht, daß Sie Kinder haben«, sagte Ned.

»Nur bildlich gesprochen«, sagte Sheriton.

Aber wenn man die Verpackung wegnahm, malte Sheriton uns da ein wahres Bild von seinem neuen Ich. Ned spürte das, ich spürte das. Und wenn Clive es nicht spürte, dann nur, weil er seine Wahrnehmung absichtlich eingeschränkt hatte. Die Wahrheit lag nicht so sehr in Sheritons Worten, mit denen er seine Gefühle meist eher verbarg als offenbarte, als vielmehr in einer neuartigen und unerschütterlichen Demut, von der in seiner skrupellosen Londoner Zeit noch nichts zu spüren gewesen war. Mit fünfzig, nach einem Vierteljahrhundert als Vorreiter des kalten Kriegs, rüttelte Russell Sheriton, um Walters Ausdruck zu gebrauchen, am Gitter seines Midlife-Käfigs. An diesem Abend fing ich an, ihn zu mögen, obwohl mir diese Möglichkeit zuvor nie in den Sinn gekommen wäre. »Brady ist auf Draht«, warnte Sheriton uns gähnend, als wir uns schlafen legten. »Brady kann das Gras wachsen hören.«

Und Brady, man sage was man wolle, war wirklich ungeheuer auf Draht.

Das sah man schon an seinem schlauen Gesicht und an der stoischen Unbeweglichkeit seiner höflichen Gestalt. Sein alter Sakko war älter als er selbst, und als er ins Zimmer trat, merkte man ihm an, daß es ihm Vergnügen bereitete, wenig Aufsehen zu machen. Sein junger Assistent trug ebenfalls einen Sakko und war wie sein Meister von klassischer Graumäusigkeit.

»Sieht aus, als hätten Sie Großes geleistet, Barley«, sagte Brady fröhlich in seinem Südstaatler-Singsang, als er seine

Aktentasche auf den Tisch stellte. »Hat Ihnen dafür schon jemand danke gesagt? Mein Name ist Brady, und ich bin viel zu alt, um mich mit komischen Decknamen abzugeben. Das ist Skelton. *Ich danke Ihnen.*«

Wieder das Billardzimmer, aber ohne Quinns Tisch und Stühle. Statt dessen lümmelten wir uns dankbar in tiefen Polstern. Sturm zog auf. Randys Vestalinnen hatten die Fensterläden geschlossen und Lampen angemacht. Als der Wind stärker wurde, begann die Villa zu klirren wie zitternde Flaschen in einem Regal. Brady ließ seinen Aktenkoffer aufschnappen, ein Prachtstück aus der Zeit, da man so etwas noch herzustellen verstand. Wie ein Universitätsprofessor, der er gelegentlich war, trug er einen gepünktelten blauen Schlips.

»Barley, träume ich, oder habe ich wirklich irgendwo gelesen, daß Sie früher mal in der Band des großen Ray Noble gespielt haben?«

»Als Milchgesicht, Brady.«

»War Ray nicht der tollste Mann, den Sie je gekannt haben? Spielte er nicht den besten Sound von allen?« fragte Brady, wie nur Südstaatler es können.

»Ray war phantastisch.« Barley summte ein paar Takte aus *Cherokee.*

»Bis auf seine politische Einstellung, sehr bedauerlich«, lächelte Brady. »Wir alle versuchten, ihm diesen Unsinn auszureden, aber Ray ging seinen Weg. Mal Schach mit ihm gespielt?«

»Ja, allerdings.«

»Wer hat gewonnen?«

»Ich, glaube ich. Weiß nicht genau. Doch, ich.«

Brady lächelte. »Ich auch.«

Auch Skelton lächelte.

Sie sprachen über London und die Gegend von Hampstead, in der Barley wohnte: »Barley, ich *mag* dieses Viertel. Hampstead entspricht meiner Vorstellung von Zivilisation.« Sie sprachen über die Bands, mit denen Barley gespielt hatte. »Mein Gott, sagen Sie bloß nicht, *der* macht immer noch rum! In seinem Alter würde ich nicht mal mehr unreife Bananen kaufen!« Sie sprachen über britische Politik, und Brady *mußte* einfach wissen, was Barley denn an Mrs. T. auszusetzen hatte.

Barley schien darüber erst nachdenken zu müssen und rückte nicht so richtig mit der Sprache raus. Vielleicht hatte er Neds warnenden Blick bemerkt.

»Mann, Barley, es ist doch wohl nicht *ihre* Schuld, daß sie keine tauglichen Gegner hat?«

»Die Frau ist eine verdammte Rote«, knurrte Barley zur heimlichen Bestürzung der britischen Seite.

Brady lachte nicht einmal, sondern zog bloß die Augenbrauen hoch und wartete, genau wie wir alle.

»Diktatur durch Wahl«, fuhr Barley fort, der langsam in Schwung kam. »Tausend Beine sind gut, zwei Beine bloß Mist. Gott segne die Korporation, der einzelne kann verrecken.«

Er schien sich noch weiter über diese These auslassen zu wollen, änderte dann aber seine Meinung und beließ es zu unserer Erleichterung dabei.

Das war freilich erst der lockere Anfang; und nach zehn Minuten mußte Barley sich ziemlich sicher fühlen. Bis Brady in seiner lässigen Art auf »diese augenblickliche Sache, in die Sie sich reingeritten haben, Barley« zu sprechen kam und ihm vorschlug, er sollte die Geschichte noch einmal mit seinen eigenen Worten erzählen, »dabei aber das Ziel, Ihr historisches Auge-in-Auge mit ihm in Leningrad, nicht aus dem Blick verlieren«.

Barley tat Brady den Gefallen, und obwohl ich mir gern einbilde, genauso aufmerksam zugehört zu haben wie Brady, vernahm ich in Barleys Schilderung nichts, was mir widersprüchlich oder besonders aufschlußreich vorgekommen wäre; ich hörte nur das, was wir bereits wußten.

Und auch Brady schien auf den ersten Blick nichts Überraschendes gehört zu haben, denn als Barley endete, lächelte Brady ihn beruhigend an und sagte, als ob er seine Erzählung genehmigte: »Schön, ich danke Ihnen, Barley.« Seine schlanken Finger wühlten in seinen Papieren. »Das Schlimmste am Spionieren, sage ich immer, ist die Warterei. Einem Jagdflieger muß es ähnlich gehen«, sagte er, zog ein Blatt heraus und starrte es an. »Eben sitzt man noch zu Hause und ißt sein Hühnchen, und gleich darauf macht man sich bei Schallgeschwindigkeit vor Angst in die Hose. Und rechtzeitig zum Abwasch ist man schon wieder zu Hause.« Er hatte offenbar gefunden, wonach er suchte. »Kamen Sie sich auch so vor, Barley, hilflos dort in Moskau ausgesetzt?«

»Ein bißchen.«

»Herumhängen, bis Katja kam? Herumhängen, bis Goethe kam? Sie haben wohl ziemlich viel herumgehangen, nachdem Sie und Goethe Ihr kleines Palaver beendet hatten?«

Brady schob sich die Brille auf die Nasenspitze und studierte das Papier, bevor er es an Skelton weiterreichte. Ich wußte, es war nur eine Kunstpause, aber sie machte mir trotzdem angst, und ich glaube, auch Ned machte sie angst, denn er sah Sheriton und dann besorgt wieder Barley an. »Unseren Observanten zufolge haben Sie und Goethe sich gegen vierzehn Uhr dreiunddreißig Leningrader Zeit getrennt. Kennen Sie das Foto? Zeigen Sie es ihm, Skelton.«

Wir hatten es alle gesehen. Nur Barley nicht. Es zeigte die zwei Männer im Park von Smolny unmittelbar nach ihrem Abschied. Goethe hatte sich abgewandt. Barley hatte die Hände noch in der Haltung ihrer Abschiedsumarmung ausgestreckt. Links oben die elektronisch eingeblendete Zeitangabe: vierzehn Uhr dreiunddreißig und zwanzig Sekunden. »Erinnern Sie sich noch an Ihre letzten Worte an ihn?« fragte Brady, und es klang, als schwelge er in Erinnerungen.

»Ich sagte, daß ich ihn verlegen würde.«

»Wissen Sie noch, was *er zu Ihnen* als letztes gesagt hat?«

»Er wollte wissen, ob er nach einem anderen anständigen Menschen suchen müsse.«

»Ein toller Abschied«, bemerkte Brady gemütlich, während Barley noch immer das Foto ansah und Brady und Skelton Barley ansahen. »Was haben Sie dann gemacht, Barley?«

»Bin ins ›Europa‹, zurück. Hab sein Zeug abgeliefert.«

»Auf welchem Weg? Wissen Sie das noch?«

»Genau wie ich hingekommen war. Mit dem Trolleybus in die Stadt, dann ein Stück zu Fuß.«

»Mußten Sie lange auf den Trolleybus warten?« fragte Brady, und sein Südstaatler-Akzent klang, zumindest für meine Ohren, eher wie eine Drossel als wie eine regionale Mundart.

»Nicht daß ich wüßte.«

»Wie lange?«

»Fünf Minuten. Vielleicht etwas mehr.«

Dies war meiner Erinnerung nach das erste Mal, daß Barley sich auf ein lückenhaftes Gedächtnis berief.

»Viele Leute in der Schlange?«

»Nicht viele. Ein paar. Hab sie nicht gezählt.«

»Der Trolleybus kommt alle zehn Minuten. Die Fahrt in die Stadt dauert noch mal zehn Minuten. Der Weg zum ›Europa‹ bei Ihrer Schrittgeschwindigkeit ebenfalls zehn Minuten. Unsere Leute haben jede mögliche Route abgestoppt. Zehn Minuten höchstens. Aber Mr. und Mrs. Henziger zufolge sind Sie erst um fünfzehn Uhr fünfundfünfzig in deren Hotelzimmer aufgetaucht. Da bleibt ein ganz schönes Loch, Barley. Wie ein Loch in der Zeit. Wollen Sie mir helfen, es zu füllen? Ich darf doch davon ausgehen, daß Sie keine Zechtour gemacht haben? Sie hatten eine ziemlich wertvolle Ware bei sich. Ich gehe davon aus, daß Sie die schleunigst loswerden wollten.«

Barley wurde wachsam, was Brady bestimmt nicht entging, denn sein aufgeschlossenes Südstaatler-Lächeln wirkte jetzt auf einmal ermunternd, als wollte er sagen: »Packen Sie aus.«

Ned dagegen saß bewegungslos da, beide Füße fest auf dem Boden, den offenen Blick auf Barleys beunruhigtes Gesicht geheftet.

Nur Clive und Sheriton schienen sich vorgenommen zu haben, keinerlei Gefühlsregung zu zeigen.

»Was haben Sie gemacht, Barley?« fragte Brady.

»Bin herumgebummelt«, log Barley nicht sonderlich gut.

»Mit Goethes Notizbuch in der Tasche? Mit dem Notizbuch, das er Ihnen zusammen mit seinem Leben *anvertraut* hatte? Herumgebummelt? Sie haben sich einen verdammt seltsamen Nachmittag ausgesucht, um fünfzig Minuten herumzubummeln, Barley. Wo waren Sie denn?«

»Bin am Fluß entlanggelaufen. Wo wir gewesen waren. Paddy hatte mir gesagt, ich sollte mir Zeit lassen. Nicht zum Hotel zurückrasen, sondern ganz locker schlendern.«

»Das stimmt«, murmelte Ned. »Das waren meine Anweisungen über Station Moskau.«

»Fünfzig Minuten lang?« bohrte Brady weiter, ohne Neds Einwurf zu beachten.

»Ich weiß nicht, wie lange das gedauert hat. Hab nicht auf die Uhr gesehen. Wenn man sich Zeit läßt, läßt man sich Zeit.«

»Sie hatten einen Taperecorder samt Netzteil in der Hose und ein Notizbuch mit potentiell unschätzbarem Geheimdienstmaterial in Ihrer Tragetasche und kamen nicht auf die Idee, daß die kürzeste Verbindung zwischen zwei Punkten einfach eine Gerade sein könnte?«

Barley wurde gefährlich wütend, wobei er sich freilich selbst in Gefahr brachte, was er an Neds Gesichtsausdruck, und ich fürchte, auch an meinem, hätte merken können.

»Sie hören wohl nicht richtig zu?« sagte er barsch. »Ich sagte, Paddy hatte mir geraten, ich solle mir Zeit lassen. Darauf wurde ich bei unseren albernen kleinen Ausflügen in London trainiert. Immer mit der Ruhe. Nicht hasten, wenn man was bei sich trägt. Besser sich ganz bewußt darum bemühen, langsam zu gehen.«

Und wieder tat der tapfere Ned sein Bestes. »So wurde er instruiert«, sagte er.

Sah aber Barley scharf dabei an.

Auch Brady sah Barley an. »Sie bummelten also von der Trolleybushaltestelle *weg* und auf die Zentrale der Kommunistischen Partei im Smolny Institut *zu* – ganz zu schweigen vom Komsomol und ein paar anderen Parteiheiligtümern –, mit Goethes Notizbuch in der Tasche? Wie kamen Sie dazu, Barley? Daß Leute im Einsatz manchmal verdammt seltsame Dinge tun, brauchen Sie *mir* nicht zu erzählen, aber das kommt mir wie der reinste Selbstmordversuch vor.«

»Ich habe einen Befehl befolgt, verdammich, Brady! Ich habe mir Zeit gelassen! Wie oft soll ich Ihnen das noch sagen?«

Aber selbst bei diesem Wutausbruch hatte ich den Eindruck, daß Barley sich nicht so sehr in einer Lüge verfangen hatte, sondern in einem Dilemma steckte. Seine Beteuerungen wirkten zu ehrlich, sein gehetzter Blick zu einsam. Und es ehrte Brady, daß auch er dies zu begreifen schien, denn er ließ keinen Triumph über Barleys Verzweiflung erkennen, sondern zog es vor, ihm zu helfen, anstatt ihn noch mehr zu reizen.

»Sehen Sie, Barley, vielen Leuten hier käme eine solche Lücke äußerst verdächtig vor«, sagte Brady. »Die sähen es geradezu vor sich, wie Sie bei jemandem im Büro oder im Wagen sitzen und wie dieser Jemand Goethes Notizbuch abfotografiert oder Ihnen Anweisungen erteilt. Hat sich so etwas abgespielt? Ich finde, dies ist der Zeitpunkt, wo Sie es zugeben könnten. Es wird nie einen geeigneten Zeitpunkt dafür geben, aber ein besserer wird wohl kaum noch kommen.«

»Nein.«

»Was soll das heißen?«

»Daß sich so etwas nicht abgespielt hat.«

»Na, etwas ist doch geschehen. Wissen Sie noch, woran Sie bei Ihrem Bummel gedacht haben?«

»An Goethe. Daran, ihn zu verlegen. Daß er bereit war, den Tempel einzureißen.«

»Was für einen Tempel, bitte? Geht's vielleicht ein bißchen weniger abstrakt?«

»Katja. Die Kinder. Daß er sie mit sich reißt, falls er erwischt wird. Ich weiß nicht, ob dazu jemand ein Recht hat. Ich komme einfach nicht dahinter.«

»Also bummelten Sie und versuchten dahinterzukommen.«

Vielleicht hatte Barley wirklich gebummelt, vielleicht auch nicht. Er sagte kein Wort mehr.

»Wäre es nicht normaler gewesen, zunächst einmal das Notizbuch abzuliefern und sich erst dann über die Moral Gedanken zu machen? Es überrascht mich, daß Sie mit diesem heißen Ding in der Tasche einen klaren Gedanken fassen konnten. Ich behaupte ja nicht, daß irgendeiner von uns in solchen Situationen besonders logisch denken kann, aber selbst nach den Regeln der Unlogik kommt es mir vor, als ob Sie sich in eine verdammt ungemütliche Lage gebracht hätten. Ich glaube, Sie haben irgend etwas getan. Und ich glaube, das glauben Sie auch.«

»Ich habe einen Hut gekauft.«

»Was für einen Hut?«

»Einen Pelzhut. Einen Damenhut.«

»Für wen?«

»Miss Coad.«

»Freundin von Ihnen?«

»Unsere Haushälterin in dem sicheren Haus in Knightsbridge«, warf Ned ein, bevor Barley antworten konnte.

»Wo haben Sie ihn gekauft?«

»Auf dem Weg zwischen der Straßenbahnhaltestelle und dem Hotel. Weiß nicht mehr, wo. Irgendein Laden.«

»Ist das alles?«

»Nur einen Hut. *Einen Hut.*«

»Wie lange haben Sie dafür gebraucht?«

»Ich mußte anstehen.«

»Wie lange hat das gedauert?«

»Ich weiß nicht.«

»Was haben Sie sonst noch gemacht?«

»Nichts. Einen Hut gekauft.«

»Sie lügen, Barley. Nicht stark, aber Sie lügen zweifellos. Was haben Sie sonst noch gemacht?«

»Habe sie angerufen.«

»Miss Coad?«

»Katja.«

»Von wo?«

»Von einem Postamt.«

»Welchem?«

Ned hatte eine Hand vor die Stirn gelegt, als ob er die Augen vor der Sonne schützen müßte. Aber draußen war der Sturm losgebrochen, Meer und Himmel hinter dem Fenster waren schwarz.

»Weiß nicht. War ziemlich groß. Die Telefonzellen unter so einem eisernen Balkon.«

»Haben Sie sie im Büro oder zu Hause angerufen?«

»Im Büro. War ja noch nicht Dienstschluß. In ihrem Büro.«

»Warum haben die Körpermikrofone nichts davon aufgezeichnet?«

»Weil ich sie abgeschaltet hatte.«

»Weshalb haben Sie sie angerufen?«

»Ich wollte mich vergewissern, daß es ihr gutgeht.«

»Wie haben Sie das angestellt?«

»Ich sagte hallo. Sie sagte hallo. Ich sagte, ich sei in Leningrad, hätte meinen Kontaktmann getroffen, die Geschäfte gingen gut. Jeder Lauscher muß gedacht haben, ich spreche von Henziger. Katja dagegen wußte, daß ich von Goethe sprach.«

»Das kommt mir recht logisch vor«, sagte Brady mit nachsichtigem Lächeln.

»Dann sagte ich auf Wiedersehen bis zur Moskauer Buchmesse, und passen Sie auf sich auf. Sie sagte, das werde sie tun. Auf sich aufpassen, meine ich. Auf Wiedersehen.«

»Sonst noch was?«

»Ich sagte, sie solle die Jane-Austen-Bücher vernichten, die ich ihr gegeben hatte. Ich behauptete, es wäre die falsche Ausgabe. Ich würde ihr die richtigen mitbringen.«

»Warum haben Sie das gesagt?«

»In den Text dieser Ausgaben waren Fragen an Goethe eingedruckt. Doppelte Ausführungen der Fragen in dem Paperback, das er nicht von mir annehmen wollte. Für den Fall, daß sie ihn erreichte und ich nicht. Die konnten ihr gefährlich werden. Da er sie ohnehin nicht beantworten wollte, wollte ich nicht, daß sie bei ihr im Haus herumlagen.«

Nichts regte sich in dem Zimmer. Der Seewind ließ die Fensterläden knarren und heulte unter dem Dachvorsprung.

»Wie lange haben Sie mit Katja telefoniert, Barley?«

»Weiß nicht.«

»Wieviel mußten Sie dafür bezahlen?«

»Weiß nicht. Ich habe am Schalter bezahlt. Zwei Rubel und noch was. Ich redete eine Menge über die Buchmesse. Sie auch. Ich wollte ihr einfach zuhören.«

Diesmal war es an Brady, stumm zu bleiben.

»Ich hatte das Gefühl, solange ich redete, sei das Leben normal, ginge es ihr gut.«

Brady brauchte eine Weile, dann machte er ganz gegen unsere Erwartung der Sache ein Ende: »Small talk, also«, befand er und packte schon sein Zeug in seinen Großvater-Aktenkoffer.

»Genau«, stimmte Barley zu. »Small talk. Geplauder.«

»Wie zwischen Bekannten«, erklärte Brady und ließ die Tasche zuschnappen. »Ich danke Ihnen, Barley. Ich bewundere Sie.«

Wir saßen in dem riesigen Salon, Brady in der Mitte, Barley war gegangen.

»Lassen Sie ihn in der Versenkung verschwinden«, riet Brady, immer noch mit durch und durch höflicher Stimme. »Er ist unberechenbar. Er ist ein verdammter Klotz am Bein, und er denkt zuviel. Sie glauben ja nicht, was Bluebird für Wellen schlägt. Die Lehnsherren haben zu den Waffen gerufen, die Luftwaffengeneräle kriegen Anfälle, das Verteidigungsministerium sagt, der bringt es fertig, den ganzen Laden zu verraten, das Pentagon wirft dem CIA vor, mit Schwindelpackungen zu handeln. Ihre einzige Hoffnung besteht darin, diesen Mann rauszuschmeißen und dafür einen Profi einzusetzen, einen von unseren Leuten.«

»Mit einem Profi wird Bluebird nicht verhandeln«, sagte Ned, und ich hörte, wie die Wut in seiner Stimme brodelte, und wußte, daß sie kurz vor dem Überkochen war.

Auch Skelton hatte einen Vorschlag. Es war das erste Mal, daß ich ihn sprechen hörte, und ich mußte den Kopf weit vorstrecken, um seine kultivierte Collegestimme hören zu können.

»Scheiß auf Bluebird«, sagte er. »Bluebird hat überhaupt nichts zu bestellen. Er ist ein Verräter, ein von Schuldgefühlen gehetzter Irrer und wer weiß was sonst noch alles. Setzen Sie ihn unter Druck. Sagen Sie ihm, wenn er aufhört zu singen, verkaufen wir ihn und das Mädchen an seine eigenen Leute.«

»Wenn Goethe mitspielt, kriegt er den Jackpot, dafür werde ich sorgen«, versprach Brady. »Eine Million ist kein Problem. Zehn Millionen wären noch besser. Wenn man ihm genug angst macht und ihm genug zahlt, werden die Neandertaler vielleicht glauben, daß er in Ordnung ist. Russell, richten Sie meine Grüße aus. Clive, es war mir ein Vergnügen. Harry. Ned.«

Skelton ging neben ihm, als Brady auf die Tür zuschritt.

Doch Ned sagte nicht auf Wiedersehen. Er hob nicht die Stimme und schlug nicht auf den Tisch, aber seine Augen sprühten entrüstet Funken.

»Brady!«

»Ist noch was, Ned?«

»Bluebird wird nicht unter Druck gesetzt. Weder von denen noch von Ihnen. Am grünen Tisch mag Erpressung ja ganz nett aussehen, aber in der Wirklichkeit wird es nicht so funktionieren. Hören Sie sich die Bänder an, wenn Sie mir nicht glauben. Bluebird will ja gerade ein Märtyrer sein. Und Märtyrern kann man nicht drohen.«

»Was soll ich also mit denen machen, Ned?«

»Hat Barley Ihnen was vorgelogen?«

»Nicht übermäßig.«

»Er ist in Ordnung. Die Sache liegt klar. Können Sie noch geradeaus denken? Während Sie dauernd um die Ecke denken, geht Bluebird geradewegs auf sein Ziel zu. Und als Begleiter hat er sich Barley ausgesucht. Barley ist unsere einzige Chance.«

»Er hat sich in die Frau verliebt«, sagte Brady. »Er ist kompliziert. Er ist ein Klotz am Bein.«

»Er ist in Hunderte von Frauen verliebt. Er macht jeder Frau, die er kennenlernt, einen Heiratsantrag. So ist er nun mal. Nicht Barley denkt zuviel. Sondern Leute wie Sie.«

Brady war interessiert. Nicht an seiner eigenen Überzeugung, falls er überhaupt eine hatte, sondern an Neds.

»Ich habe alles mögliche erlebt«, fuhr Ned fort. »Genau wie Sie. Manche Fälle sind nie in Ordnung, nicht mal, wenn sie vorbei sind. Dieser hier war von Anfang an in Ordnung, und wenn ihn jemand durcheinanderbringt, dann nur wir.«

Noch nie hatte ich ihn mit solcher Leidenschaft reden hören. Und Sheriton auch nicht, denn er saß wie angenagelt da, und vielleicht deshalb fühlte Clive sich bemüßigt, mit dem Abschiedstusch eines Staatsdieners dazwischenzufahren. »Tja, ich denke, wir haben hier reichlich Stoff zum Nachdenken, Brady. Russell, wir müssen das gründlich besprechen. Vielleicht gibt es ja einen Mittelweg. Halte ich durchaus für möglich. Warum sollten wir das nicht mal ausloten? Ein bißchen drüber diskutieren? Das Ganze noch mal bereden?«

Aber niemand war gegangen. Brady war trotz dieser Winke mit dem Zaunpfahl nicht von der Stelle gewichen, und mir fiel so etwas wie eine rauhe Freundlichkeit in seinen Zügen auf, als ob sein wahres Ich hinter der Maske hervorschimmern würde.

»Wir wurden nicht wegen unserer brüderlichen Liebe eingestellt, Ned. Dafür läßt man uns nicht über die Erde geistern. Das war uns bekannt, als wir uns verpflichteten.« Er lächelte. »Schätze, wenn es hier nur um schlichte Anständigkeit ginge, würden Sie Clive glatt den Rang ablaufen.«

Clive war keineswegs erfreut über diese Anspielung, aber das hinderte ihn nicht daran, Brady zu seinem Jeep zu begleiten. Einen Augenblick lang glaubte ich, mit Ned und Sheriton allein zu sein, aber dann sah ich unseren Gastgeber Randy in der Tür stehen; seine Miene drückte sprachlose Ungläubigkeit aus. »War das *der* Brady?« fragte er atemlos. »Der Brady, der das *alles* geschluckt hat?«

»Es war Greta Garbo«, sagte Sheriton. »Gehen Sie, Randy, bitte.«

Ich sollte Ihnen mehr von dieser beruhigenden Musik vorspielen, während Sheritons junge Männer sich wieder um Barley kümmern, mit ihm am Strand spazierengehen, mit ihm scherzen, ihm den Leningrader Stadtplan vorlegen und gewissenhaft den Laden ausfindig machen, in dem Miss Coads Luchspelzhut gekauft wurde und wie er ihn bezahlte und wo die Quittung hingeraten sein könnte, falls er überhaupt eine bekommen hatte, und ob Barley den Hut beim Zoll in Gatwick angegeben und in welchem Postamt genau er sein Telefonat geführt hatte.

Ich sollte Ihnen die freien Stunden schildern, die Ned und ich abends in Barleys Bootshaus verbrachten, wo wir nach Möglichkeiten suchten, ihn aus seiner grüblerischen Stimmung zu reißen, und keine fanden.

Denn Barley hatte sich – das spürte ich schon damals – von dem Augenblick an, da er zuerst seinem Verhör zugestimmt hatte, immer mehr von uns entfernt. Er war ein einsamer Pilger geworden, aber wohin? Woher? Für wen?

Dann der folgende Vormittag – ein echter Hammer, wie die das dort nennen; es muß der Donnerstag gewesen sein –, als Merv und Stanley mit dem kleinen Flugzeug aus Logan eingeflogen wurden, rechtzeitig zu ihrem Lieblingsfrühstück – Pfannkuchen mit Speck und reinem Ahornsirup.

Randys Küche war gut auf ihren Geschmack eingerichtet.

Sie waren bärenhafte, freundliche, erdverbundene Männer mit Bimssteingesichtern und großen Händen, und bei ihrer Ankunft wirkten sie wie ein Varieté-Duo: Sie trugen dunkle Filzhüte und schleppten einen Vertreterkoffer, den sie beim Essen nicht aus den Augen ließen und später behutsam auf dem rotgestrichenen Boden des Billardzimmers abstellten.

Ihr Beruf hatte ihre Gesichter abgestumpft, aber sie waren von der Sorte, die auch unser Service am liebsten hat – aufrichtige, loyale, unkomplizierte Infanteristen, die ihren Job machen und Kinder zu füttern haben und ihr Land lieben, ohne großes Aufhebens davon zu machen.

Merv hatte die übliche Schnüfflerfrisur. Stanley hatte O-Beine und trug ein Abzeichen der American Legion am Revers.

»Sie können Jesus Christus sein, Mr. Brown. Sie können eine Tippse mit fünfzehnhundert im Monat sein«, hatte Sheriton gesagt, als wir einmal wie fragwürdige Bittsteller in seinem Bootshaus herumstanden. »Es ist Voodoo, Alchemie, Tischrücken, Lesen im Kaffeesatz. Und wenn Sie bei dem Scheiß nicht mitmachen, sind Sie geliefert.«

Clive sprach als nächster. Er fand für alles eine Begründung. »Warum sollte er sich Sorgen machen, wenn er nichts zu verbergen hat?« fragte er. »So legen die halt die amtliche Schweigepflicht aus.«

»Was sagt Ned dazu?« fragte Barley. Nicht mehr Nedsky. Ned.

In Neds Antwort und auch in seinem Blick lag eine Resignation, die ich nie vergessen werde. Barleys Befragung durch Brady hatte Neds Vertrauen in sich selbst und auch in seinen Joe erschüttert.

»Es ist Ihre Entscheidung«, sagte er lahm. Und wie zu sich selbst: »Und eine ziemlich widerliche, wenn Sie mich fragen.« Barley drehte sich zu mir um, so wie schon vorher, als ich ihn zuerst gefragt hatte, ob er sich der amerikanischen Befragung stellen würde.

Warum wollte er unbedingt meine Meinung wissen? Es war unfair.

»Harry? Was soll ich machen?«

Ich nehme an, ich sah ebenso unbehaglich drein wie Ned. Auf jeden Fall fühlte ich mich so, auch wenn mir ein unbekümmertes Schulterzucken gelang. »Entweder, Sie tun ihnen den Gefallen und machen mit, oder Sie schicken sie zum Teufel. Das liegt bei Ihnen«, antwortete ich, genauso wie ich es beim erstenmal getan hatte.

Nach Art des ewigen Anwalts.

Wieder Barleys Schweigen. Seine Unentschlossenheit geht langsam in Resignation über. Seine Entfernung von uns, während er durch das Fenster aufs Meer starrt. »Na, hoffen wir, die erwischen mich nicht dabei, daß ich die Wahrheit sage«, sagt er.

Er steht auf, schüttelt die Handgelenke aus und lockert die Schultern, während wir anderen uns wie Butler durch verstohlene Blicke und Nicken verständigen, daß unser Herr ja gesagt hat.

Merv und Stanley erledigten ihre Arbeit mit der respektvollen Gewandtheit von Scharfrichtern. Entweder hatten sie den Stuhl mitgebracht, oder auf der Insel wurde ständig einer für sie bereitgehalten – ein gerader Holzthron mit einer geschwungenen Armlehne an der linken Seite. Merv baute ihn neben der Steckdose auf, während Stanley großväterlich auf Barley einredete.

»Mr. Brown, Sir, Sie sollten uns keinerlei Feindseligkeit unterstellen. Wir möchten nicht, daß Sie durch irgendeine Beziehung zu Ihren Interviewern beunruhigt werden. Der Interviewer ist unparteiisch, kein Gegner; die eigentliche Arbeit leistet die Maschine. Bitte legen Sie das Jackett ab, Sie brauchen die Ärmel nicht aufzurollen, Sir, das Hemd können Sie zulassen, danke. Und jetzt bitte ganz locker, friedlich und entspannt.«

Unterdessen schob Merv äußerst behutsam eine Manschette zum Blutdruckmessen über Barleys linken Bizeps, bis sie genau über der Arterie in der Ellbogenbeuge lag. Dann pumpte er die Manschette auf, bis die Skala fünfzig Milligramm anzeigte; Stanley legte derweil wie der hingebungsvolle Betreuer eines Boxers einen zweieinhalb Zentimeter dicken, mit Gummi überzogenen Schlauch um Barleys Brust, wobei er sorgfältig darauf achtete, daß der Schlauch nicht die Brustwarzen wundreiben konnte. Während er ihm dann einen zweiten Schlauch um den Unterleib befestigte, stülpte Merv ihm eine Art zweifingrigen Handschuh über die zwei mittleren Finger der linken Hand; darin befand sich eine Elektrode, mit der die Schweißdrüsen, die elektrische Reaktion der Haut und die Veränderungen der Hauttemperatur gemessen werden sollten, worüber der Proband, vorausgesetzt er hat ein Gewissen, keine Kontrolle hat – so predigen es jedenfalls die Bekehrten, denn ich hatte mir das alles zuvor von Stanley erklären lassen, etwa so, wie man sich vor der Operation eines lieben Angehörigen über die Einzelheiten des Eingriffs informieren läßt. Manche, die mit dem Lügendetektor arbeiten, Harry, legen noch ein zusätzliches Band um den Kopf an, wie bei einem Enzephalographen. Nicht so Stanley. Manche brüllen die Probanden an und beschimpfen sie. Nicht so Stanley. Stanley war der Meinung, daß eine vorwurfsvolle Frage eine ganze Menge Leute aus dem Konzept bringen konnte, ganz gleich, ob sie schuldig waren oder nicht.

»Mr. Brown, Sir, wir bitten Sie, keinerlei Bewegung zu machen, weder schnell noch langsam«, sagte Merv. »Wenn Sie sich doch bewegen, kann es zu erheblichen Meßstörungen kommen, was weitere Tests und eine Wiederholung der Fragen erforderlich machen würde. Ich danke Ihnen. Zunächst möchten wir einen Normwert ermitteln. Darunter verstehen wir einen Durchschnittswert der Stimme und der körperlichen Reaktionen; stellen Sie sich einen Seismographen vor, Sie sind die Erde, Sie sorgen für die Erschütterungen. Ich danke Ihnen, Sir. Antworten Sie bitte nur mit ›Ja‹ oder ›Nein‹. Nach jeweils acht Fragen legen wir eine Pause ein. In dieser Pause wird die Manschette gelockert, um körperlichen Beschwerden vorzubeugen, und wir unterhalten uns ganz normal, aber bitte keine Witze, keine übermäßige Aufregung irgendwelcher Art. Ist Ihr Name Brown?«

»Nein.«

»Haben Sie neben diesem von Ihnen verwendeten Namen noch einen anderen?«

»Ja.«

»Sind Sie in Großbritannien geboren, Mr. Brown?«

»Ja.«

»Sind Sie hierher geflogen, Mr. Brown?«

»Ja.«

»Sind Sie mit dem Schiff hierher gekommen, Mr. Brown?«

»Nein.«

»Haben Sie meine Fragen bis jetzt wahrheitsgetreu beantwortet, Mr. Brown?«

»Ja.«

»Beabsichtigen Sie, meine Fragen auch bis zum Ende dieses Tests wahrheitsgetreu zu beantworten, Mr. Brown?«

»Ja.«

»Danke«, sagte Merv mit sanftem Lächeln, während Stanley die Luft aus der Manschette ließ. »Jetzt kommt das, was wir die nichtrelevanten Fragen nennen. Verheiratet?«

»Im Augenblick nicht.«

»Kinder?«

»Zwei.«

»Jungen oder Mädchen?«

»Ein Junge und ein Mädchen.«

»Kluger Mann. Alles in Ordnung?« Er begann die Manschette wieder aufzupumpen. »Jetzt wird's relevant. Ganz locker. So ist's gut. Sehr gut.«

In dem offenen Koffer zeichneten die vier gespenstischen Drahtkrallen ihre vier malvenfarbenen Skylines auf das Millimeterpapier, wippten die vier schwarzen Nadeln in ihren Gehäusen. Merv hatte sich mit einem Schwung Fragen neben Barley an einen kleinen Tisch gesetzt. Nicht einmal Russell Sheriton kannte diese Fragen, die von den gesichtslosen Schreibtischinquisitoren in Langley ausgewählt worden waren. Auch nicht ein Hauch zufälliger Beeinflussung durch Barleys irdische Mitbewohner sollte die mystischen Kräfte des Kastens manipulieren.

Merv sprach tonlos. Ich war sicher, er bildete sich viel auf die Unparteilichkeit seiner Stimme ein. Er war der Lauf der Zeit. Er war der Kontrollraum in Houston.

»Ich bin wissentlich an einer Verschwörung zur Lieferung unwahrer Informationen an die Nachrichtendienste Großbritanniens und der Vereinigten Staaten von Amerika beteiligt. Ich bin daran beteiligt: Ja. Ich bin nicht daran beteiligt: Nein.«

»Nein.«

»Mein Motiv ist, den Frieden zwischen den Nationen zu fördern. Ja oder nein?«

»Nein.«

»Ich arbeite mit dem sowjetischen Geheimdienst zusammen.«

»Nein.«

»Ich bin stolz auf meine Mission für den Weltkommunismus.«

»Nein.«

»Ich arbeite mit Niki Landau zusammen.«

»Nein.«

»Niki Landau ist mein Geliebter.«

»Nein.«

»War mein Geliebter.«

»Nein.«

»Ich bin homosexuell.«

»Nein.«

Unterbrechung; Stanley senkte wieder den Druck. »Wie fühlen Sie sich, Mr. Brown? Es macht doch nicht allzu große Schmerzen?«

»Viel zuwenig, alter Junge. Bei Schmerzen blühe ich erst richtig auf.«

Aber mir fiel auf, daß wir ihn in diesen Pausen nicht ansahen. Wir sahen auf den Boden, auf unsere Hände oder auf die schwankenden sturmgebeugten Bäume vor dem Fenster. Jetzt war Stanley an der Reihe. Er sprach gemütlicher, aber mit derselben mechanischen Teilnahmslosigkeit.

»Ich arbeite mit Katja Orlowa und ihrem Geliebten zusammen.«

»Nein.«

»Der Mann, den ich Goethe nenne, ist mir als Spitzel des sowjetischen Geheimdienstes bekannt.«

»Nein.«

»Das Material, das er mir übergab, wurde vom sowjetischen Geheimdienst präpariert.«

»Nein.«

»Ich bin das Opfer einer sexuellen Verführung.«

»Nein.«

»Ich werde erpreßt.«

»Nein.«

»Ich werde unter Druck gesetzt.«

»Ja.«

»Von den Sowjets?«

»Nein.«

»Ich bin von finanziellem Ruin bedroht, falls ich nicht mit den Sowjets zusammenarbeite.«

»Nein.«

Nächste Unterbrechung. Dritte Runde.

Wieder Merv.

»Ich habe gelogen, als ich sagte, ich hätte Katja Orlowa aus Leningrad angerufen.«

»Nein.«

»Ich habe aus Leningrad meinen sowjetischen Mittelsmann angerufen und ihm von meinem Gespräch mit Goethe berichtet.«

»Nein.«

»Katja Orlowa ist meine Geliebte.«

»Nein.«

»Katja Orlowa war früher einmal meine Geliebte.«

»Nein.«

»Ich werde wegen meines Verhältnisses mit Katja Orlowa erpreßt.«

»Nein.«

»Ich habe während des ganzen Interviews die Wahrheit gesagt.«

»Ja.«

»Ich bin ein Feind der Vereinigten Staaten von Amerika.«

»Nein.«

»Mein Ziel ist es, die militärische Bereitschaft der Vereinigten Staaten von Amerika zu untergraben.«

»Könnten Sie das noch mal wiederholen, alter Junge?«

»Anhalten«, sagte Merv, und während Stanley am Koffer etwas ausschaltete, notierte Merv mit Bleistift auf dem Millimeterpapier. »Bitte unterbrechen Sie nicht den Rhythmus, Mr. Brown. Es gibt Leute, die machen so was absichtlich, wenn sie einer unangenehmen Frage ausweichen wollen.«

Vierte Runde. Stanley wieder an der Reihe. Weitere Fragen wurden heruntergeleiert, und es war klar, daß sie erst aufhören würden, wenn der Tiefpunkt der Geschmacklosigkeit erreicht war. Barleys »Nein« kam jetzt in abgestumpftem Rhythmus und mit spöttischer Passivität. Er blieb genau so sitzen, wie sie ihn hingesetzt hatten. Noch nie hatte ich ihn so lange stillsitzen sehen.

Wieder eine Pause, doch Barley entspannte sich nicht mehr zwischen den einzelnen Runden. Seine Ruhe wurde unerträglich. Sein Kinn war leicht angehoben, seine Augen geschlossen, und er schien zu lächeln, Gott allein wußte, worüber. Manchmal kam sein »Nein« noch vor dem Ende einer Frage. Manchmal wartete er so lange, daß die beiden Männer innehielten und aufblickten, der eine von seinen Skalen, der andere von seinen Papieren, wie mir schien, von der Sorge des Folterers geplagt, ihrem Mann zu hart mitgespielt zu haben. Bis endlich wieder sein »Nein« ertönte, weder lauter noch leiser, ein auf dem Postweg verzögerter Brief.

Wo hat er bloß diese stoische Ruhe her? Auf jede Frage ein Nein. Wieso sitzt er da wie jemand, der sich auf die Demütigungen des Alters gefaßt macht, und sagt duldsam ein Nein nach dem anderen? Was hat diese Duldsamkeit zu bedeuten: *Nein, ja, Nein, Nein* bis zur Mittagspause, wenn sie ihn von der Maschine abschnallen?

Doch ein anderer Teil von mir schien die Antwort zu wissen, auch wenn ich sie da noch nicht in Worte fassen konnte: Seine Realität hatte sich woandershin verlagert.

Spionieren ist Warten.

Wir warteten drei Tage, und Sie können noch heute die Stunden an meinen grauen Haaren abzählen. Wir hatten uns nach Dienstgraden aufgeteilt: Sheriton war mit Bob und Clive nach Langley geflogen, Ned mit seinem Joe auf der Insel geblieben; und Palfrey mußte sich in ihrer Nähe bereit halten, aber wozu, das war mir ein Rätsel. Inzwischen haßte ich diese Insel, und Ned und Barley haßten sie vermutlich auch, obwohl ich an Ned genausowenig herankam wie an Barley. Er war unzugänglich geworden, und sein Humor hatte ihn fürs erste verlassen. Irgend etwas hatte seinen Stolz verletzt.

Also warteten wir. Und spielten unkonzentriert Schach, ließen die meisten Partien unbeendet. Und hörten Randy zu, der von seiner Yacht erzählte. Und horchten auf das Telefon, und auf das Schreien der Vögel und den Pulsschlag der See.

Es war eine verrückte Zeit, und die Launenhaftigkeit der Insel – die über den Himmel jagenden Wolken, die Stürme, die Flecken idyllischer Schönheit – machte das Ganze noch verrückter. Ein »Kerkernebel«, wie Randy das nannte, hüllte uns ein und machte uns sinnlos angst, daß wir die Insel nie mehr würden verlassen können. Der Nebel verzog sich, aber wir waren noch immer da. Die gemeinsame Einsamkeit hätte uns näher zusammenbringen müssen, aber die beiden hatten sich in ihre Königreiche zurückgezogen: Ned in sein Zimmer und Barley ins Freie. Während der Regen wie Kartätschen über die Insel peitschte, spähte ich aus dem triefenden Fenster und sah Barley in seinem Ölzeug über die Klippen stapfen, wobei er die Knie hob, als ob er mit unbequemen Schuhen kämpfte – ein andermal sah ich, wie er mit Wächter Edgar, einem Stück Treibholz und einem Tennisball Kricket spielte. Wenn die Sonne herauskam, hatte er eine alte blaue Segelmütze auf, die er aus einer Truhe in seinem Zimmer ausgegraben hatte. Er trug sie mit grimmigem Gesicht, den Blick auf unereroberte Kolonien gerichtet. Eines Tages erschien Edgar mit einem alten gelben Hund, den er irgendwo aufgetrieben hatte und den sie dann zwischen sich hin- und herrennen ließen. An einem anderen Tag gab es vor dem Festland eine Regatta, und ein Schwarm weißer Yachten drängte sich wie winzige Zähne im Kreis. Barley stand und sah ihnen endlos zu, offenbar entzückt von diesem Vergnügen, und Edgar stand daneben und beobachtete Barley.

Er denkt an seine Hannah, dachte ich. Er wartet darauf, daß das Leben ihm den Augenblick der Entscheidung verschafft. Erst sehr viel später ging mir auf, daß manche Leute ihre Entscheidungen nicht ganz so treffen.

Mein letztes Bild von der Insel ist angenehm verzerrt wie in einem Traum. Clive hatte nur zweimal mit mir telefoniert, was für ihn einer Nachrichtensperre gleichkam. Einmal wollte er wissen, »Wie Ihre Freunde sich halten«; Ned hatte er offenbar schon dieselbe Frage gestellt. Und einmal erkundigte er sich danach, was ich wegen Barleys Entschädigung, einschließlich der Finanzspritzen für seinen Verlag, arrangiert hatte und ob die Gelder aus unserer eigenen Kasse genommen oder über einen Sonderhaushalt laufen würden. Anhand meiner Notizen konnte ich ihn darüber aufklären.

Es ist Mittag, soeben sind die *New York Times* und die *Washington Post* auf dem Tisch im Sonnenzimmer angekommen. In die Zeitungen vertieft, höre ich Randy die Wachen anschreien, sie sollen Ned ans Telefon holen. Als ich mich umdrehe, sehe ich Ned von der Gartenseite hereinkommen und hastig durch die Vorhalle zum Senderaum laufen. Über ihm sehe ich die reglose Silhouette Barleys im Flur der ersten Etage. Da oben stehen ein paar alte Bücherschränke, und am Morgen hat er Randy überredet, sie aufzuschließen, damit er was zu schmökern hat. Es ist der Treppenabsatz mit dem halbkreisförmigen Fenster, durch das man über die Hortensien aufs Meer hinaussehen kann.

Er steht mit dem Rücken zu mir, ein Buch in einer herunterhängenden langen Hand; er starrt auf den Atlantik. Seine Füße stehen etwas auseinander, die freie Hand hat er in einer typischen Haltung zum Kopf gehoben, als müsse er einen Schlag abwehren. Er muß alles gehört haben, was sich da unten abspielt – Randys Geschrei, Neds hastige Schritte durch die Vorhalle, dann den Knall, mit dem die Tür des Senderaums zuschlug. Der Boden des Flurs ist gekachelt, und Schritte hallen durch den Treppenschacht nach oben wie knarrende Kirchenglocken. Ich höre sie jetzt wieder, als Ned aus dem Nachrichtenraum kommt; er macht ein paar Schritte und bleibt dann stehen.

»Harry! Wo ist Barley?«

»Hier oben«, sagt Barley ruhig über das Geländer.

»Man hat Sie freigesprochen!« jubelt Ned wie ein Schuljunge. »Sie bitten um Entschuldigung. Ich habe mit Bob gesprochen, mit Clive, mit Haggarty. Goethes Material ist das wichtigste, womit sie sich seit Jahren befaßt haben. Ganz offiziell. Sie fahren hundertprozentig darauf ab. Jetzt gibt es keinen Rückzieher mehr. Barley, Sie haben ihren ganzen Apparat geschlagen.«

Ned war inzwischen an Barleys zerstreute Art gewöhnt; es hätte ihn daher nicht mehr überraschen dürfen, als Barley durch nichts zu verstehen gab, daß er ihn gehört hatte. Er starrte noch immer auf den Atlantik. Glaubte er dort ein kleines Boot versinken zu sehen? Das geht jedem so. Man muß nur lange genug das Meer von Maine beobachten, dann sieht man sie überall: ein Segel, einen Rumpf, Kopf oder Hand eines Überlebenden, die in den Wellen untergehen, um nie wieder hochzukommen. Man muß schon sehr lange hinsehen, um zu erkennen, daß es sich um Fischadler und Kormorane handelt, die auf Jagd sind.

Aber Ned bringt es in seiner Aufregung fertig, sich verletzt zu fühlen. Es ist einer seiner raren Augenblicke, in denen er die

Maske des Profis sinken und den unfertigen Mann dahinter erkennen läßt.

»Sie fahren nach Moskau zurück, Barley! Das wollten Sie doch? Die Sache zu Ende bringen?«

Und dann endlich Barley, besorgt, Neds Gefühle verletzt zu haben. Barley, halb umgewandt, so daß Ned sein Lächeln sehen kann. »Ja, alter Junge. Natürlich. Genau das wollte ich.«

Unterdessen muß ich in den Senderaum. Randy winkt mich hinein.

»Sind Sie es, Palfrey?« Ich bin es.

»*Langley* übernimmt den Fall«, sagte Clive, als wäre das der zweite Teil der großen Neuigkeit. »Und sämtliche Kosten, Palfrey. Weiter können die nicht gehen«, fügt er beschwichtigend hinzu.

»Prima. Gratuliere«, sage ich, halte den Hörer vom Ohr weg und starre ihn ungläubig an, während Clives Quaken weiter daraus hervortröpfelt wie aus einem undichten Wasserhahn. »Ich möchte, daß Sie unverzüglich eine Einverständniserklärung aufsetzen, Palfrey, und eine ausführliche Vereinbarung zur Abdeckung der üblichen Eventualitäten vorbereiten. Die fressen uns jetzt aus der Hand, also seien Sie hart. Hart, aber fair. Wir haben es mit sehr realistischen Leuten zu tun, Palfrey. Die zu allem entschlossen sind.«

Mehr. Immer mehr. Und noch mehr. Als Anzahlung auf die komplette Übernahme der Operation werde Langley Barleys Pension und Umsiedlung tragen. Am Unterhalt der Quelle werde Langley sich zu gleichen Teilen beteiligen, behalte sich aber im Falle von Meinungsverschiedenheiten ein Veto vor.

»Die stellen jetzt eine umfassende Einkaufsliste zusammen, Palfrey, einen Rundumschlag. Zusammen mit Außenministerium, Abwehr, Pentagon und den wissenschaftlichen Gremien. Sämtliche wichtigen Fragen unserer Zeit sollen ausgetüftelt und Bluebird zur Beantwortung vorgelegt werden. Sie kennen die Risiken, aber das schreckt sie nicht ab. Wer nicht wagt, der nicht gewinnt, sagen sie. Das erfordert Mut.«

Er spricht mit seiner Depeschen-Stimme. Endlich ist Clive auch mal an der Reihe. »In dem großen Remis zwischen Angriff und Verteidigung, Palfrey, existiert nichts in einem Vakuum«, erklärt er hochtrabend, und ich zweifelte nicht daran, daß er etwas zitierte, das er vor einer Stunde gehört hatte. »Es geht um die Feinabstimmung. Jede Frage ist genauso wichtig wie jede Antwort. Die wissen das. Die sehen das ganz klar. Die können der Quelle kein größeres Kompliment machen, als ihr einen solchen uneingeschränkt offenen Fragenkatalog auszuarbeiten. So was haben sie seit vielen, vielen Jahren nicht mehr gemacht. So was hat es noch nie gegeben. Jedenfalls nicht in letzter Zeit.«

»Weiß Ned davon?« frage ich, als er einmal Luft holen muß.

»Er darf nicht. Keiner von uns darf das. Die Sache wurde in die höchste strategische Stufe eingeordnet.«

»Ich meine, weiß er davon, daß Sie ihnen seinen Joe geschenkt haben?«

»Ich möchte, daß Sie sofort nach Langley kommen und die Bedingungen mit Ihren Kollegen hier ausdiskutieren. Randy wird den Flug arrangieren. Palfrey?«

»Weiß er davon?« wiederhole ich.

Clive legt eine seiner Telefonpausen ein, in denen man darüber nachdenken kann, was man alles falsch gemacht hat.

»Ned wird nach seiner Rückkehr nach London unterrichtet, ich danke Ihnen. Das ist noch früh genug. Bis dahin werden Sie ihm nichts sagen. Die Rolle des Rußlandhauses wird respektiert werden. Sheriton schätzt diese Verbindung sehr. Sie wird in gewisser Hinsicht sogar noch ausgebaut, vielleicht auf Dauer. Ned sollte dankbar sein.«

Nirgendwo wurde die Nachricht so freudig aufgenommen wie in der britischen Branchenpresse. *Hochzeit mit Zukunft*, posaunte *Booknews* einige Wochen später in der Vorschau auf die Moskauer Buchmesse. *Die seit langem anhaltenden Gerüchte über eine Zusammenarbeit zwischen Abercrombie & Blair, Norfolk Street, Strand, und Potomac Traders, Inc., Boston, Mass., haben sich bestätigt. Der zwei Zentner schwere Unternehmer Jack Henziger hat jetzt gemeinsam mit Barley Scott Blair von A & B die neue Gesellschaft Potomac & Blair gegründet, die aggressiv in die sich rapide öffnenden Märkte des Ostblocks eindringen soll. »Ein Schaufenster der Zukunft«, erklärt Henziger zuversichtlich.*

Auf der Moskauer Buchmesse kann man sich auf was gefaßt machen!

Die Kurzmeldung stand neben einem herzerfrischenden Foto von Barley und Jack Henziger, die sich über eine Blumenschale hinweg die Hände schütteln. Das Foto war in dem sicheren Haus in Knightsbridge vom Fotografen des Geheimdienstes aufgenommen worden. Die Blumen stammten von Miss Coad.

Als ich mich am Tag nach meiner Rückkehr von der Insel mit Hannah traf, nahm ich an, daß wir miteinander schlafen würden. Sie sah groß und blühend aus, so wie sie immer aussieht, wenn ich sie eine Zeitlang nicht gesehen habe. Es war Donnerstag, und sie brachte ihren vierzehnjährigen Sohn Giles zu so einem Kurpfuscher hinter der Harley Street. Ich habe mich nie für Giles interessiert, vermutlich weil ich weiß, daß er, nur allzubald nachdem ich sie zu Derek zurückgeschickt hatte, von ihr als eine Art Trostgeschenk empfangen wurde. Wir saßen in unserem üblichen üblen Café und tranken ranzigen Tee, während sie auf ihren Sohn wartete – rauchend, was ich verabscheue. Aber ich wollte sie, und sie wußte es.

»Wo denn in Amerika?« fragte sie, als ob das eine Rolle spielte.

»Keine Ahnung. Irgendeine Insel; jede Menge Fischadler und schlechtes Wetter.«

»Ich wette, das waren keine richtigen Fischadler.«

»Doch, wirklich. Die sind dort verbreitet.«

Und ich sah es an ihrem angespannten Blick, daß auch sie mich wollte.

»Jedenfalls muß ich Giles nach Hause bringen«, sagte sie, nachdem jeder hinlänglich in den Gedanken des anderen gelesen hatte.

»Setz ihn in ein Taxi«, schlug ich vor.

Aber da stand schon wieder die Wand zwischen uns, und die Sache war gestorben.

13

Am Sonntag morgen um zehn Uhr holte Katja Barley im Vorhof des riesigen Meschdunarodnaja ab, Besuchern aus dem Westen allgemein als »das Mesch« bekannt. Henziger hatte auf diesem Hotel bestanden. Er saß mit Wicklow in der grotesken großen Halle des Hauses, von wo aus sie das glückliche Wiedersehen von Katja und Barley und dann ihre Abfahrt beobachten konnten.

Es war ein schöner, herbstlicher Tag, und Barley hatte schon früh auf sie zu warten begonnen; er stand auf dem Vorhof mitten unter den abgedunkelten Limousinen, die in stetem Fluß vorfuhren, um alle möglichen Häuptlinge der Dritten Welt ein- oder aussteigen zu lassen. Dann endlich tauchte ihr roter Lada zwischen ihnen auf wie ein Ausbruch von Fröhlichkeit bei einem Begräbnis; Annas weißes Händchen wehte wie ein Taschentuch aus dem hinteren Fenster, und Sergej, der sein Fischnetz umklammerte, saß aufrecht wie ein Kommissar neben ihr.

Es war Barley wichtig, daß er zuerst die Kinder wahrnahm. Er hatte darüber nachgedacht und sich vorgenommen, dies zu tun, denn jetzt war nichts mehr ohne Bedeutung, durfte nichts mehr dem Zufall überlassen werden. Erst als er daher den beiden begeistert zugewinkt und Anna durch das Rückfenster eine Grimasse geschnitten hatte, erlaubte er sich, in den vorderen Teil des Wagens zu spähen. Onkel Matwej saß breit auf dem Beifahrersitz, sein braunes Gesicht glänzte wie eine Kastanie, seine Matrosenaugen funkelten unter dem Rand seiner karierten Mütze. Ob Sturm, ob Sonnenschein, Matwej hatte sich zu Ehren des großen Engländers in Schale geworfen: sein Köperjackett, seine besten Stiefel, dazu eine Fliege. An seinem Revers steckten die gekreuzten Emaillefähnchen der Revolution. Matwej kurbelte sein Fenster runter, und Barley griff hinein, packte seine Hand und schrie mehrmals: »Hallo, Hallo!« Erst dann wagte er, Katja anzusehen. Und bis er sein Lächeln hißte, gab es eine Pause, als hätte er seinen Text oder seine Geschichte vergessen, oder auch nur, wie schön sie war.

Doch Katja gab sich nicht so zurückhaltend.

Sie sprang aus dem Wagen. Auch in ihren schlechtgeschnittenen Slacks sah sie wunderbar aus. Strahlend vor Glück und Vertrauen stürzte sie zu ihm herum und schrie: »Barley!« Als sie bei ihm ankam, hatte sie schon die Arme ausgebreitet, bot ihren Körper fröhlich und bedenkenlos seiner Umarmung dar – die sie als brave Russin dann schicklich abkürzte, indem sie, ihn aber immer noch festhaltend, etwas zurücktrat und sein Gesicht, sein Haar, seine alte Straßenkleidung musterte und in zwangloser Kameradschaftlichkeit auf ihn einredete. »Wie *schön*, Barley. Wie schön, Sie zu sehen!« rief sie. »Willkommen zur Buchmesse, von neuem Willkommen in Moskau. Matwej konnte es kaum glauben, als Sie aus London anriefen! ›Die Engländer waren schon immer unsere Freunde‹, sagte er. ›Sie brachten Peter das Segeln bei, und wenn der nicht hätte segeln können, hätten wir heute keine Marine.‹ Er meint natürlich Peter den Großen. Matwej lebt nur für Leningrad. Bewundern Sie nicht Volodjas schönes Auto? Ich bin so froh, daß er endlich etwas hat, das er lieben kann.«

Sie ließ ihn los, und Barley, Inbild eines glücklichen Trottels, stieß einen Schrei aus: »Gott, fast hätt ich's vergessen!« Er meinte die Tragetaschen. Er hatte sie neben dem Hoteleingang an die Mauer gelehnt, und als er mit ihnen zurückkam, versuchte Matwej bereits, aus dem Wagen zu klettern, um ihm vorne Platz zu machen, aber davon wollte Barley nichts wissen.

»Nein, nein, nein, *nein*! Ich setze mich sehr gern zu den Zwillingen! Trotzdem vielen Dank, Matwej.« Dann, es sah aus, als parke er einen Sattelschlepper, knickte und schob er seinen langen Körper auf die Rückbank und verteilte seine Pakete. Die Zwillinge kicherten ehrfürchtig über diesen riesenhaften Westler, der soviel Krims und Krams zu verschenken, und englische Schokolade mitgebracht hat und Schweizer Buntstifte und für jeden ein Malbuch und für beide zusammen die Werke von Beatrix Potter auf englisch und eine schöne neue Pfeife für Onkel Matwej, die, wie Katja sagt, ihn unvorstellbar glücklich machen wird, und dazu noch einen Beutel englischen Tabak.

Und für Katja alles, was sie sich bis an ihr Lebensende wünschen konnte – Lippenstifte und einen Pullover und Parfüms und einen französischen Seidenschal, der zum Tragen einfach zu schade war.

Unterdessen war Katja aus dem Vorhof des Mesch herausgefahren und holperte über eine pockennarbige Hauptstraße; während sie unbekümmert um die überschwemmten Krater herumsteuerte, erzählte sie von der morgen beginnenden Buchmesse.

Sie fuhren in östlicher Richtung. Vor ihnen hing die freundliche goldene Septembersonne, in der sogar die Moskauer Vororte schön aussahen. Sie kamen in das trübselige Flachland der Außenbezirke: Äcker, die niemandem gehörten, verlassene Kirchen und eingezäunte Transformatoren. Am Straßenrand standen vereinzelte Gruppen alter Datschas wie Strandhütten, und ihre geschnitzten Giebel und abgeteilten Gärten erinnerten Barley wie immer an die englischen Landbahnhöfe seiner Jugend. Auf dem Beifahrersitz vergiftete Matwej sie alle mit seiner neuen Pfeife und gab durch Rauchschwaden seine Begeisterung kund. Doch Katja war zu sehr damit beschäftigt, die Sehenswürdigkeiten zu erklären, als daß sie ihn sonderlich beachtet hätte.

»Hinter diesem Hügel liegt die Metallgießerei Soundso, Barley. Der schäbige Zementbau links ist eine Kolchose.«

»Großartig!« sagte Barley. »Faszinierend! Was für ein Tag! Wow!«

Anna hatte sich ihre Buntstifte auf den Schoß geschüttet und fand gerade heraus, daß feuchte Farbspuren auf ihrer Zunge zurückblieben, wenn sie an den Spitzen leckte. Sergej schimpfte, sie solle die Stifte in die Dose zurücktun, und Barley versuchte den Frieden zu wahren, indem er Tiere in ihr Skizzenbuch zeichnete, die sie bunt ausmalen konnte, aber der Moskauer Straßenbelag ist Künstlern nicht freundlich gesonnen.

»Nicht *grün*, du Dummkopf«, sagte er. »Wer hat denn je eine grüne Kuh gesehen? Katja, um Himmels willen, Ihre Tochter denkt, Kühe sind grün.«

»Ja, Anna ist in praktischen Dingen so ungeschickt!« rief Katja lachend und sagte zu ihrer Tochter, die Barley von unten ankicherte, rasch etwas über die Schulter.

Und all das unter Matwejs ununterbrochenem Monolog und Annas übermütiger Ausgelassenheit und Sergejs besorgten Zwischenrufen, ganz zu schweigen von dem qualvollen Knattern des kleinen Motors – ein Lärm, in dem schließlich jeder nur noch sich selber hören konnte. Plötzlich schwenkten sie von der Straße ab, fuhren ohne jeden Weg über eine Wiese und einen Hügel hinauf; die Kinder und auch Katja lachten schallend, Matwej hielt mit einer Hand seine Mütze, mit der anderen die Pfeife fest.

»Sehen Sie's?« wollte Katja durch den Lärm von Barley wissen, als hätte sie soeben eine lang umstrittene Frage zwischen zwei Liebenden entschieden. »Wir dürfen in Rußland *genau* dort hingehen, wo Lust und Laune uns hinführen, vorausgesetzt, daß wir nicht in die Anwesen unserer Millionäre oder Regierungsbeamten eindringen.«

Unter ausgelassenem Gelächter erklommen sie den Hügel, fuhren in eine grasbewachsene Senke hinab, kamen wieder hoch wie ein tapferes kleines Boot auf einer Welle und bogen auf einen Feldweg, der an einem Bach entlanglief. Bach und Weg führten in ein Birkenwäldchen. Katja brachte den Wagen irgendwie zum Stehen, indem sie die Handbremse hochriß, als bremse sie einen Schlitten. Sie waren allein im Paradies, der Bach ließ sich stauen, am Ufer konnten sie picknicken, und sie konnten sogar Sergejs Schläger und Ball aus dem Kofferraum holen und *lapta* spielen, wozu sie sich im Kreis aufstellten und einer werfen und ein anderer schlagen mußte. Anna nahm das Spiel nicht sonderlich ernst, wie sich bald zeigte. Ihr ging's darum, die Sache unter möglichst viel Gelächter hinter sich zu bringen, um sich dann zum Essen hinzusetzen und mit Barley zu flirten. Aber Sergej der Soldat spielte hingebungsvoll, und Matwej der Seemann geradezu fanatisch. Während Katja das Picknick ausbreitete, erklärte sie die mystische Bedeutung von *lapta* für die Entwicklung der westlichen Kultur.

»Matwej versichert, es sei der Ursprung des amerikanischen Baseball und Ihres englischen Kricket. Er glaubt, russische Einwanderer hätten es bei Ihnen eingeführt. Wahrscheinlich glaubt er auch, daß es von Peter dem Großen erfunden wurde.«

»Wenn das stimmt, ist es der Tod des Empire«, sagte Barley ernst.

Matwej liegt im Gras, pafft an seiner neuen Pfeife und ergeht sich noch immer in wortreichen Reden. Seine edlen blauen Augen blicken heroisch strahlend in die glorreiche Leningrader Vergangenheit. Aber Katja hört ihm bloß zu wie einem Radio, das sich nicht abstellen läßt. Einzelnes nimmt sie wahr, für den Rest ist sie taub. Sie marschiert übers Gras, klettert in den Wagen, klappt die Tür hinter sich zu und taucht in Shorts wieder auf. In einer Wachstuchtasche trägt sie das Picknick: in Zeitungspapier gewickelte Butterbrote, kalte *kotleti*, kaltes Huhn und Frikadellen, Shigulin-Bier in Flaschen. Barley hat Scotch mitgebracht, mit dem Matwej begeistert auf irgendeinen abwesenden Monarchen trinkt, vermutlich auf Peter den Großen.

Sergej steht am Ufer und harkt das Wasser mit seinem Netz. Er träume davon, erklärt Katja, einen Fisch zu fangen und für alle, die von ihm abhängig sind, zuzubereiten. Anna zeichnet. Demonstrativ lehnt sie sich von ihrem Werk zurück, damit die anderen es bewundern können. Sie möchte Barley ein Selbstporträt schenken, das er in seinem Londoner Zimmer aufhängen kann.

»Sie fragt, ob Sie verheiratet sind?« gibt Katja die hartnäckige Fragerei ihrer Tochter weiter.

»Nein, zur Zeit nicht, aber ich bin immer zu haben.«

Anna stellt eine weitere Frage, aber Katja weist sie errötend zurecht. Nachdem er seine Pflicht loyal erfüllt hat, liegt Matwej, die Mütze auf den Augen, auf dem Rücken und schwadroniert weiter vor sich hin; worüber, weiß der Himmel, aber auf alle Fälle fühlt er sich pudelwohl dabei.

»Bald wird er die Belagerung von Leningrad beschreiben«, ruft Katja mit nachsichtigem Lächeln.

Sie schweigt, wirft Barley einen Blick zu. Was heißen soll: »Jetzt können wir reden.«

Der graue Lastwagen fuhr weg, und es wurde auch höchste Zeit. Barley hatte ihn über ihre Schulter hinweg schon eine ganze Weile verärgert beobachtet und dabei gehofft, er sei ihnen freundlich gesonnen, vor allem aber gewünscht, er möge sie endlich alleinlassen. Die Seitenfenster des Fahrerhauses waren undurchsichtig vor Staub. Erleichtert sah er ihn in Richtung Straße rumpeln, aus den Augen, aus dem Sinn.

»Oh, es geht ihm *sehr* gut«, sagte Katja gerade. »Er hat mir einen langen Brief geschrieben, und es geht ihm ganz ausgezeichnet. Er war krank, hat sich aber bestimmt wieder ganz erholt. Er hat viel mit Ihnen zu besprechen, und er wird eigens zur Buchmesse nach Moskau kommen, um mit Ihnen zu reden und das Neueste über sein Buch zu erfahren. Er möchte bald etwas von dem überarbeiteten Manuskript sehen, wenigstens mal eine Seite. Ich halte das für gefährlich, aber er ist ja so ungeduldig. Er erwartet Vorschläge bezüglich Titel, Übersetzung und sogar Illustrationen. Ich glaube, er entwickelt sich zu einem typisch diktatorischen Autor. Er wird das alles sehr bald bestätigen und auch eine Wohnung suchen, wo Sie beide sich treffen können. Er möchte die ganzen Vorbereitungen selber machen, können Sie sich das vorstellen? Ich glaube, Sie haben einen sehr guten Einfluß auf ihn gehabt.«

Sie suchte etwas in ihrer Handtasche. Am anderen Ende des Birkenwäldchens parkte jetzt ein rotes Auto, aber sie schien sich durch nichts in ihrer guten Laune stören lassen zu wollen. »Ich persönlich glaube, daß man sein Werk bald für überflüssig halten wird. Bei den raschen Fortschritten der Abrüstungsgespräche und in der neuen Atmosphäre internationaler Zusammenarbeit werden alle diese schrecklichen Dinge bald der Vergangenheit angehören. Natürlich trauen uns die Amerikaner nicht. Natürlich trauen wir ihnen nicht. Aber mit vereinten Kräften wird es möglich sein, vollständig abzurüsten und gemeinsam alle anderen Unruhen in der Welt zu verhindern.«

Sie sprach mit ihrer Schulmeisterstimme, die keinen Widerspruch duldete.

»Wie sollen wir alle weiteren Scherereien in der Welt verhindern, wenn wir keine Waffen mehr haben, mit denen wir sie verhindern können?« wandte Barley ein und erntete für seine Verwegenheit einen scharfen Blick.

»Barley, Sie sind ein Westler und sehen alles schwarz, finde ich«, gab sie zurück, während sie einen Umschlag aus der Handtasche zog. »Nicht ich, sondern Sie haben Jakow doch gesagt, daß ein Experiment mit der menschlichen Natur erforderlich sei.«

Kein Stempel, bemerkte Barley. Keine Briefmarke. Nur »Katja«, in kyrillischen Buchstaben; sah aus wie Goethes Handschrift, aber wer konnte das wissen? Plötzlich spürte er in Kopf und Schultern eine Art Warnsignal aufsteigen, wie ein Gift oder eine allergische Reaktion.

»Wovon hat er sich erholt?« fragte er.

»War er bei Ihrem Treffen in Leningrad nervös?«

»Das waren wir beide. Lag am Wetter«, erwiderte Barley, der noch immer auf ihre Antwort wartete. Er fühlte sich auch irgendwie betrunken. Muß was im Essen gewesen sein.

»Er war krank. Kurz nach Ihrem Treffen hatte er einen schlimmen Zusammenbruch, so plötzlich und so ernst, daß nicht einmal seine Kollegen wußten, wohin er verschwunden war. Sie hatten die schlimmsten Befürchtungen. Von einem zuverlässigen Freund hörte ich sogar, sie fürchteten, daß er gestorben wäre.«

»Ich wußte gar nicht, daß er außer Ihnen noch andere zuverlässige Freunde hat.«

»Mich hat er zu seinem Vertreter bei Ihnen ernannt. Natürlich hat er für andere Dinge andere Freunde.« Sie zog den Brief heraus, gab ihn ihm aber nicht.

»Früher haben Sie mir das etwas anders erzählt«, sagte er matt, während er weiter gegen sein immer heftigeres Mißtrauen ankämpfte.

Sein Einwand ließ sie kalt. »Warum sollte man bei einer ersten Begegnung gleich alles erzählen? Man muß sich schützen. Das ist doch normal.«

»Nehmen wir das mal an«, lenkte er ein.

Anna hatte ihr Selbstporträt fertig und heischte unverzüglich Anerkennung. Es zeigte sie beim Blumenpflücken auf einem Dach.

»Meisterhaft!« rief Barley. »Sagen Sie ihr, ich werde es über meinen Kamin hängen, ich weiß genau die richtige Stelle dafür. Auf der einen Seite hängt ein Bild von Anthea beim Skilaufen, auf der anderen Hal beim Segeln. Anna kommt in die Mitte.«

»Sie fragt, wie alt Hal ist«, sagte Katja.

Er mußte tatsächlich nachdenken. Zuerst mußte er überlegen, in welchem Jahr Hal geboren war, dann, welches Jahr jetzt war, und dann mußte er mühsam das eine vom andern abziehen und gleichzeitig gegen den Pfeifton in seinen Ohren ankämpfen. »Also, ja, Hal ist vierundzwanzig. Aber ich fürchte, er hat sich auf eine ziemlich törichte Ehe eingelassen.«

Anna war enttäuscht. Sie starrte vorwurfsvoll zu ihnen rüber, während Katja ihre Unterhaltung fortsetzte.

»Sobald ich von seinem Verschwinden hörte, versuchte ich, über alle üblichen Kanäle Kontakt zu ihm aufzunehmen, doch ohne Erfolg. Ich war äußerst verzweifelt.« Endlich reichte sie ihm den Brief, ihre Augen strahlten vor Vergnügen und Erleichterung. Als er ihn entgegennahm, schloß er seine Hand zerstreut um ihre, und sie ließ es geschehen. »Vor acht Tagen dann, gestern vor einer Woche, also Samstag, nur zwei Tage nach Ihrem Anruf aus London, rief Igor bei mir zu Hause an. ›Ich habe Medizin für Sie. Treffen wir uns doch zu einem Kaffee, dann gebe ich sie Ihnen.‹ Medizin ist unser Kodewort für einen Brief. Er meinte einen Brief von Jakow. Ich war erstaunt und sehr glücklich. Es ist schon Jahre her, daß Jakow mir einen Brief geschickt hat. Und dann solch einen Brief!«

»Wer ist Igor?« fragte Barley ziemlich laut, um das Getöse in seinem Kopf zu übertönen.

Es waren fünf Seiten, geschrieben auf gutem, kaum erhältlichem weißem Schreibpapier, die Schrift ordentlich und regelmäßig. Barley hätte nicht gedacht, daß Goethe ein derart konventionell aussehendes Schriftstück verfassen könnte. Sie zog, allerdings sachte, ihre Hand zurück.

»Igor ist ein Freund von Jakow aus Leningrad. Sie haben zusammen studiert.«

»Prima. Und was macht er jetzt?«

Seine Frage ärgerte sie, denn sie wartete ungeduldig auf seine freudige Reaktion auf den Brief, auch wenn er ihn nur nach dem Äußeren beurteilen konnte. »Er arbeitet als Wissenschaftler bei irgendeinem Ministerium. Was spielt es für eine Rolle, welcher Beschäftigung Igor nachgeht? Soll ich Ihnen den Brief übersetzen oder nicht?«

»Wie heißt er weiter?«

Sie sagte es ihm, und trotz seiner Verwirrung war er begeistert von ihrer Schärfe. Wir hätten nicht Stunden, sondern Jahre haben sollen, dachte er. Wir hätten uns als Kinder an den Haaren ziehen sollen. Wir hätten alles tun sollen, was wir nicht getan haben, bevor es zu spät war. Er hielt ihr den Brief, und sie kniete sich lässig hinter ihn ins Gras, stützte sich mit einer Hand auf seine Schulter und fuhr mit der anderen beim Übersetzen über die Zeilen. Er spürte, wie ihre Brüste seinen Rücken berührten. Er spürte, wie die Welt in seinem Innern sich beruhigte, nachdem die Ungeheuerlichkeit seines anfänglichen Verdachts einer mehr analytischen Geistesverfassung gewichen war.

»Das hier ist die Adresse, nur eine Postfachnummer, das ist normal«, sagte sie, die Fingerspitze auf der rechten oberen Ecke. »Er ist in einem Spezialkrankenhaus, vielleicht in einer speziellen Stadt. Er hat den Brief im Bett geschrieben – sehen Sie, wie schön er schreibt, wenn er nüchtern ist? – und einem Freund mitgegeben, der auf dem Weg nach Moskau war. Der Freund hat ihn Igor gegeben. Das ist normal. ›Mein Liebling Katja‹, – er benutzt hier am Anfang ein etwas anderes Kosewort, aber das macht nichts. ›Eine Form von Hepatitis hat mich niedergeworfen, aber Kranksein ist sehr lehrreich, und ich lebe.‹ Das ist so typisch für ihn, gleich die Moral zu ziehen.« Sie zeigte wieder auf die Stelle im Brief. »Dieses Wort macht die Hepatitis schlimmer. Es bedeutet ›gereizt‹.«

»Schwer«, sagte Barley ganz ruhig.

Die Hand auf seiner Schulter reagierte mit einem tadelnden Druck. »Kommt es denn auf das richtige Wort an? Soll ich ein

Wörterbuch holen? ›Ich hatte hohe Temperatur und viele Phantasien –‹«

»Halluzinationen«, sagte Barley.

»Hier steht *gallutsinatsija* –«, fuhr sie auf. »Okay, lassen wir's dabei.«

»›– aber jetzt habe ich mich erholt, und in zwei Tagen gehe ich für eine Woche in ein Erholungsheim am Meer.‹ Er sagt nicht, an welchem Meer, aber wozu auch? ›Ich werde wieder alles dürfen, außer Wodka trinken, aber das ist eine bürokratische Einschränkung, die ich als Wissenschaftler rasch ignorieren werde.‹ Ist das nicht ebenfalls typisch? Daß er nach einer Hepatitis gleich wieder an Wodka denkt?«

»Absolut«, stimmte Barley lächelnd zu, um ihr eine Freude zu machen, und vielleicht auch, um sich selbst zu beruhigen. Die Zeilen liefen schnurgerade, als hätte er auf liniertes Papier geschrieben. Kein einziges Wort war durchgestrichen.

»›Wenn Krankenhäuser wie dieses allen Russen zur Verfügung stünden, was für eine gesunde Nation wären wir dann bald.‹ Er ist immer Idealist, auch wenn er krank ist. ›Die Schwestern sind so schön, und die Ärzte sind jung und stattlich, es ist mehr ein Haus der Liebe als ein Haus der Krankheit.‹ Das sagt er, um mich eifersüchtig zu machen. Aber wissen Sie was? Es ist sehr ungewöhnlich, daß er sich über das Glück anderer Menschen äußert. Jakow ist ein Tragiker. Er ist sogar ein Skeptiker. Ich glaube, man hat ihn auch von seinen schlechten Stimmungen geheilt. ›Gestern habe ich zum erstenmal Gymnastik gemacht, war aber bald erschöpft wie ein Kind. Danach lag ich auf dem Balkon und wurde braun in der Sonne, dann schlief ich wie ein Engel, und nichts drückte mein Gewissen, außer, daß ich dich so schlecht behandelt habe und dich immer nur ausbeute.‹ Jetzt kommen Liebesschwüre, die ich nicht übersetzen will.«

»Macht er das immer?«

Sie lachte. »Wie gesagt, es ist nicht einmal normal, daß er mir schreibt, und es ist viele Monate, vielleicht Jahre her, seit er von unserer Liebe gesprochen hat, die jetzt rein geistig ist. Ich glaube, die Krankheit hat ihn ein wenig sentimental gemacht, also wollen wir ihm verzeihen.« Sie wandte das Blatt in seiner

Hand um, und wieder berührten sich ihre Hände, aber seine war kalt wie der Winter, und er staunte insgeheim darüber, daß sie nichts dazu sagte. »Jetzt kommen wir zu Mr. Barley. Zu Ihnen. Er ist äußerst vorsichtig. Er nennt Sie nicht beim Namen. Immerhin hat seine Krankheit nicht seine Diskretion beeinträchtigt. ›Bitte sag unserem lieben Freund, daß ich alles versuchen werde, ihn während seines Besuchs zu treffen, vorausgesetzt, ich erhole mich weiterhin so gut. Er soll sein Material mitbringen, und ich werde dasselbe versuchen. Ich muß diese Woche in der Militärakademie von Saratow einen Vortrag halten‹ – Igor sagt, das ist die Militärakademie, wo Jakow jeden September einen Vortrag hält; man erfährt so viel, wenn jemand krank ist – ›und ich werde so früh wie möglich von dort nach Moskau kommen. Wenn du vor mir mit ihm sprichst, sag ihm bitte Folgendes. Er soll alle weiteren Fragen mitbringen, denn danach möchte ich keine Fragen der grauen Männer mehr beantworten. Sag ihm, seine Liste soll endgültig und erschöpfend sein.‹«

Schweigend hörte Barley sich die weiteren Anweisungen Goethes an, die ebenso klar und bestimmt wie die in Leningrad waren. Und während er sich das anhörte, zogen sich die schwarzen Wolken seiner Zweifel aufs neue zusammen, und er spürte heimlich Angst und wieder dieses Ekelgefühl. Eine Probeseite der Übersetzung, aber bitte als Druck; etwas Gedrucktes ist soviel aufschlußreicher, sagte sie in Goethes Namen.

Ich wünsche ein Vorwort von Professor Killian aus Stockholm, bitte treten Sie sobald wie möglich an ihn heran, las sie vor.

Haben Sie weitere Reaktionen von Ihren Intellektuellen? Sagen Sie mir bitte Bescheid.

Zum Erscheinungsdatum. Goethe habe gehört, im Herbst seien die Marktchancen am besten, aber müsse man wirklich noch ein ganzes Jahr warten? fragte sie für ihren Geliebten.

Noch mal zum Titel. Vorschlag: *Die größte Lüge der Welt.* Klappentext: Bitte einen Entwurf mitbringen. Und schicken Sie bitte ein Vorausexemplar an Dr. Dagmar Soundso in Stanford und eins an Professor Herman Sowieso am Massachusetts Institute of Technology …

Barley schrieb sich das alles gewissenhaft unter der Überschrift BUCHMESSE in sein Notizbuch.

»Was steht sonst noch in dem Brief?« fragte er.

Sie steckte ihn in den Umschlag zurück. »Wie gesagt. Liebesschwüre. Er lebt mit sich in Frieden und will die Beziehung wieder aufleben lassen.«

»Mit Ihnen.«

Eine Pause, in der sie ihn eingehend betrachtete. »Ich glaube, Sie sind ein wenig kindisch, Barley.«

»Also ein Liebespaar?« beharrte Barley. »Happy-End wie im Märchen? Ja?«

»In der Vergangenheit fürchtete er sich vor der Verantwortung. Jetzt nicht mehr. Davon schreibt er, und es kommt natürlich gar nicht in Frage. Was gewesen ist, ist gewesen. Das läßt sich nicht zurückholen.«

»Warum schreibt er es dann?« fragte Barley verstockt.

»Ich weiß es nicht.«

»Glauben Sie ihm?« Sie wollte gerade ernstlich böse mit ihm werden, als sie in seiner Miene etwas bemerkte, das weder Neid noch Feindseligkeit war, sondern eine heftige, fast furchterregende Sorge um ihre Sicherheit.

»Wieso sollte er Ihnen was vorfaseln, bloß weil er krank ist? Normalerweise treibt er doch keine Spielchen mit den Gefühlen anderer Leute, oder? Er brüstet sich doch damit, die Wahrheit zu sagen.«

Und noch immer wollte sein durchdringender Blick weder sie noch den Brief loslassen.

»Er ist einsam«, nahm sie ihn in Schutz. »Er vermißt mich, und deshalb übertreibt er. Das ist normal. Barley, ich glaube, Sie sind ein wenig –«

Entweder konnte sie das Wort nicht finden, oder sie entschloß sich nach reiflicher Überlegung, es nicht zu verwenden; also nahm Barley es ihr ab. »Eifersüchtig«, sagte er.

Er wußte, worauf sie jetzt wartete, und es gelang ihm. Er lächelte. Er brachte ein liebes, aufrichtiges, von selbstloser Freundschaft zeugendes Lächeln zustande, drückte ihre Hand und rappelte sich auf. »Er klingt phantastisch«, sagte er. »Freut mich sehr für ihn. Daß er sich erholt hat.«

Und er meinte es wirklich. Jedes Wort. Er konnte den wahren Ton der Überzeugung in seiner Stimme hören, während sein Blick schnell zu dem geparkten roten Wagen am anderen Ende des Birkenwäldchens glitt.

Dann stürzt Barley sich zur allgemeinen Freude in seine Rolle als Wochenend-Vater, eine Rolle, auf die sein zerrissenes Leben ihn großzügig vorbereitet hat. Sergej möchte, daß er sich im Angeln versucht. Anna will wissen, warum er seine Badehose nicht mitgebracht hat. Matwej ist eingeschlafen und lächelt in whiskyseligen Erinnerungen. Katja steht in ihren Shorts im Wasser. Sie kommt ihm schöner und ferner vor als je zuvor. Selbst wenn sie Steine sammelt, um einen Damm zu bauen, ist sie die schönste Frau, die er je gesehen hat.

Doch nie hat jemand härter an einem Damm gearbeitet als Barley an diesem Nachmittag, nie hat jemand deutlicher vor sich gesehen, wie das Wasser zurückzuhalten war. Er krempelt seine alberne graue Flanellhose hoch und wird bis zum Schritt naß. Er schleppt, während Anna kommandierend auf seinen Schultern reitet, Stöcke und Steine bis zum Umfallen. Er erfreut Sergej mit seinem praktischen Vorgehen und Katja mit seinem romantischen Schwung. Ein weißer Wagen hat den roten abgelöst. Bei geöffneten Türen sitzt ein Pärchen darin und ißt irgendwas, und auf Barleys Vorschlag stehen die Kinder auf dem Hügel und winken ihnen zu, aber die beiden im Wagen winken nicht zurück.

Der Abend sinkt herab, ein scharfer Geruch von Herbstfeuern weht durch die welken Birkenblätter. Moskau ist wieder einmal aus Holz und brennt. Als sie den Wagen beladen, fliegen zwei Wildgänse über sie hin, das letzte Gänsepaar der Welt.

Während der Rückfahrt zum Hotel schläft Anna auf Barleys Schoß; Matwej plappert vor sich hin, und Sergej starrt finster in die Seiten von *Eichhörnchen Nusper,* als habe er das Parteimanifest vor sich.

»Wann werden Sie wieder mit ihm sprechen?« fragt Barley.

»Das ist arrangiert«, sagt sie geheimnisvoll.

»Von Igor?«

»Igor arrangiert nichts. Igor ist der Bote.« – »Der neue Bote«, korrigiert er sie.

»Igor ist ein alter Bekannter und ein neuer Bote. Warum nicht?«

Sie sieht ihn kurz an und errät seine Absicht. »Sie können nicht mit in das Krankenhaus kommen, Barley. Das ist gefährlich für Sie.«

»Für Sie ist es auch nicht gerade ein Vergnügungsausflug«, erwidert er. Sie weiß es, dachte er. Sie weiß es, aber sie weiß nicht, daß sie es weiß. Sie hat die Symptome bemerkt, ein Teil von ihr hat die Diagnose gestellt. Aber der Rest von ihr weigert sich zuzugeben, daß da irgend etwas nicht stimmt.

Der englisch-amerikanische Einsatzraum befand sich nicht mehr in dem schäbigen Keller an der Victoria Street, sondern im strahlend hellen Penthouse eines schicken neuen Mini-Wolkenkratzers am Grosvenor Square. Das Ganze firmierte als interalliierte Schlichtungsgruppe und wurde rund um die Uhr von amerikanischen Marines in Zivil bewacht. Im Einsatzraum herrschte eine Stimmung erregter Entschlossenheit, zwischen den sauberen Schreibtischen flitzten die Mitglieder des erweiterten Teams adretter junger Männer und Frauen umher, gingen an blinkende Telefone, sprachen über abhörsichere Leitungen mit Langley, reichten Papiere weiter oder lehnten in gespanntentspannter Haltung vor den Batterien von Fernsehmonitoren, die an die Stelle der zwei Uhren im alten Rußlandhaus getreten waren.

Ein Deck, das sich über zwei Ebenen erstreckte; Ned und Sheriton saßen nebeneinander auf der geschlossenen Brücke, während unter ihnen, jenseits der schalldichten Glasscheibe, ihre ungleichen Mannschaften ihren Pflichten nachgingen. Brock und Emma hatten eine Wand, Bob, Clive und ihre Kohorten hatten die andere und den Mittelgang. Aber alle fuhren in die gleiche Richtung. Alle trugen die gleichen folgsam-entschlossenen Mienen, blickten auf dieselben Reihen von Bildschirmen, auf denen wie Börsennotierungen flackernd die automatisch dechiffrierten Meldungen einliefen.

»Der Truck ist wieder sicher zurück«, sagte Sheriton, als die Bildschirme plötzlich leer wurden und das Kodewort BLACKJACK aufleuchtete.

Der Truck selbst war ein Wunder der Infiltration.

Unser eigener Truck! In Moskau! Wir! *Wir* hätten ja Lastwagen dazu gesagt, aber nun hieß er »der Truck«, aus Respekt für seine amerikanischen Besitzer. Seiner Akquisition und Stationierung war eine ausgedehnte Sonderoperation vorausgegangen. Es war ein Kamaz, schmutzig grau und sehr groß, aus dem Fuhrpark der SOWTRANSAWTO, daher der Name in lateinischen Buchstaben auf der verdreckten Flanke. Rekrutiert worden war der Truck samt Fahrer von der großen Münchner Station der CIA bei einem seiner zahlreichen Beutezüge nach Westdeutschland, wo er Luxusartikel für jene wenigen Moskauer Privilegierten besorgte, die Zugang zu den speziellen Läden haben. Von West-Schuhen über West-Tampons bis hin zu Ersatzteilen für West-Autos hatte der Truck schon so ziemlich alles transportiert. Der Fahrer war ein Langstreckenschütze, wie diese unglücklichen Kreaturen in der Sowjetunion genannt werden – erbärmlich unterbezahlte Staatsangestellte ohne Kranken- oder Unfallversicherung als Schutz gegen irgendwelche Mißgeschicke im Westen.

Selbst im tiefsten Winter kauern sie stoisch im Schutz ihrer gewaltigen Ladungen und mampfen ihre Wurst, bevor sie eine weitere Nacht in ihrer trostlosen Fahrerkabine verbringen – dabei allerdings für sich selbst, in Rußland jedenfalls, enormen Profit aus ihren Möglichkeiten im Westen herausschlagen.

Und jetzt hatte dieser Langstreckenschütze gegen eine noch stattlichere Belohnung eingewilligt, seinen Truck mitten im Herzen von Moskau an einen »Westhändler« »auszuleihen«. Und dieser Händler, einer aus Cys Heer von *toptunys*, verlieh ihn an Cy, der ihn wiederum mit allen möglichen geschickt zu transportierenden Observations- und Abhörgeräten vollstopfte, die jedesmal rasch ausgebaut werden konnten, bevor der Truck über etliche Zwischenstationen seinem rechtmäßigen Fahrer zurückgegeben wurde.

So etwas hatte es noch nie gegeben. Wir, mit einem eigenen mobilen abhörsicheren Raum in Moskau!

Nur Ned fand die ganze Vorstellung beunruhigend. Die Langstreckenschützen arbeiteten immer zu zweit, das wußte Ned besser als jeder andere. Per KGB-Erlaß wurden diese Zweiergespanne mit Bedacht so zusammengestellt, daß sie nicht zueinander paßten, und in vielen Fällen war jeder der beiden verpflichtet, über den anderen Bericht zu erstatten. Doch als Ned um Einsicht in die Einsatzakte bat, wurde ihm dies aufgrund eben der Sicherheitsvorschriften verweigert, die ihm selbst so teuer waren.

Aber das eindrucksvollste Stück im neuen Arsenal von Langley war noch immer nicht enthüllt, und auch hiergegen hatte Ned sich nicht durchsetzen können. Von jetzt an sollten Tonbänder in Moskau mit einem beliebigen Kode chiffriert und mit digitalen Impulsen in einem Tausendstel der Zeit übermittelt werden, die wie Bänder laufen würden, wenn man sie bei sich zu Hause hören würde. Doch wenn die Impulse von der Empfangsstation wieder in Töne verwandelt wurden, so behaupteten die Hexenmeister in Langley, wäre ihnen nicht anzuhören, was die Bänder alles durchgemacht hätten.

Das Wort WARTEN baute sich zu hübschen Pyramiden auf. Spionieren ist Warten.

Dann erschien das Wort TON. Spionieren ist Lauschen.

Ned und Sheriton setzten ihre Kopfhörer auf; Clive und ich glitten auf die freien Stühle hinter ihnen und machten es ebenso.

Katja saß nachdenklich auf ihrem Bett und starrte das Telefon an, sie wollte es nicht mehr läuten hören.

Warum nennen Sie Ihren Namen, wo doch niemand von uns seinen Namen nennt? fragte sie ihn in Gedanken.

Warum nennen Sie *mich* beim Namen?

Ist dort Katja? Wie geht es Ihnen? Hier spricht Igor. Will Ihnen nur sagen, daß ich nichts von ihm gehört habe, okay? Warum rufen Sie mich an, wenn Sie nichts zu sagen haben? *Die übliche Zeit, okay? Der übliche Ort. Kein Problem. Genau wie letztesmal.*

Warum wiederholen Sie, was keiner Wiederholung bedarf, wenn ich Ihnen bereits gesagt habe, daß ich zur verabredeten Zeit im Krankenhaus sein werde?

Bis dahin wird er wissen, wo er steht, wird wissen, welches Flugzeug er nehmen kann und so weiter. Sie brauchen sich also keine Sorgen zu machen, okay? Was ist mit Ihrem Verleger? Ist der schon aufgetaucht?

»Igor, ich weiß wirklich nicht, welchen Verleger Sie meinen.« Und ehe er noch mehr sagen konnte, legte sie auf.

Ich bin undankbar, sagte sie sich. Wenn einer krank ist, ist es normal, daß alte Freunde sich um ihn kümmern. Und wenn einer sich selbst über Nacht von einem Zufallsbekannten zum alten Freund befördert und sich, nachdem man jahrelang kaum mit ihm gesprochen hat, in den Mittelpunkt drängt, ist das immer noch ein Zeichen von Treue, woran überhaupt nichts Bedrohliches ist, auch wenn Jakow vor nur sechs Monaten erklärt hatte, daß Igor ein hoffnungsloser Fall sei – »Igor geht weiter den Weg, den ich verlassen habe«, hatte er nach einer zufälligen Begegnung mit ihm auf der Straße bemerkt. »Igor stellt zu viele Fragen.«

Aber jetzt trat Igor als Jakows engster Freund auf, setzte sich unschätzbar und alle Gefahren verachtend für ihn ein. »*Wenn Sie einen Brief für Jakow haben, brauchen Sie ihn nur mir zu geben. Ich habe eine ausgezeichnete Verbindung zu dem Sanatorium ausfindig gemacht. Ich kenne jemand, der fast jede Woche dort hinfährt*«, hatte er ihr bei ihrer letzten Begegnung gesagt.

»Sanatorium?« hatte sie aufgeregt gerufen. »Wo ist er? Wo hält er sich auf?«

Aber es schien, als hätte Igor noch nicht über eine Antwort auf diese Frage nachgedacht, denn er sah finster und unbehaglich drein und berief sich auf Staatsgeheimnisse. Staatsgeheimnisse, während wir dabei sind, die Geheimnisse des Staates herauszuposaunen!

Ich bin ihm gegenüber nicht fair, dachte sie. Ich fange an, überall Betrug zu wittern. Bei Igor, und sogar bei Barley.

Barley. Sie runzelte die Stirn. Er hatte nicht das Recht, Jakows Liebeserklärung zu kritisieren. Für wen hält er sich denn, dieser Westler mit seinem einnehmenden Wesen und seinen zynischen Unterstellungen? Daß er sich so schnell an mich heranmacht und sich bei Matwej und meinen Kindern als der liebe Gott aufspielt?

Niemals werde ich einem Mann vertrauen, der ohne Dogma aufgewachsen ist, sagte sie sich streng.

Ich kann einen Gläubigen lieben, ich kann einen Ketzer lieben, aber einen Engländer kann ich nicht lieben.

Sie machte ihr kleines Radio an, setzte, um die Zwillinge nicht zu stören, den Kopfhörer auf, und suchte die Kurzwellensender ab. Doch als sie die diversen Stimmen nach ihrer Seele schreien hörte – Deutsche Welle, Stimme Amerikas, Radio Liberty, Stimme Israels, Stimme Weißderhimmel wessen, und alle so traut, so überlegen, so bezwingend –, überkam sie eine zornige Verwirrung. Ich bin Russin! wollte sie ihnen zurufen. Auch im Unglück träume ich von einer besseren Welt als eurer!

Aber was für ein Unglück?

Das Telefon klingelte. Sie packte den Hörer. Aber es war nur Nasajan, der in den letzten Tagen wie verwandelt war und jetzt die Planung für morgen durchgehen wollte.

»Hören Sie, ich möchte mich noch einmal persönlich vergewissern, daß Sie morgen wirklich am Oktober-Stand sein wollen. Nur, wir müssen sehr früh anfangen, ja? Falls Sie noch Ihre Kinder zur Schule bringen müssen oder so was, kann ich ohne weiteres Jelizawjeta Alexejewna die Anweisung geben, für Sie einzuspringen. Das ist kein Beinbruch. Sie müssen es mir nur sagen.«

»Das ist sehr freundlich von Ihnen, Grigori Tigranowitsch, ich danke Ihnen für Ihren Anruf. Aber da ich fast die ganze letzte Woche beim Aufbau des Standes geholfen habe, würde ich bei der offiziellen Eröffnung natürlich gern dabeisein. Matwej schafft es schon, die Kinder zur Schule zu bringen.« Nachdenklich legte sie den Hörer auf die Gabel zurück. Mein Gott, Nasajan – warum reden wir miteinander wie Figuren auf der Bühne? Wer, glauben wir denn, hört uns zu, daß wir solche Sätze drechseln? Wenn ich zu einem fremden Engländer reden kann, als wäre er mein Geliebter, warum kann ich dann nicht ganz normal mit einem Armenier sprechen, der mein Kollege ist?

Er rief an, und sie wußte sofort, daß sie die ganze Zeit auf seinen Anruf gewartet hatte, denn sie lächelte schon. Im Gegensatz zu Igor nannte er weder seinen noch ihren Namen.

»Ich möchte Sie entführen«, sagte er.

»Heute abend?«

»Die Pferde sind gesattelt, Essen für drei Tage.«

»Aber sind Sie auch nüchtern genug für eine Entführung?«

»Erstaunlicherweise ja.« Eine Pause. »Nicht, daß ich es nicht versucht hätte, aber es tat sich nichts. Muß am Alter liegen.« Er klang auch nüchtern. Nüchtern und nah.

»Aber was ist mit der Buchmesse? Wollen Sie die genauso im Stich lassen wie die Phonomesse?«

»Zum Teufel mit der Buchmesse. Wir müssen es vorher machen oder nie. Hinterher sind wir zu müde. Wie fühlen Sie sich?«

»Oh, ich bin wütend auf Sie. Sie haben meine Familie vollkommen verhext, die fragen mich jetzt nur noch, wann Sie wiederkommen und mehr Tabak und Buntstifte mitbringen.«

Wieder eine Pause. Gewöhnlich dachte er nicht soviel nach, wenn er Witze machte.

»Genau das tue ich. Ich verhexe die Leute, und wenn sie dann in meinem Bann sind, empfinde ich plötzlich nichts mehr für sie.«

»Aber das ist ja schrecklich!« rief sie zutiefst schockiert. »Was erzählen Sie mir da, Barley!«

»Ich wiederhole lediglich den weisen Ausspruch einer meiner früheren Frauen. Sie sagte, ich sei impulsiv, aber gefühllos, und ich solle in London keinen Dufflecoat tragen. Jeder sagt einem solche Sachen, und man glaubt sie für den Rest seines Lebens. Ich habe seither keinen Dufflecoat mehr getragen.«

»Barley, diese Frau – Barley, das war äußerst grausam und unverantwortlich von ihr, so etwas zu sagen. Es tut mir leid, aber sie hat vollkommen unrecht. Bestimmt war sie gereizt. Aber sie hat nicht recht.«

»Wirklich? Also was empfinde ich? Klären Sie mich auf.«

Sie merkte, daß sie ihm in die Falle gegangen war, und lachte auf.

»Barley, Sie sind ein sehr, sehr schlechter Mann. Ich möchte nichts mit Ihnen zu tun haben.«

»Weil ich keine Gefühle habe?«

»Zum einen empfinden Sie das Bedürfnis, Leute zu schützen. Wir alle haben das heute dankbar bemerkt.«

»Weiter.«

»Zum anderen haben Sie ein Ehrgefühl, würde ich sagen. Natürlich sind Sie dekadent, weil Sie ein Westler sind. Das ist normal. Aber zum Ausgleich haben Sie Ehrgefühl.«

»Sind noch Frikadellen übrig?«

»Sie meinen, Sie empfinden auch Hunger?«

»Ich möchte kommen und sie essen.«

»Jetzt?«

»Jetzt.«

»Das ist völlig ausgeschlossen! Es ist fast Mitternacht, wir liegen alle schon im Bett.«

»Dann morgen.«

»Barley, das ist doch lächerlich. Denken Sie an die Buchmesse, wir haben beide Dutzende von Einladungen.«

»Wieviel Uhr?«

Ein wunderbares Schweigen entstand zwischen ihnen. »Kommen Sie um vielleicht-halb-acht.«

»Vielleicht komme ich früher.«

Danach sprach lange Zeit keiner von beiden. Aber das Schweigen verband sie mehr, als es Worte vermocht hätten. Sie wurden zu zwei Köpfen auf einem Kopfkissen, Ohr an Ohr. Und als er aufgelegt hatte, waren es nicht seine Witze und selbstironischen Bemerkungen, die in ihr nachklangen, sondern der Ton von zufriedener Ernsthaftigkeit – fast hätte sie es Feierlichkeit genannt –, den er offenbar nicht hatte unterdrücken können.

Er sang.

In seinem Kopf, und auch äußerlich. Barley Blair sang erst im Herzen und dann mit dem ganzen Körper.

Es war der Vorabend der Moskauer Buchmesse, und mit einem Glas Mineralwasser in der Hand drehte er in seinem großen grauen Zimmer in dem düsteren Mesch Pirouetten, besah flüchtig sein Spiegelbild auf dem riesigen Fernsehschirm, dem einzigen Luxus dieses Zimmers, und sang dazu »Bless This House«, so wie Mahalia Jackson es gesungen hatte.

Nüchtern.

Stinknüchtern.

Barley Blair.

Allein.

Er hatte nichts getrunken. Bei der Einsatzbesprechung in dem sicheren Truck, obwohl er geschwitzt hatte wie ein Rennpferd:

nichts. Nicht einmal ein Glas Wasser, während er Paddy und Cy mit einer geschönten, unbekümmerten Version seines Tages erfreut hatte.

Im Rossija, wo er mit Wicklow die Party der französischen Verleger besucht und vor Zuversicht nur so gestrahlt hatte: nichts.

Im National, wo er mit Henziger die Party der Schweden besucht und noch fröhlicher gestrahlt hatte, hatte er aus reinem Selbstschutz ein Glas georgischen *shampanskoje* genommen, da Zapadni sich so nachdrücklich über sein Nichttrinken wunderte. Aber es war ihm gelungen, es ungetrunken hinter einer Blumenvase stehenzulassen. Also immer noch nichts.

Und im Ukraina, wo er wieder zusammen mit Henziger die Doubleday-Party besucht und nun wahrhaftig wie der Polarstern gestrahlt hatte, war er mit einem Glas Mineralwasser herumgelaufen, in dem eine Zitronenscheibe schwamm, damit es wie ein Gintonic aussah.

Also nichts. Nicht aus Idealismus. Er war kein besserer Mensch geworden, Gott behüte. Er hatte weder dem Alkohol abgeschworen noch eine neue Seite aufgeschlagen. Er wollte sich einfach durch nichts in der klaren, durchdachten Ekstase stören lassen, die sich in ihm sammelte, in diesem unvertrauten Gefühl, etwas Schreckliches zu riskieren und dem gewachsen zu sein und zu wissen, daß er auf alles, was passieren konnte, vorbereitet war, auch darauf, daß überhaupt nichts passierte; denn im Mittelpunkt seiner Verteidigungsbereitschaft nach allen Seiten stand etwas heilig Absolutes.

Ich bin jetzt einer von den Kleingeistern, die genau wissen, was sie als erstes tun, wenn das Schiff mitten in der Nacht in Brand gerät, dachte er; und was sie als letztes tun oder was sie bestimmt nicht tun. Er wußte in allen Einzelheiten, was er für rettenswert hielt und was ihm nichts bedeutete. Und was er beiseite schieben, ignorieren und hinter sich lassen konnte.

In seinem Kopf hatte ein Großreinemachen stattgefunden, dem nicht nur bescheidene Details, sondern auch große Themen zum Opfer gefallen waren. Denn kürzlich hatte Barley herausgefunden, daß große Themen gerade in bescheidenen Details Verwüstungen anrichteten.

Die Klarheit seiner Erkenntnis verblüffte ihn. Er sah sich um, drehte sich ein paarmal, sang ein paar Takte. Er kam wieder an den Ausgangspunkt zurück und wußte, daß ihm nichts entgangen war.

Weder die flüchtige Unsicherheit in ihrer Stimme. Noch der zweifelnde Schatten, der über die dunklen Tiefen ihrer Augen gehuscht war.

Noch Goethes gerade Zeilen anstelle des wüsten Gekritzels. Noch Goethes plumpe, untypische Witze über Bürokraten und Wodka.

Noch Goethes schnulziges Schuldbekenntnis, daß er sie schlecht behandelt habe, nachdem er sie zwanzig Jahre lang ganz nach seinem verdammten Gutdünken herumgestoßen und als willfähriges Botenmädchen benutzt hatte.

Noch Goethes fades Versprechen, all das in Zukunft wiedergutzumachen, jedenfalls wenn sie jetzt noch fürs erste weiter mitspiele, wo es doch zu Goethes Glaubensartikeln gehört, daß die Zukunft ihn nicht mehr interessiert und er nur noch für das jetzt lebt. »Es gibt nur das *jetzt*!«

Doch von diesen nebulösen Theorien, denn mehr als bloße Theorie war das alles höchstwahrscheinlich nicht, schwangen sich Barleys Gedanken mühelos zu der großartigsten Erkenntnis seiner geläuterten Wahrnehmung empor: daß nämlich Goethe im Kontext seiner Ideen von dem, was er da leistete, recht hatte und daß Goethe fast sein ganzes Leben lang auf der einen Seite einer faulen und anachronistischen Gleichung gestanden hatte, während er, Barley, in seiner Unwissenheit auf der anderen gestanden hatte.

Und daß Barley, sollte er je vor die Wahl gestellt werden, eher Goethes Weg beschreiten würde als den von Ned oder wem auch immer, da seine Anwesenheit nirgends sonst als in der Mitte, zu deren Bürger er sich ja selbst gewählt hatte, erforderlich wäre.

Und daß alles, was Barley seit Peredelkino widerfahren war, als Beweis dafür gelten konnte. Die alten Ismen waren tot, der Wettlauf zwischen Kommunismus und Kapitalismus war mit einem laschen Winseln zu Ende gegangen. Seine Rhetorik fand nur noch im Untergrund statt, in den geheimen Kammern der grauen Männer, die immer noch weitertanzten, nachdem die Musik längst aufgehört hatte.

Was die Loyalität zu seiner Heimat betraf, sah Barley sich nur vor die Frage gestellt, *welchem* England er dienen wollte. Seine letzten Bindungen an die Phantasien des Empire waren erloschen. Der chauvinistische Trommelschlag ekelte ihn an. Eher würde er sich davon niederwalzen lassen als mitmarschieren. Er kannte ein wesentlich besseres England, und das war in ihm selbst.

Er lag auf seinem Bett und wartete auf die Angst, aber die kam nicht. Statt dessen betrieb er ein geistiges Schachspiel, denn Schach hatte mit Möglichkeiten zu tun, und über die dachte man besser in Ruhe nach, als sich erst dann damit zu befassen, wenn das Dach schon einstürzte.

Denn wenn kein Armageddon dazwischenkam, war noch nichts verloren. Und falls es doch käme, gäbe es viel zu retten. Also begann Barley nachzudenken. Und mit kühlem Kopf seine Vorbereitungen zu treffen, genau wie Ned es ihm geraten haben würde, wenn er noch die Zügel in der Hand gehalten hätte.

Er überlegte bis zum frühen Morgen, döste ein bißchen, wachte auf und dachte weiter, und als er dann heiteren Sinnes zum Frühstück ging und schon den Messetrubel um sich her gewahrte, war ein ganzer Teil seines Kopfs vollauf damit beschäftigt, das zu denken, was gewisse Narren als das Undenkbare bezeichnen.

14

»Also wirklich, Ned«, sagte Clive leichthin, noch immer begeistert von der Hexerei der Übertragung. »Bluebird war auch früher schon krank. Mehrmals.«

»Ich weiß«, sagte Ned zerstreut. »Ich weiß.« Und dann: »Vielleicht stört es mich nicht, daß er krank ist. Vielleicht stört es mich, daß er schreibt.«

Sheriton, das Kinn auf eine Hand gestützt, hörte ihm zu, wie er dem Band zugehört hatte. Zwischen ihm und Ned hatte sich eine Verbundenheit entwickelt, wie sie bei einer Operation unumgänglich ist. Die Verschiebung der Machtverhältnisse behandelten sie wie ein längst vergangenes Ereignis.

»Aber mein lieber Mann, das tun wir doch alle, wenn wir krank sind«, rief Clive in einer falsch verstandenen Demonstration menschlichen Verständnisses. »Wir schreiben, an alle Welt!«

Ich war nie auf die Idee gekommen, daß Clive jemals krank sein könnte oder daß er Freunde hätte, denen er schreiben würde.

»Es stört mich, daß er geschwätzige Briefe an mysteriöse Mittelsmänner weitergibt. Und es stört mich, daß er davon redet, er wolle versuchen, Barley noch mehr Material zu geben«, sagte Ned. »Wir wissen, daß er ihr normalerweise niemals schreibt. Wir wissen, daß er die kleinsten Risiken in Betracht zieht. Plötzlich wird er krank und schreibt ihr einen fünf Seiten langen schwärmerischen Liebesbrief. Der von einem Igor übermittelt wird. Was für ein Igor? Wie paßt das zusammen?«

»Er hätte den Brief fotografieren sollen«, sagte Clive, der Barleys Verhalten zunehmend mißbilligte. »Oder ihn ihr wegnehmen. Eins oder das andere.«

Ned war zu sehr in seine Gedanken vertieft, um dieser Äußerung die verdiente Verachtung zukommen zu lassen.

»Wie hätte er das tun sollen? Sie kennt ihn als Verleger. Mehr weiß sie von ihm nicht.«

»Es sei denn, Bluebird hat ihr was anderes erzählt«, sagte Clive.

»Niemals«, erwiderte Ned und kehrte zu seinen Gedanken zurück. »Da war ein Auto«, sagte er. »Ein rotes Auto, dann ein weißes Auto. Sie haben den Observationsbericht gesehen. Zuerst kam das rote, und das wurde von dem weißen abgelöst.«

»Das ist reine Spekulation. An einem warmen Sonntag fährt ganz Moskau aufs Land«, sagte der gut unterrichtete Clive.

Er wartete vergeblich auf eine Antwort und kam daher auf den Brief zurück. »*Katja* hatte keinerlei Probleme damit«, gab er zu Bedenken. »*Katja* schwante nichts Böses. Sie war außer sich vor Freude. Wenn sie keinen Betrug gewittert hat, und Scott Blair auch nicht, warum sollten wir, die wir hier in London sitzen, uns an ihrer Stelle beunruhigen?«

»Er hat um die Einkaufsliste gebeten«, sagte Ned, als ob er noch immer in der Ferne Musik hörte. »Einen endgültigen und erschöpfenden Fragenkatalog. Warum hat er das getan?« Endlich hatte Sheriton sich gerührt. Er brachte Ned mit einer Bewegung seiner großen Tatze zum Schweigen. »Ned, Ned, Ned, Ned. Okay? Es ist mal wieder Tag Eins, also sind wir nervös. Gehen wir lieber schlafen.«

Er stand auf. Clive und ich ebenfalls. Aber Ned blieb verstockt sitzen, die gefalteten Hände vor sich auf dem Schreibtisch.

Sheriton sprach zu ihm hinunter. Freundlich, aber auch eindringlich. »Ned, hören Sie mir mal zu, Ned, okay? Ned?«

»Ich bin ja nicht taub.«

»Nein, aber Sie sind müde. Ned, wenn wir diese Operation noch einmal zerreden, ist es für immer aus damit. Wir arbeiten mit *Ihrem* Mann zusammen, den Sie *uns* zugeführt haben, um *uns* zu überzeugen. Wir haben Himmel und Hölle in Bewegung gesetzt, um so weit zu kommen. Wir haben die Quelle. Wir haben die Bewilligung. Wir haben einflußreiches Publikum. Wir sind auf Pinkelweite davon entfernt, Lücken in unserem Wissen zu schließen, an das weder raffinierte Maschinen noch elektronische Horchposten, noch die Jesuiten vom Pentagon auch nur auf Lichtjahre herankommen können. Wenn wir und Barley und Bluebird die Nerven behalten, werden wir eine Goldgrube anzapfen, von der sich nicht mal die größten Phantasten was träumen lassen. Wenn wir dranbleiben.«

Aber Sheriton sprach allzu siegessicher, und sein Gesicht verriet trotz aller schwammigen Unergründlichkeit ein schier verzweifeltes Bedürfnis.

»Ned?«

»Ich höre Sie, Russell. Laut und deutlich.«

»Ned, was wir hier machen, ist keine Heimarbeit mehr, um Gottes willen. Wir haben hoch gepokert, und jetzt müssen wir auch hoch hinauswollen. Höher hinaus geht's schon gar nicht mehr. Präsidentensprüche sind keine Einladung, an unserem eigenen Urteilsvermögen zu zweifeln. Sondern so etwas wie Befehle. Ned, ich denke, Sie sollten sich wirklich mal schlafen legen.«

»Ich finde nicht, daß ich müde bin«, sagte Ned.

»Aber ich finde das. Alle finden das. Ich könnte mir sogar denken, daß die anderen sagen, Ned sei in bezug auf Bluebird sehr zuversichtlich gewesen, bis der große böse amerikanische Wolf ihm seinen Joe weggenommen hat. Da war Bluebird auf einmal eine sehr unsichere Quelle. Ich glaube, die Leute werden sagen, Sie sind zum Umfallen müde.«

Ich warf Clive einen Blick zu.

Auch er sah auf Ned hinunter, aber seine Augen waren so kalt, daß mir das Blut in den Adern gefror. Zeit für Sie, abzutreten, sagten seine Augen. Wird Zeit, Ihren Sturz vorzubereiten.

Henziger und Wicklow behielten an diesem Tag beide Barley scharf im Auge und erstatteten regelmäßig Bericht über ihn, Henziger auf undurchschaubaren Wegen an Cy, Wicklow durch einen Irregulären an Paddy. Beide bezeugten seine gute Laune und sein entspanntes Verhalten, und in unterschiedlichen Ausdrücken sein souveränes Auftreten. Beide schilderten, wie er beim Frühstück zwei finnische Verleger bezauberte, die sich für das transsibirische Eisenbahnprojekt interessierten.

»Sie haben ihm aus der Hand gefressen«, erzählte Wicklow mit unfreiwilligem Humor, aber bei einem Frühstück im Mesch ist alles möglich.

Beide berichteten amüsiert von der Entschlossenheit, mit der Barley sich nach dem Eintreffen auf dem Ausstellungsgelände als ihr Fremdenführer aufspielte und wie er ihr Taxi am Ende der Prachtstraße anhalten ließ, damit sie als Pilger aus der kapitalistischen Welt, die zum erstenmal hierher kamen, ihren ersten Gang zur Messe zu Fuß antreten konnten.

Und so schlenderten die beiden Berufsspione, ihre Jacketts lässig um die Schultern und zwischen sich ihren Joe, zufrieden durch den herbstlich dunstigen Sonnenschein und genossen Barleys exzentrische Führung, hörten ihn die Architektur der »späten Essoldo-Epoche« und die »revolutionären Rokokogärten« preisen. Er schwärmte von dem riesigen Zierteich und dem dazugehörigen goldenen Fisch, der auf die Körper von fünfzehn nackten goldenen Nymphen, für jede sozialistische Republik eine, Wasser spuckte. Er bestand darauf, daß sie in den von weißen Säulen getragenen Liebeslauben und Wonnetempeln verweilten – deren Portale, wie er erklärte, nicht Venus oder Bacchus geweiht seien, sondern den gefallenen Göttinnen der sowjetischen Wirtschaft: Kohle und Stahl und sogar Atomenergie, Jack!

»Er war witzig, aber kein bißchen anmaßend«, berichtete Henziger, der Barley schon in Leningrad ins Herz geschlossen hatte. »Er war verdammt komisch.«

Und von den Tempeln marschierte Barley mit ihnen die Triumphstraße hoch, den etwa eine Meile langen und weiß der Himmel wie breiten Zugweg des Imperators, an dem die Leistungen des Volkes im Dienste der Menschheit gefeiert wurden. In derart despotischen Bildern sei die Vision von der Macht des Volkes bestimmt noch niemals dargestellt worden, verkündete er. So perfekt habe bestimmt noch keine Revolution das bewahrt, was sie ursprünglich dem Erdboden gleichmachen wollte! Inzwischen brüllte Barley seine Respektlosigkeiten laut durch den Lärm der Lautsprecher, die dort den ganzen Tag ihre größenwahnsinnigen Parolen auf die Köpfe der unbedarften Massen prasseln lassen.

Schließlich erreichten sie zwangsläufig die zwei Pavillons, in denen die Buchmesse abgehalten wurde.

»Zu meiner Rechten die Verleger von Frieden, Fortschritt und Freundschaft«, verkündete Barley wie der Ringrichter bei einem Boxkampf. »Zu meiner Linken die Verbreiter faschistisch imperialistischer Lügen, die Pornografen, die Verdreher der Wahrheit. Ring frei. Los.«

Sie zeigten ihre Ausweise vor und gingen hinein.

Der Stand des neugegründeten, geographisch verwirrenden Verlagshauses Potomac & Blair war auf der Messe eine kleine, aber zufriedenstellende Sensation. Das in Langley liebevoll entworfene P&B-Symbol prangte strahlend zwischen den schmucklosen Displays von Astral Press und Purback Media. Die Innenausstattung des Standes, von den Architekten in Langley als robust, aber geschmackvoll beschrieben, zog vorbildlich alle Blicke auf sich. Die Ausstellungsstücke – viele davon wie üblich nur Blindbände von Büchern, die erst noch produziert werden sollten – waren mit all der Aufmerksamkeit für das Detail angefertigt, die Nachrichtendienste traditionsgemäß ihren Fälschungen widmen. In der hinteren Sitzecke brodelte aus einer ausgezeichneten Maschine der einzige gute Kaffee, der auf der Messe zu finden war. Serviert von einer Mary Lou aus Langley. Die Auserwählten bekamen sogar einen verbotenen Schuß Scotch hinzu, damit sie den Tag besser überstehen konnten – verboten übrigens durch einen besonderen Erlaß der Organisatoren, denn auch die literarische Umgestaltung sollte das Werk nüchterner Menschen sein.

Mary Lou, ein Mädchen mit schlichtem Kinderlächeln und weitem Tweedrock, gab sich als Naturprodukt der freundlicheren Seite der Madison Avenue. Niemand wäre je auf die Idee gekommen, daß sie in irgendeiner Weise mit Langley zu tun haben könnte.

Und auch Wicklow mit seinen aalglatten Sprüchen war nur einer dieser scharfsichtigen aufstrebenden Jungverleger, wie sie heutzutage überall herumlaufen.

Und der ehrbare Jack Henziger verkörperte den etablierten Freibeuter des modernen amerikanischen Buchmarktes. Er machte kein Hehl aus seiner Vorgeschichte. Pipelines im Mittleren Osten, Humanität in Afghanistan, rote Bohnen an opiumanbauende thailändische Bergstämme – Henziger hatte alles verkauft, ganz zu schweigen von dem, was er nebenher für Langley verkauft hatte. Doch wirklich am Herzen lag ihm nur die Verlegerei, und um das zu beweisen, war er hier.

Und Barley schien das Ränkespiel in vollen Zügen zu genießen. Er stürzte sich da hinein, als hätte er endlich seine verloren geglaubte Realität wiedergefunden; er schüttelte Hände und nahm die Glückwünsche seiner Konkurrenten und Kollegen in Empfang, bis er gegen elf Uhr erklärte, er sei unruhig, und Wicklow den Vorschlag machte, die Front zu bereisen und den Truppen Trost zu spenden.

Also zogen sie los, und Barley ging lautstark grüßend durch die mit Besuchern und Ausstellern vollgestopften Gänge und drückte gelegentlich einen der weißen Umschläge, von denen er einen ganzen Packen bei sich trug, in eine ausgewählte Hand.

»Da soll mich doch – wenn das nicht der verdammte Barley Blair ist!« sagte eine vertraute Stimme mitten aus einem mehrsprachigen Display illustrierter Bibeln. »Du kennst mich doch noch? Der dritte von links, der mit dem Nerz-Suspensorium, damals, in deinen ärmlichen Zeiten?«

»Spikey. Haben sie dich wieder reingelassen?« sagte Barley vergnügt und reichte ihm einen Umschlag.

»Nervös werde ich erst, wenn sie mich nicht wieder rauslassen. Ist das dein Papa?«

Barley stellte den berühmten Lektor Wicklow vor, und Spikey Morgan erteilte ihm mit seinen nikotinbefleckten Fingern einen priesterlichen Segen.

Sie drängten sich weiter und stießen nach wenigen Metern auf Dan Zeppelin. Dan redete nicht. Sondern murmelte, die verschränkten Arme auf seine Theke gelehnt, konspirativ mit Grabesstimme auf Barley ein.

»Eins möcht ich von dir wissen, Barley. Okay? Sind wir Pioniere, oder sind wir die verdammten Mitford-Schwestern? Ein paar Nichtbücher sind dieses Jahr also Bücher. Ein paar Nichtschreiber wurden aus dem Gefängnis geholt. Dickes Geschäft. Komm ich heute morgen an meinen Stand, zieht da irgend so ein Arschloch die Bücher aus meinen Regalen. ›Gestatten Sie mir eine persönliche Frage?‹ sag ich. ›Was zum Henker machen Sie da mit meinen Büchern?‹ – ›Befehl‹, sagt er. Sechs Bücher hat er konfisziert. Mary G. Amblesides Scheißschwarte über *Schwarzes Bewußtsein in Lied und Text.* Befehl! Ich meine, wer sind wir denn, Barley? Und wer sind die? Was wollen die eigentlich umgestalten, wo es noch nicht mal eine Gestalt gibt? Wie soll man eine Leiche umgestalten?«

Bei Lupus Books wurden sie in den Kaffee-Raum gebeten, wo unser Vorsitzender persönlich, der frisch zum Ritter geschlagene Sir Peter Oliphant, durch die Reservierung eines Tischs den Russen die Schau gestohlen hatte. Ein handgeschriebenes Schildchen in beiden Sprachen bestätigte seinen Triumph. Zweifler wurden von den Flaggen Großbritanniens und der Sowjetunion abgewiesen. Flankiert von Dolmetschern und hohen Funktionären, verbreitete sich Sir Peter über die mannigfaltigen Vorteile für die Sowjetunion, wenn sie seine großzügigen Einkäufe bei ihnen subventionieren würden.

»Der Graf!« rief Barley und reichte ihm einen Umschlag. »Wo ist die Adelskrone?«

Ohne auch nur mit seinen sandfarbenen Lidern zu zucken, setzte der große Mann seinen Vortrag fort.

Am israelischen Stand herrschte bewaffneter Frieden. Geordnet, aber stumm die düstere Schlange der Wartenden. Jungen in Jeans und Turnschuhen lungerten an den Wänden. Lew Abramowitz war weißhaarig und überwältigend groß. Er hatte bei der irischen Garde gedient.

»Lew. Was macht Zion?«

»Vielleicht gewinnen wir, vielleicht fängt jetzt das Happy-End an«, sagte Lew und steckte Barleys Umschlag ein.

Und von Israel stapften sie, Barley im Galopp voraus, durch das Gewühl zum Pavillon von Frieden, Fortschritt und Freundschaft, wo an der massiven historischen Umwälzung, die zur Zeit stattfand, und wer für diese Wälzerei zuständig war, kein Zweifel mehr aufkam.

Alle Spruchbänder und Wände verkündeten das neue Evangelium. An allen Ständen aller Republiken prangten neben denen seines farblosen Meisters Lenin die Gedanken und Schriften des nicht mehr neuen Propheten, der mit gerecktem Kinn sein Muttermal zu verbergen suchte. Am VAAP-Stand, wo Barley und Wicklow ein paar Hände schüttelten und Barley ein Bündel Umschläge verteilte, machten die Reden des Führers in englischen, französischen, spanischen und deutschen Luxusausgaben einen keineswegs unwiderstehlichen Eindruck.

»Wieviel von diesem Scheiß werden wir noch schlucken müssen, Barley?« wollte im Vorbeigehen ein blonder Moskauer Verleger mit gedämpfter Stimme wissen. »Wann fangen sie wieder an, uns zu unterdrücken, damit wir uns wohl fühlen? Wenn unsere Vergangenheit eine Lüge ist, wer sagt uns dann, daß unsere Zukunft nicht auch eine Lüge ist?«

Sie gingen weiter an den Ständen entlang, Barley grüßend voran, Wicklow ihm nach.

»Joseph! Schön Sie zu sehen! Der Umschlag ist für Sie. Aber nicht gleich aufessen.«

»Barley! Mein Freund! Hat meine Nachricht Sie nicht erreicht? Oder habe ich keine hinterlassen?«

»Juri. Schön Sie zu sehen! Der Umschlag ist für Sie.«

»Kommen Sie heute abend, um mit uns zu trinken, Barley! Sascha und Rosa kommen auch. Rudi gibt morgen ein Konzert, da will er nüchtern bleiben. Haben Sie von den Schriftstellern gehört, die man rausgelassen hat? Hören Sie, das sind alles Potemkinsche Dörfer. Die werden rausgelassen, ein bißchen abgefüttert, herumgezeigt und dann bis zum nächsten Jahr wieder eingebuchtet. Kommen Sie mal, ich will Zapadni ärgern und Ihnen ein paar Bücher verkaufen.«

Zunächst hatte Wicklow gar nicht mitbekommen, daß sie am Ziel waren. Er sah eine römische Standarte, die mit verschossenen Fähnchen und roten, mit goldenen Buchstaben bestickten Wimpeln behängt war. Er hörte Barley schreien: »Katja, wo sind Sie?« Aber nichts wies darauf hin, wem dieser Stand gehörte; vermutlich war dieser Teil der Dekoration nicht geliefert worden. Er sah die üblichen unlesbaren Bücher über die landwirtschaftliche Entwicklung der Ukraine und die traditionellen Tänze Georgiens, schon lädiert von vorangegangenen Ausstellungen, auf den Regalen vor sich hingammeln. Er sah das übliche halbe Dutzend breithüftiger Frauen, die herumstanden, als warteten sie auf einen Zug, und einen kleinen unrasierten Burschen, der seine Zigarette wie einen Zauberstab vor sich hielt und finster auf Barleys Namensschildchen starrte.

Nasajan, las Wicklow seinerseits. *Grigori Tigranowitsch. Cheflektor. Verlag Oktober.*

»Ich nehme an, Sie suchen Miss Katja Orlowa«, sagte Nasajan auf englisch zu Barley und hielt seine Zigarette noch höher, als wollte er seinen Besucher damit ausleuchten.

»Allerdings!« erwiderte Barley begeistert; einige der Frauen lächelten.

Nasajans Gesicht verzog sich zu einem widerlich höflichen Grinsen. Er wedelte mit seiner Zigarette und trat zur Seite, und jetzt erkannte Wicklow Katjas Rücken. Sie sprach mit zwei sehr kleinen Asiaten, die er für Burmesen hielt. Dann wandte sie sich instinktiv um und erblickte zuerst Barley, dann Wicklow, dann wieder Barley, und ein herrliches Lächeln erstrahlte auf ihrem Gesicht.

»Katja. Phantastisch«, sagte Barley schüchtern. »Wie geht's den Kindern? Haben sie alles gut überstanden?«

»O danke, es geht ihnen *sehr* gut!«

Unter den Blicken von Nasajan und seinen Damen und auch von Wicklow überreichte ihr Barley eine Einladung zu der großen Glasnost-Einweihungsparty von Potomac & Blair.

»Ach, übrigens, ich werde das fröhliche Treiben heute abend vielleicht mal kurz verlassen«, bemerkte Barley, als sie zum West-Pavillon zurückgingen. »Sie und Jack und Mary Lou werden alleine zurechtkommen müssen. Ich speise mit einer schönen Frau.«

»Jemand, den wir kennen?« fragte Wicklow. Sie lachten. Es war ein sonniger Tag.

Es geht ihr gut, dachte Barley zufrieden. Falls was passieren sollte, ist es ihr bis jetzt jedenfalls noch nicht passiert.

Wieviel wußten oder ahnten wir eigentlich von Barleys Gefühlen für Katja? Die Frage der Liebe wurde bei einem so penibel überwachten und kontrollierten Fall nur zurückhaltend behandelt.

Wicklow, der selbst außerordentlich promiskuitiv lebte, betrachtete Barleys Leben mit den Augen eines Puritaners. Vielleicht konnte er, jung wie er war, die Idee einer älteren Leidenschaft nicht ernst nehmen. Für Wicklow war Barley bloß verknallt, das war ja bei ihm nichts Neues. Leute in Barleys Alter konnten keine Liebe empfinden.

Henziger, der etwa in Barleys Alter war, hielt Sex für ein unbesungenes Sonderrecht der Geheimdienstler und ging ohne weiteres davon aus, daß ein ehrlicher Kerl wie Barley seinen Körper nur dort einsetzen würde, wo die Pflicht ihn hinrief. Genau wie Wicklow, aber aus anderen Gründen, sah er in Barleys zärtlichen Gefühlen für Katja nichts Außergewöhnliches und fand sie operationsmäßig sogar recht wünschenswert.

Und in London? Dort gab es keine genau definierte Ansicht dazu. Auf der Insel hatte Brady sein Teil dazu gesagt, aber seine Attacke war abgewehrt worden und damit auch sein Rat.

Und Ned? Der hatte eine Frau, die genauso soldatisch und in ihren Gefühlen verkümmert war wie er selbst. Zeigt mir, pflegte Ned mit zerknirschtem Lächeln zu sagen, einen Joe im Feindesland, der sich nicht in ein hübsches Lächeln verliebt, wenn es beim Kampf gegen die Welt auf seiner Seite steht.

Und Bob, Sheriton und Johnny schienen jeder auf seine Weise angenommen zu haben, daß Barleys Privatleben und seine Triebstruktur schlicht von so verwahrloster Komplexität waren, daß man sie am besten ganz aus der Gleichung herausließ.

Und Palfrey, was dachte der alte Palfrey – der in jeder freien Stunde zum Grosvenor Square hastete oder, wenn das nicht ging, telefonisch bei Ned anfragte: »Was macht der Junge?« Palfrey dachte an Hannah. An die Hannah, die er liebte und noch immer liebt, wie nur Feiglinge es fertigbringen. An die Hannah, deren Lächeln früher genauso warm und tief war wie das von Katja. »Du bist ein guter Mann, Palfrey«, sagt sie zuweilen mit schrecklicher Selbstbeherrschung, wenn sie mich einmal zu begreifen sucht. »Du wirst einen Weg finden. Vielleicht nicht heute, aber eines Tages bestimmt.« Und was für einen Weg Palfrey gefunden hatte! Er berief sich auf den Kodex –

jenen bequemen Kodex, der bestimmt, daß ein beim Ehebruch ertappter junger Anwalt eo ipso von jeglichem Handeln in eigener Sache ausgeschlossen ist. Er berief sich auf die Kinder, ihre und seine – so viele Leute, die davon betroffen sind, Schatz. Er berief sich auf die Ehe, pfui – wie sollen die ohne uns zurechtkommen, Schatz, wo Derek nicht mal ein Ei kochen kann? Er berief sich auf seine Kanzlei und steckte, als sie aufgelöst wurde, seinen dummen Kopf in den Sand der geheimdienstlichen Wüste, in der keine Hannah ihn je wiederfinden konnte. Und er war sogar so dreist gewesen, sich auf die Pflicht zu berufen – der Service würde mir eine schmutzige Scheidung nie verzeihen, Schatz –, nicht auf den Rechtsberater. Unmöglich.

Ich dachte auch an die Insel. An den Abend, an dem Barley und ich auf dem Kieselstrand standen und zusahen, wie über den grauen Atlantik eine Nebelbank auf uns zukam.

»Sie würden sie niemals rauskriegen, oder?« sagte Barley. »Falls irgendwas schiefginge.«

Ich gab keine Antwort, und er erwartete wohl auch keine von mir, aber er hatte recht. Sie war eine reinrassige Sowjetbürgerin, und sie hatte ein reinrassiges sowjetisches Verbrechen begangen. Vollkommen undenkbar, daß sie ausgetauscht werden könnte.

»Sie würde sowieso ihre Kinder nicht verlassen«, bestätigte er sich selbst seine Zweifel.

Wir sahen eine Weile aufs Meer, das heißt, er sah Katja, und ich sah Hannah, die ihre Kinder ebenfalls nie verlassen würde, sondern sie mit in die Ehe einbringen und aus einem karrierebesessenen Bürohengst aus der Chancery Lane, der mit der Frau seines Seniorpartners schlief, einen ehrbaren Mann machen würde.

»Raymond Chandler!« schrie Onkel Matwej aus seinem Sessel durch den Lärm der Fernseher aus den Nachbarwohnungen.

»Toll«, sagte Barley.

»Agatha Christie!«

»Ach ja, *Agatha*.«

»Dashiel Hammett! Dorothy Sayers. Josephine Tey.«

Barley saß auf dem Sofa, wo Katja ihn hingesetzt hatte. Das Wohnzimmer war winzig. Mit ausgebreiteten Armen hätte er beide Wände berühren können. Ein Eckschrank mit Glastür enthielt die Familienschätze. Katja hatte sie ihm bereits vorgeführt. Die Tonkrüge, die ein Freund ihr zur Hochzeit getöpfert hatte, die Medaillons mit den Porträts von Braut und Bräutigam. Das nicht mehr vollständige Leningrader Kaffeeservice, das der Dame im Holzrahmen auf dem obersten Regal gehört hatte. Die alten sepiafarbenen Fotografien eines tolstoihaften Paares, der Mann bärtig und entschlossen in seinem steifen weißen Kragen, die Frau in Hut und Pelzmuff.

»Matwej schwärmt für englische Kriminalliteratur«, rief Katja aus der Küche, wo sie die letzten Vorbereitungen erledigte.

»Ich auch«, log Barley.

»Er erzählt Ihnen, daß sie unter den Zaren nicht erlaubt war. Eine solche Einmischung in ihre Polizei hätten die nie geduldet. Haben Sie noch Wodka? Für Matwej bitte keinen mehr. Sie müssen etwas essen. Wir sind keine Alkoholiker wie ihr aus dem Westen. Wir trinken nicht, ohne vorher zu essen.«

Unter dem Vorwand, sich ihre Bücher anzusehen, trat Barley in den winzigen Flur, von wo aus er sie sehen konnte. Jack London, Hemingway und Joyce, Dreiser und John Fowles.

Heine, Remarque und Rilke. Die Zwillinge plapperten im Badezimmer. Er starrte Katja durch die offene Küchentür an.

Ihre Bewegungen hatten etwas wie Zeitloses und bewußt Zögerndes. Jetzt ist sie wieder eine Russin, dachte er. Wenn etwas funktioniert, ist sie dankbar. Wenn nicht, ist das Leben halt so. Aus dem Wohnzimmer kam noch immer Matwejs munteres Geplauder.

»Was sagt er jetzt?« fragte Barley.

»Er erzählt von der Belagerung.«

»Ich liebe dich.«

»Die Leningrader weigerten sich zu akzeptieren, daß sie geschlagen waren.« Sie machte Leberpiroggen mit Reis. Ihre Hände verharrten einen Augenblick, dann arbeiteten sie weiter. »Schostakowitsch komponierte selbst dann noch, wenn ihm die Tinte im Tintenfaß eingefroren war. Die Romanciers schrieben weiter, jede Woche konnte man ein neues Kapitel hören, wenn man die entsprechenden Keller kannte.«

»Ich liebe dich«, wiederholte er. »Alle meine Mißerfolge waren nur dazu da, um mich zu dir zu führen. Tatsache.«

Sie atmete scharf aus, und dann schwiegen sie beide, taub für Matwejs fröhlichen Monolog im Wohnzimmer und für das Geplätscher im Badezimmer.

»Was erzählt er sonst noch?« fragte Barley.

»Barley –«, protestierte sie.

»Bitte. Sag mir, was er erzählt.«

»Die Deutschen waren vier Kilometer vor dem Südrand der Stadt. Sie bestrichen die Außenbezirke mit Maschinengewehrfeuer und beschossen das Zentrum mit Artillerie.« Sie reichte ihm Untersetzer und Messer und Gabeln und folgte ihm ins Wohnzimmer. »Zweihundertundfünfzig Gramm Brot für einen Arbeiter, hundertundfünfundzwanzig Gramm für die anderen. Fasziniert Sie Matwej wirklich so sehr, oder spielen Sie nur wie üblich den Höflichen?«

»Es ist eine reife, selbstlose, absolute, überwältigende Liebe. So etwas habe ich noch nie auch nur annähernd erlebt. Ich dachte, du solltest das als erste wissen.«

Matwej strahlte Barley mit ungetrübter Bewunderung an. Die neue englische Pfeife glänzte in seiner Jackentasche. Katja hielt Barleys starren Blick aus, begann zu lachen, schüttelte den Kopf, nicht ablehnend, sondern wie benommen. Die Zwillinge stürzten in ihren Bademänteln herein und schaukelten an Barleys Händen. Katja setzte sie an den Tisch und Matwej ans Kopfende. Barley saß neben ihr, und sie teilte die Kohlsuppe aus. Mit ungeheurem Kraftaufwand zog Sergej den Korken aus einer Weinflasche, aber Katja wollte nicht mehr als ein halbes Glas, und Matwej durfte nur Wodka trinken. Anna rannte weg, um ein Bild zu holen, das sie nach einem Besuch in der Timirjasew Akademie gemalt hatte: Pferde, ein richtiges Weizenfeld, Pflanzen, die im Schnee überlebten. Matwej erzählte die Geschichte des alten Mannes aus der Werkstatt auf der anderen Straßenseite, und wieder bestand Barley darauf, jedes Wort zu hören.

»Matwej kannte einen alten Mann, einen Freund meines Vaters«, sagte Katja. »Der hatte eine Maschinenwerkstatt. Als er vom Hunger zu geschwächt war, band er sich mit Gurten an den Maschinen fest, damit er nicht umfallen konnte. So haben ihn Matwej und mein Vater gefunden, als er starb. An die Maschinen festgebunden. Erfroren. Matwej möchte auch, daß du weißt, daß er persönlich eine Leuchtplakette an seinem Mantel getragen hat« – Matwej zeigte stolz die Stelle auf seinem Pullover – »damit er im Dunkeln nicht mit seinen Freunden zusammenstieß, wenn sie mit ihren Eimern aus der Newa Wasser holen gingen. So. Genug von Leningrad«, sagte sie fest. »Du warst wie immer sehr großzügig, Barley. Ich hoffe, du meinst es aufrichtig.«

»In meinem ganzen Leben bin ich noch nie so aufrichtig gewesen.«

Barley brachte gerade einen Trinkspruch auf Matwejs Gesundheit aus, als neben dem Sofa das Telefon läutete. Katja sprang auf, aber Sergej war schneller. Er hielt den Hörer ans Ohr und lauschte, legte ihn dann mit einem Kopfschütteln auf die Gabel zurück.

»So oft falsch verbunden«, sagte Katja und reichte die Teller für die Leberpiroggen herum.

Nur noch ihr Zimmer. Nur noch ihr Bett.

Die Kinder hatten sich schlafen gelegt, Barley hörte sie schnüffeln. Matwej lag auf seiner Armeematratze im Wohnzimmer und träumte schon von Leningrad. Katja saß aufrecht, und Barley saß neben ihr, hielt ihre Hand und betrachtete ihr Gesicht vor dem vorhanglosen Fenster.

»Matwej liebe ich auch«, sagte er.

Sie nickte und stieß ein kurzes Lachen aus. Er legte seine Fingerknöchel an ihre Wange und merkte, daß sie weinte.

»Nicht ganz genau so, wie ich dich liebe«, erklärte er. »Ich liebe Kinder, Onkel, Hunde, Katzen und Musiker. Ich bin für die ganze Arche persönlich verantwortlich. Aber ich liebe dich so sehr, daß ich mich schäme, es deutlich zu sagen. Ich wäre sehr dankbar, wenn es uns gelänge, mich zum Schweigen zu bringen. Ich sehe dich an, und beim Klang meiner Stimme wird mir ganz elend. Möchtest du das schriftlich haben?«

Dann drehte er mit beiden Händen ihr Gesicht zu sich herum und küßte sie. Dann legte er ihren Kopf aufs Kopfkissen und küßte sie wieder, zuerst ihre Lippen und dann ihre geschlossenen feuchten Wimpern, während ihre Arme sich um seinen Rücken schlangen und sie ihn zu sich herabzog. Dann stieß sie ihn fort, sprang auf und ging noch einmal nach den Zwillingen sehen. Sie kam zurück und verriegelte die Schlafzimmertür von innen.

»Wenn die Kinder kommen, mußt du dich anziehen, und wir müssen ganz ernst sein«, warnte sie und küßte ihn.

»Kann ich ihnen sagen, daß ich dich liebe?«

»Wenn du das sagst, werde ich es nicht übersetzen.«

»Kann ich es dir sagen?«

»Wenn du ganz leise bist.«

»Wirst du es übersetzen?«

Sie weinte nicht mehr. Sie lächelte nicht mehr. Schwarze, kluge Augen, forschend wie die seinen. Eine Umarmung ohne Vorbehalt, ohne versteckte Fußnoten, ohne Kleingedrucktes.

In solch einer Stimmung hatte ich Ned noch nie erlebt. Er war der Jonas seiner eigenen Operation geworden, und sein verbissener Stoizismus machte seine Vorahnungen nur noch unerträglicher. Er saß im Einsatzraum an seinem Schreibtisch, als führe er den Vorsitz bei einem Kriegsgericht, während Sheriton wie ein intelligenter Teddybär neben ihm herumlümmelte. Und als ich ihn in einem Anfall von Leichtsinn ein Stück die Straße hinunter ins Connaught ausführte, wohin ich gelegentlich auch mit Hannah ging, und, um ihm die Warterei zu erleichtern, im Grill ein zauberhaftes Essen auftischen ließ, gelang es mir noch immer nicht, seine Maske der Geduld zu durchdringen.

Denn um die Wahrheit zu sagen, drückte sein Pessimismus allmählich auch auf meine Laune. Ich war auf einer Schaukel. Clive und Sheriton saßen am einen Ende oben, Ned war das herunterdrückende Gewicht am anderen Ende. Und da ich nicht sehr entscheidungsfreudig bin, war es um so beunruhigender zu sehen, wie ein Mann, der sonst so scharfsinnig war, sich mit seiner Ächtung abfand.

»Sie sehen Gespenster, Ned«, sagte ich, allerdings weniger überzeugt als Sheriton. »Sie sind weit über das hinausgegangen, was alle anderen denken. Na schön, das Ganze ist nicht mehr

Ihr Fall. Aber deswegen ist es doch noch nicht gescheitert. Und Ihre Glaubwürdigkeit, nun ja, ist im Schwinden begriffen.«

»Eine endgültige und erschöpfende Liste«, sagte Ned noch einmal, als wäre ihm dieser Satz durch Hypnose eingehämmert worden. »Wieso endgültig? Wieso erschöpfend? Beantworten Sie mir das. Als Barley ihn in Leningrad traf, wollte er nicht einmal unseren einleitenden Fragenkatalog akzeptieren. Hat ihn Barley ins Gesicht geworfen. Und jetzt will er die komplette Einkaufsliste auf einen Schlag. Er *bittet* darum. Die *endgültige* Liste. Der große Rundumschlag. Sollen wir fürs Wochenende komplett zusammenstellen. Danach will Bluebird keine weiteren Fragen der grauen Männer beantworten. ›Das ist Ihre letzte Chance‹, sagt er. *Warum?*«

»Sehen Sie es doch mal kurz von der anderen Seite«, beschwor ich ihn mit einem verzweifelten Flüstern, nachdem der Kellner uns eine zweite Karaffe mit köstlichem Claret gebracht hatte. »Gut. Bluebird wurde von den Sowjets umgedreht. Er ist ein Mistkerl. Die Sowjets haben ihn an der Leine. Aber warum beenden sie die Sache dann? Warum lehnen sie sich nicht zurück und halten uns hin? *Sie* würden an ihrer Stelle die Sache nicht beenden. *Sie* würden uns kein Ultimatum stellen oder Fristen setzen. Oder?«

Bei seiner Antwort blieb mir das beste und teuerste Essen im Hals stecken, das ich jemals einem Kollegen spendiert hatte. »Vielleicht wäre ich dazu gezwungen«, sagte er. »Wenn ich ein Russe wäre.«

»Wieso?«

Seine Worte wirkten um so fataler, als sie mit bleierner Leidenschaftslosigkeit gesprochen wurden.

»Weil er womöglich nicht mehr vorzeigbar ist. Weil er vielleicht nicht mehr sprechen kann. Oder Messer und Gabel nicht mehr halten kann. Oder Salz auf sein Waldhuhn streuen. Vielleicht hat er ein paar freiwillige Erklärungen über seine reizende Moskauer Geliebte abgegeben, die ja keine Ahnung, aber wirklich keine Ahnung hätte, was sie da eigentlich gemacht habe. Vielleicht hat er –«

Wir gingen zum Grosvenor Square zurück. Barley hatte Katjas Wohnung um Mitternacht Moskauer Zeit verlassen und war ins Mesch zurückgekehrt, wo Henziger, der so tat, als läse er ein Manuskript, im Foyer auf ihn gewartet hatte.

Barley war bester Laune, hatte aber nichts Neues zu berichten. Bloß ein Familienabend, hatte er Henziger berichtet, aber trotzdem ganz lustig. Und der Besuch im Krankenhaus kommt auch noch dran, fügte er hinzu.

Den ganzen nächsten Tag passierte nichts. Ein leerer Raum. Spionieren ist Warten. Spionieren heißt, sich zu Tode sorgen, während man zusieht, wie es mit Ned bergab geht. Spionieren heißt, zwischen vier und sechs, wenn sie Gott weiß warum eigentlich Deutschunterricht haben sollte, mit Hannah in die Wohnung in Pimlico zu gehen. Spionieren heißt, Liebe nachzuahmen und dafür zu sorgen, daß Hannah rechtzeitig nach Hause kommt, um dem lieben Derek das Essen zu machen.

15

Sie fuhren mit Volodjas Wagen. Katja hatte ihn sich für den Abend ausgeliehen. Barley sollte um neun vor der Metrostation Aeroport auf sie warten, und Punkt neun hielt der Lada gefährlich dicht neben ihm.

»Du hättest nicht darauf bestehen sollen«, sagte sie.

Über ihnen glühten die Hochhäuser, doch in den Straßen herrschte schon die bedrohliche Stimmung der Sperrstunde. Herbstgerüche erfüllten die klamme Abendluft. Vor ihnen hing in Nebelschleier gehüllt, der Halbmond. Gelegentlich streiften sich ihre Hände. Gelegentlich griff einer nach der Hand des andern und hielt sie fest. Barley beobachtete den Seitenspiegel. Er war eingeschlagen, einige Stücke fehlten, doch er konnte immerhin die Wagen, die ihnen folgten, ohne sie zu überholen, deutlich genug darin erkennen. Katja bog links ab, aber noch immer fuhr kein Wagen an ihnen vorbei. Sie schwieg, also schwieg er auch. Er fragte sich, wie sie das gelernt hatten, wo man ohne Gefahr sprechen konnte und wo nicht. In der Schule? Als sie heranwuchsen von älteren Mädchen? Oder hielt ihnen der Hausarzt im zweiten Jahr der Pubertät einen kleinen ernsten Vortrag? »Es wird Zeit, daß du erfährst, daß Autos und Wände Ohren haben, genau wie Menschen ...«

Sie holperten über eine löchrige Auffahrt auf einen halbfertigen Parkplatz.

»Stell dir vor, du wärst Arzt«, ermahnte sie ihn, als sie sich über das Wagendach hinweg ansahen. »Setz einen ganz strengen Blick auf.«

»Ich bin Arzt«, sagte Barley. Und sie scherzten beide nicht. Sie suchten sich einen Weg durch ein Labyrinth mondbeschienener Pfützen zu einem mit Asbestplatten überdachten Weg, der zu einer Doppeltür und einem leeren Empfangsschalter führte. Er bemerkte die ersten beunruhigenden Krankenhausgerüche: Desinfektionsmittel, Bohnerwachs, Wundbenzin. Sie führte ihn mit forschem Schritt durch eine runde Eingangshalle aus fleckigem Beton in einen mit Linoleum ausgelegten Korridor und dann an einem Marmorschalter vorbei, der mit mürrischen Frauen besetzt war. Eine Uhr stand auf zehn Uhr fünfundzwanzig. Mit einer bewußt dienstlichen Gebärde verglich Barley sie mit seiner Armbanduhr. Die Wanduhr ging zehn Minuten nach. Im nächsten Korridor saß eine Reihe zusammengesunkener Gestalten auf Küchenstühlen.

Der Warteraum war eine düstere Katakombe, die von mächtigen Säulen getragen wurde. An einem Ende befand sich eine Art Podium, am anderen führten Schwingtüren zu den Toiletten. Eine behelfsmäßige Lampe wies den Weg. In ihrem bleichen Licht erkannte Barley hinter einer Holztheke leere Mantelständer, abgestellte Fahrgestelle von Bahren und an der vordersten Säule ein uraltes Telefon. An der Wand stand eine Bank. Katja setzte sich darauf, also setzte Barley sich neben sie.

»Er bemüht sich immer, pünktlich zu sein. Manchmal dauert es aber länger, bis die Verbindung zustande kommt«, sagte sie.

»Kann ich mit ihm sprechen?« – »Er würde wütend sein.«

»Wieso?«

»Wenn die bei einem Ferngespräch jemand Englisch reden hören, werden sie sofort aufmerksam. Das ist normal.«

Ein Mann mit Kopfverband, der aussah wie ein erblindeter Frontsoldat, kam durch die Schwingtür und wollte gerade die Damentoilette betreten, als dort zwei Frauen herauskamen. Sie packten ihn und bugsierten ihn in die andere Richtung. Katja ließ ihre Handtasche aufschnappen und nahm Notizbuch und Stift heraus.

Er wird es um zehn Uhr vierzig versuchen, hatte sie gesagt. Um zehn Uhr vierzig wird er den ersten Anruf versuchen. Er wird nicht lange sprechen, hatte sie gesagt. Es ist nicht klug, selbst an sicheren Telefonen allzu lange zu sprechen.

Sie stand auf und ging an das Telefon, bückte sich unter der Garderobentheke durch wie ein Stammgast.

Wird er ihr sagen, daß er sie liebt? fragte sich Barley – »Ich liebe dich so sehr, daß ich dein Leben für mich aufs Spiel setze«? Wird er ihr seine Liebe erklären wie in seinem Brief? Oder wird er ihr sagen, daß sie ein annehmbarer Preis für die Befreiung seiner beklommenen Seele sei?

Sie stand seitlich von ihm und starrte angespannt durch die Schwingtür. Hatte sie etwas Schlimmes gesehen? Hatte sie etwas gehört? Oder weilten ihre Gedanken bereits in der Ferne bei Jakow?

Sie steht da, als ob sie auf ihn warten würde, dachte er – wie jemand, der bereit ist, den ganzen Tag lang zu warten.

Dann läutete heiser das Telefon, als hätte es Staub in der Kehle. Ihr sechster Sinn hatte sie rechtzeitig dort hingeführt, so daß es nicht noch ein zweitesmal quarren konnte, bevor sie abnahm. Barley war höchstens einen Meter von ihr entfernt, aber er hatte große Mühe, ihre Stimme durch den Krankenhauslärm zu hören. Sie hatte sich von ihm abgewandt, vermutlich um ungestört reden zu können, und sie hielt sich mit einer Hand das freie Ohr zu, damit sie ihren Geliebten im Hörer besser verstehen konnte. Barley vernahm nichts anderes als ein unterwürfiges »Ja«, immer wieder.

Laß sie in Ruhe! dachte er wütend. Ich hab's dir schon einmal gesagt, und am Wochenende sag ich's dir noch mal. Laß sie in Ruhe, halt sie da raus. Verhandle mit den grauen Männern oder mit mir!

Auf einem wackligen, an der Säule befestigten Brett lag offen das Notizbuch, darauf der Stift, aber sie hatte keins von beiden angerührt. *Ja. Ja. Ja.* Genau wie ich auf der Insel. *Ja. Ja. Ja.* Er sah, wie sie den Hals zwischen die Schultern zog und so verharrte, ihr Rücken streckte sich, als ob sie tief Luft geholt hätte oder sich innerlich über irgend etwas freute. Ihr Ellbogen hob sich, und sie preßte den Hörer noch fester an den Kopf. *Ja. Ja.* Wie wär's einmal mit *Nein? Nein, ich lasse mir von dir nichts mehr gefallen!*

Ihre freie Hand lag jetzt an der Säule, die Finger spreizten sich, die Fingerspitzen preßten sich in den dunklen Gips. Ihr Handrücken wurde weiß, steif, bewegte sich nicht mehr, und plötzlich beunruhigte ihn ihre Hand. Sie hatte einen Halt gefunden und klammerte sich verzweifelt daran fest. Sie hing am Rand der Klippe, und wenn sie losließ, verlor sie ihren Geliebten und stürzte in den Abgrund.

Sie drehte sich um, den Hörer noch immer ans Ohr gepreßt, und er sah ihr Gesicht. Wer war sie? Was war aus ihr geworden? Zum erstenmal seit er sie kennengelernt hatte, war ihr Gesicht ausdruckslos, und das Telefon war eine Pistole, die ihr jemand an die Schläfe hielt.

Sie hatte den starren Blick einer Geisel.

Und dann begann ihr Körper an der Säule herabzurutschen, als sei sie nicht mehr willens, sich aufrecht zu halten. Erst gaben nur ihre Knie nach, dann knickte sie auch in der Hüfte ein, aber da war Barley schon da, um sie zu halten. Er schlang einen Arm um sie herum und riß ihr mit der anderen Hand den Hörer weg. Er hielt ihn sich ans Ohr und schrie »Goethe!«, hörte aber nur das Amtszeichen und legte auf.

Es war schon seltsam, aber bis zu diesem Zeitpunkt hatte Barley ganz vergessen, daß er stark war. Sie setzten sich in Bewegung, doch dabei wurde sie von einem so heftigen Abscheu gegen ihn gepackt, daß sie mit geballter Faust stumm um sich schlug und ihn mit voller Wucht oberhalb des Wangenknochens traf; einen Augenblick lang sah er nichts als ein blendendes Licht. Dann preßte er ihre Hände gegen ihren Körper und hielt sie dort fest, während er sie unter der Theke durchzog und sie durch das Krankenhaus und über den Parkplatz schleifte. »Sie ist eine geistig gestörte Patientin«, redete er sich ein, »eine Geistesgestörte in der Obhut eines Arztes.«

Ohne sie loszulassen, kippte er ihre Handtasche auf dem Wagendach aus, fand den Schlüssel, schloß die Beifahrertür auf und packte sie hinein. Dann rannte er zur Fahrerseite herum, falls sie doch noch auf die Idee kommen sollte, selbst zu fahren.

»Ich will nach Hause«, sagte sie.

»Ich kenne den Weg nicht.«

»Fahr mich nach Hause« wiederholte sie.

»Ich kenne den Weg nicht, Katja! Du mußt mir sagen, wo ich abbiegen muß, rechts und links, hörst du?« Er packte ihre Schultern. »Setz dich richtig hin. Sieh aus dem Fenster. Wo hat diese verdammte Kiste den Rückwärtsgang?«

Er würgte an den Gängen herum. Sie packte den Hebel und rammte ihn in den Rückwärtsgang, daß das Getriebe aufkreischte.

»Licht«, sagte er.

Er hatte den Schalter zwar schon gefunden, aber er zwang sie durch seine Wut, zu reagieren und ihm das Licht anzumachen. Als er über den Parkplatz holperte, mußte er einen Schwenk machen, um einem hereinrasenden Krankenwagen auszuweichen. Schlamm und Wasser verdreckten die Windschutzscheibe, aber da es nicht regnete, waren die Scheibenwischer nicht dran. Er hielt den Wagen wieder an, sprang raus und schmierte die Scheibe mit seinem Taschentuch halbwegs sauber, stieg dann wieder ein.

»Links«, gab sie an. »Beeil dich, bitte.«

»Vorhin sind wir aus der anderen Richtung gekommen.«

»Einbahnstraße. Beeil dich.«

Ihre Stimme war tot, und er konnte sie nicht beleben. Er bot ihr seine Schnapsflasche an. Sie schob sie weg. Er fuhr langsam, beachtete ihr Drängen, schneller zu fahren, nicht. Scheinwerfer im Rückspiegel, stets im gleichen Abstand. Wicklow, dachte er. Paddy, Cy, Henziger, Zapadni, die ganze bewaffnete Garde. Ihr Gesicht leuchtete im Takt der vorbeigleitenden Natriumstraßenlaternen auf, blieb aber leblos. Sie starrte auf die schrecklichen Dinge, die sie in ihrem Kopf sehen mochte, und biß sich in die geballte Faust, die Knöchel fest zwischen die Zähne gepreßt.

»Muß ich hier abbiegen?« fragte er sie grob. Und wieder brüllte er sie an. »Sag mir doch, wo ich abbiegen muß!«

Zuerst sprach sie Russisch, dann Englisch. »Jetzt nach rechts. Schneller.«

Nichts kam ihm bekannt vor. Jede leere Straße sah aus wie die nächste oder wie die vorige.

»Abbiegen.«

»Links oder rechts?«

»*Links!*«

Sie schrie das Wort aus vollem Hals, schrie es noch einmal. Und dann kamen die Tränen und flossen zwischen erstickten hoffnungslosen Schluchzern immer weiter. Allmählich ließ das Schluchzen nach, und als er vor ihrem Wohnblock vorfuhr, hatte es ganz aufgehört. Er zog die Handbremse, aber die war kaputt. Der Wagen rollte noch, als sie die Tür aufstieß. Barley wollte nach ihr greifen, aber sie war zu schnell. Irgendwie war sie auf den Bürgersteig geklettert und rannte jetzt mit offener Handtasche, nach ihren Schlüsseln wühlend, über den Vorplatz. Im Eingang lungerte ein Junge in Lederjacke, und es sah so aus, als wollte er ihr den Weg versperren. Aber inzwischen hatte Barley sie eingeholt, und der andere sprang zur Seite und ließ die beiden vorbei. Sie wollte nicht auf den Aufzug warten, vielleicht hatte sie aber auch vergessen, daß es einen gab. Sie rannte die Treppe hoch, und Barley rannte hinter ihr her, an einem verschlungenen Pärchen vorbei. Auf dem ersten Treppenabsatz saß in einer Ecke ein betrunkener alter Mann. Sie stiegen immer weiter. Jetzt war es zur Abwechslung eine betrunkene alte Frau. Dann ein Junge. Sie stiegen so viele Treppen hoch, daß Barley zu befürchten begann, sie hätte vergessen, in welchem Stockwerk sie wohnte. Dann schloß sie plötzlich irgendwo auf, und sie waren wieder in ihrer Wohnung. Katja war in das Zimmer der Zwillinge gestürzt und kniete auf dem Bett, sie hatte den Kopf vorgestreckt und rang wie ein Schwimmer verzweifelt nach Luft, die Arme über die beiden schlafenden Kinder gebreitet.

Wieder gab es nur ihr Schlafzimmer. Er führte sie dort hinein, denn selbst in dieser winzigen Wohnung fand sie sich nicht mehr zurecht. Sie setzte sich unsicher auf das Bett, als ob sie nicht wüßte, wie hoch es sei. Er setzte sich neben sie, starrte in ihr stumpfes Gesicht und sah, wie ihre Augen sich schlossen, sich halb öffneten und wieder schlossen; und er wagte nicht, sie zu berühren, so starr und entsetzt und fern von ihm kam sie ihm vor. Sie umklammerte ihr Handgelenk, als wäre es gebrochen. Stieß einen tiefen Seufzer aus. Er sagte ihren Namen, aber sie schien ihn nicht zu hören. Er sah sich suchend im Zimmer um. An einer Wand war ein winziges Arbeitsbrett befestigt, Schminktisch und Schreibpult in einem. Zwischen alten Briefen lag ein Notizbuch mit Spiralheftung, den Notizbüchern ähnlich, die Goethe benutzte. Über dem Bett hing ein gerahmtes Renoir-Poster. Er nahm es vom Haken und legte es sich auf den Schoß. Der ausgebildete Spion riß ein Blatt aus dem Notizbuch, legte es auf das Glas, zog einen Stift aus der Tasche und schrieb:

Erzähle.

Er legte das Papier vor sie hin, und sie las es gleichgültig, ohne ihr Handgelenk loszulassen. Sie zuckte schwach mit den Schultern. Sie lehnte an ihm, schien sich dessen aber nicht bewußt zu sein. Ihre Bluse stand offen, ihr volles schwarzes Haar war vom Laufen zerzaust. Er schrieb noch einmal: *Erzähle,* dann packte er sie an den Schultern und sah sie flehend und mit verzweifelter Liebe an. Er stieß mit dem Zeigefinger auf das Papier. Er nahm das Bild und drückte es ihr auf den Schoß, damit sie weitermachte. Sie starrte das Papier an und das Wort *Erzähle,* stöhnte lange und herzzerreißend wie eine Erstickende und senkte den Kopf, bis er sie hinter dem wirren Vorhang ihrer Haare nicht mehr sehen konnte.

Man hat Jakow gefaßt, schrieb sie.

Er nahm den Stift.

Wer hat dir das gesagt?

Jakow, antwortete sie.

Was hat er gesagt?

Er kommt am Freitag nach Moskau. Freitag abend um elf Uhr wird er sich in Igors Wohnung mit dir treffen. Er bringt weiteres Material und Antworten auf deine Fragen. Du sollst bitte eine genaue Liste bereithalten. Es wird das letzte Mal sein. Du sollst ihm Neues über die Veröffentlichung mitteilen, Daten, Details. Du sollst guten Whisky mitbringen. Er liebt mich.

Er packte den Stift.

Hat Jakow selbst gesprochen?

Sie nickte.

Warum sagst du, daß man ihn gefaßt hat?

Er hat den falschen Namen benutzt.

Welchen?

Daniil. Das war so abgemacht. Pjotr, wenn er in Sicherheit ist, Daniil, wenn er gefaßt wurde.

Der Stift wechselte hastig zwischen ihnen hin und her. Jetzt behielt ihn Barley und schrieb eine Frage nach der anderen.

Hat er einen Fehler gemacht? schrieb er.

Sie schüttelte den Kopf.

Er war krank. Er hat euren Kode vergessen, schrieb er.

Wieder schüttelte sie den Kopf.

Hat er sich noch nie damit vertan? schrieb er.

Sie schüttelte den Kopf, nahm den Stift und schrieb mit wütender Handschrift: *Er hat mich Marija genannt. Spricht dort Marija? hat er gesagt. Marija soll ich mich nennen, wenn Gefahr droht. Alina, wenn ich in Sicherheit bin.*

Schreib seine Worte auf

Hier spricht Daniil. Spreche ich mit Marija? Mein Vortrag war der größte Erfolg meiner Karriere. Das war eine Lüge.

Wieso?

Er sagt immer, in Rußland gebe es nur einen Erfolg, nämlich, nicht zu gewinnen. Das ist so ein Witz unter uns. Er hat unseren Witz absichtlich umgedreht. Damit wollte er mir sagen, daß wir tot sind, erledigt.

Barley ging ans Fenster und sah tief hinunter auf den Vorplatz und die Straße. Die ganze dunkle Welt in seinem Innern war stumm geworden. Nichts rührte sich, nichts atmete. Doch er war bereit. Er war sein ganzes Leben lang bereit gewesen und hatte es nie gewußt. Sie ist Goethes Frau, und deshalb ist sie genauso erledigt wie er. Noch nicht ganz, denn bis jetzt hat Goethe sie noch mit dem letzten Rest seines Muts geschützt. Trotzdem, noch erledigter kann man kaum sein, die können jederzeit ihren langen Arm ausstrecken und sie vom Baum pflücken.

Etwa eine Stunde blieb er am Fenster, dann ging er wieder zum Bett. Sie lag auf der Seite, die Augen offen und die Knie hochgezogen. Er legte seinen Arm um sie und zog sie an sich, und er spürte, wie ihr kalter Körper in seiner Umarmung aufbebte, während sie in krampfhaften, tonlosen Wellen zu schluchzen begann, als ob sie sich in Reichweite der Mikrofone sogar zu weinen fürchtete.

Wieder schrieb er, in kraftvollen, deutlichen Großbuchstaben: HÖR MIR GENAU ZU.

Auf den Bildschirmen erschien alle paar Minuten ein neuer Text. Barley hat das Mesch verlassen. Fortsetzung folgt. Sie haben die Metrostation erreicht. Fortsetzung folgt. Haben das Krankenhaus verlassen, Katja an Barleys Arm. Fortsetzung folgt. Der Mensch lügt, aber der Computer ist unfehlbar. Fortsetzung folgt.

»Warum zum Teufel fährt denn *er?*« fragte Ned scharf, als er es las.

Sheriton war zu beschäftigt, um darauf zu antworten, aber Bob, der hinter ihm stand, nahm die Frage auf

»Männer fahren Frauen gern, Ned. Wir befinden uns immer noch im chauvinistischen Zeitalter.«

»Vielen Dank«, sagte Ned höflich.

Clive lächelte beipflichtend.

Unterbrechung. Die Bildschirme geraten ins Flackern, und Anastasia liefert ihren Teil der Geschichte ab. Anastasia ist eine sechzigjährige zornige Lettin, arbeitet seit zwanzig Jahren für das Rußlandhaus. Nur Anastasia hatte den Flur observieren dürfen.

Wir lesen:

Sie kam zweimal vorbei, zuerst auf dem Weg in die Toilette, dann auf dem Rückweg in den Warteraum.

Beim erstenmal saßen Barley und Katja wartend auf einer Bank.

Beim zweitenmal standen Barley und Katja neben dem Telefon und schienen einander zu umarmen. Barley hatte eine Hand an ihrem Gesicht; auch Katja hatte eine Hand erhoben, die andere hing herab.

War Bluebird da schon mit seinem Anruf durchgekommen? Anastasia wußte es nicht. Obwohl sie in ihrer Klozelle aus Leibeskräften gelauscht hatte, hatte sie das Telefon nicht läuten hören. Also war der Anruf entweder nicht durchgekommen oder das Gespräch bereits vorbei, als sie zum zweitenmal vorbeikam.

»Warum zum Teufel sollte er sie umarmen?« sagte Ned.

»Vielleicht hatte sie eine Fliege im Auge«, sagte Sheriton bissig, ohne vom Bildschirm wegzusehen.

»Er ist gefahren«, beharrte Ned. »Er darf da drüben nicht fahren, aber er hat es getan. Er ließ sich von ihr quer durch die Landschaft kutschieren. Sie fuhr ihn zum Krankenhaus. Und dann setzt er sich plötzlich selbst ans Steuer. Warum?«

Sheriton legte seinen Bleistift hin und fuhr mit dem Zeigefinger an der Innenseite des Kragens entlang. »Also wie stehen die Wetten, Ned? Hat Bluebird angerufen oder nicht? Sagen Sie was.«

Ned war noch immer so anständig, ehrlich über diese Frage nachzudenken. »Wahrscheinlich hat er angerufen. Sonst hätten sie weitergewartet.«

»Vielleicht hat sie etwas Unangenehmes gehört. Schlechte Neuigkeiten oder so was«, schlug Sheriton vor.

Die Bildschirme waren erloschen, der Raum blieb in fahles Licht getaucht.

Sheritons separates Büro war mit Rosenholz und Kunstpostern ausgestattet. Dorthin zogen wir uns zurück, gossen uns einen Kaffee ein, standen herum.

»Was zum Henker treibt er so lange in ihrer Wohnung?« fragte Ned mich leise. »Er soll doch bloß Zeit und Ort des Treffens aus ihr rausholen. Das hätte er schon vor zwei Stunden haben können.«

»Vielleicht haben sie ein Schäferstündchen«, sagte ich.

»Wenn ich das genau wüßte, würde ich mich besser fühlen.«

»Vielleicht kauft er mal wieder einen Hut«, sagte Johnny unfreundlich, der mitgehört hatte.

»Auf geht's«, sagte Sheriton, als die Glocke ertönte, und wir marschierten in den Einsatzraum zurück.

Katjas Wohnung war auf dem beleuchteten Stadtplan mit einer roten Leuchtnadel markiert. Der Treffpunkt lag dreihundert Meter östlich davon an der Südwest-Ecke der beiden grün markierten Hauptstraßen. Barley mußte jetzt auf dem südlichen Gehsteig, immer dicht am Bordstein, darauf zugehen. Bei Erreichen des Treffpunktes sollte er langsamer gehen und so tun, als halte er nach einem Wagen Ausschau. Der sichere Wagen würde neben ihm vorfahren. Barley hatte Anweisung, dem Fahrer mit lauter Stimme den Namen seines Hotels zu nennen und mit den Händen einen Preis auszuhandeln.

Beim zweiten Kreisverkehr würde der Wagen abbiegen und auf ein Baugelände fahren, wo ohne Licht der sichere Truck parkte, dessen Fahrer am Steuer zu dösen schien. Wenn die Antenne des Trucks ausgezogen wäre, würde der Wagen rechts herum wenden und zu dem Truck zurückfahren.

Wenn nicht: Abbrechen.

Paddys Bericht lief um ein Uhr morgens Londoner Zeit über die Bildschirme. Kaum eine Stunde später wurden uns die Bänder vom Dach der US-Botschaft rübergefunkt. Seitdem wurde der Bericht auf jede nur erdenkliche Weise auseinandergenommen. Für mich bleibt er das Musterbeispiel eines faktengenauen Einsatzberichts.

Natürlich muß man den Verfasser kennen, denn jeder Verfasser unter der Sonne hat seine Grenzen. Ein Gedankenleser war Paddy nicht, dafür aber alles mögliche andere: Als ehemaliger Gurkha kam er zunächst zu einer Sondereinheit, wurde dann Geheimdienstoffizier, er war ein Sprachgenie, Planer und Improvisator, ganz nach Neds Geschmack.

Für seine Moskauer Rolle hatte er sich derart albern als Engländer stilisiert, daß Nichteingeweihte sich lustig machten, wenn sie von ihm sprachen: von seinen langen Shorts im Sommer, wenn er durch die Moskauer Wälder wanderte; von seinem Langlaufen im Winter, wenn er seinen Volvo mit uralten Skiern und Bambusstöcken und eisernen Rationen belud, um sich dann, bekleidet mit einer Pelzmütze, die wie ein Relikt von den arktischen Expeditionen aussah, ans Steuer zu setzen. Ungeheuerlich. Aber nur ein schlauer Mensch kann den Narren spielen und so lange damit durchkommen, und Paddy war ein schlauer Mensch, so praktisch es später auch sein mochte, seine Schrullen für bare Münze zu nehmen.

Auch wenn es darum ging, seine zahlreichen Pseudosprachstudenten, Reiseleiter, Kleinhändler und Angehörigen von Drittnationen unter Kontrolle zu halten, war Paddy große Klasse. Ned selbst hätte ihn nicht übertreffen können. Er hütete sie wie ein fürsorglicher Gemeindepfarrer, und aus jedem einzelnen dieser einsamen Menschen holte er das Beste heraus. Es war nicht seine Schuld, wenn dieselben Eigenschaften, weshalb bestimmte Leute zu ihm kamen, ihn auch für Betrug anfällig machten.

Nun also zu Paddys Bericht. Zunächst einmal beeindruckte ihn, mit welcher Genauigkeit Barley referierte, und das Band bestätigt ihn. Barleys Stimme klingt noch selbstsicherer als auf allen früheren Bändern.

Barleys Entschlossenheit und sein hingebungsvoller Einsatz imponierten Paddy. Er verglich den Barley, den er vor sich im Truck sah, mit dem Barley, den er für dessen Leningrader Auftritt instruiert hatte, und freute sich über die Fortschritte. Mit Recht. Barley war ein anderer, größerer Mann geworden. Barleys Schilderung stimmte mit jedem, von Paddy nachprüfbaren Detail überein, vom Treffen an der Metro und der Fahrt zum Krankenhaus bis hin zu der Wartezeit auf der Bank und dem gedämpften Läuten. Katja habe dicht vor dem Telefon gestanden, als es klingelte, sagte Barley. Er selbst habe es kaum gehört. Dann ist es kein Wunder, daß Anastasia es auch nicht gehört hat, folgerte Paddy. Katja muß den Hörer blitzschnell abgenommen haben.

Katja und Bluebird hätten nur kurz miteinander gesprochen, höchstens zwei Minuten, sagte Barley. Auch das paßte genau. Bekanntlich hatte Goethe etwas gegen lange Telefonate.

Wenn man also bedenkt, wie überzeugend das alles für ihn war und wie sicher Barley durch all das hindurchsteuerte – wie kann man dann hinterher behaupten, Paddy hätte Barley geradewegs zur Botschaft fahren und gefesselt und geknebelt nach London zurückverfrachten sollen? Aber Clive behauptete natürlich genau das, und damit stand er nicht allein. Nun also zu den drei Rätseln, die Ned inzwischen im Magen lagen – die Umarmung, die Fahrt vom Krankenhaus mit Barley am Steuer, die zwei gemeinsam verbrachten Stunden in ihrer Wohnung. Was Barleys Antworten betrifft, so müssen wir ihn sehen, wie Paddy ihn gesehen hat: über das gedämpfte Licht auf dem Tisch im Truck gebeugt, sein Gesicht vor Hitze glänzend. Im Hintergrund das Brummen der Schalldämpfer.

Beide Männer tragen Kopfhörer, zwischen ihnen liegt ein Mikrofon mit geschlossenem Stromkreis. Barley erzählt flüsternd seine Geschichte, halb ins Mikrofon, halb ins Ohr seines Einsatzleiters. Paddy hatte an der Nordwest-Front manche abenteuerliche Nacht verbracht, aber nur wenige davon waren dramatischer als diese.

Cy sitzt mit einem dritten Kopfhörer im Schatten. Es ist Cys Truck, aber er hat Anweisung, Paddy bei diesem Festmahl den Gastgeber spielen zu lassen.

»Dann kriegt sie plötzlich weiche Knie«, sagt Barley, und das so von Mann zu Mann, daß Paddy lächeln muß. »Sie hatte die ganze Woche lang nach seinem Anruf geschmachtet, und plötzlich war's vorbei, und sie hat schlappgemacht. Meine Anwesenheit war ihr wohl keine Hilfe. Ich schätze, ohne mich hätte sie noch bis zu Hause durchgehalten.«

»Höchstwahrscheinlich«, stimmt Paddy verständnisvoll zu.

»Das war einfach zuviel für sie. Seine Stimme zu hören, zu erfahren, daß er in ein paar Tagen in die Stadt kommt, dazu die Sorgen um ihre Kinder – und um ihn und natürlich auch um sich selbst –, das war einfach zuviel für sie.«

Paddy verstand das vollkommen. Auch er hatte in seiner Glanzzeit gefühlsbetonte Frauen gekannt und wußte aus Erfahrung, über welche Dinge sie weinten.

Von da an lief alles wie geschmiert. Die Irreführung wurde ein voller Erfolg. Er habe alles getan, um sie zu trösten, sagte Barley, aber sie sei so übel dran gewesen, daß er seinen Arm um sie gelegt und sie zum Wagen geschleppt und nach Hause gefahren habe.

Im Wagen weinte sie weiter, aber bis sie in ihrer Wohnung, waren, hatte sie sich schon etwas erholt. Barley machte ihr eine Tasse Tee und tätschelte ihre Hand, bis er zuversichtlich glaubte, daß sie zurechtkommen würde.

»Gut gemacht«, sagte Paddy. Und wenn er sich dabei anhört wie ein Offizier der Indischen Armee aus dem neunzehnten Jahrhundert, der seinen Männern nach einer vergeblichen Kavallerieattacke seinen Glückwunsch ausspricht, dann liegt das nur daran, daß er beeindruckt ist und seinen Mund zu dicht ans Mikrofon hält.

Zum Schluß dann Barleys Frage, bei der Cy sich einschaltete. Im nachhinein klingt sie zweifellos wie die offene Erklärung unlauterer Absichten. Aber weder Cy noch Paddy faßten sie so auf. Und auch in London niemand, außer Ned, dessen Ohnmacht allmählich niederschmetternd war. Ned wurde zum Paria des Einsatzraums.

»Ach ja – übrigens –, was ist eigentlich mit der Einkaufsliste?« fragt Barley, schon im Aufbruch begriffen. Die Frage wirkt wie eine beiläufige Erkundigung nach dem weiteren Vorgehen. »Wann können Sie mir die Einkaufsliste in mein heißes Händchen drücken?« wiederholt er.

»Wieso?« fragte Cy aus dem Schatten.

»Ja was weiß *ich*. Muß ich mir die nicht einpauken oder so?«

»Da gibt es nichts einzupauken«, sagt Cy. »Es sind schriftliche Fragen, mit Ja oder Nein zu beantworten, und es ist von entscheidender Bedeutung, daß Sie nichts davon wissen, vielen Dank.«

»Also wann bekomme ich die?«

»Die Einkaufsliste kommt so spät wie möglich dran«, sagt Cy.

Was Cy von Barleys Geisteszustand hielt, läßt sich aus einer Bemerkung schließen, die er einmal von sich gegeben haben soll: »Bei den Briten weiß man eigentlich nie, was zum Teufel sie gerade denken.«

Zumindest in dieser Nacht hatte Cy in gewisser Weise recht.

»Es gab keine schlechte Nachricht«, beharrte Ned, während Brock uns zum dritten- oder dreißigstenmal das Band aus dem Truck vorspielte.

Wir waren wieder in unserem eigenen Rußlandhaus. Hatten dort Zuflucht gesucht. Es war wieder einmal wie in alten Zeiten. Es wurde schon Tag, aber wir waren zu wach, um an Schlaf zu denken.

»Es gab keine *schlechte* Nachricht«, wiederholte Ned. »Sondern nichts als *gute* Nachrichten. ›Mir geht es gut. Ich bin in Sicherheit. Ich habe einen großartigen Vortrag gehalten. Ich nehme das Flugzeug. Wir sehen uns am Freitag. Ich liebe dich …‹ Also heult sie.«

»Na, ich weiß nicht«, sagte ich ganz gegen die eigene Stimmung. »Haben *Sie* noch nie vor Glück geweint?«

»Sie heult dermaßen, daß er sie durch den Krankenhausflur schleifen muß. Sie heult dermaßen, daß sie nicht fahren kann. Als sie zu ihrer Wohnung kommen, rennt sie Barley zur Tür voraus, als ob er gar nicht existiert, weil sie so *glücklich* ist, daß Bluebird rechtzeitig angeflogen kommt. Und er tröstet sie. Wegen all der guten Nachrichten, die sie gehört hat.«

Wieder kam Barleys Stimme vom Tonband. »Und wie ruhig er ist. Vollkommen ruhig. Macht sich nicht die geringsten Sorgen. ›Wir steuern genau aufs Ziel zu, Paddy. Alles läuft prima. Deswegen hat sie geheult.‹ Aber natürlich.«

Er lehnte sich zurück und schloß die Augen, während Barley vertrauenswürdig vom Tonband auf ihn einredete.

»Er ist nicht mehr einer von uns«, sagte Ned. »Er ist weg.«

Was, auf andere Weise, auch auf Ned zutraf. Er hatte eine großangelegte Operation eingeleitet. Und alles, was er jetzt noch zu tun hatte, war zuzusehen, wie sie in rasendem Tempo außer Kontrolle geriet. Ich habe in meinem ganzen Leben noch keinen so einsamen Mann gesehen, abgesehen von mir selbst vielleicht.

Spionieren ist Warten.

Spionieren heißt sich Sorgen machen.

Spionieren heißt über sich selbst hinauswachsen.

Die Rezepte des kaltgestellten Walter und des noch vorhandenen Ned klangen Barley in den Ohren. Der Lehrling war zum Erben der Zaubersprüche seiner Herren geworden, doch sein Zauber war stärker, als der ihre jemals gewesen war.

Er befand sich auf einer Höhe, die sie nie erklommen hatten. Er hatte ein Ziel, er hatte die Mittel, es zu erreichen, und er hatte, was Clive Motivation genannt haben würde, also das, was bessere Menschen Entschlossenheit nennen. Alles, was sie ihm beigebracht hatten, zahlte sich jetzt aus, als er ruhig in die Schlacht ritt, um sie zu täuschen. Aber er betrog sie nicht. Ihre Flaggen bedeuteten ihm nichts. Egal, in welchem Wind die wehen mochten. Aber er beging keinen Verrat an ihnen. Er handelte ja nicht für sich selbst. Er wußte, welche Schlacht er zu gewinnen hatte und für wen er sie zu gewinnen hatte. Er wußte, welches Opfer er zu bringen bereit war. Er beging keinen Verrat an ihnen. Er war perfekt.

Er hatte ihre Panikmache und ihre schwächlichen Methoden nicht nötig. Er war ganz auf sich allein gestellt, aber er war größer als sie alle zusammen, die sich erlaubt hatten, sich seiner zu bemächtigen. Für ihn waren das die schlimmsten aller schlimmen Waffen, da ihr Vorhandensein ihre Ziele rechtfertigte.

Auf eine sanfte Weise, die aber gar nicht so sanft war, hatte er entdeckt, was Wut war. Er witterte ihr erstes Aufflackern und hörte es im Gebälk knistern.

Es gab nur das jetzt. Goethe hatte recht. Es gab kein Morgen, denn das Morgen war nur eine Ausflucht. Es galt jetzt oder nirgends, und auch wenn Goethe schon nirgends mehr war, hatte er recht. Wir müssen die grauen Männer in uns niedermachen, wir müssen unsere grauen Anzüge verbrennen und unsere guten Herzen freilassen: Das ist der Traum jedes anständigen Menschen und auch – ob man's glaubt oder nicht – mancher grauer Männer. Aber wie, womit?

Goethe hatte recht, und es war weder seine noch Barleys Schuld, daß jeder den anderen durch Zufall in Bewegung gesetzt hatte. Durch die Ausstrahlung der Energie, die Barley in sich aufsteigen fühlte, war sein Gefühl der Verwandtschaft mit seinem unwahrscheinlichen Freund schier überwältigend. Er stand voll und ganz hinter Goethes wahnsinnigem Traum, die Kräfte der Vernunft zu entfesseln und die schmutzigen Geheimnisse aufzudecken.

Aber Barley befaßte sich nicht lange mit Goethes Qualen. Goethe war in der Hölle, und sehr wahrscheinlich würde Barley ihm bald dorthin folgen. Ich werde ihn betrauern, wenn ich Zeit dazu habe, dachte er. Bis dahin hatte er sich um die Lebenden zu kümmern, die Goethe so schändlich der Gefahr ausgesetzt und mit einem letzten mutigen Schritt zu retten versucht hatte.

Für seine momentane Aufgabe muß Barley sich der Tricks der grauen Männer bedienen. Er muß er selbst sein, aber mehr als je zuvor über sich selbst hinauswachsen. Er muß warten. Er muß sich Sorgen machen. Er muß sich völlig verändern, muß innerlich ausgeglichen, äußerlich unausgefüllt sein. Er muß auf Zehenspitzen im geheimen leben, sich in seinem Kopf wie eine

Katze krümmen, während er ihnen den Barley Blair vorspielt, den sie sehen möchten: ganz und gar ihr Geschöpf.

Unterdessen berechnet der Schachspieler in ihm seine Züge. Unmerklich erwacht der in ihm schlummernde Vermittler. Der Verleger schafft, was er nie zuvor geschafft hat: Er wird zum kühlen Unterhändler zwischen der Notwendigkeit und der fernen Vision.

Katja weiß es, überlegt er. Sie *weiß, daß Goethe erwischt wurde.*

Aber die wissen nicht, daß sie es weiß, weil sie am Telefon die Nerven behalten hat.

Und sie wissen nicht, daß ich weiß, daß Katja es weiß.

Außer Katja und Goethe bin icb auf der ganzen Welt der einzige Mensch, der weiß, daß Katja es weiß.

Katja ist noch frei.

Warum?

Sie haben darauf verzichtet, ihr die Kinder wegzunehmen, ihre Wohnung zu durchwühlen, Matwej ins Irrenhaus zu bringen. Sie haben auf all die traditionellen Feinheiten verzichtet, mit denen sie russische Damen traktieren, die sowjetischen Rüstungswissenschaftlern Kurierdienste leisten, die die Geheimnisse ihres Volkes einem abgetakelten westlichen Verleger anvertrauen wollen.

Warum?

Auch ich bin bis jetzt noch frei. Sie haben mich noch nicht mit dem Hals an eine Mauer gekettet.

Warum?

Weil sie nicht wissen, daß wir wissen, daß sie es wissen. Also wollen sie noch mehr.

Sie wollen uns, aber mehr als uns.

Sie können auf uns warten, weil sie noch mehr wollen. Aber was ist dieses Mehr?

Was steckt hinter ihrer Geduld?

Jeder redet, hatte Ned als eine Tatsache des Lebens festgestellt. *Bei den heutigen Methoden redet jeder.* Er hatte Barley geraten, gar nicht erst zu versuchen, Widerstand zu leisten, wenn er gefaßt würde. Aber Barley dachte ja gar nicht mehr an sich selbst. Er dachte an Katja.

An den folgenden Tagen und Abenden schob Barley die Figuren im Geist herum, feilte an seinem Plan und wartete, wie wir alle, auf das für Freitag angesetzte Treffen mit Bluebird.

Zum Frühstück war Barley immer pünktlich zur Stelle, ein vorbildlicher Verleger und Spion. Und Tag für Tag war er von morgens bis abends die Seele der Buchmesse.

Goethe. Für dich kann ich nichts tun. Keine Macht der Erde kann dich ihrem Griff entreißen.

Katja. Ist noch zu retten. Ihre Kinder. Sind noch zu retten. Auch wenn jeder redet und Goethe am Ende keine Ausnahme davon machen wird.

Ich selbst. Nicht mehr zu retten, wie immer.

Goethe hat mir den Mut gegeben, dachte er, während sein heimlicher Plan in ihm reifte, *und Katja die Liebe.*

Nein. Katja hat mir beides gegeben. Und gibt es mir noch immer.

Dann der Freitag; so ruhig wie die Tage zuvor, die Bildschirme fast leer. Barley steuert methodisch auf das große Ereignis des Abends zu, die Einweihungsparty von Potomac & Blair. Im Geist von Freundschaft und Glasnost, wie es auf unseren blumigen Einladungen heißt, die vor knapp zwei Wochen als aufklappbare Karte mit Büttenrand auf der hauseigenen Druckmaschine des Service hergestellt worden waren.

Und immer wieder vergewissert sich Barley wie beiläufig, daß es Katja noch gutgeht. Er ruft sie an, wann immer er kann. Wenn er mit ihr redet, läßt er sie als Kodewort für ihre Sicherheit das Wort »günstig« verwenden. Er wiederum läßt in sein unbekümmertes Geplapper das Wort »ehrlich« einfließen. Er redet nur Belangloses; kein Wort von Liebe und Tod und großen deutschen Dichtern. Nur:

Wie geht es dir?

Strengt dich die Messe an, sag mal ehrlich? Was machen die Zwillinge?

Freut sich Matwej noch immer über seine Pfeife?

Und all das heißt: Ich liebe dich, ich liebe dich, ich liebe dich ehrlich, ich liebe dich.

Zusätzlich bittet er Wicklow, in den sozialistischen Pavillon zu gehen und unauffällig nachzusehen, ob alles mit ihr in Ordnung ist. »Es geht ihr gut«, berichtet Wicklow lächelnd, um Barleys Nervosität zu lindern. »Blendend wie eh und je.« – »Danke«, sagt Barley. »Sehr nett von Ihnen, alter Junge.«

Beim zweitenmal, wieder auf Barleys Geheiß, geht Henziger selbst. Vielleicht spart Barley sie sich für den Abend auf. Oder er traut seinen eigenen Gefühlen nicht. Aber sie ist noch da, sie lebt und atmet noch, und sie trägt bereits ihr Partykleid.

Um vor seinen Gästen einzutreffen, fährt Barley früh in die Stadt zurück, und auch da noch mustert er sein Privatheer von veränderbaren und unabänderlichen Tatsachen mit einer Klarheit, auf die auch der erfahrenste und in die größte Enge getriebene Anwalt noch stolz gewesen wäre.

16

»Giorgi! Wunderbar! Phantastisch! Wo ist Warenka?«

»Barley, mein Freund, retten Sie uns, um Himmels willen! Uns gefällt das zwanzigste Jahrhundert genausowenig wie euch Engländern. Laufen wir ihm gemeinsam davon! Heute abend geht's los, okay? Kaufen Sie die Fahrkarten?«

»Juri. Mein Gott, ist das Ihre neue Frau? Verlassen Sie ihn. Er ist ein Ungeheuer.«

»Barley! Hören Sie mir zu! Alles ist in Ordnung! Wir haben keine Probleme mehr! Früher konnten wir nur vermuten, daß alles ein Chaos ist! Heute können wir in unsere Zeitungen sehen und es uns bestätigen lassen!«

»Mischa! Was macht die Arbeit? Super!«

»Es herrscht Krieg, um Himmels willen, Barley, offener Krieg. Zuerst müssen wir die alte Garde aufhängen, dann müssen wir durch ein zweites Stalingrad!«

»Leo! Schön Sie zu sehen! Wie geht es Sonja?«

»Barley, hören Sie mir gut zu! Der Kommunismus ist keine Bedrohung! Er ist eine parasitäre Industrie, die von den Fehlern lebt, die ihr dummen Arschlöcher im Westen macht!«

Der Empfang war in einem Spiegelzimmer im oberen Stockwerk eines älteren Hotels mitten in der Stadt. Draußen auf dem Bürgersteig standen Sicherheitsbeamte in Zivil. Andere lungerten in der Vorhalle, auf der Treppe und am Eingang des Raums.

Potomac & Blair hatte hundert Leute eingeladen. Acht hatten die Einladung bestätigt, niemand hatte abgesagt, und hundertfünfzig waren bis jetzt eingetroffen. Aber solange Katja nicht da war, hielt Barley sich meist in der Nähe der Tür auf. Ein Schwarm Westmädchen kam hereingerauscht, begleitet von den üblichen dubiosen offiziellen Dolmetschern, alles Männer. Ein beleibter Philosoph und Klarinettenspieler traf mit seinem neuesten Busenfreund ein.

»Aleksander! Phantastisch! Wunderbar!«

Andrej, ein einsamer, bereits betrunkener Sibirier, mußte Barley in einer lebenswichtigen Sache sprechen. »Sozialismus mit einem Ein-Parteien-System ist eine Katastrophe, Barley. Hat uns das Herz gebrochen. Bewahrt euch eure britische Vielfalt. Werden Sie meinen neuen Roman veröffentlichen?«

»Tja, ich weiß nicht, Andrej«, erwiderte Barley höflich und warf einen Blick nach der Tür. »Unser Russischlektor schätzt ihn sehr, aber er sieht in England keinen Markt dafür. Wir denken darüber nach.«

»Wissen Sie, warum ich heute abend gekommen bin?« fragte Andrej.

»Sagen Sie's mir.«

Wieder kam ein fröhlicher Trupp herein, aber Katja war auch diesmal nicht dabei.

»Um Ihnen meinen besten Anzug vorzuführen. Wir Russen kennen untereinander unsere Tricks zu gut. Deshalb müssen wir uns an euch Westlern spiegeln. Sie kommen her, und wenn Sie wieder abreisen, nehmen Sie ein sehr vorteilhaftes Bild von uns mit, das gibt uns ein Gefühl von Vornehmheit. Wenn Sie meinen ersten Roman veröffentlicht haben, ist es nur logisch, daß Sie auch meinen zweiten nehmen.«

»Nicht, wenn der erste kein Geld eingebracht hat, Andrej«, erklärte Barley mit seltener Festigkeit und sah zu seiner Erleichterung Wicklow durch den Raum in ihre Richtung gleiten.

»Haben Sie gehört, daß Anatoli im Dezember an einem Hungerstreik im Gefängnis gestorben ist? Nachdem wir nun schon zwei Jahre dieses Große Neue Rußland genießen?« fuhr Andrej fort und nahm einen weiteren großen Schluck Whisky, der zur Förderung der russischen Enthaltsamkeit freundlicherweise von der amerikanischen Botschaft zur Verfügung gestellt worden war.

»Natürlich haben wir davon gehört«, unterbrach Wicklow beschwichtigend. »Entsetzliche Sache.«

»Warum wollen Sie dann meinen Roman nicht verlegen?«

Mochte Wicklow damit fertig werden; Barley breitete die Arme aus und eilte strahlend zur Tür. Die prächtige Natalie von der All-Unions-Staatsbibliothek für Ausländische Literatur war angekommen, eine kluge Schönheit von sechzig Jahren. Sie umarmten sich schwärmerisch.

»Über wen sollen wir heute abend diskutieren, Barley? James Joyce oder Adrian Mole? Wieso sehen Sie plötzlich so intelligent aus? Weil Sie jetzt ein Kapitalist geworden sind.«

Ein Massenansturm drängte die Gesellschaft ans hintere Ende des Raums, was die Wachtposten veranlaßte, beunruhigt durch die Tür zu spähen. Der Lärm der Unterhaltung verebbte und brandete wieder auf. Das Buffet war eröffnet worden.

Aber Katja war noch immer nicht da.

»Mit Perestrojka ist heute alles viel einfacher«, sagte Natalie, unwiderstehlich lächelnd. »Auslandsreisen sind kein Problem. Zum Beispiel nach Bulgarien. Wir brauchen nichts weiter zu tun, als unseren Funktionären zu beschreiben, für was für Persönlichkeiten wir uns halten. Natürlich müssen die Bulgaren das wissen, bevor wir zu ihnen kommen. Sie müssen ja vorgewarnt werden. Sind wir intelligent, mittel-intelligent oder normal-intelligent? Die Bulgaren müssen sich vorbereiten, vielleicht sogar ein bißchen üben. Sind wir ruhig oder erregbar, schlichten Gemüts oder phantasievoll? Wenn wir diese simplen Fragen und tausend weitere von ähnlichem Kaliber beantwortet haben, dürfen wir zu den wichtigeren Punkten übergehen, wie zum Beispiel: Adresse und vollständiger Name unserer Großmutter mütterlicherseits, Zeitpunkt ihres Todes und Nummer ihres Totenscheins und, sollte ihnen zufällig der Sinn danach stehen, vielleicht auch noch der Name des Arztes, der ihn ausgestellt hat. Man sieht also, unsere Funktionäre mühen sich nach Kräften, die neuen, gelockerten Vorschriften so schnell wie möglich einzuführen und uns alle mitsamt unseren Kindern auf Urlaub ins Ausland zu schicken. Barley, nach wem gucken Sie denn so herum? Sehe ich nicht mehr gut aus, oder langweile ich Sie schon?«

»Also, was haben Sie ihnen gesagt?« fragte Barley lachend und zwang sich, sie dabei anzusehen.

»Ach, ich sagte, ich sei sehr intelligent, ich sei eine ruhige, amüsante Person, und die Bulgaren würden von meiner Gesellschaft entzückt sein. Die Funktionäre prüfen doch bloß unsere Entschlossenheit. Sie hoffen, daß wir, wenn wir so viele verschiedene Abteilungen zu überzeugen haben, den Mut verlieren und lieber zu Hause bleiben. Aber es wird schon besser. Alles wird langsam besser. Vielleicht glauben Sie's nicht, aber die Perestrojka wird nicht für die Ausländer veranstaltet. Sondern für uns.«

»Wie geht's Ihrem Hund, Barley?« murmelte neben Barley eine bedrückte Männerstimme. Es war Arkadi, inoffizieller Bildhauer, in Begleitung seiner schönen inoffiziellen Freundin.

»Ich habe keinen Hund, Arkadi. Warum fragen Sie?«

»Weil es von jetzt ab sicherer ist, über seinen Hund zu reden als über seine Mitmenschen, würde ich sagen.«

Um Arkadis Blick zu folgen, wandte Barley den Kopf und sah auf der gegenüberliegenden Seite des Raums Alik Zapadni, der ernst auf Katja einredete.

»Wir Moskowiter verbrennen uns heutzutage andauernd den Mund«, fuhr Arkadi fort, den Blick unverwandt auf Zapadni gerichtet. »In unserer Begeisterung, werden wir sorglos. Die Denunzianten werden in diesem Herbst eine reiche Ernte einfahren, sonst allerdings wohl niemand. Fragen Sie ihn. Er ist eine Leuchte in seinem Beruf, würde ich sagen.«

»Alik, alter Teufel, womit belästigen Sie diese arme Frau?« wollte Barley wissen, während er zuerst Katja und dann Zapadni umarmte. »Ich konnte durch den ganzen Raum sehen, wie sie rot wurde. Sie sollten auf ihn achtgeben, Katja. Sein Englisch ist fast so gut wie Ihres, und er spricht es viel schneller. Wie geht es Ihnen?«

»Oh, vielen Dank«, sagte sie leise. »Mir geht es *sehr* gut.«

Sie trug das Kleid, das sie bei ihrem Treffen im Odessa getragen hatte. Sie war reserviert, aber beherrscht. Ihr Gesichtsausdruck zeigte den elenden Eifer der Verlassenen. Dan Zeppelin und Mary Lou standen bei ihnen.

»Wir führten gerade eine recht interessante Diskussion über die Menschenrechte, Barley«, erklärte Zapadni und schwenkte sein Glas mit einer kreisenden Geste vor ihnen herum, als veranstalte er eine Kollekte. »Nicht wahr, Mr. Zeppelin? Wir sind ja immer so dankbar, wenn Westler uns vorpredigen, was wir mit unseren Kriminellen machen sollen! Andererseits frage ich mich, worin besteht eigentlich der Unterschied zwischen einem Land, das ein paar Leute mehr ins Gefängnis steckt, und einem Land, das seine Gangster auf freiem Fuß läßt? Ich glaube, ich habe da gerade einen Verhandlungspunkt für unsere sowjetische Führung gefunden. Morgen früh werden wir dem sogenannten Helsinki-Überwachungskomitee erklären, daß wir so lange nichts mehr mit ihm zu tun haben wollen, bis die amerikanische Mafia nicht hinter Gittern ist. Was sagen Sie dazu, Mr. Zeppelin? Wir lassen unsere frei, Sie stecken ihre rein. Ein faires Geschäft, würde ich sagen.«

»Wollen Sie die höfliche Antwort oder die richtige?« schnappte Dan über Mary Lous Schulter.

Wieder rauschte eine polyglotte Gruppe von Gästen vorbei, der nach einer theatralischen Pause niemand anders folgte als der große Sir Peter Oliphant persönlich, umgeben von einem Schwarm russischer und englischer Kofferträger. Der Lärm schwoll an, der Raum füllte sich. Drei kränklich aussehende britische Korrespondenten inspizierten das geplünderte Buffet und zogen wieder ab. Jemand klappte das Klavier auf und intonierte ein ukrainisches Lied. Eine Frau begann, wohlklingend zu singen, und andere stimmten ein.

»Nein, Barley, ich weiß wirklich nicht, wovor Sie Angst haben«, antwortete Katja zu Barleys Überraschung, also mußte er sie etwas gefragt haben. »Ich bin überzeugt, daß Sie sehr mutig sind, wie alle Engländer.«

Seine Aufregung hatte sich in der Hitze des Raums und dem Wirbel der Veranstaltung plötzlich gegen ihn gewandt. Er fühlte sich betrunken, wenn auch nicht von Alkohol, da er sich den ganzen Abend an einem einzigen müden Scotch festgehalten hatte.

»Vielleicht gibt es tatsächlich nichts«, sagte er versuchsweise, sprach aber nicht nur Katja an, sondern einen ganzen Kreis unvertrauter Gesichter. »Draußen im Busch. Talent.«

Alles wartete, auch Barley. Er versuchte, sie alle gleichzeitig anzusehen, aber seine Augen sahen nur Katja. Was hatte er da gesagt? Was hatten sie gehört? Ihre Gesichter waren noch immer ihm zugewandt, doch sie leuchteten nicht, nicht einmal Katjas; sie zeigten nur Besorgnis. Er stammelte weiter. »Wir alle hatten jahrelang die Vision von großen russischen Künstlern, die nur darauf warteten, entdeckt zu werden.« Er stockte. »Ja, nicht wahr? Epische Romane, Schauspiele. Große Maler, die heimlich in der Verbannung arbeiten. Mansarden voller wunderbarer illegaler Bilder. Bei Musikern das gleiche. Wir sprachen davon. Träumten davon. Von der heimlichen Fortsetzung des neunzehnten Jahrhunderts. ›Und wenn das Tauwetter kommt, werden sie alle aus dem Eis kommen und uns bezaubern‹, sagten wir uns. Wo zum Teufel sind sie also, alle diese Genies? Was, wenn sie im Eis erfroren sind? Vielleicht hat die Unterdrückung ja funktioniert. Mehr will ich nicht sagen.«

Ein gebanntes Schweigen folgte, bis Katja ihm zu Hilfe kam. »Das russische Talent existiert und hat immer existiert, Barley, auch in den schlimmsten Zeiten. Es läßt sich nicht zerstören«, erklärte sie mit einem Anflug ihrer alten Strenge. »Mag sein, daß es sich erst einmal an die neuen Umstände anpassen muß, aber in kurzer Zeit wird es bedeutende Werke hervorbringen. Ich bin überzeugt, daß Sie das auch so sehen.«

Henziger hält seine Rede. Ein Meisterwerk unfreiwilliger Heuchelei. »Möge die Pionierarbeit von Potomac & Blair einen bescheidenen Beitrag zu der großen neuen Ära der Ost-West-Verständigung leisten!« verkündet er im Brustton der Überzeugung. Er hebt die Stimme und mit ihr das Glas. Er ist der ehrbare Kaufmann, er verkörpert den anständigen Amerikaner schlechthin, den mit dem Herz am rechten Fleck. Und zweifellos ist er genau das, wofür er sich hält, denn der Schmierendarsteller in ihm liegt ganz dicht unter der Oberfläche. »Machen wir einander reich!« ruft er und hebt sein Glas noch ein Stück höher. »Machen wir einander frei! Treiben wir Handel miteinander, sprechen wir, und trinken wir miteinander, und machen wir die Welt wohnlicher. Meine Damen und Herren –

auf Sie alle, auf Potomac & Blair und auf unseren beiderseitigen Profit – und auf Perestrojka – Zum Wohl! Amen!«

Sie schreien nach Barley. Spikey Morgan fängt an, Juri und Alik Zapadni fallen ein, und sämtliche alten Hasen, die das Spielchen kennen, schreien: »Barley, Barley!« Und bald schreit der ganze Raum nach Barley, manche wissen nicht einmal, wieso eigentlich, zumal ihn einen Augenblick lang ohnehin niemand sieht. Dann steht er plötzlich mit einem geliehenen Saxophon auf dem Buffettisch und spielt »My Funny Valentine«, ein Stück, das er, seit der ersten, auf jeder Moskauer Buchmesse gespielt hat, und Jack Henziger begleitet ihn im unverkennbaren Stil von Fats Waller auf dem Klavier.

Die Wachtposten an der Tür schleichen in den Raum, um zuzuhören, die Posten von der Treppe kommen an den Eingang, und die Posten aus der Vorhalle kommen auf die Treppe, während die ersten Töne von Barleys Schwanengesang an Klarheit gewinnen und dann immer kraftvoller werden.

»Wir gehen zu dem neuen Inder, um Himmels willen«, beharrt Henziger, als sie unter dem sturen Blick eines *toptuny* auf dem Bürgersteig stehen. »Nehmen Sie Katja doch mit! Wir haben einen Tisch reserviert!«

»Tut mir leid, Jack. Wir sind verabredet. Schon lange.«

Henziger zieht bloß eine Show ab. »Sie braucht Fürsorge«, hat Barley ihm anvertraut. »Ich werde mit ihr verschwinden und ihr irgendwo ein ruhiges Essen spendieren.«

Aber Barley führte Katja zum Abschied nicht zum Essen aus, wie die Irregulären behaupteten, bevor sie abgelöst wurden. Wenn überhaupt jemand führte, dann übernahm Katja diesmal die Führung, und nicht Barley. Sie führte ihn an jenen Ort, der jedem russischen Stadtmenschen seit seiner Jugend bekannt ist und der unter dem Dach jedes zweckmäßig gebauten Wohnblocks in jeder größeren Stadt zu finden ist. Es gibt keine Russin aus Katjas Generation, für die solche Orte nicht zu den Erinnerungen an ihre ersten Lieben gehören. Und auch am oberen Ende von Katjas Treppenhaus war ein solcher Ort zu finden, dort, wo die Treppe endet und der Dachboden beginnt; freilich wurde er im Winter häufiger aufgesucht als im Sommer, denn es fehlte dort nicht an schwitzenden Warmwassertanks und dampfenden, schwarz umwickelten Rohrleitungen.

Aber zunächst mußte sie nach Matwej und den Zwillingen sehen, sich vergewissern, daß ihnen noch nichts passiert war, während Barley auf dem Treppenabsatz auf sie wartete. Dann führte sie ihn an der Hand mehrere Treppen hoch bis zur letzten, die aus Holz war. Sie hatte einen Schlüssel zu der rostigen Stahltür, die Unbefugten keinen Zutritt gewährte. Und als sie auf- und wieder zugeschlossen hatte, führte sie ihn über die Balken zu einem Stück festen Boden, wo sie ein provisorisches Bett vorbereitet hatte; das verdreckte Dachfenster gewährte einen verschmierten Blick auf die Sterne, untermalt vom Tuckern der Rohre und dem Gestank trocknender Wäsche.

»Der Brief, den du Landau gegeben hast, ist nicht angekommen«, sagte er. »Er ist in den Händen unserer Behörden gelandet. Und die haben mich zu dir geschickt. Entschuldige, aber so war's.«

Doch die beiden hatten keine Zeit mehr, von irgend etwas schockiert zu sein. Er hatte ihr nicht viel von seinem Plan erzählt und erzählte ihr jetzt nicht mehr. Ihnen beiden war klar, daß sie schon viel zuviel wußte. Im übrigen hatten sie wichtigere Dinge zu besprechen, denn in dieser Nacht erzählte ihm Katja, was später den Rest seines Wissens von ihr ausmachte. Und sie gestand ihm ihre Liebe in Worten, die einfach genug waren, um ihm über die Trennung hinwegzuhelfen, die unausweichlich vor ihnen lag.

Dennoch blieb Barley nicht übermäßig lang. Er gab weder den Außenagenten noch den Leuten in London Anlaß, sich Sorgen um ihn zu machen. Um Mitternacht war er wieder im Mesch, rechtzeitig zu einem letzten Umtrunk mit den unseren.

»Ah, Jack, Alik Zapadni hat mich morgen nachmittag zu einem traditionellen Abschiedsgelage für die Veteranen bestellt«, vertraute er Henziger bei einem Schlummertrunk in der Bar im ersten Stock an.

»Soll ich mitkommen?« fragte Henziger. Denn wie die Russen hegte auch Henziger keine Illusionen über Zapadnis unselige Verbindungen.

Barley lächelte bedauernd. »Sie gehören nicht zu den alten Hasen, Jack. Die Party ist nur für uns goldene Oldies aus den Zeiten, als es noch keine Hoffnung gab.«

»Wieviel Uhr?« fragte der ewige Praktiker Wicklow.

»Vier Uhr, hat er, glaub ich, gesagt. Verdammt seltsame Zeit für einen Drink. Aber ja, ich bin mir sicher. Vier.«

Darauf wünschte er ihnen allen freundlich eine gute Nacht, ging zum Aufzug – im Mesch ein Glaskäfig, der zum heimlichen Schrecken manch ehrlicher Haut frei an einer Stahlstange auf und nieder schwebt – und stieg in den Himmel auf.

Es war Mittag, und nach all unseren schlaflosen Nächten und durchwachten Morgendämmerungen kam uns eine Sensation zur Mittagszeit irgendwie unanständig vor. Aber eine Sensation war es. Eine durch Boten überbrachte Sensation. Eine Sensation in einem gelben Umschlag in einem verschlossenen Stahlaktenkoffer. Der hagere Johnny von ihrem Londoner Büro kam damit in den Einsatzraum gerannt, nachdem er ihn von der Botschaft unter Bewachung über den Platz getragen hatte. Er rannte durch das Untergeschoß und die kleine Treppe zum Kommandobereich hoch, ehe er merkte, daß wir uns zu Sandwiches und Kaffee in Sheritons Rosenholzsalon zurückgezogen hatten.

Er überreichte Sheriton den Koffer und sah ihm wie ein Bote auf dem Theater über die Schulter, während Sheriton zunächst den Begleitbrief las, den er sich in die Tasche stopfte, und dann die Nachricht selbst.

Als dann Ned die Nachricht las, sah Johnny auch ihm über die Schulter. Erst als Ned mir den Zettel gab, schien Johnny der Meinung zu sein, ihn oft genug gelesen zu haben: ein abgefangener Funkspruch; vom sowjetischen Militär aus Leningrad gefunkt, von den Amerikanern in Finnland aufgefangen und von einer Computerbank in Virginia dechiffriert, die so viel Strom verbraucht, daß man damit ganz London ein Jahr lang mit Licht versorgen könnte.

Leningrad an Moskau, Kopie nach Saratow.

Professor Jakow Saweljew ist berechtigt, im Anschluß an seinen Vortrag bei der Militärakademie in Saratow am kommen-

den Freitag ein Erholungswochenende in Moskau zu verbringen. Bitte arrangieren Sie Transport und Unterbringung.

»Na vielen Dank, Herr Verwaltungsbeamter, Leningrad«, murmelte Sheriton.

Ned hatte sich den Funkspruch wieder genommen und las ihn noch einmal. Er schien der einzige von uns allen zu sein, der nicht beeindruckt war.

»Ist das alles?« fragte er.

»Ich weiß nicht, Ned«, sagte Johnny, ohne seine Feindseligkeit zu verbergen.

»Hier steht: ›Ende von eins.‹ Was soll das bitte heißen? Finden Sie heraus, ob da noch mehr gekommen ist. Wenn ja, sind Sie vielleicht so gut und stellen fest, ob die auf diesem Kanal sonst noch was aufgefangen haben, was irgendeinen Wert hat.« Er wartete, bis Johnny aus dem Zimmer war. »Perfekt«, sagte er ätzend. »Mustergültig. Mein Gott, man könnte glatt denken, wir hätten es mit den Deutschen zu tun.«

Wir standen herum und knabberten zerstreut an unserem Essen. Sheriton schob die Hände in die Taschen, drehte uns den Rücken zu und starrte aus dem Rauchglasfenster auf den lautlosen Verkehr. Er trug eine flauschige schwarze Strickjacke. Durch das Innenfenster konnten wir anderen beobachten, wie Johnny an einem der angeblich abhörsicheren Telefone sprach. Er legte auf, und wir sahen ihn durch den Raum wieder zu uns zurückkommen.

»Null«, verkündete er.

»Null? Was heißt das?« fragte Ned.

»›Ende von eins‹ heißt Ende von eins. Ein Einzelfall. Sonst ist nichts gekommen.«

»Also ein Zufallstreffer?« vermutete Ned.

»Ein Einzelfall«, wiederholte Johnny störrisch.

Ned drehte sich zu Sheriton um, der uns noch immer den Rücken zuwandte. »Russell. Denken Sie genau nach. Dieser Funkspruch steht völlig allein. Es gibt nichts Vergleichbares, die Sache stinkt. Die werfen uns einen Köder hin.«

Jetzt war Sheriton dabei, den Zettel ein zweites Mal zu studieren. Als er endlich sprach, zeigte er seinen ganzen Überdruß; offensichtlich hatte er die Grenzen seiner Toleranz erreicht.

»Ned, die Kryptographen haben mir vertraulich versichert, daß der Funkspruch mit minderwertigem Militärgerät verschlüsselt und von einer Quetschkommode Baujahr 1921 gesendet wurde. So fängt heute kein Mensch mehr ein Täuschungsmanöver an. Kein Mensch. Nicht Bluebird kommt vom Kurs ab. Sondern Sie.«

»Vielleicht haben sie es gerade *deswegen so* gemacht! Könnten Sie und ich nicht auf eine solche Idee kommen? Sich von der ungedeckten Seite heranzumachen?«

»Nun, das mag ja sein«, räumte Sheriton ein, als ob ihn das kaum etwas anginge. »Wenn man einmal anfängt, so zu denken, kann man kaum noch anders denken.«

Clive, boshaft wie nie. »Wir können Sheriton wohl kaum bitten, die Operation aufgrund der Tatsache abzubrechen, daß alles *gut* läuft, Ned«, sagte er ölig.

»Aufgrund der Tatsache, daß es Geisterstimmen waren«, korrigierte ihn Sheriton mit wachsender Wut, während er verstimmt ins Zimmer zurückkam. »Aufgrund der Tatsache, daß alles ein Komplott des Kreml ist, weil es zu unseren Gunsten läuft. Aufgrund der Tatsache, daß alles, was wir versauen, für unsere Integrität spricht. Ned, meine Agency ist an dieser Krankheit fast eingegangen. Und ihr hier auch. Heute wird das anders angefangen. Es ist meine Operation und mein Arsch.«

»Und mein Joe«, sagte Ned. »Wir haben ihn kaputtgemacht. Und Bluebird auch.«

»Sicher, sicher«, sagte Sheriton mit eisiger Leutseligkeit. »Keine Frage.«

Er warf Clive einen unfreundlichen Blick zu. »Herr Deputierter?« Clive hatte seine eigene, wohlerprobte Art, den Neutralen zu spielen. »Russell – wenn ich Sie so nennen darf – Ned. Ich finde, Sie sind beide ein wenig egoistisch. Wir sind ein Geheimdienst. Wir leben für die Firma. Nicht wir allein, sondern unsere Vorgesetzten haben Bluebird ihren Segen gegeben. Wir haben es hier mit einem gemeinschaftlichen Willen zu tun, der mehr zu sagen hat als jeder von uns.«

Schon wieder falsch, dachte ich. Er hat weniger zu sagen als jeder von uns. Er ist eine Beleidigung unserer Fähigkeiten, abgesehen von Clives vielleicht, der ihn eben deshalb nötig hat.

Sheriton wandte sich wieder Ned zu, hob aber noch immer nicht die Stimme. »Ned, können Sie sich vorstellen, was in Langley und Washington los ist, wenn ich *jetzt* abbreche? Können Sie sich das schallende Hyänengelächter vorstellen, das von den Abwehrleuten, den Neandertalern und aus dem Pentagon über den Atlantik dröhnen wird? Können Sie sich ausmalen, was man dann von dem bisherigen Bluebird-Material hält?« Er zeigte mit unverhüllter Boshaftigkeit auf Johnny, der mit seinen tiefliegenden Augen von einem zum anderen blickte. »Sehen Sie den Bericht dieser Type da vor sich? Dieses Judas? *Wir* haben doch zur Mäßigung aufgerufen, erinnern Sie sich? Und jetzt sagen *Sie* mir, ich soll Bluebird den Schakalen vorwerfen.«

»Ich sage, Sie sollen ihm die Einkaufsliste nicht geben.«

Sheriton neigte sein Ohr, als ob er schwerhörig wäre. »*Barley* die Einkaufsliste? Oder *Bluebird* die Einkaufsliste?«

»Keinem von beiden. Abbrechen.«

Endlich wurde Sheriton richtig wütend. Er hatte lange auf diesen Augenblick gewartet, und jetzt war er gekommen. Er baute sich einen halben Meter vor Ned auf, warf abwehrend die Hände hoch und riß dabei seine weite flauschige Jacke mit, so daß er wie eine übergewichtige zornige Fledermaus vor ihm stand.

»Also okay! Unser schlimmstes Szenario! Copyright by Ned. Okay? Wir zeigen Bluebird die Einkaufsliste, und er stellt sich als einer von ihren Leuten heraus, nicht von unseren. Ob ich über diese Möglichkeit wohl nachgedacht habe? Ned, ich habe Tag und Nacht an kaum etwas anderes gedacht. Wenn Bluebird auf der anderen Seite steht und nicht auf unserer und Barley und die Frau auch, wenn alle oder einzelne der Mitwirkenden nicht ganz koscher sind, wird die Einkaufsliste ein sehr helles Licht auf die anale Öffnung der Vereinigten Staaten von Amerika werfen.« Er begann auf und ab zu gehen. »Sie wird den Sowjets zeigen, was wir wissen. Schon schlecht. Sie wird den Sowjets zeigen, was wir *nicht* wissen und *wie* wir es nicht wissen. Noch schlechter, aber das Schlimmste kommt noch. Klug analysiert, kann die Einkaufsliste ihnen die Lücken in unserer nachrichtendienstlichen Maschinerie zeigen, und wenn sie noch klüger sind, die Lücken in unseren grotesken, lächerlichen, unzulänglichen, absurd überfüllten Scheißarsenalen. Wie das?

Weil wir uns doch letztlich auf das konzentrieren, was uns angst macht, also das, was wir *nicht* können, aber *sie*. Soviel zu dieser Schreckensvision. Ned, ich habe mir das Konto genau angesehen. Ich kenne die Risiken. Ich weiß, was uns Bluebird einbringen kann und was er uns kosten wird, wenn wir danebenhauen. Niederlagen ernüchtern mich. Ich kenne so was. Es beeindruckt mich nicht. Wenn wir uns irren, sind wir angeschissen. Das wußten wir bereits auf der Insel und wissen es jetzt noch ein wenig besser, weil wir jetzt mit scharfer Munition arbeiten. Aber jetzt ist nicht der Augenblick, daß wir ohne einen stahlharten Grund zurückblicken dürften!«

Er kam zu Ned zurück. »*Bluebird ist in Ordnung,* Ned! Erinnern Sie sich? Ihre Worte. Ich hätte Sie dafür küssen können! Könnte es noch immer! Bluebird sagt uns die unverfälschte Wahrheit, so wie er sie kennt. Und meine kurzsichtigen Vorgesetzten werden sich das in den Arsch schieben lassen, und wenn ihre Eier dabei draufgehen. Können Sie mir folgen, Ned? Oder habe ich Sie schon in Schlaf gesungen?«

Aber Ned ließ sich von Sheritons finsterer Wut nicht reizen. »Geben Sie ihm nicht die Liste, Russell. Wir haben ihn verloren. Wenn Sie ihm unbedingt was geben wollen, dann geben Sie ihm Rauch.«

»*Rauch?* Barley in den Rücken fallen, meinen Sie? Zugeben, daß Bluebird unbrauchbar ist? Machen Sie Witze? *Beweisen* Sie das, Ned! Tischen Sie mir keine *Ahnungen* auf! Sondern *Beweise*, verdammte Scheiße! In Washington erzählt mir jeder, der noch keine Haare zwischen den Zehen hat, Bluebird wäre die Bibel, der Talmud und der Koran! Und jetzt empfehlen *Sie* mir, ich soll ihm Rauch geben! Sie haben uns da reingebracht, Ned! Scheiße! Versuchen Sie bloß nicht, beim ersten Halt vom Tiger abzuspringen!«

Ned dachte eine Weile darüber nach, und Clive dachte über Ned nach. Schließlich zuckte Ned die Schultern, als wollte er sagen, es spiele ohnehin keine Rolle mehr. Dann ging er an seinen Schreibtisch zurück, wo er einsam sitzen blieb und irgendwelche Papiere zu lesen schien; und ich weiß noch, daß ich mich plötzlich fragte, ob auch er – oder wir alle – eine Hannah hätte, irgendein ungelebtes Leben, das ihn bei der Stange hielt.

Vielleicht hatte die VAAP ja tatsächlich keine kleineren Zimmer, vielleicht aber auch hatte Alik Zapadni seit seiner Zeit im Gefängnis eine verständliche Abneigung gegen kleine Räume. Auf jeden Fall erschien Barley das Zimmer, das Zapadni für ihr Treffen bestimmt hatte, groß wie ein Ballsaal, und das einzig Kleine darin war Zapadni selbst, der am Ende eines langen Tisches kauerte, wie eine Maus auf einem Floß, und mit bohrendem Blick beobachtete, wie sein Besucher mit hängenden Armen, die Ellbogen ein wenig angewinkelt, über das Parkett auf ihn zuschlenderte. Sein Gesicht zeigte einen Ausdruck, den Zapadni oder sonst irgendwer noch nie an ihm gesehen hatte: weder reumütig noch unbestimmt, noch absichtlich dumm, sondern von einer schier bedrohlichen Entschlossenheit.

Zapadni hatte einige Papiere vor sich arrangiert, daneben einen Stapel Bücher, einen Krug mit Trinkwasser und zwei Gläser. Offensichtlich zog er es vor, Barley vorzumachen, er treffe ihn mitten beim Arbeiten an, anstatt ihn kaltblütig und ohne Requisiten oder im Schutz seiner zahllosen Assistenten zu empfangen.

»Barley, mein Lieber, wissen Sie, es ist äußerst freundlich von Ihnen, noch einmal vorbeizukommen, um Abschied zu nehmen, denn Sie müssen jetzt doch genauso beschäftigt sein wie ich, du liebe Zeit«, legte er viel zu schnell sprechend los. »Ich würde sagen, wenn unser Verlagswesen weiterhin so expandiert, sehe ich keinen anderen Ausweg mehr, obwohl das nur meine private inoffizielle Meinung ist, als daß wir das Personal um hundert aufstocken und höchstwahrscheinlich auch größere Büros beantragen müssen.« Er druckste herum, schob seine Papiere durcheinander und zog einen Stuhl zurück, was wohl als traditionelle europäische Geste der Höflichkeit gemeint war. Aber Barley zog es vor stehen zu bleiben. »Mir ist mein Leben zu lieb, um Ihnen in diesem Gebäude einen Drink anzubieten, solange die Sonne noch über der Nock steht, wie wir zu sagen pflegen. Aber so nehmen Sie doch Platz, wir sollten wirklich mal kurz ein paar Sachen besprechen« – er hob die Brauen und sah auf seine Uhr – »mein Gott, wir brauchten einen Monat und nicht bloß fünf Tage! Was macht die Transsibirische Eisenbahn? Ich meine, ich sehe da keine grundsätzlichen Schwierigkeiten, vorausgesetzt, daß unsere Position respektiert wird und die Regeln des Fairplay von allen Vertragsparteien eingehalten werden. Sind die Finnen zu gierig? Oder ist vielleicht Ihr Mr. Henziger zu gierig? Der ist bestimmt ein ganz hartnäckiger Bursche, würde ich sagen.«

Wieder sah er Barley in die Augen, und sein Unbehagen wuchs. So wie Barley da vor ihm stand, wirkte er durchaus nicht wie ein Mann, der über die Transsibirische Eisenbahn diskutieren wollte.

»Ich finde es ja eigentlich etwas seltsam, daß Sie so entschieden darauf bestanden haben, mich ganz allein zu sprechen«, fuhr Zapadni ziemlich verzweifelt fort. »Immerhin fällt dieses Projekt ganz und gar in Mrs. Kornejewas Zuständigkeitsbereich. Die unmittelbare Verantwortung für den Fotografen und alle praktischen Vereinbarungen liegen einzig und allein bei ihr und ihren Leuten.«

Doch Barley hatte ebenfalls eine Rede vorbereitet, die allerdings nicht so fahrig ausfiel wie die Zapadnis. »Alik«, sagte er, den angebotenen Stuhl standhaft verweigernd. »Funktioniert dieses Telefon?«

»Selbstverständlich.«

»Ich muß mein Land verraten, und ich habe es eilig. Ich möchte, daß Sie für mich den Kontakt mit den zuständigen Behörden herstellen, denn es gibt da gewisse Dinge, die vorab geklärt werden müssen. Also fangen Sie gar nicht erst an, mir zu erzählen, Sie wüßten nicht, an wen Sie sich da wenden sollten, sondern tun Sie es einfach, sonst verlieren Sie bei den Schweinen, die glauben, Sie in der Hand zu haben, einen Haufen Pluspunkte.«

Es war Nachmittag, doch über London hatte sich eine winterliche Dämmerung gesenkt, und in Neds kleinem Büro im Rußlandhaus herrschte Zwielicht. Er hatte die Füße auf den Schreibtisch gelegt und lehnte mit geschlossenen Augen auf seinem Stuhl, neben sich einen dunklen Whisky – gewiß nicht der erste an diesem Tag, wie ich rasch erkannte.

»Ist Clive immer noch mit den hohen Herren von Whitehall in Klausur?« fragte er mich mit müder Leichtigkeit.

»Er ist in der amerikanischen Botschaft und handelt die Einkaufsliste aus.«

»Ich dachte, kein Brite dürfte die Einkaufsliste auch nur von ferne sehen?«

»Es geht ums Grundsätzliche. Sheriton muß eine Erklärung unterschreiben, mit der Barley zum amerikanischen Ehrenbürger ernannt wird. Und Clive muß eine Belobigung hinzufügen.«

»Die was besagt?«

»Daß er ein ehrenwerter Mann und ein fähiger und anständiger Mensch ist.«

»Haben Sie das für ihn aufgesetzt?«

»Natürlich.«

»Töricht von Ihnen«, sagte Ned, und es klang wie ein verträumter Tadel. »Die werden Sie aufhängen.« Er lehnte sich zurück und schloß die Augen.

»Ist denn die Einkaufsliste wirklich soviel wert?« fragte ich. Ausnahmsweise einmal hatte ich das Gefühl, ich sei praktischer veranlagt als Ned.

»Oh, die ist alles wert«, erwiderte Ned leichthin. »Wenn irgendwas überhaupt was wert ist, dann die Liste.«

»Könnten Sie mir das erklären?«

Ich hatte zwar keinen Zugang zu den innersten Geheimnissen des Bluebird-Materials, aber mir war klar, daß ich ohnehin nichts damit hätte anfangen können. Der pflichtbewußte Ned hingegen hatte die Abendschule besucht. Er hatte zu Füßen unserer hauseigenen Eierköpfe gesessen und unsere besten Verteidigungswissenschaftler zum Essen ins Athenaeum ausgeführt, nur um von ihnen zu lernen.

»Interdependenz«, sagte er verächtlich. »Wechselseitig gesichertes Chaos. Wir knacken ihre Spielzeuge. Sie knacken unsere. Wir beobachten uns gegenseitig beim Bogenschießen, ohne daß jeweils die eine Seite weiß, welche Ziele die andere Seite im Visier hat. Wenn die auf London zielen, treffen sie dann Birmingham? Was ist Versehen? Was Absicht? Wer bringt den Streukreisradius auf Null?« Er bemerkte meine Verwirrung und war mit sich zufrieden. »Wir sehen ihnen dabei zu, wie sie ihre Interkontinentalraketen auf die Halbinsel Kamtschatka abschießen. Aber können sie damit auch ein Minute-men-Silo treffen? Wir wissen es nicht, und sie wissen es nicht. Weil die schweren Geschütze auf beiden Seiten nie unter Kriegsbedingungen getestet wurden. Die Test-Flugbahnen sind ganz andere als die, die sie dann benutzen, wenn der Spaß mal richtig losgeht. Die Erde, Gott schütze sie, ist keine vollkommene Kugel. Wie sollte sie auch, in ihrem Alter? Ihre Dichte variiert, und damit auch die gravitationsbedingten Ablenkungen irgendwelcher Flugkörper, wie zum Beispiel Geschosse und Sprengköpfe. Da fangen die Abweichungen an. Unsere Zielnehmer versuchen, sie bei der Kalibrierung auszugleichen. Goethe hat es auch versucht. Sie geben die Daten der Beobachtungssatelliten ein, und vielleicht gelingt es ihnen besser als Goethe. Vielleicht auch nicht. Das wissen wir erst, wenn die verdammte Bombe hochgeht, und sie werden es auch nicht früher wissen, weil man die Sache im Ernst nur ein einziges Mal erproben kann.« Er streckte sich behaglich, als ob das Thema ihm Spaß machte. »Also spalten sich die Lager. Die Falken schreien: ›Die Sowjets treffen haargenau! Die können einer Fliege aus zehntausend Meilen Entfernung das Lächeln aus dem Arsch schießen!‹ Worauf die Tauben bloß erwidern können: ›*Wir* wissen nicht, was die Sowjets können, und die Sowjets wissen nicht, was sie selber können. Und jemand, der nicht weiß, ob seine Kanone funktioniert oder nicht, wird nicht als erster schießen. Durch diese Unsicherheit bleiben wir anständig‹, sagen die Tauben. Aber das ist kein Argument, mit dem sich der nüchterne Verstand der Amerikaner zufriedengeben kann, weil nämlich der nüchterne Verstand der Amerikaner sich nicht gern mit vagen Konzepten und grandiosen Visionen herumschlägt. Jedenfalls nicht nüchtern. Und was Goethe sagte, war ja noch viel ketzerischer. Er sagte, daß es außer dieser Unsicherheit überhaupt nichts gebe. Was ich übrigens fast genauso sehe. Folglich mußten ihn die Falken hassen und die Tauben sich jubelnd an den Kronleuchter hängen.« Wieder nahm er einen Schluck. »Wenn Goethe statt dessen auf die Falken gesetzt hätte, wäre jetzt alles in Ordnung«, sagte er vorwurfsvoll.

»Und die Einkaufsliste?« fragte ich noch einmal.

Er blinzelte versponnen in sein Glas. »Mein lieber Palfrey, die eine Seite legt ihre Zielpunkte auf der Grundlage ihrer Mutmaßungen über die andere Seite fest. Und umgekehrt. Ad infinitum. Sollen wir unsere Silos verstärken? Wieso sollten wir, wenn der Feind sie gar nicht treffen kann? Sollen wir sie – angenommen, wir wüßten wie – für Milliarden Dollars superverstärken? Was wir übrigens bereits tun, auch wenn es nicht gerade herumposaunt wird. Oder sollen wir sie für noch mehr Milliarden unvollkommen mit SDI schützen? Hängt von unseren Vorurteilen ab und davon, wer den Gehaltsscheck ausstellt. Hängt davon ab, ob wir Hersteller oder Steuerzahler sind. Sollen wir unsere Raketen auf Zügen oder Autobahnen hin und her fahren oder, in diesem Monat ganz aktuell, auf Feldwegen parken? Oder sollen wir sagen, das ist sowieso alles Schrott, also zum Teufel damit?«

»Hört es also auf, oder fängt es an?« fragte ich.

Er zuckte die Schultern. »Wann hat es jemals aufgehört? Machen Sie Ihren Fernseher an: Was sehen Sie? Die Führer beider Seiten umarmen sich. Mit Tränen in den Augen. Sehen einander Tag für Tag ähnlicher. *Hurra, alles ist vorbei!* So ein Quatsch! Wenn Sie auf die Insider hören, werden Sie erkennen, daß das Bild sich um keinen Pinselstrich verändert hat.«

»Und wenn ich meinen Fernseher ausmache? Was sehe ich dann?«

Er lächelte nicht mehr. Ja, sein freundliches Gesicht war ernster, als ich es je gesehen hatte, obwohl sein Zorn – falls es Zorn war – sich nur gegen ihn selbst zu richten schien.

»Dann sehen Sie uns. Versteckt hinter grauen Bildschirmen. Und wir versichern einander, daß wir es sind, die den Frieden bewahren.«

17

Langsam und ständigen Verdrehungen unterworfen, wie in unserer geheimen Über-Welt üblich, kam die schwer faßbare Wahrheit, von der Ned gesprochen hatte, ans Licht.

Um sechs Uhr abends wurde, wie uns die Bildschirme nun immer wieder mitteilten, Barleys »Abgang« aus dem VAAP-Gebäude beobachtet, und es gab erregte Spekulationen, ob er betrunken sein könnte, denn schließlich war Zapadni ein alter Schluckspecht, und ein Abschiedswodka war genau das, was man den beiden zutrauen konnte. Er kam heraus, Zapadni mit ihm. Auf der Schwelle umarmten sie sich hingebungsvoll, Zapadni mit rotem Gesicht und etwas nervösen Bewegungen, Barley eher steif, was die Beobachter besorgt annehmen ließ, er sei betrunken, und zu der reichlich seltsamen Entscheidung veranlaßte, ihn zu fotografieren – als wenn sie glaubten, ihn durch das Einfrieren dieses einen Augenblicks nüchtern machen zu können. Und da dies das letzte Foto von ihm in seiner Akte ist, können Sie sich vorstellen, welch eingehender Betrachtung es unterzogen wurde. Barley hält Zapadni in den Armen, eine feste Umarmung, zumindest was Barley betrifft. Für mich, wenn auch für niemand anderen, sieht es so aus, als ob Barley den armen Burschen stützen würde; als wolle er ihm Mut machen, seinen Teil des Abkommens zu erfüllen; als flöße er ihm buchstäblich Mut ein. Und das Rosa ist unheimlich. Das VAAP-Gebäude ist eine ehemalige Schule in der Bolschaja Bronnaja Straße im Zentrum Moskaus. Erbaut um die Jahrhundertwende, nehme ich an, mit großen Fenstern und einer Stuckfassade. Der Stuck war in diesem Jahr in einem hellen Rosa gestrichen, das auf dem Foto vermutlich durch die Strahlen der roten Abendsonne als grelles Orange erscheint. Eine unheilige purpurne Aureole umgibt die beiden Männer wie ein roter Schein. Einer der Beobachter war unter dem Vorwand, die Cafeteria zu besuchen, in die Eingangshalle gelangt und versucht nun, die beiden von hinten zu fotografieren. Aber ein großer Mann, der die Szene auf dem Bürgersteig beobachtete, steht ihm im Weg. Er konnte nicht identifiziert werden. Am Zeitungsstand trinkt ein zweiter, ebenfalls großer Mann aus einem Becher, allerdings nicht sehr überzeugend, denn auch sein Blick ist auf die einander umarmenden Gestalten gerichtet.

Von den vielen Leuten, die während Barleys zweistündigem Aufenthalt im VAAP-Gebäude ein und aus gingen, nahmen die Beobachter keine Notiz. Wie sollten sie auch? Sie konnten ja nicht wissen, ob die Besucher dort Veröffentlichungsrechte oder Geheimnisse kaufen wollten.

Barley ging in sein Hotel zurück und nahm mit ein paar Verlegerfreunden in der Bar einen Drink, darunter war auch Henziger, der zur Erleichterung Londons mitteilen konnte, daß Barley nicht betrunken war – im Gegenteil, er wirke ruhig und nachdenklich, sagte Henziger.

Barley erwähnte beiläufig, daß er einen Anruf von einem von Zapadnis Leuten erwarte – »Wir versuchen noch, die Sache mit der Transsibirischen Eisenbahn hinzukriegen.« Gegen sieben erklärte er plötzlich, er habe einen Bärenhunger, und Wicklow und Henziger begleiteten ihn in das japanische Restaurant; mit dabei waren auch zwei muntere Mädchen von Simon & Schuster, die, so Wicklows Absicht, Barley in der Zeit bis zu dem Treffen am Abend ein wenig ablenken sollten. Beim Essen sprühte Barley dermaßen vor Witz, daß die Mädchen ihn zu überreden versuchten, sie ins National zu begleiten, wo eine Gruppe amerikanischer Verleger eine Party gab. Barley erwiderte, er habe schon eine Verabredung, werde aber, falls sie nicht zu lange dauere, hinterher vielleicht noch vorbeikommen.

Um Punkt acht nach Wicklows Uhr wurde Barley im Restaurant ans Telefon gerufen, das keine fünf Meter vom Tisch der

Gruppe entfernt war. Routinemäßig versuchten Wicklow und Henziger mitzuhören, was er sagte. Wicklow glaubt, gehört zu haben: »Das ist das einzige, was für mich zählt.« Und Henziger: »Wir haben eine Abmachung«, vielleicht aber auch »*keine* Abmachung« oder auch »so was wie eine Abmachung«.

Wie auch immer. Als Barley wieder Platz nahm, war er ärgerlich und beklagte sich bei Henziger, daß die Schweine noch immer viel zuviel Geld verlangten, was Henziger eher für ein Anzeichen seiner inneren Anspannung hielt als für wirkliche Besorgnis um das Projekt mit der Transsibirischen Eisenbahn.

Eine Viertelstunde später klingelte das Telefon wieder. Und diesmal kam Barley lächelnd zurück. »Hat geklappt«, teilte er Henziger strahlend mit. »Alles unter Dach und Fach. Ein Handschlag ist denen eben heilig.« Worauf Henziger und Wicklow applaudierten, und Henziger bemerkte: »Von *denen* könnten wir in Moskau noch ein paar mehr gebrauchen.« Offenbar ist keinem der beiden aufgefallen, daß Barley sich noch nie über einen Vertragsabschluß derart begeistert hatte. Aber worauf sollten sie auch achten, so kurz vor dem großen Coup des Abends?

Barleys Gespräche beim Essen wurden später gewissenhaft rekonstruiert – ohne Ergebnis. Er war redselig, aber nicht nervös. Er sprach über Jazz und sein Idol Slim Gaillard. Die Großen seien immer Außenseiter, behauptete er. Jazz sei eine reine Protestbewegung. Die wahren Improvisatoren müßten sogar gegen die Regeln des Jazz selbst verstoßen, sagte er.

Und alle stimmten ihm zu, ja, ja, lang lebe der Widerspruch, lang lebe das Individuum, nieder mit den grauen Männern! Nur daß niemand wirklich daran glaubte. Aber noch einmal, wie sollten sie auch?

Um neun Uhr zehn, als keine zwei Stunden mehr totzuschlagen waren, erklärte Barley, er werde sich ein bißchen in seinem Zimmer hinlegen, er habe noch Briefe zu schreiben und Geschäftsunterlagen zu ordnen. Wicklow und Henziger boten ihm beide ihre Hilfe an, da sie Anweisung hatten, ihn möglichst nicht allein zu lassen. Aber Barley lehnte ihre Angebote ab, und dagegen konnten sie nichts machen.

Also bezog Henziger seinen Posten im Zimmer nebenan, und Wicklow ging ins Foyer, während sich Barley ein wenig hinlegte. Jedoch kann er sich in Wirklichkeit nicht eine Sekunde hingelegt haben, denn was er in dieser Zeit leistete, grenzt ans Heroische.

Fünf Briefe wurden dieser kurzen Zeitspanne zugeordnet sowie zwei Telefongespräche nach England, mit jedem seiner Kinder eins, beide bei den Empfängern angezapft und zum Grosvenor Square durchgefunkt, aber ohne Belang für die Operation. Barley wollte lediglich die neuesten Familiennachrichten hören und sich nach seiner vierjährigen Enkelin erkundigen. Er bestand darauf, daß sie ans Telefon geholt wurde, aber sie war zu schüchtern oder zu müde, um mit ihm zu reden. Auf die Frage seiner Tochter Anthea nach seinem Liebesleben antwortete er »perfekt«, was für eine ungewöhnliche Antwort gehalten wurde, aber die Umstände waren ja auch nicht gerade gewöhnlich.

Nur Ned bemerkte, daß Barley nichts von seiner Rückkehr nach England am nächsten Tag gesagt hatte, aber Ned war inzwischen ein Rufer in der Wüste, und Clive dachte schon ernsthaft daran, ihn ganz von dem Fall abzuziehen.

Barley schrieb auch zwei kürzere Briefe, einen an Henziger, einen an Wicklow. Und da, soweit das Labor später feststellen konnte, sich niemand daran zu schaffen gemacht hatte und da das Hotel – was noch bemerkenswerter ist – sie am nächsten Morgen pünktlich um acht Uhr in den richtigen Zimmern abgab, wurde angenommen, daß diese Briefe irgendwie mit zu dem Paket gehörten, das Barley im Gebäude der VAAP ausgehandelt hatte.

In den Briefen wurde den beiden Männern mitgeteilt, daß ihnen, wenn sie zusammen mit Mary Lou das Land noch am selben Tag unauffällig verließen, nichts geschehen würde. Barley gab jedem noch ein freundliches Wort mit auf den Weg.

»Wickers, in Ihnen steckt ein echter Verleger. Machen Sie weiter!«

Und für Henziger: »Jack, ich hoffe, das bringt Ihnen keine vorzeitige Pensionierung in Salt Lake City ein. Sagen Sie denen, Sie hätten mir sowieso nie getraut. Ich habe mir ja auch nicht getraut, warum sollten Sie es dann tun?«

Keine Predigten, keine passenden Zitate aus seinem großen unordentlichen Vorrat. Barley, so schien es, kam auch ohne Unterstützung durch die Weisheiten anderer Leute sehr gut zurecht.

Um zweiundzwanzig Uhr gingen er und Henziger aus dem Hotel und ließen sich irgendwo am nördlichen Stadtrand absetzen, wo Cy und Paddy wieder einmal mit dem sicheren Truck warteten. Diesmal fuhr Paddy. Henziger setzte sich neben ihn, und Barley stieg mit Cy hinten ein, streifte seinen Mantel ab und ließ sich von Cy den Mikrofongurt anlegen und die neusten Informationen zur Lage geben: daß Goethes Flugzeug aus Saratow pünktlich in Moskau gelandet sei; und daß eine Gestalt, die Goethes Beschreibung entsprach, vor vierzig Minuten durch den Eingang von Igors Wohnblock gegangen sei.

Kurz darauf sei in den Fenstern der observierten Wohnung das Licht angegangen.

Dann bekam Barley von Cy zwei Bücher, eine Taschenbuchausgabe von *Verdammt in alle Ewigkeit*, die die Einkaufsliste enthielt, und einen dicken Lederband, in dem ein Schalldämpfer versteckt war, der beim Aufklappen des Deckels aktiviert wurde. Barley hatte in London mit einem solchen Gerät herumgespielt und kannte sich damit aus. Seine Körpermikrofone waren so eingestellt, daß sie die Impulse des Geräts neutralisierten, was bei normalen Wandmikrofonen nicht der Fall war. Der Nachteil des Dämpfers war ihm ebenfalls bekannt. Seine Anwesenheit in einem Raum ließ sich leicht feststellen. Wenn sich in Igors Wohnung Mikrofone befänden, würden die Lauscher die Wirkung des Dämpfers sofort zu spüren bekommen. Aber dieses Risiko war von London und Langley als annehmbar bezeichnet worden.

An das zweite Risiko hatte man nicht gedacht, daß nämlich das Gerät in die Hände des Gegners fallen könnte. Es befand sich noch in der Erprobungsphase, und seine Entwicklung hatte ein kleines Vermögen und mehrere Jahre Forschung gekostet.

Um 22 Uhr 54 überreichte Barley beim Verlassen des sicheren Trucks Paddy einen Umschlag und sagte: »Für Ned persönlich, falls mir irgend etwas zustößt.« Paddy schob den Umschlag in die Innentasche seines Jacketts. Ihm fiel auf, daß es ein dicker

Umschlag war; soweit er in dem trüben Licht erkennen konnte, trug er keine Adresse.

Über Barleys Gang bis zu dem Wohnblock liegen mehrere Berichte vor: einer in Paddys Militärchinesisch, einer in Cys Haig-Jargon; und einer, bei weitem der anschaulichste, in der aufgewühlten Sprache seines guten Freundes Jack Henziger, der ihn bis zum Eingang begleitete. Barley sprach kein Wort, und er selbst auch nicht, erzählte Jack. Sie wollten nicht als Ausländer erkannt werden.

»Wir gingen nebeneinander, aber nicht im gleichen Schritt«, sagte Henziger. »Er macht große Schritte, ich eher kleine. Es ärgerte mich, daß wir nicht im Gleichschritt gehen konnten. Das Haus war eins von diesen typischen Monstern aus Ziegelsteinen, umgeben von einem Quadratkilometer Beton, und wir gingen und gingen, ohne vom Fleck zu kommen. Wie im Traum, dachte ich. Man läuft und läuft, kommt aber nicht von der Stelle. Es war sehr warm. Zum Schwitzen. Ich schwitzte, aber Barley nicht. Keine Frage, er war ganz gelassen. Er sah großartig aus. Er blickte mir offen in die Augen. Er wünschte mir viel Glück. Er war mit sich selbst in Frieden. Das spürte ich.«

Dennoch, als sie sich die Hände schüttelten, hatte Henziger flüchtig den Eindruck, daß Barley auf irgend etwas wütend war. Vielleicht auf ihn, Henziger, denn jetzt im Halbdunkel schien er Henzigers Blick ausweichen zu wollen.

»Dann dachte ich, vielleicht ist er sauer auf Bluebird, daß der ihn da reingezogen hat. Und dann dachte ich, vielleicht ist er sauer auf uns alle, aber zu höflich, es zu sagen. Er machte einen sehr britischen Eindruck, sehr unterkühlt, sehr reserviert, er ließ nichts raus.«

Als sie sich neunzig Sekunden später zur Abfahrt bereit machten, sahen Cy und Paddy in Igors Fenster eine Silhouette, die sie für Barley hielten. Die rechte Hand zupfte den oberen Rand des Vorhangs zurecht: das vereinbarte Signal für »Alles in Ordnung«. Sie fuhren los und überließen die Observation der Wohnung den Irregulären, die umschichtig die ganze Nacht lang aufpaßten. Aber das Licht in der Wohnung blieb an, und Barley kam nicht heraus.

Eine Theorie von Hunderten lautet, daß er überhaupt nie zu der Wohnung hochgegangen ist, sondern gleich durch das Gebäude zum Hinterausgang geführt wurde, und daß die Gestalt am Fenster einer ihrer eigenen Männer war, zum Beispiel der Große im Foyer der VAAP auf dem Foto vom Nachmittag. Mir schien das nie von Belang zu sein, aber die Experten sahen das aus irgendeinem Grund anders. Wenn ein Problem einen zu verschlingen droht, sind irrelevante Einzelheiten das beste Mittel, sich über Wasser zu halten.

Die Spekulationen über Barleys Verschwinden begannen langsam und wurden im Lauf der Nacht immer konkreter. Optimisten wie Bob und eine Zeitlang auch Sheriton harrten bis Sonnenaufgang und länger aus. Barley und Bluebird hätten sich mal wieder unter den Tisch getrunken, beteuerten sie immer wieder, um sich gegenseitig hochzuhalten. Es handele sich um eine Neuauflage von Peredelkino, gar keine Frage, redeten sie sich ein.

Dann beschäftigten sie sich eine Weile mit einer Entführungstheorie, aber nur bis kurz nach halb sechs, als – wegen der Zeitdifferenz – Henziger und Wicklow ihre Briefe bekamen und Wicklow ohne große Umstände ein Taxi zur englischen Botschaft nahm, wo er von den sowjetischen Wachtposten am Eingang nicht behindert wurde. Wenig später schickte Paddy eine Blitzmeldung an Ned, vom Empfänger zu dechiffrieren. Unterdessen gab Cy eine ähnliche Nachricht an Langley, Sheriton und alle anderen durch, die noch geneigt waren, einem Mann zuzuhören, dessen Moskauer Tage gezählt waren.

Sheriton nahm die Nachricht mit seinem gewöhnlichen Phlegma auf. Er las Cys Telegramm, sah sich im Zimmer um und merkte, daß die ganze Mannschaft ihn beobachtete – die schicken Mädchen, die adretten Jungen, der loyale Bob, der ehrgeizige Johnny mit seinem Scharfschützenblick. Von uns Briten waren Ned, Brock und ich anwesend, denn Clive hatte sich wohlweislich zu dringenden Geschäften aus dem Staub gemacht. Sheriton hatte genau wie Henziger viel von einem Schauspieler, und das machte er sich jetzt zunutze. Er stand auf, zog an seinem Hosenbund und rieb sein Gesicht wie jemand, der überlegt, daß er sich mal wieder rasieren könnte. »Tja, Leute. Dann können wir wohl bis zum nächstenmal die Stühle auf den Tisch stellen.«

Dann ging er zu Ned, der noch immer an seinem Schreibtisch saß und Paddys Telegramm studierte, und legte ihm eine Hand auf die Schulter.

»Ned, ich schulde Ihnen noch ein Essen«, sagte er.

Dann ging er zur Tür, nahm seinen neuen Burberry vom Haken, schlüpfte hinein und verschwand. Bob und Johnny folgten ihm wenig später.

Andere hatten keinen so eleganten Abgang, am wenigsten die Barone von der zwölften Etage.

Wieder einmal wurde ein Untersuchungsausschuß eingesetzt. Es sollten Namen genannt und niemand geschont werden. Köpfe mußten rollen.

Der Deputierte als Vorsitzender, Palfrey als Schriftführer.

Wie ich herausfand, haben solche Ausschüsse auch den Zweck, Ereignissen, die ohne jede Feierlichkeit abgelaufen sind, nachträglich welche zu verleihen. Und wir waren äußerst feierlich.

Zunächst wurden wie üblich die Verschwörungstheoretiker gehört, die kurzfristig vom Außen- und Verteidigungsministerium sowie von einem ziemlich garstigen Verein geladen wurden, der als Inoffizielle Beratungsgesellschaft firmierte und sich aus Wissenschaftlern aus Industrie und Hochschule zusammensetzte, die sich als Sonntagsspione gerierten. Diese Amateuragenten hatten in den Whitehall-Basaren großen Einfluß und durften daher ungebührlich lange vor dem Ausschuß auftreten. Ein Professor aus Edinburgh schaffte es bei seinem volle fünf Pfeifen langen Vortrag beinahe, uns zu vergasen, aber niemand hatte den Mut, ihm zu sagen, er solle das verdammte Ding ausmachen.

Die erste große Frage lautete: Was passiert als nächstes? Kommt es zu Ausweisungen, gibt es einen Skandal? Was soll aus unserer Moskauer Station werden? Waren irgendwelche Irregulären kompromittiert worden?

Das plötzliche Verschwinden des Audio-Trucks – Eigentum der Sowjets, aber Problem der Amerikaner – war für diejenigen, die seinen Einsatz befürwortet hatten, Anlaß zu heimlicher Besorgnis.

Die Frage, wer weswegen entlassen werden soll, ist nie leicht zu beantworten, denn heutzutage sind Stationsleiter in Moskau, Washington oder London in ihren jeweiligen Gastländern als solche bekannt. Niemand in Moskau gab sich über Paddys oder Cys Aktivitäten irgendwelchen Illusionen hin. Ihre Tarnung sollte sie nicht vor der Gegenseite schützen, sondern vor den Blicken der wirklichen Welt.

Jedenfalls wurden sie nicht entlassen. Niemand wurde entlassen. Niemand wurde verhaftet. Die Irregulären, die ohnehin unablässig ausgetauscht wurden, gingen weiter friedlich ihren Tarnjobs nach.

Das Ausbleiben von Vergeltungsmaßnahmen wurde bald von westlichen Experten als äußerst vielsagend bewertet.

Eine versöhnliche Geste im Zeichen von Glasnost?

Ein deutliches Signal an uns, daß Bluebird lediglich aufgetreten war, um von den Amerikanern die Einkaufsliste zu bekommen?

Ein weniger deutliches Signal an uns, daß das Bluebird-Material den Tatsachen entsprach, es ihnen aber zu peinlich war, das zuzugeben?

Die Schlachtreihen waren aufgestellt. So ähnlich wie Ned es mir bereits erklärt hatte, teilten sich auf beiden Seiten des Atlantik zwischen Tauben und Falken schadenfroh die Fronten.

Wenn die Sowjets uns signalisieren, daß das Material den Tatsachen entspricht, na, dann entspricht das Material offenbar *nicht* den Tatsachen, sagten die Falken.

Und umgekehrt, sagten die Tauben.

Und nochmals umgekehrt, sagten die Falken.

Papiere wurden verfaßt, Feldzüge geführt. Beförderungen, Rausschmisse, Pensionierungen, Orden, Versetzungen auf Außenposten und Degradierungen. Aber kein Konsens. Nur der übliche Triumph der Fettsäcke, der sich als rationale Entscheidung ausgab.

Ned allein weigerte sich in unserem Ausschuß, den Tanz mitzumachen. Er schien heiter entschlossen, die Schuld auf sich zu nehmen. »Bluebird war in Ordnung, und Barley war in Ordnung«, wiederholte er vor dem Ausschuß immer wieder, ohne auch nur einmal seine gute Laune zu verlieren. »Betrug hat es auf keiner Seite gegeben, nur da, wo wir uns selbst betrogen haben. Wir waren unehrlich. Bluebird nicht.«

Kurz nachdem er diese Einschätzung abgegeben hatte, kam man überein, daß er unter mentalem Streß stehe und seine Anwesenheit nicht ständig erforderlich sei.

Oh, und was alles vermerkt wurde. Im Passiv, denn aktive Verben haben die unangenehme Eigenschaft, den Handelnden zu verraten. Sehr ernstlich wurde vermerkt. Allenthalben.

Es wurde vermerkt, daß Ned die zwölfte Etage nicht von Barleys Sauftour nach seiner Rückkehr aus Leningrad unterrichtet hatte.

Es wurde vermerkt, daß Ned in jener Nacht, ohne darüber Rechenschaft abzulegen, alle möglichen Hilfstruppen angefordert hatte, unter anderem Ben Lugg und Oberlauscherin Mary, die sich über ihre Loyalität einem Kollegen gegenüber soweit hinwegsetzte, daß sie dem Ausschuß einen reißerischen Bericht über Neds Eigenmächtigkeit ablieferte. Illegale Abhöraktionen zu verlangen! Man stelle sich vor! Telefone lahmzulegen! Welche Dreistigkeit!

Mary wurde kurz darauf pensioniert und hat ihren Wohnsitz wütend nach Malta verlegt, wo sie, wie man fürchtet, an ihren Memoiren schreibt.

Vermerkt wurde ebenfalls, wenn auch mit Bedauern, das fragwürdige Verhalten unseres Rechtsberaters de Palfrey – ich bekam sogar mein *de* zurück –, der über seine Ausübung der ihm vom Innenminister übertragenen Vollmacht keine Rechenschaft abgelegt hatte, obwohl er genau wußte, daß dies aufgrund der geheimen Verfahrensregeln im Zusatzprotokoll bezüglich der Aktivitäten des Service et cetera und gemäß Paragraph soundso der Geschäftsordnung des Innenministeriums seine Pflicht gewesen wäre.

Berücksichtigt wurde hierbei jedoch, daß dies in der Hitze der Schlacht geschehen war. Der Rechtsberater wurde nicht pensioniert, und er verzog sich auch nicht nach Malta. Entlastet wurde er freilich auch nicht. Bestenfalls teilweise freigesprochen. Ein Rechtsberater hätte gar nicht erst in solchem Ausmaß in eine Operation einbezogen werden dürfen. Unangemessener Einsatz der Fähigkeiten des Rechtsberaters. Das Wort »unbesonnen« machte die Runde.

Ferner wurde mit Bedauern vermerkt, daß selbiger Rechtsberater keine achtundvierzig Stunden vor Barleys Verschwinden diesem ein überschwengliches Zeugnis ausgestellt und Clive zur Unterschrift vorgelegt hatte, wodurch Barley erst in den Besitz der Einkaufsliste gelangen konnte, wenn auch wahrscheinlich nicht für lange.

In meinen freien Stunden entwarf ich die Vertragsbedingungen für Neds Ausscheiden und dachte nervös an mein eigenes Schicksal. Das Leben im Service mochte seine Beschränkungen haben, aber der Gedanke an das Leben draußen machte mir angst.

Die Nachricht von Bluebirds Hinscheiden versetzte den Beratungen unseres Komitees einen zeitweiligen Rückschlag, aber wir erholten uns schnell davon. Stein des Anstoßes war eine Sechs-Zeilen-Meldung in der *Prawda* – sorgfältig bemessen, weder zuviel noch zuwenig –, worin es hieß, daß der bekannte Physiker Professor Jakow Saweljew aus Leningrad nach langer Krankheit gestorben sei; es folgte eine Aufzählung seiner Auszeichnungen. Wie uns in der Meldung versichert wurde, war er kurz nach einem bedeutenden Vortrag an der Militärakademie von Saratow eines natürlichen Todes gestorben.

Ned nahm sich den Tag frei, als ihn diese Nachricht ereilte, und aus dem einen Tag wurden drei Tage, eine leichte Grippe. Aber die Verschwörungstheoretiker führten Freudentänze auf.

Saweljew war gar nicht tot.

Er wäre schon immer tot gewesen, und was man uns da vorsetzte, war ein Betrugsmanöver.

Er setzte seine alte Arbeit als Leiter der Abteilung Wissenschaftliche Fehlinformation des KGB fort.

Sein Material war rehabilitiert, war nicht rehabilitiert.

Es war wertlos.

Es war Gold wert.

Es war Rauch.

Es war eine ehrlich gemeinte Friedensbotschaft, die uns von gemäßigten Mitgliedern der Moskauer Führung unter enormen Risiken zugespielt worden war, um uns klarzumachen, daß das nukleare Schwert der Sowjets in der Scheide verrostet war und daß der nukleare Schutzschild der Sowjets mehr Löcher als ein Sieb aufwies.

Es war ein teuflisches Komplott mit dem Ziel, die amerikanischen Feiglinge dazu zu bringen, den Finger vom nuklearen Abzugshahn zu nehmen.

Kurz, sie hatten alle reichlich was zu beißen.

Und da kriegführende Staaten in einem symbiotischen Verhältnis leben, so daß alles, was der eine tut, zu einer entsprechenden Reaktion des anderen führen muß, entstand nun eine Gegenbewegung, die sich eilends daran machte, die Geschichte der amerikanischen Beteiligung an der Affäre Bluebird neu zu schreiben.

Langley habe schon immer gewußt, daß Bluebird nicht in Ordnung sei, hieß es da.

Oder Barley.

Oder alle beide.

Sheriton und Brady hätten ein Doppel-Doppelspiel getrieben, behauptete man nun. Sie hätten nur das eine Ziel verfolgt, den Rauch überzeugend einzuschleusen und so den Russen beim endlosen Kampf um die Erhöhung der Sicherheit wieder einmal zuvorzukommen.

Sheriton war ein Genie.

Brady war ein Genie.

Sie waren alle miteinander Genies!

Sheriton hatte einen brillanten Coup gelandet. Und Brady auch.

Der CIA bestehe ausschließlich aus brillanten Strategen, die von ganz anderem Kaliber seien als ihre kläglichen Gegenstücke in der wirklichen Welt. Gott schütze den CIA. Was wären wir denn ohne ihn?

Und als ob das alles noch nicht gereicht hätte, wurden zu den alten Konstruktionen neue hinzuerfunden. Zum Beispiel, daß Sheriton, ohne es zu wissen, ein Werkzeug von Pentagon und

Abwehr gewesen sei. *Die* hätten die unechte Einkaufsliste präpariert, und *die* hätten auch von Anfang an gewußt, daß Bluebird ein abgekartetes Spiel getrieben habe. Und jedes neue Gerücht mußte durchaus ernst genommen werden, auch wenn im Prinzip nur rätselhaft war, wer es aus welchem Grund in die Welt gesetzt hatte. Die Antwort lautete wohl in vielen Fällen Russell Sheriton, der um seinen Kopf kämpfte.

Was Bluebird betraf, so starb er *jetzt* mit Sicherheit eines natürlichen Todes, falls er dies nicht schon längst getan hatte.

Ned, von seiner selbstauferlegten Totenwache zurückgekehrt, war wieder einmal der einzige, der so dreist war, die wahrscheinliche Wahrheit auszusprechen. »Bluebird war in Ordnung, und wir haben ihn umgebracht«, sagte er ohne Umschweife bei der ersten Sitzung, der er wieder beiwohnte. Zur nächsten wurde er nicht eingeladen.

Unterdessen ging unsere Suche nach Barley weiter, auch wenn manche von uns froh waren, daß er nicht gefunden wurde. Wir bewegten uns auf ihn zu, um ihn herum und oft genug von ihm weg. Aber wir waren ehrbare Leute. Wir gaben die Suche nicht auf.

Aber was hatte Barley eingehandelt – und wofür?

Was hatten die Russen von ihm kaufen wollen – von Barley, der bis jetzt nur einen kostspieligen, vermutlich von ihm selbst bezahlten Lunch gebraucht hatte, um sich unwiderruflich um Kopf und Kragen zu reden?

Er war doch geliefert! Mit Haut und Haaren! Und das schon auf dem Weg zu ihnen! Und er wußte es!

Was hatte er ihnen anzubieten, woran sie selbst nicht herankamen? Es geht immerhin um Folter, um die übelsten Methoden und um Quälereien, die, selbst wenn man sie übersteht, eine unvorstellbare Hölle sind. Die Russen mochten ja an der Verbesserung ihres Images arbeiten, aber niemand glaubte im Ernst, daß sie über Nacht auf Methoden verzichten würden, die ihnen Tausende Jahre lang gute Dienste geleistet hatten. Erste und einleuchtendste Antwort: die Einkaufsliste. Barley könnte den Russen schlicht und ergreifend erzählen, daß er sie von seinen Herren erst dann bekäme, wenn er die nötigen Sicherheiten hätte. Und daß er eher für den Rest seines Lebens in Öl sieden möchte, als ihnen die Einkaufsliste umsonst zu besorgen.

Und sie glaubten ihm. Sie sahen ein, daß sie auf die Einkaufsliste würden verzichten müssen, wenn sie sein Spiel nicht mitmachten. Und da die grauen Männer beider Seiten vor der Selbstaufopferung genausoviel Angst haben wie vor der Liebe, zogen es die zartbesaiteten Weisen vom KGB offenbar vor, mit dem Teil von Barley zu verhandeln, den sie verstanden, anstatt sich mit dem Teil einzulassen, der ihnen rätselhaft war.

Sie wußten, daß er dazu fähig war, ihnen sein Nein entgegenzusetzen: »*Nein*, ich werde die Einkaufsliste nicht besorgen. *Nein*, ich werde nicht in Igors Wohnung gehen, falls Sie mir nicht Ihr Ehrenwort und mehr geben.«

Sie wußten, nachdem sie ihm zugehört hatten, daß er die Kraft dazu besaß. Und genau wie wir wurden sie davon ein wenig in Verlegenheit gebracht.

Und Barley hatte – wie er Henziger und Wicklow beim Dinner erzählt hatte – noch nie einen Russen kennengelernt, der sein Ehrenwort gebrochen hätte. Er sprach natürlich nicht von Politikern – sondern von Geschäftsleuten.

Und Barley selbst? Was hatte er bei dem Tausch gewonnen?

Katja.

Matwej.

Die Zwillinge.

Kein schlechtes Geschäft. Wirkliche Menschen im Tausch gegen unwirkliche Argumente.

Für sich selbst? Nichts. Nichts, was möglicherweise die Wirkung seiner Forderung für diejenigen, die er unter seine Fittiche genommen hatte, abgeschwächt hätte.

Und nach und nach wurde deutlich, daß Barley einmal ausnahmsweise einen erstklassigen Vertrag ausgehandelt hatte. Auch wenn Bluebird verloren war, Katja und ihre Kinder schienen auf jeden Fall gerettet zu sein. Sie arbeitete weiter bei Oktober, sie wurde gelegentlich auf einem Empfang gesehen, sie ging zu Hause und in ihrem Büro ans Telefon. Die Zwillinge gingen weiterhin zur Schule und sangen immer noch dieselben albernen Lieder. Matwej führte sein liebenswertes Leben.

Bald entstand daher eine weitere großartige Theorie. »Die Sowjets sind mit einer internen Vertuschungsaktion beschäftigt«, hieß es. »Sie wollen nicht, daß Bluebirds Enthüllungen über ihre Unfähigkeit in Umlauf kommen.«

Also schlug die Nadel für eine Weile nach der anderen Seite aus, und Bluebirds Material wurde für echt gehalten. Aber nicht lange.

»Genau das wollen die uns glauben machen«, rief ein einflußreicher Mann.

Also ging die Nadel hastig wieder in die alte Stellung zurück, da sich ja niemand zum Narren machen lassen will.

Doch Barleys Vertrag hatte Bestand. Katja behielt ihre Privilegien, ihre rote Karte, ihre Wohnung, ihren Job und hatte sogar nach einigen Monaten wieder ihr gutes Aussehen. Gewiß, anfangs lauteten die Berichte, sie sei bleich wie eine Witwe, ungepflegt und bleibe häufig von der Arbeit fern. Und bestimmt hatte niemand Barley zugesagt, daß man sie nicht auffordern würde, eine freiwillige Aussage über ihre Beziehung zu dem verstorbenen Bluebird zu machen.

Doch nach einer schicklichen Zeit der Zurückgezogenheit setzte sich ihre positive Einstellung zum Leben erneut durch, und man sah sie wieder.

Und was wußten wir über Barley?

Die Spur wurde heiß, dann kalt und dann eiskalt.

Wenige Tage nach der Buchmesse erhielten seine Tanten formelle Rücktrittserklärungen – Poststempel Lissabon – ganz in Barleys altem Stil: allgemeiner Überdruß am Verlagsgeschäft, das Gewerbe hat sich überlebt, wird Zeit, sich anderen Dingen zuzuwenden, solange noch ein paar gute Jahre vor einem liegen.

Als nächstes habe er vor, »für eine Weile wegzugehen« und ungewöhnliche Orte zu erkunden. Demnach war klar, daß er sich nicht mehr in Rußland aufhielt.

Scheinbar klar, soll das heißen.

Aber schließlich hatte er das selbst gesagt. Genau wie das hübsche Mädchen von der Reiseagentur Barry Martin, die in der Meschdunarodnaja ihre Geschäftsräume hat. Mr. Scott

Blair habe beschlossen, nicht nach London, sondern nach Lissabon zu fliegen, sagte sie. Ein Kurier von der VAAP habe sein Ticket gebracht. Sie habe es auf den Direktflug der Aeroflot umgeschrieben, Abflug Montag 11 Uhr 20, Ankunft Lissabon 15 Uhr 30, Zwischenlandung in Prag.

Und jemand hatte dieses Ticket benutzt. Ein großer Mann, der mit niemandem sprach, ein lebensechter Barley, oder jedenfalls fast. Groß wie diese Männer im Foyer der VAAP, aber wir überprüften ihn trotzdem. Wir überprüften ihn auf der ganzen Strecke, und die Strecke endete erst bei Tina, Barleys Lissaboner Haushälterin. Ja, ja! Sie habe von ihm gehört, erzählte Tina unserem Merridew – eine nette Postkarte aus Moskau, auf der er ihr mitteilte, er habe eine Freundin getroffen und sie würden zusammen Urlaub machen!

Merridew war zutiefst erleichtert, als er hörte, daß Barley nicht in sein Revier zurückgekehrt war.

In den nächsten Monaten entstand allmählich ein Bild von Barleys Nach-Leben, verschwand dann aber wieder.

Ein westdeutscher Drogenschmuggler hatte während seiner Haft mitbekommen, daß ein Mann, auf den Barleys Beschreibung zutraf, in einem Gefängnis bei Kiew verhört wurde. Ein heiterer Bursche, sagte der Deutsche. Bei den Insassen beliebt. Lief frei herum. Sogar die Wärter schenkten ihm widerwillig ein Lächeln.

Ein abenteuerlustiges französisches Pärchen, das in Rußland mit dem Auto unterwegs war, erzählte nach der Rückkehr, ein »großer freundlicher Engländer«, der Französisch mit ihnen gesprochen habe, habe ihnen geholfen, als sie in der Nähe von Smolensk mit einer sowjetischen Limousine zusammengestoßen seien. Verletzt worden sei niemand. Über eins achtzig groß, etwas strähniges braunes Haar, höflich, sehr lustig; kräftige Russen hätten sich um ihn gekümmert.

Und um Weihnachten herum, kurz nachdem Ned das Rußlandhaus förmlich übergeben hatte, kam eines Tages ein Funkspruch aus Havanna, in dem nach der Meldung einer kubanischen Quelle berichtet wurde, daß in einem politischen Gefängnis bei Minsk ein Engländer in besonderem Gewahrsam sitze und den ganzen Tag singe.

Singt? wurde schockiert zurückgefunkt. *Worüber* singt er?

Singt Satchmo, lautete die Antwort aus Havanna. Die Quelle sei ein Jazzfanatiker, wie der Engländer. Und was stand in Barleys Brief an Ned? Es bleibt ein kleines Rätsel, daß dieser Brief nie zu den Akten genommen wurde und in der offiziellen Geschichte der Affäre Bluebird keine Erwähnung findet. Ich vermute, Ned hat ihn als liebes Erinnerungsstück behalten, das nicht in den Akten verschwinden sollte.

Damit wäre die Geschichte eigentlich aus, falls eine solche Geschichte ein Ende haben kann. Barley war nach Einschätzung der Eingeweihten fest entschlossen, seinen Platz unter den anderen Schatten einzunehmen, die in den dunklen Hintergassen der Moskauer Gesellschaft hausen – den ausgequetschten Überläufern und Spionen, den Ausgetauschten und den Beargwöhnten mit ihren bemitleidenswerten Frauen und bleichen Aufpassern, die nur noch ihre schwindenden Vorräte an westlichen Genüssen und Erinnerungen zu verteilen haben.

Nach einigen Jahren dürfte er dann, zufällig aber mit Absicht, von einem glücklichen, rätselhafterweise ebenfalls anwesenden britischen Journalisten auf irgendeiner Party gesichtet werden. Und vielleicht würde er dann, falls die Zeiten sich nicht geändert hätten, mit irgendeiner höhnischen Fehlinformation gespickt oder auch aufgefordert werden können, seinen früheren Herren ein bißchen Pfeffer in die Augen zu streuen.

Und tatsächlich schien genau dieses Ritual in Gang zu kommen, als uns ein Blitztelegramm von Paddys Nachfolger davon unterrichtete, in einem neueröffneten Klub in der Altstadt sei ein großer brünetter Engländer gesichtet worden – nicht nur gesichtet, sondern auch gehört worden –, der dort Saxophon gespielt habe; und zwar auf den Tag genau ein Jahr nach seinem Verschwinden.

Clive wurde aus dem Bett geholt, Funksprüche jagten zwischen London und Langley hin und her, das Außenministerium wurde gebeten, sich dazu zu äußern. Und es äußerte sich ausnahmsweise einmal unzweideutig: *Weder unser Problem noch Ihres*. Als ob sie das Gefühl hätten, die Russen seien besser als wir dafür ausgestattet, Barley mundtot zu machen. Schließlich hatten sich die Russen auch vorher schon als entgegenkommend erwiesen.

Am nächsten Tag traf ein zweites Telegramm ein, diesmal von unserem dicken Merridew in Lissabon. Barleys Haushälterin Tina, mit der Merridew widerstrebend in Kontakt geblieben war, habe von ihrem Herrn Anweisung erhalten, die Wohnung für seine Rückkehr herzurichten.

Aber *wie* hat er Sie angewiesen? fragte Merridew.

Telefonisch, antwortete sie, Senhor Barley habe sie angerufen.

Angerufen von wo, Sie dumme Person?

Tina hatte nicht danach gefragt, und Barley hatte es nicht gesagt. Wieso sollte sie ihn fragen, wo er sei, wenn er in den nächsten Tagen ohnehin nach Lissabon käme?

Merridew war entsetzt. Und er war nicht der einzige. Wir unterrichteten die Amerikaner, aber Langley hatte einen kollektiven Gedächtnisverlust erlitten. Fehlte nur noch, daß sie uns fragten: Was für ein Barley? Man glaubt ja allgemein, Geheimdienste wie der unsrige würden an Leuten, die ihre Geheimnisse verraten, brutale Vergeltung üben. Nun, manchmal tun sie das wirklich – wenn auch selten an Leuten von Barleys Kaliber. Doch in diesem Fall stand sofort fest, daß niemand, und am wenigsten Langley, den geringsten Wunsch verspürte, aus jemandem, den man am liebsten ganz aus seinem Gedächtnis gestrichen hätte, eine große Nummer zu machen. Es wurde beschlossen, ihm Schweigegeld zu geben – und die Amerikaner ganz rauszuhalten.

Sorgenvoll stieg ich die Treppe hoch. Brocks schützendes Geleit hatte ich ebenso abgelehnt wie Merridews halbherziges Hilfsangebot. Die Treppe war dunkel und steil und ungastlich und unangenehm still. Es war früh am Abend, aber wir wußten, daß er zu Hause war. Ich drückte auf den Klingelknopf, hörte es aber nicht läuten, also klopfte ich mit den Knöcheln an die Tür. Es war eine kleine, kompakte Tür mit dicker Täfelung. Erinnerte mich an das Bootshaus auf der Insel. Ich hörte drinnen Schritte und trat zurück, warum, weiß ich noch heute nicht, aber vielleicht aus einer instinktiven Angst wie vor einem wilden Tier.

Würde er wütend reagieren oder voll überschwenglicher Freude, würde er mich die Treppe runterwerfen oder mich umarmen? Ich hatte eine Aktentasche dabei und weiß noch, daß ich sie in die linke Hand nahm, als ob ich mich zur Verteidigung wappnete. Obwohl ich weiß Gott kein Kämpfer bin. Ich roch frische Farbe. Die Tür hatte kein Guckloch und schloß dicht mit dem eisernen Rahmen ab. Bevor er sie öffnete, konnte er unmöglich wissen, wer davor stand. Ich hörte einen Riegel zurückgleiten. Die Tür schwang nach innen auf.

»Hallo, Harry«, sagte er.

Also sagte ich: »Hallo, Barley.« Ich trug einen leichten dunklen Anzug, eher blau als grau. Ich sagte »Hallo, Barley« und wartete auf sein Lächeln.

Er war schlanker, er war straffer und hielt sich gerader, so daß er nun wirklich sehr groß war, einen Kopf größer als ich. Du bist ein abgeklärter Reisender, dachte ich, während ich wartete. Wir müßten beide lernen, das zu werden, hatte Hannah früher oft gesagt. Die alten fahrigen Gesten waren von ihm abgefallen. Der Aufenthalt in kleinen Räumen hatte disziplinierend gewirkt. Er sah gut aus. Er trug Jeans und ein altes Krickethemd, die Ärmel bis zum Ellbogen hochgekrempelt. Auf den Unterarmen waren weiße Farbspritzer, die Stirn war weiß verschmiert. Hinter ihm sah ich eine Trittleiter und eine zur Hälfte gestrichene Wand, in der Mitte des Zimmers lagen Berge von Büchern und Schallplatten, die teilweise mit einem Tuch abgedeckt waren.

»Bist du zu einer Schachpartie gekommen, Harry?« fragte er, noch immer, ohne zu lächeln.

»Wenn ich nur mit dir reden könnte«, sagte ich, wie ich es auch zu Hannah oder sonst jemandem gesagt hätte, dem ich einen Kuhhandel vorschlagen wollte.

»Offiziell?«

»Nun ja.«

Er musterte mich, als ob er mich nicht gehört hätte, offen und ausgiebig, er schien eine Menge Zeit zu haben – etwa so, nehme ich an, wie man in einer Welt, in der normale Umgangsformen nichts mehr gelten, Zellengenossen oder Vernehmungsbeamte mustert.

Aber sein Blick hatte nichts Herabsetzendes oder Ungehöriges, nichts Arrogantes oder Verschlagenes. Im Gegenteil, er schien mir klarer, als ich ihn in Erinnerung hatte, als habe er sich für immer in den fernen Regionen niedergelassen, in die er früher gelegentlich abgedriftet war.

»Ich habe etwas Wein kaltgestellt, falls du magst«, sagte er und trat zurück, damit ich an ihm vorbeikonnte; dann schloß er die Tür und schob den Riegel vor.

Aber er lächelte noch immer nicht. Seine Stimmung war mir ein Rätsel. Ich hatte das Gefühl, daß ich ihn kein bißchen verstehen würde, falls er sich nicht entschlösse, mir von sich zu erzählen. Anders gesagt, ich verstand alles an ihm, was ich von mir aus verstehen konnte. Der Rest lag in der Unendlichkeit.

Auch die Stühle waren abgedeckt, aber er zog die Tücher weg und faltete sie zusammen, als handelte es sich um sein Bettzeug. Ehemalige Gefängnisinsassen, das ist mir im Lauf der Jahre aufgefallen, brauchen lange Zeit, um ihre Gewohnheiten abzulegen.

»Was willst du?« fragte er, während er aus einem Bocksbeutel zwei Gläser einschenkte.

»Man hat mich gebeten, ein wenig aufzuräumen«, sagte ich. »Dir ein paar Antworten zu entlocken. Garantien. Dir zum Ausgleich auch welche zu geben.« Ich hatte den Faden verloren. »Ob wir helfen können«, sagte ich. »Ob du was brauchst. Was wir für die Zukunft vereinbaren können und so weiter.«

»Ich habe alle Garantien, die ich brauche, danke«, sagte er höflich, sich an das eine Wort haltend, das ihn zu interessieren schien. »Die bewegen sich in ihrem eigenen Tempo. Ich habe versprochen, den Mund zu halten.« Endlich lächelte er. »Ich habe deinen Rat befolgt, Harry. Ich liebe jetzt auch aus der Ferne, genau wie du.«

»Ich war in Moskau«, sagte ich und strengte mich an, unsere Unterhaltung in Gang zu halten. »Ich war überall. Habe die Leute gesehen. Habe meinen richtigen Namen benutzt.«

»Wie lautet der?« fragte er mit derselben Höflichkeit. »Dein Name. Wie lautet der?«

»Palfrey«, sagte ich und verzichtete auf das *de*.

Er lächelte. Es sah aus wie Mitgefühl oder wie Anerkennung. »Der Service hat mich dort hingeschickt, um nach dir zu sehen.

Inoffiziell, aber offiziell, wenn man so sagen kann. Mich bei den Russen nach dir zu erkundigen. Ein bißchen aufzuräumen. Wir dachten, es wäre Zeit, herauszufinden, was aus dir geworden ist. Und ob wir dir helfen könnten.«

Und dafür zu sorgen, daß sie sich an die Regeln halten, hätte ich hinzufügen können. Daß in Moskau niemand Unruhe stiftete. Keine albernen Indiskretionen oder Propagandanummern.

»Ich habe euch gesagt, was mit mir passiert ist«, sagte er.

»Du meinst deine Briefe an Wicklow und Henziger und die anderen?«

»Ja.«

»Nun, wir wußten natürlich, daß diese Briefe unter Zwang geschrieben wurden, falls sie überhaupt von dir geschrieben wurden. Denk nur an den Brief des armen Goethe.«

»Quatsch«, sagte er. »Ich habe sie aus freiem Willen geschrieben.«

Ich tastete mich ein wenig näher an meine Botschaft heran. Und an die Aktentasche neben mir.

»Was uns betrifft, hast du dich sehr ehrenwert verhalten«, sagte ich, zog einen Aktenordner heraus und schlug ihn auf meinem Schoß auf. »Unter Zwang fängt jeder an zu reden, und du warst keine Ausnahme. Wir sind dankbar für das, was du für uns getan hast, und wissen, was es dich gekostet hat. In beruflicher und persönlicher Hinsicht. Uns liegt daran, daß du voll entschädigt wirst. Natürlich unter gewissen Bedingungen. Der Betrag könnte sehr groß sein.«

Wo hatte er gelernt, mich so anzusehen? Sich selbst so ruhig zurückzuhalten? Bei anderen Spannung zu erzeugen, während er selbst davon unberührt zu bleiben schien?

Ich las ihm die Bedingungen vor; sie ähnelten denen Landaus, nur umgekehrt. Nicht nach Großbritannien zu kommen und nur mit unserem vorherigen Einverständnis einzureisen. Vollständige und endgültige Regelung aller Ansprüche. Sein Schweigen in alle Ewigkeit *ex abundanti cautela* in einem halben Dutzend verschiedenen Formulierungen. Und wenn er unterschriebe, einen Haufen Geld, vorausgesetzt – immer und immer wieder vorausgesetzt –, daß er den Mund hielt.

Er unterschrieb freilich nicht. Er war bereits gelangweilt. Er winkte meinen gewichtigen Federhalter weg.

»Was habt ihr übrigens mit Walt gemacht? Ich habe ihm einen Hut mitgebracht. So eine Art Teewärmer mit Tigerstreifen. Kann das verdammte Ding nicht finden.«

»Wenn du ihn mir schickst, werde ich dafür sorgen, daß er ihn bekommt«, sagte ich.

Er deutete meinen Tonfall richtig und lächelte mich traurig an. »Der arme Walt. Sie haben ihn an die Luft gesetzt, ja?«

»In unserem Gewerbe wird man schnell alt«, sagte ich, aber ich konnte ihm nicht in die Augen sehen und wechselte daher das Thema. »Du hast vermutlich gehört, daß deine Tanten den Verlag an Lupus Books verkauft haben?«

Er lachte – nicht sein altes wildes Lachen, gewiß, aber doch das Lachen eines freien Mannes. »Jumbo! Der alte Teufel! Hat die Heilige Kuh aufs Kreuz gelegt! Typisch!«

Aber die Vorstellung gefiel ihm. Er schien richtig Freude daran zu haben. Menschen mit einem guten Instinkt machen mir angst; das geht in unserem Gewerbe allen so. Und doch konnte ich seine Gelassenheit indirekt mitempfinden. Er schien eine allumfassende Toleranz entwickelt zu haben.

Sie wird kommen, erklärte er mir, während er auf den Hafen hinausstarrte. Sie haben versprochen, daß sie eines Tages kommen wird.

Nicht sofort, nicht wenn Barley es wollte, sondern wenn es ihnen gut dünkte. Aber kommen würde sie, daran zweifelte er nicht. Vielleicht dieses Jahr, vielleicht nächstes, sagte er. Doch irgendwann würde der riesige Bauch der russischen Bürokratie zu kreißen beginnen und eine Maus des Mitleids gebären. Daran hege er keinen Zweifel. Es würde dauern, aber es würde passieren. Das hätten sie ihm versprochen.

»Sie brechen ihr Wort nicht«, versicherte er mir, und angesichts solchen Vertrauens hätte ich es für sehr unfein gehalten, ihm zu widersprechen. Aber mich hielt noch etwas anderes zurück, meiner üblichen Skepsis Ausdruck zu verleihen. Nämlich Hannah. Es war, als hörte ich sie, wie sie mich anflehte, ich solle ihn mit seiner Menschlichkeit leben lassen, auch wenn ich ihre zerstört hätte. »Du glaubst, die Leute ändern sich nie, weil du dich nie änderst«, hatte sie einmal zu mir gesagt. »Du fühlst dich nur sicher, wenn du ernüchtert bist.«

Ich schlug vor, mit ihm essen zu gehen, aber er schien mich nicht zu hören. Er stand an dem großen Fenster und starrte auf die Lichter des Hafens, während ich seinen Rücken anstarrte. Die gleiche Haltung, die er eingenommen hatte, als wir zum erstenmal hier in Lissabon mit ihm sprachen. Er hatte das Glas in derselben Hand, den Arm ausgestreckt. Die gleiche Haltung wie auf der Insel, als Ned ihm von seinem Sieg berichtet hatte. Nur aufrechter. Sprach er wieder mit mir? Ja, ich hörte ihn. Er sehe ihr Schiff aus Leningrad einlaufen, sagte er. Er sehe sie mit ihren Kindern über die Gangway auf sich zulaufen. Er sitze mit Onkel Matwej unter dem Schattenbaum im Park vor seinem Fenster, wo er vor seiner Reifeprüfung mit Ned und Walter gesessen hatte. Er lausche Katjas Übersetzung von Matwejs Heldengeschichten aus dem Widerstand. Er glaubte an all die Hoffnungen, die ich in mir begraben hatte, als ich mich für die sichere Bastion des ewigen Mißtrauens und nicht für die gefährlichen Pfade der Liebe entschied.

Es gelang mir, ihn zum Abendessen einzuladen, und aus Höflichkeit ließ er mich bezahlen. Aber mehr konnte ich ihm nicht abkaufen, er unterschrieb nichts, er akzeptierte nichts, er wollte nichts, er räumte nichts ein, er war uns nichts schuldig, und er wünschte uns allesamt in aller Freundschaft zum Teufel.

Aber er war von einer phantastischen Ruhe. Kein bißchen auf Streit aus. Er achtete meine Gefühle, auch wenn er zu höflich war, sich danach zu erkundigen. Ich hatte ihm nie von Hannah erzählt, und ich wußte, das würde ich auch nie können, denn der neue Barley würde für meinen unveränderten Zustand keine Geduld haben.

Im übrigen schien ihm daran gelegen, mir seine Geschichte mit auf den Weg zu geben, damit ich meinen Herren auch etwas mitzubringen hätte. Er brachte mich in seine Wohnung zurück, lud mich zu einem letzten Drink ein und versicherte mir, daß das alles ja nicht meine Schuld sei.

Und er redete. Für mich. Für sich. Redete und redete. Er erzählte mir die Geschichte, so wie ich hier versucht habe, sie Ihnen zu erzählen, aus seiner und auch aus unserer Sicht. Er redete bis es schon wieder hell wurde, und als ich ihn um fünf Uhr morgens verließ, überlegte er, ob er noch die Wand fertigstreichen sollte, bevor er sich hinlegte. Es sei noch eine Menge vorzubereiten, sagte er. Teppiche. Vorhänge. Bücherregale.

»Es wird alles gut werden, Harry«, versicherte er mir, als er mich hinausbegleitete. »Sag ihnen das.«

Spionieren ist Warten.

Danksagung

Danksagungen in einem Roman mögen so langweilig sein wie der Vorspann im Kino, jedoch bewegt mich immer wieder die Bereitschaft vielbeschäftigter Menschen, ihre Zeit und ihr Wissen einem so frivolen Tun wie dem meinen zur Verfügung zu stellen, und ich kann diese Gelegenheit, ihnen zu danken, einfach nicht verstreichen lassen.

Mit besonderer Dankbarkeit gedenke ich der Unterstützung durch Strobe Talbott, den berühmten Washingtoner Journalisten, Sowjetologen und Fachmann für nukleare Verteidigung. Etwaige Irrtümer in diesem Buch gehen sicher nicht auf sein Konto, doch ohne ihn wären es mehr geworden. Professor Lawrence Freedman, Autor mehrerer Standardwerke über den großen Konflikt unserer Zeit, erlaubte mir ebenfalls, zu seinen Füßen zu sitzen, sollte aber nicht für meine Vereinfachungen getadelt werden.

Frank Geritty, langjähriger Agent des Federal Bureau of Investigation, erklärte mir die Geheimnisse des Lügendetektors, heute schmählich Polygraph genannt; und wenn meine Figuren nicht so entzückt von seinen Leistungen sind wie Geritty, sollte der Leser sie, und nicht ihn, dafür verantwortlich machen.

Ferner muß ich Abbitte leisten im Namen von John Robert und seinem Stab bei der Great Britain-USSR Association, deren Leiter er ist. Zwar begleitete er mich auf meiner ersten Reise in die UdSSR und öffnete mir alle möglichen Türen, die mir sonst vielleicht verschlossen geblieben wären. Aber von meinen finsteren Absichten wußte er nichts, und er fragte auch nicht danach. Von seinen Mitarbeitern möchte ich vor allem Anne Vaughan nennen.

Meine sowjetischen Gastgeber beim Schriftstellerverband waren ähnlich diskret und bewiesen eine Großmütigkeit, die mich überraschte. Niemand, der in dieser außerordentlichen Zeit die Sowjetunion besucht und das Privileg genießt, Gespräche zu führen, wie sie mir gewährt wurden, kann nach Hause kommen, ohne eine dauerhafte Liebe für das russische Volk und ein Gefühl von Ehrfurcht für das Ausmaß der vor ihm liegenden Probleme mitzubringen. Ich hoffe, meine sowjetischen Freunde werden in diesem Märchen nicht nur ein wenig von der Wärme wiederfinden, die ich in ihrer Gesellschaft empfunden habe, sondern auch von den Hoffnungen, die wir gemeinsam in bezug auf eine vemünftigere und freundlichere Zukunft geäußert haben.

Der Jazz ist ein starkes vereinigendes Band, und als es um Barleys Saxophon ging, mangelte es mir nicht an Freunden. Wally Fawkes, der bekannte Cartoonist und Jazzer, lieh mir sein musikalisches Ohr, und John Calley stellte mir, was Text und Musik betraf, sein absolutes Gehör zur Verfügung. Würde die Welt nur von solchen Menschen gelenkt, ginge mir der Konfliktstoff zum Schreiben aus.